David Clement-Davies
Wolfsaugen

David Clement-Davies

Wolfsaugen

Aus dem Englischen
von Gaby Wurster

Beltz & Gelberg
edition anrich

David Clement-Davies, geb. 1964, hat seine beiden Hobbys, Schreiben und Reisen, zum Beruf gemacht und lebt heute als Autor und Reisejournalist in Spanien, wo auch „Wolfsaugen", nach „Feuerbote" sein zweiter Roman, entstanden ist.

Titel der englischen Originalausgabe:
THE SIGHT

www.beltz.de

© 2002 David Clement-Davies
THE SIGHT erschien erstmals 2002
bei Macmillan Children's Books, London

Alle Rechte der deutschsprachigen Ausgabe:
© 2002 Beltz Verlag, Weinheim und Basel
Programm Beltz & Gelberg, Weinheim
edition anrich
Einbandfotos: John Warden und Jim Stamates/Stone
Gesetzt nach der neuen Rechtschreibung
Satz: Mediapartner Satz- und Reprotechnik GmbH, Hemsbach
Druck und Bindung: Druckhaus Beltz, Hemsbach
ISBN 3-89106-431-4
1 2 3 4 5   06 05 04 03 02

Inhalt

Teil III
Die Zitadelle

Für Pod

Mit liebem Dank an Chloe und all die merkwürdigen und großzügigen Leute von Periana – vor allem Katie, John und Sherrie, Soraya, Antonio und Theda, Manolo, El Alcalde, der junge Raphael, Bea, Shane, Poppy, Salva und Emilio mit Familie, und, last but not least, an Balu, den liebsten schwarzen Hund Andalusiens. Hoffentlich haben sie gemerkt, dass ich nicht ganz verrückt bin.

Danken möchte ich auch Roger Palmer vom Wolf Trust in Berkshire, der mich mit sechs sehr lieben und sehr geruchsintensiven Wölfen bekannt gemacht hat. Empfehlen will ich an dieser Stelle Jim Brandenburgs *Bruder Wolf. Ein vergessenes Versprechen,* ein wunderbarer Fotoband mit einfühlsamen Texten über diese außergewöhnlichen, so missbrauchten und so falsch verstandenen Tiere.

Teil I

Die Höhle

1
Der Steinerne Bau

*Um meine Geschichte zu erzählen, muss
ich weit vorn anfangen.*

Hermann Hesse, Prolog zu *Demian*

Eine Burg stand hoch oben auf einem zerklüfteten Steilhang. Die Luft war so kalt, dass der Himmel wie Eis zu
brechen schien. Dunkelheit senkte sich über die Mauern
und die lange steinerne Treppe, die sich zwischen den
Kiefern zur Burg hinaufwand. Die riesigen verwitterten
Stufen waren in der Dämmerung kaum noch zu erkennen,
und unten aus dem Wald griffen lange Schatten nach einem kleinen Dorf, das sich an den Burgfelsen schmieg-
te.

Der Himmel verlor Farbe, die Luft wurde blass und blut-
leer, während die Sonne allmählich hinter den Felsen verschwand. Hinter der Burg erhoben sich in der Ferne die
Karpaten wie gewaltige Wolken, die unter einem unend-
lichen Himmel zu einsamen Steinmassen gefroren waren.

Die Bäume an den Hängen waren schneebedeckt und ihre Spitzen dampften gespenstisch in der einbrechenden

Dunkelheit. Gelegentlich rutschte Schnee von ihren Ästen und fiel mit einem dumpfen Donnern, das die Luft erzittern ließ, auf den Waldboden. Es war das einzige Geräusch im Wald. Die Stille über dem Land war so tief wie
die Dunkelheit, die Transsilvanien einhüllte, das Land
jenseits der Wälder.

Aber im Wald war Leben: ein Paar hungrige, forschende
Augen. Sie suchten unruhig die Dämmerung ab und funkelten in dem näher rückenden Schatten. Ihre Klugheit,
die uralte Listigkeit des Raubtiers und ihr fiebrig heller
Glanz ließen sie durch und durch menschlich wirken.
Doch sie waren ganz und gar nicht menschlich – sie ge-
hörten einem Lera, einem wilden Tier. In den leuchtenden
Augen lag eine forschende und tiefe Neugier, und während die Nacht hereinbrach, wurden sie sich der Schatten-
welt um sie herum immer deutlicher bewusst.

Mit zunehmender Dunkelheit schnürte der Wolf schneller
zwischen den Bäumen hindurch. Seine weit geöffneten
Pupillen schienen die letzten Lichtstrahlen einzufangen.
Am Waldrand blieb er abrupt stehen und blickte auf den
Schein der Feuer, die im Dorf am Westrand des Tals flackerten. Die Augen wechselten die Farbe. Der Wolf besitzt eine Fähigkeit, die der Mensch schon immer besitzen
wollte: im Dunkeln zu sehen. Das Gold wechselte plötzlich zu einem durchdringenden Grüngelb.

Es war ein grauer Wolf, wie er in Transsilvanien weit verbreitet ist, doch seine Stärke und Größe waren ungewöhnlich. Es war eindeutig ein Dragga, ein Alpharüde
und Leitwolf – aber er war größer als die meisten. Sein
Fell glänzte silbergrau, die Rute allerdings zeigte einen
leichten Rotstich. Der Wolf hatte ein starkes, schönes Ge-

sicht mit glänzenden weißen Fängen und rosigem, gesundem Zahnfleisch.

Von der Stelle aus, wo der Wolf stand, konnte er die Menschen beobachten, die sich am Rande des Dorfes bewegten und Feuerholz sammelten. Er zog die Lefzen hoch und begann zu knurren. Doch plötzlich strich ein Wind durch den Wald und mit ihm fielen große Schneeflocken vom Himmel. Der Wolf warf den Kopf zurück, in seinen Augen stand Furcht.

„Es fängt wieder an", knurrte er verbittert. „Die Höhle! Ich muss die Höhle finden!"

Der Wolf fing wieder an zu laufen. Für normale Augen war er vor dem Schnee kaum auszumachen, er schien förmlich zu schweben. Seine Ohren waren aufgestellt, und seine Sinne waren so angespannt, dass seine Muskeln beim Laufen zuckten. Nach einigen Metern hörte er einen Zweig im Wald knacken. Er wirbelte sofort herum. In dem Knurren, das durch seine gefletschten Zähne drang, lag eine mörderische Drohung. Aber dann erschien zwischen den Bäumen eine weitere Schnauze, und der Wolf entspannte sich, doch seine Augen funkelten immer noch.

„Palla!", bellte er verärgert. „Schleich dich nie wieder so an! Ich dachte, du seist ein Nachtjäger."

Die Wölfin, die auf ihn zukam, war ebenfalls ein Alphatier, oder eine Drappa, wie die Wölfe sie nennen. Sie hatte eine schöne schmale Schnauze und buschige, silbrige Ohren. Sie war so schlank und anmutig wie eine Katze. Nur ihr Bauch und ihr erschöpfter Gang deuteten auf die Welpen hin, die sie trug.

Palla würde bald werfen.

„Tut mir Leid, Huttser. Du glaubst doch nicht, dass sie uns immer noch folgen?"

„Nein, wir haben sie bestimmt schon weit hinter uns gelassen. Doch jetzt, da die Menschen so nahe sind, drohen einem Wolf andere Gefahren."

Die wilden gelben Augen des Wolfes flackerten argwöhnisch wie kleine Lampen in der Dunkelheit. Wir sprechen von einer Zeit, bevor der Mensch den Wolf fast bis zur Ausrottung jagte, dennoch hatten die Wölfe von klein auf gelernt, Menschen mehr als alle anderen Raubtiere zu fürchten.

Seit das Reich der Daker zerfallen war, hatten zahlreiche Völker und Kulturen Transsilvanien überfallen. Erst hatten die Römer das Land erobert und nach ihnen kamen im Gefolge der Völkerwanderung verschiedene andere Stämme. Um das Land jenseits der Wälder rangen immer noch die Magyaren aus dem Königreich Ungarn, die Sachsen aus Germanien und die Walachen, die niemandem verpflichtet waren.

„Du hast Recht, Huttser", knurrte Palla. „Nachdem du zum Kundschaften vorausgegangen warst, hat sich Brassa mit der Pfote in einer Menschenfalle verfangen."

Huttser riss alarmiert die Augen auf.

„Sie konnte sich losreißen. Aber wir sollten sie so schnell wie möglich an einen geschützten Ort bringen. Die Höhle ist gerade weit genug von den Behausungen der Menschen entfernt, dort sind wir sicher."

„Du meinst, wir sollten dich an einen sicheren Ort bringen", sagte Huttser.

Palla hob zustimmend ihre Schnauze, doch sie schien durch ihren Gefährten hindurchzublicken, anstatt ihn anzusehen. Wölfe sehen einander selten in die Augen, weil sie den anderen nicht reizen möchten.

Die Flucht war hart gewesen. Nun fürchteten beide, dass ihre Welpen schutzlos in der eisigen Kälte des Winters geboren würden.

„Die Felszacken und der Bau auf dem Berg", knurrte Palla plötzlich und blickte zu der riesigen Treppe und der Burg hinüber. „Das heißt, dass es nicht mehr weit ist, Tor sei Dank! Ich habe noch nie so schlechtes Wetter erlebt."

„Zumindest können uns die Nachtjäger nicht verfolgen, Palla. Selbst wenn Morgra es ihnen befohlen hat."

Palla winselte, und die ungeborenen Welpen bewegten sich unruhig in ihrem Bauch. Morgra war die Halbschwester von Palla, und vor ihr, nicht vor den Menschen, flohen die Wölfe. Obwohl die Drappa ihre Schwester seit Jahren nicht gesehen hatte, weckte der Gedanke an Morgra immer noch schmerzliche Erinnerungen. Palla war fast noch im Welpenalter gewesen, als Morgra aus dem Rudel ausgestoßen worden war, weil sie einen Welpen getötet hatte. Wölfe glauben, dass ein Wolf, wenn er einmal Blut geleckt hat, weiter Welpen reißt. Nun, da Palla nach Hause an den Ort zurückkehrte, wo alles geschehen war, schien Morgra näher zu sein als je zuvor.

Morgra lebte weit im Norden. Sie war schon immer eine Kämpferin gewesen und versuchte seit langem, die Führung über alle Wölfe in Transsilvanien zu erlangen. Mit der Zeit hatte sie Kontrolle über die Balkar erlangt, was in der Wolfssprache Nachtjäger bedeutet, eine Gruppe von sechs Wolfsrudeln, die nur aus kämpfenden Rüden bestand. Mit der Führung über die Balkar ging der Titel

15

„Erster unter den Wölfen" einher und noch nie zuvor hatte eine Wölfin Anspruch darauf erhoben.

Im vergangenen Herbst hatte Morgra ihre Macht weiter ausgedehnt und den freien Varg, wie die übrigen Wölfe in Transsilvanien sich selbst nannten, befohlen, ihr alle neugeborenen Welpen vorzustellen. Niemand wusste, was das merkwürdige Edikt bedeuten sollte, aber Palla konnte nicht vergessen, was Morgra dem unschuldigen Welpen in ihrem Rudel angetan hatte. Daher beschlossen Huttser und Palla, zum Steinernen Bau zu fliehen, wo Palla geboren worden war. Morgras Balkar-Wölfe hatten sie verfolgt, doch schließlich war es Huttser gelungen, sie in den tiefen Schluchten und auf den schneebedeckten Hohlwegen der Karpaten abzuschütteln.

„Aber Huttser", flüsterte Palla plötzlich, „wenn Morgra wirklich die Gabe hat, wie viele glauben, kann sie uns dann nicht bei jedem Wetter ausfindig machen?"

Sobald Palla die Gabe erwähnte, blickte Huttser seltsam resigniert.

„Sei still, Palla!", knurrte er nervös. „Ich habe dir schon tausendmal gesagt, dass das nur ein dummer Aberglaube ist, mehr nicht. Wir haben Morgra und die Jäger weit hinter uns gelassen."

Huttser hielt sich zugute, ein nüchtern denkender Wolf zu sein, und hasste die Ammenmärchen, die sich wieder einmal im Land jenseits der Wälder ausbreiteten. Um Morgra rankten sich düstere Gerüchte, die sie sorgfältig pflegte, außerdem hieß es, sie versuche sich an den dunklen Künsten. Einige behaupteten, sie wolle die Tiere verhexen und suche selbst unter den erbitterten Feinden der Wölfe wie etwa den Bären und Luchsen nach Verbündeten. Andere glaubten, sie besitze „die Gabe", ein uralter, fast vergessener Glaube unter den Wölfen, dass ein Tier die Macht besaß, Visionen zu haben. Allerdings hielten nur noch wenige Tiere die uralte Legende für wahr.

„Huttser", sagte Palla unvermittelt, „ich bin müde und unsere Welpen –"

„Wir müssen weiter. Wo sind die anderen?"

„Ganz in der Nähe. Ich rannte ein bisschen voraus, um dich zu finden."

Das Fell um Huttsers Fang glitzerte, als er den Kopf hob. Das laute Heulen des Wolfs erzitterte in der Luft, stieg höher und höher, bis es wie ein Vogel über dem Wald zu hängen schien. Da ertönte eine Antwort – beide wandten sich um und erblickten drei weitere Wölfe, die über die weiße Fläche sprangen und durch die Bäume auf sie zukamen. Es waren zwei Wölfinnen und ein Rüde.

Das Schlusslicht bildete eine stolze Wölfin. Sie zog die schmerzende Pfote nach. Der rechte Ballen war stark geschwollen, Brassas Blut verkrustete ihr Fell. Zum Glück waren die Metallfänge der Falle schon verrostet, sonst hätte Brassa nicht entkommen können. Dennoch war das ganze Rudel in Gefahr geraten, vor allem, weil Huttser zum Kundschaften vorausgegangen war. Wölfe lassen einander bei Gefahr selten im Stich, daher hatte Brassas Unfall alle aufgehalten.

Direkt vor Brassa kam Kipcha, eine Schwester von Huttser. Sie war kleiner als Huttser, besaß jedoch den Mut ihres Bruders. Kipcha war die Erschöpfung anzusehen, ihr dichtes Fell war mit Schnee und Reif bedeckt. Neben ihr lief Bran, der Sikla oder Omegawolf, der Schwächste im Rudel. Bran blickte nervös, seine Zunge hing ihm weit aus dem Maul. Er war leicht an dem schwarzen Ring um sein rechtes Auges zu erkennen.

Alle winselten aufgeregt und beschnüffelten sich, als das Rudel wieder zusammenfand und die übrigen Wölfe Huttser begrüßten. Die Wölfe rieben die Flanken aneinander und wedelten mit ihren buschigen Ruten. Der Dragga inspizierte Brassas Pfote und winselte mitfühlend, während er die Wunde über dem Ballen leckte. Nachdem Huttser sich davon überzeugt hatte, dass die Verletzung nicht allzu gefährlich war, hob er den Kopf.

„Gut. Habt ihr irgendwelche Lera gesehen?"

Über dem Rudel ertönte plötzlich der wütende Schrei eines Vogels hoch oben in den Wolken.

„Vor einer Weile", meinte Bran plötzlich, „sah ich zwei Spuren im Schnee."

„Hund oder Varg?"

Als Huttser die formale Bezeichnung für Wölfe benutzte, hob Bran stolz die Rute.

„Varg", antwortete er. „Die Spuren waren nicht ziellos wie die eines dummen Hundes, sondern verliefen in einer direkten Linie wie bei einem Wolf auf der Jagd. Zuerst dachte ich, sie stammten von Khaz, doch sie führten direkt auf das Dorf zu."

„Gut. Das war wahrscheinlich nur ein Einzelgänger, der nach Beute suchte."

„Mir gefällt dieser Ort nicht", sagte Bran kläglich und blickte durch das Schneegestöber zu der merkwürdigen Burg hoch auf dem Berg.

„Mir auch nicht, Bran, deshalb müssen wir wachsam sein. Aber selbst für die Menschen ist es zu kalt für die Jagd."

„Menschen!", knurrte Palla verächtlich. „Wir konnten vielleicht Morgra entkommen, aber der Mensch wird nie aufhören uns zu jagen. Wir sondern die kranken und schwachen Tiere aus und der Mensch jagt zum Dank dafür unsere Welpen und tötet unsere Brüder und Schwestern. Er dringt in unerforschte Gebiete vor und verwüstet den Wald. Ich werde nie verstehen, warum er das tut."

Kipcha blickte auf das Dorf. Ein Wolf hat einen ausgeprägten Instinkt für Gefahr, doch gleichzeitig ist er auch ein sehr intelligentes und neugieriges Tier. Zumindest Kipchas Interesse war geweckt.

„Die Menschen faszinieren mich, Palla", gab die Wölfin fast schuldbewusst zu, „und ich war ihnen noch nie so nahe."

„Und näher willst du ihnen auch nicht kommen", schnaubte Brassa neben Kipcha und leckte winselnd ihre verletzte Pfote.

Palla nickte. „Brassa hat Recht. Die Menschen leben wie wir in Rudeln, aber sie sind keine Lera."

„Die Menschen sind keine Lera?", fragte Bran überrascht.

Ein Wind kam auf und fuhr durch die Bäume.

„Sei nicht töricht, Bran, jeder Varg weiß, dass Tor und Fenris den Menschen anders als die Lera schufen."

Als Palla von den Göttern der Wölfe sprach, nickte Brassa zustimmend. Tor und Fenris waren die Schöpfer von Himmel und Erde und hatten die Religion der Wölfe begründet, die uralte abergläubische Vorstellungen wie „die Gabe" verdrängt hatte, auch wenn diese wesentlich älter waren als der älteste Baum in den Wäldern.

Palla sah sich im Schnee um und fuhr ernst fort: „Tor und

Fenris verliehen dem Menschen eine Fähigkeit, die ihn für immer von den Tieren unterscheidet. Er kann nicht im Dunkeln sehen, er kann keine tausend Blumen im Wind riechen, noch kann er den fallenden Blättern zuhören, doch sein Verstand macht ihn stark und grausam. Und böse."

Brassa hob den Kopf zum Himmel. Einen Augenblick lang sah sie durch eine Lücke in den Wolken einen einzelnen Stern, der hell wie ein Leuchtfeuer auf die Burg, das Dorf und das heimkehrende Rudel strahlte. Doch Huttser sah, dass Brassa fror, und trieb die anderen zum Aufbruch.

„Komm, Palla!", rief er. „Du musst uns jetzt den Weg weisen. Wenn du die Höhle nicht bald findest, sind wir bis zum Morgen alle nur noch Aas."

Palla wandte sich ernst zu ihrem Gefährten um. „Wenn ich mich erinnern könnte, wo die Höhle ist, Huttser."

Palla sprang in dem eisigen Schneesturm voraus. Plötzlich fiel der Boden vor ihnen ab und sie standen vor einem Fluss. Er war sehr breit, doch die Wasseroberfläche war vollständig gefroren. Schon bald überquerte ihn das ganze Rudel. Palla und Brassa gingen sehr vorsichtig. Sie stemmten sich gegen den Wind und achteten darauf, nicht auszurutschen, während Palla verzweifelt nach natürlichen Wegmarken suchte, die sie noch aus ihrer Kindheit kannte. Wölfe haben zwar ein besseres Gedächtnis als viele andere Tiere, doch sie sind wie alle Lera vergesslich, daher hatte Palla seit vielen Sonnen vergeblich versucht, sich an den besten Weg zu ihrer Geburtsstätte zu erinnern. Das Rudel folgte der Drappa und dem gewundenen Lauf des Flusses. Bran rannte neben Kipcha.

„Kipcha", rief der Sikla und stemmte sich gegen den eisigen Wind, „ist es nicht merkwürdig, mit der tragenden Drappa zu fliehen?"

Kipcha zitterte und versuchte, auf dem glatten Eis Halt zu finden. „Ja, Bran, aber Morgra darf Pallas Welpen niemals in ihre Klauen bekommen."

„Warum will sie denn unsere Welpen, Kipcha?"

„Sie will nicht nur die Welpen. Den Grund kenne ich allerdings nicht. Ich habe so seltsame Geschichten gehört, Bran. Vielleicht hat es mit der Legende zu tun."

„Der Legende?", fragte Bran und dachte bei sich, dass diese Nacht wie geschaffen für Legenden und Sagen war.

„Von der Gabe", bellte Kipcha. „Sie wurde mir erzählt, als ich klein war, und ich hatte sie schon fast vergessen, bis ich vorhin diese schreckliche Burg sah und Palla von der Bosheit des Menschen sprach."

„Wieso?", knurrte Bran nervös.

„Weil in der Legende von der Gabe von Mensch und Varg die Rede ist."

Bran fiel plötzlich eine Geschichte ein, die ihm als Welpen immer Angst gemacht hatte. Ein Wolf war zur Zeit des Herbstmondes von einem Speer des Menschenrudels an der Flanke getroffen worden. Bei zunehmendem Mond geschah mit ihm eine schreckliche Verwandlung. Seine Schnauze wurde kürzer und sein Fell fiel aus und ließ ihn rosig und kahl zurück. Seine Zähne und Ohren schrumpften, und er stellte sich auf die Hinterbeine wie ein Zweibeiner. Anstatt wie ein Wolf zu heulen, sprach er mit dem seltsamen Grunzen und Winseln des Menschen. Seine Rute verkümmerte und er konnte nicht mehr so schnell rennen oder Gerüche über große Entfernungen wahrnehmen. Er verlor die Fähigkeit, im Dunkeln zu sehen, und musste mit dem Menschenrudel leben und sich von Fleisch ernähren, das in der brennenden Luft des Feuers zusammengeschrumpelt war.

„Du meinst doch nicht den Wolfsmenschen, Kipcha?", flüsterte Bran schaudernd.

„Nein, Bran, das ist nur eine Welpengeschichte", knurrte Kipcha und schüttelte verächtlich den Kopf. „Bei der Legende geht es nicht um eine unmögliche Verwandlung, sondern sie erzählt von einer Zeit, in der ein Wolf mit der Gabe ein Menschenkind stahl."

„Ein Wolf, der ein Kind raubt?", fragte Bran verwundert.

„Und es als sein eigenes aufzieht, es lehrt, die Gabe zu nutzen", fuhr Kipcha fort.

„Wer hat je von so etwas gehört?"

Kipcha blieb unterhalb der drohenden Burg stehen. Die zerklüfteten Felsen umgab ein Hauch von Einsamkeit und Gewalt, ein tiefes, dunkles Geheimnis, das nicht einmal die Fledermäuse, die das Gebäude umflatterten, mit ihren durchdringenden Sinnen ausloten konnten. Huttser schnupperte ungerührt vor Kipcha im Eis. Im Schnee waren große Pfotenabdrücke zu sehen.

„Bär", brummte der Dragga, als sie näher kamen, und beschnüffelte feindselig die Spuren. „Anscheinend sind die Wölfe nicht die einzigen Lera, die heute Nacht im Wald unterwegs sind."

Plötzlich jaulte Palla erfreut auf und führte sie vom Fluss weg. Sie hatte sich endlich doch noch an den Weg erinnert. Der Wölfin war die Erleichterung anzumerken, als sie einen kleinen gefrorenen Wasserfall und eine Birke betrachtete, hinter denen, wie sie wusste, die gesuchte Höhle war. Schon bald standen sie mitten am Hang vor einem niedrigen Eingang, der von einem großen Felsblock überragt wurde. Eine Trauerweide schirmte einen Teil des Höhleneingangs ab. Hinter dem Eingang war es dunkel.

„Fenris sei Dank!", rief Huttser, während der Wind durch die Zweige der Weide fegte.

Die Höhle hatte eine niedrige Decke, und als Palla sie hineinführte, musste Huttser den Kopf einziehen, doch der Bau erstreckte sich tief in den Berg hinein und war trotz der Nähe zum Fluss erstaunlich trocken. Die Luft war frisch und kühl, aber den Wölfen kam sie deutlich wärmer vor als draußen.

„Gut, wieder hier zu sein!", knurrte Palla zufrieden, und die Stimme der Wölfin wurde vom Echo in der Höhle zurückgeworfen. „Hier wurde ich geboren, Huttser. Mein Heimatbau. Wir konnten das ganze Rudel hier unterbringen, wenn nötig."

„Der Platz ist hervorragend geeignet, um Welpen aufzuziehen", seufzte Huttser und beschnupperte zärtlich seine Gefährtin.

Palla legte sich hin und Huttser leckte ihr schönes Gesicht. Er war sehr besorgt, doch Palla spürte bereits, wie in der warmen, dunklen Höhle die Starre aus ihren Gliedern verschwand.

Allerdings war sie sehr hungrig und fühlte sich leicht und schwindlig im Kopf.

Brassa trottete in die Höhle und sah sich mit verklärtem Blick um. „Huttser, hier habe ich Palla selbst großgezogen", sagte sie stolz. „Der Ort birgt so viele Erinnerungen."

„Nicht nur gute Erinnerungen", murmelte Palla. „Du hast auch Morgra hier aufgezogen, weißt du noch?"

Brassa wirkte verletzt. Sie schwieg, während sich Kipcha ebenfalls im hinteren Teil der Höhle niederließ. Als Bran hereintappte, stieß er versehentlich gegen Huttser, der sich umwandte und ihn anknurrte. Bran sprang zur Seite, kroch unterwürfig am Boden und bot dem Dragga seine Kehle dar. Alle waren erschöpft und hungrig, und Huttsers Sorge um Palla hatte seine Geduld strapaziert.

„Versucht alle, ein bisschen zu schlafen", murmelte er missmutig und kehrte Bran den Rücken. „Wie kann ein Varg ohne Schlaf auskommen?"

Wölfe verbringen etwa ein Fünftel ihres Lebens mit Schlafen, doch Bran winselte kläglich: „Schlafen? Wie kann ich mit meinem nagenden Hunger schlafen? Außerdem habe ich bestimmt Albträume von der Burg. Sie ist schrecklich."

Palla blickte auf. „Meine Eltern sagten, die Burg sei verlassen, Bran", flüsterte sie beruhigend. „Doch als Welpen erzählten auch die Erwachsenen düstere Geschichten darüber. Es heißt, Morgra sei einmal zur Burg geklettert. Aber sie war immer so neugierig. Deswegen stellte sie auch immer so viele Fragen über die Gabe."

Huttser warf Palla einen warnenden Blick zu, doch es war bereits zu spät.

„Die Gabe", hechelte Kipcha aufgeregt. „Erzähl uns von der Gabe, Brassa."

Brassa war die Beraterin des Rudels und Hüterin der Geschichten, doch die alte Wölfin wirkte plötzlich nervös.

Ihre Augen wanderten unruhig durch die Höhle, aber die Blicke der anderen Wölfe blieben auf ihr ruhen. Brassa wandte sich an Huttser, denn sie wusste, dass er Gespräche über solche Themen missbilligte. Doch mittlerweile kursierten so viele Gerüchte, dass der Dragga sie reden ließ.

„Die meisten sagen, die Gabe sei bloß ein Märchen", knurrte die Wölfin leise. „Dank Tor glauben die Varg schon lange nicht mehr daran, allerdings ist es eine Vorstellung, die unter den Raubtieren seit der Geburt der Sonne besteht. Das Sehen, das direkt aus der Seele kommt. Der Sinn jenseits der Sinne, der seine Stärke aus der Energie aller Dinge zieht. Es heißt, die Gabe sei unter den Wölfen schon seit Generationen nicht mehr aufgetreten. Bis Morgra kam."

„Warum?", fragte Palla.

„Wer weiß. Vielleicht verschwand die Gabe, weil die Varg an die Vernunft und ihren Verstand glaubten. Allerdings war die Gabe stets selten. Auch deswegen wurde sie gefürchtet. Manche glauben, wenn sie wieder auftritt, dann nicht nur bei einem Tier."

Bran schluckte.

„Wozu benutzten die Wölfe die Gabe früher, Brassa?", fragte Kipcha.

„Auch darüber weiß man wenig. Einige sagen, sie half den Wölfen, den großen Treck zu überleben, als die Ersten aus dem Land des Nordschnees kamen. Andere meinen, die alten Seher nutzten die Gabe, um die Zukunft vorherzusagen. Andere wiederum glauben, sie sei ein Geschenk des Himmels und helfe den Wölfen bei ihrer Suche nach der Wahrheit."

„Diese Geschichten machen mir Angst", knurrte Bran.
Brassa nickte kühl.

„Ja, Bran, sie sind Furcht erregend. Mit der Gabe verbinden sich drei Fähigkeiten. Die erste ist, mit den Augen der Gehilfen, der Vögel, zu sehen."

Bran war ganz unruhig.

„Die zweite ist, in stehendes Wasser zu blicken und dort weit entfernte Ereignisse aus der Vergangenheit, der Gegenwart und sogar aus der Zukunft zu sehen."

Alle im Rudel blickten auf, nicht nur, weil ihnen die Idee so seltsam vorkam, sondern auch, weil ein Wolf nichts mehr fürchtet als den Tod im Wasser. Wenn ein Wolf ertrinkt, kann seine Seele nie im Himmel bei Tor und Fenris zur Ruhe kommen, glauben die Wölfe.

„Doch die letzte Fähigkeit", flüsterte Brassa, „ist die schrecklichste, obwohl es heißt, dass niemand sie je erlangt hat. Es ist die Macht, die Seele anderer direkt zu berühren und ihre Gedanken, ja sogar ihr Handeln zu kontrollieren. Manche glauben, dass nur Raubtiere über die Gabe verfügen können, und dass großes Unglück und Elend mit ihr einhergehen."

Draußen war der Wind zu einem Heulen angeschwollen, er stöhnte und pfiff am Eingang der Höhle. Die Wölfe dachten ängstlich an Morgra und hofften mehr denn je, dass sie die Wölfin weit hinter sich gelassen hatten. Doch als Bran Brassa beobachtete, hatte er für einen Augenblick den Eindruck, dass sie etwas verschwieg. Eine Zeit lang wagte keiner der Wölfe im Bau zu sprechen, während der Wind draußen weiter heulte.

Plötzlich sprang Huttser auf. „Das ist doch alles Unfug", kläffte er gereizt. „Die Gabe ist nur ein Märchen, wie

Brassa gesagt hat. Außerdem – hat ein Wolf nicht genug Sinne, um das Leben zu meistern?"

Während Huttser sprach, erschien ein Schatten an der Höhlenwand. Er schwankte leicht und hatte den Umriss eines Wolfs, doch die Schnauze war seltsam verlängert und verformt.

Huttser warf sich herum und knurrte drohend, und selbst Bran hob herausfordernd die Rute, wich allerdings gleichzeitig zurück. Dann erkannte das Rudel das Gesicht, das aus der Dunkelheit auftauchte, und alle seufzten vor Erleichterung.

„Khaz!", rief Kipcha und wedelte erfreut.

Der Wolf, der in die Höhle kam, war nur etwas kleiner als Huttser, allerdings unterschied er sich durch seinen großen buschigen Schwanz von ihm, der einen leichten Rotstich aufwies. Seine Augen glitzerten, als er Kipcha grüßte und den Kopf vor dem Leitwolf senkte, denn in der Schnauze trug er einen Brocken frisches Fleisch, das seinen Schatten an der Höhlenwand so verzerrt hatte. Er ließ das Fleisch auf den Höhlenboden fallen und schüttelte fröstelnd den Schnee von seinem dicken Pelz.

„Hier!", rief er. „Es ist nicht viel, fürchte ich, aber genug, um Palla und ihre Kleinen zu stärken. Bei dieser Kälte könnten selbst einem Bären die Klauen abfrieren."

„Gut, Khaz", grummelte Huttser. Doch auch er dachte an die riesigen Spuren im Schnee. „Ich habe mich schon gefragt, wo du geblieben bist."

„Ich hätte euch schon früher eingeholt", schnaufte Khaz, legte sich auf den Boden und kuschelte sich Wärme suchend an Kipcha, „aber ich habe noch nach Nachtjägern Ausschau gehalten. Keine Spur von ihnen, Fenris sei

Dank, allerdings habe ich eine andere Familie getroffen, die sich dem Edikt entzieht."

Der eisige Wind pfiff draußen durch die Trauerweide. Ihre Äste warfen schwankende Schatten, die wie knochige Finger über den Höhlenboden tanzten. Palla riss am Fleisch, es war zäh, doch ihre Kiefer waren stark und ihre Zähne sehr scharf, und der Hunger beflügelte ihren Appetit, sodass es köstlich schmeckte. Bran blickte sehnsüchtig auf das Fleisch.

„Ich habe noch andere Sachen gesehen, die uns Sorgen machen müssen, Huttser", berichtete Khaz. „Menschen jagen in der Nähe des Dorfs."

„Menschen!", schnaubte Brassa und hob ihre Pfote, als wollte sie das Gesagte unterstreichen. „Sie sind alle böse, wie Palla gesagt hat. Sie sind grausam und töten ohne Hunger."

„Wir auch, Brassa", meinte Khaz fröhlich und starrte ebenfalls auf die fressende Palla, „denn auch wir sind Putnar."

Putnar war die Bezeichnung der Wölfe für Raubtiere. Unter den Titeln, die Morgras Balkar sich gaben, um die freien Wölfe einzuschüchtern, war auch „Erste unter den Putnar". Khaz zog die Lefzen hoch. Er konnte den Speichel nicht verbergen, der von seinen Kiefern tropfte, während er Palla beobachtete, denn er hatte zwar das Tier getötet und ein wenig davon gefressen, doch es war nur ein kleines Kalb, und er hatte sich nicht damit aufgehalten, seinen Hunger zu stillen.

„Manche Dinge können nicht einmal die Putnar kontrollieren", fuhr Khaz fort und knurrte nachdenklich vor sich hin. „Im letzten Frühjahr geriet ich in einen Schafpferch.

Ich war nicht hungrig, aber ich … ich konnte nicht anders. Ich tötete alle Tiere."

„Der Blutrausch kam eben über dich, Khaz." Huttser lächelte nachsichtig. „Wenn die Menschen so viele zahme Lera zusammenbringen, kann man nur schwerlich widerstehen."

Die Wölfe nickten ernst, sie dachten an die seltsame Gewohnheit des Menschen, die Lera zu zähmen. Ein wichtiger Bestandteil in der Überlieferung der Varg war, dass der Wolf der einzige Lera war, die nie richtig gezähmt werden konnte. Freiheit ist ein Geburtsrecht des wilden Wolfs.

Palla beendete ihre Mahlzeit und leckte sich die Lefzen, während die anderen nur ihre Enttäuschung hinunterschlucken konnten. Allerdings fiel es ihnen nicht allzu schwer, denn obwohl sie alle sehr hungrig waren, gibt es kaum stärkere Bande in der Natur als die in einem Wolfsrudel. Der Zusammenhalt ist bemerkenswert, vor allem, wenn die Leitwölfin tragend ist. Alle Wölfe jagen, um die werdende Mutter zu versorgen, und nichts darf sich der Zukunft des Rudels, die das neue Leben in Pallas Bauch verkörperte, in den Weg stellen.

Bran schwor sich, dass er morgen den dicksten Schneehasen fangen würde, den er aufstöbern konnte, und sagte: „Zumindest eins erleichtert mich – die Menschen bekämpfen einander. Nicht auszudenken, wenn sie ihre ganze Aufmerksamkeit den Lera widmen würden!"

„Feigling!", murmelte Khaz. Er verwandte nicht viel Zeit auf den Sikla.

„Still, Khaz!", knurrte Huttser und wandte sich an Bran. Seine Worte sollten seine vorherige Verärgerung wieder gutmachen. „Daher sollte der Wolf in der Nähe des Menschen nur ein Schatten sein", sagte er weich, „außerdem sollte er das uralte Gesetz befolgen und sich niemals in die Angelegenheiten des Menschen mischen."

Bran musste plötzlich an Kipchas Erzählung von der Legende denken, doch Huttser ließ seinen Kopf dankbar auf Pallas Pfoten sinken. Er war froh, dass sie endlich im Warmen und in Sicherheit waren. Palla konnte jeden Tag die Jungen zur Welt bringen, und er wollte auf keinen Fall, dass das Rudel ohne Unterschlupf war. Draußen hatte es bereits wieder aufgehört zu schneien. Der Winter war ungewöhnlich lang, denn es war Ende Februar, doch nun neigte er sich dem Ende zu. Die Erde, die unter der Schneedecke verborgen lag, spürte bereits das kommende Tauwetter und bereitete sich darauf vor, neues Leben zu schenken.

Aber Huttser irrte sich, wenn er glaubte, ihre Ankunft wäre unbemerkt geblieben. Jemand hatte beobachtet, wie die Wölfe in die Höhle gegangen waren. Seine Spur im Schnee führte durch den Wald zurück zur Burg auf dem Felsen über dem Dorf. Seine Augen betrachteten aufmerksam den Höhleneingang. Der glitzernde Blick war voller Verlangen und Hass. Über seinem Kopf schwebte ein Paar schwarzer Flügel.

Ein Sprung Rotwild äste am Waldrand im Tal und kaute genüsslich die ersten sprießenden Halme. Fünfzehn Sonnen war es her, seit das Rudel zu Pallas Geburtsstätte im Schatten der düsteren Burg zurückgekehrt war. Ein Großteil des Schnees war bereits getaut.

„Jetzt!", knurrte Huttser im Wald. „Die Zeit der Putnar ist gekommen!"

Das Fell auf dem Rücken des Dragga schien zu zittern, als er sich wie eine Katze duckte und durch das Gras schlich. Er witterte, als ob er die Luft schmecken würde, die Ohren waren gestellt, die Augen blitzten listig. Die Instinkte des Wolfs waren hellwach, alle seine Sinne waren angespannt und konzentrierten sich auf das Verhalten des Wildes.

Plötzlich hob ein Reh den Kopf, und die ganze Herde nahm Reißaus. Der Wind hatte gedreht.

Aus der Deckung des Waldes schossen drei schlanke graue Körper auf die Rehe zu. Die Wölfe rannten pfeilschnell, sprangen in gerader Linie durchs Gras und waren in Sekundenschnelle bei dem Wild. Ein Reh mit verkrüppeltem Hinterlauf blieb hinter den anderen zurück. Die Wölfe schlossen zu ihm auf. Doch Bran sprang eigenmächtig voraus und hielt auf einen kapitalen Bock zu.

„Nicht, Bran!", rief Huttser ärgerlich. „Nicht den da!"

Aber Bran war viel zu erregt, um zu hören. Er war schon fast nah genug, um zuzubeißen. Sein Herz raste, der Wind pfiff ihm um die Ohren und die Witterung drang ihm tief in die Nase. Doch der Bock war ihm überlegen. Er wartete, bis Brans Kopf nah genug war, schlug dann kräftig nach hinten aus und traf ihn direkt an der Schnauze. Bran jaulte auf vor Schmerz und wich zurück. Seine beiden Vorderläufe gerieten übereinander, und er wurde hilflos ins Gras geschleudert.

„Lasst sie nicht in den Wald entkommen!", kläffte Huttser wild.

Kipcha brauchte so gut wie keine Anweisungen, während

sie den Rehen nachsetzte. Sie kam von links, hielt geradewegs auf das langsamere Reh zu und versuchte, es von den anderen zu trennen. Huttser war neben ihr. Sie waren gut aufeinander eingespielt, als ob sie schon oft gemeinsam gejagt hätten. Rasch schlossen sie auf und folgten den Rehen wie ein Schatten.

Die Wölfe kamen immer dichter an das verkrüppelte Reh heran. Im selben Moment, als Kipcha nach dem rechten Hinterlauf schnappte, sprang Huttser und seine Kiefer schlossen sich um den Hals des stürzenden Rehs. Die Zähne des Wolfes gruben sich tief in die Kehle, und er trank das warme, süße Blut, das ihm ins Maul strömte. Der Biss war tödlich genau, und der junge Bock starb noch im Sturz.

Huttser hielt seine Beute zwischen den Fängen fest und schüttelte den Hals des Rehs wie einen gebrochenen Ast. Der Körper wurde schlaff, trotzdem ließ Huttser nicht locker, er war stolz auf den Fang und fühlte sich stark und schuldlos wie ein wilder Jäger. Erst als der Wolf sicher war, dass der Bock nicht mehr lebte, hob er den Kopf und stimmte ein freudiges Geheul an. Doch sobald Huttser Bran kommen sah, verengten sich seine Augen zu zornigen Schlitzen.

„Ein Rudel arbeitet zusammen, Bran", rief er. „Vergiss das niemals! Wenn wir nicht zusammenhalten – was bleibt uns dann noch, bei Tor und Fenris?"

Bran zog den Schwanz ein.

„Außerdem war der Bock der schwächste Herla", erklärte Huttser und gebrauchte dabei die formelle Bezeichnung für Rotwild.

Huttser und Kipcha sahen Bran anklagend an, und vor

lauter Scham sprudelten die Worte aus dem Sikla nur so heraus. „Das schwächste Tier", schnaubte er. „Ich könnte jedes kriegen, Huttser."

Huttser knurrte und schnappte nach Bran. „Gar nichts könntest du, Dummkopf! Außerdem jagen wir die Schwachen nicht nur, weil es einfach ist, sondern um den Fortbestand der Herla zu sichern, damit wir uns auch in Zukunft von ihnen ernähren können. So lautet das Gesetz der Putnar."

Bran kannte das Gesetz so gut wie jeder andere, doch seine Gedankenlosigkeit, die Aufregung und die Witterung des Wildes hatten es ihn vergessen lassen.

„Nun gut", bellte Huttser, „belassen wir es dabei. Lasst uns jetzt essen, wir haben uns das Recht des Putnar verdient."

Bran schob sich nach vorn, doch als sich Kipcha näherte, schlich er wieder zurück. In der Rangordnung des Rudels hatte Kipcha das Recht, die Beute vor dem Sikla zu kosten. Die Rehe, die vor unbändigem Schrecken nahezu erstarrt waren, drängten sich unter den Bäumen, während der Lärm der fressenden Wölfe über das Gras zu ihnen drang. Doch sie wussten, dass dies das Gesetz der Natur war und dass zumindest für den heutigen Tag die Gefahr vorüber war. Das Gesetz war so alt wie die Felsen, die in den Bergen verwitterten, und mindestens genauso hart.

Allmählich war der Hunger der Wölfe gestillt. Kipcha leckte ihre Pfoten wie ein großes Kätzchen, während Bran an den Knochen nagte und knabberte, um an das köstliche Mark zu gelangen.

Huttser hob die Schnauze. „Jetzt müssen wir Fleisch für Palla mitnehmen."

Obwohl die Rippen des Rehs bereits vorstanden, war fast ein Drittel der Beute unberührt geblieben.

„Sollten wir den Rest nicht vergraben?", fragte Kipcha.

„Nein, Kipcha. Hört doch!"

Alle stellten die Ohren nach Süden und hörten ein vertrautes Krächzen. Schon bald sahen sie Vögel, die über den Wald auf sie zuflogen.

Kipcha knurrte und senkte den Kopf, um die Beute zu verteidigen.

„Kipcha!", mahnte Huttser ruhig, er klang aber auch leicht verärgert. „Anscheinend vergessen wir heute alle das Gesetz. Lass den Vögeln das Aas, und zwar aus freiem Herzen."

Dennoch knurrte Bran, als die Vögel auf sie zuflatterten.

„Sie sehen aus wie die Gehilfen von Wolfbane", murmelte er zitternd.

Huttser lächelte und schüttelte nachsichtig den Kopf.

In den Legenden der Wölfe war Wolfbane ein Dämon, der große böse Wolf, der in der Vorstellung der Menschen etwa dem Satan gleichkommt. Es hieß, dass er vor langer Zeit einen Pakt mit den fliegenden Aasfressern geschlossen habe. Wie die Ehrfurcht vor der Gabe war die Verehrung von Wolfbane wichtiger Bestandteil der alten Glaubensvorstellungen, als Geister und Dämonen im Land jenseits der Wälder umgingen und die Wölfe in Angst und Unwissenheit lebten. Dies war, bevor die Wölfe von Tor und Fenris sprachen, die nach ihrem Glauben die Welt erschaffen und das Licht der Erkenntnis in das Leben der Varg gebracht hatten. Wolfbane war auch als der Böse und Gestaltwandler bekannt. Einige hielten ihn für einen riesigen Wolf mit schrecklichen gelbschwarzen

Augen und Zähnen so groß wie Bäume, andere dagegen dachten, er könne die Gestalt jedes Fleischfressers annehmen, sei es nun ein Luchs, ein Bär oder gelegentlich sogar ein Mensch. Teile des alten Aberglaubens waren in die neue Religion eingeflossen, und einige Wölfe glaubten immer noch, dass Tor und Fenris Wolfbane auf die Erde sandten, wenn die Wölfe sie betrogen, bis der Mut und die Stärke der Wölfe ihn wieder zurück in die Schatten trieben. Es hieß, dass er mit den Toten umging, und auch heute noch warnen Eltern ihre Jungen, wenn sie ungezogen sind, dass Wolfbane kommen und sie verschlingen würde, denn der Überlieferung zufolge liebt er das Fleisch von Welpen.

Huttser überließ den Vögeln die Beute und führte die Wölfe zurück zum Bau. Doch als sie einen Hang erklommen, begann Kipchas Schnauze zu beben. Vom Kamm des Hügels blickten die Wölfe verwundert ins Tal. Da sie zuvor über den Bösen gesprochen hatten, fing Bran heftig an zu zittern.

Sie hatten der Ebene, die nun vor ihnen lag, schon öfter einen Besuch abgestattet und dort Tiere beobachtet – Rehe, Schafe und sogar Wisente. Doch jetzt trauten sie ihren Augen nicht. Dort unten waren Menschen. Einige saßen auf Pferden, andere marschierten müde durchs Gras. Es waren fast hundert. Sie bewegten sich in Kolonnen, ihre schwitzenden Pferde schnaubten und scharrten. Einige Menschen hielten lange Äste in der Hand, an deren Ende leuchtend bunte Häute flatterten.

Huttser bemerkte, dass die scharfen Stangen an ihrer Seite wie Zähne im Sonnenlicht glitzerten und die Männer auf den Pferden merkwürdig gekleidet waren. Brust und

Kopf funkelten und glänzten, als wären sie aus dem gleichen harten Material wie die Stangen.

„Menschen!", knurrte Huttser.

„Was machen sie hier?", flüsterte Kipcha nervös.

„Sie sehen aus wie Putnar. Ich glaube, sie sind auf der Jagd."

„Nach Wölfen?", fragte Bran zitternd und musste plötzlich an Kipchas Worte im Wald denken, an die Legende von Mensch und Wolf.

Auch Huttser spürte, wie sich sein Magen vor Angst zusammenzog. „Nein, Bran. Sie ziehen offenbar nach Süden."

Die Wölfe beobachteten die Menschen argwöhnisch, bis Bran wieder zu knurren anfing.

„Huttser, Brassa sprach doch davon, dass Tor und Fenris dem Menschen mehr Verstand gaben als den Tieren", flüsterte er. „Sie sind Wolfgötter. Warum sollten sie so etwas tun?"

Huttser schüttelte den Kopf.

„Die Legenden geben eine Antwort darauf, Bran", meinte Kipcha und beobachtete die Marschkolonne im Tal.

„Manche glauben, dass Tor und Fenris das Böse schufen, damit die Wölfe wählen können. Andere meinen, sie verloren die Macht über die Raubtiere, über ihre eigene Schöpfung."

Bran fand diese Vorstellung sehr merkwürdig.

„Manche sagen sogar, dass Tor und Fenris den Menschen schufen, weil nicht einmal sie verstanden, wo sie selbst herkommen, und mehr wissen wollten."

Die Wölfe wurden bei diesem Gespräch über das Böse unruhig. Huttser machte sich Sorgen um das Rudel. Als sie sich dem Bau näherten, lief er schneller. Ein großes Stück der Beute baumelte aus seinem Maul. Er hielt nur kurz am Fluss, um zu saufen, und schlabberte mit der Zunge das perlende Gebirgswasser. Trotz der Begegnung mit den Menschen fühlte sich Huttser stark, lebendig und frei.

Er konnte Brassa auf dem Hügel sitzen sehen, mit erhobenem Kopf blickte sie aufmerksam über das Tal dem nahenden Abend entgegen. Doch plötzlich überkam Huttser ein merkwürdiges Gefühl. Es stammte aus Tiefen, die er nicht ausloten konnte, aber für die Lera so wirklich waren wie ein sichtbarer Beweis.

Huttser sprang den Berg hinauf. Kaum war er in der Höhle, hörte er ein Knurren. Palla zitterte im Schatten der Höhle, und die kühnen Augen der Wölfin glitzerten gefährlich im Halbdunkel.

„Was ist los, Palla?", rief Huttser besorgt und ließ das Fleisch fallen. „Hat jemand …"

„Nein, Huttser. Aber du darfst hier nicht rein."

Huttser war bestürzt. Ihr harter Ton verstörte ihn, außerdem war er gekommen, um sie zu beschützen. „Aber Palla …"

„Es ist so weit", schnauzte Palla. „Du darfst das nicht sehen."

Huttser schluckte. Sie hatten zwar noch nie miteinander gekämpft, doch beide waren sehr temperamentvoll und stritten sich oft. Nun widerstand Huttser der Versuchung, Palla anzuknurren. Sie war hochträchtig, und immer wieder weiteten sich ihre Pupillen, wenn die Wehen kamen und sich ihr Körper verkrampfte.

„Ich habe dir Futter gebracht, Palla", sagte Huttser und

schob die Beute mit der Schnauze zu ihr. „Brauchst du sonst noch etwas?"

„Nein, Huttser." Pallas Ton wurde weicher, als sie das Fleisch roch. „Ich rufe dich, wenn es Zeit ist."

Schmollend machte Huttser kehrt und trabte nach draußen. Er streckte sich neben der alten Wölfin auf dem Hügel aus und versuchte erst gar nicht, seine Besorgnis und Verärgerung zu verbergen. Alle schenkten Brassa uneingeschränktes Vertrauen und versteckten selten ihre Gefühle vor ihr.

„Sie lässt mich nicht in die Höhle, Brassa."

„Du meinst, in den Bau", sagte die Wölfin freundlich. „Sie ist so weit, Huttser, und das muss sie alleine tun. Bei der Geburt erlaubt das Gesetz keinem Varg den Zutritt zum Bau. Mach dir keine Sorgen, Palla wird dich rufen, wenn sie bereit ist."

Huttser wusste, dass sie Recht hatte, doch er war es nicht gewohnt, sich so nutzlos zu fühlen. Die beiden Wölfe lagen eine Weile nebeneinander. Huttser kratzte sich, biss nach Flöhen und blickte verärgert um sich. Nach einer Weile fiel ihm auf, dass Brassa auf den großen Felsen über der Höhle blickte. „Was ist?"

Einen Augenblick lang dachte Huttser, Brassa verberge etwas vor ihm.

„Eigentlich nichts", antwortete sie nach einer Weile. „Dort oben wurde das Urteil über Morgra verhängt."

Huttser war Morgra nie begegnet und kannte die Geschichte nur vage, doch als er Brassas Witterung aufnahm, konnte er ihre Angst riechen.

„Warum hat sie den Welpen getötet, Brassa?"

Brassa drehte den Kopf weg. Als sie schließlich sprach,

zitterte ihre Stimme. „Morgra sehnte sich stets nach eigenen Welpen, Huttser, doch schon als Jungtier war etwas Merkwürdiges an ihr. Viele sagten, sie hätte den bösen Blick, deswegen war es schwer für sie, einen Gefährten zu finden. Eines Tages schlich sie in den Bau und trug einen Welpen weg. Vielleicht lag es daran, wie sie ihn trug, vielleicht war es auch ihre Verbitterung, auf jeden Fall hatte der Kleine Bissspuren im Nacken, als man ihn fand. Sie hatte ihn getötet."

„Deswegen wurde sie vertrieben?"

„Viele Monde lang sahen wir, wie sie in den Bergen umherstreifte und das Rudel beobachtete. Es heißt, sie habe versucht, sich anderen Rudeln anzuschließen, doch kein Wolf wollte sie aufnehmen. Angeblich hat sie immer wieder von Wolfbane gesprochen, vom Bösen. Erst danach setzten die Gerüchte über die Gabe ein."

„Du hast Angst vor Morgra, nicht wahr?", fragte Huttser.

„Ja, Huttser, ich habe Angst."

„Morgra ist weit weg", knurrte Huttser und sprang auf, „und Vergangenes ist vergangen. Nun, wenn Palla mich nicht reinlässt, kann ich zumindest Wache halten."

Brassa nickte und sah Huttser nach, der den Hügel hinunterschnürte. Männliche Wölfe entwickeln in der Wurfzeit einen starken Beschützerinstinkt, und Huttser bildete keine Ausnahme. Als Brassa wieder zu dem Felsen blickte, schüttelte sie schaudernd den Kopf.

In jener Nacht drängten sich die Wölfe des Rudels vor dem Bau, stupsten Huttser aufmunternd, flüsterten miteinander und lauschten auf jedes Geräusch von Palla im

Innern der Höhle. Gelegentlich hörten sie ein Winseln oder ein tiefes Grummeln, doch sobald ein Wolf zu nahe an den Eingang kam, wurde aus dem schmerzvollen Winseln ein warnendes Knurren, und der Wolf zog sich sofort zurück.

Die Wölfe lagen neben dem Felsen, wo sie weit bis an den Westrand des Tals sehen konnten.

In der Dunkelheit trug der Frühlingswind plötzlich Geräusche aus dem Dorf heran. Die Menschen feierten, ihre Feuer loderten und signalisierten die Geburt eines kleinen Menschen.

Eine Sonne verging. Als sich eine weitere Nacht des Wartens ankündigte, legte sich Huttser neben den Höhleneingang, wo er den besten Überblick hatte und die Höhle beschützen konnte. In beiden Nächten hatte er kaum geschlafen, und nun übermannte ihn die Erschöpfung. Gerade als er tief in Träume voller flüchtender Tiere und dem seltsamen, vom Mond beschienenen Schatten einer Wölfin, die in der Luft zu schweben schien, eingetaucht war, spürte er eine drängende Unruhe.

„Huttser, wach auf! Huttser!"

Mit wütendem Knurren sprang er auf – doch vor ihm stand Palla. Im schwachen Licht der Dämmerung wirkte sie erschöpft, doch als er sie in der zunehmenden Helligkeit genauer betrachtete, sah er ihre schönen Augen leuchten.

„Komm!", sagte sie leise.

Heftig zitternd folgte Huttser Palla in den Bau. Die Drappa blieb am Eingang stehen und winselte. Dort lagen zwei kleine Körper auf der Seite. Reglos ruhten sie im Staub, ihr Fell war schmutzverkrustet.

„Nein!", keuchte Huttser und kratzte vor den toten Welpen in der Erde.

„Es muss die Flucht gewesen sein, Huttser."

„Morgra ist Schuld. Wenn ich sie zu fassen kriege ..."

Doch Palla wusste, dass jetzt nicht die Zeit war, in der Vergangenheit zu wühlen.

„Das ist der Lauf der Natur, Huttser", knurrte sie, „und wir müssen uns um die Lebenden kümmern. Das Rudel muss überleben."

Als Palla so vom Naturgesetz sprach, sah Huttser seine Gefährtin stolz an.

Er erinnerte sich an die Zeit, als er begonnen hatte, um sie zu werben, und dankte Tor und Fenris im Stillen, dass sie ihn gewählt hatte.

„Da drüben, Huttser", flüsterte Palla und rief ihren Gefährten wieder in die Wirklichkeit zurück.

Er sah die Blätter, Zweige und Wolfshaare, aus denen Palla ein bequemes Nest für die Geburt bereitet hatte. Als sich seine Augen an die Schatten gewöhnt hatten, keuchte Huttser – auf dem Höhlenboden lag ein kleines Fellknäuel, das sich sanft hob und senkte.

„Nur eines?", fragte er und wagte kaum zu atmen.

„Sieh genauer hin!"

Vor ihm lagen zwei wunderschöne neugeborene Wolfswelpen. Ihre winzigen Körper kuschelten sich aneinander, die kleinen Schnauzen waren einander zugewandt. Die Welpen schliefen tief und fest. Das Fell des einen war ein weiches Blauschwarz, das andere war viel heller. Ihre kleinen Stummelschwänze waren so nackt wie Würmer. An den unförmigen Wolfsköpfen, die im Vergleich zu ihren Körpern viel zu groß wirkten, hingen winzige Ohren.

Die Gesichter waren voller Falten, die Augen noch fest geschlossen. Palla wedelte wie wild mit dem Schwanz.

„Wann, Palla?"

„Am Morgen nach der ersten Sonne."

Huttser ärgerte sich, dass er so lange hatte warten müssen und sich Sorgen gemacht hatte, doch nun legte sich Palla in einem offenen Bogen um ihre Jungen. Plötzlich gab es ein wildes Fiepen, und in die Fellknäuel kam Bewegung, die winzigen Glieder strampelten eifrig.

Sie schoben sich übereinander, drückten und schubsten instinktiv, um zu Palla zu kommen. Obwohl sie nicht sehen konnten, lagen beide schon bald Besitz ergreifend an einer Zitze der Wölfin und saugten gierig.

Huttser konnte nicht länger widerstehen. Er machte einen Satz und leckte Palla mit begeistertem Jaulen ab.

„Hör auf, Huttser!" Palla lachte und schob ihn mit der Schnauze weg. „Es reicht, wenn die beiden versuchen, mich aufzufressen, da brauchst du nicht auch noch anzufangen!"

Huttser zog sich verlegen zurück, doch er konnte das Entzücken in Pallas Augen sehen.

Er legte sich neben sie, und gemeinsam leckten der Dragga und die Drappa ihre Jungen und flüsterten aufgeregt miteinander.

Am Abend hob Palla den Kopf. „Nun, Huttser", sagte sie, „wie sollen wir sie nennen?"

„Ich ... ich weiß nicht, Palla. Was sind sie denn?" Huttser hatte noch nicht einmal gefragt.

„Ein Dragga und eine Drappa", antwortete Palla stolz. „Die da, die Helle, das ist das Mädchen."

„Wie wäre es mit Larka?"

Die Bezeichnung der Varg für Neuschnee passte hervorragend zu dem hellen Fell.

„Na, meine kleine Larka, wie gefällt dir dein Name?"

Die winzige Wölfin war noch taub und blind und konnte ihre Mutter nicht hören, doch ihr Schwänzchen wedelte ununterbrochen.

„Und der Dragga?", fragte Huttser.

„Ich dachte an Fel, nach meinem Vater. Aua! Er beißt wie Fenris."

„Fel und Larka." Huttser nickte erfreut.

Palla sah die Kleinen an und ihr Blick wurde ernst. „Sie sind so klein, Huttser."

„Ich weiß, Palla."

Die Eltern schwiegen. Beide kannten die harten Gesetze des Überlebens und wussten, wie viele Gefahren den Welpen in der Wildnis drohen.

„Nun, wir müssen dich gut füttern, Palla", sagte Huttser zärtlich, „damit deine Milch so reichlich fließt wie das Sonnenlicht."

„Wir begraben die anderen draußen vor dem Bau, Huttser, unter der Birke, und dann musst du das Rudel holen. Es ist höchste Zeit, dass sie ihre Zukunft kennen lernen."

Draußen legten Huttser und Palla die namenlosen Welpen sanft auf die Erde. Neben der Birke gruben sie eine flache Mulde und rollten mit ihren Schnauzen die kleinen Körper hinein. Dann wandten sie sich traurig um und scharrten mit den Hinterbeinen Erde über die Toten. Hinter den Karpaten ging die Sonne unter. Sie ließ die Wolkenränder aufflammen und tauchte die tiefen Täler und die dunklen Schluchten in ein spätes Licht.

„Meine armen Kleinen", flüsterte Palla, als sie fertig waren, „ihr habt nie etwas von der Welt gesehen."

Doch Palla war eine Wölfin, daher wandte sie sich ohne ein weiteres Wort ab, als Huttser das Rudel holte. Sie ging zurück zu ihren überlebenden Jungen, die in der Höhle warteten, und überließ die Toten dem Baum, dem Fluss und der kalten Erde.

Es gab ein aufgeregtes Jaulen und Winseln, als das Rudel in die Höhle kroch. Als ältestes Rudelmitglied durfte Brassa die Welpen zuerst sehen. Strahlend blickte die Wölfin auf die Kleinen. Als nächste kamen Khaz und Kipcha. Kipcha leckte Palla zärtlich die Schnauze und winselte sehnsüchtig nach Khaz. Obwohl sich in einem Wolfsrudel nur die Drappa und der Dragga paaren, war Kipcha in Khaz verliebt und träumte seit langem von eigenen Welpen.

Als das Rudel um die Welpen versammelt war, stimmte Khaz das Wolfsgeheul an, und alle fielen ein. Palla und Huttser standen stolz nebeneinander über ihren Welpen, während das feierliche Geheul um sie ertönte.

„Ich werde für sie jagen, Huttser", rief Khaz, „und das fleischigste Wild im Wald erbeuten!"

Kipcha nickte. „Und ich, Palla, werde ihnen beibringen, Beute aufzuspüren wie Fenris und so schnell zu laufen wie Tor."

„Ich werde sie Klugheit und Weisheit lehren, wie ich es bei Palla getan habe, als sie klein war", sagte die alte Brassa ernst, „und ihnen all meine Geschichten erzählen, damit sie vor Wolfbane und allem Schaden geschützt sind."

Trotz seiner skeptischen Natur lächelte und nickte Huttser, denn es war im Gesetz der Wölfe bestimmt, dass Geschichten wichtig für die Ausbildung eines Wolfs sind. Die Kenntnis von möglichst vielen Geschichten galt an sich schon als Schutz vor dem Dunklen und Bösen. Deswegen schätzten Wölfe die Geschichtenerzähler so sehr und deswegen liebte das Rudel die alte Brassa.

Bran sprang auf, um etwas zu sagen, doch dem Sikla fiel nichts ein, und so grinste er nur und wedelte heftig mit dem Schwanz. Huttser platzte fast vor Stolz und Freude. Er betrachtete seine neugeborenen Jungen und das Rudel und hatte das Gefühl, dass er etwas sehr Wichtiges erreicht hatte. Er fühlte sich fast unverwundbar. Doch da sah er, dass sich Bran von den anderen entfernt hatte. Der Sikla schnupperte über den Höhlenboden in Richtung Ausgang und begann zu geifern.

„Was ist, Bran?"

Huttser nahm ebenfalls Witterung auf, und sein Fell sträubte sich am ganzen Körper. „Blut."

Huttser wandte sich zum hinteren Teil der Höhle, wo Palla und Brassa die Welpen leckten. Khaz sah seinen Blick und folgte ihm zusammen mit Kipcha nach draußen. Es war Nacht, und über der Burg auf dem Felsen flatterten Fledermäuse durch die dunkle, stille Luft.

Vor ihnen im Gras lag ein toter Luchs auf der Seite. Das Tier war klein für seine Art. Das Blut, das aus seiner durchbissenen Kehle quoll, zeigte, dass er gerade erst getötet worden war. Die Luft trug die frische Witterung stark und süß durch die Dunkelheit heran, ließ die Haut der Wölfe prickeln und sträubte ihnen das Fell. Huttser begann zu knurren, er zog die Lefzen zurück und fletschte seine scharfen weißen Zähne.

45

„Wer kommt ohne Trattos Segen?", knurrte er.

Khaz schnaubte zustimmend, als Huttser von Tratto sprach. Tratto war der Wolf, der als Erster die Balkar-Rudel zusammengebracht hatte, um sich gegen das Vordringen der südlichen Varg zu verteidigen, die durch die Kriege der Menschen vertrieben worden waren und neue Jagdreviere im Land jenseits der Wälder suchten. Als Tratto den Frieden wieder hergestellt hatte, verlangte er von den freien Wölfen nur einen Treueschwur und gelegentlich ein Stück Wild.

Viele Wölfe kamen seinen Wünschen gerne nach, denn Trattos Stärke hielt die Wölfe lange davon ab, sich gegenseitig zu bekämpfen.

Doch nun, da Morgra die Nachtjäger führte und ebenfalls Gefolgschaft verlangte, lagen die Dinge anders. Abgesehen von ihrer Besessenheit mit den dunklen Künsten und ihrem Edikt hatte Morgra einigen Balkar erlaubt, offen gegen das Gesetz zu verstoßen.

Zu Trattos Zeiten standen die Jagdreviere der Rudel jedem offen, allerdings mussten Wölfe, die ein Gebiet durchqueren wollten, die Erlaubnis des Leitwolfs einholen, dessen Rudel dort herrschte. Diese Formalität wurde „Trattos Segen" genannt und lenkte die natürliche Beziehung der Wölfe in festgelegte Bahnen.

Bevor Huttser weitersprechen konnte, fiel etwas vor seinen Augen herab. Im Gras neben dem Luchs landete eine tote Wildkatze. Huttser blickte sich ärgerlich um.

„Geschenke!", rief eine Stimme, „Geschenke für die Neugeborenen."

Huttsers Nackenfell sträubte sich, als er eine Wölfin am Hang stehen sah, die sie aus den Schatten heraus beobachtete. Sie sah alt aus, vielleicht sechs oder sieben Jahre, und ihre Augen glitzerten, als sie nach unten blickte. Ihr rechtes Ohr fehlte, und aus tiefen Narben an ihrer Schnauze sprossen merkwürdige Fellbüschel. An ihren Lefzen waren die dunklen Male der Beute zu erkennen.

„Wer bist du?", knurrte Huttser.

„Nur ein Kerrl auf der Durchreise", antwortete die Fremde kühl und kam den Abhang herunter. Ihre Stimme klang sanft und beruhigend, doch Bran hörte darin auch eine gewisse Verschlagenheit.

Huttser schauderte. Es gab viele Kerrl – einsame Wölfe, die vom Rudel vertrieben worden waren oder es selbst verlassen hatten und allein auf sich gestellt überleben mussten. Ein Rudelwolf wie Huttser verband mit diesem Status auch Traurigkeit und Angst, denn er fürchtete vor allem die Einsamkeit.

„Was willst du hier?", fragte er.

„Wollen? Natürlich ein bisschen an der Liebe teilhaben, die im Bau herrscht. Ich hoffe, für eine Fremde ist Platz beim Festmahl."

Plötzlich hüpfte hinter der Wölfin ein Vogel hervor. Es war ein kohlschwarzer Rabe mit wachsamen Augen.

„Huttser! Huttser, wo seid ihr alle –" Palla blieb stocksteif im Höhleneingang stehen.

Neben ihr stand Brassa. Kaum sah sie die Fremde, knurrte sie.

Pallas Augen blitzten auf wie Feuerstein. Rasch warf sich die Drappa herum und schützte mit ihrem ganzen Körper den Höhleneingang. Sie fletschte die Zähne und begann zu knurren. „Morgra!", schrie sie.

Bran und Kipcha zogen sich sofort zur Höhle zurück.

47

Huttser und Khaz duckten sich zum Sprung, bereit, den Bau gegen die Welpenmörderin zu verteidigen.

Doch Morgra lächelte nur kühl und schritt auf das Rudel zu. „Komm schon, Schwester", flüsterte sie, „kein Grund, die Zähne zu fletschen. Ich will dir nichts Böses. Ich will keine Uneinigkeit in dein Rudel bringen."

Morgra blieb stehen und sah Brassa an. Ihre Augen funkelten in der Dunkelheit. „So", knurrte sie und für Kipcha klangen ihre Worte bitter, „wie ich sehe, ist die Ziehmutter hier, um wenigstens den Bau zu bewachen. Wie gut du dich um Welpen kümmerst, Brassa! Du hast ja immer so gut für die Welpen gesorgt." Seltsamerweise konnte Brassa ihrem Blick nicht standhalten.

„Was willst du, Morgra?", knurrte Palla.

Morgra wandte leicht den Kopf und blickte ihre Schwester an. Eine merkwürdige Melancholie schlich sich in ihren Blick, vielleicht war es auch Trauer. Die alte Wölfin hielt inne und antwortete dann ruhig: „Wollen? Natürlich will ich mich deinem Rudel anschließen."

Die Rudelmitglieder trauten ihren Ohren nicht. Die Führerin der Balkar, den Ersten unter den Wölfen Transsilvaniens, die Wölfin, vor der sie in den eisigen Winter geflohen waren, stand vor ihnen und bat darum, aufgenommen zu werden! Die Situation war so bizarr, dass es Huttser die Sprache verschlug.

„Dich unserem Rudel anschließen, Morgra?", stammelte Palla. „Aber du ... die Balkar ..."

„Die Nachtjäger sind keine Familie", schnaubte Morgra. „Und ein Rudel Draggas anzuführen, bietet für eine Wölfin keine Befriedigung. Aber jetzt hast du Junge ..."

Morgra blickte fast zärtlich. Sie war weiter vorgetreten,

und ihre Augen blickten forschend hinter Palla und Brassa und versuchten, die Dunkelheit des Baus zu durchdringen.

„Bleib, wo du bist, Morgra!"

„Willst du mich nicht nach Hause kommen lassen, Schwester?"

Pallas Magen verkrampfte sich bei Morgras seltsam flehentlichem Ton. Es waren viele Sonnen vergangen, seit Palla Morgra als ihre Schwester betrachtet hatte. „Nach Hause?", murmelte sie verwundert. „Glaubst du, ich hätte vergessen, was du getan hast, Morgra?"

Morgra zog die Lefzen hoch und zeigte die Zähne, doch ihre Stimme blieb weich und fast traurig. „Vergessen?", flüsterte sie. „Aber du bist zu jung, um dich überhaupt zu erinnern. Sie hatten Unrecht."

„Welpenmörderin!", knurrte Khaz plötzlich.

„Ich bin keine Welpenmörderin", zischte Morgra und wandte sich an Khaz. „Und eines Tages werde ich Gerechtigkeit erfahren."

Morgra klang so wütend, dass das ganze Rudel zurückwich, doch als die Wölfe enger zusammenrückten, um den Bau zu schützen, änderte sich Morgras Ton gleich wieder. „Selbst wenn du mir nicht glaubst", sagte sie mit schmeichelnder Stimme, „kannst du die Vergangenheit nicht ruhen lassen, Palla? Vergiss sie. Gemeinsam können wir alle eine Zukunft haben. Eine herrliche Zukunft. Lange habe ich darauf gewartet, selbst Welpen zu haben, doch ich bin unfruchtbar, Palla, unfruchtbar."

Palla und Kipcha blickten entsetzt auf. Für eine Wölfin konnte es kaum ein schrecklicheres Schicksal geben als die Unfruchtbarkeit.

„Jahrelang lebte ich als Kerrl, Palla, ohne Familie", fuhr Morgra im gleichen winselnden Tonfall fort. „Jetzt bin ich alt. Bevor ich sterbe, will ich wieder einem Rudel angehören, wie es sich für die Varg gehört. Und du, meine Schwester, mein eigenes Blut … Ich könnte ein Segen für dich sein, Palla, denn ich habe viel gelernt."

Palla wusste nicht, was sie sagen sollte, sie hatte Mitleid mit ihrer Halbschwester.

Bran bekam richtige Stielaugen.

Obwohl Huttser nicht erklären konnte, warum, hatte er plötzlich das Gefühl, dass Morgra log. Er trat vor. „Du kommst hierher", knurrte er, „ohne Trattos Segen."

„Tratto!", schnaubte Morgra. „Tratto ist tot. Ich bin die Erste unter den Wölfen, nun ist mein Wort Gesetz. Und gerade du, Huttser, solltest wissen, dass wir im Land jenseits der Wälder Anführer brauchen."

Bran fand, Morgras Stimme klang plötzlich kälter und geheimnisvoller.

„Und ist es deine Liebe zu den Welpen, Morgra", fragte Huttser wütend, „die zu den Angriffen der Nachtjäger oder zu diesem Edikt führte? Das uns zwang, zum Schutz unserer Jungen durch den Schnee zu fliehen! Was zwei meiner Welpen tötete!"

Morgra knurrte leise, sie gab jedoch kein bisschen nach und zeigte keinerlei Reue.

„Ich und deine Welpen töten?", sagte sie. „Noch mehr Anschuldigungen! Sei vorsichtig, wenn du mit Schuldzuweisungen um dich wirfst, Huttser, sie könnten einmal auf dich zurückfallen."

Huttser erinnerte sich, was Palla im Bau gesagt hatte, doch Morgras Ton gefiel ihm überhaupt nicht.

„Ihr seid also in den Schatten der steinernen Burg geflohen, um dem Edikt zu entkommen", knurrte Morgra. „Ein seltsamer Zufluchtsort, Huttser."

Morgra sah nun hinauf zur Burg, die sich als Silhouette auf der felsigen Bergspitze abzeichnete. Das Bauwerk wirkte unheimlicher denn je, doch Morgras Augen blickten amüsiert.

„Als ich klein war, erzählte man sich, Wolfbane lebe dort."

Bran schauderte und erinnerte sich, was Palla in der Nacht gesagt hatte, als das Rudel in die Höhle zurückgekehrt war. Morgra war allein zur Burg geklettert.

„Es heißt, der Gestaltwandler erscheine als Grascht", meinte Morgra, „als Vampir. Der Böse lebe in der Erde, er komme nur nach Sonnenuntergang und saufe mit seinen riesigen Fängen Blut."

Eine dünne Mondsichel war aufgegangen und warf ein gespenstisches Licht auf die Burg und die große Steintreppe. Ein leichter Wind trieb Wolken vor den Mond, die Schatten über den Wald warfen. Bran konnte förmlich sehen, wie eine Gestalt vom Boden aufstieg und von der Burg her auf sie zukam, von den gigantischen Fängen troff Blut, und Bran spürte bereits den hungrigen Blick aus blutunterlaufenen Augen.

Plötzlich hielt Morgra inne, schüttelte den Kopf und wandte sich wieder an Huttser: „Mit dem Edikt sollten die freien Wölfe gezählt werden, mehr nicht", sagte sie ruhig, und wieder hatte Huttser den Eindruck, dass sie log. „Und was die Balkar betrifft: Sie sind die Ersten unter den Putnar und manchmal nur schwer zu kontrollieren. Doch jetzt bin ich hier und biete euch Hilfe und

Schutz an. Dunkelheit lauert unter dem Steinernen Bau, und die Menschen rüsten erneut zum Krieg."

Morgras Augen flackerten, als sie von Menschen sprach, und Kipcha musste plötzlich an die Menschen denken, die sie im Tal gesehen hatten.

„Auf der Flucht vor meinen Wölfen seid ihr wieder in die Nähe des Menschen gekommen, und wie die alten Glaubensvorstellungen werfen die Menschen lange Schatten über die Welt. Denn wie der Varg ist auch der Mensch ein Geschöpf der Legenden – Legenden, die ein Wolf mit der Muttermilch aufnimmt."

Kipcha hatte die Ohren aufgestellt, und Palla sah, dass Brassa zitterte. Auch Bran hatte den Kopf gehoben und war auf der Hut. Huttser wollte Morgra vertreiben, doch wenn sie ihre Balkar dabeihatte, wäre das Rudel wirklich in Gefahr. Mit den Neugeborenen konnte er kein Risiko eingehen. Er sah Palla an, doch auch sie wirkte unsicher.

„Euer Zögern ist verständlich", bellte Morgra verächtlich, „ich will euch nicht drängen. Ihr müsst selbst entscheiden, außerdem habe ich hier noch etwas zu erledigen, sehr viel zu erledigen. Aber ich werde euch wieder besuchen, wenn zwei Vollmonde verstrichen sind. Das sollte genug Zeit sein, eure Zweifel auszuräumen. Also, halte nach mir Ausschau, Schwester." Sie wandte sich verächtlich ab und trottete den Hang hinauf, doch plötzlich blieb sie noch einmal stehen und wandte den Wölfen ihre vernarbte Schnauze zu. Nun war die Sanftmut in ihrer Stimme völlig verschwunden. „Aber trefft die richtige Entscheidung. Auch wenn die freien Varg zu dumm sind, um an die alten Geschichten zu glauben – in diesen Bergen gehen viele seltsame Mächte um. Wir wollen doch nicht, dass sie ihre Aufmerksamkeit auf dich richten, Huttser. Mich hat man lieber zur Freundin als zur Feindin. Einstweilen erteile ich euch allen ... erteile ich den blinden Welpen meinen Segen." Sie hielt inne und lächelte kalt. „Möge Wolfbane euch beschützen."

Als Morgra sich umwandte und hinter dem Hügel verschwand, sah das Rudel den Raben, der aufstieg und geräuschlos hinter ihr herflog. Die Wölfe folgten seiner Bahn und ahnten nicht, dass sich unten im Wald zwei weitere Wölfe flink durch die Dunkelheit auf die Höhle zu bewegten.

Es waren eine Wölfin und ein alter grauer Varg. Das Fell um seine Schnauze war bereits weiß und seine Augen blickten resigniert. Beide wirkten wie zwei Komplizen, es war eindeutig, dass sie jagten.

„Wir sind fast da", flüsterte die Wölfin im Laufen.

„Ja", knurrte der alte Wolf, „und es muss unter dem Steinernen Bau geschehen. Wir müssen es finden, bevor sie es findet."

„Aber wann, Tsarr?"

„Wenn die Menschen wieder in den Krieg ziehen."

„Und wie werden wir ihn erkennen?"

„Die Augen von Skart werden vom Himmel nach ihm Ausschau halten, Jarla", antwortete der Wolf und blickte auf. „Aber er hat auch ein besonderes Zeichen. Denn er ist der Vorbote einer Legende."

2

Geraubt

Durch den Dschungel fliegt ein Schatten,
Und ein Seufzen stöhnet sacht.
Das ist Furcht, o kleiner Jäger – Furcht ist
hier!

Rudyard Kipling, *Gesang des kleinen*
Jägers

In der gleichen Nacht lag Palla im hinteren Teil der Höhle und säugte ihre noch blinden Welpen, das Rudel ruhte im Halbkreis um die Drappa. Huttser hatte eine eilige Besprechung einberufen, und nun unterhielten sie sich ernst, denn die Wölfe spürten eine gefährliche Spannung in der Luft. Wie üblich mied ein jeder den Blick des anderen.
„Vielleicht will sie wirklich helfen", versuchte Bran das Schweigen zu brechen. „Sie bot uns ihren Schutz, und sie ist die Erste unter den Wölfen, wie sie sagt, ob uns das gefällt oder nicht."
„Schutz?", schnaubte Khaz und fletschte in der Dunkelheit die Zähne. „Eine Welpenmörderin, die uns den Segen Wolfbanes erteilt! Warum sollten wir ihren Schutz wollen?"

„Aber wenn wirklich ein Irrtum vorliegt ...", flüsterte Palla traurig. „Die Unfruchtbarkeit muss schrecklich für sie sein. Und dann als Kerrl umherzuziehen und nur dieses Rudel kämpfender Rüden anzuführen! Das ist unnatürlich. Außerdem ist sie meine Schwester."

Brassa starrte Palla an.

„Was redest du da, Palla?", knurrte Huttser gereizt. „Sollen wir sie etwa aufnehmen? Deine Eltern haben gesehen, was geschehen ist, Palla. Es war richtig, Morgra zu verstoßen. Und wenn sie bei dem Welpen bereits auf den Geschmack gekommen ist ..."

Brassas Ohren zuckten. Sie wollte etwas sagen, änderte aber ihre Meinung.

Palla senkte schuldbewusst den Kopf und leckte die Welpen. „Du hast Recht, Huttser."

„Sie sagte, sie habe hier etwas zu erledigen", sagte Kipcha unvermittelt. „Was könnte sie damit meinen?"

Bran knurrte leise: „Ihr habt gehört, dass sie uns gewarnt hat – vor den Mächten, die in diesen Bergen umgehen. Hat keiner von euch den Vogel bemerkt, der bei ihr war? Denkt an die Gabe! Die erste Fähigkeit ist, dass man mit den Augen der Vögel sehen kann. Auch Wolfbane hat einen Pakt mit den Vögeln geschlossen."

Im Wind draußen hörten sie eine Eule traurig rufen. Der Schatten des Waldes schien sich in die Höhle zu tasten.

„Wenn wir sie nicht aufnehmen, wird sie vielleicht –"

„Still, Bran!", schnauzte Khaz. „Was wäre, wenn sie die Gabe hätte? Wie kann uns die Fähigkeit, in die Zukunft zu sehen, etwas antun?"

Alle im Rudel nickten, nur Brassa wandte plötzlich den Kopf ab.

„Brassa?"

„Was ist, Palla?", murmelte die alte Wölfin.

„Du weißt mehr über die Gabe als wir. Glaubst du, sie kann uns etwas tun, wenn wir sie abweisen?"

Brassa wandte langsam den Kopf wieder dem Rudel zu. „Ich …"

„Sprich!" Auch Huttser blickte nun angespannt auf die alte Wölfin. „Warum fürchtest du sie so sehr, Brassa?"

„Nicht sie fürchte ich, eher die Gabe."

„Warum?"

„Die Gabe bezieht ihre Kraft aus der Energie, die in allem steckt", erklärte die Wölfin langsam. „Deswegen sagen manche, sie bringt die Herrschaft über die Elemente selbst und die Macht des Fluchs."

„Fluch!", echote Bran und schluckte.

Die Schatten in der Höhle schienen dichter zu werden. Plötzlich blies ein eisiger Wind durch den Bau. Den Wölfen sträubte sich das Nackenfell.

„Aber ich habe nie daran geglaubt", fügte Brassa halbherzig hinzu.

Huttser sprang auf und wandte sich an alle: „Sind wir zum Steinernen Bau zurückgekehrt, um uns Dummheit und Lügen zu beugen?", rief er, und seine Stimme hallte so laut durch die Höhle, dass selbst die tauben Welpen ihn zu hören schienen. „Ich werde nicht zulassen, dass abergläubische Vorstellungen uns ängstigen. Die Gabe – das sind doch nur Träume und Geschichten, genau wie Wolfbane!"

„Sie hat auch zur Burg hinaufgesehen", fiepte Bran kläglich. „Und wenn sie dort oben war, lebt Wolfbane vielleicht wirklich do…"

„Sei still, Bran!", schnauzte Huttser. „Ich fürchte den Zauber von Morgra nicht, und zumindest mein Rudel wird sich nicht vor abergläubischen Geschichten ängstigen. Mit den Balkar dagegen ist es etwas anderes. Wenn die Nachtjäger ihr gefolgt sind, bekommen wir wahrscheinlich ernsthafte Schwierigkeiten."

„Huttser", knurrte Khaz ernst, „glaubst du, dass sie schon hier sind?"

Bevor Huttser antworten konnte, begannen die Welpen an Pallas Bauch zu quieken und um die Milch zu rangeln. Die Aufmerksamkeit des Rudels wurde vom Gedanken an Morgra und ihre seltsame Bitte abgelenkt.

Unterwegs und auf der Jagd arbeitete das Rudel ganz selbstverständlich zusammen, doch durch die Welpen entstand ein noch stärkeres Band zwischen den Wölfen. Alle beschützten und ernährten die Jungen, und interne Rivalitäten rückten in den Hintergrund. Während sich Palla um die Welpen kümmerte, jagten Khaz und Huttser für Palla oder suchten die Gegend nach Spuren von Morgra und den Balkar ab.

Im Bau saßen die Wölfinnen dicht bei Palla, und um sie vom Gedanken an ihre Halbschwester abzulenken, erzählten sie ihr alles, was sie über Pflege und Aufzucht der Welpen wussten.

Einige Sonnen später lag Huttser im hinteren Teil der Höhle, als sich Fel plötzlich von seiner Mutter abwandte, aufstand und direkt auf seinen Vater zukroch. Der Welpe stand da, betrachtete Huttser und wedelte mit dem Schwanz.

„Sieh doch", sagte Palla glücklich, „Fels Augen haben sich geöffnet."

Doch Huttser stellte verblüfft fest, dass die Augen in Fels kleinem Gesicht noch fest geschlossen waren. Dennoch konnte er seinen Vater offenbar sehen. Als Brassa näher kam, hob der schwarze Welpe den Kopf und sah zu ihr auf. Obwohl die Augen noch zu waren, schien Fel die Vorgänge um sich herum wahrzunehmen.

„Schläft er?", flüsterte Huttser, doch da drehte Fel sich um, ging schnurstracks zu Palla zurück und fing wieder an zu saugen. Glücklicherweise öffneten sich die Augen der Welpen in dieser Nacht, wie immer bei jungen Wölfen waren sie von wässrigem Blau, nur Fels rechtes Auge hatte einen kleinen Fleck, direkt unter der Mitte der Iris glitzerte ein grüner Splitter wie ein Smaragd. Huttser erfüllte es mit Staunen, und Palla betrachtete stolz ihre Jungen, denn Wölfe glauben, dass ein besonderes Mal oder sogar ein Makel ein Zeichen von Charakter ist.

Brassa dagegen war merkwürdig unruhig. In jener Nacht lag sie vor der Höhle und murmelte vor sich hin. „Das kann nicht sein …", sagte sie immer wieder zu den Schatten, „nicht schon wieder …"

„Larka", flüsterte Fel gereizt, „rück mal ein Stück!"

Die Welpen waren mittlerweile erheblich gewachsen, ihre Pfoten waren geradezu riesig. Sie verfügten nun über all ihre Sinne und waren beide entwöhnt. Doch da Morgra und möglicherweise auch die Balkar die Umgebung durchstreiften, durften die Jungen die Höhle immer noch nicht verlassen, was beide sehr enttäuschte. Sie sehnten sich danach, nach draußen zu laufen und die Welt zu erforschen, doch stattdessen mussten sie im Dunkeln bleiben und Brassas Geschichten anhören.

„Was machen wir?", fragte Larka aufgeregt neben ihrem Bruder. Doch schon erschien eine riesige Schnauze über ihnen. Brassa hatte Palla bei der Betreuung der Jungen abgelöst, damit Palla mit Huttser jagen konnte. Von Morgra hatten sie nichts mehr gesehen oder gehört, doch sicherheitshalber war Bran als Wache beim Felsen über der Höhle zurückgeblieben. Kipcha und Khaz waren allein losgezogen.

Larka sah, wie das Mondlicht durch den Höhleneingang drang. Die kleine Wölfin ging gerne zum Eingang und blickte auf die Welt draußen. „Brassa", flüsterte sie, „was ist der Mond? Warum wächst er im Himmel?"

„Der Mond ist die Göttin Tor", antwortete Brassa sanft und lächelte Larka an. „Sie blickt auf uns alle herab. So, wie es heißt, die Glut der Sonne sei der Jäger Fenris, der die Varg anknurrt, so heißt es, der Mond sei die Wolfgöttin, die ihre Augen immer weiter öffnet und die Welt mit ihrer Güte streichelt."

Bei der Erwähnung von Fenris glitzerten Fels Augen. „Eines Tages werde ich jagen", verkündete der schwarze Welpe hoffnungsvoll, „nicht wahr, Brassa? Wie Fenris. Ich kann es gar nicht erwarten, etwas zu töten", fügte er hinzu und zog die kleine Nase kraus.

Brassa sah ihn zärtlich an. „So wird es sein, Fel, alles zur rechten Zeit. Du musst noch lernen, welche Gefahren in dieser Welt selbst auf die Putnar lauern. Um ihnen zu begegnen, brauchst du nicht nur Mut, sondern auch Klugheit und List. Die List des Jägers. Hör gut zu, ich werde dir eine Geschichte erzählen."

„Eine Geschichte über Wolfbane", japste Fel, „eine Geschichte über den Bösen!"

Die Welpen wedelten eifrig, und Larka setzte sich wieder. Sie liebten es, der Melodie von Brassas Stimme zu lauschen und vertraute Geräusche und Sätze wieder zu erkennen.

Mit jeder Sonne lernten Larka und Fel mehr Worte. Obwohl sie die Höhle gern wie die Erwachsenen verlassen hätten, mochten sie Brassas Geschichten.

„Nein, Fel", flüsterte Brassa, „nicht über Wolfbane."

„Dann über einen schrecklichen Grascht", fiepte Larka, „der einem Fluch unterliegt und Blut trinkt."

Fel nickte begeistert. Das war eine Geschichte ganz nach seinem Geschmack!

„Nein, Larka", antworte Brassa und betrachtete nervös die weiße Wölfin. „Sie handelt vom Anfang, als die Wolfgötter Tor und Fenris die Welt erschufen und Licht ins Dunkel brachten. Als die Götter in Gestalt der Sonne und des Mondes den ersten Wolf Dammam schufen, um sich die Erde untertan zu machen. Und weil Tor Dammam liebte, nahm sie einen Zahn von ihm und machte daraus die Wölfin Va als Dammams Gefährtin. Tor und Fenris blickten vom Himmel auf Dammam und Va, und siehe, es war sehr gut."

Fel gähnte, denn diesen Teil der Geschichte hatte er schon einmal gehört, doch als Brassa von Tor und Fenris sprach, wie sie oben in den Wolken standen, musste er an Huttser und Palla denken, die sie in der Höhle beschützten.

„Warum?", fragte Larka plötzlich. Larka stellte den Erwachsenen ständig Fragen. Obwohl sie selten richtig zuhörte, lautete ihre Lieblingsfrage immer „Warum?".

60

Brassa leckte die kleine Wölfin. „Weil Dammam sehr einsam war, als er durch die Wälder wanderte. Und Tor schenkte Va einen wunderschönen Wurf –"

„Aber wer schuf Tor und Fenris, Brassa?", knurrte Larka gereizt. „Was war vor ihnen?"

„Unterbrich mich nicht dauernd!", schimpfte Brassa, obwohl Larkas Frage sie sehr beeindruckte. Die Alte schüttelte sich und setzte von Neuem an: „Also, wie ich sagte, Tor schenkte Va einen wunderschönen Wurf mit dreiunddreißig Welpen, der aus jeder Art Varg auf der Welt bestand: Timberwölfe und Rotwölfe, Mähnenwölfe, Chancos und Polarwölfe. Sie alle lebten und wuchsen und verbreiteten sich in den Wäldern. Doch der älteste Welpe war der graue Varg Fren und er war Vas Liebling."

Fel und Larka stupsten sich aufgeregt. Je nachdem, wer die Geschichte erzählte, vor allem, ob es ein Wolf oder eine Wölfin war, trat Fren entweder als der größte Jäger und Kämpfer des Waldes auf, als dunkler und mysteriöser Einzelgänger, der etwas von einem Schurken hatte, oder als liebevoller Vater und erbitterter Verteidiger des Rudels. In jedem Fall lag der mutige und schlaue Fren stets im Zwist mit Tor und Fenris und war der Held unzähliger wunderbarer Abenteuer.

„Einmal schlief Fren tief und fest in der Sonne", erzählte Brassa, „als Tor über die Wolken schnürte. Fren hörte Tor, tat aber so, als ob er noch schliefe, denn er wusste, was kommen würde. Tor war wütend auf Fren, weil er ihr nicht gehorchte und die Wolfgötter bestahl, ihnen Futter, Magie und die Geheimnisse nahm, die sie im Bau der Nacht versteckten. Vor allem hatte er das goldene Fell gestohlen, das seinem Träger nicht nur Freiheit, sondern

Wissen und Weisheit verlieh. Es hing an einem uralten Ast in einem Wäldchen aus Mandelbäumen."

Die Augen der Jungen glänzten.

„Wie Fren erwartet hatte, wurde Tor immer wütender, als sie ihn so schlafen sah. Um den Wolf zu wecken, sandte sie ein Heulen, das bis zu den Sternen aufstieg."

Während Brassa ihre Geschichte erzählte, trotteten Huttser und Palla langsam nebeneinander über den Hügel und versuchten, den warmen Abend zu genießen. Allerdings war die Jagd nicht erfolgreich gewesen.

Palla war müde und in Gedanken mit Morgra beschäftigt. Sie blickte zum Himmel. „Huttser, es ist fast Vollmond. Glaubst du …"

Aber Huttser hörte nicht zu. Er spürte eine wachsende Unruhe. Vor ihnen öffnete sich das Tal, und Huttser blieb stehen. Von hier aus hatten die Wölfe einen weiten Blick über den Wald, der sich scharf von der Burg auf dem Felsen abhob. Ihre hohen schwarzen Mauern lauerten hinter den endlosen Nadelbäumen. Nicht einmal im Licht der Abendsonne wirkten die Zinnen sanfter. Die Wölfe konnten den Fluss sehen und zwischen den Bäumen den kleinen Wasserfall. Der Eingang zur Höhle war verdeckt, doch Huttsers Herz pochte nervös, während er mit den Augen den Hügel über der Höhle absuchte.

„Wo ist Bran?", knurrte er. „Ich habe ihm gesagt, er soll Wache halten."

„Dort." Palla seufzte erleichtert, doch plötzlich hob sie den Schwanz und witterte. Ihre Augen waren nicht so gut wie die von Huttser, doch ihre Nase sagte ihr mehr über die schemenhafte Gestalt, die sie in der Ferne ausgemacht hatte. Ein Lera lief auf dem Hügel in der Nähe des großen

Felsbrockens hin und her. Das Tier hatte den Kopf gesenkt, witterte mit der Nase am Boden und wedelte mit dem Schwanz. Doch sein Fell gehörte keinem Varg, den Huttser oder Palla kannten – es war sandfarben, kurz und völlig glatt.

„Ein Hund!", knurrte Huttser.

Da wandte sich der Hund von der Höhle ab und rannte direkt auf die Bäume zu.

„Meinst du, er hat den Bau gefunden?", flüsterte Palla.

„Wahrscheinlich hat er Witterung aufgenommen, aber vielleicht hat Bran ihn verscheucht."

In diesem Augenblick ließ Lärm im Tal die Wölfe bis ins Mark erzittern. In der Ferne erhob sich zwischen den Bäumen am Fuße der Felszacken wildes Gebell. Es war nicht ein Hund, sondern es waren zehn oder zwanzig, die gemeinsam ihr Jagdgebell anstimmten. Zwischen den Bäumen konnten die Wölfe merkwürdige orangefarbene Lichter flackern sehen, die sich vom Dorf her das Tal hinaufbewegten.

„Menschen!", rief Huttser verzweifelt. „Die Menschen sind auf der Jagd, und dieser Hund ist ein Jagdhund."

Palla zitterte. Die Instinkte eines Wolfes schwanken zwischen dem Drang, zu kämpfen und zu fliehen. Eine Wölfin lässt manchmal sogar ihre Jungen im Stich, wenn die Gefahr zu groß ist. Palla rang mit ihrer eigenen Natur, doch dann schrie sie: „Meine Welpen! Komm, beeil dich!"

Huttser konnte kaum mithalten, als die Wölfin den Hang hinabbrannte. Ihr ganzer Körper war mit jeder Faser auf einen einzigen Zweck ausgerichtet: ihre Welpen rechtzeitig zu erreichen. Es wurde Nacht, und Dunkelheit senkte sich über den Wald, doch die Augen der Wölfe glitzerten in den Schatten, während sie rannten. Das wilde Gebell der Jagdmeute kam immer näher. Pallas Herz klopfte so heftig, dass es fast zersprang.

„... Aber Fren heulte so lange und laut, dass sein Ruf die ganze Welt füllte. Und es war noch genug Geheul für jeden Wolf übrig. Und auch für jede Art von Gefühl. Das Geheul des Jägers und der Gefährten, das Heulen der Freundschaft und des Verlustes. Das Heulen der Gefahr und der Trauer. Darum stahl Fren das Geheimnis des Wolfsgeheuls von Tor und Fenris. Und so zeigte er auch seine List." Brassa lächelte auf die beiden Welpen hinab, wandte sich jedoch sofort um, als Palla in die Höhle stürzte.

„Brassa! Schnell! Wir müssen den Bau verlegen."

Die Welpen sprangen auf, wedelten mit den Schwänzchen und kläfften freudig.

Brassa spürte Pallas Verzweiflung und sorgte sich, weil die Welpen schon so groß waren. „Was ist passiert?", rief sie.

„Jagdhunde", knurrte Huttser vom Höhleneingang, „und Menschen auf ihrer Fährte."

Larka und Fel verstanden nicht richtig, was Jagdhunde waren, von Menschen ganz zu schweigen, doch sie spürten sofort die Anspannung in der Stimme ihres Vaters. Larka warf einen nervösen Blick auf ihren Bruder, doch dessen Augen glänzten.

„Dann müssen wir uns beeilen!", bellte Brassa. „Folgt dem Bach und dem Fluss und nutzt das Wasser, um eure Spur zu verwischen. Flussabwärts im Osten liegt ein alter Dachsbau bei einer großen Eiche."

„Gut, Brassa. Führe Palla dorthin. Ich lenke die Hunde ab und versuche, zu euch zu kommen, wenn ich kann. Es wird schneller gehen, wenn ihr sie tragt."

„Aber, Huttser!", rief Palla.

„Keine Zeit zu streiten!", knurrte ihr Gefährte.

Huttser sprang davon. Er sah Bran den Hang zur Höhle heraufrennen. Bran hatte vor einiger Zeit die Witterung eines Eichhörnchens aufgenommen und darüber völlig vergessen, dass er den Bau bewachen sollte. Er wirkte sehr schuldbewusst. „Huttser, es tut mir Leid, ich wollte nur –"

„Still, Bran, komm mit!"

Im Bau packte Palla Larka. Sie war ziemlich schwer, doch als Palla sie am Nackenfell nahm, wurde der Körper der Kleinen sofort schlaff, und Palla konnte sie leicht tragen.

„Was ist los, Brassa?", flüsterte Fel, als die alte Wölfin die Schnauze senkte und auch ihn hochhob. „Ist es die Welpenmörderin?"

„Still, Fel! Du musst jetzt ganz leise und ganz tapfer sein."

„Ich pass auf dich auf, Fel", knurrte Larka plötzlich, obwohl sie bereits reglos zwischen den Kiefern ihrer Mutter hing.

Die Wölfinnen sprangen aus der Höhle und rannten spritzend in den Bach, die Welpen baumelten aus ihren Schnauzen. Sie folgten dem Bach bergab, und Palla wandte sich um und sah, wie Huttser und Bran neben dem Felsen standen und sie beobachteten. Huttser nickte ernst und rannte dann direkt auf das näher kommende Bellen zu.

Die kleine Larka konnte vor Angst und Aufregung keinen klaren Gedanken mehr fassen. Während ihre Mutter durch die tiefschwarze Nacht rannte, wusste sie kaum, was passierte, doch eins war sicher: Das unvorhergesehene Abenteuer hatte sie aus der Höhle hinausgeführt. Sie blickte auf die Umrisse der Bäume, die an ihren Augen vorüberzogen. Der erste Eindruck von der Außenwelt war für die junge Wölfin eine Sensation.

„Wie weit?", keuchte Palla in der Dunkelheit.

Sie hatten kurz angehalten und die Welpen abgesetzt. Plötzlich erzitterte die Luft. Hinter ihnen in der Dunkelheit erklang wildes Gebell. Pallas Gehör schien durch das Adrenalin, das durch ihren Körper strömte, noch besser geworden zu sein und sie hörte sogar die Pfoten der Hunde im Laub rascheln.

„Beeil dich!", rief sie, „Sie sind uns auf der Spur."

Die Meute war eine Zeit lang so schnell hinter Huttser und Bran hergerannt, dass sie die Menschen weit hinter sich gelassen hatte. Nach einer Weile hatte sie sich jedoch geteilt, und die Hälfte der Hunde war zur Höhle zurückgekehrt. Wütend stellten sie fest, dass der Bau leer war, und schnüffelten am Fluss entlang, bis einer von ihnen bei einer Ulme auf die Witterung der Wölfinnen stieß.

Leise folgten sie mit der Nase am Boden dem stechenden Wolfsgeruch. Gelegentlich verloren sie die Spur, wenn die Wölfinnen durch den Fluss gegangen waren. Doch jetzt hatten sie die Fährte wieder aufgenommen und bellten freudig. Die Wölfinnen hörten das Bellen und wussten, dass sie keine Zeit verlieren durften. Brassa packte Fel wieder und sprang voraus. Verzweifelt suchte sie nach dem Dachsbau. Das Bellen kam immer näher, und die Alte war fast am Ende ihrer Weisheit angelangt.

Ich bin ein vergesslicher alter Dummkopf!, dachte sie bitter.

Doch dann erspähte sie endlich die alte Eiche und wenig später ein großes Loch am gegenüberliegenden Ufer, das zum Großteil von einem Baumstamm verdeckt wurde. Brassa watete ins Wasser und schon bald war sie auf der anderen Seite. Der Bau führte ein gutes Stück in die Böschung hinein und war tief genug für eine Wölfin und zwei Welpen, doch Brassa erkannte sofort, dass für sie selbst kein Platz mehr war.

„Beeil dich, Palla", keuchte sie zitternd, „geh so tief, wie du kannst, es ist eure einzige Chance. Halt die Kleinen ruhig, ich werde versuchen, in die Berge zu fliehen, bis es hier wieder sicher ist."

„Verlass uns nicht, Brassa!", flüsterte Fel.

Brassa senkte den Kopf und leckte Fels Nase. „Mach dir keine Sorgen, bei eurer Mutter seid ihr sicherer", flüsterte sie.

Für mehr blieb keine Zeit. Palla robbte rückwärts in die Röhre und schleifte die Welpen hinter sich her.

„Viel Glück, meine Liebe!", rief Brassa und sprang davon.

Palla zog Fel in der Dunkelheit dichter zu Larka, und die feuchten Tunnelwände schlossen sich um sie. Es roch stark nach Dachs.

„Mama", fiepte Larka. „Warum jagen sie uns?"

„Sch, Larka!"

Palla fürchtete, die Aufmerksamkeit der Hunde zu wecken. Wie sollte sie außerdem erklären, warum Tiere einander jagten?

Larka und Fel hörten, wie die Hunde am anderen Flussufer näher und näher kamen, und den Welpen ging das ganze, furchtbare Ausmaß ihrer Situation auf. Larka begann zu zittern und versuchte als Reflex auf ihre Angst, an Pallas Zitzen zu kommen, obwohl sie längst entwöhnt war.

„Halt still, Larka!", zischte Palla verärgert.

Fel hatte einen Käfer entdeckt, der an der niedrigen Decke des Baus entlang hastete. Dem kleinen Wolf entschlüpfte ein Quietschen, das zu einem Knurren und schließlich zu einem leisen Heulen wurde. Verblüfft über den ungewöhnlichen Laut, der einfach so aus seiner Kehle gedrungen war, schloss Fel rasch wieder die Schnauze. Er fürchtete, dass er ihr Versteck verraten hatte.

Die Hundemeute war weit weg, außerdem wurde das Geräusch von der Erde gedämpft. Dennoch hörten zwei Hunde etwas und blickten über den Fluss. Sie sahen den Baumstamm, aber nicht den Eingang zum Bau. Während die anderen diskutierten, was sie als Nächstes tun sollten, sprangen die beiden durchs Wasser und kletterten die Böschung hinauf.

Palla stockte der Atem.

Durch die dicke Erdschicht konnte sie das Tappen der Hunde direkt über sich hören. Sie kamen dem Eingang immer näher und hätten ihn auch entdeckt, wenn nicht ein Hund vom gegenüberliegenden Ufer herübergerufen hätte: „Habt ihr was gefunden, Vlag?"

„Ich weiß nicht, Chef", antwortete der größere der beiden. „Hier ist was. Riecht nach Dachs."

Die Welpen blickten erstaunt auf, weil sie das meiste verstanden, was die Hunde sagten. Palla wappnete sich zum Kampf, Fel und Larka drückten sich dichter an ihren war-

68

men Bauch. Wenn sie gekonnt hätten, wären sie tiefer in den Bau gekrochen.

„Verplempert eure Zeit nicht mit zähem Dachsfleisch", rief der Hund am anderen Flussufer, „wenn leckere Wolfswelpen zu haben sind!"

Larka und Fel schauderten.

„Er hat Recht", stimmte der Hund neben Vlag zu. „Wir sind hinter Wölfen her. Die Witterung gaben uns die Menschen im Zwinger."

„Stimmt schon", murmelte Vlag gereizt. „Aber warum lassen sie uns nicht jagen, was wir wollen? Immer müssen wir Wölfe jagen!"

„Ich habe gehört, dass es dieses Mal einen Grund gibt, Vlag."

Im Bau unter ihnen spitzte Palla die Ohren.

„Was meinst du?"

„Weißt du es denn nicht? Eines ihrer eigenen Jungen wurde gestohlen. Ein Menschenkind. Von einem Wolf geraubt, im Dorf unterhalb der Burg."

Palla riss verwundert die Augen auf, am liebsten hätte sie losgeheult, während sie der merkwürdigen Geschichte des Hundes lauschte.

Ein Wolf raubte einen Menschen! Würde selbst der mutigste Putnar so etwas wagen?

„Einen Menschen geraubt?", knurrte Vlag fast so verblüfft wie die zitternde Palla unter ihm. „Aber warum? Es gibt doch genügend Wild hier in der Gegend!"

„Das ist ja das Merkwürdige. Und es war kein Blut zu sehen. Einige Sonnen lang schnüffelte eine einsame alte Wölfin um das Dorf herum."

Morgra!, dachte Palla nervös.

69

„Dann passierte der Raub, und jetzt wollen die Menschen Rache. Sie lieben die Rache."

„Dann sollen sie ihre Rache haben!", bellte Vlag.

Er senkte die Nase und wollte schon in Richtung des Baus, als ein Nerz, der seinen Bau in der Nähe hatte, an ihm vorbeischoss, durch den Fluss sprang und fast zwischen den Beinen der Hundemeute durchwuselte. Die Hunde vergaßen ihr ursprüngliches Ziel und setzten ihm jaulend und bellend nach, um ihre verlorene Beute wettzumachen.

Palla war furchtbar erregt und konnte nicht aufhören zu zittern, während sie über das Gehörte nachdachte. Was immer das alles bedeuten mochte – jetzt war der Zorn der Menschen geweckt, und ihre Welpen und ihr Rudel waren in größerer Gefahr als je zuvor. Sie wollte Huttser unbedingt die Neuigkeiten erzählen, doch sie musste sich noch gedulden, bis es draußen ruhig war. Als das Gebell der Hunde in der Ferne verklang, betrachtete Palla zärtlich ihre Kleinen, die hilflos neben ihr zitterten, und ließ den Kopf auf die feuchte Erde sinken. Erschöpft wie sie waren, dauerte es nicht lange, bis der Schlaf sie mit seinen sanften Pfoten umfing.

Palla wurde abrupt wach.

Licht drang in den Dachsbau, doch nicht der Morgen hatte sie geweckt. Etwas bewegte sich über ihren Köpfen. Palla hörte es kratzen und dachte, die Hunde seien zurückgekommen.

Wieder duckte sie sich kampfbereit, als eine große Schnauze im Eingang auftauchte.

„Huttser!", rief Palla freudig.

Stolz stand Huttser im Sonnenlicht. Bran, Khaz und Kipcha waren bei ihm, doch bei ihrem Anblick zog Palla erschrocken die Luft ein. Huttsers rechte Flanke war blutverschmiert, und Bran zitterte heftig. Kipchas Gesicht war schlimm zerkratzt, und Khaz hatte eine tiefe Wunde am Rücken.

„Wir hatten eine kleine Auseinandersetzung mit unseren Freunden", knurrte Huttser. „Zum Glück sind Khaz und Kipcha aufgetaucht! Obwohl du nicht schlecht gekämpft hast, Bran. Tja, selbst ein Sikla kann kämpfen, wenn er in die Enge getrieben wird."

Bran lächelte Huttser zu und wedelte stolz mit dem Schwanz.

Auch Huttsers Augen glänzten, denn er hatte Brassa entdeckt, die am Ufer entlang auf sie zuhumpelte. Das ganze Rudel war in Sicherheit. Hinter Palla japste und knurrte es, und die Wolfswelpen drängelten aus dem Bau. Sobald sie ihren Vater sahen, sprangen sie durch das Gras auf ihn zu.

„Ach, ihr!", rief Huttser, als die Welpen an seinen Beinen hochsprangen, bellten und in sein Fell zwickten. „Ich wette, ich sehe schlimmer aus als Morgra."

Palla knurrte, als Huttser ihre Schwester erwähnte. „Huttser", flüsterte sie, „es gibt Neuigkeiten."

Das Rudel war vom Kampf erschöpft und benommen, doch bei Pallas Bericht stand allen das Maul offen. Khaz knurrte, Kipcha zitterte. Brassa zuckte nervös mit den Ohren.

Besonders beunruhigt wirkte jedoch Bran. „Palla, Huttser, versteht ihr denn nicht? Es ist die Legende! Die Legende von der Gabe."

Huttser und Palla drehten sich abrupt zu dem Sikla um.

Er wurde ganz unsicher und wandte sich Schutz suchend an Kipcha. Brassa wiegte den Kopf.

„Legende?", flüsterte Palla.

Huttser knurrte gereizt, während Kipcha Palla erzählte, was sie über einen Wolf gehört hatte, der ein Menschenkind geraubt hatte.

„Brassa", sagte Palla unvermittelt. „Du weißt mehr darüber, als du sagen willst, nicht wahr? Warum erzählst du uns nicht, was vor sich geht?"

Die alte Wölfin scharrte im Gras. „Ich weiß das nur vom Hörensagen", meinte sie abwehrend. „Es ist die Legende vom Mensch-Varg."

„Mensch-Varg!", keuchte Palla.

Bran sah Kipcha an. Er erinnerte sich, dass sie gesagt hatte, bei der Legende gehe es nicht um eine dumme Verwandlung.

„Aber das ist Unsinn. Nur dummes Gerede", sagte Brassa.

„Unsinn?", knurrte Palla wütend. „Aber ein Wolf hat ein Menschenkind geraubt, Brassa. Das ist kein Unsinn. Worum geht es in dieser Legende?"

„Tsinga hat sie mir einmal erzählt", murmelte die alte Wölfin. Ihre Stimme klang seltsam.

„Tsinga?"

„Du bist wahrscheinlich zu jung, um dich an Tsinga zu erinnern, Palla", sagte Brassa fast hoffnungsvoll. „Die alte Wahrsagerin, die im Tal hinter den Stromschnellen lebt."

Doch Palla erinnerte sich, wenn auch nur dunkel. Als Welpen hatten sie den Ort als Tal der Schatten gekannt. Sie war nie dort gewesen, doch um das Tal rankten sich zahlreiche Geschichten, die den Welpen im Bau nervöse Schauer über den Rücken gejagt hatten. Ihr Vater hatte ihr einmal halb im Scherz erzählt, dass das Tal von einem riesigen Wolf mit zwei Köpfen bewacht wurde. Ein reißender Fluss, dessen Wasser aus dem Geifer von tausenden fressenden Rudeln bestand, bildete die Grenze und ließ niemanden passieren. Palla hatte Tsinga als Welpe kennen gelernt. Die Wahrsagerin hatte sie und ihren Bruder Skop fast zu Tode geängstigt. Tsinga verhielt sich seltsam, einige hielten sie sogar für verrückt, doch andere glaubten, sie könne in die Zukunft sehen.

„Sprich weiter, Brassa!", sagte die Drappa kühl.

„Wahrsager wie Tsinga haben den Glauben an die Gabe stets gehütet. Unter den Geschichten über die Gabe gibt es eine Legende über den Mensch-Varg, wie Kipcha gesagt hat. Es ist eine uralte Legende in Versform."

„Uralte Verse?", flüsterte Palla. „Was sagen sie?"

„Ich habe sie nie gehört", knurrte Brassa und senkte den Blick. „Aber ich glaube, es geht darin um eine Zeit, da ein Wolf mit der Gabe ein Menschenkind raubt, den Mensch-Varg. Gemeinsam sollen sie die endgültige Macht der Gabe hervorbringen."

„Endgültige Macht? Welche endgültige Macht?"

„Ich weiß es nicht, Palla", schnauzte Brassa. „Ich habe es dir doch gesagt, ich habe das Gedicht nie gehört."

Aber Palla starrte Brassa an. „Was noch?"

Wieder zögerte Brassa. „Es hat etwas mit Wolfbanes Rückkehr zu tun", antwortete sie schließlich, „und mit Wolfbanes Winter."

„Morgra!", meinte Bran schaudernd und dachte an ihren merkwürdigen Segen.

Alle kannten die Geschichte von Wolfbanes Winter. Es hieß, dass der Böse, wenn er je zurückkehre, die ganze Erde mit einem furchtbaren Winter überziehe.

„Das also hatte Morgra zu erledigen", flüsterte Khaz angeekelt. „Menschen rauben. Was immer diese Welpenmörderin sonst noch getan hat – sie hat das älteste Gesetz gebrochen!"

„Dann versucht Morgra, diese Legende zu verwirklichen", knurrte Palla, „deswegen hat sie das Kind geraubt."

„Hört mit dem Unsinn auf!", rief Huttser ärgerlich. „Woher wollt ihr wissen, dass es etwas mit der Legende zu tun hat? Bei Morgras Geschmack hat sie das Kind aller Wahrscheinlichkeit nach gefressen."

„Angeblich war kein Blut zu sehen", knurrte Palla. „Vielleicht hat es etwas mit uns zu tun, Huttser. Vielleicht wollte sie deswegen –"

„Still", knurrte Huttser. „Wenn Morgra ihre Zeit mit Legenden verschwenden will – bitte! Zumindest lenkt sie das davon ab, sich unserem Rudel anzuschließen. Eins ist sicher und damit ist meine Entscheidung gefallen: Ich werde sie persönlich vertreiben, falls sie zurückkommt, Balkar hin oder her!"

„Aber jetzt trachten die Menschen noch viel mehr nach unserem Blut, Huttser", knurrte Khaz. „Wir sollten weit weg gehen."

„Das können wir nicht, Khaz", sagte Palla sofort. „Sie sind noch zu klein, um große Strecken zu wandern. Wir müssen uns verstecken, bis die Gefahr vorüber ist. Zur Höhle können wir nicht zurück, nachdem die Hunde sie gefunden haben, doch das hat zumindest etwas Gutes.

Wenn wir einen einigermaßen sicheren Bau finden, kann uns auch Morgra nicht mehr aufspüren."

„Sehr gut, Palla", knurrte Huttser. „Wir bringen sie in die Berge und suchen nach einem anderen Bau, bis es Zeit ist, einen Treffpunkt für sie zu finden, einen geeigneten Platz in der Sonne, wo sie spielen und sich auf ihre erste Jagd vorbereiten können."

Der Bericht über ein geraubtes Menschenkind hatte die Welpen fasziniert, doch das Gespräch über ihre erste Jagd war wesentlich aufregender. Fel hob den Kopf und heulte, und einen Augenblick lang mussten Huttser und die anderen Rudelmitglieder grinsen. Aber plötzlich hob auch Palla den Kopf.

„Was ist, Palla?", knurrte Huttser, der ihr besorgtes Gesicht sah.

„Hörst du nicht?"

Huttser hörte nichts, doch schon bald nahm er die Witterung auf. Er schnüffelte in der Luft, und Fel und Larka taten es ihm gleich. In diesem Augenblick brach wieder ein Ruf durch die Stille.

Palla stellte die Rute, allerdings nur halb, denn sie hatte den Ton erkannt. „Ich glaube, es ist mein Bruder Skop."

Das Rudel musste nicht lange auf eine Bestätigung warten. Schon bald kam ein Wolf die Böschung herauf. Larka und Fel wedelten aufgeregt, als sie einen Welpen sahen, der müde hinterhertrottete.

„Skop!", rief Palla erfreut. Seine Ankunft hatte die Schrecken der Jagd und der seltsamen Legende vertrieben. „Dachte ich mir doch, dass du es bist! Schön, dich wieder zu sehen."

Skop war nicht größer als seine Schwester und hatte den gleichen klugen Gesichtsausdruck. Der kleine Wolf, den er bei sich hatte, war sehr hübsch und zeigte bereits Ansätze, die Schnauze eines echten Dragga zu entwickeln, allerdings blickte er ziemlich nervös um sich.

„Fenris sei Dank, dass ich euch gefunden habe, Palla!", knurrte Skop. „Ich bin schon seit vielen Sonnen unterwegs. Ich habe euch im alten Bau gesucht, als mir endlich einfiel, wo er liegt. Aber ihr wart weg."

„Die Menschen waren auf der Jagd", knurrte Palla. „Aber wohin gehst du, Bruder?"

„Nach Nordosten", antwortete Skop ernst. „Dort versteckt sich ein Rebellen-Rudel in den Bergen. Sie bereiten sich auf den Kampf gegen Morgra vor."

„Gegen Morgra!", knurrte Palla überrascht.

Das ganze Rudel lauschte aufmerksam.

„Sie werden von einer kühnen Drappa namens Slavka angeführt. Sie hat die freien Varg aufgerufen, sich dem Großrudel anzuschließen, zum Kampf gegen Morgra und die Balkar."

„Ein Großrudel?", knurrte Huttser.

„Was sind Rebellen?", meldete sich Fel.

Skop lächelte den schwarzen Welpen an. Er war ein mutiger Wolf. Obwohl er kein Dragga war, war er der geborene Kämpfer.

Fröhlich sagte er: „Rebellen sind Wölfe, die frei in den Bergen leben, für die Freiheit kämpfen und den ganzen Sommer lang den Mond anheulen."

Huttser klopfte missbilligend mit dem Schwanz und schnaubte: „Ein Großrudel, Skop? Ich dachte, solche Ideen existieren schon lange nicht mehr."

„Es sind merkwürdige Zeiten, Huttser. Die Gerüchte um unsere Halbschwester mehren sich mit jeder Sonne. Vielleicht hat Slavka Recht, wenn sie uns auffordert, sich ihr anzuschließen."

„Aber was sollen Wölfe in einem Großrudel?", knurrte Huttser. „Die Größe eines Rudels sollte allein anhand des Reviers und anhand der Familien- und Blutsbande bestimmt werden. Freiheit liegt in der Bindung des Rudels, und die einzige wahre Freiheit liegt im Lauf des Varg. Das ist der unbezähmbare Geist des Wolfes. Das ist unser Geburtsrecht."

Die Rudelmitglieder spürten einen Schauer der Erregung, als Huttser die Worte gebrauchte, die sie seit ihren frühesten Welpentagen kannten. Auch Skop wusste, dass das Leben eines Rudels allein von der Natur bestimmt wurde. Normalerweise wuchs ein Wolfrudel zusammen mit seinem Revier, wurde je nach der Menge des Wildes, von dem es sich nährte, größer oder kleiner. Wenn Wild knapp war, musste das Revier ausgedehnt werden, wodurch sich naturgemäß die Rivalität zwischen benachbarten Rudeln und der Wettbewerb um Nahrung verstärkten.

„Aber warum wollen die Rebellen gegen Morgra kämpfen?", fragte Palla. „Was ist los?"

Skop wurde plötzlich ernst. In der Ferne hörten sie das Donnern eines frühen Sommergewitters. Es ließ die Bäuche der Welpen beben. Als die Wölfe aufblickten, sahen sie, dass sich Sturmwolken über der Burg zusammenzogen.

Skop schob seinen kleinen Begleiter mit der Schnauze vor und sagte zu den Kleinen: „Das ist Kar. Warum nehmt ihr ihn nicht mit nach da drüben und spielt ein bisschen?"

„Ich will nicht spielen!", kläffte Fel, denn er wollte unbedingt hören, was Skop weiter zu berichten hatte. „Spielen ist doof."

„O nein", knurrte Skop und betrachtete ihn weise, „es gibt nichts Ernsthafteres als das Spiel."

„Ich will nicht!", schnaubte Fel.

Huttser sprang vor und packte Fel am Nacken. Er meinte es nicht wirklich ernst, doch der Welpe war nicht darauf vorbereitet. Als er merkte, dass er nicht entkommen konnte, spürte er brennende Wut. Ein stechender Schmerz lief ihm übers Rückgrat und bereitete ihm Übelkeit. Es war, als ob ein Schatten über ihn hinweggezogen wäre, der Schatten der väterlichen Macht. Huttser ließ los und lächelte unbekümmert, ihm war überhaupt nicht bewusst, was er da getan hatte. Fel blickte ihn ärgerlich an.

„Warum bringst du den anderen nicht den Jagdruf bei, den ich dir gezeigt habe, Kar?", schlug Skop vor.

Daraufhin wandte sich Fel eifersüchtig zu Kar um. „Er sieht nicht so aus, als ob er einen Jagdruf kennen würde", kläffte er geringschätzig und warf dem Neuankömmling einen verächtlichen Blick zu.

„Spitze Steine ritzen meine Beine", sagte Kar ohne Stocken, „doch Worte werden mich nie verletzen."

Larka gefiel der Neuankömmling sofort. Auch Kar mochte Larka, weil ihre Augen so schelmisch glitzerten. Kar war etwa so groß wie Larka und Fel, allerdings hatte sein Pelz die klassische Farbe der Grauwölfe. Seine Schnauze war lang und nachdenklich wie die von Huttser. Da stand er nun und blickte schüchtern zwischen den beiden hin und her, bis Larka vortrat und mit der Nase seine

Schnauze berührte. Schließlich trotteten die drei davon und begannen zu spielen.

Erst nachdem sich Skop überzeugt hatte, dass die Welpen außer Hörweite waren, wandte er sich wieder an das Rudel. „Die Lage hat sich gefährlich zugespitzt, Palla. Die Nachtjäger dringen rücksichtslos in die Rudelreviere ein und setzen sich überall über Trattos Segen hinweg. Sie haben Kars Eltern umgebracht."

„Der arme Kleine!", keuchte Kipcha.

„Deswegen habe ich ihn hergebracht. Ich weiß nicht, was ich sonst mit ihm tun soll."

„Aber warum greifen sie an?", fragte Khaz.

„Um unter den freien Wölfen Furcht und Schrecken zu verbreiten. Aber sie wollten auch den Welpen. Sie nahmen seine Geschwister mit. Nur weil er etwas entfernt vom Treffpunkt spielte, konnte ich ihn überhaupt retten."

„Was will sie denn mit ihnen?", knurrte Huttser wütend.

„Es hat nichts mit einer Zählung zu tun, so viel ist sicher."

Palla schauderte, als sie daran dachte, wie nahe ihre Halbschwester dem Bau und den Welpen in jener Nacht gekommen war.

„Die Gerüchte werden immer düsterer", berichtete Skop und senkte die Stimme noch mehr. „Man spricht von der Rückkehr des Bösen und der Verehrung von Wolfbane."

Bran blickte auf. Alle dachten an Morgra und das Menschenkind. In der Legende hieß es, Wolfbane werde zurückkommen. Bran wünschte, er wüsste, was das alles bedeuten sollte.

„Was hat das damit zu tun?", knurrte Huttser.

„Denk nach, Huttser! Heißt es nicht, der Böse nähre sich von Welpen?"

Die Rudelmitglieder schauderten und wandten alle den Kopf nach den Jungen. Die drei plauderten unbeschwert miteinander.

„Skop", sagte Palla unvermittelt. „Morgra ist hier in der Gegend. Sie wollte sich unserem Rudel anschließen."

Erstaunt sah Skop seine Schwester an und fletschte knurrend die Zähne.

„Und jetzt dieser Mensch", sagte Kipcha. „Die Legende vom Mensch-Varg."

„Still, Kipcha!", schnauzte Huttser sofort, doch Skop hatte bereits die Ohren gespitzt.

„Ich weiß es schon, Huttser", knurrte er, „die Nachricht verbreitet sich bereits in den Wäldern."

„Wenn Morgra ein Menschenkind geraubt hat –", überlegte Huttser.

Doch Skop unterbrach ihn. „Ich glaube nicht, dass Morgra es geraubt hat. Auf dem Weg hierher hörte ich ein Gerücht. Ein Dragga soll es genommen haben."

Die Wölfe sahen sich erstaunt an.

Huttser war erfreut. „Ich würde Morgra alles zutrauen. Aber ich glaube nicht, dass es etwas mit einer Legende zu tun hat. Brassa sagt, ein Wolf mit der Gabe würde einen Menschen rauben. Selbst wenn Morgra über die Gabe verfügt, hat sie das Kind nicht geraubt. Nein, das sind nur hungrige Wölfe, mehr nicht."

Wieder donnerte es, doch dieses Mal gedämpfter. Als Palla zur Burg blickte, sah sie, dass sich der Himmel wieder aufklarte. Das Gewitter war am Tal vorbeigezogen.

„Kommt", sagte Huttser, als er die drei Welpen auf sie zulaufen sah. „Die Hunde kehren vielleicht zurück. Skop, du bleibst doch eine Weile bei uns, oder?"

Skop nickte und hob Kar auf.

„Aber seid wachsam", knurrte Huttser. „Heute ist Vollmond."

Nun packte Kipcha Fel beim Nacken, sie war jedoch wesentlich vorsichtiger als Huttser.

Palla wollte Larka tragen, doch Khaz trat vor. „Nicht, Palla, du bist müde, lass mich." Khaz ging zu der kleinen Wölfin.

Larka blickte zu ihm hoch und fragte leise: „Khaz? Wolfbane und dieser Mensch-Varg ... kommen sie und fressen uns auf?"

Khaz lächelte und schüttelte beruhigend den Kopf. Er sah zu Kipcha hinüber. Als er sie mit Fel im Maul sah, fragte er sich plötzlich, warum er der hübschen Wölfin nie gesagt hatte, wie sehr er sie liebte.

„Nein, Larka, niemand frisst euch auf. Und wenn es jemand versuchen sollte, muss er zuerst an uns vorbei. Denn wir würden unser Leben geben, um euch zu beschützen. Ihr seid die Zukunft."

Nach Huttser hatte Khaz die stärksten Kiefer im Rudel, doch als er den Kopf senkte und Larka hochhob, griffen seine Zähne so vorsichtig in ihr Fell, dass sie kaum etwas spürte.

Plötzlich blieb Skop stehen und setzte Kar wieder ab. „Mir ist gerade etwas eingefallen", rief er. „Die Legende kann gar nichts mit eurem Rudel zu tun haben."

„Warum nicht?", kläffte Palla hoffnungsvoll.

„Ich erinnere mich wieder: In der Legende heißt es, dass

alles nur an einem Ort geschehen kann, an dem ein schweres Verbrechen oder Unrecht begangen wurde."

Das Rudel schien beruhigt, nur Brassa wich dem Blick der anderen aus. In ihren Augen lag Angst. Und ein Geheimnis.

Das Rudel war den ganzen Tag gewandert. Aus Furcht vor den Menschen und den Jagdhunden waren die Wölfe langsam durch den Wald nach Osten gezogen. Gelegentlich hielten sie an und setzten die Welpen ab, manchmal ließen sie die Kleinen auch ein Stück alleine gehen. Doch schließlich verließen die Wölfe den Schutz des Waldes und kehrten in weitem Bogen in ihr Revier zurück.

Huttser wusste, dass der beste Platz für einen Bau und einen Treffpunkt in der Nähe eines Flusses liegen sollte, doch er wollte sein Rudel nicht zurück zur Höhle führen, solange er nicht sicher war, dass die Hunde weg waren. Daher schlug er vor, ins Gebirge zu gehen. Am Abend befanden sich die Wölfe und ihre Welpen bereits hoch in den Bergen. Nebel senkte sich in der zunehmenden Dunkelheit über sie, während die Wölfe einen gewundenen Gebirgspfad entlang schnürten. Er schlängelte sich auf Höhe der Burg oberhalb einer Schlucht, die zum Fluss führte. In der Ferne grollte der Donner, das Gewitter kam zurück. Die Wölfe mussten an die Legende und Morgras drohende Rückkehr denken und liefen schneller und schneller.

Der Fluss war durch die Schneeschmelze im Gebirge stark angeschwollen und brauste wütend in der Tiefe. Um das Wolfsrudel ragten scharf gezackte Felsen auf. Mittlerweile war der Vollmond aufgegangen. Alle dachten an

Morgra, wenn sie zum fahlen Mond aufblickten. In der Ferne zogen sich die Sturmwolken zusammen. Schließlich hatte das Gewitter die Wölfe erreicht. Blitze zuckten über den Himmel, verästelten sich in der schweren Luft und beleuchteten das Tal für Sekunden mit ihrem harten bläulichen Licht. Das Fell der Wölfe begann durch die Elektrizität in der Luft zu kribbeln.

Plötzlich tauchte ein Blitz die Burg vor ihnen in grelles Licht. Bran schauderte, er dachte an die Geschichte von Wolfbane, der dort in Gestalt eines Grascht lebte. Die Nachricht vom Mensch-Varg vermischte sich in seinem Kopf bereits mit den Legenden über Wolfbane. Als ihm Morgras Segen und der Gedanke an das geraubte Menschenkind in den Sinn kamen, wurde ihm regelrecht übel.

Um sie herum türmten sich spitze Steine und zerklüftete Felsen, dazwischen lagen entwurzelte Bäume und Geröll. In der Dunkelheit konnte man merkwürdige, mysteriöse Formen darin erkennen. Da nahm ein Fels die Gestalt eines Wolfes oder Luchses an, dort die Form eines fliegenden Vogels.

Die Wölfe kannten diese Gegend gut. Die Ausläufer der Karpaten vermittelten einen Eindruck von den tiefen Schluchten und den mit Nadelbäumen bewachsenen Tälern, die sich dort durch Transsilvanien zogen, wo sich die Karpaten wie ein schlafender Drache über die weiten, flachen Ebenen des Landes erhoben. Normalerweise hätte sich das Rudel hier sicher gefühlt, doch nun, da Dunkelheit, Nebel und Gewitter ihre Fantasie beflügelten, wurden die Wölfe immer nervöser.

Sie liefen in einer Reihe hinter Huttser. Die Luft stand

merkwürdig still, nur der Nebel waberte um sie herum. Immer weiter zog das Wolfsrudel. Huttser starrte in die Dunkelheit, als wieder ein Blitz aufleuchtete – auf einem Felsvorsprung über ihm stand plötzlich Morgra. Sie hielt ein blutendes Kaninchen in der Schnauze. Hinter der alten Wölfin brach der Mond durch die dicken Gewitterwolken. Im Mondlicht schien ihr Fell zu wogen und zu schimmern, wie Rauch umgab der Nebel ihren Kopf. Sie wirkte größer als bei ihrer letzten Begegnung. Ihre Augen funkelten böse.

„Morgra!", knurrte Huttser.

Kipcha setzte Fel ab und schob den Welpen mit der Schnauze zu Khaz. Fel blinzelte erschrocken. Khaz stellte Larka auf den Boden und schob sich schützend über die Welpen. Skop war etwas zurückgefallen. Als er nun Kar absetzte, versuchte der kleine Wolf, sich zwischen seinen Beinen zu verkriechen. Fel und Larka drängten sich aneinander.

Über ihnen tobte das Gewitter, doch am Rand der Wolken war die Nacht immer noch klar, sogar Sterne waren zu sehen. Einen Augenblick schien es, als hätte sich der Himmel in zwei Hälften geteilt.

Die Wölfe spürten die ersten Regentropfen auf den Schnauzen. Dann kam der Donner und der Regen brach los. Schon bald waren sie völlig durchnässt. Lange Blitze zuckten über den Himmel.

„Ich bin zurückgekommen, Huttser!", schrie Morgra und ließ das Kaninchen fallen. „So, wie ich es versprach. Ich halte immer mein Wort. Wohin geht ihr mit den Welpen?"

Morgras Stimme war voller Verschlagenheit.

Huttser gab ein gefährliches Knurren von sich.

„Wollt ihr sie vielleicht vor mir verstecken?", schnaubte Morgra und lächelte über den Gedanken. „Das ist unmöglich, Huttser. Ich besitze die Kraft der Gabe."

„Wir wollen uns nicht verstecken", log Huttser ärgerlich. „Die Menschen waren auf der Jagd, und ihre Hunde haben unseren Bau aufgespürt."

„Dann lasst mich euch helfen. Gegen die Menschen und gegen die vielen Gefahren, die einem Rudel in der Wildnis drohen. Denn ich weiß viel über die Menschen. Wir werden Verbündete sein, ich und ihr. Als geachtetes Mitglied eures Rudels wird eure arme, unfruchtbare Schwester euch den Schutz Wolfbanes geben und euch helfen zu überleben."

Huttser kniff vor Abscheu die Augen zusammen. Er blickte Palla an, die hinter ihm kam, und sah, dass die Gegenwart ihrer Schwester sie verwirrte, daher wandte er sich wieder an Morgra. „Du willst uns gegen die Menschen helfen?", rief er spöttisch. „Dabei hast du sie doch erzürnt, weil du bei Nacht umhergeschlichen bist und ihr Junges geraubt hast. Wo ist es jetzt, Morgra? Oder liegen seine kleinen Knochen bereits weiß auf der Erde und nähren die Krähen?"

Während Huttser sprach, heftete Morgra ihren ärgerlichen Blick auf Palla.

„Was meint er, Schwester?", knurrte sie.

„Du leugnest, dass du eine Welpenmörderin bist", antwortete Palla kalt. „Leugnest du auch, dass du es geraubt hast? Das Menschenkind?"

„Ein Menschenkind?", keuchte Morgra. „Wann ist das passiert?"

Die Überraschung der Wölfin, ihre Verblüffung stimmte Huttser nachdenklich.

„Tsarr", flüsterte Morgra plötzlich und hob den Kopf zum Himmel. „Tsarr, dieser alte Narr! Aber er hat es früher gefunden, als ich gedacht hätte. Das Kind mit dem Zeichen. Es steht in dem alten Gedicht. Es ist die Legende von der Gabe."

Der Regen brannte Morgra in den Augen. Das Gewitter hatte offenbar seinen Höhepunkt erreicht. Rollender Donner dröhnte in den Wolken. Morgra riss sich von ihren Gedanken los. „Nun gut", flüsterte sie kalt und schüttelte sich den Regen von der Schnauze, „ihr braucht mich nötiger, als ihr denkt, denn dunkle Kräfte sind am Werk, Palla, Kräfte, die keiner von euch versteht."

„Wir brauchen deine Hilfe nicht, Morgra!", rief Huttser. „Wir können allein mit den Menschen fertig werden. Wir bitten dich nur, das Rudel in Frieden zu lassen."

„Frieden? Und wenn Wolfbane wiederkehrt, Huttser, wenn der Böse zurückkommt und die Toten herbeiruft?"

Bran zitterte.

„Worüber redet sie?", knurrte Palla.

Huttser knurrte. „Mit solchen Geschichten jagt man vielleicht Welpen Angst ein", bellte er. „Aber meinen Jungen wurde schon genügend Angst eingejagt."

„Mama", flüsterte Larka und schauderte neben Fel. „Sag ihr, sie soll weggehen."

„Ruhig, Larka."

Larkas plötzliche Furcht hatte eine verblüffende Wirkung auf Morgra. Sie betrachtete die Welpen, die Flanke an Flanke im Mondlicht standen. „Lasst sie mich berühren", knurrte sie. „Lasst sie mich beschnuppern. Ich bin hier, um die Welpen zu beschützen. Ihnen zu helfen. Sie aufwachsen zu sehen. Kommt her, ihr Kleinen, kommt zu einer Mutter, die dieser Bezeichnung würdig ist!"

Palla konnte es nicht länger ertragen. Sie sprang nach vorn, ihre Pfoten ließen den Schlamm aufspritzten. „Hau ab, Morgra!", schrie sie erbittert. „Hast du nicht genug Schaden angerichtet? Du kannst nie ein Mitglied unseres Rudels werden. Dieser Unsinn mit der Legende! Du verbreitest Gerüchte und Aberglauben. Geh zurück zu den Balkar, zu deinem Aberglauben und zu deinen Lügen. Geh und lass meine Familie in Ruhe, oder ich selbst werde dich töten!"

Morgra wich zurück, doch ihre Augen zeigten keine Furcht, nur ein hasserfülltes Glitzern. Doch plötzlich flackerte ihr Blick. „Deine Familie?", zischte sie, und Huttser meinte, er höre so etwas wie Angst in ihrer Stimme. „Und nur eine Familie ..."

Plötzlich krachte es laut. In einen Baum hinter Morgra hatte der Blitz eingeschlagen. Feuer loderte in der Dunkelheit. Das ganze Rudel schrak zurück. Larka und Fel starrten verwundert auf die brennenden Äste.

„So sei es!", schrie Morgra und lächelte erfreut, während die Schatten des brennenden Baums um ihre vernarbte Schnauze tanzten. „Du hast dir dein Schicksal selbst gewählt, Palla. Und da du die Vergangenheit nicht vergessen kannst, soll sie zurückkehren und dich heimsuchen, denn Wolfbane, der Freund der Toten, kehrt stets zurück. Du wirst wirklich aus der Vergangenheit lernen, Palla, wenn die Suchenden zusammengerufen werden."

Die Welpen stellten die Ohren.

„Denn sie warten schon, Palla, in der Höhle des Dunkels, jetzt und immerdar. Sie sind unter uns. Sie warten in Träumen und Albträumen, beobachten und richten. Sie schleichen wütend in den Schatten, an den Pforten des Todes, und warten nur darauf, sich auf die Lebenden zu stürzen."

Das Rudel dachte, Morgra hätte den Verstand verloren. Doch die Wölfe waren so erschrocken, dass sie nur da stehen und sie im strömenden Regen anstarren konnten. Zischend erstarben die Flammen im Baum und verstummten schließlich ganz.

„Ihr sprecht von Knochen, die weiß werden und darauf warten, von den Krähen abgefressen zu werden. Nun, dann sollen es eure Knochen sein, an denen die fliegenden Aasfresser picken. Wenn Wolfbane wiederkehrt. Wenn die endgültige Macht entfesselt ist."

Plötzlich flatterten schwarze Flügel über Morgras Kopf.

„Das soll mein wahres Geschenk zur Geburt an dich sein, Palla. Ich verfluche deine Familie und dein Rudel!"

„Huttser", flüsterte Brassa und zitterte am ganzen Körper, „halte sie auf, um Tors willen!"

„Bei Wolfbane verfluche ich euch. Bei der Macht der Gabe, der Macht, die mein ganzes Leben mit einem Fluch belegt hat. Deine Kleinen sollen wachsen und dabei leiden. Dein Rudel soll nacheinander auseinander brechen, bis du mir die Welpen endlich gibst. Und wenn du dazu nicht bereit bist, sollen sie dein Schicksal teilen."

„Bringt sie zum Schweigen!", kläffte Brassa erneut.

Bevor sie etwas unternehmen konnten, warf Morgra den Kopf zurück und ließ ein Heulen ertönen, das die

Schlucht zu erschüttern schien. Dann zischte sie mit einer Stimme, die vor Bösartigkeit ganz heiser war: „Der Vergangenheit schwarze Verbrechen mögen die künftigen Zeiten rächen!"

Die Worte ließen die alte Brassa noch mehr schaudern.

„Die Gabe!", knurrte Brassa, als wäre sie gebissen worden, und wandte ihr Gesicht dem umwölkten Mond und dem Regen zu.

„Morgra", flüsterte Palla. „Morgra, bitte nicht!"

Huttser und Palla gingen langsam vor. Das Rudel folgte. Während Morgra sprach, zog sie sich allmählich zurück. Sie wurde an eine Stelle gedrängt, wo der Pfad eine leichte Kehre machte. Mit den Hinterbeinen geriet sie immer näher an den Abgrund.

Ihre Augen hatten einen glasigen, entrückten Ausdruck, als ob sie nicht mehr nur zum Rudel, sondern zur ganzen Welt spräche. Entsetzt beobachteten die anderen Morgra. Sie hielt einen Moment inne, dann blickte sie den Wölfen entgegen und ihre Augen leuchteten triumphierend auf.

„Angst und Verrat, begonnen hier, sollen vernichten, eines nach dem anderen, jedes Tier!"

Morgra ließ ein gewaltiges Knurren ertönen. Die Worte „eines nach dem anderen" heulte sie so laut, dass ihr ganzer Körper bebte. Dann wandte sie sich plötzlich um, und bevor die Wölfe ihr nachsetzen konnten, war sie in der Dunkelheit verschwunden.

Das Rudel stand zitternd im Regen, die Welpen drückten sich panisch aneinander. Morgras Fluch schien über ihnen zu hängen und wurde nur kurz durch den fernen Schrei eines Raben gebrochen, der in der immer finsterer werdenden Nacht seine Kreise zog.

3
Die Jäger

Der Hof einer Burgruine, aus deren Fens-
tern kein Lichtstrahl drang und deren
zerklüfteter Umriss sich vom Himmel
abhob.

Bram Stoker, *Dracula*

Es war Hochsommer und so heiß, dass sogar die Bäume
zu schwitzen schienen. Der Fluss schob sich träge durchs
Tal unter der merkwürdigen Burg. Stechmücken und
Bremsen surrten und flirrten über dem Wasser, und das
einzige Geräusch, das die Stille gelegentlich unterbrach,
war ein Platschen, wenn ein Fisch aus den schlammigen
Tiefen heraussprang und nach Insekten schnappte. Es
schien, als berge der Fluss selbst ein Geheimnis, das gehütet wurde von seinen Wassern und den Geschöpfen darin,
von den Ufern, die seinen Lauf formten, und von dem
Wolfsrudel, das nun in seinem Tal lebte.
Huttser hatte einen Treffpunkt für die Welpen gefunden.
Er lag bei einem verlassenen Fuchsbau neben einem Erd-
wall, den der Fluss einst aufgeschoben hatte, und wurde
von einem Pappelwäldchen begrenzt. Hier hatten die

kleinen Wölfe ihre ersten richtigen Lektionen über das Leben gelernt, hatten Ameisen und Käfer aufgestöbert und spielerisch gejagt. Sie waren der Burg nun sogar noch näher, denn sie lag auf der gleichen Seite des Flusses. Die Welpen durften nicht weiter als bis zu einem hohlen Baumstamm in der Nähe des Ufers gehen, und mittlerweile langweilte sie der Treffpunkt gründlich.

Kar lag am Fluss und Fel und Larka schliefen nicht weit entfernt. Kar sah aus wie ein normaler grauer Wolf, Fel dagegen hatte einen tiefschwarzen Pelz, der in deutlichem Kontrast zum Fell seiner Schwester stand, das immer heller geworden war, nur noch ein paar schwarze und graue Streifen zogen sich durch das Weiß. Alle Welpen waren mittlerweile etwa so groß wie Jagdhunde.

Nachdem Morgra das Rudel mit einem Fluch belegt hatte, war Khaz am nächsten Tag hoch in die Berge gewandert und hatte dort einen Wolf beobachtet, der Richtung Norden zog. Er war sicher, dass es Morgra war, denn der Rabe flog neben ihr. Seitdem hatten sie nichts mehr von Morgra gesehen. Allerdings hatte Khaz nicht gemerkt, dass der Rabe plötzlich umgekehrt und wieder nach Süden geflogen war. Die Nachricht, dass die Erste unter den Wölfen das Revier verlassen hatte, beruhigte Huttser. Immer wieder hatte er dem Rudel gesagt, dass sie Morgras Worte nicht fürchten müssten, er hatte ihnen sogar verboten, über den Fluch zu sprechen. Doch die Legende von der Gabe, von einem Mensch-Varg und der endgültigen Macht ängstigte die Wölfe, vor allem Brassa, und eine dunkle Ahnung schwebte wie ein Geier über dem Rudel. In der Nacht kamen oft Gedanken an Wolfbane und Morgras schreckliche Drohung wie Gespenster, die aus den

Bäumen hervortreten. Huttser wurde zornig, wenn ein Wolf die Legende erwähnte, und bestand darauf, dass die Angst überwunden sei, die Morgra in ihnen wecken wollte.

Palla konnte immer noch nicht verstehen, warum Morgra um Aufnahme beim Rudel gebeten hatte, wenn sie auf der Suche nach Menschen und einer seltsamen Legende zum Steinernen Bau gekommen war. Inzwischen war Palla der Ansicht, dass die Legende etwas mit dem Rudel zu tun hatte. Das würde erklären, warum Morgra ihre Welpen wollte. Palla verstand die Zusammenhänge nicht, doch sie erinnerte sich an Brassas Worte, dass die Gabe nicht nur bei einem Wolf auftrat. Sie stritt darüber mit Huttser und hatte ein wachsames Auge auf die Welpen. Doch die Zeit verging, die Welpen wuchsen und Palla konnte nichts Seltsames an ihnen feststellen. So schwand allmählich ihre Angst.

Bei den anderen Rudelmitgliedern mit Ausnahme von Brassa hatte der Sommer die dunklen Vorahnungen vertrieben.

Die Wölfe hatten nur wenig von den Menschen und keine Spur von den Balkar gesehen. Huttser hatte begonnen, sein Revier zu markieren und zusammen mit Khaz, Skop und Bran an allen möglichen Stellen Duftnoten hinterlassen, um andere Wölfe zu warnen. Auch das hatte den Dragga beruhigt.

Von den Bergen hatten die Rüden über Transsilvanien auf die weiten Ebenen im Süden geblickt, die sich vom Donaudurchbruch am Eisernen Tor bis weit ins Donaudelta erstrecken. Je höher sie geklettert waren, desto mehr hatten sie gesehen, sogar die transsilvanische Ebene im Norden. Dort in der Ferne lagen die ummauerten Städte der Sachsen und die Festungen der Magyaren, merkwürdige Zwiebeltürme, die in der Sonne glitzerten, und hübsche Wallachen-Dörfer, die wie Blumen in der Ebene verstreut waren.

Skop blickte oft sehnsüchtig in die Ferne. Er plante, wieder in den Nordosten zu ziehen und sich Slavka und den Rebellen anzuschließen, doch vorerst wollte er beim Rudel seiner Schwester bleiben. Das normale Rudelleben tat Kar sehr gut. Für Skop war es schwierig gewesen, allein für den Kleinen zu sorgen, und er wusste immer noch nicht, was er mit Kar tun sollte, wenn er zu den Rebellen aufbrach. Palla war sehr lieb zu Kar, denn sie sah in ihm einen Ersatz für ihre namenlosen Welpen. Huttser mit seinen Sorgen um das Rudel war weniger tolerant gegenüber dem kleinen Wolf. Kar war nicht sein eigen Fleisch und Blut, und der Dragga knurrte ihn oft an oder schnappte nach ihm.

Larka hatte Mitleid mit Kar, weil er seine Eltern verloren hatte, und kümmerte sich um ihn, weil der Fluch und die Legende ihn offenbar so schreckten. Obwohl Kar die körperlichen Merkmale eines Dragga aufwies, war er oft ängstlich und unterwürfig. Der Tod seiner Eltern hatte ihn schwer getroffen. Larka und er waren eng befreundet, und die Jungwölfin saß oft bei ihm im Gras und fragte ihn über seine Heimat aus.

Glücklicherweise war Kar beim Angriff der Balkar zu jung gewesen, um sich genau an die Ereignisse zu erinnern. Doch es tröstete ihn, von früher und von seinen Brüdern Cal und Grell zu erzählen. Zum großen Ärger von Fel lobte Larka Kar häufig, obwohl er beim Unterricht am Treffpunkt immer Fehler machte und viel ungeschickter war als Fel. Fel hielt ihn für einen Feigling und neckte ihn oft, doch dann schritt Larka ein und verteidigte ihren Freund.

Mit einem Ruck wachte Kar auf. Larka lag neben Fel, sie träumte und strampelte verzweifelt im Gras. Ihre Pfoten schlugen in die Luft, und sie kratzte sich immer wieder am Kopf. Obwohl ihre Augen fest geschlossen waren, schnappte sie mit der Schnauze nach einem unsichtbaren Gegner. Seit der schrecklichen Nacht, in der Morgra das Rudel verflucht hatte, wurde Larka von Albträumen geplagt.

Auch Fel war aufgewacht und stupste seine Schwester grob mit der Schnauze. „Larka, wach auf!"

Die Wölfin blinzelte nervös, doch sie beruhigte sich, als sie den Fluss sah und ihr wieder einfiel, wo sie war.

„Du hast geträumt, Larka", flüsterte Fel etwas freundlicher.

„Es war schrecklich, Fel!" Larka schauderte und hob ihre hübsche Schnauze. „Ich habe geträumt, das ganze Rudel wäre verschwunden, nur du und ich waren übrig. Aber der Fluch verfolgte uns und Wolfbane griff uns an. Der Böse hatte zwar die Gestalt eines Menschen, aber auch Flügel wie ein riesiger Vogel. Er lebte im Steinernen Bau, wie Bran gesagt hat, umgeben von Menschenjungen, die er jede Nacht verschlang."

„Das war nur ein Traum", bellte Fel fröhlich und wedelte mit dem Schwanz. Dann sprang er auf. „Komm, Kar, wir spielen!"

„Was spielen wir denn, Fel?"

„Das Spiel der Blicke", sagte der Wolf spitzbübisch. „Wir

sehen dem anderen so lange wie möglich in die Augen. Wer als Erster wegsieht, hat verloren."

Kar gefiel das Spiel nicht besonders, doch als Fel ihn ansah, versuchte er, zurückzustarren, aber er musste gleich den Blick abwenden.

Fel schnaubte höhnisch. „Also wirklich", knurrte er, „kannst du denn gar nichts?"

Larka hatte über ihren schrecklichen Traum nachgedacht. „Fel", meinte sie plötzlich, „du glaubst doch nicht, dass sich die Legende erfüllt, oder? Und meinst du, die Gabe gibt einem wirklich die Macht, einen Fluch auszusprechen?"

Kar zitterte.

„Nein", knurrte Fel. „Die Gabe ist nur eine dumme Lüge. Und das Menschenjunge wurde wahrscheinlich gefressen. Ich frage mich allerdings, wie es schmeckt", fügte er verschmitzt hinzu.

„Aber Mutter sagt, dass es auf der Welt mehr Dinge gibt, als ein Wolf begreifen kann, Fel", meinte Larka. „Neulich hörte ich, wie Brassa sagte, dass der Fluch vielleicht gebrochen wurde, weil wir die Reviergrenzen hinter uns gelassen haben."

„Wölfinnen sind abergläubisch, das ist alles", schnaubte Fel. „Und Vater hasst es, wenn Mutter über solche Sachen redet. Er sagt, dass wir nur an die Wahrheit glauben dürfen und daran, was wir mit unseren Augen sehen oder mit unseren Zähnen packen können. Gestern hat er sie wieder angeknurrt."

Larka blickte missmutig. Huttser und Palla stritten oft, obwohl sie es vor den Welpen zu verbergen suchten.

„Wir sind Putnar!", sagte Fel stolz, als er das Unbehagen

95

seiner Schwester spürte. „Der Wald fürchtet uns, und wir sollten vor nichts Angst haben. Weder vor Legenden noch vor dummen Flüchen. Sie sind genauso doof wie Brassas Geschichte vom goldenen Fell."

„Was für ein goldenes Fell?", fragte Kar schwanzwedelnd.

„Das Fell, das Tor und Fenris in den Wald legten. Sie sagten Fren, es sei die Quelle des Wissens und der Freiheit, aber wenn er je versuchen sollte, es zu stehlen, würden sie ihn sofort töten. Ich meine, warum soll man so etwas erschaffen und dann erwarten, dass so ein schlauer Wolf wie Fren nicht in Versuchung gerät? Das ist doch doof."

„Vielleicht erwarteten sie, dass er in Versuchung geriet", erwiderte Kar.

„Wie meinst du das?", knurrte Fel.

„Freier Wille", meinte Kar.

„Wovon in aller Welt redest du?"

„Skop sagt, dass Tor und Fenris Wolfbane schufen, damit die Varg zwischen Gut und Böse wählen können und einen freien Willen haben."

„Ach, halt die Schnauze, Kar", raunzte Fel.

Fel hatte gemerkt, dass sie den Rand des Treffpunkts erreicht hatten. Vor ihnen machte der Fluss einen Bogen, und Fel konnte Forellen sehen, die aus dem Wasser sprangen. Er blickte sich um. Seine Eltern waren nirgends zu sehen, und die anderen lagen dösend zwischen den Pappeln.

„Kommt, wir gehen fischen", bellte Fel.

Kar sah nervös zu Larka.

„Aber Fel", sagte Larka. „Du weißt doch, dass wir am

Treffpunkt bleiben sollen. Wir dürfen nicht außer Sichtweite gehen." Larka war verantwortungsbewusster als ihr Bruder, außerdem war sie nach ihrem Traum nicht zu Abenteuern aufgelegt.

„‚Geht nicht weit weg'", schnaufte Fel verächtlich. „‚Tut dies nicht, tut das nicht', das hören wir die ganze Zeit. Wir dürfen überhaupt nichts. Das ist die perfekte Gelegenheit. Khaz redet doch immer davon, dass wir uns bewähren sollen."

„Aber, Fel", flüsterte Kar und blickte zur Burg hinauf. „Denk an Morgras Fluch! Außerdem hat Kipcha gesehen, dass die Menschen wieder auf der Jagd sind."

„Na und? Ich würde gern mehr von ihnen sehen. Ich finde sie viel interessanter als die blöden Lera. Aber wir gehen nicht weit. Außerdem, Larka – wolltest du noch nie ungehorsam sein, einfach so? Komm schon!"

Larka war schon ein wenig versucht, ungehorsam gegenüber ihren Eltern zu sein, außerdem wollte sie Fel nicht alleine gehen lassen. Seit die Hunde sie gejagt hatten, fühlte sie sich für ihn verantwortlich. Außerdem war sie ebenso neugierig wie ihr Bruder. Als sich Fel zum Fluss aufmachte, folgten ihm Larka und Kar.

Schon bald tollten die Welpen munter umher, beschnüffelten alles und genossen ihre Freiheit. Angesichts der vielen neuen Eindrücke platzte Larka fast vor Fragen. Der Fluss glitzerte, und in den Bäumen am Ufer zwitscherten die Vögel. Zwischen den Blättern flatterte und summte es, und Libellen schossen wie Lichtblitze durch den blauen Himmel. Kar war begeistert, und Fel schwirrte der Kopf vor Träumen und Abenteuern, dass er meinte zu schweben.

Schließlich erreichten sie die Flussbiegung. Fel trank. Er schmeckte Schilf und Adlerfarn im Wasser. Die Forellen waren den Fluss hinuntergeschwommen. Plötzlich blinzelte er überrascht. Er hatte sein Spiegelbild schon oft im Wasser gesehen, doch nun war er erschrocken. Die Geschichten von seinen Heldentaten, die er sich vorhin ausgemalt hatte, waren wie weggeblasen. Er betrachtete sich im Fluss, als ob er ein Fremder wäre. Nein, sicher kein Fremder, sondern Fel, ein junger Wolf, wirklich und wahrhaftig, wesentlich echter als die Fantasien und Träume, die ihm durch den Kopf gewirbelt waren.

Es war ein unangenehmes Gefühl. Er wollte wissen, wer er war, vielmehr, wo er wirklich war. Befand er sich in den Träumen, die über seinem Kopf schwebten, oder hier, in diesem pelzigen Gesicht?

Für einen Augenblick wurde sein Bild unscharf, dann war es wieder klar. Fel erinnerte sich, was Bran von der Gabe und der zweiten Fähigkeit erzählt hatte, dass man im Wasser Dinge fern der Realität sehen konnte – Vergangenheit, Gegenwart und Zukunft. In der Sicherheit des Wolfbaus hatten die drei Welpen oft über die merkwürdige Macht der Gabe gesprochen. Die Vorstellung, durch die Augen der Vögel zu sehen, gefiel Kar überhaupt nicht, und Larka hatte überlegt, wie es wäre, wenn sie die Gedanken anderer lesen könnte. Fel schoss der Gedanke durch den Kopf, dass es gut wäre, in die Zukunft zu sehen und die eigene Zukunft zu kennen.

Während Fel ins Wasser blickte, hörte er eine Biene summen. Das Geräusch wurde immer lauter und durchdringender und hatte etwas Hypnotisches. Er musste an die Honigwabe denken, die ihm Brassa in der Nähe des

Flussufers gezeigt hatte. Er überlegte, wie es wohl wäre, durch die kleinen durchscheinenden Waben zu kriechen, wo sich die Larven hin und her wanden, fraßen und wuchsen. Das Geräusch schien die ganze Luft zu erfüllen, und Fel bekam ein ganz seltsames Gefühl. Er meinte, in dem ununterbrochenen Summen ein Wort zu hören, es klang wie Larkas Lieblingsfrage: „Warum?"

„Fel!", rief Larka und riss ihn aus seinen Gedanken. „Denk daran, dass Brassa uns vor dem Fluss gewarnt hat. Ein Wolf fürchtet nichts mehr als den Tod im Wasser."

„Blödsinn!", knurrte Fel gereizt.

Doch der Bann war gebrochen. Die Welpen wollten gerade weitergehen, als sie hinter sich eine Stimme hörten.

„Du solltest dich schämen, Fel!", knurrte Huttser laut.

Die Welpen drehten sich um und sahen Huttser und Palla herbeieilen. Beide waren sehr ärgerlich.

Huttser musterte Fel böse. „Was ist in dich gefahren, bei Fenris? Wie kannst du es wagen, ungehorsam gegenüber deiner Mutter und mir zu sein?"

„Es tut mir Leid, Vater", stotterte Fel, „ich …"

Huttser sah das dünne Grinsen, das um Fels Schnauze tanzte, und knurrte: „Sag niemals, es tue dir Leid, wenn du es nicht so meinst."

„Aber Vater, ich …"

„Alles Mögliche hätte passieren können. Was wäre gewesen, wenn Larka verloren gegangen wäre?"

Kar wirkte verletzt, weil Huttser ihn gar nicht erwähnt hatte und sich wohl nur um die Sicherheit seiner Tochter sorgte.

Fel senkte unterwürfig den Kopf. Huttser hatte jedoch Recht: Es tat ihm nicht Leid und er schämte sich auch nicht. Er fand es sehr ungerecht, dass Huttser nur mit ihm und nicht auch mit Larka und Kar schimpfte. Er wollte Huttser etwas wirklich Kluges erwidern. Wie viele selbstsichere Welpen dachte sich Fel oft Widerworte aus, wenn er von seinem Vater bestraft wurde. Er murmelte schmollend das, was Palla einst über Morgra gesagt hatte.

„Was hast du gesagt?", knurrte sein Vater.

„Bin ich der Hüter meiner Schwester?", wiederholte Fel gleichgültig.

Huttser starrte den kleinen Wolf wütend an, doch Palla schritt ein. „Sei nicht zu streng mit ihm, Huttser", knurrte sie. „Es ist ja nichts passiert. Außerdem hätten sie den Treffpunkt wegen unserer kleinen Überraschung ohnehin bald verlassen."

Kar und Larka blickten erregt auf.

Huttser schüttelte den Kopf und behielt Fel immer noch im Auge. Aber allmählich ließ sein Ärger nach, denn auch er wollte die Kleinen überraschen. „Na gut, Palla", sagte er immer noch leicht gereizt. „Sag du es ihnen."

„Nein Huttser, das ist dein Vorrecht. Du bist der Dragga."

„Was ist es, Vater?", kläffte Larka.

„Es ist Zeit", knurrte Huttser und hob die buschige rötliche Rute. „Fenris ist bereit, eure erste Jagd zu segnen."

„Unsere erste Jagd!", rief Fel erfreut.

„Darf ich auch mit?" fragte Kar.

Fel schnaubte geringschätzig.

„Natürlich darfst du", flüsterte Palla.

Larka strahlte ihren Freund an und knuffte Fel mahnend mit der Schnauze.

Als sie wieder beim Treffpunkt waren, hatten sich die anderen bereits versammelt und warteten hechelnd und schwanzwedelnd, dass Huttser die Führung übernahm. Skop bemerkte Kars Aufregung und lächelte.

„Nun Kinder", sagte Huttser und wandte sich wieder an die Welpen. „Bleibt zusammen und haltet euch im Hintergrund. Ihr dürft am Schluss mitmachen, wenn keine Gefahr mehr besteht."

Huttser hob die Schnauze. Das Jagdgeheul, das er nun anstimmte, versetzte die Welpen in helle Aufregung. Das Rudel antwortete sofort, Khaz und Kipcha heulten gespenstisch, und auch Bran kam angesprungen und stimmte mit ein. Aufregung und ein Gefühl der Verantwortung lagen in der Luft, nur Brassa hatte sich noch nicht erhoben.

„Huttser", sagte sie plötzlich, „ich komme nicht mit."

„Ist etwas nicht in Ordnung?", fragte Palla besorgt.

„Nein, nein, meine Liebe", antwortete die Alte und leckte ihre Pfoten. „Rennt nur los und macht euch über mich keine Gedanken. Mir geht es gut. Allerdings wäre ein bisschen frisches Fleisch nicht schlecht. Du wirst es für mich erbeuten, nicht wahr, Fel?"

Fel fragte sich, warum Brassa plötzlich so alt aussah, doch er wedelte freudig mit dem Schwanz, denn er mochte die Wölfin sehr. Larka spürte einen Stich der Eifersucht und rannte zu ihrer Mutter, doch diese knurrte sie an. Trotz ihrer Ängste um die Jungen wusste sie, dass bei ihrer ersten Jagd kein Platz für Gefühlsduseleien war. Die Welpen mussten nun lernen, ihren eigenen Weg in der Welt zu gehen.

Huttser und Palla führten das Rudel in stetem Trab am

Fluss entlang nach Osten und weg von der Burg. Brassa sah ihnen nach. Ihre Augen ruhten auf Pallas Welpen. Offenbar versuchte sie, sich über etwas klar zu werden.

„Passt auf euch auf", murmelte sie ernst, „passt bitte auf euch auf." Dann hob sie den Kopf und heulte. „Stärke sei in euren Pfoten!"

Brassa wusste nicht, dass auch ein anderes Augenpaar vom Schatten der Bäume aus die kleinen Wölfe beobachtete. Der Blick war stechend wie ein Dolch und von einem wilden Schwarzgelb.

Huttser führte die Wölfe schnurgerade durchs Gras und testete das Tempo. Er wollte sichergehen, dass die Welpen Schritt halten konnten, gleichzeitig aber so schnell wie möglich vorwärts kamen.

Die Ausdauer der Wölfe ist ihr größter Verbündeter, denn manchmal müssen sie eine Beute sieben oder acht Tage lang verfolgen.

Ein wildes Gefühl der Freiheit überkam Fel, kaum dass sie aufgebrochen waren. Geifer sammelte sich in seinem Maul, und sein wilder Blick zeigte deutlich, dass er kein verspielter kleiner Welpe mehr war. Er platzte fast vor Aufregung. Aus irgendeinem Grund musste er plötzlich an die Gabe denken. Gierig fragte er sich, wie die letzte Fähigkeit wohl aussehen mochte.

Doch im Lauf des Tages schwand Fels Aufregung allmählich, denn die Wölfe hatten keine Lera aufgespürt. Die Welpen fielen immer weiter hinter das Rudel zurück. Sie rannten am Waldrand entlang. Der Wald war ihr natürlicher Lebensraum und instinktiv fühlten sich die jungen Wölfe wohl im Schatten der Bäume. Das Sonnenlicht schien durch die Fichten und warf manchmal schöne, manchmal bedrohliche Formen auf den Waldboden, doch die Bäume standen weit auseinander. Da und dort konnten die Wölfe Lichtungen erkennen, auf denen die Sonne glänzende, goldbraune Flecken bildete.

Im Gehen sah Larka einen Vogel auf einem niedrigen Ast. Sie wusste nicht, wie der Vogel hieß, nahm aber an, dass es sich um eine Falkenart handelte. Er ruckte mit dem Kopf und hielt in seinem gebogenen gelben Schnabel eine kleine Raupe.

„Wie heißt der Vogel, Fel?", fragte Larka.

Fel war gereizt, weil das Rudel noch kein Wild gefunden hatte. „Was fragst du mich?" Er warf dem Vogel einen ärgerlichen Blick zu. „Und warum stellst du immer so viele Fragen? Wenn du dich in einem Wald verirrt hättest, würdest du dann auch den Namen von jedem Baum und jedem Pilz wissen wollen?"

Larka fand die Frage komisch, nahm aber Fels schlechte Laune nicht persönlich, sondern betrachtete den Vogel nur noch eingehender. Seine Krallen, die sich in die Rinde hakten, waren ebenso gelb wie die Ringe um seine Augen. Der Kopf war blaugrau, die Federn an den Schwingen hatten ein schönes Orangerot, die Brust dagegen war schwarz gefleckt. Larka dachte, wie prächtig der Vogel aussah, und ging weiter, doch plötzlich blieb sie verwundert stehen. Ihr war, als hätte sie eine Stimme hinter sich gehört.

„Seid auf der Hut", schien sie zu sagen.

Larka wandte sich rasch um, doch der Falke hatte sich in die Lüfte geschwungen und schraubte sich immer höher.

Auch Kar war der Vogel aufgefallen. „Ich weiß nicht, wie

er heißt, Larka", sagte er und blickte dem Vogel nach. „Aber er ist auf jeden Fall ein fliegender Putnar."

„Fliegender Putnar?", fragte Larka überrascht. Sie hatte in ihm nur einen Vogel gesehen.

„Ja, im Gegensatz zu den fliegenden Aasfressern ist er ein Jäger."

Fel war nun wirklich gelangweilt. Um die anderen zu ärgern, knurrte er zwinkernd: „Ich weiß alles über die fliegenden Aasfresser. Wolfbane hat einen Pakt mit ihnen geschlossen, das hat mir Bran neulich erzählt. Wollt ihr die Geschichte hören?"

„Ja!", rief Kar sofort.

Larka war sich nicht sicher, ob sie eine Geschichte über Wolfbane hören wollte, aber schließlich war heute ihre erste Jagd. Sie war zu stolz, um ihre Bedenken zu zeigen. „Na gut."

Während sie hinter dem Rudel herschlenderten, erzählte Fel. „Tor und Fenris wurden ein weiteres Mal betrogen", begann er und versuchte, sich genau an Brans Worte zu erinnern. „Fenris sandte Wolfbane, um sich an den Varg zu rächen. Doch mit der Zeit hatte Fenris genug von der Rache und sehnte sich danach, den Varg wieder zu vertrauen. Er brauchte den Bösen und seine Dunkelheit nicht mehr, daher befahl er Wolfbane zurück in die Schatten. Der Gestaltwandler hatte sich jedoch an die Welt, das warme Sonnenlicht und den Geruch von frischem Gras im Wind gewöhnt. Er war wütend und verwandelte sich in einen fliegenden Aasfresser, in eine große Nebelkrähe. So flog er davon und versteckte sich in einer Eberesche im berühmten Tal von Kosov." Fel erzählte, als ob er selbst dabei gewesen wäre, dabei wusste er nicht, dass es das Kosov-Tal tatsächlich gab und dass dort vor langer, langer Zeit ein furchtbarer Kampf zwischen den Wölfen stattgefunden hatte. Der Grund war längst vergessen.

„Lange Zeit versteckte sich Wolfbane vor Fenris", fuhr Fel munter fort, denn er genoss die Aufmerksamkeit der beiden anderen. „Die niedrigeren Vögel wie die Krähen und Raben, die fliegenden Aasfresser, halfen ihm. Sie fütterten ihn, fächelten ihm mit ihren Flügeln frische Luft zu und berichteten ihm, was in der Welt geschah."

Larka wurde ganz aufgeregt, als Fel von der Welt sprach.

„Doch schließlich, nachdem Fenris bei der ganzen Lera gesucht hatte, bei den Käfern und Fischen, den Schlangen und dem Luchs, erfuhr er, dass sich Wolfbane als Vogel im Tal von Kosov versteckt hielt. Fenris nahm die Gestalt eines goldenen Adlers an, um Wolfbane zur Strecke zu bringen." Fel hob die Schnauze und versuchte, den Gott so darzustellen, wie er seiner Meinung nach klang. „‚Wolfbane!'", donnerte er mit schrecklicher Stimme. „‚Du hast dich meinem Gebot widersetzt. Nun musst du dafür bezahlen.'"

Kar zitterte ein bisschen, er dachte an Huttser und wie wütend er am Morgen gewesen war.

„‚Aber Herr', antwortete Wolfbane", Fel sprach nun mit weinerlicher Stimme. „‚Ich habe Gefallen an der Welt, dem Sonnenlicht und der Macht gefunden, die ich über die Varg habe.'"

Larka kicherte.

„Daraufhin", erzählte Fel, „wurde der Gott Fenris wütend auf den Bösen, was durchaus verständlich ist, wenn ihr mich fragt, also ließ er einen starken Wind aufkommen, der Wolfbane aus dem Baum wehte. Plop." Fel sammelte sich. „„Du wagst es, dich mir zu widersetzen!', fauchte Fenris wild und sah auf die dumme Kreatur im Gras hinunter." Fel zwinkerte, denn nun versuchte er, seinen Vater nachzuahmen. „„Ich habe dich geschaffen, Wolfbane, und zwar als Dunkelheit. Daher musst du im Schatten bleiben, bis ich beschließe, dich wieder zu rufen. Das ist allein meine Entscheidung. Und vergiss nicht, Wolfbane, nicht du hast die Macht über die Wölfe. Sie sind meine Kinder, und ich verfahre mit ihnen, wie es mir gefällt, zum Guten oder zum Schlechten.'"

Kar und Larka waren ganz gefesselt von der Geschichte, doch Fel machte eine gewichtige Pause.

„Fel!", rief Larka. „Wie ging es weiter? Was hat der Böse gemacht?"

„Natürlich wusste Wolfbane, dass er Fenris gehorchen und in die Dunkelheit zurückkehren musste", meinte Fel gleichgültig. „Schließlich war Fenris ein Gott. Doch bevor er ging, gab er den fliegenden Aasfressern ein Versprechen, weil sie ihm geholfen hatten. Eines Tages werde er zurückkehren und ihnen die Herrschaft über die Raubvögel und die Varg geben, die er nun hasste, und ihre Krallen würden im Blut baden, bis ihr Lärm beim Fressen die Toten aufwecken würde.

So!", sagte Fel. Er war sehr stolz auf seinen Vortrag. „Was meint ihr dazu?"

Larka schluckte. Ihr gefiel das Ende der Geschichte überhaupt nicht. „Hör auf mit diesen Geschichten", sagte sie und versuchte, erwachsen zu klingen. „Schau, wir fallen zurück!"

Die Welpen rannten und holten die anderen bald ein.

Weiter und weiter ging es, und die Sonne brannte immer heißer.

Nach einer Weile hob Huttser erwartungsvoll die Rute. „Endlich!", knurrte er.

Erstaunt sah Larka in einiger Entfernung einen Schwarm Vögel kreisen. Sie schlugen mit ihren schwarzen Flügeln und ließen sich abrupt fallen. Ihr hungriges Krächzen hallte durch die Luft.

„Dort muss Aas liegen", knurrte Huttser erfreut. „Dieses Mal bringen uns die Vögel Fleisch. Sie wollen, dass wir die Beute aufbrechen."

Das Rudel rannte weiter und hatte schon bald eine flache Wiese am Waldrand erreicht. Ein alter Wisent hatte sich ein Bein gebrochen und war am Morgen verendet. Die Krähenschar hatte sich daneben niedergelassen, die Vögel flatterten laut mit den Flügeln, krächzten und zeterten oder sprangen umher und pickten dem toten Wisent die Augen aus.

„Mutter", flüsterte Larka beim Näherkommen, „müssen wir sie um Erlaubnis fragen, hier zu fressen?"

Palla musste fast lachen. „Einen Aasfresser um Erlaubnis fragen?", schnaubte sie. „Nein, Larka, wir sind Putnar, wir fragen niemanden um Erlaubnis."

Als sich die Wölfe näherten, flogen die Krähen in einer Wolke aus schwarzen Federn auf. In der Nähe ließen sie sich wieder nieder und warteten gierig darauf, dass die Zähne der Varg ihren Fund für sie aufreißen würden.

„Eine gute Lektion übers Überleben!", rief Huttser erfreut. „Wenn wir kein Wild aufspüren können, müssen wir nach Lera Ausschau halten, die uns helfen, Nahrung zu ergattern. Wir sind zwar Putnar, doch wir müssen auf ihre Rufe im Himmel achten, denn so, wie ein Rudel zusammenarbeitet, so hilft sich auch die ganze Natur."

Ein Rabe hielt sich etwas abseits der anderen und beobachte aufmerksam die Welpen. Seine Augen waren so schwarz und wach wie in jener Nacht, als er das Rudel mit Morgra ausspioniert hatte.

„Denn das ist die Ordnung der Dinge", fuhr Huttser stolz fort, „die Putnar müssen fressen und der Dragga und die Drappa müssen das Rudel führen. Komm, Palla!"

Der kluge Ausdruck in Huttsers Augen, die uralte Weisheit der Putnar, verschwand. Mit wildem Knurren stürzte er sich auf den Wisent, riss seine großen Kiefer weit auf und schlug die Zähne tief in das noch warme Fleisch.

Die Vögel krächzten und flatterten erfreut. Verwundert sahen die Jungwölfe zu, wie Palla es ihrem Gefährten gleichtat. Larka hatte ihre Eltern noch nie so wild gesehen, nicht einmal, wenn sie miteinander stritten. Der Anblick erschreckte sie. Fel erinnerte sich verärgert an den Schmerz, als Huttser ihn am Nackenfell gepackt hatte, damals, als Skop zum Rudel gestoßen war. Beim Zusehen wurden die drei Jungwölfe immer aggressiver. Die Alten waren im Blutrausch. Das Fell an ihren Schnauzen war bereits blutgetränkt, ihre Augen blickten leer. Die anderen Wölfe schlossen sich an, knurrend und beißend drängten sie zum Kadaver, bis sie ihren Platz gemäß der Rangordnung gefunden hatten und fressen konnten.

„Kommt, Kinder!", knurrte Palla schließlich, als sie die Zurückhaltung der Kleinen bemerkte.

Fel sprang vor. Wilde Rascrei stand in seinen Augen. Als er am Fleisch zu zerren begann und das frische Blut schmeckte, überkam ihn eine ganz unbekannte Leidenschaft. Das wilde Gefühl der Freiheit mischte sich mit einem merkwürdig befreienden Ärger. Kar schloss sich ihm an, und auch Larka drängte sich neben die beiden und begann, am Wisentfleisch zu zerren. Doch als die Krähen über ihnen flatterten und krächzten, meinte Larka, in dem Gekrächze Wörter zu verstehen. Die Vögel unterhielten sich.

„Reißt ihn auf", schien der eine zu sagen, „brecht ihm die Knochen."

„Hunger", krächzte ein anderer, „Zeit zu fressen."

„Alles zu seiner Zeit", rief ein Rabe. „Die Putnar sollen sich nur voll fressen, und die Aasfresser sollen warten. Denn wenn Wolfbane zurückkehrt und sein Versprechen erfüllt, wird die Natur aufbegehren, und wir werden auch die Putnar fressen."

Larka schwindelte, ihr wurde ganz heiß. Sie drehte den Kopf und sah, dass der Rabe sie aufmerksam beobachtete. Sie fröstelte, denn sie glaubte, ihn erkannt zu haben. Dann geschah etwas noch Außergewöhnlicheres: Einen Augenblick lang konnte Larka nichts mehr sehen, doch dann hatte sie schlagartig das Gefühl, sie befinde sich selbst in der Luft. Unter ihr fiel das hungrige Rudel über den toten Wisent her. Die Wölfe zerrten an der Haut, um an das Fleisch, die Sehnen und Knochen zu kommen. Larka blickte auf die Szene unter ihr und keuchte, denn sie sah sich selbst reglos im Gras neben dem Kadaver liegen. Sie meinte, über dem blutigen Ritual zu schweben, dann plötzlich fand sie sich im Gras wieder. Der Lärm des Rudels drang an ihre Ohren, der Rabe saß ruhig in der Nähe.

Huttser hob den Kopf. Fel versuchte, Kar wegzudrängen, doch Larka war nirgends zu sehen. „Kar, wo ist Larka?"

„Ich weiß nicht, Dragga", stammelte Kar und blickte sich überrascht um.

„Verdammt noch mal!", knurrte Huttser. „Bist du ein Rüde oder nicht?"

Das Rudel hatte aufgehört zu fressen.

„Etwas muss sie erschreckt haben", knurrte Huttser. „Sie kann nicht weit sein. Wir folgen ihrer Witterung."

Sie versuchten, Witterung aufzunehmen, doch der Geruch des Wisents war so stark und sein Blut an ihren Lefzen war so frisch, dass sie keine Spur von Larka fanden.

Palla war verzweifelt.

„Teilt euch auf!", rief Huttser.

Larka litt schreckliche Qualen. Sobald sie die schützenden Bäume erreicht hatte, blickte sie sich nach einem Versteck um, wo sie darüber nachdenken konnte, was ihr gerade geschehen war. Sie fand ein verlassenes Loch bei einer alten Ulme und wühlte wütend in der Erde, bis sie sich schließlich hineinzwängen konnte. Die Dunkelheit und die warme Erde beruhigten sie etwas. So lag sie da und wartete, dass ihr Atem wieder gleichmäßig ging.

„Was ist mit mir?", flüsterte Larka bitter. „Ich sah durch die Augen des Vogels."

Es war, als ob sie ihren Wolfskörper verlassen hätte und ein Vogel geworden wäre, der über dem fressenden Rudel flatterte. Sie begann, furchtbar zu zittern. „Die Gabe", keuchte sie plötzlich. „Die erste Fähigkeit ist, durch die Augen der Vögel zu blicken."

Als sie das sagte, schien plötzlich die Luft in ihrem Versteck auszugehen. Die Erkenntnis verwirrte Larka so sehr, dass sie einen Augenblick lang das Klopfen ihres Herzens für die Schritte eines Tiers hielt, das ihr auflauerte.

„Ist das der Fluch?", flüsterte sie erschreckt. „Ist das Morgras Drohung? Wolfbane schloss einen Pakt mit den Vögeln, und die Krähen sagten ..."

Plötzlich hörte sie Stimmen. Ihre Mutter rief nach ihr. Palla und Fel gingen dicht an ihrem Versteck vorbei.

„Larka, wo bist du? Larka!"

Larka erinnerte sich an die kalte Wildheit im Blick ihrer Mutter beim Fressen und fürchtete sich so sehr, dass sie sich noch tiefer in ihr Versteck zurückzog. Sie zitterte immer noch und spürte kalte Schauder, als sie hörte, wie ihre Mutter und ihr Bruder sich entfernten.

Es wurde schon dunkel, als Larka schließlich aus dem Loch kroch. Der Wald wirkte leer und still. Die Blätter glühten im Dämmerlicht, und die untergehende Sonne warf ein Netz aus Licht und dunklen Schatten zwischen die Bäume.

„Die Gabe", flüsterte Larka und blickte sich ängstlich um.

Dann schlug sie die Richtung ein, von der sie glaubte, dass Palla sie genommen habe. Je weiter sie ging, desto einsamer fühlte sie sich. Nach einer Weile merkte sie, wie hungrig sie war. Gelegentlich blieb die kleine Wölfin stehen und heulte klagend, doch niemand antwortete ihr. Die Schatten wurden tiefer, und Larka blickte nervös an den düsteren Bäumen hinauf. Sie hatte das Gefühl, dass jemand oder etwas sie beobachtete.

„Ich bin ein Varg", sagte sie sich immer wieder, um sich

zu beruhigen. „Ein Wolf. Der Wald fürchtet mich, und ich muss nichts fürchten."

Trotzdem hatte Larka große Angst. Gut, sie war eine Wölfin – aber was für eine? Plötzlich blieb sie stehen. Durch die Bäume drang ein Geräusch. Zuerst klang es wie das hohe Gilfen einer Wölfin, die sich in einer Falle verfangen hat, dann wurde es tiefer und hob sich wieder zu einem beschwingten, munteren Ruf. Larka fühlte sich von dem Klang angezogen. Zwischen den Bäumen flackerte und glühte es rot. Larka schlich näher. Ein heiserer Klang drang an ihre Ohren, den sie nicht kannte – Gelächter. Vor ihr lag eine Lichtung. Überall hing der Geruch, den sie bei den Felszacken schwach wahrgenommen hatte. Behutsam schob sie die Schnauze durch die Äste.

„Menschen!", keuchte sie, ihr Magen zog sich vor Angst zusammen. „Der Mensch-Varg. Die Legende von der Gabe."

Doch das Auge kann keinem bewegten Bild widerstehen. Larka war fasziniert. Die Menschen saßen im Kreis. Einer hielt einen merkwürdigen Gegenstand aus Holz an die Wange und zog mit dem Arm einen Stecken darüber. Damit erzeugte er die schönen Klänge, die in der Luft schwebten. Aus dem Fell an seiner Schnauze und seiner Größe schloss Larka, dass es der Dragga sein musste.

Ein anderer Mann saß auf einem Baumstumpf. Vor ihm hockte eine Frau, die vermutlich die Drappa war. Sie hielt eine Pfote des Mannes in ihrer eigenen und blickte aufmerksam darauf, so aufmerksam, als hinge ihr Leben davon ab. In der Mitte des Kreises brannte ein Feuer und das leuchtende Flackern tanzte auf den Gesichtern. Larka wandte ihre Aufmerksamkeit von den Menschen ab und dem Feuer zu. Sie erinnerte sich an den Blitz, den Morgra aus dem Himmel fallen gelassen und der in jener stürmischen grauen Nacht, in der sie den Fluch über sie verhängt hatte, den Baum verbrannt hatte. Aber dieses Feuer war anders. Die Menschen hatten es mit Steinen umgeben und schienen es zu beherrschen. Larka fand das Feuer fast unwiderstehlich, denn sie konnte seine Hitze auf ihrem Fell nicht spüren. Während die Wölfin ins Feuer blickte und die rote Glut betrachtete, die wie Wasser am Holz leckte, da zu einer Flamme aufschoss, dort erlosch, merkte sie, wie ihre Gedanken und Erinnerungen dem Feuer folgten und fast in die tanzenden Flammen gezogen wurden. Ihr war, als wäre ihr Geist plötzlich in einen wunderbaren Traum geraten.

Auf der anderen Seite des Waldes suchte Palla zusammen mit Fel verzweifelt nach Larka, als sie plötzlich ein Geräusch hörte. Der Boden fiel abrupt in eine tiefe Senke ab, und dort standen zwei Wölfe. Es waren Fremde.
„Balkar?", flüsterte Palla. Sie versteckte sich hinter einem Baum, schnappte Fel am Nacken und zog ihn hinter sich. Die Wölfe flüsterten, doch die Luft war ruhig, und ihre Stimmen drangen laut und deutlich durch den Wald.
„Mir gefällt das nicht", knurrte der eine Wolf. „Wir dringen in das Revier dieses Rudels ein, ohne Trattos Segen zu erbitten. Das bringt Unglück."
„Sei kein Dummkopf, Darrm!", meinte der andere. „Glaubst du, die Balkar würden um Erlaubnis bitten? Außerdem hat Slavka es befohlen. Ewige Treue!"
Palla zuckte mit den Ohren, als sie sich erinnerte, was Skop von der Anführerin der Rebellen erzählt hatte.

„Mir gefällt es trotzdem nicht, Gart, so nahe zu ihren schrecklichen Steinen vorzudringen."

„Aber dort wurde das Menschenjunge geraubt", sagte Gart ernst, „und wir haben den Auftrag, es zu finden."

Palla spitzte die Ohren, Fels Nase zuckte.

„Legenden!", schnaubte Darrm in der Senke. „Ich höre nur noch Legenden. Genügt es nicht, dass Morgra die Verehrung von Wolfbane wieder belebt hat? Sollen wir jetzt auch noch an die Legende von der Gabe glauben? Reicht es nicht, dass sie versucht, den Gestaltwandler anzurufen?"

„Wenn die Legende wahr ist", knurrte Gart nervös, „dann sollte sie nicht Wolfbane fürchten, sondern das, was danach kommt – seinen Pakt mit den fliegenden Aasfressern und die endgültige Macht des Mensch-Varg."

„Was ist das für eine Macht?" Der Wolf schüttelte den Kopf. „Sag noch mal das Gedicht auf."

Palla beugte sich vor, doch der Wolf schwieg.

Schließlich sagte er: „Ich darf es eigentlich gar nicht kennen. Wenn Slavka erfährt, dass ich es aufsage, muss ich teuer dafür bezahlen. Aber ich denke, hier sind wir sicher. Hm, lass mich nachdenken, ob ich mich richtig erinnere …" Gart überlegte, dann warf er den Kopf zurück und begann mit tiefer, knurrender Stimme zu sprechen. Die Beschwörung hallte zwischen den Bäumen und schien die Schatten selbst erzittern zu lassen.

„Wenn eine Wölfin mit weißem Fell wird geboren
Und ein Menschenkind geraubt, das auserkoren,
Die Gabe zu nähren; dort wo heimliches Unrecht geschah,

114

Dann ist der Gezeichnete gekommen, und die Legende ist nah.
Wenn Träume von Wolfbane kommen mit Angst und Schrecken,
Wenn die Unbezähmbaren gezähmt, wird der Tod sie entdecken.
Denn des Gestaltwandlers Pakt mit den Vögeln wird wahr,
Wenn Menschenblut mischt sich im Tau mit dem Blut der Varg,
Wenn die Suchenden, die hungernd die Pfade des Todes begehen,
Herausgefordert werden vom alten Ruf, dann wird der Tod uns sehen.

Dann wird die dritte Fähigkeit sich vollenden,
Die Suchenden verleiten die Natur, sich gegen sich selbst zu wenden.
Blut auf dem Altar – und die Vision wird kommen,
Wenn das Auge des Mondes rund ist wie die Sonnen.
In der Zitadelle, gebaut von den einstigen Herren im Reich,
Warten die Steinzwillinge – Macht und Gesetz zugleich.
Dann wird die Verletzte Vergangenheit und Zukunft schauen,
Das Geheimnis der Lera wird man ihr anvertrauen.
Und alle werden Zeuge der zukünftigen Pein,
Denn im Geiste des Mensch-Varg wird keiner frei sein.

Nur eine Familie, ganz liebend und treu
Kann das Böse bekämpfen, so alt und so neu,
Kann kämpfend die geteilten Geheimnisse aufdecken
Und wandernd den Schmerz der Sorge entdecken.
Ihr Glaube wird erprobt von den Schöpfern des Lebens,
Hütet euch vor dem Verräter, der nur Hader sucht. Vergebens.
Denn wer kann in tiefer Nacht scheiden für sich
Wahrheit und Lüge und das Dunkel vom Licht?
Wie der Schrei der Raubvögel verzerrt durch die Lüfte rief,
So braucht es Mut, wie die Verzweiflung so tief."

Kaum hatte der Wolf mit seinem Vortrag begonnen, schnellten Pallas Ohren nach vorn. In ihrem Kopf heulte es warnend. Sie verstand die Bedeutung der Worte nicht richtig, doch eines wusste sie sicher: In dem merkwürdigen Gedicht war von einer weißen Wölfin die Rede. „Larka", murmelte sie zitternd, „ich muss Larka finden!"
Fel begann zu knurren, doch Palla schüttelte den Kopf, um ihn zum Schweigen zu bringen.
„Diese Familie", fuhr Darrm plötzlich fort, „die Familie, die gegen das Böse kämpft. Sollten wir unsere Hoffnung nicht in sie setzen?"
Gart knurrte spöttisch, denn er besann sich wieder auf sich und er schätzte die Befehle seiner Anführerin. „Du weißt, dass Slavka nur Zähnen und Klauen vertraut."
„Ja", stimmte Darrm fast ärgerlich zu, „und den Kämpfen und Spießrutenläufen."
Fels Ohren zuckten.
„Slavka hat gesagt, jeder Wolf, der behauptet, die Gabe

zu haben, ist unser Feind", erklärte Gart. „Wir müssen alles zerstören, was mit dem alten Aberglauben zu tun hat. Wenn Morgra das Menschenjunge findet, fürchtet Slavka um uns alle."

„Warum?", fragte Darrm. „Wenn Slavka nicht an die Legende glaubt?"

„Weil Morgra das Menschenjunge nutzen könnte, um uralte Ängste zu schüren und die Varg zu täuschen, so, wie sie es mit Wolfbane macht. Aber es ist eindeutig nicht mehr hier, deswegen sollten wir nach Osten ziehen. Dort liegt auch Tsingas Tal."

„Tsingas Tal der Schatten?", knurrte Darrm ängstlich.

„Die Wahrsagerin ist schon immer gefährlich gewesen", sagte Gart kalt, „und verrückt obendrein. Aber vielleicht kann sie uns mehr sagen, falls sie noch lebt. Dann werden wir das Menschenjunge aufspüren."

„Und wenn wir es finden?"

„Dann töten wir es natürlich." Garts Stimme klang kalt und verschlagen. „Slavka hat angeordnet, dass wir alle töten, die etwas mit der Gabe zu tun haben."

Pallas Augen glitzerten ängstlich in der Dunkelheit. Eine Brise wirbelte die Blätter an ihren Pfoten auf und ließ das Laub traurig flüstern.

Während Larka wie gebannt ins Feuer starrte, hörte sie ein Geräusch, ein gedehntes Klagen. Außerhalb des Menschenkreises lag ein kleines strampelndes Bündel in einer Krippe aus Ästen. Als es sich umdrehte, keuchte Larka und zog sich zurück. Es war ein Menschenjunges. Fasziniert betrachtete sie das seltsame Geschöpf, dann dachte sie wieder schaudernd an das geraubte Kind. Außerdem knurrte ihr Magen. Sie warf noch einen Blick auf das hilflose Wesen und wandte sich dann bebend ab. Sie wollte gerade weggehen, da sah sie, wie einer der Menschen sich bückte und einen Ast aus dem Feuer holte. Die Flammen flackerten wild am Ende seines Arms. Larka war so verblüfft, dass sie der Gedanke durchfuhr, der Mensch mache und beherrsche das Feuer.

Jäh riss sie sich los. Lautlos umging sie die Menschen und schnürte weiter. Die seltsame Musik verlor sich in der Ferne. Im Wald wurde es immer dunkler, und Larkas Mut sank, denn sie wurde immer hungriger. Sie suchte nach Spuren von Lera, obwohl sie nicht richtig wusste, wie man jagte.

Larka näherte sich einer weiteren Lichtung, als sie eine Witterung aufnahm. Verwundert sah die junge Wölfin auf. Es schien, für Essen war gesorgt, kaum dass sie sich danach umschaute.

In der Mitte der Lichtung stand ein großer Baum. Seine Äste hatten sich in seltsame Formen gebogen und gewunden. Er war dicht belaubt. Von einer Efeuranke unter einem der Äste baumelte ein Stück rohes Fleisch. Rot und roh hing es da wie eine Frucht. Larka versuchte, sich zu erinnern, was Brassa von einem goldenen Fell erzählt hatte, dem Vlies des Wissens. Da wurde sie wieder nervös, denn in der Luft lag noch eine andere Witterung, die an die Menschen am Feuer erinnerte. Sie sah sich um und bemerkte, dass der Boden der Lichtung voller Laub war, obwohl der Baum gar keine Blätter abgeworfen hatte. Der Ort war unheimlich, aber das Fleisch war viel zu verführerisch, um zu widerstehen. Larka sprang hoch, doch sie war noch zu klein und ihre Pfote verfehlte das Fleisch. Gerade wollte sie noch einmal springen, als sie ein Heulen hörte. Ihr Herz hüpfte.

„Skop!", rief Larka erfreut. „O Skop, ich bin hier!"

Skop, Khaz und Kipcha rannten von der anderen Seite der Lichtung auf sie zu.

„Endlich, kleine Schwester!", rief Kipcha freudig.

Larka wich zurück, denn ihr war wieder eingefallen, was sie bei der Jagd erlebt hatte.

„Fenris sei Dank!", freute sich Khaz und lief zu Larka. Doch im Laufen nahm sein Gesicht einen merkwürdigen Ausdruck an, denn zwischen den Bäumen witterte er den Tod. Larka würde diesen Ausdruck nie wieder vergessen. Das Zögern, der fragende Blick, die Furcht, als er das Fleisch sah …

Auch Kipcha und Skop sahen es, und Kipcha riss plötzlich entsetzt die Augen auf. „Nein, Khaz, nicht!"

Khaz konnte Kipcha nicht hören. Ein ganz merkwürdiges Gefühl hatte von ihm Besitz ergriffen. Als ob er durch eine tiefe Schlucht wanderte, aus der es kein Entrinnen gab und an deren Ende die Ungewissheit wartete. Er wollte sich zusammenreißen, doch vor Angst konnte er keinen klaren Gedanken fassen und rannte weiter.

Khaz erreichte den merkwürdigen Laubteppich vor den anderen. Plötzlich knackten Äste, und Khaz' Körper krümmte sich in einem unnatürlichen Tanz, als die Blätter aufwirbelten und der Wolf mit einem Jaulen verschwand. Larka keuchte, als sich vor ihr eine Grube auftat.

Kipcha und Skop standen am Rand der Grube. Sie war mindestens zwei Astlängen tief. Kipcha schauderte, als sie die spitzen Pfähle am Boden sah. Khaz lag auf der Seite und strampelte verzweifelt. Ein Pfahl hatte seine Brust durchbohrt.

„Khaz!", schrie Kipcha entsetzt. „Oh, Khaz!"

Khaz versuchte, den Kopf zu heben. „Kipcha", brummte er benommen. „Was ist passiert?"

Kipchas Augen hatten sich vor Schmerz zusammengezogen, sie schüttelte hoffnungslos den Kopf und blickte zu ihm hinunter.

„Kipcha", keuchte Khaz schwach, „ich bin verletzt."

Als er das sagte, meinte Larka, ein eiskalter Wind fege durch ihren Körper.

„Menschen!", knurrte Skop wütend. „Das ist eine Grube. Das Fleisch war eine Falle."

Larka zitterte fürchterlich, als sie ihren Freund so da liegen und hilflos mit den Pfoten rudern sah. Sein Blut tränkte bereits die Erde. „Es ist alles meine Schuld", flüsterte sie zitternd.

„Nicht doch, Larka!", knurrte Khaz unter großen Schmerzen. „Kipcha, Skop, ihr müsst Larka von hier wegbringen."

Larka zitterte immer noch. Durch die Bäume drangen Geräusche. Merkwürdige Schreie, die die Wölfin an die Flucht am Fluss entlang erinnerten. Die Wölfe spürten, dass der Boden leicht bebte.

„Pferde", knurrte Skop.

„Kipcha, hör auf mich", stöhnte Khaz. „Nimm Larka und renn, so schnell du kannst. Mit mir ist es eh vorbei."

„Aber Khaz!", schrie Kipcha bitter. „Was ist mit uns … mit unseren Welpen?"

„Das Rudel. Sieh nach dem Rudel. Rette Larka. Du musst, Kipcha, für mich!"

Angst schnürte Kipcha die Kehle zu. Ihr Instinkt sagte ihr, vor den näher kommenden Geräuschen zu fliehen. Doch als sie zu Khaz hinuntersah, brach ihr fast das Herz.

„Kipcha", flüsterte Skop freundlich. „Wir müssen hier weg."

Kummer und Schuldgefühle quälten Larka, als sie Kipcha traurig über Khaz winseln sah. Die Schreie und das Hufgetrappel kamen immer näher, und Skop sah immer wieder nervös zu den Bäumen, aber Kipcha rührte sich nicht von der Stelle.

Schließlich zwang Khaz sie, zu gehen. Mit letzter Kraft keuchte er: „Geh, Kipcha! Wenn Tor und Fenris mich als deinen Gefährten auserkoren hätten, dann würdest du mir gehorchen. Ich befehle dir jetzt zu gehen." Er erbebte, dann sank sein roter Schwanz leblos zu Boden. Er war tot.

Als sein Kopf zur Seite fiel, meinte Larka, noch einmal seine Stimme unten am Fluss zu hören:

Denn wir würden unser Leben geben, um euch zu beschützen.

Kipcha hob die Schnauze und stieß ein bitteres Heulen aus.

Der Lärm hatte sie nun fast erreicht. „Schnell, Kipcha!", schrie Skop.

Abrupt wandte sich die Wölfin zu Larka um. „Lauf, Kleine! Lauf um dein Leben!"

Mit Herzen schwer vor Kummer und Schrecken rannten die Wölfe weg. Kaum waren sie zwischen den Bäumen verschwunden, brachen Männer auf Pferden durchs Dickicht. Die Jäger waren auf der Lichtung angekommen.

Blind rannten die Wölfe weiter und weiter. Zweige und Ranken streiften ihr Fell, Dornen rissen ihre Pfoten auf, doch schließlich erreichten sie den Waldrand. Das Rudel war nirgends zu sehen, doch im Gras lag der Kadaver des Wisents. In der mondlosen Nacht hatten die Vögel, träge von ihrem reichhaltigen Mahl, die Knochen sauber gepickt.

4

Die Gejagten

„Der Fluch ist über mich gekommen",
rief die Lady von Shalott.

Alfred Lord Tennyson, *Die Lady von Shalott*

„Dann sind wir diese Familie, nicht wahr, Brassa?", rief Palla durch die Nacht. „Wir müssen das Böse bezwingen. Meine Tochter hat die Gabe, Larka ist die weiße Wölfin, von der in diesem Vers die Rede ist. Darum kam Morgra, darum hat sie uns alle verflucht." Pallas Stimme zitterte schrecklich.

Das Rudel lag wieder am Treffpunkt in einem Kreis um die alte Brassa.

„Ich weiß es nicht, Palla", sagte Brassa, „zumindest weiß ich nichts von einer Familie. Aber ihr müsst alle so bald wie möglich aufbrechen. Die Welpen sind nun alt genug, um zu wandern. Ihr müsst die Grenzen des Reviers hinter euch lassen. Über dem Ort liegt ein Fluch, vielleicht könnt ihr ihn so bannen."

Huttser schüttelte wütend den Kopf. „Hört auf!", bellte er. „Khaz starb wegen der Menschen, nicht wegen eines

Fluchs. Und Larka, Larka hat sich das alles nur eingebildet. Wir dürfen nicht an Flüche oder Legenden glauben!"

Die Nacht war ungewöhnlich klar, Sterne funkelten hell am großen Himmel. Jeder der Wölfe versuchte, den Blicken der anderen auszuweichen, sie starrten mit offenem Maul ans Himmelszelt zu den Myriaden kleiner flackernder Lichter und kamen sich plötzlich ganz winzig vor.

„Sei nicht dumm, Huttser!", knurrte Palla zornig und drehte sich herausfordernd zu ihrem Gefährten um. „Larka hat ein weißes Fell und sie hatte bei der Jagd eine Vision, sie hat die Gabe. Egal, ob Khaz etwas damit zu tun hat – begreifst du denn nicht, was das bedeutet?"

Huttser sprang auf und knurrte Palla seinerseits an.

„Vater, bitte!" Larka war ganz verzweifelt. „Nicht streiten! Nicht wegen mir!"

Ihre Eltern schlugen schuldbewusst die Augen nieder. Fel richtete seine Augen auf seine Schwester, doch er konnte sie nicht ansehen. Kar versuchte, so mutig zu schauen, wie er nur konnte. In den Augen der armen Kipcha stand die Qual geschrieben, und Bran legte die Ohren zurück und winselte.

„Aber diese Legende …", knurrte Huttser plötzlich. Er schnappte nach einem Strohhalm. „Skop sagt, sie kann nur an einem Ort beginnen, wo großes Unrecht begangen wurde. Aber wir haben doch nichts getan!"

Brassa beobachtete ihn zitternd. Endlich schien sie zu einer Entscheidung zu kommen. Sie sprang auf und sagte im Befehlston:

„Genug jetzt, Huttser! Du musst es glauben! Unterhalb des Steinernen Baus gab es ein großes Unrecht."

Huttser erstarrte. Bran spähte in den Wald – ihm war, als hätte er für einen kurzen Moment einen gelbschwarzen Schimmer zwischen den Zweigen gesehen, und er musste an Wolfbanes Augen denken. „Was, bei Fenris, meinst du damit, Brassa?", knurrte er die alte Ziehmutter an. „Hätten wir Morgra etwa aufnehmen sollen?"

Brassa senkte den Kopf. „Ich, Huttser", flüsterte sie beschämt, „ich habe dieses Unrecht begangen. Ich habe Morgra vor langer Zeit verraten."

Die Wölfe starrten Brassa erschrocken an.

Sie sah den Fluss hinunter zum Felsen und zur Höhle und flüsterte ernst: *„Der Vergangenheit schwarze Verbrechen mögen die künftigen Zeiten rächen."*

„Du, Brassa?", schrie Palla. „Aber wie das?"

„Ich sah Morgra in jener Nacht, als das kleinste Tier des Wurfs geraubt wurde. Aber sie wollte es nicht holen, Palla – sie hat versucht, es zu retten. Es war aus der Höhle gekrochen, wo eine Füchsin herumstreifte. Morgra wollte es unbedingt schützen, sie bekam Panik und biss zu fest zu, als sie es am Nacken nahm."

Das Rudel lauschte schweigend unter dem großen Himmelszelt, doch der Schatten des Grauens huschte durch ihre Herzen.

„Sie war so verzweifelt, dass sie eine ganze Sonne lang umherwanderte. Dann begrub sie es und heulte so lange, dass ich fürchtete, ihr würde das Herz brechen. Und als man sie fand, dachten alle, sie wollte einen Bau für das Kleine graben, das sie geraubt hatte. Sie sagte kein Wort zu ihrer Verteidigung. Wahrscheinlich hatten Stolz und Groll ihr den Mund verboten. Das Rudel hatte sie schon ausgestoßen, weil alle wussten, dass sie anders war."

„Aber Brassa, warum hast du denn nichts gesagt?", wollte Palla wissen.

„Wegen dir, Palla, und wegen Skop", sagte Brassa kühl. „Als das Kleine tot war, auch wenn es ein Versehen war, fand ich es zu gefährlich, sie bei den Welpen zu lassen. Außerdem wusste ich von Anfang an, dass Morgra die Gabe hat, und ich fürchtete, sie würde Unheil über uns alle bringen. Ich war damals jung und unerfahren." Brassa schüttelte ihre graue Schnauze. Das Unheil, das sie all die Jahre gefürchtet hatte, war zurückgekommen und verfolgte nun sie und das Rudel. „Heute weiß ich, dass es ein Fehler war. Doch nachdem Morgra ausgestoßen worden war, schwor ich bei Tor, dass ich mein ganzes Leben den Welpen, der Zukunft der Wölfe, widmen würde."

Palla dachte an Morgra und daran, wie sie ein zweites Mal verstoßen worden war. Scham überkam sie, und mit der Scham fühlte sie eine schreckliche Schwäche. Und Angst, Angst vor der Legende und dem Vers, den sie gehört hatte, Angst vor dem, womit Morgra in jener Nacht gedroht hatte und was mit dem Vergangenen zu tun hatte. Vor allem hatte sie Angst um ihre Tochter. „Dann wusstest du ja schon immer alles!", knurrte Palla anklagend. „Aber warum hast du uns die Wahrheit nicht schon früher gesagt, bei Tor?"

„Die Wahrheit?", fiepte Brassa hilflos. „Ich wollte euch von Morgra erzählen, ich habe es mehrmals versucht, doch ich habe mich geschämt, ich wollte die Vergangenheit vergessen. Und ich kannte nicht die ganze Wahrheit, Palla, ich schwör's. Ich kannte die Legende, ja, und als ich hörte, dass ein Kind geraubt worden war, ahnte ich, dass Morgra die Worte wahr machen wollte. Und als Morgra kam, fürchtete ich, dass auch im Bau etwas war … dass etwas mit den Welpen war. Erst dachte ich …" Sie schüttelte den Kopf. „Ich konnte nicht glauben, dass schon so bald ein zweiter Wolf mit der Gabe geboren werden könnte, auch wenn die Legende von mehr als einem Wolf spricht. Doch was Skop über das große Unrecht gesagt hatte, hat mich erschreckt. Als Morgra uns verfluchte, wollte ich dir sagen, dass du gehen sollst, Palla."

Nun senkte Palla den Kopf.

Es war wahr.

„Doch trotz allem hoffte und betete ich, dass nichts passieren möge, dass es nur ein Fluch wäre."

„Nur ein Fluch?", knurrte Palla.

„Es geht um sehr viel mehr", sagte Brassa, „wie Morgra uns in jener Nacht warnte. Deine Tochter hat die Gabe, wie es in dem Vers prophezeit wird, und dann ist da noch die Legende, die Legende vom Mensch-Varg, die Legende von der Gabe."

„Der Vers", knurrte Palla, „o Huttser, diese Dinge, die er besagt!"

Doch als Palla versuchte, sich ins Gedächtnis zu rufen, was sie im Wald gehört hatte, konnte sie sich kaum an einen Bruchteil davon erinnern. Die Worte waren seltsam verworren, sie wusste jedoch noch zu gut, was Morgra gesagt hatte, als sie das Rudel verflucht hatte.

„Es geht um Wolfbanes Rückkehr, wie Morgra sagte", jaulte Palla, „und um seinen Pakt mit den fliegenden Aasfressern." Als würde Morgras Stimme das Rudel wieder laut anherrschen! „Und es geht um einen Altar." Palla zermarterte sich den Kopf. „Um die Suchenden und um einen Sammelruf. Was ist der Sammelruf, Brassa?"

Zitternd legte sich Brassa vors Rudel. „Es ist der Geist der Gabe, Palla."

„Sag's uns! Sag uns alles, was du über die Gabe weißt. Du darfst uns nichts verheimlichen, wir sind nicht wütend."

Brassa nickte ernst. „Die erste Fähigkeit ist, mit den Augen der Vögel zu sehen, wie Larka es auf der Jagd getan hat. Mit der zweiten Fähigkeit kann man ins Wasser blicken und dort Dinge sehen – Dinge aus der Vergangenheit, der Gegenwart und sogar aus der Zukunft."

Larkas Magen zog sich zusammen.

„Doch die dritte Fähigkeit ist, die Seele der anderen zu berühren, ihre Gedanken und auch ihre Taten zu beherrschen. Das hat bislang noch niemand geschafft, Palla, denn diese Fähigkeit tritt nur in die Welt, wenn die Suchenden mit dem Sammelruf geholt werden, mit dem althergebrachten Ruf, der sie von den Pfaden des Todes zurückholt."

Ein kalter Wind kräuselte den Fluss und wehte hinüber zum Treffpunkt. Nur Kipcha sah hoffnungsvoll auf, denn sie dachte an Khaz. Ihr war, als hätte der Tod sie gerade berührt.

„Manche sagen, die Suchenden sind nur eine Erinnerung, eine Spur des Vergangenen, andere sagen, die Suchenden seien der Tod selbst."

Nun zitterte sogar Huttser.

„Wenn man sie je in diese Welt zurückruft", jaulte Brassa, „kann der Rufende ihnen seinen Willen aufzwingen."

„Morgra!" Palla winselte voller Angst.

„Wieder andere glauben, dass die Lebenden durch den Ruf ins Reich der Toten wandern können", fuhr Brassa leise fort. „Angst und Hass verleihen den Suchenden in dieser Welt Gestalt, doch nur der Ruf kann sie befreien."

Das ganze Rudel war nun erstarrt.

„Und der Altar?", fragte Palla. „Ist das Menschenkind eine Art Opfer?"

„Ich habe euch alles gesagt, was ich über die Legende weiß", sagte Brassa, „und eins ist sicher: Morgra will sie wahr werden lassen. Darum wollte sie sich unserem Rudel anschließen – nicht, um uns zu helfen oder uns vor dem Menschen zu schützen, sondern um an Larka heranzukommen. Sie will die endgültige Macht über den Mensch-Varg."

In Larkas Kopf drehte sich alles vor Grauen. Zum ersten Mal in ihrem Leben empfand sie Morgra nicht als den Schatten der Angst, der das Rudel ihrer Eltern verfolgte, sondern als eine richtige Bedrohung.

Alle spürten die Gefahr, die sie umgab wie ein Kiefer, der sich um sie schließen wollte.

„Die endgültige Macht?", schnaubte Huttser. „Was soll das sein?"

Brassa schüttelte den Kopf. „Ich weiß es nicht, Huttser."

„Egal, was es ist", meinte Bran schaudernd, „es ist böse. Wie Morgra und Wolfbane, wie der Mensch."

„Böse", murmelte Palla. Das Wort weckte eine Erinnerung in ihr. „Und wir sind die Familie, die das Böse bekämpfen muss?"

„Das musste Morgra wohl glauben, als wir sie vertrieben haben", sagte Brassa. „Doch soweit ich weiß, sagt die Legende nicht, dass es Larkas Familie ist. Ihre Geburt kündet nur vom Kommen des Menschen. Aber vielleicht gibt es ja jemanden, der das besser weiß."

Die Wölfe sahen voller Hoffnung auf.

„Und wen?", fragte Palla.

„Tsinga, die alte Wahrsagerin. Die Wanderung wird gefährlich, düstere Geschichten ranken sich um das Tal der Schatten, und Tsinga ist ein Kerrl. Doch sie lebt im Tal hinter den Stromschnellen und dem Menschendorf, hinter dem Kamm des weißen Bergs und nahe dem Fluss, der nach Huttsers Worten die Ostgrenze des Reviers bildet. Wenn ihr sie gefunden und erfahren habt, ob ihr die Familie seid und was Tsinga über die endgültige Macht weiß, dann müsst ihr schnellstmöglich das Revier verlassen."

Huttser schüttelte immer noch den Kopf.

Brassa fuhr fort: „Doch wenn ihr das Herz der Legende seid, dann ist noch Zeit – wenn Tsarr das Kind hat."

„Tsarr?", knurrte Palla. „Aber diesen Namen hat Morgra erwähnt!"

Brassa nickte bedächtig. „Kaum hatte sie seinen Namen ausgesprochen, wusste ich auch schon, dass in Wahrheit er das Kind gestohlen hat. Das erleichterte mich ein wenig, auch wenn ich das nie zulassen durfte", fügte sie traurig hinzu.

„Aber wer ist dieser Tsarr?", fragte Larka.

„Bis du geboren wurdest, wusste ich nur von zwei Wölfen mit der Gabe", sagte Brassa leise. Larka duckte sich. „Morgra und Tsarr. Ihre Fähigkeiten waren schwach entwickelt, und ich glaube, Tsarr hat die Gabe inzwischen gänzlich verloren. Doch Tsinga brachte ihnen alles bei, was sie wusste, und führte sie zu den Gehilfen."

„Gehilfen?", fragte Huttser.

„Vögel", schnaubte Brassa gereizt. „Vögel, die den Begabten helfen, die erste Fähigkeit zu nutzen. Morgras Gehilfe ist ein Rabe, ein dreckiger kleiner fliegender Aasfresser! Er heißt Kraar."

Die Wölfe dachten an die Nacht, da sie dieses Tier hinter Morgra herflattern sahen, als sie sich vom Bau entfernte. Larka schauderte – bei der Jagd hatte sie mit Kraars Augen gesehen.

„Und Tsarrs Gehilfe ist ein Steppenadler. Skart", sagte Brassa. „Ein stolzer Vogel, ein Vertreter der wahren Putnar."

Larka gefiel der Name Skart gleich, vor allem, als sie an Kraars und Wolfbanes schrecklichen Pakt mit den Vögeln dachte.

„Erst teilten Morgra und Tsarr ihr Wissen und Können mit Tsinga", erläuterte Brassa ernst, „doch als Tsinga merkte, wie schwarz Morgras Herz war und wie sehr sie nach der alleinigen Macht strebte, vertrieb sie Pallas Schwester. Tsarr war zwar auch von der Legende fasziniert, doch sein Herz war reiner, und Skart benutzte die Gabe immer nur für gute Zwecke. Einige Zeit stritten die beiden fürchterlich über die Legende und den Nutzen der Gabe, aber nun haben sie anscheinend ihren Zwist beigelegt, und es beruhigt mich, dass sie das Kind haben." Sie schien plötzlich aus ihrer Erinnerung aufzutauchen. „Ihr müsst jetzt gehen. Sucht Tsinga. Wenn sie noch am Leben ist, wird sie euch mehr erzählen."

„Woher weißt du denn so viel über die alte Wahrsagerin?", knurrte Palla.

Die Alte hob den Kopf, und in diesem Moment sah es so

aus, als würde sie ganz in ihrer Erinnerung leben. „Tsinga ist meine Schwester."

Palla und Skop sahen Brassa verwundert an. Keiner hatte auch nur die blasseste Ahnung gehabt, dass Brassa eine Schwester hatte, und dann auch noch so eine Schwester – ein Kerrl und eine Wahrsagerin!

Wie viele Geheimnisse die Erwachsenen doch haben!, dachte Kar.

„Vor langer Zeit stritten wir", sagte Brassa traurig, „doch anders als Tsarr und Skart haben wir uns nie wieder versöhnt. Ich wünschte nun, meine Wut hätte weniger Monde erlebt."

„Aber du hast nie etwas gesagt, Brassa!", fuhr Palla sie an, doch ihr fiel ein, dass ihr Vater gesagt hatte, Brassa hätte sich dem Rudel erst kurz vor Morgras Geburt angeschlossen.

„Als ihr noch klein wart, habe ich sie oft besucht, ich wollte die Geschichten über die Gabe hören, die mich immer so in ihren Bann gezogen haben. Aber Tsinga hat mir nie richtig vertraut, als Welpen waren wir uns nicht sehr nahe. Sie erzählte mir ein paar kurze Geschichten und warf mir ein paar Brocken hin, damit ich ruhig war. Doch den Vers und die großen Geheimnisse der Gabe erfuhr ich nie. Schließlich wurde ich wütend auf sie, und wir stritten uns ganz fürchterlich." Brassa senkte den Kopf.

„Danach hörte ich Gerüchte. Über Tsinga. Über Morgra und Tsarr, über die Gehilfen und das Tal der Schatten, wo Tsinga wohnt und wohin ihr nun gehen müsst."

Skop knurrte: „Brassa, du redest so, als würdest du nicht mitkommen!"

„Ja, ich muss euch noch etwas sagen."

„Noch etwas?", bellte Huttser.

Brassa legte ihren alten grauen Kopf auf ihre Pfoten. „Ich kann keinem von euch helfen. Meine Zeit ist gekommen, Freunde. Ich muss sterben."

„Was?", kläffte Palla.

In der Ferne schrie eine Eule durch die Nacht. Huttsers Läufe gaben nach, er sackte zusammen. All diese Nachrichten überstiegen beinahe seine Kräfte.

„Dann sind wir verloren", winselte Bran betrübt. Er drückte die Pfoten an die Ohren und ließ seine Schnauze ins Gras sinken. „Morgra hat doch gedroht, dass sie unser Rudel auseinander treiben wird."

„Seit vielen Sonnen wächst ein Geschwür in meinem Bauch", klagte Brassa. „Nun hat Morgra Rache für mein Vergehen genommen. Vielleicht kann mein Tod alles wieder gutmachen."

Fel sprang auf und rannte zu Brassa. Winselnd scharrte er vor ihr in der Erde. Schmerz und Unverständnis lagen in seinen Augen. „Bitte, Brassa! Nicht du!", heulte der junge schwarze Wolf.

„Es ist nicht so schlimm, Fel", sagte die alte Wölfin sanft. Sie drückte ihre Schnauze an Fels Schnauze und versuchte zu lächeln. „Ich bin alt, mein Leben war ausgefüllt. Der Tod kommt zu uns allen, das ist ganz natürlich. Und, weißt du, ich bin fast froh."

Fel sah sie verwundert an.

„Nur eines bereue ich", fuhr Brassa fort und leckte über Fels Ohren. „Ich habe Palla und Skop aufgezogen, sie waren für mich wie eigene Junge. Wie gerne würde ich auch euch heranwachsen sehen!"

„Ich bin schon groß!" Fel wandte sich wütend von Brassa

ab. „Und ich kann gegen alles und jeden kämpfen. Auch gegen Wolfbane und Legenden und Flüche!"

„Vielleicht kannst du das ja, mein Lieber", sagte Brassa stolz. „Doch eines kannst du nicht bezwingen, niemand kann es bezwingen."

Alle wussten, was Brassa meinte. Das Rudel ließ die Köpfe hängen.

Huttser starrte auf den Boden. „Wann ist es so weit?", fragte er gefasst. Der Grauwolf war nun nicht mehr wütend.

„Das weiß Tor allein. Ich glaube jedoch kaum, dass ich den Winter noch überstehe. Du musst dir keine Sorgen um mich machen. Wenn die Zeit reif ist, gehe ich allein in den Wald. Ihr müsst nun so bald wie möglich aufbrechen. Manche sagen, die Gabe sei ein Fluch, andere sagen, sie sei ein Segen – was es auch ist, es wird in Larka wachsen. Und vielleicht werden ihre Fähigkeiten euch helfen, Morgras Fluch endlich zu bannen, wenn ihr das Revier verlasst. Mit der Gabe kann sie nämlich alle Kräfte der Welt nutzen."

Fel sah auf, seine Ohren zuckten, und in seinen Augen lag plötzlich ein eigenartig eifersüchtiger Blick. Kar jedoch dachte an den Fluch und wie kindisch sein Motto sich nun anhörte: *Spitze Steine ritzen meine Beine, doch Worte werden mich nie verletzen.*

„Ich will die Gabe doch gar nicht", jammerte Larka.

„Das kannst du dir nicht aussuchen, meine Liebe", sagte Brassa sanft und sah Larka verständnisvoll an. „Du musst die Gabe annehmen, nicht als Fluch, sondern als Geschenk. Doch wenn ihr von Tsinga alles erfahren habt, verlasst schnell das Revier, bevor es zu spät ist."

Wieder sah Brassa hinauf zur Burg, die über ihnen thronte und deren Mauern von der Nacht verschluckt wurden.

„Wenn Morgra glaubt, dass ihr die Familie seid, dann seid ihr eine Bedrohung für all ihr Streben. Ob sie nun die Jungen in ihre Pranken bekommt oder nicht – sie wird alles tun, um euch zu vernichten. Ihr seid verflucht. Und vergesst nicht, dass sie auch die Nachtjäger hinter sich hat. Sie wird wieder versuchen, Larka zu bekommen. Geht also schnell!"

„Mutter", knurrte Larka, „wenn Morgra mich will, dann lass mich alleine gehen. So seid ihr in Sicherheit."

„Sch!" Palla leckte Larkas Stirn.

„Wir werden unser Revier nicht verlassen, Brassa!", knurrte Huttser, denn der Dragga spürte, wie ihm die Autorität entglitt. „Wir gehen in die Berge, ja, und vielleicht finden wir auch Tsinga, aber wir werden das Revier wieder mit einem deutlichen, starken Geruch markieren, wir werden als freies Rudel leben und alles aus unserem Revier heraushalten – Flüche, Wolfbane, Menschen. Der Wolf setzt Duftmarken, damit nichts in sein Revier eindringt. Wir werden uns nicht von der Angst beherrschen lassen und wir werden auch nicht weglaufen." Doch so, wie er da stand, wirkte Huttser nicht sehr überzeugend.

„Es muss aber sein, Huttser, zu eurem Wohl!"

„Wir lassen dich nicht alleine, Brassa", sagte Palla. „Das Rudel wird dich nicht einsam sterben lassen."

„Du musst an die Jungen denken, Palla, und an die Zukunft!", beharrte Brassa, doch in ihrem Blick lag große Dankbarkeit.

Palla sprang zu ihrer alten Ziehmutter hinüber. „O Brassa, was sollen wir nur ohne dich tun?"

„Überleben. Ihr müsst dem Gesetz des unbezähmbaren Wolfs treu bleiben und überleben", sagte die Alte feierlich.

Das Rudel musste hilflos mit ansehen, wie die alte Wölfin immer schwächer wurde. Aus der schmerzhaften Trägheit, die so schnell über sie gekommen war, konnten sie nur noch die Jungen wecken. Vor allem Larka, der sie ganz ruhig von der Gabe erzählte. Dann rutschten Kar und Fel nervös herum und sahen die weiße Wölfin verwundert an. Sie verstanden nicht richtig, was das alles zu bedeuten hatte, aber sie hatten Angst um Larka, und diese Angst wurde umso größer, als ihr das Winterfell wuchs und ihr Pelz heller und heller wurde.

Kar fragte Skop immer wieder, ob die Legende und der Fluch ernst zu nehmen wären. Wie Huttser war auch Skop ein Zweifler, doch die Geschehnisse waren eindeutig und hatten seine Spuren bei ihm hinterlassen. Also schüttelte er nur den Kopf und besah sich sorgenvoll sein Mündel. Als er Morgra in jener Nacht über der Schlucht gesehen und ihre schrecklichen Worte gehört hatte, war die Wut in ihm erwacht, und er dachte wieder an Slavka und die Rebellen, die sich irgendwo in den hohen Bergen sammelten.

Brassa verwendete all ihre verbleibende Kraft darauf, den Jungen Geschichten zu erzählen und dafür zu sorgen, dass die besten Erzählungen für die Zukunft überliefert wurden, denn sie glaubte immer noch, dass diese Geschichten ihnen Schutz bieten konnten. Vor allem erzählte sie von Tor und Fenris, den großen Wolfsgöttern, die vom Himmel gütig auf die Varg heruntersahen. Sie flüsterte auch immer, dass sie bald auf eine große Reise gehen würde. Dann lauschte Fel besonders aufmerksam, und in dem Jungwolf schien plötzlich neuer Ernst zu keimen.

Wie so oft im Land jenseits der Wälder gab es einen jähen Wetterumschwung. Der Herbst kam und schmückte den Wald, er verwandelte das Laub in glänzendes Gold und flammendes Feuer. Dann fielen die Blätter und im Hochgebirge gab es den ersten Schnee. Das Land starb – wie Brassa. Doch für die alte Wölfin würde kein Frühling mehr erwachen.

Fel und Larka fanden sie eines stürmischen Herbstmorgens. Sie war nicht allein in die Wälder gegangen, sie hatte sich einfach unter einen Baum gelegt, das Laub war auf ihren Rücken gefallen, als wollte der Wald sie mit einem Schleier bedecken und ihren Tod verbergen. Fel stupste sie mit der Schnauze und stieß sie leise winselnd mit der Pfote an, doch seine alte Freundin regte sich nicht. Ihr Körper war kalt wie Stein und wurde unter dem Pelz schon steif. Fel starrte den Kadaver an, er konnte nicht glauben, dass dies einmal Brassa gewesen war.

Huttser kam daher. „Zumindest ist sie friedlich im Schlaf gegangen", sagte er ruhig.

„Was sollen wir denn jetzt tun, Vater?", fiepte Fel hilflos. „Sollen wir sie begraben?"

„Nein, Fel. Wir müssen sie der Lera und den Jahreszeiten überlassen, den Geschöpfen der Erde und der Luft."

„Aber das ist ja grausam!", jaulte Larka. Sie sah die tote Brassa an und musste auf einmal an die grässlichen Vögel denken, die sich an dem toten Wisent gütlich getan hatten.

„Sie ist nicht mehr hier, Larka", sagte Huttser leise. „Sie ist schon bei Tor und Fenris. Doch ihr Körper ist ein Geschenk, er ist Nahrung für die Natur, Nahrung für die Zukunft."

Fel verstand nicht, was sein Vater damit meinte. Allein bei dem Gedanken wandte er sich wütend ab.

Die Wölfe entboten Brassa ihren letzten Gruß. Palla leckte zärtlich ihre Nase, Larka winselte traurig. Die Schuld, die Larka wegen Khaz spürte, brannte wieder in ihr, und die Jungwölfin empfand sich als Bedrohung für das ganze Rudel. Die Jungen waren nun annähernd so groß wie die Erwachsenen, doch in jenem Moment wurde ihnen klar, dass sie die Welt der Großen nicht verstanden.

„Lebe wohl, Brassa", sagte Palla traurig.

Sie hob den Kopf und heulte. Ihr Heulen stieg in den Himmel, und das Rudel am Fluss fiel in die Trauermelodie ein. Die schmerzvolle Klage für die alte Ziehmutter und auch für Khaz stand in krassem Gegensatz zu der wilden Schönheit des Herbsttags.

„Es hat auch etwas Gutes", sagte Palla, nachdem die Klage verklungen war. Das Rudel folgte dem Blick der Drappa zum Steinernen Bau hoch oben am zerklüfteten Gipfel. „Als Welpe war ich hier glücklich, doch nun hält dieser Ort nur noch schlechte Erinnerungen für mich, und ich bin froh, dass ich ihn hinter mir lassen kann."

„Laufen wir denn weg, Mutter?", fragte Fel.

„Nein, Fel", knurrte Huttser. „Wir werden zur Wahrsagerin gehen und dabei das Revier markieren."

Palla sah ihren Gefährten kopfschüttelnd an. Doch nun

war weder die Zeit noch der Ort, mit ihm über die nahe Zukunft zu streiten.

„Dann kommt jetzt!", bellte Huttser. „Kipcha, komm, geh eine Weile mit mir!"

Kipcha sah ihren Bruder hilflos an. Sie konnte den Gedanken kaum ertragen, dass sie nun den Ort verlassen musste, wo sie und Khaz so glücklich gewesen waren, auch wenn ihnen nur wenig Zeit zusammen vergönnt gewesen war.

„Wir hatten nie eine Chance, Huttser", sagte sie beim Gedanken an Khaz.

Huttser schmerzte es, seine Schwester so zu sehen. Er wandte sich ab und schüttelte traurig den Kopf. Langsam trottete Kipcha hinter ihm her, doch er hatte keine Ahnung, dass auch Kipcha ein Geheimnis in sich trug. Huttser blickte zurück zur Burg, ihr Schatten schien sie zu verfolgen. Er wollte seiner Schwester beruhigend zulächeln, doch in seinen Ohren klingelten die Worte, die Morgra über der Schlucht gesprochen hatte: *Angst und Verrat, begonnen hier …*, und eine Wolke war vor die Sonne gezogen.

Hinter Kipcha kamen die jungen Wölfe, Larka ging in der Mitte. Nur Bran trödelte noch am Fluss, auch er sah zur Burg und zu den Wäldern, wo Khaz verschwunden war. Dann blickte er zu Brassa hinüber, die immer noch unter dem Baum lag.

„Eines nach dem anderen", sagte er ängstlich. „Eines nach dem anderen."

Da flog ein Fasan auf, und bei seinem schreckhaften Flattern rannte der Sikla schnell hinter seinen Freunden her.

Wäre ein Vogel am blauen Himmel gekreist und hätte auf die Erde geschaut, wo der Herbst die Wälder in Glutfarben tauchte, so hätte er ein Wolfsrudel erspäht, das sich seinen Weg durch das welkende Gras bahnte. Die acht Wölfe gingen in einer Reihe, der größte Wolf marschierte an der Spitze und suchte das Land mit seinen argwöhnischen Augen ab. Immer wieder blieb er stehen und hob angespannt seine graubraune Rute, doch gegenwärtig schien nichts das Rudel zu bedrohen.

Doch wäre das Auge des Vogels scharf genug gewesen, hätte er bemerkt, dass in den Schritten der Wölfe große Vorsicht lag. Dass sich vor allem der Wolf mit dem Fleck am rechten Auge bei jedem Geräusch umsah. Dass die drei Jungwölfe hinter den Alten immer neugierig in der Luft schnupperten und dass zwei der Jungen den dritten, den weißen Wolf, mit großer Sorge beobachteten.

Die Wölfe wanderten nun schon zehn Sonnen lang. Huttser bestand darauf, dass sie das Revier markierten. Palla erinnerte sich langsam wieder an die Umrisse ihres ehemaligen Reviers. Mit ihren Eltern war sie bei vielen Markierungen dabei gewesen, und Wölfe kennen ihr Revier so genau, wie ein Mensch sein Heim oder das Zimmer kennt, in dem er schläft. Immer wieder blieb Palla an einem vertrauten Baum oder an einem Bach stehen, erkannte eine Schneise oder einen Steinhaufen wieder. An all diesen Orten blieben die Wölfe eine Weile und hinterließen einen stechenden Geruch, der Eindringlinge warnen sollte, dabei heulten sie und scharrten in der Erde.

Ihre Stimmung war nicht sehr gut, aber sie waren froh, dass sie nun endlich auf dem Weg waren, und die Reviermarkierung lenkte sie zumindest ab. Larka hatte sich ganz in sich zurückgezogen, nur hin und wieder blickte sie auf. Dann sahen Fel und Kar sie so unsicher an, und das regte Larka ziemlich auf.

Kar wollte sie aufheitern, er plauderte mit ihr und versuchte sogar, mit ihr im Herbstlaub zu tollen, aber Larka ging kaum darauf ein und trottete nur hinter ihrer Mutter her. Schließlich gab Kar auf. Er hatte Angst.

Fels Gefühle waren verworrener. Als Brassa die Gabe zum ersten Mal erwähnt hatte, war er auf Larka eifersüchtig gewesen, denn er hatte gemerkt, dass seine Schwester im Mittelpunkt der Aufmerksamkeit des Rudels stand. Nun wünschte er fast, er hätte selbst die Gabe. Neid war ein unangenehmes Gefühl, und Fel rang mit sich. Aber es fiel ihm immer schwerer, Larka zu vertrauen, und das behielt er schuldbewusst für sich.

Doch noch etwas trieb den Wolf um, er hatte gefühlt, dass es in ihm wuchs, nachdem er sich bei der Jagd so angestrengt hatte. Es war wie damals, als er zum ersten Mal richtiges Fleisch gekostet hatte und Wut und Lust sich in ihm vermischt hatten. Es war Angst.

Manchmal wusste Fel nicht, wovor er Angst hatte. Er besah sich die Welt, während sie wanderten, und dann hatte er so ein komisches Gefühl im Bauch. Er knurrte die Lera an, er wollte jagen, er wollte sehen, wie die Welt vor seinen Pfoten davonrannte. Hin und wieder schnappte er nach seinem Vater und nach seiner Mutter und beschuldigte sie, ihm nicht genug Interesse entgegenzubringen und das Gefühl des Ausgeschlossenseins nicht zu verstehen, das von Natur aus mit dem Blut in seinen Adern floss.

Dann wieder ließ er zu, dass Huttser und Palla ihn trösteten, und genoss das friedliche Gefühl, wieder ein Welpe zu sein. Wenn sie Rast machten, rollte er sich neben seinen Eltern zusammen, lauschte ihren vollen Stimmen und erinnerte sich an die Geschichten, die sie ihm damals erzählt hatten. Doch wenn seine Mutter etwas zu ihm sagte, das in seinen Ohren dämlich klang und bei dem er sich klein und dumm vorkam, oder wenn er sich daran erinnerte, wie sein Vater ihn an jenem Tag am Nacken gepackt hatte, dann kamen wieder die Wut und das Gefühl der Freiheit bei der Jagd in ihm hoch, und er stapfte zornig davon. Er schmollte und grübelte, und seine Wut richtete sich immer gegen Kar, auf den er auch eifersüchtig war, weil Larka ihn so sehr mochte.

Eines Tages trat Skop zu Huttser, der auf einem Felsvorsprung stand und auf das Land sah, das vor ihm lag. Der Dragga wusste, was Skop vorhatte.

„Hier werde ich euch verlassen, Huttser", sagte Skop ruhig. „Der Weg zu Tsingas Tal führt direkt nach Osten, aber ich bin schneller, wenn ich mich nordöstlich halte. Ich bin diesen Weg schon einmal gegangen. Werdet ihr es schaffen?"

„Ja, mein Freund. Wir werden überleben."

„Ich frage mich, warum Tsingas Tal das Tal der Schatten heißt", knurrte Skop.

„Nun, jedenfalls bestimmt nicht wegen eines Wolfs mit zwei Köpfen", gab Huttser so überheblich wie möglich zurück, „oder wegen eines Flusses, der alle verschlingt, die ihn queren wollen. Aber das werden wir ja bald herausfinden."

„Ja."

„Ich würde wirklich gerne mit dir kommen, Skop. Es ist immer besser, gegen etwas Reales zu kämpfen."

Skop schüttelte nachdenklich den Kopf. „Du musst deine Familie schützen und deine Freiheit finden. Meine Schwester ist nicht ganz deiner Meinung, aber ich finde, du hast Recht: Markiere dein Revier und halte alles fern. Ich weiß nicht, wie man gegen Schatten kämpft, Huttser, also mache ich mich auf die Suche nach etwas, das ich riechen und schmecken kann. Wenn Morgra nach einer bösen Macht strebt, will ich am Kampf teilhaben. Finde ich diese Rebellen – gut. Aber sollte ich Morgra wieder finden, dann werde ich meine Halbschwester mit meinen eigenen Zähnen töten."

Huttser sah Skop an. Er knurrte entschlossen und zustimmend.

„Aber, Huttser", fuhr Skop fort, „denk dran, was Palla die Rebellen in jener Nacht sagen hörte. Wenn sie geschworen haben, alles zu vernichten, was mit der Gabe zu tun hat, dann sind sie auch für euch eine Gefahr. Vielleicht treffe ich diese Slavka, und vielleicht kann ich sie zur Vernunft bringen und ihr sagen, was Sache ist."

Huttser nickte ernst.

„Und, Huttser – kümmre dich um Kar." Skops Stimme war plötzlich voller Sanftmut und auch Reue. „Er ist der Einzige, der von meinem Rudel noch übrig ist."

Der Anblick von Kar, der zwischen seinen eigenen Jungen stand, verwirrte Huttser, dennoch nickte er. Skop ging hinüber zu Palla und redete eine Weile mit ihr, dann lief er zu Kar. Während Skop mit ihm sprach, schüttelte der Jungwolf ärgerlich den Kopf. Dann wandte Skop sich ab. Wölfe sagen sich nicht gerne Lebewohl, und Kar sah Skop traurig nach, als er den Hang hinaufsprang. Skop drehte sich noch einmal um, bevor er endgültig ging.

Palla stellte sich neben Kar. „Keine Angst, Kar", sagte sie freundlich, „es wird ihm nichts geschehen."

„Warum muss er denn gehen, Palla?"

„Skop war schon immer ein Kämpfer, schon als Welpe. Er will diese Rebellen finden, und da der Winter naht, muss er vor dem Schnee die Berge queren."

„Aber warum lässt er mich zurück?", kläffte Kar verbittert. „Warum kann ich nicht mit ihm gehen?"

„Du bist einfach noch zu jung, Kar. Aber mach dir keine Sorgen – du hast uns, wir sind nun deine Familie."

Demütig sah Kar zu Palla auf, während Skop hinter dem Hügel verschwand, doch als sie von der Familie sprach, schauderte ihn. Plötzlich fühlte er sich schrecklich einsam, und als sich das Rudel wieder auf den Weg machte, rannte er zu Bran und Kipcha.

Der Sikla flüsterte besorgt mit Huttsers Schwester. „Wir wissen nicht, wer der Nächste ist, Kipcha", zischte er mit zusammengepressten Zähnen. „Brassa hat gesagt, diese Wanderung ist gefährlich, deshalb müssen wir aufeinander aufpassen. Ich hoffe nur, Fenris entlässt uns aus dem Revier."

Kar zitterte, aber Kipcha schien Bran gar nicht richtig zuzuhören. Ihre Augen ruhten auf Larka. Sie dachte wieder an Khaz, der tot in der Grube lag, und ihr Blick wurde kalt und rachsüchtig.

Das Rudel wanderte weitere sechs Tage. Sie überquerten gerade einen Hügel, da hörten die Jungen ein komisches Geräusch. Unter ihnen lag der Fluss mit den tosenden Stromschnellen, die sie gesucht hatten. Bran wurde immer nervöser, während sie den Hang hinunterstiegen. Was er über Tsinga und das Tal der Schatten gehört hatte, machte ihm genauso viel Angst wie die Geschichten von Wolfbane.

Das Tosen wurde immer lauter. Am Fuß des Hügels sprangen die Kleinen eifrig zu Huttser vor, doch als sie hinunterblickten, stand ihnen vor Schrecken das Maul offen. Auch Palla und Kipcha sahen besorgt über den Sims zum reißenden Strom, der sich durch die Felswände fraß. Im Aufwind zitterte und flatterte ihr Fell.

Der Berg fiel in Stufen ab. Unter zwei großen Felsen an der Oberkante eines Wasserfalls, wo die Kaverne schmal wurde und abfiel, hatten sich Stromschnellen gebildet, und das gischtende Wasser wurde heftig aufgewühlt, bevor es in einen zweiten großen Wasserfall floss und sein Lauf sich an einem zerklüfteten Felsen teilte.

Larka sah den Steilhang und schluckte. „Da müssen wir doch nicht durch, oder, Vater?" Sie starrte in die schäumenden Fluten und fragte sich, wie es wohl ist, wenn die Seele nie zur Ruhe kommt.

Fel dachte an die zweite Fähigkeit der Gabe: ins Wasser zu blicken und ferne Dinge zu sehen.

Und Bran dachte an Morgras Fluch.

An der Stelle, wo der Fluss am ruhigsten war, machte sich Huttser vorsichtig an den Abstieg. Er sah ein paar Steine aus dem Wasser ragen und dort, wo der Abstand zwischen zwei Steinen zu groß war zum Springen, war ein Baum vom anderen Ufer umgestürzt und lag nun wie eine Brücke über dem Fluss. Der Dragga sah den Weg auf die andere Seite deutlich vor sich. „Es scheint gar nicht so schwierig zu sein!", bellte er. Und in einem Satz sprang er auf den nächsten Felsen. Dabei wurde er aus den Bäumen beobachtet.

„Sei vorsichtig, Huttser!", bat Bran am sicheren Ufer.

Der nächste Sprung war weiter. Als Huttser aufkam, spürte er seine Pfoten auf dem Stein rutschen, doch er hielt das Gleichgewicht. Die anderen folgten ihm schon. Mit Leichtigkeit erreichte Huttser den flachen Felsen, vor ihm lag der Baumstamm in seiner ganzen Länge, ein paar Äste drifteten im Wasser, die übrigen Zweige hatte die Strömung abgerissen. Ganz vorsichtig trat Huttser auf den Baum, der Stamm fühlte sich fest an unter seinen Pfoten, und er ging sicherer weiter. In der Mitte blieb er stehen und sah flussabwärts. Direkt vor ihm waren zwei große Felsen, dort floss das Wasser über die Kante zu den Stromschnellen. Am Ende des Baumstamms blieb er wieder stehen und sah sich um. Palla, Fel und Kar waren dicht hinter ihm.

Palla näherte sich dem anderen Ende des Stamms, da schob sich auch Larka vor. Doch als sie das Wasser auf beiden Seiten sah, wurde ihr ganz schwindlig. Das erstaunte die Jungwölfin, denn sie war am Treffpunkt oft ganz unbekümmert über einen hohlen Stamm gerannt, ohne zu fallen oder sich auch nur ein bisschen unsicher zu fühlen. Und als sie sich ihrer Angst bewusst wurde, spürte sie, wie sie gefährlich wankte.

„Kipcha, Bran!", schrie Huttser, als Palla und Fel neben ihm aufschlossen. „Schnell, hierher!"

Kar hatte es auch geschafft, doch die beiden standen immer noch am anderen Ufer.

„Los, Kipcha!", sagte Bran unsicher. „Ich bleibe hinter dir."

Wendig sprangen sie über die Steine, und Kipcha erreichte hinter Larka den Baumstamm, doch Bran wäre auf dem letzten Stein fast ausgeglitten. Fürchterlich zitternd stand er da.

„Bran!", bellte Huttser wütend. „Jetzt komm endlich!"

„Ich kann nicht Huttser … Das klappt nicht."

„Unsinn! Spring einfach!"

Kipcha bekam gar nicht richtig mit, warum Huttser den Sikla anschrie, doch da sah sie Larka vor sich und ein dunkler Schatten zog sich durch ihre Gedanken. Vielleicht stimmte es, vielleicht hatte ja wirklich Larka den Fluch über das Rudel gebracht. Einen kurzen Augenblick lang dachte sie, wie einfach es wäre, Larka vom Baumstamm zu stoßen. Und gerade, als Kipcha das dachte, schloss Bran seine angstvollen Augen und sprang zum Stamm.

„Bran! Du Dummkopf! Was machst du denn da!", bellte Huttser.

Die anderen japsten, als sie sahen, wie der Stamm sich bewegte. Larka konnte sich gerade noch in Sicherheit bringen, bevor die driftenden Ranken rissen, die den Baumstamm festgehalten hatten. Als das feuchte Moos an der oberen Seite des Stamms mit den glatten Steinen in Berührung kam, rutschte der Stamm weg – Bran und Kipcha wurden ins tosende Wasser geschleudert. Kipcha platschte in den Fluss, es war wie ein Albtraum.

„Kipcha!", jaulte Huttser.

Die Strömung riss die beiden mit und spülte sie durch das steinerne Tor in den Abgrund.

„Schnell!" Huttser sprang an Palla vorbei.

Die anderen Wölfe rannten hinter Huttser her zum unteren Ufer. Sie starrten mit Grauen auf den tosenden Wasserfall, der sich von den hohen Felsen ergoss und den Fluss in sprühende Gischt verwandelte, und sahen zitternd auf die Wasseroberfläche darunter. Plötzlich tauchten zwei Schnauzen auf. Kipcha und Bran hatten den Wasserfall hinter sich gelassen, sie hechelten nach Luft und kämpften um ihr Leben, während der Fluss sie mit sich riss.

„Der Fluch!", keuchte Palla. „Er wird uns vernichten!"

„Los!" Huttser rannte am Ufer entlang.

Bei den Stromschnellen war der Flusslauf von Steinen und zerklüfteten Felsen durchbrochen, das Wasser strudelte wild, umspülte die Hindernisse und klatschte an die Steine, während es die Wölfe flussabwärts spülte.

„Kämpfe, Kipcha!", schrie Huttser außer sich.

Vor den beiden tauchte ein Felsen auf, doch das Wasser trug sie unversehrt daran vorbei.

„Nein, nicht kämpfen!", knurrte Palla. „Vertraut dem Wasser, es bringt euch in Sicherheit."

In den rauschenden Fluten der Schlucht konnten Bran und Kipcha Palla nicht hören, doch ihre Erschöpfung war auch ihre Rettung. Sie konnten der Wucht des Wassers nicht länger standhalten, sie strampelten nicht mehr, sie ruderten lediglich, um ihre Köpfe über Wasser zu halten, und die Wellen trugen sie auf ihrer Bahn durch das steinerne Spalier nach rechts, dann wieder nach links und an den Felsen vorbei.

„Sie sind durch." Huttser seufzte, als die Stromschnellen kleiner wurden.

„Aber sieh doch!" Palla zitterte.

Vor ihnen fiel das Wasser geradenwegs durch eine Rinne zu einer zweiten Kaskade hin ab. Sie hörten schon das dröhnende Rauschen im Wind. Wieder wurden Bran und Kipcha herumgewirbelt und direkt darauf zugetragen.

„Kämpft! Jetzt! Jetzt oder nie!", schrie Palla.

Bran hörte sie und strampelte. Seine Mühen lohnten sich. Langsam bewegte sich der durchnässte Wolf Richtung Ufer. Doch Kipcha wirbelte immer noch hilflos zum zweiten Wasserfall.

„Kipcha!", schrie Huttser verzweifelt.

Kipcha konnte nicht mehr kämpfen. Das Wasser war unbezwingbar, und der Kampfgeist hatte die Wölfin verlassen. Erst hatte sie sich instinktiv gewehrt, doch als die Stromschnellen nachließen und sie spürte, wie sie im Wasser trieb, war ein eigenartiges Gefühl über sie gekommen: Die Schuld für das, was sie Larka heimlich antun wollte, nagte an ihr. Und mit der Schuld kamen die Erschöpfung und die Verzweiflung. Und als diese Gefühle sie durchfluteten, spürte sie plötzlich, dass der Schmerz über Khaz' Tod von ihr genommen wurde. Nun wollte sie nicht mehr kämpfen.

„Khaz!", winselte sie schwach und wurde über die Kante gespült. „Khaz!"

Bran hatte sich ans Ufer gezogen, die Wölfe rannten an ihm vorbei zur Kante und sahen hinunter.

„Nein!", heulte Huttser schmerzerfüllt. „Schwester!"

Die Wölfin war an den riesigen Granitfelsen geschleudert worden, den sie vom Hügel aus gesehen hatten. Nun lag ihr triefender Körper auf dem tückischen Stein, der voll war mit ihrem Blut. Huttser stand sprachlos da, als Bran tropfend und erschöpft aufschloss.

Der Sikla blickte hinunter, und als er Kipcha sah, winselte er zitternd. „Erst Brassa, und jetzt auch noch Kipcha! Der Fluch vernichtet uns. Er holt einen nach dem anderen."

Huttser drehte sich um und fuhr ihn wütend an: „Du wagst es! Du bist schuld, Bran! Nur du! Es war dein Fehler."

„Nein, Huttser", wimmerte Bran. „Es ist Morgra."

Huttser ging auf ihn los, Bran fiel auf die Vorderpfoten und jaulte Mitleid erregend. Larka und Kar hatten schreckliche Angst um den Sikla, Fel jedoch schnaubte, er fand den Anblick abstoßend.

„Nicht!", bat Larka. „Bitte nicht!"

„Huttser, hör auf!"

Palla war zwischen die beiden gegangen, ihr Zorn hielt Huttser in Schach. Er knurrte seine Gefährtin an, aber sie hielt seinem Blick stand. „So erreicht Morgra doch nur, was sie will! Wir müssen zusammenhalten, Huttser, wir dürfen nicht kämpfen!"

„Aber ... aber, dieser Feigling! Dieser Sikla!"

„Nein, Huttser!" Pallas Stimme war schon sanfter. „Es war nicht Brans Fehler. Die Ranken sind gerissen."

Die Entschlossenheit in Pallas Blick schien Huttser zu beschwichtigen.

„Aber Palla! Sie war meine Schwester", jaulte er voller Trauer.

„Ich weiß, und es tut mir Leid. Aber nun brauchen wir einander mehr denn je. Wir müssen an das Rudel denken. Und an Larka. Und ... deine Schwester ist zumindest ... sie ist zumindest nicht ertrunken, der Wasserfall hat ihr einen schnellen Tod geschenkt."

Huttser stand hilflos da, doch dann nickte er.

„Steh auf, Bran!", knurrte der Dragga.

Die Wölfe standen sprachlos über der Schlucht. Die Alten sahen die Jungen an, während das Wasser an ihnen vorbeirauschte. Huttser blickte in den grünen Schimmer in Fels Auge, dann sah er Larka an. Er verstand nicht, was es mit der seltsamen Gabe seine Tochter auf sich hatte, er verstand auch nicht, was Brassa über die Legende gesagt hatte und über die Familie, die das Böse bekämpfen soll. Doch wenn Tor und Fenris selbst sie jagten, dann würden sie erst seine Zähne spüren, bevor den Kleinen auch nur ein Haar ihres Fells gekrümmt wurde!

„Huttser", sagte Palla leise und hob die Rute. „Wir haben einander. Könnte es ein stärkeres Rudel geben? Doch nun müssen wir uns beeilen."

Huttser hielt kurz inne, dann nickte er zum ersten Mal in wirklicher Zustimmung. Und da zog sich ein Kreischen durch die Bäume – ein Bussard war auf einem Ast über den Stromschnellen gelandet und hob nun zum Ruf an. Seine durchdringenden hungrigen Schreie ließen das spärliche Blätterdach erzittern. In der Ferne antwortete ein anderer Vogel.

„Wir sollen ihnen wohl helfen, den Kadaver aufzubrechen", flüsterte Palla betrübt.

Bebend dachte Larka an die erste Fähigkeit der Gabe. Huttser warf traurig einen letzten Blick auf seine Schwester, dann drehte er sich weg. Kein Wolf kannte das Geheimnis, das Kipcha nun mit in den Tod genommen hatte: Khaz' Welpen.

Während Huttser das geschrumpfte Rudel von den Stromschnellen wegführte, beobachtete ein Vogel die Wölfe heimlich in den Bäumen. Seine Augen ruhten jedoch nicht auf Kipcha, sondern auf Bran. Dieser Vogel war Kraar.

151

5
Das Tal der Schatten

Mit Sklaven bei der Mühle, ohne Augen.

John Milton, *Samson der Kämpfer*

Alle waren zutiefst aufgewühlt von Kipchas Tod.

In der Nacht blieb das Rudel plötzlich stehen. Im Tal unten sahen sie eine Ansammlung von Holzbauten. Durch die Wände drang gelbes Licht, das schwach in der Nacht flackerte.

„Menschen", knurrte Huttser.

„Das muss das Menschendorf sein, von dem Brassa sprach", sagte Palla. „Tsingas Tal kann nicht mehr weit sein."

„Lebt dort auch der Mensch-Varg, Vater?", fragte Fel.

„Unsinn! Sei nicht dumm!"

Kar spitzte interessiert die Ohren. Er hatte noch nie einen Menschen gesehen und er war einem Dorf auch noch nie so nahe gewesen.

„Wir müssen es umgehen, Huttser", flüsterte Palla.

Die Wölfe schlichen sich heimlich durch den Wald ins Tal, ihre Augen schimmerten im Dunkeln, als sie durch das welke Gras schlichen und wie Geister an den Bauten der Menschen vorbeizogen. Die Angst saß in ihren leisen Pfoten. Sicher umrundete das Rudel das Dorf und verschwand wieder im Wald. Doch bald kamen sie an eine Lichtung. Palla fletschte die Zähne.

Dort stand ein ungewöhnliches Gebäude. Es sah aus wie ein Menschenbau, war aber sehr viel größer als die Bauten im Dorf und ganz eigenartig geformt. Es war lang und schmal, und das hölzerne Dach verjüngte sich zu einem schmalen First. An der Spitze des Dachs erhob sich ein Ast, der in der Mitte von einem zweiten Ast gekreuzt wurde.

„Was ist das, Mutter?", fragte Larka.

„Wahrscheinlich ein Bau." Es war eine Kirche, aber das konnte Palla nicht wissen.

Die Wölfe schlichen vorbei, ohne durch die Fenster die brennende Luft der Menschen zu sehen, und die Ruhe, die über dem geheimnisvollen Ort lag, beruhigte sie.

Doch als sie an der Kirchentür vorübergingen, japste Bran. „Sieh doch, Huttser!"

An einem Eisenhaken hing ein toter Wolf.

Bestürzt besah sich Palla den traurig hängenden Kopf und die Pfoten, die an die Türpfosten genagelt waren, und nahm die bedrohliche Witterung des Todes auf, die der Kadaver verströmte.

„Das Menschenkind!", sagte Huttser ernst. „Vielleicht ist das ein Teil ihrer Rache."

„Nein!" Palla kräuselte wütend die Nase. „Das habe ich früher auch schon gesehen, lange bevor ein Kind geraubt wurde. Die Menschen tragen uns als Haut auf ihrem Rücken."

Das Rudel eilte weiter. Doch bald schon hörten die Wölfe Stimmen von der anderen Seite der Kirche. Huttser erstarrte, dann fuhr er herum und bedeutete den anderen, still zu sein.

„Wohin?", knurrte ein Wolf laut, seine Stimme war heiser und müde und sie klang nach einem Rüden, einem sehr großen Rüden.

„Wir gehen dieses Mal nach Süden, wie es die alten Geschichten sagen."

„Wie weit ist das, bei Fenris!", fragte der große Wolf zornig.

„Warum stellst du so dumme Fragen?", antwortete der andere Wolf. „Das Gebiet ist schon lange verloren."

„Aber was will Morgra dann dort?"

Huttser hob den Kopf und lauschte. Balkar!, dachte er. Es müssen Nachtjäger sein!

„Dort ist der Altar", sagte der Große. „Nur dort kann die endgültige Macht des Mensch-Varg sich verwirklichen."

„Der Altar!", fiepte Palla und blickte die Jungen angstvoll an.

„Aber glaubst du, dass es Harja, die Zitadelle, wirklich gibt?", fragte der andere Wolf.

Die Augen der Wölfe weiteten sich. Jeder Varg kannte die Zitadelle von Harja, ein geheimnisumwitterter, sagenumrankter Ort. Wie der Steinerne Bau in den Bergen soll auch die Zitadelle von Menschenhand erbaut worden sein, trotzdem war dort einst der Varg zum Himmel aufgestiegen. Doch dass Harja mit der Gabe zu tun hatte, hatten sie nicht gewusst.

Der Ort, den die Wölfe aus ihren Geschichten als Harja

kannten, war jedoch kein Wolf- oder Menschenmärchen. Die Zitadelle gab es wirklich. Die Römer hatten sie fast fünfzehnhundert Jahre zuvor erbaut und ihr den Namen Alba Mutandis gegeben. Sie hatten damals erbittert gekämpft, um das Land jenseits der Wälder zu erobern. Ihr Reich ist lange zerfallen, doch Transsilvanien, das Land jenseits der Wälder, sollte eines Tages nach der antiken Stadt Rom Rumänien heißen, und auch die Sprache der Römer lebt noch in den Volksstämmen des Landes fort.

„Ja, ich glaube, dass es Harja gibt", knurrte der Nachtjäger hinter der Kirche, „und wenn die anderen Balkar-Rudel das Kind finden, bringen wir es dorthin, denn nur dort kann der Mensch-Varg die endgültige Macht erlangen, nur dort kann die Gabe Wirklichkeit werden. *Blut auf dem Altar – und die Vision wird kommen.*"

„Dann komm", sagte der erste Balkar schnell, „gehen wir weiter!"

Huttser verzog sich tiefer in die Schatten, das Rudel folgte ihm.

Die Nachtjäger gingen weiter, sie hatten keine Ahnung, wie nah sie einem weiteren Ziel von Morgras Streben gekommen waren.

Der Mond ging auf, als das Rudel wieder aus der Deckung kam. Was die Wölfe da gehört hatten, beunruhigte sie. Unterhalb der Stabkirche kamen sie auf ein freies Feld, das von Eiben gesäumt war. Dort sahen sie Dinge, die sie noch mehr aufschreckten: Flache Steine, die mit Moos und Efeu überzogen waren, standen aufrecht in der Erde. Aus dem wuchernden Gras stachen weitere Gebilde heraus – dünne Äste, die jeweils im oberen Drittel von einem zweiten Ast gekreuzt wurden wie das Ding auf der

155

Kirche. Die Kreuze waren von der Farbe alten Holzes, doch im Mondschein schimmerten sie ganz eigenartig.

„Was ist das, Huttser?", fagte Palla, während sie weiterschlich.

„Ich weiß es nicht, Palla." Huttser schnüffelte. „Riechst du es?"

Larka knurrte, neben einem Grabstein hatte sie einen Knochen gefunden, er war sehr alt und von der Sonne gebleicht, doch er regte den Appetit der Jungwölfin nicht an, im Gegenteil: Sie zitterte.

„Sie dir das an!" Fel schluckte. Er hatte einen Schädel gefunden.

Das Rudel starrte den Kopf verwundert an, er sah ganz anders aus als die Schädel der Lera, die die Wölfe kannten: Er war rund, und die Augenhöhlen lagen flach in der Stirn.

„Ein Mensch!", fiepte Palla.

„Mutter, begraben die Menschen ihre Toten in der Erde?", fragte Larka.

Das Rudel verstummte, die Schatten der Wölfe zogen über die verwitterten Steine. Wind kam auf und schob Wolken vor den Mond. Schwere Schatten fielen auf die Grabstätten und schienen den Wölfen zu folgen.

Das Rudel war schon fast am Ende des Friedhofs, da verdunkelte die größte Wolke den Mond, und Bran sah nicht mehr, wohin er trat. Er stieß gegen Larka, und die beiden rutschten ab. Der Boden war so weich, dass er nachgab und sie in ein halb ausgehobenes Grab fielen.

Bran landete auf Larka. Ihre düsteren Gedanken hatten sie so in Panik versetzt, dass sie die Zähne fletschte und verzweifelt an den Erdwällen scharrte. Die beiden Wölfe verloren kurz jegliches Wirklichkeitsgefühl und rangen in der lockeren Erde miteinander.

„Aufhören!", befahl eine feste Stimme von oben. „Es reicht!"

Huttser und die anderen sahen auf die beiden Wölfe hinab. Fel fand es fast lustig. Doch als Larka sich schüttelte und aus dem Grab kletterte, lief Palla ein Schauder über den Rücken.

Das Rudel verbrachte die Nacht in der Nähe der Kirche, aber kein Wolf fand Schlaf, bevor die Dämmerung anbrach. So kurz nach Kipchas Tod hatten sie der Wolfskadaver und das Grab tief verstört, außerdem waren sie vor den Nachtjägern auf der Hut.

Larka hatte einen komischen Traum, der jedoch ganz anders war als ihre Albträume: Sie ging allein einen steilen Hang hinauf, ihr Herz war schwer, als ob sie etwas verloren hätte, und sie hatte das Gefühl, sie würde es nie wieder finden. Der Wind frischte auf, die Bäume bogen sich. Dann plötzlich sah sie ein helles Licht, das um sie herum strahlte und bald die ganze Welt zu überziehen schien. Und selbst noch als sie aufwachte, war ihr, als würde sie eine Stimme im Wald hören: „Erinnere dich! Erinnere dich!"

Das Licht beschien Larka, doch die anderen schliefen tief und fest weiter. Huttser schnarchte laut neben Palla, Bran lag allein, er träumte und zuckte immer wieder zusammen. Schuldbewusst schüttelte Larka den Kopf, als sie ihre Gefährten betrachtete. Sie überlegte, ob sie Fel und Kar wecken sollte, die sich in einem Haufen nasser Blätter zusammengekuschelt hatten, doch plötzlich stand sie auf und ging wie getrieben weg.

Sie bekam Hunger, die Morgenluft trug eine Witterung heran. Larka folgte dem Geruch zum Waldrand. Auf einem kleinen Hügel stand ein Hase auf den Hinterläufen im Gras. Seine langen weißen Ohren zuckten, und seine Tasthaare zitterten, während er an einem dicken Grashalm knabberte.

Larka tat, was der Instinkt ihr befahl. Sie stellte die Haare und schlug mit der Rute. Ihr Blick heftete sich auf den Hasen und nahm die kleinste Regung des Lera wahr. Sie wusste, dass er sie gewittert hatte und die Angst ihn durchlief, sie spürte die Spannung zwischen ihr und dem Hasen fast körperlich.

Als sie weiterschlich, drehte er den Kopf in eine ganz unnatürliche Haltung zu seinem Körper, der vor Schreck erstarrt war.

Larkas Herz schlug schneller, als sie merkte, welche Macht sie über das Tier besaß. Sie spürte, dass der Hase genau das fühlte, was sie im Wald bei den Jägern gespürt hatte. Der Hase zitterte, er war in der ewigen Not der Gejagten: Sollte er sich verstecken und reglos liegen bleiben, damit das Raubtier ihn nicht sah? Oder sollte er all seine Kraft zusammennehmen und wegrennen?

Larkas Schritt ging vom Trab in ein Hüpfen über. Der Hase machte einen Satz – sein Bau lag in der Erde zwischen ihm und Larka, und er konnte sich nicht geradewegs in Sicherheit bringen. Ein Hase hoppelt schnell davon, ein Wolf jedoch hat Ausdauer. Als der Hase müde wurde, schloss Larka auf.

Die Sonne schien auf ihren Pelz, ihre Pfoten flogen übers Gras, sie fühlte sich frei und glücklich. Und als sie über dem Hasen war, dachte sie an Khaz' Panik in der Fallgrube, und eine schreckliche Angst überkam sie. Sie sah einen schwarzen Schimmer, und sie wusste, dass das Gras, das an ihr vorbeirauschte, die Halme und Blätter, mit anderen Augen gesehen wurde: mit den Augen des Hasen. Sie spürte, wie sie sprang, wie sich ihre Pfoten spreizten und ihre Krallen zuschlugen, doch sie spürte auch den grauenvollen Griff und den stechenden Scherz in ihrem Körper. Blind wankte sie mit dem Hasen in den Krallen und spürte seine Todesangst, als sie ihn verbiss.

Wieder sah sie einen Schimmer – sie lag neben dem Hasen. Er war tot, doch der schreckliche Schmerz, der Larka durchfahren hatte, wurde nur langsam schwächer. Keuchend lag sie im Gras und blinzelte den Lera voller Schreck an.

„Larka! Larka!"

Sie drehte ihren blutigen Kopf. Fel und Kar kamen in der Sonne den Hügel herunter. Plötzlich übermannten Zweifel und Verwirrung die Jungwölfin, sie wandte sich ab und rannte weg. Erst nach einer guten Weile holten die anderen sie ein. Fel war stehen geblieben und hatte den Hasen gepackt, nun legte er ihn vor Larka ins Gras und grinste dümmlich.

„Wir haben dich vom Wald aus gesehen. Deine erste richtige Beute! Willst du ihn nicht?"

Zornig schüttelte Larka den Kopf.

„Was ist denn los mit dir?", fragte Kar freundlich.

„Das kann ich nicht erklären."

„Erzähl uns, was passiert ist."

Larka hatte sich ein wenig beruhigt. Doch die beiden lauschten entsetzt ihrer Geschichte.

Fel knurrte: „Aber Larka! Ich dachte, die erste Fähigkeit

der Gabe sei, durch die Augen der Vögel zu sehen und nicht durch die Augen anderer Lera. Und dass du selbst Schmerzen hast, wenn du tötest …"

Larka sah hilflos drein. „Morgra sagt, die Gabe hätte ihr ganzes Leben verflucht", fiepte sie traurig. „Der Fluch liegt nun auch auf mir, und er wird alle verfolgen, die etwas mit mir zu tun haben."

Kar nickte betrübt und ließ die Rute hängen. „Bran hat gesagt, einer von uns könnte der Nächste sein. Vielleicht hat er Recht."

Fel starrte den Hasen an und dachte, wie schade es wäre, ihn liegen zu lassen. Doch er hob die Schnauze und schnappte nach Kar. „Du gehörst nicht zum Rudel!", schnaubte er. „Morgra hat also kaum dich gemeint, als sie uns verflucht hat. Wenigstens du hast nichts zu befürchten."

Kar sah aus, als hätte man ihn gebissen. *Nicht zum Rudel.* Er ließ den Kopf hängen und dachte voller Trauer an seine toten Eltern und an Skop, der ihn erst vor kurzem verlassen hatte.

„Ich gehe!", sagte Larka kurz entschlossen. Kars Verzweiflung bemerkte sie gar nicht. „Vielleicht seid ihr dann sicher."

„Und wohin willst du gehen?", knurrte Fel.

„Vielleicht zu Morgra. Sie und ich, wir sind vom gleichen Schlag." Larka wusste gar nicht richtig, was sie da sagte. „Vielleicht kann ich sie überreden, den Fluch vom Rudel zu nehmen."

„Nein, Larka. Wir finden Tsinga, und sie sagt dir, wie du deine Fähigkeiten hilfreich für uns einsetzen kannst."

„Aber … ich habe Angst, Fel." Larka senkte den Kopf.

Kar blickte auf. „Du musst keine Angst haben. Wir beschützen dich. Nicht wahr, Fel?"

Fel schnaubte unweigerlich. „Du? Du bist doch nicht besser als Bran!"

Kar sah einen Vogel über ihren Köpfen kreisen und hatte plötzlich eine Idee, die ihn begeisterte. „Komm, Larka! Wolfbane hat einen Pakt mit den Vögeln geschlossen – und wir drei, wir schließen auch einen Pakt! Wir kämpfen füreinander, komme, was wolle. Und wir bekämpfen auch die Angst. Wenn den Großen etwas passiert, dann haben wir immer noch uns. Kein Fluch, kein Gerede über Wolfbane oder den Mensch-Varg kann uns je unterkriegen!"

„Wir sollen für einen Sikla kämpfen?", knurrte Fel unwirsch.

Doch Larka sah Kar zärtlich an, und Fel wünschte, er wäre selbst auf diese Idee gekommen.

„Kommt, ihr beiden, schwören wir!", sagte Kar. „Doch worauf schwören wir? – Ich weiß! Wir schwören bei den Felszacken. Komm schon, Fel, schwör!"

Fel hob die Rute und zog die Lefzen zurück. „Also gut. Ich schwöre. Bei den Felszacken."

„Und ich schwöre auch!", sagte Kar. „Larka?"

„Bei den Felszacken!", sagte Larka feierlich.

„Der Pakt ist somit geschlossen!", sagte Kar ein wenig zu feierlich für sein Alter. „Und nichts auf der Welt kann ihn lösen. Nun sollten wir aber zu den anderen zurückgehen."

Die drei Jungwölfe gingen nebeneinander im Sonnenschein den Hügel hinauf. Larka war beruhigt. Und zum ersten Mal, seit er in Huttsers Rudel gekommen war, war Kar richtig stolz auf sich.

161

In der Nacht fühlten sich die Jungen schon weniger unsicher, während sie neben ihren Eltern lagen, und die Dunkelheit schien sie eher zu beruhigen als zu ängstigen. Doch während sie den Großen zuhörten, stahl sich wieder die Angst in ihre Gedanken. Das Gespräch drehte sich um die alte Wahrsagerin. Alle wussten, dass ihr Tal nicht mehr weit sein konnte.

„Und sie kann wirklich in die Zukunft blicken?" Bran leckte seine Pfoten und blinzelte Palla an.

Die Drappa nickte. „Das jedenfalls erzählt man sich. Doch soweit ich mich erinnere, spricht sie immer in Rätseln."

„In die Zukunft sehen …" Bran spähte in die Bäume. Er musste an Kipcha denken und an seinen Sturz ins Grab. „Wenn wir überhaupt eine Zukunft haben."

Huttser schielte den Sikla an.

„Wir müssen uns Tsinga vorsichtig nähern", sagte Palla, „sie war schon immer verrückt."

Am folgenden Tag kamen sie zum Grat eines hohen, weißen Bergs – der Berg, von dem Brassa gesprochen hatte. Die gewaltigen Flanken waren von Streifen aus reinem Marmor durchzogen.

Bran war auf der Hut, als sie im Schatten des Bergs weiterzogen. Er war überzeugt, dass der Fluch ewig auf ihnen lasten würde und dass Wolfbane selbst ihnen durch die Wälder folgte.

Im Rennen fragte er sich, wer wohl als Nächster an der Reihe wäre, dann verlangsamte die Angst vor dem Treffen mit Tsinga seinen Schritt.

Hinter dem Berg mussten sie einen weiteren Hügel bezwingen. Sie blickten zurück auf das Land, das sie durchquert hatten, und sahen das vertraute Bild der Burg auf dem fernsten Gipfel. Ganz klein sah sie aus, ihre Umrisse verschwammen fast, und sie war von ihrer Umgebung kaum noch zu unterscheiden, es hätten auch Felsen sein können. Nur in der Erinnerung an die seltsame Wanderung bekam die Burg eine düstere Bedeutung für das Rudel.

In der Dämmerung sahen sie ein bewaldetes Tal und fragten sich, ob es wohl Tsingas Tal wäre.

Plötzlich blieb Bran erschrocken stehen. „Da!"

In einigem Abstand voneinander standen zwei hohe Bäume, dazwischen führte ein Weg hindurch, vielleicht ein Ziegenpfad oder ein Wildwechsel – doch Bran meinte gar nicht den Weg, er meinte die Bäume. An den Ästen hing kopfüber je eine tote Amsel ohne Schnabel. Die Baumrinde war blutbefleckt.

Palla schauderte. „Das ist wohl der Eingang."

„Jedenfalls hat es etwas zu bedeuten", knurrte Huttser.

„Die alte Wahrsagerin ist noch am Leben."

Die Wölfe gingen an den Vogelkadavern vorbei und stiegen den Pfad hinunter. Sie hatten große Angst. Als sie den Hang hinabliefen, strahlten der Abend und der Wald in wilder Schönheit. Wenn dies das Tal der Schatten war, so hatte es seinen Namen kaum verdient, wenn man einmal von den düsteren Wegmarken absah. Der Boden war dicht mit Laub bedeckt, und die Blätter, die noch an den dornigen Zweigen hingen, leuchteten rotbraun in der Dämmerung. Der Wald hallte wider von den Stimmen der Vögel und dem klagenden, hohlen Pochen eines Spechts. Huttser führte sein Rudel wieder in einer Reihe hintereinander – da blieb er abrupt stehen und schnüffelte am Boden. Die Duftmarken waren schwach, aber sie waren noch nicht sehr alt.

Er heulte auf, und die Geräusche verstummten. Die Geschöpfe des Waldes, die die Wölfe verstohlen beobachteten, erschraken zu Tode bei der Stimme des Wolfs. Huttser heulte noch einmal, doch er bekam keine Antwort. Also ging er weiter. Das kleine Tal öffnete sich vor ihnen zu einer weiten Lichtung. Als sie näher kamen, sahen sie, dass die Erde mit Knochen von kleinen Tieren übersät war, Knochen von Kaninchen, Mäusen, Wühlmäusen, die alle schon abgenagt und vergilbt waren, auch das nahrhafte Mark war schon lange herausgesaugt.

„Bleib dicht bei mir, Larka“, sagte Palla, als das Rudel stehen blieb. Sie hatte gemerkt, dass Bran und die Kleinen schrecklich unruhig waren.

Huttser heulte wieder. Dieses Mal kam eine Antwort aus einem großen Dickicht zwischen zwei ausgehöhlten Felsen.

„Tsinga!“, bellte Palla und trat vor. „Bist du das, Tsinga? Dürfen wir dein Revier betreten mit Trattos Segen?“

Wieder ertönte dunkles Heulen aus dem Busch. Und ein Schnauben: „Tratto? Dieser alte Dummkopf ist lange tot und die Varg haben vor nichts mehr Respekt! Dafür sorgen Morgra und ihre Balkar! Vor nichts! Vielleicht nur noch vor der Freiheit des Tötens!“

Da tauchte eine Gestalt aus den Büschen auf. Die Wahrsagerin sah den Wölfen in die Augen. Japsend wichen Larka und Fel zurück. Die alte Wölfin hob die Schnauze und schnüffelte, ihre Augen waren offen, doch sie waren mit dem dünnen weißen Schleier überzogen, der sie blind gemacht hatte.

„Tsinga, ich bin's. Palla", sagte die Drappa unsicher. Sie wollte, dass die Alte den Kopf zu ihrer Stimme hin drehte und die Augen abwandte.

Tsinga neigte knurrend den Kopf, sie schnupperte wie ein Wiesel und rollte mit ihren blinden Augen.

„Ich erinnere mich an eine Palla. Das ist lange her", murmelte sie, „das war, bevor ich gestolpert bin und bevor ich richtig sehen konnte. Es tut gut, dass so viele Varg mich dieser Tage aufsuchen und mir in meiner Einsamkeit Gesellschaft leisten. Nicht einmal meine Trophäen und nicht einmal die Gerüchte über mein Tal können sie abhalten."

Tsingas Stimme war tief und harsch, doch auch Trauer lag darin, und das erinnerte Bran an Morgras Stimme, die über die Schlucht getönt hatte.

Huttser sagte: „Dann sind es also nur Geschichten über das Tal der –"

Tsinga kicherte. „Geschichten, ha, ja, es sind Geschichten. Aber sie haben auch einen wahren Kern. Ist nicht das Leben selbst ein Tal der Schatten? Aber seid willkommen – wenn ihr wirklich die Familie seid."

„Dann weißt du also schon von uns?" Huttser war überrascht.

„O ja. Die Rebellen haben mir von euch erzählt, aber ich habe mich geweigert, ihre blöden Fragen zu beantworten, und habe sie weggejagt. Ich weiß, Palla, dass du und Morgra unterhalb des Steinernen Baus geboren wurdet, und ich weiß auch, dass deine Tochter ein weißes Fell hat. Auch sie wurde dort geboren, zur selben Stunde wie das Menschenkind."

„Morgra hat uns verflucht!", knurrte Palla.

165

„Ein Fluch!", zischte Tsinga verächtlich. „Arme kleine Morgra! Sie hat Macht, aber ihre Macht war schon immer schwach, das hat sie am meisten gehasst und gefürchtet. Warum sollte sie sonst mit Flüchen um sich werfen? Warum sollte sie sich sonst den Balkar anschließen und sie in ihren Bann ziehen wollen? Warum sollte sie sonst Tratto ermorden?"

Huttser und Palla trauten ihren Ohren nicht. Doch Bran hatte es an jenem Tag in Morgras Stimme gehört. Tratto war hoch geachtet, er wurde sogar von den freien Varg geliebt. Nur wenige hatten verstanden, warum er Morgra zu seiner Nachfolgerin gemacht hatte. Nun aber wussten sie es: Morgra hatte den Führer getötet und die Macht an sich gerissen.

Palla ging näher zu der Alten. „Tsinga", sagte sie leise, „Brassa ist tot."

Die Wahrsagerin zeigte kaum eine Reaktion.

„Tot …" Murmelnd schüttelte sie den Kopf. Mit den Jahren war sie hart geworden. „Vielleicht kommt einmal die Zeit, persönliche Trauer zu empfinden, doch nun ist die Zeit der Legende. Manche sagen, es ist schon einmal geschehen, aber vielleicht wiederholt sich ja alles. Wahrsager wie ich haben Generationen darauf gewartet und die Geschichte von Wolf zu Wolf überliefert. Nun wird sie endlich wahr!"

„Du musst uns helfen, Tsinga", bellte Palla. „Wir sind gekommen, um dich zu bitten, dass du Larka hilfst, die Gabe zu nutzen. Damit der Fluch gebannt wird!"

„Ist das alles?", fragte Tsinga verächtlich. „Wenn ihr die Familie seid und wenn ihr euch traut, dann habt ihr noch eine weitaus größere Wanderung vor euch."

Wie die Wölfin zwischen den ausgehöhlten Felsen stand und von einer großen Wanderung sprach, musste sie für fremde Augen aussehen wie eine alte Märchenerzählerin, die einem Soldatentrupp an der Küste eines fernen Landes im Schein des Lagerfeuers Geschichten von verzweifelter Liebe und gottgewollten Kriegen erzählte.

Palla fiepte: „Du meinst, wenn wir die besagte Familie sind, die das Böse der Gabe bekämpfen soll? Sag's uns, Tsinga!"

Tsinga lächelte kühl. Sie hob den Kopf, und ihre zitternde Stimme schwebte über die Lichtung, doch die Worte, die sie sprach, schienen der blinden Wölfin wieder neue Kraft zu verleihen:

„Nur eine Familie, ganz liebend und treu,
Kann das Böse bekämpfen, so alt und so neu,
Kann kämpfend die geteilten Geheimnisse aufdecken
Und wandernd den Schmerz der Sorge entdecken.
Ihr Glaube wird erprobt von den Schöpfern des Lebens,
Hütet euch vor dem Verräter, der nur Hader sucht. Vergebens.
Denn wer kann in tiefer Nacht scheiden für sich
Wahrheit und Lüge und das Dunkel vom Licht?
Wie der Schrei der Raubvögel verzerrt durch die Lüfte rief,
so braucht es Mut, wie die Verzweiflung so tief."

Bei diesen merkwürdigen Versen wichen Kar und Larka zurück.

„Ist schon gut, keine Angst!", sagte Palla.

„Sind da noch andere Junge außer der Jungwölfin?",

kläffte Tsinga gleich, sie schnüffelte und ließ die Zunge aus dem Maul hängen. „Bringt sie mir!"

Kar sah ganz verschreckt aus, Fel knurrte nervös. Palla stupste ihren Sohn an, doch da trat Huttser einen Schritt vor. Seine Augen funkelten listig. „Lass Kar gehen, Palla, dann sehen wir weiter."

Kar schielte den Dragga an, trottete aber gehorsam zu Tsinga. Kaum kam er näher, fletschte sie auch schon die Zähne und hob die Nase. „Wolltet ihr mich auf die Probe stellen? Der da ist nicht von Pallas Blut!"

„Woher weiß sie das?", flüsterte Huttser erstaunt. „Dann hat sie also doch die Gabe."

„Dummkopf! Meinst du, ich erkenne einen Geruch nicht, wenn ich ihn aufnehme? Es gibt mehr Möglichkeiten zu sehen als nur mit den Augen. Mit der Zunge und den Ohren, mit der Nase und mit den Pfoten. Und das dürfen wir genauso wenig vergessen wie das, was wir sind! O ja, ich kann junge Wölfe und Diebe riechen! Ich kann auch Legenden und Lügen riechen! Die Wölfe fliehen, und Wolfbane wartet nur darauf zurückzukehren."

Tsinga schien vom Wahnsinn befallen. Kar wich zitternd zurück.

„Aber auch er hat ein Schicksal!", sabberte die Wahrsagerin, als sie merkte, dass Kar sich entfernte. „Und vielleicht ist seines so wichtig wie jedes andere Schicksal. Alles hat ein Schicksal!"

„Dann kannst du Dinge sehen?", fragte Palla.

Offensichtlich missverstand Tsinga diese Frage. „Wie soll ich Dinge sehen, Palla? Mit diesen alten, schlechten Augen? Ach, wie gerne würde ich wieder sehen können, den Wald, die Bäche, die Sonne, die über den Gipfeln strahlt und die riesigen Wolken in lodernde Flammen taucht." Sie hob die Nase zum Himmel. „Die Lerche, die in den Morgenhimmel steigt und in der Luft tanzt. Den Frühling, der die grünen Säfte ins zitternde Gras drückt. Den Herbst, der die Blätter mit blutigen Adern durchzieht. Die Gestalt der jungen Hirsche, die voller Angst durch die üppigen Wiesen springen. Und das Grauen in ihren Augen."

Larka glotze die Wahrsagerin an. Die Sonne war durch die Wolken gebrochen und warf ihr kaltes Licht auf die leeren, harten Augen der Alten. Doch Tsingas Stimme, die so listig und fest war, als sie von den Hirschen gesprochen hatte, war plötzlich voller Trauer und Groll:

„Doch stattdessen muss ich ins Nichts blicken." Tsingas Geifer tropfte auf die abgenagten Knochen auf dem Boden. „Ich muss träumen und mit Erinnerungen sprechen, Erinnerungen, die in mir brennen und mich vor Sehnsucht und Einsamkeit verzehren. Doch obwohl die Welt um mich herum nun schwarz ist, haben die Erinnerungen große Macht, die Macht, die die Vergangenheit über uns alle hat."

Sie schien den Tränen nahe. Die Worte von Morgras Fluch klangen dem Rudel wieder in den Ohren: *Der Vergangenheit schwarze Verbrechen mögen die künftigen Zeiten rächen.*

Da kam Tsinga jedoch ein Gedanke, der ihre Trauer vertrieb: „Die Pfade des Todes sind die wahren Wege der Vergangenheit", zischte sie. „Wenn der alte Ruf sie jemals öffnet und die Suchenden ruft, dann beginnt die wahre Macht. Wenn sie kommen, dürfen sie euch niemals berühren!"

„Warum?", knurrte Huttser.

„Weil sie die Boten der dritten Fähigkeit sind, sie können Gedanken anderer berühren und ihre Willen und Taten beherrschen. Sie sind die Diener des Rufenden und bringen Angst und Schrecken über die Lera. Sie werden die Natur herausfordern, sich gegen sich selbst zu wenden."

Palla erinnerte sich an den Wortlaut des Verses: *Die Suchenden verleiten die Natur, sich gegen sich selbst zu wenden.*

Tsinga drehte den Kopf, als würde sie in den Schatten nach etwas suchen, und Larka dachte an die Zeiten im Wald, wenn sie spürte, dass sie verfolgt wurde.

„Komm schon, Palla!", knurrte Tsinga. „Du hast von den Jungen gesprochen, also gibt es auch andere."

Fel trat zu Tsinga, sie reckte den Kopf und schnüffelte. Einen Moment lang glaubte das Rudel, ein Leuchten in ihren toten Augen zu sehen.

Plötzlich fing sie an zu zittern und schrie: „Nein!"

Weißer Schaum trat Tsinga aus dem Maul. Fel wich zurück.

„Ich ... ich ... bekomme keine Luft mehr!"

„Was ist los, Tsinga?", bellte Palla vor Schreck. „Siehst du etwas?"

„Aufhören!", knurrte Huttser. „Genug jetzt mit diesen Ammenmärchen! Wenn es stimmt, was du sagst, dann sag uns einfach, wie wir das Böse niederringen und Morgra vernichten können!"

Tsinga wirbelte auf Huttser zu und schnappte in die Luft.

„Du glaubst, du würdest wissen, wo das Böse wirklich ist, Huttser!", schnaubte sie verächtlich. „Du glaubst, dass

Morgra das Böse ist. Aber ihr wurde großes Unrecht angetan. Vielleicht hat das Böse damals seinen Anfang genommen. Vielleicht ist es ja immer unter uns wie die Suchenden …"

Huttser knurrte kühn: „Aber, Tsinga –"

Doch Tsingas Stimme war hart und gnadenlos. „Du glaubst, ich wüsste, was das Böse ist und wie man es bekämpft", kläffte sie. „Doch ich bin blind. Wie soll ich jagen? Ich werde immer hungriger. Sag mir eins, Huttser: Wenn die Zeit der Putnar gekommen ist und der Blutdurst dich übermannt, kannst du dann in die Nacht sehen und die Zukunft voraussagen? Kannst du die Lüge von der Wahrheit scheiden und das Dunkel vom Licht?" Tsinga fuhr herum zu den Jungen, die sich aneinander gedrängt hatten. „Hütet euch vor dem Verräter, der nur Hader sucht."

Eine schreckliche Furcht beschlich Fel. Larka war erstarrt, doch als die Angst sie zu übermannen drohte, stieg plötzlich die Wut in ihr hoch.

„Tsinga!", bellte sie und trat mutig vor. „Sag mir, was es mit der endgültigen Macht der Gabe auf sich hat!"

Tsinga hielt inne, als sie Larkas Stimme vernahm, und versuchte, aus ihrem Klang etwas herauszuhören.

„Nein, du bist noch zu jung. Was weiß denn eine Jungwölfin von der Welt? Nichts. Die kennt nur harmlose Spiele!"

Huttser und Palla beobachteten Larka und fragten sich, was sie nun tun würde.

„Ich weiß aber was!" Larka war wütend auf Tsinga, die so verächtlich daherredete. Fel war beeindruckt von seiner Schwester, sie schien auf einmal gewachsen zu sein.

„Ich weiß, dass Morgra das Kind sucht, aber dieser Tsarr hat es – Tsarr und sein Gehilfe Skart, der stolze Steppenadler. Ich weiß auch, dass die Balkar Harja suchen und dass Morgra das Kind finden und es zu der alten Zitadelle bringen wird, dem Tor zum Himmel."

Auch Tsinga schien beeindruckt von Larkas Mut und von ihren Worten. „Dann weißt du schon vieles, Kleine", sagte sie nun schon freundlicher.

„Und ich weiß, dass Morgra das Menschenkind auf dem Altar opfern will, um die endgültige Macht zu erlangen."

„Das Kind opfern?" Tsinga war überrascht. Sie kicherte.

„O nein, meine Liebe – Morgra braucht das Kind."

Plötzlich war Larka ganz niedergeschmettert und sah wieder ganz klein aus.

„Aber der Altar verlangt nach Blut", sagte Palla.

„O ja, und einer muss dafür bezahlen", knurrte die Alte. „Doch Morgra braucht das Kind, bis die Macht des Mensch-Varg eintritt."

„Wozu braucht sie das Kind?", fragte Palla. „Und der Mensch-Varg, was ist das für ein Wesen?"

„Es ist kein richtiges Wesen. Wenn die dritte Fähigkeit der Gabe am Altar dazu eingesetzt wird, in die Seele der Menschen zu schauen, dann sehen sie wie der Mensch-Varg und sie haben zusammen eine Vision. Eine Vision, die Vergangenheit und Zukunft eint. Eine Vision, die das Geheimnis von Mensch und Lera offenbart, das Geheimnis, das die Lera kennen muss. Eine Vision, die so erschreckend ist, dass die Natur den Blick nicht abwenden kann, und die endgültige Macht der Gabe verheißt."

„Was ist diese Macht?"

Tsinga richtete erhaben ihre blinden Augen auf sie. „Zuerst müssen die Suchenden die Lera schwächen. Dann wird die Falle zuschnappen. Die Lera wird sich voller Schreck und Scham umsehen, und dann wird der Wolf gleichzeitig die Seelen aller Tiere berühren und die Lera für immer versklaven. Und dann", schrie sie, „dann kommt der größte Putnar, den die Welt je gesehen hat!"

Tsingas Stimme hallte durchs Tal, Palla drehte sich erschrocken zu Huttser um.

„Die Lera versklaven?", japste Larka.

Fel blickte auf.

„Was?", knurrte Bran. „Wir sollen über die Seelen der Lera herrschen?"

Die Wölfe konnten kaum glauben, was sie da hörten. Das war also die endgültige Macht? Das Rudel starrte Tsinga an. Nun schien das Tal wirklich voller Schatten zu sein.

„Das sagt auch die Legende." Palla stand zitternd neben ihrer Tochter. „Jetzt erinnere ich mich: *Denn im Geiste des Mensch-Varg wird keiner frei sein.*"

Das Rudel sah ganz winzig aus vor den Schatten, die von den Bergen herunterglitten.

„Das ist das Böse", sagte Huttser, „das Böse, das die Familie bezwingen soll. Der Mensch-Varg, der alle versklaven will, auch den unbezähmbaren Wolf."

Noch während er sprach, kicherte Tsinga wieder. Das Lachen keimte und schwoll in ihrem Bauch an, und es war, als könnte sie mit ihrer Stimme die beiden ausgehöhlten Felsen zerspringen lassen, zwischen denen sie stand.

„Du sprichst immer noch vom Bösen", schrie sie wie irr. „Aber vielleicht war die Lera schon immer versklavt, versklavt vom Hunger, von ihrem Instinkt, von ihrer eigenen Blindheit und Vergesslichkeit. Ich war einmal ein Wolf, stark wie der Morgen, flink wie der Star. Doch nun, seht mich an – eine Sklavin bin ich!"

Hilflos blickte das Rudel die Alte an, die fast schamhaft den Kopf senkte.

„Doch vielleicht ist es ja wahr, was du sagst, Huttser", fiepte sie, „vielleicht ist der Mensch-Varg ja das Böseste überhaupt. Wir werden sehen."

„Wir müssen Larka helfen, die Legende zu bezwingen", sagte Palla leise.

„Nein, Palla!", knurrte Huttser. „Wir sind hier, um zu erfahren, ob Larkas Fähigkeiten den Fluch bannen können, mehr nicht. Dann gehen wir wieder in Frieden und Freiheit, jagen Wild und markieren unsere Grenzen."

„Freiheit!", schnaubte Tsinga und kicherte wieder heiser. „Grenzen! Meinst du etwa, die Macht halte sich an Grenzen?"

Doch dieses Mal verhallte ihr unheimliches Gelächter schnell. Als sie weitersprach, war ihre Stimme voller Angst. „Nein! Wenn ihr wirklich die Familie seid, dann müsst ihr das Menschenkind finden. Ihr müsst Tsarr und Skart suchen. Nur sie können Larka helfen."

„Das Kind?", sagte Larka angsterfüllt. „Aber wir wollen mit den Menschen nichts zu tun haben. Das ist das älteste Gesetz!"

„Es gibt auch noch andere Gesetze", gab Tsinga geheimnisvoll zurück. „Gesetze, die tiefgreifender sind, als der Varg es sich überhaupt vorstellen kann. Und außerdem hast du schon mit dem Kind zu tun, Larka."

Tsingas Worte hallten durch die Nacht.

Larka sah vom Grauen gepackt auf. „Aber wie kann ich dieses Kind finden? Ich weiß ja nicht einmal, wo es ist."

„Nun ... vielleicht findet das Kind ja dich."

Fel und Kar sahen Larka verwundert an.

Palla war ganz verzweifelt. „Aber Tsinga, willst du Larka denn nicht helfen?"

„Frieden. Ich bin müde, und ihr habt fürs Erste genug gehört. Ich habe Hunger und ich will, dass ihr jagt, weil ich mich sonst mit diesem Geschmeiß hier begnügen muss, das ich zufällig fange. Selbst diese Amseln kamen erst, nachdem ich die Falle mit der Feldmaus aufgestellt hatte. Es wäre schön, sich mal wieder wie ein richtiger Wolf zu fühlen. Wir reden ein andermal weiter."

Für Tsinga war das Gespräch beendet. Sie legte sich an ihre Felsen zwischen die Reste der kleinen Knochen, murmelte und lachte grimmig vor sich hin.

Bran und die Kleinen rollten sich am Rand der Lichtung zusammen und wunderten sich ängstlich über all das, was sie da gehört hatten. Huttser und Palla gingen für die alte Wahrsagerin auf die Jagd, nachdem die Drappa Bran aufgetragen hatte, auf die Jungwölfe aufzupassen und nicht mit Tsinga zu sprechen, bis sie wieder zurück wären.

Bran hatte auch nicht vor, sich Tsinga zu nähern. Er hatte große Angst, und während er die Jäger in der Nacht heulen hörte und dem Wind lauschte, der in den Bäumen rauschte, war ihm, als würden Geister durch die Schatten streifen – Wolfbane, die Suchenden und ihre toten Freunde.

Tsingas merkwürdige Worte geisterten durch die Köpfe der Wölfe, dabei dachte jeder an einen anderen Vers der

Legende. Kar schauderte beim Gedanken an eine Macht, die die ganze Lera versklaven konnte. Fel musste immerzu an die Visionen denken, die der Prophezeiung nach am Altar entstehen, und an das große Geheimnis über die Menschen und Tiere, die sie offenbaren würden. Nur Larka fragte sich, ob sie alle dem Lauf der Legende entkommen könnten. Sie war richtig erleichtert, als die ersten Strahlen der Morgensonne über die Wipfel des Waldes strichen und Huttser und Palla mit ihrer Beute zurückkamen.

„Gut!", sabberte Tsinga und verdrückte die letzten zarten Brocken vom Reh. Das Licht wurde heller und schimmerte auf ihren hässlichen Augen. „Nun kann ich klarer denken. Larka, komm her zu mir und erzähl mir von eurer Wanderung."

Das Rudel lag um Tsinga herum – Bran hatte sich so weit wie möglich verzogen, aber nur so weit, dass er immer noch hören konnte, was sie sagte. Larka legte sich zögerlich neben die alte Wölfin und schilderte, was bei der Jagd, im Friedhof und an den Stromschnellen passiert war.

Tsinga warf den Kopf zurück. „Das ist ja komisch!" Sie schnüffelte gierig. „Vielleicht seid ihr ja wirklich die Familie!"

Larkas Herz wurde schwer. „Warum meinst du das, Tsinga?"

„Hast du denn nicht gehört? Der Vers erzählt von den Lebensschöpfern, die die Familie auf die Probe stellen. *Ihr Glaube wird erprobt von den Schöpfern des Lebens.*"

„Die Lebensschöpfer!", knurrte Larka. „Du meinst Tor und Fenris?"

Tsinga schüttelte bedächtig den Kopf. „Für die Wahrsager sind die Lebensschöpfer die vier Elemente – Erde, Wasser, Luft und Feuer. Das vierte Element hat der Mensch geraubt, damit macht er seine brennende Luft. Und das fünfte Element ist die Quelle aller Träume und Albträume. Drei Elemente haben dein Rudel schon berührt."

„Wie das, Tsinga?"

„Die Erde in der Grube und im Grab", sagte Tsinga düster, und Larka schauderte bei der Erinnerung an ihren Sturz. „Die Luft bei der Flucht mit den Vögeln. Das Wasser bei den Stromschnellen. Sei auf deinem Weg auf der Hut vor dem Feuer. Und vor allem vor dem fünften Element!"

„Und was ist das?" Larka ließ jämmerlich die Ohren hängen.

„Eis!", zischte Tsinga. „Das stille Element, das alle Möglichkeiten in sich birgt."

Larka winselte leise.

„Aber sag mir doch, Larka – was war, bevor du die Gabe bekamst? Was ist da passiert? Was hast du gespürt?"

Larka beschrieb ihre Heimsuchungen.

Tsinga schnüffelte wieder begeistert. „Ja, ja. Als würde man einen alten Freund zum Mahl laden – Angst und Tod sind die ältesten Pforten zur Gabe. Doch du musst Tsarr und Skart finden, Larka, und lernen, die Fähigkeiten der Gabe richtig zu gebrauchen – mit den Augen der Vögel zu sehen, ins Wasser zu blicken und fremde Dinge klarer zu sehen als eine blöde alte Wahrsagerin. Über die Jahrhunderte gab es viele, die mit diesem Wissen nicht leben konnten."

Larka blickte ihre Eltern verzweifelt an. „Aber du, Tsinga, du kannst doch sehen! Kannst du mir das nicht beibringen?"

Tsingas Stimme schwankte zwischen Lachen und Weinen.

Sie bellte: „Wolltest du etwa durch meine Augen sehen, meine Liebe, durch die Augen einer irren, blinden Wölfin? Nein, Larka, ich besitze die Gabe nicht. Wie alle Wahrsager konnte auch ich früher einen Teil der Gabe nutzen, ich konnte ins Wasser blicken und Dinge sehen. Doch dazu musst du erst die Macht der Erinnerung wecken, dort liegt der geheime Schlüssel zu den Dingen. Dann musst du deine Sinne ausschicken, die Gegenwart und auch die Zukunft zu beeinflussen."

Larka sah auf. Der Wind blies durch den Wald.

„Doch ich habe so lange geschaut und gesucht, bis meine Augen leer waren, nun lebe ich in der Dunkelheit, in meinen Erinnerungen und mit dem Fluch, etwas von dem zu wissen, was kommen muss. Ich bin blind, blind wie die große Statue."

„Welche Statue?", wollte Larka wissen.

„Die Statue über dem Altar von Harja, die Statue der Wölfin."

Während sie es noch sagte, kam Tsinga ein Bild in den Sinn; sie sah die Statue vor ihrem geistigen Auge wie damals vor vielen Jahren, als sie sie an einem öden Wintertag erblickt hatte. Zwischen den Tempelruinen von Harja, an denen der Zahn der Jahrhunderte genagt hatte, von Wind und Schnee gepeitscht und durchgerüttelt von Erdbeben, wie sie in den Ausläufern der Berge häufig waren, da hatte Tsinga das riesige steinerne Abbild einer Wölfin gesehen; an ihrem Bauch hingen zwei säugende Menschenjunge.

„Dann gibt es Harja wirklich!", fiepte Palla. „Und du kennst den Weg dorthin."

„Ich kannte den Weg. Wie soll ich ihn jetzt noch finden? Aber ich habe schon genug gesagt, wahrscheinlich schon viel zu viel! Ich vergesse langsam das erste und wichtigste Gesetz der Gabe: Larka muss alleine lernen und alleine ihre Entscheidungen treffen."

„Aber Tsinga!", empörte sich Palla.

„Anders geht es nicht. Auf dem Weg muss Larka alles über den Menschen in Erfahrung bringen, denn egal, wie sie sich entscheidet, nur das Wissen kann ihr bei ihrem Kampf helfen. Morgra weiß viel über den Menschen, und Larka muss sich vor ihr in Acht nehmen, denn diejenigen mit der Gabe können manchmal gegenseitig ihre Seelen berühren, vor allem, wenn sie sich nahe sind."

Das Rudel fragte sich, was Tsinga damit meinte: dass Morgra schon vieles über den Menschen wusste. Aber es entsprach dem, was Morgra an jenem Tag selbst gesagt hatte.

„Ihr müsst euch nun beeilen", sagte Tsinga.

„Keine Sorge!", knurrte Huttser. „Ich lasse nicht zu, dass meine Familie Schaden nimmt. Wir werden diesen Fluch bannen. Und wir werden leben."

Tsinga zog die Lefzen zurück. „Hast du denn immer noch nichts begriffen? Die Vision verleiht Macht über die Lera. Wenn ihr die Familie seid, dann müsst ihr nicht nur zu eurem eigenen Wohl überleben, sondern für das Leben selbst. Passt also aufeinander auf. Wenn einer verloren geht, seid ihr alle in Gefahr. Geht jetzt, verzieht euch so schnell wie möglich hinter die Grenzen. Und dann, dann wird eure Wanderung erst richtig beginnen."

„O Tsinga!", sagte Palla. „Wir wollten dich so vieles fragen. Über Morgra und Wolfbane. Wir müssen wissen, wie wir Larka helfen können."

Tsinga stand auf und schnüffelte. Sie drehte ihre Schnauze zu den Kleinen, kicherte und schnappte gutmütig nach ihnen. „Können Eltern ihren Jungen jemals helfen? Nun, wir werden sehen. Jammere nicht, Palla. Der Winter ist gekommen, er bringt uns Dunkelheit und Tod, das ist so sicher wie der Wechsel der Jahreszeiten. Doch Wolfbane …"

Brans Ohren zuckten.

„In den Geschichten hat der Böse immer den Varg gejagt, er geisterte durch seine Träume und nährte Angst und Unwissen. Wolfbane ist der Freund des Todes, doch vielleicht ist er nur eine Sagengestalt, auch wenn Morgra behauptet, ihn zu beherrschen. Sie konnte ja schon immer bestens die Wahrheit mit der raffiniertesten Lüge vermischen. Auch der Vers warnt vor Irrtümern. *Denn wer kann in tiefer Nacht scheiden für sich Wahrheit und Lüge und das Dunkel vom Licht?*"

Das Rudel fragte sich, was in aller Welt Tsinga wohl damit meinte.

„Doch wenn er kommen sollte – wer weiß, welche Gestalt er wählt. Die Angst kommt in vielen Masken."

Bran stellten sich die Nackenhaare.

Doch Tsinga sprach weiter in Rätseln, und die Familie lauschte ihr.

„Auch für Morgra ist die Legende eine Bürde. Bevor die dritte Macht kommt, muss sich vieles erfüllen. Keiner hat jemals den alten Ruf erschallen lassen. Morgra ist ganz bestimmt zu schwach, ich glaube nicht mal, dass sie ins

Wasser blicken kann. Deshalb wollte sie sich eurem Rudel anschließen. Doch wenn sie einen anderen findet, der ihr hilft –"

„Einen anderen?", knurrte Huttser. „Brassa hat uns gesagt, dass du nur zwei Wölfen die Gabe gelehrt hast."

„Ja." Tsinga klang traurig. „Ich habe jedem ein Geheimnis der Legende mitgegeben, weil ich hoffte, beide zu Hütern des Gesetzes zu machen." Sie schüttelte den Kopf. „Doch die Gabe speist sich von allen Mächten der Welt, von den inneren Kräften des Lebens. Die Legende spricht vom Wolf – doch wer sagt, dass nicht auch andere Lera die Gabe bekommen können? Tiere, die Morgra nicht beherrschen kann. Und dann ist da natürlich noch eure Tochter."

Kar und Fel drehten sich zu Larka. Palla musste an die Gerüchte denken, die vor langer Zeit über Morgra kursierten: dass sie versucht hätte, auch die Lera zu verhexen.

„Aber ihr alle habt ein Schicksal, Freunde", fuhr Tsinga fort. „Ihr müsst euch gegenseitig helfen, euch vor Morgras Hass zu schützen. Eure Liebe und euer Glaube ist ein Bollwerk gegen Wolfbane, und ihr müsst immer Hoffnung in euren Herzen tragen. Nun beeilt euch!"

Die Wölfe zitterten in der Kälte, aber sie wussten, dass sie von Tsinga nichts mehr erfahren würden. Sie merkten sich, was die Alte gesagt hatte, und machten sich auf den Weg.

„Larka", bellte Tsinga noch, „du musst dich vor allem an eines halten: Du darfst die Natur nie fürchten, auch wenn die Suchenden sie gegen sich selbst kehren. Eigne dir Wissen an und denke immer an das Wesen des Wolfs, das

181

nichts und niemand zähmen kann. Und vergiss nicht den letzten Vers: *So braucht es Mut, wie die Verzweiflung so tief.*"

Bei diesen Worten durchlief Larka ein Schauder, aber sie blickte nicht zurück.

Tsinga rief ihnen ein zweites Mal nach: „Palla!"

Palla drehte sich um und ging zurück. „Was ist?"

„Ich verrate dir noch ein letztes Geheimnis. Du bist ihre Mutter. Die Legende spricht von der Verletzten."

„Und?"

„Das bezieht sich auf die Wölfin, Palla. Die Wahrsager wissen, dass die Wölfinnen immer die Verletzten sind. Die Vision kann also nur eine Drappa haben."

Palla knurrte nervös.

„Nur eine Wölfin, die für ein anderes lebendes Wesen gesorgt hat, kennt den Schmerz und die Liebe einer Mutter."

„Aber Morgra … Morgra ist unfruchtbar! Sie hat noch nie –"

„Vielleicht", gab Tsinga zurück. „Aber vielleicht war das auch einen weiterer Grund für ihr Edikt."

„Warum hast du das Larka nicht gesagt?"

„Sie muss es selbst herausfinden – wenn sie die Anlagen dazu hat. Nun geh und kümmre dich um die Jungen."

Palla folgte dem Rudel. Bran stellte die Rute wie einen Ast, so froh war er, dass er diesen Ort und diese irre Wölfin verlassen konnte.

Doch da hob Tsinga die Schnauze und rief auch ihn zurück. „He, du, Sikla!"

Bran erstarrte und drehte sich ängstlich um. Der Fleck an seinem Auge sah aus wie eine Verletzung.

Tsinga lächelte. „Meinst du etwa, ich hätte dich nicht gerochen?"

Bran zitterte, als sie ihre blinden Augen auf ihn richtete.

„Gibt es denn nichts, was ein Sikla eine Wahrsagerin fragen möchte?"

„Ich ...", stammelte er. „N-nein."

Er drehte sich um und sprang hinter den anderen her. Er hörte Tsinga noch kichern und murmeln.

Huttser führte das Rudel aus dem Tal. Die Jungen blieben zusammen. Kurz bevor sie die Baumgrenze erreichten, spürte Kar etwas Nasses, Kaltes auf seinem Rücken. Die Kleinen sahen auf – plötzlich war der Himmel voller großer Schneeflocken, die im schneidenden Wind durch die Luft wirbelten.

„Denkt dran!", tönte Tsingas Stimme gespenstisch durch den heranziehenden Sturm: „Liebt euch. Seid treu. Liebt euch oder geht unter!"

6
Eis

Getaucht in Feuerfluten oder schau-
dernd
Umstarrt von Wüsten ew'ger Eismas-
sen!
Gekerkert sein in unsichtbare Stürme
Und mit rastloser Wut gejagt rings um
Die schwebende Erde!

William Shakespeare, *Maß für Maß*
III,i

Der Schneesturm blendete die Wölfe und verdunkelte die
Berge ringsum. Das Rudel hatte sich am Rand von Tsingas Tal in einen kleinen Hain verzogen, doch er bot nur
mäßigen Schutz, und die Kleinen schlotterten heftig.
„Huttser!" Palla bellte laut gegen den Wind an. „Brassa
hat gesagt, dass die Gabe Macht über die Elemente verleiht. Meinst du, Morgra –"
„Nein! Tsinga sagt doch, dass die Fähigkeiten bei Morgra
nur schwach ausgebildet sind. Und selbst wenn sie stark
wären – wie kann ein Wolf die Elemente beherrschen?"
Der Sturm schien jedoch von fast übernatürlicher Wut ge-

trieben. Mit Schauern dachte Larka an Tsingas Worte: dass diejenigen mit der Gabe einander berühren konnten. Und sie dachte an ihre komischen Warnungen vor der Quelle des Lebens. Einen Augenblick lang war ihr, als würde der Wind der Wahrsagerin nachsprechen: *... dann müsst ihr nicht nur zu eurem eigenen Wohl überleben, sondern für das Leben selbst.*

„Was jetzt, Huttser?", wollte Palla wissen. „Machen wir, was Tsinga sagt, und suchen das Kind?"

„Ich weiß nicht, Palla. Wir müssen jedenfalls so schnell wie möglich zur Grenze. Bei der nächsten Gelegenheit müssen wir den Fluss queren."

Fel schielte seinen Vater an. Huttser war ihm immer so mutig vorgekommen, doch nun wusste er, dass sie wegliefen.

„Dann komm, Huttser", Palla wollte das Rudel aufmuntern, „suchen wir in der Zwischenzeit etwas zu fressen."

Die Kleinen lagen mit Bergen von Schnee auf dem Rücken da, während die drei Großen die Ränder des Hains nach Kleinwild absuchten. Doch im Schneesturm fanden sie nichts, und als es dunkel wurde, gab Bran schließlich auf. Seine Pfoten waren so kalt, dass die Ballen aufsprangen. Den ganzen Tag hatte er in den Sturm geblickt und nichts gesehen außer Wolfbane, der im Wind die Zähne fletschte. Als er zum Hain zurücktrottete, hörte er das Gespräch der Kleinen.

„Alles ist so schrecklich!", sagte Larka traurig.

„Vielleicht kannst du die Gabe nutzen", meinte Kar. „Vielleicht kannst du uns sagen, was passieren wird. Die zweite Fähigkeit –"

„Unsinn, Kar!", knurrte Larka. „Was weiß ich denn schon von der Gabe?" Sie wünschte sich, Tsinga hätte ihr mehr enthüllt. „Aber wir sind alle gezeichnet", sagte sie, „wie Bran sagte."

„Bran!", schnaubte Fel. „Dieser Feigling! Du darfst nichts auf sein Gerede geben, Larka. Was bringt er unserem Rudel denn? Wäre er nicht gewesen, würde Kipcha noch leben."

Bran ließ sich unter einen Baum fallen und drückte betrübt seinen Kopf in den Schnee. Die Nacht brach herein. Palla und Huttser kamen zurück und legten sich missmutig hin. Bran fragte sich, ob Larka wirklich in die Zukunft blicken konnte, er dachte auch verbittert an Fels Worte, und glitt winselnd in seinen Traum.

Er schlief unruhig und erwachte schaudernd. Sein Fell war nass und dampfte im eisigen Morgen. Es war schneidend kalt, aber es hatte aufgehört zu schneien, und die Stille des Landes lag wie eine Glocke auf dem ruhenden Rudel. Zitternd sah sich Bran um – er rechnete jeden Moment damit, dass ein Gespenst auftauchte und ihm an den Hals ging. Er wartete fast darauf, doch dem Sikla passierte nichts. Er dachte an Tsingas Abschiedsworte: *Gibt es denn nichts, was ein Sikla eine Wahrsagerin fragen möchte?*, die ihm zusammen mit dem Gelächter der Alten im Kopf dröhnten.

Da stand er plötzlich auf. „Ich muss es wissen!", murmelte er vor sich hin und stapfte durch den Schnee davon. „Ich muss wissen, was passiert."

Es fing wieder an zu schneien, und der Schnee verwischte die Spuren des Sikla, der sich ins Tal der Wahrsagerin zurückschlich. Der Gedanke, Tsinga alleine zu treffen, war

186

fast so erschreckend, wie Wolfbane oder dem Mensch-Varg zu begegnen.

Das Tal war ruhig, der Schnee hatte die abgenagten Knochen bedeckt. Bran wagte sich zu Tsingas Felsen vor – da blieb er plötzlich stehen. Der Schnee war voller Blut, ein kleines rotes Rinnsal schlängelte sich von der Felskante hervor. Die Alte lag auf der Seite, der Schnee um sie herum war voller Trittspuren. Sie war tot. Ihre Kehle war aufgerissen, ihre blinden Augen starrten ihn an.

Bran sah auf – hoch oben am Himmel flatterte ein Vogel. Er kreiste kurz über Bran, der sich fragte, ob es wohl der Rabe war und ob er gekommen war, um Tsinga zu fressen. Doch bei genauem Hinsehen war der Vogel sehr viel größer als ein Rabe. Er drehte und flog in den Wald.

Bran warf einen letzten Blick auf Tsinga und schleppte sich zurück. Als er die Baumgrenze erreichte, hörte er ein Geräusch. Ängstlich kroch er hinter eine große Eiche. Mit flackernden Augen spähte er hinter dem Baum hervor in Richtung der Stimmen und hob witternd die Schnauze.

Sechs große Wölfe lagen in einem Kreis, die Schnauze des Wolfs, der gerade sprach, war blutig.

„So, das wäre erledigt. Jetzt kann sie wenigstens nichts mehr von dem Vers verraten. Nun müssen wir nur noch die Familie finden."

Bran stellte die Ohren.

„Doch wir hätten früher kommen sollen. Die Familie hat den Steinernen Bau schon vor vielen Sonnen verlassen. Morgra wird wütend sein, aber ich musste den Gerüchten über die Zitadelle nachgehen."

„Und wenn wir diese Wölfe finden, töten wir sie auch?", fragte einer.

Brans Nase kräuselte sich, lautlos zog er die Lefzen zurück.

„Nur die Großen", knurrte der erste Wolf listig. „Die Kleinen bringen wir zu Morgra. Ein Junges hat ein weißes Fell."

Ein anderer Nachtjäger sah den Wolf schuldbewusst an.

Bis Morgra kam, hatten die Balkar die Rechte der freien Varg im Land jenseits der Wälder geschützt und sich streng an Trattos Segen gehalten, nach dem die Grenzen der Rudel respektiert werden müssen. Doch noch vor dem Tod des alten Wolfs waren einige Balkar unruhig und unzufrieden gewesen. Viele verabscheuten die freien Wölfe und beanspruchten ihre Jagdreviere, während andere so ans Kämpfen gewöhnt waren, dass sie in Friedenszeiten hoffnungslos verloren waren.

Dann war Morgra gekommen. Sie hatte die Legende und die Geschichten von Wolfbane verbreitet und behauptet, dass die Gabe ihnen die Herrschaft über die ganze Lera sichere. Das Motto der Balkar, *Erste unter den Putnar*, hatte sie verlacht. „Nein", hatte sie gesagt, „dieser Titel gebührt nur den Menschen."

Daraufhin hatten viele Balkar des Nachts vom Altar und der Vision geträumt.

„Aber die Legende!", knurrte einer. „Was haben die Nachtjäger denn mit diesen Geschichten zu tun? Zu Trattos Zeiten haben wir wirkliche Wölfe, nicht nur Träume bekämpft. Und damals hat auch ein richtiger Dragga die kämpfenden Wölfe angeführt, nicht eine alte Drappa!"

„Ruhe!", knurrte der Leitwolf. „Wenn Morgra dich so reden hörte, würdest du dafür mit dem Leben bezahlen. Du weißt, was sie vorhergesagt hat."

„Wolfbane!", schnaubte der andere Wolf. „Mit dieser Drohung will sie uns doch nur Angst einjagen und uns beherrschen. Das sind alte Drappa-Märchen, mit denen sie die Dragga schwächen wollen. Meinst du etwa, ich sei blöd genug zu glauben, dass eine Geschichte wahr werden könnte? Wolfbane kann nicht zurückkommen – den alten Depp gibt es gar nicht."

„Du bist hier der Depp!", knurrte der Leitwolf wütend. „Morgra hat Macht, sie wird den Gestaltwandler rufen, damit er uns hilft. Und wenn er kommt, tust du gut daran zu wissen, auf welcher Seite du stehst!"

Bran schlich zurück, als die Nachtjäger aufstanden und den Hang hinaufstiegen. Was er gerade gehört hatte, machte ihn schwindeln und erfüllte ihn mit solcher Angst, dass er sich kaum bewegen konnte. Bran sah, dass die Nachtjäger geradenwegs auf das Rudel zumarschierten, und musste unweigerlich ganz schrecklich zittern. Doch nun dachte er nicht an Morgras Fluch, er dachte an den Vers: *Hütet euch vor dem Verräter, der nur Hader sucht.*

„Fenris!", stammelte er. „Warum bin ich nur so ein Feigling? Ich bin unnütz – wie Fel gesagt hat."

Er dachte an die Kleinen und an seine Pflicht gegenüber dem Rudel. Schlotternd zog er den Schwanz ein. „Wir sind verloren", sagte er winselnd, „wir sind alle verloren."

Doch da erwachte die Wut in ihm. Er wollte endlich seine Angst überwinden. Er schlug mit der Rute, und ständig kamen die Worte, die durch den Sturm gehallt waren: *Liebt euch. Liebt euch oder geht unter.* Getrieben vom Grauen, aber auch von dem Wunsch, die Balkar von seinem Rudel fern zu halten, hob er die Schnauze und heulte.

Den ganzen Morgen lang streiften Huttser und Palla auf der Suche nach Brans Spuren durch den Schnee. Die Kleinen waren im Hain geblieben.

„Dieser verdammte Sikla!", knurrte Huttser heiser. „Wo ist er nur hingeschlichen? Wenn ich ihn finde, Palla, dann …"

Sie standen am Rand des Waldes, der sich zu Tsingas Tal hinunterzog. Plötzlich hörten sie ein schmerzerfülltes Geheul. Japsend sahen sie, wie Bran sich aus dem Wald schleppte. Sein Fell war blutig, seine Ohren zerfetzt. Seine Flanke war so zerbissen, dass er dort kaum noch Haare hatte.

„Bran!", schrie Palla, als der Sikla vor ihnen zusammenbrach.

„Keine Zeit, Palla", keuchte Bran. „Ihr müsst … alle verschwinden. Die Nachtjäger … Sie wollten mich zwingen zu sagen, wo ihr seid …, aber ich habe nichts gesagt, Palla … Ich bin kein Verräter … Ich habe sie nach Westen geschickt."

„Was ist passiert, Bran?", fragte Huttser sanft.

Schnaufend und heiser erzählte Bran seine Geschichte. Der Dragga und die Drappa senkten die Köpfe.

„Morgra!" Huttser fletschte die Zähne.

„Jetzt hat es mich doch noch erwischt." Bran winselte, während das Leben aus seinen traurigen Augen wich. „Morgras Fluch."

„Sch, Bran!", sagte Palla zärtlich, aber auch sie war von der gleichen Angst befallen.

„Huttser!", flüsterte Bran noch. Seine Stimme war so schwach und tonlos, dass sie kaum noch zu hören war. „Sag mir, Huttser … was werde ich sehen, wenn ich …? Wartet Wolfbane dort in der Nacht auf mich?"

„Nein, mein Freund." Huttser zitterte. „Du wirst nun für immer mit Fenris durch die Wolken jagen. Tor erwartet dich auch."

Der zerfetzte Bran entspannte sich ein bisschen.

„Und, Bran", Huttser streichelte den Sikla mit der Pfote, er hatte ein schlechtes Gewissen, „es tut mir so Leid, was ich damals an den Stromschnellen gesagt habe. Verzeih mir, mein Freund."

Bran zuckte heftig, er konnte Huttser kaum mehr verstehen. Blutiger Geifer tropfte aus seinem Maul und gefror im frischen Schnee. Dragga und Drappa standen über dem Sikla, und in jenem Moment hätten sie Morgra vor Hass zerfleischen können.

„Palla", winselte Bran, „sagst du den Kleinen …"

„Was, Bran?" Palla musste sich anstrengen, seine sterbende Stimme zu verstehen.

„… dass ich kein Feigling bin."

„Ja, wir sagen es ihnen."

„Und, Palla … versprich mir … dass ihr alle entkommen werdet."

„Ja, Bran, das tun wir."

„Palla …", japste Bran, „sag Larka … sag ihr ein Geheimnis von mir."

„Was, Bran?"

Bran konnte kaum mehr sprechen. „Dass es … dass es gar nicht so schlimm ist …"

Palla beugte den Kopf, um den sterbenden Sikla noch zu

hören. Als er ihr das Geheimnis ins Ohr flüsterte, riss Palla erstaunt die Augen auf.

Bran zuckte ein letztes Mal, das Todesröcheln entfuhr ihm. Der Sikla war tot.

„Sie gewinnt, Huttser", knurrte Palla bitter und warf den Kopf zurück. „Morgras Fluch wird uns alle vernichten – sofern die Balkar uns nicht schon vorher erwischen."

„Hör auf, Palla! Wir sind eine richtige Familie, nichts wird uns auseinander bringen. Morgra wird nicht gewinnen, und wir werden entkommen. Die Ostgrenze ist nur zwei Sonnen entfernt. Wir werden tun, was Brassa gesagt hat: Überleben."

Palla hob die Schnauze und heulte. Huttser zitterte vor Wut, als er sie beobachtete und der Wind ihren Ruf ins Tal hinunter trug, denn er wusste, dass die Elemente ihr Geheul zu den Nachtjägern trugen.

„Wir müssen in Deckung gehen", jaulte Huttser durch den Schnee.

Das Rudel war nun an eine besonders steile Wehe gekommen, und trotz ihrer breiten Ballen sanken die Wölfe im Pulverschnee immer tiefer ein. Der Sturm hatte wieder eingesetzt und wurde immer heftiger. Nach allem, was Tsinga gesagt hatte, dachten sie an Brassas Worte über den schrecklichen Winter, der die Erde überziehen würde: Wolfbanes Winter.

Sie kamen nur ganz langsam voran, und die Jungen waren nass bis auf die Haut, obwohl ihnen ein dichtes Winterfell gewachsen war. Es war bitterkalt, und die Wölfe zitterten jämmerlich. Doch sie zitterten nicht nur wegen der Kälte, sie zitterten vor Grauen. Brans Tod hatte die Kleinen zutiefst verstört. Am Morgen hatten sie Wölfe in der Nähe gehört. Palla hatte später gesehen, wie sie in der Ferne schattenhaft durch den Schneesturm zogen.

„Je höher wir kommen, desto schlimmer wird es", knurrte Palla. Sie versuchte, durch das Schneegestöber die Gipfel zu sehen. Sie bebte, als der Wind über ihren Rücken strich und in ihre Ohren fuhr.

Larka ging hinter ihr. Sie fiepte im tosenden Wind: „Kar, glaubst du, Morgra kann uns an der Flucht hindern?"

Kar schlotterte. Eine Antwort hatte er nicht.

Da sagte Fel plötzlich: „Larka, wenn Morgra die Elemente beeinflussen kann, kannst du es vielleicht auch! Warum versuchst du nicht, den Sturm aufzuhalten?"

Larka sah ihren Bruder wütend an, aber während sie sich weiter durch den Sturm schoben, schloss sie die Augen und versuchte, sich zu konzentrieren. Doch der Wind schien nur noch stärker zu werden.

„Bleibt dicht zusammen und haltet nach einer Höhle Ausschau!", rief Huttser.

Eine Höhle fanden sie nicht, aber während die Wölfe immer höher stiegen und der Sturm immer schlimmer wurde, sah Kar plötzlich etwas aus dem Schnee ragen. Das Rudel erstarrte.

Jäh flaute der Wind ab, der Sturm erstarb. Vor ihnen auf der Ebene stand eine Art Burg. Sie war von Schutthaufen umgeben und schien sehr viel kleiner zu sein als der Steinerne Bau auf dem Gipfel. Am Eingang war eine hohe Brücke und eine zersplitterte morsche Holztür, die traurig in den Angeln quietschte. Die Wölfe sahen und wussten auch instinktiv, dass der Ort verlassen war.

Doch auf die Burg fielen düstere Schatten. Auf der Brücke standen Tiere, die aus dem Schnee auf die Wölfe herunter blickten. Vögel waren beim Auffliegen erstarrt, Schlangen wanden und rankten sich um den Stein. Zwei Köpfe mit gefletschten Zähnen, die die Wölfe gleich als Artgenossen erkannten, Menschengrimassen und steinerne Drachen flankierten die Brücke, und in der Mitte dieser steif gefrorenen Menagerie, mitten über dem Eingang, prangte ein Geschöpf mit zwei weiten schwarzen Schwingen, das aussah wie eine Kreuzung zwischen Vogel und Eichhörnchen. Eine Fledermaus.

„Wie in meinem Traum!", fiepte Larka verblüfft. „Wie in dem Traum, den ich am Fluss hatte. Meint ihr, hier lebt der Grascht?"

„Was machen wir jetzt, Huttser?", wollte Palla wissen.

„Wir gehen rein und sehen uns um", sagte Huttser, ohne zu zögern. „Wenn wir nicht aus dieser Kälte herauskommen, kriegen uns die Menschen so oder so."

Rings herum schien die Luft zu Eis zu gefrieren, als Huttser die Wölfe über die Brücke führte. Am Eingang zogen die Kleinen die Köpfe ein, aus Angst, die steinerne Lera könnte auf sie losgehen. Doch im Hof entspannten sie sich wieder. Er war verlassen. Dort gab es nichts, außer schneebedeckten Steinen und morschem Holz. Über allem lag diese träge Stille der Verlassenheit, schal und leer, als hätte die Zeit selbst den Ort verlassen. Doch die Wölfe spürten gleich den willkommenen Temperaturanstieg, und in einer Ecke des Hofs entdeckten sie einen Holzschuppen, der ihnen guten Schutz bot.

„Kommt!", knurrte Huttser.

Während die Schneewolken sich wieder am Himmel zusammenballten, krochen die Wölfe in den Schuppen.

Huttser jaulte auf – auf dem Boden, der dünn mit Schnee überzogen war, waren Wolfslosungen.

„Nachtjäger?", fragte Palla.

Huttser gab keine Antwort. Die Wölfe erkundeten den Ort und fanden bald heraus, dass der Kot ziemlich alt war. Er war von zwei Wölfen, einem Weibchen und einem Männchen. Da sah Palla, dass Larka am Rand des Schuppens stand und zitternd schnüffelte.

„Was ist, Larka?"

Larka antwortete erst nicht, doch da erkannte sie den Geruch wieder.

„Menschen!", gab sie grimmig zurück. „Die Menschen waren auch hier. Vielleicht ist es …"

Die Wölfe legten sich hin. Sie froren und hatten Hunger, aber sie waren alle sehr froh, dass sie dem Sturm entkommen waren. Sie fragten sich, ob auch Tsarr, Skart und das Menschenkind diesen Weg genommen hatten. Da fiel Larka plötzlich wieder ein, was Tsinga gesagt hatte: *Vielleicht findet das Kind ja dich.*

Doch Larka wollte weder ein Kind finden noch gefunden werden, sie wollte mit den Menschen und mit der Legende nichts zu schaffen haben. Der Wind fegte durch den Hof und heulte wie mit den Stimmen der Toten.

Da lagen sie – voller Ehrfurcht vor dem Wetter und der seltsamen kleinen Burg.

Kar flüsterte: „Palla, können die Toten wirklich zurückkommen? Wie diese Suchenden?"

„Ich weiß es nicht, Kar, aber ich glaube nicht."

Doch als Palla die wachsende Angst der Kleinen bei dem Gespräch über die Toten bemerkte, verspürte auch sie Furcht.

„He, ihr Kleinen, ich kenne da eine lustige Geschichte über einen Vogel, der von den Toten zurückgekommen ist."

Die Jungen sahen gespannt auf.

„Es war einmal ein gelber Teichrohrsänger, der lebte am anderen Ende der Welt. Alle, die ihn sahen, liebten ihn, weil er so ein schönes Federkleid hatte und so eine Anmut in seinen Schwingen lag. Er konnte mit seinem Lied Kranke heilen und, wo immer er hinflog, berührte er die Herzen. Doch da war ein Wolf, der den Vogel so liebte, dass er ihn fangen und ganz für sich alleine haben wollte. Eines Tages, als der Vogel zufrieden in einem Busch schlief, packte der Wolf ihn mit dem Kiefer, doch er hielt ihn so vorsichtig wie einen Welpen und trug ihn zu einer Höhle neben einem Menschenbau. Der Wolf legte sich vor die Höhle und bewachte den Teichrohrsänger Tag und Nacht. Er knurrte ihn an und befahl ihm, für ihn zu singen, denn das Herz des Wolfs war schrecklich krank. Doch der Vogel liebte nichts in der Welt mehr als seine Freiheit, und die Kraft und Schönheit seines Lieds kam nicht nur von seiner Stimme allein, sondern auch von der Freude, in der frischen Luft zu sein und das prächtige Himmelszelt zu betrachten, das immer wieder anders aussah. Der Vogel sang für den Wolf, denn alle Geschöpfe waren ihm lieb, aber in der Höhle klang sein Lied schwächer und schwächer, und schließlich wurde der Teichrohrsänger selber krank und starb. Als der Wolf den Vogel, der nicht einmal eine Mahlzeit wert war, tot und starr in der Höhle liegen sah, hob er wütend den Kopf. ‚Genau wie ich dachte!', heulte er verbittert. ‚Der Vogel war ein Lügner. Auf dieser Welt gibt es keine Zauberei!'" Aufmerksam betrachtete Palla die Kleinen. „Der Wolf nahm also den Vogel und trug ihn zu dem Menschenbau, wo er Reste eines Feuers sah. Er warf den Vogel in die Asche und ging weg. Da lag der Vogel, und die Glut fraß an seinen Federn und an seinem Leib. Das Feuer erwachte zu Leben und freute sich über die unverhoffte Mahlzeit. Die Flammen stiegen höher und höher und schienen den Vogel zu verzehren, doch plötzlich stieg eine Gestalt aus dem Feuer, ein Vogel, der größer und prächtiger war als der tote Vogel – ein riesiger Teichrohrsänger erhob sich in die Lüfte, seine Schwingen glitzerten und funkelten golden, und sein Lied war lauter denn je, weil er nun seine Freiheit und damit Liebe und Hoffnung wieder gefunden hatte. Doch der Wolf sah den goldenen Vogel nicht, denn er blickte nie wieder zurück", endete Palla ein wenig traurig.

Diese Geschichte gefiel den Kleinen, und sie sahen schon ein bisschen hoffnungsfroher aus.

„Mutter", fiepte Larka, „hier sind wir heute Nacht doch sicher, oder?"

„Ja, Larka, nicht einmal die Nachtjäger können uns hierher folgen."

Fel knurrte leise beim Gedanken an die Balkar, aber er hatte bislang noch nie gegen einen anderen Wolf gekämpft, und seine Augen wurden groß und füllten sich mit Sorge.

„Du musst keine Angst haben", sagte Palla, als sie sah, was ihren Sohn bekümmerte.

„Ich habe keine Angst!", gab Fel gleich zurück. „Ich bin ein Wolf. Ein Putnar. Und wir sind doch Jäger! Selbst Bran war ein Jäger."

Larka verspürte wieder einen Stich der Schuld. Sie fühlte sich nun auch für Brans Tod verantwortlich.

„Ich habe Angst, Palla", sagte Kar leise, der neben Fel lag.

„Ich weiß", sagte Palla zärtlich und betrachtete ihren Fel noch ein wenig genauer, „selbst Huttser und ich haben manchmal Angst."

Fel knurrte wieder. Da kam ihm ein irrer Gedanke – wie toll es doch wäre, Macht über die ganze Lera ausüben zu können und nie wieder Angst haben zu müssen! Doch die anderen starrten ihn an, und er wurde verlegen.

„Deine Mutter hat Recht", sagte Huttser. „Angst ist ein Instinkt wie Hunger oder Wut. Wir brauchen die Angst, sie hält uns draußen in der Natur am Leben, es ist nichts, dessen wir uns schämen müssten. Die Angst sagt uns, ob wir kämpfen oder fliehen sollen."

„Aber Vater! Der Fluch! Er warnt uns vor der Angst."

„Der Angst nachzugeben ist etwas anderes, als Angst zu empfinden und darauf zu hören. Wir müssen lernen, die Angst unter Kontrolle zu bekommen und uns ihr zu stellen. Doch wir müssen auch wissen, wann wir wegrennen müssen."

Huttser war verwirrt. Er wusste, was sein Sohn dachte, und machte sich Sorgen. Auch ohne den Fluch und die Legende und auch ohne die Balkar, die ihnen auf den Fersen waren, wusste Huttser, wie viele Gefahren da draußen auf einen Wolf warteten.

Er betete zu Fenris, dass sie ihren Jungen im Bau und am Treffpunkt genug beigebracht und sie auf das Leben vorbereitet hatten.

„Keine Sorge!", fuhr Huttser fort. „Wir sind ja bei dir.

Deine Mutter und ich beschützen dich, egal, was passiert. Und wir werden dich immer lieb haben."

Huttsers Stimme war gepresst und hatte einen fast schuldbewussten Unterton – seine Worte klangen wie ein Versprechen, von dem er wusste, dass er es wohl kaum halten könnte, denn eines Tages wäre er nicht mehr da, um seine Jungen zu schützen. Alle waren sie gegangen. Und wenn die Jungwölfe nicht von ihrer Natur aus dem Rudel getrieben wurden, dann würden die Eltern selbst sie vertreiben, damit sie ihr Leben lebten. So hatten es Huttsers Eltern gemacht, so hatten es auch deren Eltern gemacht. Huttser vertrieb jedoch die Erinnerung an seine Eltern. Im Moment sprach er jedenfalls die Wahrheit, und wenn nötig, würde er es auch unter Einsatz seines Lebens beweisen.

„Ja, Fel", mischte sich Kar ein, „und denke an den Pakt."

Larka sah ihren Vater liebevoll an, während Kar mit Trauer an Skop dachte. Für Huttser und Palla empfand er eine Mischung aus Dankbarkeit und Groll.

Fel legte den Kopf auf seine Pfoten und dachte kurz an die schreckliche Wut, die er auf seinen Vater gehabt hatte, als er ihn damals am Nacken gepackt hatte. Doch nun brauchte er Trost und ließ zu, dass sich die wohlige Sicherheit warm in seinen Gliedern ausbreitete.

In der Dunkelheit redete Huttser leise zu den Jungwölfen, und seine dunkle Stimme schien Fel zu umgeben und den heulenden Sturm auszuschalten. Fel sagte sich, er müsse groß und stark und furchtlos sein, doch gleichzeitig wollte er sich nur entspannen und sicher an der Seite seiner Eltern schlafen. Er schloss die Augen, und die Worte schwirrten durch seinen Kopf: *Wir werden dich beschützen.* Er fühlte plötzlich eine große Ruhe und mit einem tiefen, wohligen Seufzer glitt er in den Schlaf.

Die kleine Familie schlief, doch Larka war unruhig. Sie wollte den Wölfen helfen, und wieder wünschte sie, Tsinga hätte ihr mehr von ihren eigenartigen Fähigkeiten offenbart. Sie stand auf und streifte durch den Hof zu einer Tür. Auf der anderen Seite sah sie einen Trog, wo die Tiere, die früher hier gelebt hatten, getränkt worden waren. Es war dort gerade so warm, dass das brackige Wasser nicht gefror.

Sie wollte saufen, doch dann erinnerte sie sich plötzlich, was Kar gesagt hatte: Sie sollte ihre Fähigkeiten nutzen. Tsinga hatte etwas von der zweiten Fähigkeit gesagt, von der Erinnerung, und dass sie ihre Sinne in die Gegenwart ausschicken sollte.

„Wie geht das?"

Sie schloss die Augen und konzentrierte sich. Große Müdigkeit überkam sie. Sie war zwar noch jung, aber die Vergangenheit tauchte aus ihren frühesten verschwommenen Visionen auf und schien schon wie ein Fluch auf ihr zu liegen. Sie schlug die Augen wieder auf und erschrak.

Ihr war, als würde das Wasser im Trog immer dunkler werden, und sie konnte den Grund nicht mehr sehen. Dann sprudelte das Wasser, aus der Mitte des Wirbels stieg weißer Nebel auf und legte sich auf die Wasseroberfläche. Ein Bild erschien – es lag weder auf dem Wasser noch auf dem Grund des Trogs, es hing einfach in der Luft und war so klar wie der Tag.

Larka sah in eine Höhle, die von einer Trauerweide geschützt wurde. Es war der Bau unterhalb der Burg, wo sie geboren worden war. Larkas Herz raste. Dann änderte sich das Bild im wabernden Nebel, und sie sah Huttser und Palla auf dem Hügel, als die Hunde gekommen waren. Larka reckte sich und versuchte zu verstehen, was sie sagten, aber sie konnte nichts hören. Die Eltern zogen die Lefzen zurück und rannten. Dann wandelte sich das Bild wieder. Nun war das Rudel an den Stromschnellen, und Larka sah, wie Kipcha auf den Baumstamm stieg.

„Nein, Kipcha! Nicht!", bellte sie laut.

Larka hätte alles gegeben, Kipcha zurückzuhalten, den Lauf des Schicksal zu ändern und die Wölfin zu retten. Doch all das war schon geschehen. Larka merkte, dass sie nichts tun konnte, und sie fühlte sich schrecklich machtlos.

Da sah sie plötzlich Tsingas Gesicht – alt, blind, voller Trauer und Schmerz.

„Muss die Vergangenheit uns denn ständig verfolgen?", knurrte Larka betrübt.

Wieder sah sie ein anderes Bild: einen großen Felsen und einen blühenden Mandelbaum neben einem Bach. Im Wasser lag ein Fell, es wurde von ein paar Steinen festgehalten. Larka riss die Augen auf, als sie sah, dass das Vlies golden glänzte – wie der Teichrohrsänger im Märchen. Kleine glitzernde Stückchen des gelben Metalls, die der tosende Wildbach aus den Bergen geschwemmt hatte, hingen in den Locken. Als Larka sich fragte, was das wohl war, verschwand das Bild auch schon, und zurück blieb nur das schmutzige Wasser, wo die Tiere einst gesoffen hatten.

Larka schleppte sich zurück. Sie hatte noch mehr Angst

als zuvor. Kopfschüttelnd legte sie sich zu ihrer Familie und schloss die Augen.

Der nächste Tag war klar und strahlend blau. Alle waren froh, dass sie die alte Burg hinter sich lassen und weiterwandern konnten. Die Pelze der Wölfe glitzerten prächtig im Schnee.

Da blieb Larka auf einmal stehen. Ihr war, als hätte sie auf einem Hügelkamm drei Wölfe im Schnee gesehen. Doch offensichtlich hatte ihr das gleißende Licht auf dem weißen Schnee einen Streich gespielt. Als sie noch mal hinsah und blinzelte, waren die Wölfe weg.

„Was ist denn, Larka?", fragte Kar.

Sie schüttelte nur den Kopf. „Nichts."

„Komm schon, Kar, fall nicht zurück!", mahnte Palla.

Huttser blickte zurück auf seine Familie. Es war ein klarer Wintertag, und die Wölfe sollten eigentlich spielen. Er sollte seinen Jungen beibringen, mit dem Wind zu rennen, durch den Schnee zu tollen und mit der Schnauze gerade Linien zu ziehen, wie er es selber als Jungwolf getan hatte. Aber er hatte es eilig, das Revier zu verlassen.

„Beeil dich, Kar!", knurrte er. „Immer bist du der Letzte. Wie ein Sikla!"

Kar schloss schmollend auf. Als sie sich einem Grat näherten, sah Huttser etwas in großer Ferne hinter ihnen am Horizont auftauchen. Er kniff die Augen zusammen. Ja. Sechs sehr große Draggas, die geradenwegs auf sie zukamen.

„Nachtjäger! Sie folgen unserer Spur."

Die Wölfe rannten, doch als sie auf dem Grat waren, vergaßen sie für einen Moment ihre Angst vor den Balkar. Vor ihnen erstreckten sich die mächtigen Karpaten, die sich über den Ebenen mitten im Land jenseits der Wälder erhoben. Die Berge waren schneebedeckt, manche glühten im Abendrot vor der untergehenden Sonne.

„Los, weiter!", bellte Huttser.

Sie rannten. Der Weg wurde immer beschwerlicher. Sie rutschten bergab, dann wieder mussten sie einen steilen Hügel erklimmen. Huttser blieb stehen und sah noch einmal zurück. Auch die Balkar kamen über den Grat.

„Weiter!", kläffte er verzweifelt.

Die Wölfe stiegen auf, kämpften sich durch den Schnee und erklommen schließlich den nächsten Hügel. Im Osten fielen die Berge in ein weites Tal ab, und Huttser sah erleichtert, dass sich ein Flüsschen durch dicht verschneite Wälder mit glitzernden Tannen nach Süden schlängelte.

„Die Ostgrenze!", rief er.

Selbst aus der Ferne konnte Huttser erkennen, dass der Fluss zugefroren war. Sie konnten ihn also überqueren.

Die Familie sprang den Hang hinab. Palla blieb hinter den Kleinen, ermutigte sie und vergewisserte sich, dass sie nicht abrutschten. Fel war der Schnellste, Larka konnte es jedoch fast mit ihm aufnehmen, und auch Kar hielt gut mit. Am Waldrand warf Huttser einen Blick zurück. Die Balkar waren ihnen immer noch auf der Spur. Sie kamen schon den Hang herunter. Huttsers Wölfe rannten, der Wind rauschte in ihren Ohren und schien immer nur ein Wort zu sagen: Flieht!

Bei Einbruch der Nacht schlich die Familie durch den Wald. Der Schnee lag nicht so hoch, und sie bewegten sich nun geschmeidig und mit stetem Schritt. Wenn sie den Kopf hoben, sahen sie über den Bäumen den schwarzen Himmel und die Sterne, die dort oben funkelten. Der Viertelmond ging auf. Kein Lüftchen regte sich.

Hinter dem Wald lag der Fluss. Die Wölfe kamen an die breiteste Stelle, vor ihnen erstreckte sich die weiße Fläche und glitzerte hell im Mondschein. Weiden und wilde Reben neigten sich über die Ufer des gefrorenen Flusses, ihre hängenden Äste waren voller Schnee. Unter den Bäumen hatte Winters Hand die letzten Herbstgräser, faulendes Laub und Schilf zu regloser Schönheit erstarren lassen. Überall glitzerten kleine Eiszapfen, und die gefrorenen Tautropfen funkelten wie Sterne.

Fel war sprachlos bei diesem Anblick. Palla hob die Schnauze zum Himmel und erstarrte vor Ehrfurcht, als sie die Milchstraße in voller Pracht am Himmel sah. Der Mond stand immer noch niedrig, und der Sternenteppich war klar und deutlich zu sehen.

„Der Wolfspfad", seufzte sie.

„Was bedeutet das, Mutter?", wollte Fel wissen.

„Da oben, die Sterne, die wie eine Wolfsrute über den Himmel fegen, das heißt Wolfspfad. Viele Wölfe glauben, es ist der Weg zwischen Himmel und Erde."

Fel schauderte. Er dachte an das, was Tsinga über die Pfade des Todes und die Suche der Balkar nach der Zitadelle von Harja gesagt hatte: Das Tor zum Himmel.

„Kommt, wir müssen den Fluss queren", drängte Huttser. „Wir haben es fast geschafft."

Huttsers Herz klopfte. Er konnte die Reviergrenzen fast riechen. Der Fluch war gebannt.

„Nicht hier, Huttser", widersprach Palla, „hier ist der Fluss zu breit, und das Eis am Rand sieht ziemlich dünn aus."

Sie konnte hier und da durch den weißen Schleier das blaue Wasser sehen, das lautlos und stetig unter dem Eis floss. Larka dachte an Tsingas Worte über das fünfte Element. Huttser sah ihren Blick, er nickte und wollte schon nach Süden weitergehen, doch da fing er plötzlich an zu zittern.

„Schnell! Zurück in den Wald!"

Ein Rudel Wölfe zog am Ufer herauf. Zum Glück hatten die Balkar sie nicht gesehen, denn sie gaben keinen Laut. Die Familie verzog sich unruhig in die Schatten und wartete. Fünf Baumlängen entfernt blieben die Balkar stehen. Huttser stellte die Haare. „Keine Spur", knurrte der Leitwolf wütend. „Aber sie dürfen nicht lebend entkommen."

„Wenn wir doch schon wieder im Lager wären!", maulte ein anderer. „Bald gibt es ja einen neuen Welpen."

„Wir müssen weitergehen", sagte ein dritter Wolf.

„Ja", sagte der Erste.

Da ertönte von Norden ein Heulen. Der Varg antwortete und schien zufrieden.

„Sie haben auch nichts gefunden", grollte er. „Sie ziehen wieder nach Norden, auch wir gehen zurück. Hier ist nichts."

Da heulte der Wolf neben dem Dragga schmerzvoll auf. Der Leitwolf fuhr herum. Der Varg hob die rechte Pfote. Auf der Wanderung war er in einen Dorn getreten, nun hatte sich die Wunde entzündet.

„Diese blöde Verletzung wird noch mein Ende sein!", knurrte er zornig.

„Vielleicht solltest du damit zu Morgra gehen", sagte ein anderer Wolf.

„Warum das?"

„Als meine Mutter mir die alten Geschichten erzählte, sagte sie auch, dass Wölfe mit der Gabe heilende Kräfte hätten."

„Morgra?", jaulte der Wolf belustigt auf. „Wie soll aus einem Luchs ein Lamm werden?"

Die Balkar lachten, nur der Wolf mit der wunden Pfote sah sich misstrauisch um. Doch da zog der Leitwolf die Lefzen zurück.

„Genug! Wir haben jetzt keine Zeit für Späße."

Er machte kehrt und führte seine Balkar lautlos in die Nacht. Huttser zitterte vor Wut beim Gedanken, dass diese Wölfe seine Familie in seinem eigenen Revier verfolgten. Doch er konnte nichts tun, ohne Palla und die Kleinen in Gefahr zu bringen. Und so warteten und warteten sie in der Dunkelheit, bis Huttser schließlich sagte:

„Wir müssen es jetzt versuchen."

„Nein, Huttser. Nicht hier, das ist zu gefährlich."

„Aber nach Norden oder nach Süden können wir nicht gehen. Vertrau mir, Palla. Ich gehe als Erster und sondiere die Lage. Wenn ihr dicht hinter mir bleibt, kann nichts passieren."

Palla musste einsehen, dass es genauso gefährlich war, hier zu bleiben, als übers Eis zu gehen. Huttser ging als Erster. Palla blieb unruhig am Ufer stehen, als ihr Gefährte auf die weiße Schicht trat, die sich unter seinen Pfoten knirschend bog. Er machte noch einen Schritt und noch einen Schritt und suchte die dicksten Stellen im Eis. Nach einer Weile war er fast in der Mitte des Flusses. Im Pulverschnee hatte er eine deutliche Spur hinterlassen.

„Also gut", sagte Palla, „geht in Huttsers Spur und bleibt zusammen. Wenn ihr das Eis krachen hört, entfernt euch schnell von der Stelle."

Sie führte die Kleinen voller Sorge aufs Eis. Larka machte einen Schritt, unter sich sah sie kleine Punkte wie Algen, die im Eis festgefroren waren. Was das wohl war? Das Eis hielt, und bald darauf war auch Palla wieder bei Huttser. In einer Reihe eilten sie weiter, die Jungen folgten vorsichtig den Alten.

Sie waren dem anderen Ufer so nah, dass sie fast springen konnten.

„Endlich in Sicherheit!", sagte Palla leise.

Die Wölfe wurden schon sicherer. Fel, der als Letzter ging, sah in den Nachthimmel. Was Palla über den Wolfspfad gesagt hatte, beschäftigte ihn. Er wurde unachtsam und glitt nach rechts ab, während er die Sterne betrachtete und immerzu dachte: *Der Weg zwischen Himmel und Erde.*

„Fast geschafft!", bellte Huttser, als er das Ufer sah.

„Dank Tor hast du uns geführt, Huttser", sagte Palla erleichtert.

Huttser drehte sich zu Palla um. Seine Augen blitzten. Fel war weit abgekommen, das Eis dort sah äußert tückisch aus.

„Fel!"

Huttsers Stimme wurde direkt zu seinem Sohn draußen auf dem dünnen, bläulichen Eis getragen und schreckte Fel aus seiner Träumerei. Er merkte, dass er vom Weg abgekommen war, hob die Rute und setzte zum Sprung an.

„Fel, nicht!"

Der Jungwolf sprang direkt auf die dünnste Eisscholle.

„Bleib, wo du bist, Fel! Hörst du?"

Fel erstarrte und sah sich voller Verzweiflung um. Huttser besah sich das Eis und suchte die sicherste Stelle, wo Fel den Fluss queren könnte. Von Huttsers Platz aus sah das Eis massiv aus, doch der Fluss gurgelte heimtückisch um sie herum.

„Fel, geh nach links. Ganz langsam!"

„Nein, Vater!"

Huttser konnte den blauen Spalt nicht sehen, den Fel gerade dort erspäht hatte, wohin ihn sein Vater schicken wollte. Der kleine Wolf zitterte.

„Vertrau mir, Fel! Hab keine Angst. Tu, was ich sage, und geh nach links."

Fel zögerte, aber die Stimme seines Vaters war beruhigend. Die Angst hatte seinen Verstand erstarren lassen und seinen Willen gebrochen. Er wollte nur noch Schutz, er wollte, dass ihm jemand sagte, was er tun sollte, wollte, dass ihm jemand den Weg in die Sicherheit wies. Er schob sich nach links, da spürte er schon, wie das Eis unter seinen Pfoten nachgab.

Wieder erstarrte er.

Da hörten sie es – ein Reißen, und ein Spalt öffnete sich zwischen Fel und dem Rudel. Das Eis brach, Fel verschwand mit einem Platscher.

„Fel!" Larka sprang vor, doch ihr Bruder war schon abgesunken.

„Haltet sie zurück!", bellte Palla.

Doch Larka war schon an dem eisigen blauen Loch, das plötzlich im Mondschein aufgetaucht war. Sie war leichter als Fel, und das Eis hielt, während sie panisch winselnd in das mittlerweile stille Wasser blickte.

„Eis!", knurrte sie. „Warum haben wir nicht auf Tsinga gehört? Das hatte sie damals gesehen. Und warum hat sie uns nicht deutlich gewarnt?"

„Larka, beweg dich nicht!", schrie Palla verzweifelt.

Da sahen Huttser und Palla, dass Kar zitternd auf das Eis unter ihm sah.

„Was ist, Kar?"

Doch Kar brachte keinen Ton heraus. Er hatte es als Erster gehört – und es wurde immer lauter.

„Palla", stammelte er schließlich, „Fel ist unter mir."

Kar konnte Fel durch das Eis sehen. Von seinem Maul stiegen Luftblasen auf, seine Pfoten scharrten verzweifelt an der gefrorenen Oberfläche, doch das Eis war hier zu dick, Fel konnte es nicht durchbrechen, er konnte mit seinem Strampeln lediglich verhindern, dass er mit der Strömung flussabwärts getrieben wurde.

„Hilf ihm doch, Kar!", kläffte Huttser.

Kar war wie gelähmt vor Schreck.

„Tu was, Kar!"

Kar winselte, als Fel immer noch rudernd und strampelnd abtrieb. Huttser war nun bei Kar, er knurrte ihn wütend an und stieß ihn zur Seite. Er scharrte und trat, er hüpfte und sprang und versuchte, das Eis zu brechen. Kar musste mit starrem Blick mit ansehen, wie Huttser seinen Sohn retten wollte, der unter seinen Pfoten ertrank. Huttser polterte weiter auf der Scholle, und da tat sich ein Haarriss auf, doch das Eis war immer noch fest und Fel trieb weiter ab.

„Bei Fenris! Hilf mir doch!", schrie Huttser in seiner Not.

Als Palla die Scholle erreichte, war Fel schon weggeschwemmt worden. Die Wölfe jagten ihm nach, sie suchten Halt in der dünnen Schneedecke und achteten gar nicht mehr auf das Eis. Die ganze Familie scharrte auf dem gefrorenen Fluss, aber es half alles nichts. Sie konnten Fel immer noch sehen.

Sein erschöpfter Körper konnte der Strömung immer weniger standhalten, die Luftblasen aus seinem Maul wurden immer spärlicher.

Als er schließlich loslassen musste, wurde er flussabwärts gespült. Huttser sah noch den grünen Schimmer im Auge seines Sohnes, das sich nun für immer schloss. Palla hob den Kopf. Wenn Fel da unten ertrank, würde seine Seele niemals Ruhe finden. Sie stieß ein klagendes Geheul aus, das so laut und so voller Wut und Schmerz war, dass der ganze gefrorene Fluss zu erzittern schien.

Reglos erstarrt in Grauen und Verzweiflung stand die Familie da, doch Huttser fuhr plötzlich herum. „Verdammt, Kar!", schrie er wild. „Du hättest uns vorher rufen sollen!"

Doch Palla reagierte schnell. „Lass ihn, Huttser! Kar trägt keine Schuld! Es war dein Fehler, allein dein Fehler. Ich habe dir doch gesagt, dass die Stelle gefährlich ist!"

Huttser sah seine Gefährtin ausdruckslos an. „Zu spät. Es ist zu spät." In Huttsers Kopf dröhnten wieder Tsingas Worte: *Wenn einer verloren geht, seid ihr alle in Gefahr.* Und dann überkam den Dragga die Verzweiflung über die Flucht und all das, was seinem Rudel widerfahren war.

„Jetzt ist mein kleiner Fel auch noch tot!", jaulte Palla. „Mein kleiner Fel! Hört es denn nie auf?"

„Palla, wir müssen weiterleben", sagte Huttser hilflos.

„Nein, alles ist nur dein Fehler. Wenn du nicht gemeint hättest, wir müssten hier den Fluss queren … Ich hasse dich, Huttser!"

„Palla –"

Sie ließ Huttser nicht ausreden. Mit gefletschten, blitzenden Zähnen machte die Wölfin einen Satz. Sie war blind vor Trauer über den Verlust ihres Sohnes.

In Kars Augen waren die Großen in diesem Moment nichts anderes als leichtsinnige Welpen.

„Vater, Mutter!", schrie Larka. „Hört auf! Bitte! Nicht kämpfen! Der Fluch! Wir müssen …"

Doch ihre Eltern konnten sie nicht mehr hören. Beim Gedanken an ihren toten Bruder überkamen sie heftige Trauer, Bitterkeit und Schuldgefühle. Ich bin schuld, dachte sie. Nur ich. Morgra macht das alles meinetwegen. Ich habe die Gabe. Ich hätte voraussehen können, was passiert.

Da drehte sich die Jungwölfin plötzlich um und rannte davon. Sie wollte nur noch weg, egal, wohin. Weg von dem Fluch, weg von ihrer Familie, weg von der Gabe. Kar rannte ihr nach, aber Larka war schon im Wald am anderen Ufer verschwunden und floh den schrecklichen Klang der elterlichen Wut.

Der Instinkt trieb Huttser, seiner Gefährtin zu antworten. Auch er hatte einen Satz gemacht und das Maul aufgerissen. Zum ersten Mal, seit sich Huttser und Palla kennen gelernt hatten und er um sie geworben hatte, kämpften die beiden.

Sie gingen aufeinander los, ihr Knurren hallte durch den verschneiten Wald, doch nur das eisige Schweigen des Winters antwortete. Sie merkten gar nicht, dass Larka und Kar weg waren, sie merkten auch nicht, dass das Eis unter ihnen brach.

Auch die Gesichter, die am anderen Ufer in den Bäumen auftauchten, sahen sie nicht, nicht die Schnauzen, die sich zwischen den Ästen hindurchschoben, und nicht die harten gelben Augen, die in die Schatten spähten und wütend aufblitzten.

Teil II
Das Kind

7

Morgra

Welche wüste Bestie, deren
Stunde nun gekommen ist,
Schlampt gegen Bethlehem in ihre Ge-
burt.

William Butler Yeats, *Der jüngste Tag*

Larka rannte mit ihrer weißen Schnauze im Wind. Ihr Gesicht war verzerrt vor Wut, Trauer und Sorge. Auf ihrer Flucht wurde sie jedoch verfolgt. Morgras Augen flackerten und funkelten, während sie Larka beobachtete. „Nun fängt es richtig an!", sagte sie leise. Morgra hätte gerne mit der Pfote ausgeholt und Larka aus dem Wasserloch geschöpft, doch kaum berührte sie die Oberfläche, verschwamm das Bild der weißen Jungwölfin.

„Bei Wolfsbanes Zähnen!" Morgra zog die Lefzen zurück, und die Narben auf ihrer Schnauze kräuselten sich im Dämmerlicht. Sie knurrte wütend, als das Bild sich nun ganz auflöste, und wieder spiegelten sich im Wasser die Decke ihrer Höhle und die Stalaktiten, die wie Seile oder versteinerte Haare herunterhingen. Morgra sah es nicht, aber zwischen der Decke und den Steintauen steckte ein kleines Ding von der Größe eines Menschendaumens. Es sah so aus, als hätte es jemand dort hingeschoben, doch es war weiß wie der Fels der Höhle und unterschied sich in nichts von einem Kieselstein.

Die Nacht brach herein, und die Schatten, die Morgra umgaben, krochen wie Diebe über den Boden der Höhle und schoben ihre Finger zu den Felswänden. Dort saß ein Rabe auf einer Steinstange und putze sich. „Was ist denn, Herrin?", fragte Kraar.

„Ich kann das Bild nicht halten", sagte Morgra, „ich habe nicht genügend Kraft. Aber zumindest ist sie jetzt endlich allein, Kraar. Wir müssen sie finden. Und zwar bald."

„Sollen wir die Nachtjäger schicken, Herrin?"

„Ich habe noch ein Rudel. Die anderen suchen die Zitadelle und das Menschenkind. Nein, nein, ich muss deine Augen benutzen, Kraar. Wir müssen sie selber finden."

„Kann sie dir mit ihrer Fähigkeit helfen, die Bilder im Wasser zu halten?"

„Die zweite Fähigkeit ist viel zu schwach", schnaubte Morgra, „im Vergleich zu dem, was kommen wird. Ich brauche sie für den alten Ruf. Wenn die Pfade des Todes für die Suchenden offen sind, dann wird die Macht, in fremde Seelen zu schauen und die Willen der anderen zu beherrschen, in die Welt kommen und damit die Chance auf endgültigen Erfolg."

„Aber du beherrschst doch schon die Balkar, Herrin", gab der Rabe zurück.

„Ja, vielleicht mit Tricks und Drohungen", zischte Morgra, „aber erst wenn ich die dritte Fähigkeit habe, werden wir wirklich sehen!"

„Genial!" Kraar flatterte, flog auf und ließ sich neben Morgra nieder. „Den Gestaltwandler ins Spiel zu bringen und mit einem reinen Mythos wahre Macht auszuüben!"

Er hüpfte unruhig um Morgras grau werdende Schnauze herum. Die Wölfin sabberte.

„Alle Varg sollen von Wolfbane träumen." Morgra nickte vergnügt, sie knurrte und leckte sich bedächtig die Lefzen. „Die Wölfe müssen ihn fürchten, das ist Teil der Legende, Kraar, und sie muss erfüllt werden, wenn die Vision kommen soll. Obwohl Wolfbane nur ein Spiel ist, das ich mit den Balkar treibe – wer sagt mir denn, dass er nicht wirklich zurückkommt? Wenn genügend Blut die Erde getränkt hat, dann kann er dem Gestank vielleicht nicht widerstehen und kriecht aus der Legende heraus."

„Hat Wolfbane den Steinernen Bau denn je gesehen, Herrin?"

Morgra lächelte wie damals, als sie vor Pallas Rudel gestanden und zur Burg hinaufgeblickt hatte.

„Natürlich nicht, Kraar. Ich bin dort hinaufgestiegen, nachdem sie mich … nachdem sie mich verstoßen haben. Damals habe ich mich zum ersten Mal auf die Suche nach ihm gemacht, nach dem Bösen. Doch dort war nichts außer den Steinen der Menschen, und die Tiere hatten Angst vor dem Ort. So konnte ich mich dort eine Zeit lang verstecken und mir kam die Idee, wie ich die Balkar verhexen könnte."

Kraar schauderte vor Erregung. „Wie sieht Wolfbane aus, Herrin?"

„Ah!", knurrte die Wölfin. „Wie sieht ein Mythos aus?

Wer ihn wegen seines bösen Wesens fürchtet, sagt, er sehe aus wie eine Riesenkröte. Andere sagen, wie eine große Fledermaus. Aber ich kann dir die Geschichte erzählen von damals, als der Gestaltwandler ein junger Varg war. Er war der tollste Dragga überhaupt, er hatte ein Fell wie ein großer Bär und Krallen so mächtig wie die Sonne. Und als er vor Tor und Fenris stand, hat er ihnen ins Gesicht gespuckt."

Kraar schreckte auf. „Warum hat er denn das getan?"

„Warum!" Morgra schnaubte verächtlich. „Wegen ihrer Vorschriften, Kraar. Sie wollten, dass alle ihnen gehorchten wie ängstliche Welpen! Wolfbane hatte mit der Gabe vom Himmel auf die Welt heruntersehen können, und er wusste, dass Tor und Fenris sie so eingerichtet hatten. Wolfbane wollte sich widersetzen, er wollte tun, was er selbst für richtig hielt. Aber die Wolfsgötter hatten auch ihn erschaffen und ihn böse gemacht. Also trat Wolfbane vor, spuckte ihnen auf die Nase und schimpfte sie Lügner. ‚Wenn du ein Gott bist, Fenris, und mich geschaffen hast', fuhr er den Gott an, ‚aber mich nicht selbst über mein Leben entscheiden lässt, wie kann ich dann böse sein? Ich bin nur, was ich bin!' Fenris gab zurück: ‚Gut, dann schicken wir dich hinunter zu den Varg, damit alle selbst wählen können.' Tor und Fenris schleuderten Wolfbane aus dem Himmel, und er raste wie ein Komet zur Erde. Als er die Grenzen des Himmels passierte, brannte sein Fell erst wie Feuer, doch während er fiel, löschte die Luft die Flammen, es wurde kalt um ihn herum, und Schnee begann zu fallen."

Kraar wollte mehr hören, aber Morgra war fertig mit ihrer Geschichte.

„Und was machen wir jetzt? Er kommt doch nicht."

„Ha, Kraar! Aber wenn er kommt, dann habe ich einen mächtigen Verbündeten!"

Die Rabenaugen funkelten vor Bewunderung für die Herrin. Kraar flatterte auf seine Stange zurück und stieß mit dem Schnabel zu. Als er den Kopf wieder hob, hing ein dünner Streifen rohen Fleischs heraus, das aussah wie ein Wurm.

Der Rabe kaute genüsslich und verschlang den Happen auf einmal.

„Das ist meine Lieblingsspeise!", sabberte er und stellte seine kohlschwarzen Kopffedern wie ein Kapuze. „Du verdirbst mich, Herrin!"

„Dich verderben? O nein, Kraar, du verdienst weit mehr als das. Du hast Larka deutlich gemacht, dass sie die Gabe hat, und außerdem bist du samt deinen ganzen Artgenossen ein Teil der Legende. Waren die Vögel denn nicht schon immer der Schlüssel zur Gabe? Die Legende wird dir deinen wahren Lohn geben."

„Du meinst, Wolfbanes Versprechen?", kreischte Kraar begeistert. „Den Pakt, den er im Tal von Kosov mit den Aasfressern geschlossen hat?"

„Ja, Kraar."

Dünner Nebel zog in die eisige Höhle und legte sich fast zärtlich um Morgra, die am Wasserloch der Bilder stand, den Kopf hob und sang:

„Wenn Träume von Wolfbane kommen mit Angst und Schrecken,
Wenn die Unbezähmbaren gezähmt, wird der Tod sie entdecken.

Denn des Gestaltwandlers Pakt mit den Vögeln wird wahr.
Wenn Menschenblut mischt sich im Tau mit dem Blut der Varg,
Wenn die Suchenden, die hungernd die Pfade des Todes begehen,
Herausgefordert werden vom alten Ruf, dann wird der Tod uns sehen."

Morgras Stimme füllte die Höhle.

Über ihr bewegte sich etwas in dem Ding, das aussah wie ein Kiesel. Es lebte.

„Wenn aber Wolfbane nur ein Mythos ist", krächzte Kraar zweifelnd, „wie kannst du dann –"

„Hab Vertrauen, Kraar!"

„Wenn du den Vögeln hilfst, den Pakt zu erfüllen, Herrin, werde dann auch ich Macht haben?"

„Natürlich", antwortete Morgra ganz ruhig, ihre Augen blitzten jedoch listig und böse.

„Mein ganzes Leben lang, mein ganzes Leben lang haben die Putnar mich ausgelacht", kreischte Kraar wild flatternd, „und mich einen dreckigen Aasfresser genannt. Kraar, der Kadaverräuber. Kraar, der geflügelte Dieb. ‚Du bist gar kein richtiger Raubvogel, Kraar, du bist nur ein listiger, gemeiner, verstohlener –'"

„Halt den Schnabel!" Morgra fletschte die Zähne, und Kraars Kopf verschwand vor Angst fast zur Gänze unter seinen Federn.

„So, meine liebe Larka – wohin gehst du denn?", knurrte Morgra auf einmal und wirbelte mit der Pfote das Wasser auf. „Hast du dich im Wald verirrt?"

„Was ist mit ihrem Rudel, Herrin?" Kraar hob wieder unruhig den Kopf.

„Der Fluch hat sicherlich den Rest ihrer Brut vernichtet. Hast du den Blick in ihren Augen gesehen, als ich ihn aussprach? Sie hätten alles geglaubt! Sie waren zu Tode erschrocken. Der Blitzstrahl hat seine Wirkung nicht verfehlt. Aber erzähl's mir noch mal, Kraar."

Der Rabe fing wieder an, sich zu putzen, und in seinem Gekrächze lag wieder Selbstsicherheit. „Die alte Ziehmutter hat's dann als Erste erwischt, sie wurde gefressen von –"

„Langsam!", zischte Morgra.

Als Kraar die Geschichte von Brassas Tod zu Ende erzählt hatte, leckte sich Morgra genüsslich die Lefzen.

„So hast du dich also rächen können", schloss Kraar, „zumindest an deiner Ziehmutter."

„Brassa kannte die Wahrheit, sie hat zu ihrem eigenen Schaden geschwiegen", knurrte Morgra bitter. „Aber ihr Tod ist nur ein Vorgeschmack der richtigen Rache, die ich nehmen werde!"

Morgra sah eindrucksvoll aus, wie sie da stand und vor Wut zitterte. Groll war ein Geburtsrecht. Lange bevor sie verstoßen wurde, schon als Welpe, hatten die Wölfe sie wegen ihrer komischen Art gefürchtet. Wie sehr hatte sie sich nach Zuneigung gesehnt, und als sie größer wurde, hätte sie gerne eigene Junge gehabt. Sie wollte so vieles mit anderen zusammen machen, sie wollte unbedingt ein Rudelwolf sein und die Geheimnisse der Gabe und des Lebens mit anderen teilen. Sie wollte so gerne geliebt werden und andere lieben. Doch in jener schrecklichen Nacht, als sie das Junge aus Versehen getötet hatte, hatten alle sie verurteilt. Wie sie die Wölfe damals gehasst hatte!

Die Gabe hatte sie isoliert. Also ging Morgra alleine auf die Wanderung, sie lernte Tsinga kennen und erfuhr von der Legende, in deren Verheißung sie eine Möglichkeit gefunden hatte, ihren Schmerz und ihre Einsamkeit zu lindern, denn kurz zuvor hatte die Wölfin die fürchterliche Wahrheit herausgefunden: Sie war unfruchtbar. Dann hatte auch Tsinga sie verstoßen, und Morgra hatten ihren mächtigen Willen und all ihre heimlichen Hoffnungen eingesetzt, um die seltsame Prophezeiung in der Legende wahr werden zu lassen.

Indem sie über die Balkar herrschte, hatte sie Macht bekommen, doch das war nur ein Meilenstein auf dem Weg zu ihrem großen, ehrgeizigen Ziel.

Da hörten Kraar und Morgra von draußen ein Knurren. Morgra fuhr herum. In der Kälte stand ein zitternder Balkar und wartete. Er hörte den Raben in der Höhle krächzen und kreischen, und er schauderte bei dem Geräusch und beim Gedanken, dass Morgra die eigenartige Fähigkeit besaß, mit den Vögeln zu sprechen. Vor allem aber hatte er Angst, Morgra zu stören. Morgra führte die Balkar zwar an, doch alle wussten, dass sie gegenwärtig allein sein wollte und nur aus einem gewichtigen Grund belästigt werden durfte.

Der Wolf trat in den Eingang, seine Rute zitterte, als er Witterung aufnahm. Er konnte deutlich bis in den hinteren Teil der Höhle sehen, denn seine Augen waren besonders scharf. Tratto hatte die Nachtjäger auserwählt, weil sie in der Dunkelheit so gut sehen konnten.

„Morgra!", rief er nervös.

In der Höhle war ein Zähnefletschen zu hören. Der Nachtjäger trat in die Dunkelheit.

„Warum störst du mich, Brak?", bellte Morgra, als er auf sie zukam.

„Verzeih, Morgra." Brak zitterte und ließ die Ohren hängen. „Es gibt Neuigkeiten. Die Wahrsagerin ist tot." Kraar flatterte herum, als würde er auf heißen Kohlen gehen. „Wunderbar!", kreischte er. „Diese dumme Alte!" Kaum hatte er es gesagt, fuhr Morgra auch schon herum. In ihrem Blick lag so eine Wut, dass Kraar vor Angst fast tot umfiel.

„Du wagst es, so von ihr zu sprechen?"

„Aber Herrin, sie hat uns verstoßen! Du kannst doch nicht im Ernst –"

„Schweig! Tsinga hat uns vertrieben, ja, aber sie hat mir alles beigebracht, und sie weiß mehr, als so ein fliegender Aasfresser wie du jemals wissen wird. Und außerdem war sie früher eine tolle Wölfin. Sprich nie wieder in diesem Ton von ihr!"

Kraar senkte den Schnabel.

Brak stand zwischen den beiden und fiepte nervös: „Morgra, es gibt noch eine Neuigkeit. Wir haben vor zwei Sonnen einen Rebellen im Wald gefangen, einen von Slavkas Spionen. Und wir ... wir haben ihn ausgefragt." Brak grinste kalt. Der Rebell würde nie wieder eine Frage beantworten ...

„Und?", knurrte Morgra.

„Slavka hat endlich das Großrudel zusammengerufen. Doch bei dem vielen Schnee werden bis zum Sommer nur wenige Wölfe kommen – wenn überhaupt. Aber es gibt Anzeichen, dass sie sich in Bewegung setzen. Allerdings starb der Spion, bevor er uns sagen konnte, wo sie sich treffen."

Brak wusste nicht, wie Morgra reagieren würde. Doch sie lächelte beim Gedanken an den toten Rebellen, und er fuhr fort: „Es muss sich außerdem herumgesprochen haben, was … was du tust, Morgra. Vielleicht ist etwas durchgesickert, als wir Skops Rudel angegriffen haben." Er senkte den Blick.

„Wieso schämst du dich, Brak!" kläffte Morgra, um zu verbergen, wie zufrieden sie war. „Scham macht schwach. Bist du ein Mörder oder nicht? Hat denn nicht Tratto selbst euch gelehrt, dass ihr die Ersten unter den Putnar seid und dass ihr ohne Gnade töten müsst, wenn ihr den Auftrag dazu habt?"

Brak hob verwirrt den Kopf, als er den beliebten Titel der Nachtjäger vernahm.

„*Keine Siklas, kein Hauch von Angst und Pein*", zitierte Morgra den Schlachtenruf der Balkar „*wir halten zusammen, und die Welt wird rein!*"

Brak wurde unruhig. Er war ein großer Wolf, größer noch als Huttser, und dabei war er in seinem Rudel nicht einmal der Dragga. In den sechs Balkar-Rudeln war er der Dritte an der Spitze, doch in den Tagen der alten Kriege, als Tratto der Invasion von Süden getrotzt hatte, waren alle Nachtjäger von Tratto zu Kämpfern ausgebildet worden. Dennoch schauderte Brak. Manchmal hätte er Morgra gern die Stirn geboten, doch es war, wie Morgra sagte: Er war viel zu sehr in die Verbrechen der Nachtjäger verstrickt. Sie hatten ihr grauenvolles Werk begonnen, es gab kein Zurück mehr.

„Da ist noch was, Morgra", fiepte er.

„Ja?"

„Das Menschenkind … Slavka glaubt vielleicht nicht an die Gabe, aber du weißt, was man sich über sie erzählt und warum sie die Menschen so hasst. Nun haben alle Rebellen Order, das Kind zu töten, wenn sie es finden."

Morgra fletschte wütend die Zähne. „Dann beeil dich, du Idiot! Und nimm das halbe Rudel mit. Finde das Kind, Brak, finde es oder bleib, wo du bist!"

„Jawohl", sagte er, rührte sich aber nicht von der Stelle.

„Was ist? Worauf wartest du noch?"

Brak legte die Ohren an. „Das angestammte Rudel … es wartet."

Kraar krächzte zustimmend. „Du weißt doch, was heute für eine Nacht ist, Herrin. Tor hat gestern das Maul zugemacht, der Mond ist verschwunden."

„Na gut. Aber geh jetzt, Brak, beeil dich!"

Brak rannte aus der Höhle, Morgra folgte ihm langsam in den Schnee hinaus.

Kraar flatterte hinterher. „Dann bilden die Rebellen also ein Großrudel", krächzte er „Was willst du jetzt tun, Herrin?"

„Was ich tun will? Ich werde natürlich warten und die Dinge beobachten. Slavka ruft die freien Varg an einem Ort zusammen. Das kann uns nur dienlich sein. *Wenn die Unbezähmbaren gezähmt*, Kraar – so heißt es in der Legende."

Kraar nickte begeistert.

„Wenn ich weiß, wo sie sich treffen, kann ich sie alle vernichten! Wir wollen doch Wolfbanes Prophezeiung wahr machen, Kraar! Und es muss gleichzeitig geschehen,

wenn die Suchenden mit dem Ruf geholt werden sollen."
Morgra schmatzte fröhlich.

Still warteten die Balkar-Wölfe im Dunkeln auf sie. Mit
Morgra waren es nur fünfzehn Wölfe, die anderen Rudel
hatte sie ausgeschickt, um die Suche fortzusetzen.

Wie die Nachtjäger da im Kreis standen, waren sie ein
Furcht erregender Anblick – große Rüden, ihre starke
Brust strotzte vor Kraft und ihre funkelnden Augen sta-
chen durch die Nacht.

Doch als Morgra sich näherte, wichen sie zurück, und der
Kreis öffnete sich. In der Mitte stand ein Jungwolf, er war
kaum ausgewachsen. Er war wie gelähmt vor Angst, seine
Läufe schlotterten im Schnee, sein Schwanz flatterte wie
ein Halm im Wind.

Morgra stellte die Rute, als sie zu ihm trat und die Balkar
den Kreis wieder schlossen. Kraar flog auf einen Busch,
der unter ihm erzitterte, doch auch von dort aus konnte
der Rabe nicht sehen, was im Kreis geschah. Aber das
war egal. Kraar hatte das Ritual schon einmal beobachtet.

Morgras Stimme ertönte in der stahlklaren Nacht: „Brü-
der! Balkar! Erste und Gefürchtetste unter den Varg! Die
Gabe hat mich zu euch geführt, damit ihr eure wahre Be-
stimmung findet. Wenn eure hoch verehrte Führerin die
Lera unterjocht, dann endlich seid ihr wirklich die Ersten
unter den Putnar. Doch zuerst müssen wir Ihn anrufen.
Wieder huldigen wir Ihm. Wieder bringen wir Ihm ein
Opfer dar."

Kraar hörte, wie die Wölfe die Zähne fletschten und der
Jungwolf vor Schmerz aufheulte. Dann senkte sich Stille
über den Kreis. Kraar schlug mit dem Schnabel, als er sah,

wie das Blut zwischen den Läufen der Balkar den verschneiten Hügel hinabfloss.

Morgra hob wieder die Stimme, ihre Beschwörung zitterte durch die eisige Luft.

„Komm, Wolfbane, Freund der Toten!", heulte sie und schwang ihre Schnauze nach links und nach rechts. „Komm aus den Schatten und erhelle den Geist eines Wolfes unter uns. Diejenigen, die dir huldigen, bringen dir wieder das Opfer dar. Ich rufe dich beim Blute des Unschuldigen. Jage für uns, Wolfbane, jage alle, die dir im Weg stehen. Du, der Gestaltwandler, bist unser Diener, und zusammen werden wir fressen in Wolfbanes Winter. Zusammen erlangen wir die endgültige Macht!"

Morgras Geheul stieg in die Nacht. Die Balkar schüttelten sich wild und knurrten mit schwingenden Schnauzen.

„Bei den Elementen, die die Gabe nähren, rufe ich dich! Bei Wind und Schnee, bei Regen und Sturm, bei den unbezähmbaren Gewalten der Natur und bei der Kraft, die uns allen innewohnt, rufe ich dich. Komm, Wolfbane, offenbare dich!"

Der Schnee bebte still unter den Wölfen. Sie sahen sich unruhig um, als erwarteten sie fast, Wolfbane hier und jetzt vor ihnen auferstehen zu sehen. Doch es geschah nichts. Und schließlich hob Morgra den Kopf und ging weg.

Der Kreis öffnete sich wieder und gab den Blick frei auf den kleinen Wolf, der reglos im Schnee lag. Er war tot. Der Wolf hieß Cal, es war Kars Bruder.

Morgra ging gelassen zu Kraar, ihre Schnauze war voller Blut, ihre Augen funkelten nicht nur vergnügt, sondern auch belustigt. „Sollen diese Idioten doch warten und grübeln", kicherte sie amüsiert, „und weiter seinen Namen rufen."

Kraar nickte, aber er hörte Morgra gar nicht richtig zu. Er sah zum Kreis hinüber und dachte daran, dass er die Höhle bald wieder mit frischem Welpenfleisch füllen würde. Sie kamen zu einem Welpenbau, wo die Kleinen voller Angst in der Nacht standen. Sie wurden von Nachtjägern bewacht und fragten sich, warum immer wieder die Balkar kamen und einen Jungwolf aus ihrer Mitte rissen.

Vom Grauen gepackt wichen die Jungen zurück, als Morgra kam, doch sie lächelte und sprach in freundlichem, weichem Ton mit ihnen: „Kommt, ihr Kleinen, habt keine Angst."

Die Jungwölfe schielten sie an.

„Was ist denn? Ihr wisst doch, dass ich euch liebe, oder etwa nicht?", fiepte sie.

Die Wölfe brachten vor Angst immer noch keinen Ton heraus.

„Nun sagt doch was! Ihr braucht keine Angst zu haben, ich bin nicht wütend, vertraut mir."

„Dir vertrauen?", rief ein kleiner Rüde. „Niemals! Wir wissen, was du tust, Morgra. Lass uns gehen!"

Morgra machte ein verletztes Gesicht, doch ihre Augen lachten. „Sag doch nicht so schreckliche Sachen! Ich will euch doch nur beschützen und für euch alle sorgen." Sie tat so, als wollte sie die Kleinen alle umarmen, doch sie empfand nicht das Geringste für die Welpen, und sie würde sich den vorlauten Rüden merken.

„Keine Sorge!" Sie drehte den Waisen den Rücken zu.

„Ich komme euch bald wieder besuchen. Dann spielen wir schön zusammen."

Kraar ließ sich auf Morgra nieder, als sie davontrottete. Obwohl der Welpe sie wütend gemacht hatte, duldete sie den Raben auf ihrem Rücken.

„Ich verstehe dich nicht – du bist immer so nett zu ihnen, dabei –"

„Denk an die Legende, Kraar! Die Wölfin muss fürsorglich sein wie eine Drappa, um die Vision zu bekommen. Doch sosehr ich mich auch bemühe, ich kann für die Kleinen einfach nichts empfinden. Sie sind nicht mein eigen Fleisch und Blut. Doch sie erfüllen ihren Zweck."

Kraar nickte begeistert beim Gedanken daran, wie viele Welpen ihm das Edikt eingebracht hatte.

„Doch mit ihr wäre das anders", sagte Morgra, „und es wird anders sein. Wenn ich sie habe, dann ist alles anders."

„Deshalb wolltest du dich also ihrem Rudel anschließen? Zu ihrem Wohl?"

Morgra schwindelte wieder ein wenig wie immer, wenn sie an Pallas Rudel dachte und an die Trauer und Eifersucht, die sie empfunden hatte, als sie an der Schlucht abgewiesen worden war.

„Ich hätte mich um sie gekümmert, Kraar. Um alle", schnaubte sie, „ich hätte sie beschützt und Larka von der Gabe erzählt, als wäre sie meine eigene Tochter. Zusammen hätten wir die Legende wahr werden lassen. Zusammen hätten wir über die Lera geherrscht und ein gutes Leben gehabt. Wenn ihre Eltern mich nur gelassen hätten!"

Morgra fletschte die Zähne. Sie dachte all die langen,

schrecklichen Jahre zurück zu jenem Tag, als sie zum ersten Mal für ein Verbrechen verstoßen worden war, das sie nicht begangen hatte. Doch als Morgra ihre Schwester wieder gesehen hatte, hätte sie vielleicht vergessen und vergeben können. Vielleicht hätte sie die Macht der Gabe aus der Dunkelheit holen und die Güte wieder erreichen können, die tief in ihr vergraben war. Doch sie wurde wieder verstoßen und wieder betrogen. Mit dieser Zurückweisung war Morgras letzte Hoffnung gestorben, je wieder zum Licht zurückzukehren.

„Erzähl mir weiter vom Rudel, Kraar!", knurrte sie.

„Wie gesagt, ich ging, als der Sikla tot war." Kraar flog neben ihr her. „Vorher starb auch noch diese Wölfin im Wasser, Huttsers Schwester."

„Sehr gut, Kraar."

„Nun sind da nur noch der fremde Jungwolf und ... die Familie."

Morgras Augen wurden schwarz vor Wut. Und ein Gefühl der Angst kroch durch ihre vernarbte Schnauze.

„Die Familie!", zischte sie.

„Woher wollen wir wissen, ob Larkas Rudel wirklich die Familie ist?", fragte Kraar.

„Weil alle ihre Lieben sterben müssen. Larka ist mittlerweile allein. Aber wir werden sehen."

Sie waren vor der Höhle angekommen, doch Morgra ging nicht hinein, sie wandte sich einer kahlen Stelle zu, wo frisches Fleisch im Schnee lag. Kraar flog gleich darauf zu, doch Morgra kläffte ihm nach: „Lass das! Das ist nicht für dich!"

Der Rabe setzte sich neben sie. „Warum fütterst du sie denn immer?", fragte er neidisch.

„Vielleicht ist einer dabei." Morgra suchte mit den Augen die Bäume ab. „Einer, der auch die Gabe hat, der mir helfen und mir nützlich sein kann, wenn ich Larka finde." Während sie noch sprach, hörte sie ein Brummen im Wald und das Fauchen eines Luchses. Die Tiere hatten schon in der Nacht gefressen, und Morgra war bereit, mit ihnen zu sprechen. Doch das Brummen des Bärs stieg hoch über die Bäume, und Morgra sah, dass die Nachtjäger sich voller Furcht umgedreht hatten und den Hügel hinaufblickten. Wölfe stehen weit oben in der Nahrungskette und haben nur wenige natürliche Feinde, abgesehen vom Mensch – und dem Bär, vor allem dem großen, gefährlichen Bär der Karpaten. Morgras Augen funkelten, sie sah die Angst, die dieses Geräusch bei den Balkar auslöste.

„Du hast doch gefragt, wie Wolfbane aussieht", sagte sie leise zu Kraar. „Jetzt weißt du es."

Der Rabe verstand nicht, was seine Herrin meinte, doch Morgra drehte sich um und ging in die kalte Höhle.

„Herrin", sagte Kraar, als er wieder auf seiner Stange saß. „Selbst wenn der Fluch die Familie auseinander gebracht hat – könnte Larkas Gabe dann nicht trotzdem eine Gefahr für uns sein. Sie könnte –"

„Nein!" Morgra wusste, was der Rabe meinte. „Du willst sagen, wenn Larka die Vision bekommt? Sie ist nur eine Jungwölfin. Und wer sollte ihr auf die Sprünge helfen? Tsinga ist tot und ..." Sie hielt zweifelnd inne. Sie dachte an Tsarr, doch sie vertrieb diesen Gedanken wieder. „Und außerdem weiß Larka nichts von der Welt. Nur die Gabe kann die Vision bringen – und wahres Wissen, das Wissen über den Menschen. Und ich habe dieses Wissen bereits."

Morgras Gesicht war plötzlich wie von wütendem Selbstmitleid verzogen. Kraar hatte diesen Ausdruck schon oft bei Morgra gesehen.

„Du denkst wieder an das Dorf, Herrin. Wo die Menschen dich gefangen hielten. Willst du denn nicht vergessen?"

„Was vergessen?"

„Das, was passiert ist. Die Vergangenheit."

„Nie! Niemals werde ich auch nur die kleinste Kleinigkeit vergessen. Ich bin nicht wie diese gedankenlose Lera. Ich werde mich an jeden Moment meines Lebens, an jedes Unrecht und an jeden Schmerz erinnern, und das wird mich noch stärker machen, denn es führt mich zu Wahrheit und Macht." Morgra schwieg eine Weile, doch als sie weitersprach, war ihre Stimme listig. „Was kann ein Jungwolf schon von der Macht des Menschen wissen? Von dem Grauen und von der Pracht in seinem Kopf? Was kann sie von dem einzig wahren Putnar wissen, dem größten und ältesten Mörder der Welt?"

Kraar schauderte. Und wieder bewegte sich in dem kleinen weichen Ding an der Decke ein kleines Wesen. Es hatte vorher schon gelebt und war nach oben gekrochen, um das feuchte Moos an der Decke zu fressen. Es hatte keine Augen, aber sein Instinkt und sein Maul hatten es hierher geführt. Nun verwandelte es sich.

„Lass sie einfach wandern, Kraar, allein und verschmäht. Larka wird keine Hilfe bei den Varg finden, denn selbst Slavka hat geschworen, alle Wölfe mit der Gabe zu vernichten. Lass Larka nur die Entfremdung und Isolation spüren, die die Gabe mit sich bringt. Sie soll ruhig die Welt sehen, denn was sie dort findet, kann sie nur mit

Trauer, Wut und Bitterkeit erfüllen. Das wird sie mir näher bringen. Und so soll es sein, Kraar. Wer die Gabe hat, muss seine Entscheidungen alleine treffen."

„Aber wäre es denn nicht besser, wenn sie nun bei uns wäre? Ich fürchte Slavka und diese Rebellen, Herrin. Selbst die Balkar könnten es nicht mit all diesen freien Wölfen aufnehmen, die Balkar-Rudel sind ja keine Armee."

„Nein. Aber wenn ich die Pfade öffne, dann kommen meine treuen Diener. Sie wurden schon gerufen, gerufen von Angst und Hass, die die Balkar in den Wäldern verbreiten. Denn davon nähren sie sich. Wenn Larka mir hilft, stark genug zu werden und den alten Ruf auszustoßen, dann habe ich eine Armee im Rücken, eine Furcht erregende Armee ..."

Kraar war still.

„Aber geh jetzt, Kraar, und suche sie. Ich brauche deine Augen."

Kraar flog hinaus in die Kälte. Morgra sackte zusammen. Sie sah fast tot aus, wie sie da lag, aber das war sie keineswegs. Die Wölfin gebrauchte mit ihren gierigen Sinnen die erste Fähigkeit der Gabe, um damit auf die verschneiten Wälder zu sehen, die unter den schlagenden Schwingen des Raben vorbeiglitten.

„Lass mich in Ruhe, Kar!", bellte Larka zornig in die Schneeböen. „Merkst du denn nicht, dass ich alleine sein will?"

„Ich lasse dich nicht!" Kar trottete trotzig hinter ihr her.

Der Wind heulte wie der Teufel, der Sturm war wieder

gekommen. Die schreckliche Nacht am Fluss war nun über einen Mond her, und Kar hatte eine gute Woche gebraucht, um Larka zu finden. Er war ihrer Spur im Schnee gefolgt, doch als er sie schließlich eingeholt hatte, wollte sie ihn verjagen. Seitdem stritten sie.

„Ich werde dich niemals alleine lassen, Larka", kläffte Kar wütend. „Wir haben einen Pakt geschlossen, nichts kann uns auseinander bringen."

„Nichts?", gilfte sie bitter. „Fel hat auch geschworen. Und er ist tot. Nur wegen mir."

„Hör auf, so zu reden, Larka!", grummelte Kar missmutig. „Wenn überhaupt jemand schuld ist an Fels Tod, dann bin ich es."

„Der Pakt war eine einzige Lüge!", knurrte sie. „Verschwinde!"

„Nein!"

Larka ging auf Kar los. „Was willst du denn hier? Was? Du folgst mir wie ein kleiner Welpe. Du kannst mir nicht helfen, nichts und niemand kann mir helfen. Ich bin schuld an all den Toden. Weil ich die Gabe habe. Mir kann man nicht helfen." Doch plötzlich hatte sie das Bedürfnis, jemand anderem die Schuld zu geben, irgendjemandem. „Und überhaupt", spie sie verächtlich aus. „Was kannst du schon tun, ausgerechnet du, Kar?" Doch da fiel ihr noch etwas sehr viel Wichtigeres ein. Sie wollte nicht für einen Wolf verantwortlich sein, sie wollte für nichts und niemanden verantwortlich sein.

Kar war zutiefst verletzt, aber er war trotzdem froh, dass er seiner Freundin gefolgt war, und in diesem Augenblick kam er sich auch nicht so nutzlos vor, wie Larka meinte.

234

„Wir müssen einander vertrauen", knurrte er, „das hat Tsinga gesagt."

„Ich habe das Vertrauen in uns verloren!", kläffte sie. „Und jeden Glauben."

„Larka, jetzt denk doch mal nach! Du weißt ja nicht mal, wohin du gehst!"

„Und ob ich das weiß!" Wütend beschleunigte sie ihren Schritt.

Kar schwieg, aber er folgte der Wölfin weiter. Er war müde und abgemagert, sein Fell fiel in Büscheln aus. Auch Larka ging es nicht sehr viel besser. Ihr weißer Pelz vergilbte schon, und die Haut an ihrem Bauch hing herunter. Die beiden Jungwölfe waren fast ausgewachsen, aber sie hatten nicht die Kraft und die Stärke von Wölfen ihres Alters.

Seit mindestens fünfzehn Sonnen hatten sie nicht mehr gefressen. In der kurzen Zeit im Rudel hatten sie von Huttser und Palla das Jagen nicht richtig lernen können. Auf ihrer Wanderung hatten sie oft die Witterung der Lera aufgenommen und ihre schwarzen Nasen in den Schnee gesteckt, doch dann hatten sie die Spur wieder verloren. Jedes Mal, wenn Larka kurz davor war, ein Tier zu reißen, hatte sie wieder dieses schreckliche Gefühl übermannt, und zweimal hatte sie sich selbst durch die Augen der Gejagten gesehen.

Kar fragte sich, was aus Huttser und Palla geworden war, denn sie hatten nichts mehr von der Drappa und dem Dragga gehört. Als sie vom Fluss geflohen waren, hatten sie weder die Augen in den Bäumen gesehen, noch hatten sie gehört, wie das Eis unter Huttsers und Pallas Pfoten geknirscht hatte.

Sie hatten jedoch andere Wölfe gesehen, erst vor drei Sonnen hatten sie in den Bergen gejagt. Ob es nun Rebellen oder Nachtjäger gewesen waren – sie waren jedenfalls weit weg.

Kar sah, dass sich Larka ein wenig beruhigt hatte.

„Larka, vielleicht könntest du versuchen, deine Eltern wieder zu finden. Mit deiner Gabe …"

„Nein, Kar, red nicht davon!", knurrte Larka betrübt. Dennoch war sie froh, Kars Stimme zu hören. „Was bringen mir diese Fähigkeiten denn, außer Albträumen. Und immer wenn ich jagen will …"

Sie stellte sich vor, dass die gelbschwarzen Augen ihr durch die Wälder folgten. Die Angst war den Wölfen zwar immer auf der Spur, aber da war noch etwas anderes, das sie verfolgte, und es war so schrecklich wie Wolfbane oder Morgras Fluch, es war der strengste und erbarmungsloseste Verfolger, den die Lera und auch der Mensch kannten, es war der Winter, der das Land jenseits der Wälder besetzt hielt, und mit ihm kamen Hunger und die wachsende Bedrohung durch den Tod.

„Ich habe Hunger", sagte Kar, während er durch die dicke Schneedecke tappte.

Larka drehte sich zu Kar um, sie schämte sich für das, was sie zu ihm gesagt hatte. Sie wollte weggehen von ihrer Familie und sie wollte allein sein, aber sie war auch hungrig und sie hatte Angst. Sie war wirklich froh, dass Kar ihr gefolgt war.

„Keine Sorge, Kar", fiepte sie schwach, „wir werden bald was finden."

„Wenn nicht, dann sterben wir."

Doch das war Larka in diesem Moment egal. Es kam ihr

so vor, dass sie aus ihrem eigenen Leben und aus ihrer eigenen Kindheit ins Exil geschickt worden war. Vor ihr lag nichts als Angst. Sie hob den Kopf und in der Ferne sah sie eine kleine schwarze Gestalt, die sich auf sie zu bewegte. Doch als Larka genauer hinsah, flatterte sie auf und flog nach Norden.

Unterhalb von Morgras Höhle kamen mit Ausnahme der Wölfe, die auf der Suche nach dem Kind waren, die Balkar-Rudel zusammen, die Morgra gerufen hatte. Es hatte fast einen Mond gedauert, bis sie gekommen waren. Fünf Wölfe lagen nun in der kalten Nacht beisammen, sie wärmten sich gegenseitig und fiepten nervös. Wieder gab es Gerüchte um Wolfbane, und die Wölfe waren unruhig. Wie alle Wölfe vermieden sie es, sich in die Augen zu sehen, doch sie hörten aufmerksam zu.

„Es gibt Neuigkeiten", sagte einer. „Ein Spähtrupp ist zurück, er hat Morgra etwas mitgebracht. Sie haben die halbe Nacht miteinander gesprochen."

„Worüber?", fragte ein anderer.

„Ich weiß es nicht, aber Morgra hat sich irgendwie verändert, sie ist selbstsicherer geworden."

„Ja", sagte ein dritter Wolf. „Letzte Nacht habe ich gehört, wie sie vor der Höhle Selbstgespräche geführt hat. Und sie hat wieder Fleisch liegen lassen."

„Was hat sie gesagt?"

„Sie hat vor sich hingemurmelt: ‚So etwas habe ich noch nie gesehen. Aber das ist mir von Nutzen!' Dann hat sie geknurrt und laut gelacht."

„Was kann das bedeuten?"

„Da ist noch was – mein Rudel ist erst gestern gekommen, aber wir haben es gleich gewittert: Der Wind riecht nach Angst."

Da hörten sie plötzlich ein Zähnefletschen, sie drehten die Köpfe. Hinter ihnen stand ein Wolf lauschend in der Dunkelheit. Alle kannten ihn, er war einer der obersten Dragga und ein großer Balkar-Kämpfer.

„Angst!", schnaubte er voller Verachtung. „Ein Nachtjäger hat nur Angst, wenn er nicht weiß, wo er hingehört, wenn er nicht weiß, wer und was er ist."

„Was ist passiert?", fragte der Wolf, der von der Angst im Wind gesprochen hatte.

„Wisst ihr das denn nicht?", gab der Dragga kühl zurück und seine Augen sahen riesengroß aus in der Nacht. „Morgra hat uns befohlen, alle Welpen zu töten."

Die Balkar knurrten schuldbewusst.

„Als Opfer?", fragte einer.

„Nein", antwortete der Dragga. „Wir brauchen sie nicht mehr."

„Aber wieso?"

„Spürst du ihn denn nicht, du Idiot? Spürst du denn nicht den Biss seines Winters?"

Der Dragga trat vor und riss das Maul auf. Und da begann es zu schneien.

„Wolfbane! Endlich ist Wolfbane zurückgekehrt."

8
Aasfresser

Suchet, dann werdet ihr finden.

Matthäus 7,7

Kar und Larka kam es so vor, als würden sie durch ein Märchenland wandern. Als sie vom Fluss aus aufstiegen und immer höher in die Berge kletterten, sahen sie die wilde Schönheit des zerklüfteten Landes. Weiß eingehüllte Wälder lagen unter ihnen und schienen sich bis in alle Unendlichkeit auszudehnen, ein eigentümliches, fast verzaubertes Reich, das dem Wolf Sicherheit, Schutz und ewiges Geheimnis verhieß.

Ihnen war aufgefallen, dass im Hochgebirge Transsilvaniens das Wild seltener wurde, und wenn sie nicht stritten, versuchte Kar die Wölfin zu überreden, die großen Höhen zu verlassen und nach Beute zu suchen, auch wenn sie Angst hatten, in die Nähe menschlicher Bauten zu kommen oder andere Wölfe zu treffen, deren Heulen sie oft im tosenden Wind hörten.

Aus den Wäldern hatten sie die Burgen und Siedlungen der Menschen gesehen und Dinge erblickt, die ihnen nur noch mehr Angst vor der Legende machten. Soldaten-

239

trupps ritten durch den Winter nach Süden, sie waren eingehüllt in diese merkwürdigen harten Häute, die im kalten Sonnenlicht glänzten. Ebenen waren gesprenkelt mit brennender Luft, Menschenrudel trafen sich dort unter flatternden Bannern. Schaudernd dachten sie an die Ankunft des Mensch-Varg und seine Macht, die ganze Lera zu versklaven.

Larka blieb im Schnee stehen. In ihren Augen lag die Angst vor der Zukunft, aber vor allem wunderte sie sich über das, was Kar gesagt hatte. Er hatte Recht: Sie wusste nicht, wohin ihr Weg führte. Und sie merkte, dass sie im Grunde nur weglief. Sie fühlte sich schuldig, und dadurch wurde ihre Angst nur noch größer.

„Komm schon!", knurrte sie plötzlich und versuchte, die Angst zu verdrängen. „Versuch, etwas für uns zu jagen, Kar!"

Die beiden Freunde wateten durch einen Bach. Ein Fisch huschte im eisigen Wasser an Larkas Läufen vorbei. Ihr Instinkt hätte sie hinter der Beute hertreiben sollen, doch sie dachte an den Hasen und glotzte den Fisch nur dümmlich an. Hinter dem Bach lag dichter Wald, Kar und Larka verschwanden im Unterholz, Kar voraus, als Larka plötzlich stehen blieb. Sie hatte einen Pfad entdeckt und wollte ihm folgen, auch wenn sie nicht wusste, warum.

„Nein, Kar, komm, hier lang!"

Larka hatte so ein komisches Gefühl – als würde eine Stimme im Wind sie rufen. Kar zögerte, er überlegte, ob er die Führung übernehmen sollte, doch Larka ging einfach weiter. Er erinnerte sich an seine eigenen Worte über das Vertrauen und folgte ihr.

Die Wölfe trotteten weiter. Am Waldrand nahmen sie eine starke, süßliche Witterung auf, und gleich darauf sahen sie weiter unten am Hang eine Gestalt. Ein Mensch.

Kar schielte Larka an, doch sie schüttelte nur den Kopf und bedeutete ihm, still zu sein. Sie wollte sich schon wieder in den Wald verziehen, denn sie wollte keinesfalls in die Nähe des Menschen kommen, doch etwas hielt sie zurück. Sie neigte den Kopf.

Der Mensch war in ein dickes Lammfell gewickelt und trug eine eigenartige Kopfbedeckung aus brauner Wolle. Er wankte den verschneiten Hang hinab und zog maulend und schimpfend einen Schlitten hinter sich her, der voll beladen war mit Holz. Immer wieder fiel ein Ast in den Schnee, dann blieb der Mensch wütend stehen und legte ihn fluchend zurück auf den Haufen.

Er war sehr dünn, seine Haut war faltig und ledrig. Seine Beine steckten in zerrissenen, abgewetzten Hirschhäuten, sein mürrisches Gesicht war mit sprießenden schwarzen Stoppeln überzogen. Er wirkte sehr erschöpft. Larkas scharfe Augen sahen seine Pfoten, mit denen er immer wieder das Holz aufheben musste. Sie waren gebogen wie Klauen, und die nackte Haut war in der Kälte bläulich angelaufen.

Argwöhnisch beobachteten die Wölfe den alten Dragga, der sich abmühte und nicht die blasseste Ahnung hatte, dass er beobachtet wurde. Als er schließlich unten ankam, zog er seine Ladung über den flachen, kahlen Boden zu einem Holzbau, von dessen Dach ein eigenartiger heißer Nebel aufstieg. Eine alte Drappa, die ähnlich gekleidet war wie der Dragga, kam heraus und schlurfte dem Alten zur Begrüßung entgegen. Als sie seine Pfoten sah, stieß sie einen Schrei aus, nahm sie in ihre Pfoten und rieb sie heftig. Dann drückte sie den Alten fest an sich, und zusammen zogen sie den Schlitten in den Bau.

Larka musste an die sagenhafte Kraft des Mensch-Varg denken und all das, was sie von den Bergen aus bei den Menschen beobachtet hatte. Sie war verwirrt – die Menschen schienen im Schnee genauso zu leiden wie die Wölfe.

Kar sah zwei Dutzend weitere kleine Bauten hinter den Bäumen, die den ersten Bau umgaben. Über allen Dächern kräuselte sich dieser Nebel, und hier und da schwebten Menschen wie Geister durch den Schnee.

„Fressen!", fiepte Kar. „Da unten müssen sie was zum Fressen haben."

„Das ist zu gefährlich, Kar. Der Fluch kann wieder über uns kommen, und dann hat die Legende uns wieder in ihren Klauen."

„Aber wir sind jenseits der Grenze, Larka. Und wenn wir nicht bald fressen, sterben wir – Fluch hin oder her!"

Larka war still. Es war wahr – sie hatte schrecklichen Hunger. Was hatte Huttser am Tag ihrer ersten Jagd über die beiden Wege des Überlebens gesagt? Der Weg des Jägers und der Weg des Aasfressers. Doch Larka fiel noch etwas ein, sie konnte es noch nicht greifen, es war undeutlich, sie hörte es wie ein leises Flüstern im Schlaf, aber es war eine vage Antwort auf Tsingas Worte: Vielleicht – vielleicht ist das die Gelegenheit, mehr über die Menschen zu erfahren.

„Na gut", knurrte sie und schnürte weiter. „Dann gehen wir eben zu den Menschen."

„Noch nicht, Larka. Wir müssen sie erst beobachten, einen Plan schmieden und die Nacht abwarten, damit man uns nicht sieht."

Kars feste Stimme beruhigte Larka ein wenig. Sie legten sich in den Wald und lauschten dem Wind, der durch die dürren Äste pfiff. Es war schrecklich kalt, und Kars Magen knurrte laut. Ihm war ganz elend. Es war zwar seine Idee gewesen, bei den Menschen etwas zu fressen zu suchen, aber der Gedanke, dort hinunterzugehen, machte ihm Angst.

„Fürchtest du dich, Larka?", fiepte er.

Larka sah ihn an. In jenem Moment wäre sie für ihren Freund gerne stark gewesen, aber auch sie hatte das Bedürfnis, sich mitzuteilen.

„Ja, Kar."

„Aber du bist viel mutiger als ich."

Larka kam sich alles andere als mutig vor. Zärtlich sah sie Kar an. Er war zu einem sehr besonnenen Wolf herangewachsen, er handelte weitaus weniger aus dem Instinkt heraus als Fel und sie selbst. Fel hatte Kar immer für einen Dummkopf und Feigling gehalten, aber das war er nicht, er war einfach weniger spontan und impulsiv, dafür war er empfindsamer.

„Ich habe oft Angst", fuhr Kar fort. „Auch am Fluss hatte ich Angst."

Larka knurrte betrübt: „Mach dir keine Vorwürfe, Kar, und erinnere mich nicht daran."

„Tut mir Leid." Kar driftete in seine schwarzen Gedanken ab. „Aber es ist so fürchterlich, daran zu denken, was Fel und den anderen widerfahren ist."

Larka nickte traurig.

Doch Kar sah plötzlich voller Hoffnung auf. „Was

glaubst du, was danach kommt, Larka? Glaubst du an diese Geschichten von Tor und Dammam und Fenris?"

„Ich weiß nicht", sagte Larka ruhig und sah in den dämmernden Himmel hinauf, doch in ihrem Inneren war sie ganz aufgewühlt. „Manchmal denke ich, es sind einfach nur Märchen, die man den Welpen erzählt."

Kar machte ein düsteres Gesicht. „Was ist eigentlich wahrer Mut?"

Die Jungwölfin musste an den Vers denken. „Wahrer Mut – was meinst du damit?"

„Nun, Fel meinte immer, mutig sein heißt, ein tapferer Jäger zu sein. Aber was ist mit jenen, die keine guten Jäger sind?" Wieder verdunkelte sich sein Blick. Doch er hatte auf einmal das Gefühl, dass es das Mutigste war, was er tun konnte und je getan hatte, wenn er Larka sagte, was er empfand. „Darf ich dir etwas anvertrauen, Larka?", fiepte er. „Ich sage es nur dir. Kannst du ein Geheimnis für dich behalten?"

Larka war amüsiert. Wem hätte sie es denn ausplaudern sollen, in ihrer Not?

„Ja, Kar. Was denn für ein Geheimnis?"

„Ich will nicht sterben, Larka."

Larka spürte große Zuneigung für ihren Freund.

Er hob die Schnauze und heulte leise, doch seine Stimme wurde durch die Luft getragen, und Larka knurrte: „Sch! Man kann dich hören!"

Sie verstummten. Die Nacht brach herein, und das Dunkel schlich sich auch in ihre Gedanken, aber es tröstete sie zugleich, denn zumindest bot es den ängstlichen Wölfen Schutz vor den Menschen.

Es war schon spät, als Larka schließlich aufstand. „Nun

denn", sagte sie leise. „Wir sollten jetzt besser gehen, wenn wir unseren Plan ausführen wollen. Still und heimlich, Kar!"

Die Wölfe gingen hinunter in den Menschenort. Aus dem ersten Holzbau drang ein gelber Schein. Kar zitterte ein wenig unter seinem Pelz, aber nirgendwo bewegte sich etwas. In den Bauten schlummerten die Menschen schon, aber das konnten die Wölfe ja nicht wissen.

In sein Lammfell gehüllt kauerte der alte Holzsammler, den sie auf dem Hügel gesehen hatten, am Ofen im einzigen Raum der Hütte. Auf einem Schemel ihm gegenüber saß seine Frau in einem roten gewebten Tuch und döste. Auch ihr Gesicht war alt und runzlig, ihre Hände umklammerten ein Holzkreuz, das sie immer bei sich trug, um den bösen Blick abzuwenden. Während sie den Mann betrachtet hatte, den sie nun fast fünfzig Jahre lang liebte, war sie eingenickt.

In dem Raum war auch ein Bett, eine einfache Lagerstatt. Doch keiner der beiden benutzte es, denn unter der verschlissenen Decke lag ein sieben Jahre alter Junge und schlief. Er lebte bei seinen Großeltern, denn seine Eltern waren im Jahr zuvor an der Cholera gestorben. Er zuckte im Traum, und als die Wölfe sich durch die weiße Nacht dem Haus näherten, drehte er sich um und hob plötzlich den Kopf.

Auch der Alte wachte auf. „Was ist, Roman? Kannst du nicht schlafen?"

„Ich träume immer so schlecht, Großvater. Hast du sie durch die Nacht heulen hören?"

„Ja, Roman." Der Alte gähnte müde und kraulte den

Hund zu seinen Füßen, „das ist die Stimme des Hungers. Ein richtiger Wolf."

Der Junge setzte sich schaudernd auf. „Im letzten Frühjahr habe ich drei Wölfe gesehen. Sie sahen ähnlich aus wie Hunde. Vielleicht fange ich eines Tages einen Wolf und zähme ihn."

„Ja, vielleicht." Der Alte lächelte. „Doch das Aussehen kann täuschen. Manche sagen, einen Wolf kann man nicht zähmen. Der Überlebenskampf in der Natur macht sie sehr viel stärker und sehr viel gefährlicher als Hunde. Doch wenn du wirklich einmal einen Wolf haben solltest, dann ändern wir deinen Namen in Wolfram und schicken dich in den Norden."

„Warum, Großvater?"

„Wolfram heißt ‚Wolfrabe', Roman. Odin, der Gott der Wikinger, hatte zwei Wölfe, die ihm immer in die Schlacht folgten, und er hatte auch zwei Raben, die die Leichen fraßen."

Larka blieb zitternd stehen und lauschte den leisen Stimmen, die Sinne der Jungwölfin waren so angespannt wie nie. Die Angst fuhr ihr durch den Leib und mischte sich mit ihrer Neugier.

Der Großvater fuhr fort: „Noch heute glauben viele Menschen, es sichere ihnen den Sieg, wenn sie vor der Schlacht einen Wolf und einen Raben gleichzeitig sehen. Manchmal kann man die beiden Tiere draußen in der Natur tatsächlich zusammen finden, doch über viele Dinge in der Natur wurden die eigentümlichsten Märchen gesponnen, vor allem im Land jenseits der Wälder."

Der Junge sah aus dem Fenster auf die steilen schneebedeckten Berge, und plötzlich überkam ihn eine Mischung aus Angst und Sehnsucht. „Die Zigeuner glauben, dass Wölfe den bösen Blick haben", sagte er mit unsicherer Stimme. „Und Petru sagt, letzten Monat hätten sie eine ganze Zigeunerfamilie geholt. Nur ihre Stiefel waren noch übrig."

Der Großvater grinste. Sein Gesicht war so faltig und knotig wie die Rinde einer alten Eiche. „Zigeuner sind abergläubisch, Roman. Sie glauben, man wird blind, wenn man einem Wolf in die Augen sieht, oder ein Pferd wird lahm, wenn es in der Spur eines Wolfes geht. Aber diesen Zigeunermärchen dürfen wir keinen Glauben schenken. Und was Petrus Geschichte angeht – ich habe noch nie gehört, dass ein gesunder Wolf draußen in der Natur einen Menschen angegriffen hätte. Wir gehören nicht zu ihrer Beute. Nur Dummköpfe behaupten so etwas."

Wie der Großvater sprach, erinnerte er Roman an seinen eigenen Vater, aber seine Eltern waren tot, und der Junge spürte, dass er schneller groß geworden war als die anderen Kinder im Dorf.

„Petru sagt, sie jagen wieder Wölfe."

„Ja, Roman. Nur wegen diesem Gerede, dass ein Kind geraubt worden sei, und weil eine Prämie ausgesetzt wurde, wird es bald keine Wölfe mehr geben. Die Leute haben Angst. Die Türken fallen wieder ein, und vielleicht hat das ihre Wut angefacht. Doch der Mensch hat den Wolf schon immer gehasst."

„Warum denn?", fragte der Junge empört. Er sah ganz unglücklich aus.

„Vielleicht weil sie im Wolf etwas sehen, das sie an sich selbst hassen und fürchten. Vielleicht weil der Wolf ihre Schafe und Ziegen reißt. Als könnten wir nicht alle Gaben des Lebens teilen! Nur wenige können sich vorstellen, was es wirklich heißt, ein Wolf zu sein. In manchen Städten kommen Wölfe sogar vor Gericht, als könnte man Tiere verurteilen!"

Diesen Gedanken fand Roman so erschreckend, dass er die Decke über den Kopf zog.

„Meine Lieblingsgeschichte ist die vom Kornwolf", fügte der Großvater hinzu und lächelte aufmunternd. „Ein guter Geist, der das Getreide bewacht."

Roman krümmte die Zehen. „Ich glaube, der Wolf, den wir heute Nacht gehört haben, ist auch ein guter Geist", wollte er sich einreden.

„Ganz sicher! Daran sollten wir glauben, vor allem in der Weihnachtszeit, wo uns der Retter geboren wurde."

Roman legte sich wieder beruhigt hin. Er schloss die Augen und wünschte sich, dass er von einem Wolf träumte.

Draußen schlichen die Jungwölfe weiter durch die unheimliche Nacht.

„Da!", knurrte Kar. „Da unten!"

Kar hatte eine offene Stelle zwischen zwei Kiefern entdeckt. Am Rand war der Schnee aufgescharrt und geschmolzen. Viele Menschenspuren führten von dort zu den anderen Holzhütten, aus denen überall dieses gelbe Licht in den Schnee hinaus drang, doch niemand war zu sehen.

An der schneefreien Stelle sahen die Wölfe einen dunklen Haufen, der Larka schwindeln machte. Er roch köstlich und säuerlich zugleich, Fäulnis hing in der Luft. Kar stöberte als Erster im Abfallhaufen. Mit der Schnauze wühlte er herum und schnüffelte den Gerüchen nach, die ihm plötzlich in die Nase gestiegen waren. Larka hob den Kopf – sie hatte einen alten Knochen im Maul.

„Wir sind gerettet!", bellte Kar.

Doch ihre Begeisterung war nicht von Dauer. Bald war klar, dass es dort für die Wölfe nicht viel Essbares und Gehaltvolles zu holen gab. Die Dörfler waren sehr arm und konnten es sich nicht leisten, etwas wegzuwerfen. Hungrige Nager hatten schon längst das Mark aus dem alten Knochen gesaugt, den Rest hatten Insekten und Kleintiere besorgt, die den Müll umschwärmten und belagerten.

Es half alles nichts.

Larka ließ den Knochen fallen. „Komm, weiter!", sagte niedergeschlagen, „gehen wir näher zu den Menschen."

Die beiden schleppten sich zu einem komischen Holzbau. Der gelbe Schein, den sie von den anderen Hütten kannten, schien hier den Schnee zu verschlingen. Die Wölfe verzogen sich japsend in die Dunkelheit. Die Hütte war in der lodernden brennenden Luft gefangen, nirgendwo war ein Mensch zu sehen.

Larka zitterte. „Feuer! Sei vorsichtig, Kar."

„Was meinst du?"

„Die Elemente. Vier haben uns schon berührt: Erde, Wasser, Luft und Eis. Nun müssen wir das fünfte und letzte Element fürchten."

Die Wölfe standen vor der Dorfschmiede. Vor den flackernden Schatten sahen sie einen großen Ofen, in dem Kohlen brannten. Auf einer Holzbank davor lagen viele Gegenstände, die die Wölfe an die Soldaten erinnerten, die sie von den Bergen aus gesehen hatten. Die Sensen, die der Schmied gedengelt hatte, funkelten nämlich wie Schwerter. Larka musste an das Feuer im Zigeunerlager denken. Plötzlich hörten sie ein Zischen, und das Feuer loderte auf.

Im hellen Schein fing Larka an zu knurren. Hinter der Feuerhütte bewegte sich etwas. Ein Esel schlurfte nervös durch den Morast. Er war an einen Pfosten gebunden, und wenn der Esel im Kreis lief, drehte sich der Pfosten mit. Wieder war das Zischen zu hören und die Schmiede glühte noch heller. Larka sah, dass der drehende Pfosten einen hölzernen Arm bewegte, der unten am Schmiedeofen an einer Art Büffelmagen angebracht war.

Er bewegte sich auf und ab, stieß immer wieder zischend Luft aus, und das Feuer wurde immer heißer. Verblüfft schielte Larka den Esel und den Balg an. Das hatte der Mensch getan – der Mensch hatte das Tier vor das Feuer gespannt, damit es ihm Leben verlieh. Kar knurrte hungrig, als er den Esel sah, aber das Feuer in der Schmiede ängstigte die Wölfe und sie schlichen weiter.

Dankbar für die dunkle Nacht folgten sie einem ausgetretenen Pfad. Doch Larka schnüffelte immer noch nervös in der Luft, denn der Menschengeruch war stark und machte sie unsicher. Nach einer Weile kamen sie zu einem weiteren Bau. Er war größer als die anderen und war von einer Reihe stehender Äste umgeben.

„Beute!", knurrte Kar.

Rotbraune Flecken im Schnee verwirrten die Wölfe. Das Blut war unterm Zaun durchgesickert, aber Larka konnte die Quelle nicht ausmachen.

„Ein Mensch?", fiepte Kar.

„Nein." Larka leckte ein paar Tropfen auf. „Ich glaube, es ist ein Schwein."

Erst ein paar Sonnen zuvor hatten Menschen ein Schwein getötet und die Geburt eines Kindes, ihres geheiligten Retters, gefeiert. Sie hatten dem Schwein draußen vor dem Bau die Kehle aufgeschnitten und es geschlachtet, wie es im Land jenseits der Wälder von alters her zu dieser Zeit des Jahres üblich war. Nur wenige Dörfler waren reich und besaßen ein Schwein, doch das hier, das war eines der wohlhabendsten Häuser des Orts. Die Leute hatten Fleisch und Speck mit den Nachbarn geteilt, auch das Schmalz auf dem Tisch des alten Holzsammlers stammte von diesem Schwein.

Da hörten Larka und Kar ein Geräusch – sie fuhren herum. Fünf Menschen standen auf dem Weg. Die Wölfe fletschten die Zähne und rannten mitten durchs Dorf. Ein Ruf ertönte, und die Holztüren einiger Hütten gingen auf und wurden auch gleich wieder zugeschlagen.

Zwischen dem Dorf und einem kleinen, zugefrorenen See mit Bäumen am Ufer lag freies Feld. Larka und Kar blieben kurz stehen. Keuchend blickten sie zurück. Eine wütende Menschenmenge war auf dem Weg zusammengekommen. Die Leute wedelten zornig mit den Fäusten hinter den Eindringlingen her und schwangen Knüppel und Prügel, die von brennender Luft umlodert waren und einen schauerlichen Schein auf die verschneite Landschaft warfen.

Da kamen plötzlich drei Hunde auf die Wölfe zugesprungen. Kar und Larka rannten über das Feld, die Hunde folgten ihnen kläffend. Der See war nicht weit entfernt, und die Bäume boten guten Schutz, aber die beiden hatten vergessen, wie erschöpft sie waren, und wurden langsamer. Als der Leithund aufschloss, blieb Kar stehen, er zog die Lefzen zurück und fuhr den Hund laut knurrend an:

„Bleib, wo du bist, wenn du willst, dass dir nichts passiert!" Er war selbst ganz überrascht von der Schärfe in seiner Stimme.

Die Hunde blieben sofort stehen, und die Wölfe verschwanden im Wald. Die Stimmen der wütenden Dörfler verloren sich in der Winternacht.

„Was die für einen Krach machen!", empörte sich Kar, während die Zweige an ihm vorbeistrichen und auf seine Schnauze schlugen.

„Ja, als wollten wir sie fressen!"

Larka war deprimiert. Die Reaktion der Menschen auf die Wölfe hatte das Schuldgefühl vergrößert, das in ihren leeren Bäuchen gekeimt war. Langsam und müde, aber stetig kämpften sie sich weiter durch den Wald. Der Wind frischte auf, Larka fror. Wieder kam es ihr so vor, als würde eine Stimme im Wind sie rufen. Sie gingen weiter und weiter, doch bald hatten Hunger und Kälte sie besiegt. Hilflos ließen sich die Wölfe unter einen Baum fallen und kuschelten sich aneinander, um das bisschen Wärme zu teilen, das in ihren Körpern war. Ihre Pelze waren dick mit Reif überzogen, und eisige Atemwölkchen schwebten um ihre schlotternden, keuchenden Schnauzen.

Larkas Kopf fiel auf die Pfoten.

„Wir müssen bald etwas zu fressen finden", sagte Kar müde.

„Ja, schon … Aber vielleicht ist es ja besser so."

„Sag so was nicht, Larka! Willst du denn nicht leben?"

Larka konnte ihm keine Antwort mehr geben.

„Wenn doch Huttser und Palla hier wären", jammerte Kar. „Sie würden uns sagen, was wir tun sollen."

Betrübt dachte Larka an den schrecklichen Streit ihrer Eltern in jener Nacht. Das Bild ihres Kampfes auf dem Eis hatte sich in ihr Gedächtnis eingebrannt, und die Erinnerung an Huttser und Palla brachte ihr wenig Trost. Wieder einmal gab sich die Jungwölfin für alles die Schuld – für das, was ihrem Rudel zugestoßen war, für die Wut ihrer Eltern, für alles.

„Wohin ich gehe, bringe ich nur Unglück, Kar", wimmerte sie. „Morgen musst du alleine weiterziehen."

„Hör auf! Ich habe dir doch gesagt, dass ich dich nicht allein lasse, und ich sage es nicht noch mal!"

Doch sie konnte Kar nicht mehr hören. Sie war eingeschlafen, und der Albtraum kam. Larka hatte diesen Traum schon früher gehabt, er erinnerte sie immer an den Tag, als sie auf der Burg in das brackige Wasser geblickt und Dinge gesehen hatte, die sie nicht beeinflussen konnte. Im Traum stand sie an dem Eisloch im Mondschein und sah vom Grauen gepackt ihren toten Bruder abtreiben, sein triefender Pelz hing in den driftenden Algen. Sie rief nach ihm und schwamm mit ihm durch die Nacht, doch als Antwort kam nur das ewige Strömen und Strudeln des Wassers. Dann sah sie noch andere Gesichter im Wasser – Khaz und Kipcha und den armen Bran. Traurig reckten sie ihre Schnauzen durch die Algen zu Larka.

„Das Leben hat uns betrogen", riefen sie durch das dunkle Wasser.

Larka zuckte. Der Traum hatte sich verändert. Die Qual des Albs nahm im schnellen Wechsel der Bilder ab. Nun stand Larka an einem Felsen, Fel war auch da, der schöne schwarze Wolf nickte ihr zu, er war so stark und so mutig wie eh und je. Vor ihm auf dem Felsen lag der Kadaver einer kleinen Rehgeiß.

„Für dich, Schwester", flüsterte der Traum. „Für dich. Hab Vertrauen, Larka. Es gibt immer Hoffnung."

Als Larka das Traumfleisch beschnüffelte, lief ihr der Geifer aus dem Maul. Sie riss es auf und biss tief hinein, sie schlürfte den sämigen Saft, stillte ihren quälenden Hunger und weidete sich an dem wunderbaren Duft, der sie umgab und belebte.

Mit einem wohligen Schauder erwachte sie, aber ihr Magen war immer noch leer. Der Geruch hing jedoch noch immer in der Luft. Larka kämpfte gegen den Drang an, sich wieder der schönen Traumwelt zu überlassen, doch da riss sie verdutzt die Augen auf – der Geruch war wirklich da: Direkt vor ihr lag ein großes Stück rohes Schweinefleisch im Schnee.

Kar stand hinter ihr. „Iss nur, Larka, es ist für dich", sagte er ruhig.

„Aber wie hast du das gemacht?", japste Larka und starrte das appetitliche Fleisch an.

Kar zuckte mit den Schultern und wedelte stolz mit der Rute. „Ich habe es aus den Menschenbauten gestohlen, während du geschlafen hast. Hab's geraubt. Tut mir Leid, dass ich nicht mehr tragen konnte."

„Es tut dir Leid? Aber du bist ein fürchterliches Risiko eingegangen, Kar!"

„Eigentlich nicht. Die Menschen waren alle weg – das heißt, fast alle."

„Fast alle?"

„Ja, das ist ja das Komische daran, Larka. Als ich mit dem Fleisch im Maul zurückkam, standen drei Menschen da und beobachteten mich – der alte Dragga, der das Holz den Hang hinuntergezogen hat, und seine Drappa. Auch der Welpe war dabei. Aber die drei haben nichts unternommen, sie sind nicht weggerannt, sie haben nicht geschrien und auch nicht wütend mit den Pfoten gewedelt. Sie standen nur da und sahen mir zu. Offenbar wollten sie etwas lernen."

Larkas Ohren zuckten nachdenklich, doch der Hunger übermannte sie. Sie hielt kurz inne, weil es ihr peinlich war, sich von ihrem Freund füttern zu lassen, doch der köstliche Duft des Schweins stieg ihr in die Nase. Sie vergaß jede Zurückhaltung und stürzte sich gierig auf das unverhoffte Morgenmahl.

„Ha, Larka!", knurrte Kar glücklich, während er zusah, wie sie das Fleisch riss. „Wir werden überleben!"

Sie schliefen wieder ein, dieses Mal hatte Larka keine Albträume. Als sie wieder aufwachte, fühlte sie sich ein wenig kräftiger, und ihr Bauch schmerzte auch nicht mehr. Fürs Erste hatte Kar das Leben der beiden gerettet. Doch Larka dachte immerzu an die Menschen und fragte sich, ob sie ihnen nicht dankbar sein müsste. Sie döste und dachte an die drei Leute, die Kar beobachtet hatten. Da war ihr, als sähe sie ein Gesicht in den Bäumen und diese unheimlichen gelbschwarzen Augen, die sie anblickten. Aber nun machte es ihr keine Angst mehr. „Siehst du? Du kommst näher?", schien es zu sagen.

Beim zweiten Erwachen schreckte sie gleich auf. In der Luft lag ein neuer Geruch. Sie sah sich um – gespenstischer Nebel legte sich auf die Wölfe. Er schien aus dem Nichts zu kommen und hing schon schwer zwischen den Bäumen.

„Wach auf, Kar!"

Kar schlug knurrend die Augen auf. Auch er hatte die Witterung aufgenommen. Der Nebel wurde immer dichter. Larka musste an das Bild im Wasser denken.

„Morgra!", fiepte sie.

„Das ist kein Nebel, Larka!", kläffte Kar.

Nun konnten es die Wölfe riechen. Es war der Geruch aus der Schmiede. Rauch. Er wurde immer dichter und brannte in den Augen. Die Wölfe spürten die Hitze auf ihrem Pelz.

„Feuer!", jaulte Larka. „Renn, Kar, renn um dein Leben!"

Mit tränenden Augen sprangen sie davon, sie sahen kaum, wohin sie traten, und plötzlich erhob sich eine Feuerwand vor ihnen. Panisch wichen die Wölfe zurück. Sie jaulten und bellten. Die Bäume standen in Flammen, Funken flogen in die Nacht, das Feuer knisterte und rauschte laut in ihren Ohren. Sie spürten es auf sich zuwehen wie einen Wind. Die Hitze stieß sie zurück wie eine Naturgewalt. Der Schnee auf der Erde und auf den Ästen war geschmolzen, Dampfschwaden stiegen zischend und pfeifend auf.

Die dünnen Zweige waren winterlich feucht, und der Wald hätte niemals Feuer gefangen. Doch der Mensch war einfallsreich. Auch andere Dörfler hatten gesehen, wie Kar das Fleisch gestohlen hatte, und nachdem sie die merkwürdige Geschichte vom Kindesraub gehört hatten, waren sie ihm voller Angst und Hass nachgeschlichen, um die Wölfe auszuräuchern. Sie hatten bis in den frühen Morgen mit ihren geschickten Händen Zweige und trockenes Reisig aus ihren Hütten an den Bäumen aufgeschichtet, das Holz mit Pech und Teer getränkt und angezündet. Im Winterwald war das Feuer entfacht und nun war es so heiß, dass selbst Steine darin geschmolzen wären.

„Kar!", schrie Larka verzweifelt. „Wo bist du, Kar?"

Die Wölfe konnten einander nicht mehr sehen, aber Kar jaulte auf und machte einen Satz. Ein Funke war auf sein Fell gesprungen und hatte seine Haut versengt. Larka musste entsetzt mit ansehen, wie die Flammen über Kars Fell loderten. Sie wusste nicht, wie man das Feuer der Menschen bekämpfte, sie wusste auch nicht, wie man einen Fluch oder eine Legende bannte.

Kar drehte sich jaulend und gilfend nach rechts und links und versuchte, nach den Flammen zu schnappen. Mit hell flammender Schnauze und schmerzhaft brennenden Augen suchte er verzweifelt einen Ausweg. Doch Larka konnte ihrem Freund nicht zu Hilfe kommen, die Hitzewelle zwang sie zum Rückzug.

„Larka, renn weg!"

„Nein, Kar."

„Doch, du musst!" Kar hustete fürchterlich. „Wenigstens wissen wir jetzt, dass wirklich deine Familie gemeint ist. Die Elemente haben uns berührt. Geh jetzt, Larka, du musst leben – zu unser aller Wohl und für das Leben selbst."

Die Flammen umschlossen ihn. Auch Larka wurde es schrecklich heiß, ihr Schwanz brannte, er loderte wie eine Fackel. Blind vor Schmerz und Rauch und zitternd vor

Angst rannte sie weg. Die schreckliche Hitze hatte sie vertrieben.

Doch die Flammen griffen schnell über. Bald steckte auch Larka in der Klammer des Feuers. Sie war durch loderndes Gebüsch auf eine Lichtung gesprungen und war nun vollständig von den Flammen umzingelt.

„Der Mensch!", bellte sie. „Der Mensch und sein Feuer!"

Mit großer Wut dachte sie an die Menschen. Sie hatten Khaz und ihren treusten Freund getötet. Sie hatten ihr Leben genauso zerstört wie Morgras Fluch, und sie waren nicht zuletzt auch hinter ihr her. Wenn sie doch nur entkommen könnte! Dann würde sie einen Menschen heimsuchen und ihn töten für all das, was seine Artgenossen den Wölfen angetan hatten, schwor sie sich. Doch eine Flucht war unmöglich, und sie wusste, dass sie verloren war. Die Flammen loderten immer höher, es gab kein Entrinnen. Armer, dummer Kar! In seinem letzten Moment dachte er, dass all die Geschehnisse bewiesen, dass Larkas Familie das Böse bekämpfen muss. Doch Kar irrte sich.

Nun sind alle tot!, dachte sie. Wie können Tote denn gegen etwas kämpfen?

„Hilfe!", jaulte sie qualvoll, als der Schmerz in ihrem Schwanz unerträglich wurde. „Kann mir denn niemand helfen? Mutter, Vater, warum habt ihr mich verlassen?"

Doch nur das knisternde Feuer war zu hören. Und dann war ihr plötzlich alles egal. Wie Kipcha an den Stromschnellen fühlte sich nun auch Larka ganz leicht und unbeschwert – die Unbeschwertheit vor dem Tod. Zumindest wäre mit ihrem Tod alles zu Ende: der Fluch, die

Legende, alles. Sie wollte direkt ins Feuer rennen. Sie senkte den Kopf und machte einen Schritt. Da spürte sie plötzlich einen Windhauch. Über ihr huschte etwas vorbei.

„Schnell!", schrie es. „Da lang!"

Larka sah auf – ein Vogel. Ihr kam eine Erinnerung, aber sie hatte keine Zeit, sich den Vogel genauer anzusehen. Er flog über die Bäume, seine großen Schwingen schlugen auf die Äste, dass die Funken nur so stoben und es aussah, als stehe auch der Vogel in Flammen. Doch während er mit dem Feuer kämpfte, erspähte Larka eine schmale Stelle, wo es nicht so sehr brannte. Durch die Schneise folgte sie dem Vogel, der das Feuer vor ihr niedrig hielt. Vor ihr lag ein Weg, sie rannte blind weiter, aber die Hoffnung keimte wieder in ihrem Herzen.

„Mir nach!", kreischte der Vogel.

Angst und Schmerz verzehrten die Jungwölfin, während sie durch den Wald floh. Als ihr klar wurde, dass sie entkommen war, wich die Hoffnung einem anderen Gefühl. Hass überkam sie, während sie Kar hinter sich ließ. Ihr Schwanz brannte zwar nicht mehr, aber er schmerzte ganz fürchterlich. Der Vogel führte sie immer weiter. Schließlich kamen sie an einen reißenden Gebirgsbach, der nicht gefroren war. Am Ufer neben einem bemoosten Felsen stand ein Mandelbaum. Der Vogel sank und landete auf dem Felsen.

„So!", kreischte er erleichtert. „Jetzt bist du in Sicherheit."

Er legte seine großen Schwingen an. An den Stellen, wo es nicht versengt war, war sein Gefieder hellbraun, schwarz und grau gesprenkelt und lag um seinen länglichen, dünnen Leib wie ein Gewand. Der eigenartige Vogel plusterte sich auf, während er Larka ansah und auf seinen großen Beinen hin und her wankte. Am auffälligsten fand Larka seine stechenden Augen: zwei glänzende schwarze Punkte in schmalen dottergelben Kreisen. Plötzlich musste Larka an Wolfbane denken, aber sie wusste, dass sie diese Augen schon einmal gesehen hatte.

Doch nicht nur das – im kalten Sonnenlicht glitzerte das goldene Vlies. Sie knurrte, als ihr Blick aufs Wasser fiel und sie es dort auf dem Grund liegen sah wie in ihrer ersten Vision. Larkas Augen weiteten sich.

Da hörte sie gedämpftes Jammern auf einer Lichtung weiter vorn. Sie wandte den Blick von dem Vogel ab, schnürte weiter und japste. Vor ihr lag ein kleines Wesen und schlief tief und fest. Ein Menschenkind, nicht größer als ein Welpe.

Das Kind lag auf dem gefrorenen Boden an der Öffnung eines breiten unterirdischen Erdlochs. Es sah die Jungwölfin gar nicht.

Larka war noch weit weg, aber ihr lief schon das Wasser im Maul zusammen, und sie dachte daran, was sie in den Flammen geschworen hatte.

„Du willst es doch nicht etwa fressen?", krächzte der Vogel auf dem Felsen. „Du willst dich natürlich rächen, aber ich bezweifle, dass ein Mensch so gut schmeckt wie ein Wiesel oder ein Reh."

Larka drehte sich um, und der Vogel blinzelte träge, als wollte er auf der Stelle einschlafen. Doch in seinen Augen lagen auch Kraft und ein Stolz, und sie waren so scharf und klug, dass Larka sie gleich mochte. Nun achtete sie auch auf den Schnabel, er war gelb und gebogen wie eine Kralle.

„Was bist du?", fragte sie ungehalten. „Ein fliegender Aasfresser?"

Gleich schlug der Vogel wild mit den Flügeln. „Du wagst es!", kreischte er. „Ich bin ein Putnar! Und einer der edelsten großen Vögel! ‚Ein fliegender Aasfresser' – das ist ja unerhört!"

Larka ging zu ihm, doch als sie hinter ihm war, tat der Vogel etwas ganz Ungewöhnliches: Sein Kopf drehte sich auf seinem Körper um einen Viertelkreis, und er sah sie immer noch aus diesen eigenartigen, lächelnden Augen an. Larka war verblüfft.

„Lehrt uns die Gabe denn nicht, dass es im Leben genauso nützlich ist, nach hinten wie auch nach vorne zu sehen?", sagte er mit einem Achselzucken. „Wie heißt du eigentlich?"

Als der Vogel von der Gabe sprach, fiel es Larka wieder ein. Der Adler neigte den Kopf und starrte durchdringend auf Larkas Stirn, als würde er dort etwas suchen.

„Larka", knurrte sie gelassen. „Und du bist Skart, der Steppenadler. Tsarrs Gehilfe."

Der Adler nickte langsam. „Du begreifst schnell, Larka, das ist gut. Wir sind hier, um dir noch mehr beizubringen."

„Mir?"

„Ja, wie du die Gabe nutzen und Morgra bekämpfen kannst. Deshalb bist du doch hier, oder?"

Larka war verdutzt. „Ich … ich bin nicht selbst hierher gekommen", sagte sie benommen. „Ich … ich meine, du hast mich hierher geführt. Aber ich habe diesen Ort schon einmal gesehen, Skart, ich habe ihn im Wasser gesehen."

„Genau. Und es ist wirklich eigenartig, dass du schon die zweite Fähigkeit besitzt. Du und das Kind, ihr habt schon eine Verbindung, Larka."

Larka schauderte. Gequält fiepte sie: „Es ist alles wie ein Traum, ein Albtraum. Er fing an, als Morgra uns verflucht hat."

„Aber die Träume enthüllen uns die Wahrheiten und Geheimnisse der Welt", sagte Skart in einem komischen Tonfall, „bevor wir sie mit wachen Gedanken erkennen."

Larka sah den Vogel streng an. Sie fand es bizarr, mit einem anderen Tier sprechen zu können.

„Die Gabe ist jedoch kein Traum", kreischte Skart. „Sie ist eine richtige Macht, und du hast sie schon eingesetzt, um in die Zukunft zu blicken. Nun wird sich bei dir alles sehr schnell entwickeln."

Larka schüttelte hilflos den Kopf. „Manchmal wünsche ich, ich könnte einfach aus dem Traum erwachen", sagte sie freudlos, „und wieder mit meinem Bruder im Bau sein."

„Aufwachen?" Skart nickte bedächtig mit seinem gefiederten Kopf. „Die meisten dieser gedankenlosen Lera glauben, dass ihre Tage zweigeteilt sind zwischen Schlafen und Wachen. Aber ich und meinesgleichen glauben, dass es im Leben mehr gibt als diese beiden Zustände. Es gibt auch noch das Wissen."

Larka fragte sich, was Skart wohl damit meinte.

„Ich habe das Vlies gesehen", sagte sie. „Was ist das, Skart?"

Der Adler lächelte. „Es ist nur ein Fell, Larka, es hat keine Zauberkraft. Dennoch scheint der Mensch das gelbe Metall über alles zu stellen."

„Der Mensch!", knurrte Larka wütend und musste wieder an das Kind denken. „Vom Mensch will ich nichts mehr hören und ich will schon gar nichts von ihm lernen."

Der Adler sagte freundlich: „Du wirst bestimmt noch merken, dass du die ganze Zeit unbewusst lernst, ob du willst oder nicht. Aber manchmal brauchen wir alle einen Lehrer."

Skart blickte an Larka vorbei. Als sie sich umdrehte, sah sie zwei Wölfe langsam den Hang heraufkommen. Der ältere Wolf war ein Rüde, er hatte eine lange graue Schnauze, die um die Nase schon ganz weiß war, das jüngere Tier war eine Wölfin, sie blickte sich nervös um, als sie Larka sah, und eilte an ihr vorbei auf die Lichtung, wo sie sich neben das Kind legte, ihren buschigen Schwanz um seinen Bauch rollte und beschützend knurrte.

Der alte Grauwolf blieb neben Larka an dem bemoosten Felsen stehen.

„Da bist du ja!", knurrte er. „Das hat lange gedauert."

„Ich habe dir doch gesagt, dass sie die Witterung aufnehmen wird, Tsarr. Sie heißt Larka."

„Tsarr", fiepte Larka. „Dann weißt du also alles über mich?"

Larka hatte alle verloren, die sie geliebt hatte, aber sie hatte wieder Lera um sich – Lera, die über die Gabe Bescheid wussten.

„O ja", knurrte Tsarr gelassen, „die Legende, Larka. Abgesehen davon, hat Skart eine ganze Weile deine Abenteuer beobachtet und so ziemlich alles gesehen. Skarts Augen können von hoch oben aus den Wolken selbst die kleinste Spinne hier unten sehen."

„Warum hat er mich dann nicht schon früher angesprochen?" Plötzlich war Larka verbittert wegen allem, was ihr widerfahren war. „Wenn er uns schon vorher geholfen hätte, wäre Kar vielleicht –"

„Sei nicht undankbar!", kreischte Skart. „Immerhin habe ich dir das Leben gerettet, oder? Und früher warst du noch viel zu klein, Larka, dein Auge war noch nicht weit genug offen, und ich wollte dich nicht erschrecken. Hätte ich jedoch gewusst, wie viel du schon weißt, wäre ich vielleicht früher gekommen. Aber, egal, ich musste eben warten."

„Worauf?", schmollte Larka.

„Darauf, dass du um Hilfe bittest. Was sonst?"

Larka war, als würde eine unsichtbare Hand sie streicheln.

„Komm jetzt, Larka", sagte Tsarr und deutete mit der Schnauze auf die Lichtung. „Es ist höchste Zeit, dass du die Quelle des ganzen Ärgers triffst."

Larka folgte ihm unsicher auf die Lichtung. Das Kind schlief immer noch vor seinem Bau. Einen Finger seiner kleinen Hand hatte es in den Mund gesteckt. Es zitterte, aber die Wölfin wärmte es. Mit drohendem Knurren ging Larka weiter und nickte der Wölfin zu, die das Menschenkind an ihren Bauch drückte.

„Das ist Jarla", sagte Tsarr. „Sie säugt das Kleine."

„So lange hat noch kein Wesen gesaugt." Jarla schüttelte verwundert den Kopf.

„Ich habe Jarla um Hilfe gebeten, nachdem die Balkar ihre Welpen geraubt hatten", sagte Tsarr ruhig.

Jarlas Augen füllten sich mit Trauer.

„Es ist unnatürlich, so einem Ding so nahe zu sein", knurrte Larka. „Ich fühle mich ... so ... komisch."

„Das ging uns am Anfang genauso", fiepte Jarla mitfühlend. Argwöhnisch beschnüffelte Larka das Menschenkind und wusste, dass sie es schon einmal gesehen hatte. Doch als sie es roch, verspürte sie wieder diesen Hunger. Das Kind schlug ein Auge auf und sah sie an. Larka wich vor diesem Blick aus den klaren blauen Augen zurück.

Sie schämte sich, das Kind anzusehen, denn sie konnte dem Blick kaum standhalten. Das Kind machte jedoch so komische Schmatzgeräusche und streckte die Hand nach Jarlas Fell aus. Larka war kaum eine Schwanzlänge von dem Kind entfernt. Sie hob die Rute und schlug die Krallen in die Erde. Die Haut des Kindes war so dünn, dass sie fast das Blut darunter riechen konnte.

„Vorsicht, Larka", flüsterte Skart. „Um die Gabe zu beherrschen, musst du erst lernen, dich selbst zu beherrschen und Kontrolle über deine Instinkte auszuüben."

Larka unterdrückte ihren Hunger. Das Menschengesicht war nun so nah an Larkas Schnauze, dass sie den Kopf mit einem Biss abreißen könnte. Doch da wandte sich das Kind plötzlich Jarla zu. Es stupste sie am Bauch und saugte wieder gierig, wie es auch Larka als Welpe bei ihrer Mutter im Bau getan hatte.

Sie fletschte die Zähne.

„Nein! Nicht! Wir sollten es töten oder wenigstens im Schnee verenden lassen!", bellte sie.

Jarla knurrte sie zornig an.

„Ruhig, Jarla", sagte Tsarr.

Die Wölfin senkte die Schnauze über das Kind.

„Wir dürfen mit den Menschen nichts zu schaffen haben", sagte Larka verbittert. „Seht ihr denn nicht, was sie tun? Was sie Khaz angetan haben? Und Kar? Und dass sie auch mich fast umgebracht hätten?"

„Ich fand anfangs auch, dass wir es töten sollten", gab Tsarr zu. „Doch selbst wenn die Varg nichts mit dem Menschen zu tun haben wollen, will der Mensch vielleicht etwas von uns."

„Aber Tsarr, es ist das älteste Gesetz!", knurrte Larka.

Tsarr sah plötzlich sehr traurig und sehr alt aus. Eine unergründliche Wehmut hatte ihn befallen. „Auch ich kenne das Gesetz, Larka", sagte er ruhig. „Doch es gibt noch ältere Gesetze als die der Varg, die sie hier in diesen Breiten aufgestellt haben, weil sie Angst vor den Menschen, vor ihren Kriegen, Legenden und vor ihrem Aberglauben haben. Es gibt Gesetze, die als Legenden formuliert wurden."

Larka erinnerte sich an Tsingas Worte über tief greifende Gesetze.

„Die Legenden erzählen von einer anderen Beziehung zum Menschen, Larka, von einer Zeit, da der Mensch und der Wolf in Frieden lebten. Und … nachdem ich das Kind geraubt hatte, hatte ich nicht das Herz, es zu töten."

„Und warum nicht?"

„Vielleicht weil ich die Härten des Überlebenskampfes kenne."

In der Stimme des alten Wolfs lag große Milde, die Larka im Innersten berührte. Sie dachte daran, wie knapp sie selbst dem Tod entronnen war. Doch als sie das Kind wieder ansah, dachte sie auch an Kar.

„Ich hasse dieses Kind!"

„Nein, Larka", bellte Tsarr, „das darfst du nicht. Wie alles hat auch die Gabe eine dunkle und eine helle Seite, und Hass wird die dunkle Seite in dir ansprechen. Morgras Seite."

„Aber die Menschen haben meine Freunde getötet!", kläffte Larka. Gleichzeitig fragte sie sich, ob Morgra sie wirklich erreichen wollte. „Die Menschen haben uns immer gejagt, sie haben immer versucht, uns zu unterjochen."

„Auch sie sind Putnar, die größten Putnar. Und vielleicht ist es ihre Bestimmung, die Welt zu beherrschen."

Larka sah das Kind erstaunt an. In seinen Augen schien ein tiefes Geheimnis zu liegen, eine dunkle Macht. Was würde aus diesem Ding werden, wenn man zuließ, dass es groß wurde?, fragte sie sich voller Angst.

„Es ist gezeichnet, nicht wahr?", knurrte sie.

„Ja", antwortete Tsarr. „Dieses Geheimnis hat Tsinga mir anvertraut. Darum hat Morgra es unterhalb des Steinernen Baus nie gefunden. Da, sieh!"

Er schob mit der Nase das Fell weg, das den Bauch des Kindes bedeckte. Oberhalb des Magens war ein Haarstreifen, wie ein Wolfspelz, der am Bauch zu einer dünnen, gerade Linie auslief. Das Kind weinte. Doch der alte Wolf reckte sich vor und berührte es ganz zärtlich mit der Nasenspitze an der Stirn. Das schien das Kind sofort zu beruhigen.

„Warum hast du das getan?", fragte Larka ungehalten.

„Es ist nur ein Kind, es weiß noch nichts von der Welt, es

hat nur Hunger und Angst. Doch viele glauben, dass die Menschen dort auf der Stirn ein drittes Augen haben, das sehr viel schärfer ist als die beiden anderen Augen."

Tsarr wandte sich von dem Kind ab und erzählte Larka von seiner Wanderung. Larka kam sich wieder vor wie in einen Traum.

Es war einfach gewesen, das Kind an dem Tuch zu packen, das um seinen Bauch gebunden war, und es aus dem Dorf zu schaffen, während die Menschen ausgelassen seine Geburt feierten. Das Rudel war unwissentlich Zeuge dieser Geburt geworden, als die Wölfe am Felsen neben dem Bau gelegen hatten.

Sie hatten das Kind unweit der Stelle versteckt, wo Larkas Rudel seinen Treffpunkt gefunden hatte. Eines Nacht hörten sie jedoch Rebellen durch die Berge streifen und erfuhren, dass auch deren Anführerin Slavka das Kind suchte. Also mussten sie mit dem Kind weiterziehen und einem weiteren Feind entfliehen.

Auf ihrer Flucht fanden sie zufällig Schutz auf einer verlassenen Burg. Nachdem sie ein Tier gerissen hatten, hielt Tsarr Jarla an, ein Loch in das Tierfell zu beißen, damit das Kind seinen Kopf durchstecken konnte. Jarla hatte zuerst nicht verstanden, wozu das gut sein sollte, doch schließlich leuchtete ihr ein, dass sie die haarlose Haut des Kindes bedecken mussten. Also hatte die junge Wölfin genagt und genagt, bis ein Loch im Fell war, und dann zog sie es dem Kind mit Tsarrs Hilfe über. Sie mussten das Fell auch festbinden, wie Tsarr es an den Eingängen der Menschenbauten gesehen hatte, die fest mit einem Seil verschlossen waren. Jarla brachte eine Ranke aus dem Wald und legte sie um den Bauch des Kindes, aber sie schafften es mit ihren Schnauzen nicht, die Stängel zusammenzubinden. Schließlich fing das Kind an, mit seinen komischen Pfoten mit der Ranke zu spielen, und aus purem Zufall verknotete sich die Ranke und hielt das Fell fest.

Skart war immer wieder zurückgekehrt und hatte Larka beobachtet. Der Blick in seine gelbschwarzen Augen erleichterte sie sehr – wenigstens war es der Adler und nicht Wolfbane oder die Suchenden, die sie im Wald gewittert hatte. Trotzdem erinnerte sie sich immer noch schaudernd an die Wölfe, die im Schnee aufgetaucht und dann wieder verschwunden waren.

„Aber nun hast du ja zu uns gefunden, Larka", schloss Tsarr. „Du musst lernen, die Gabe zu nutzen, und uns helfen, Morgra zu bekämpfen. Es geht das Gerücht, Wolfbane sei zurückgekehrt."

„Wolfbane ist doch nur eine Geschichte", knurrte Larka.

Tsarr nickte. „Damit beherrscht Morgra die Tiere. Wenn sie dem Weg des Bösen folgen, ist es egal, ob es Wolfbane wirklich gibt oder nicht. Außerdem sagt der alte Vers nur, dass ein Varg von ihm träumen muss, er sagt nicht, dass der Böse tatsächlich kommen muss."

Larka schüttelte den Kopf. „Dann ist es also mein Schicksal?", fiepte sie traurig. „Kann den niemand anderes Morgra bekämpfen?"

„Die Rebellen sammeln sich", sagte der Adler, „aber das macht mir nur noch mehr Angst."

„Warum, Skart?"

„Weil sie zum einen das Kind töten und weil zum anderen die Unbezähmbaren gezähmt werden, wie der Vers besagt. Dann wird der unbezähmbare Geist des Wolfs im ganzen Land jenseits der Wälder ausgetrieben."

„Aber was wollt ihr denn mit dieser Kreatur machen?"

Plötzlich flackerte Tsarrs Blick, und er sah Skart einen Moment lang schuldbewusst an. Larka dachte an Brassas Schilderungen des jahrelangen Streits über den wahren Nutzen der Gabe.

Tsarr wollte etwas sagen, doch Skart kam ihm zuvor: „Du musst dich entscheiden, Larka. Doch bis es so weit ist, musst du uns helfen, das Kind zu beschützen."

Bei Skarts Worten flammten Larkas Augen auf wie das Feuer in der Schmiede. Sie fuhr herum und sah den Adler an.

„Es beschützen?", schrie sie angewidert. „Warum sollte ich das tun, Skart? Warum sollte ich diesem Ding helfen? Menschen sind nichts als Mörder, sie haben keine Achtung vor uns Wölfen. Und ich will diese Vision des Mensch-Varg nicht, denn es ist eine Macht, die die Lera für immer versklavt."

Larka war so zornig, dass sie am ganzen Körper zitterte. Sie hatte sich kaum mehr unter Kontrolle. Ohnmächtig vor Wut machte sie schließlich einen Satz und rannte über die Lichtung davon.

„Nicht, Tsarr!", kreischte Skart, als der Wolf sich erhob und ihr folgen wollte. „Sie kommt zurück. Denk an die Legende! Larka und das Kind haben schon eine Verbindung. Sie hat den Ort im Wasser gesehen."

In Rage rannte Larka an dem Felsen vorbei. Den ganzen Tag lang lief sie, erst am Abend wurde ihr Schritt langsamer. Immer wieder dachte sie an das Kind. Sie wollte sich für Kar und Khaz rächen, sie wollte sich für alles rächen, was ihr widerfahren war. Sie wollte ihm die Kehle aufreißen und sein Blut saufen.

Sie hasste die Menschen zwar, aber sie musste immerzu an all die eigenartigen Dinge denken, die sich ihr enthüllt hatten. Sie erinnerte sich an Tsinga, die gesagt hatte, dass man der Legende nicht entkommen könnte. Und während sie durch den Wald streifte und in den boshaft glitzernden Schnee sah, dachte sie voller Angst an Wolfbanes Winter.

Sie legte sich schlafen. Wieder schmerzte ihr Schwanz. Sie sah ihre Rute an und die wunde Haut an den Stellen, wo ihr Fell verbrannt war. In der Nacht träumte sie von den Schatten im Dorf, von Kar und von den unheimlichen Augen des Kindes.

Am nächsten Tag auf der Jagd nagte etwas an ihr, als würde eine Stimme sie zurückrufen.

„Ich kann nicht entkommen, oder?", sagte Larka immer wieder gequält zu sich selbst. „Ich kann niemals entkommen."

Sie erinnerte sich an das, was Kar gerufen hatte, als die Flammen ihn eingeschlossen hatten, und gab sich einen Ruck. „Na gut, Kar, mein Freund: Für das Leben selbst!"

Am Nachmittag kehrte Larka zum Bach zurück. Skart stand mit dem Rücken zu ihr auf einem Bein auf dem Felsen, und sein Kopf fuhr immer wieder ruckartig vor. Larka stellte die Nackenhaare auf.

Skarts Gefieder sah verlockend aus. Als Larka die Witterung des Adlers aufnahm, stellte sie sich vor, wie sie zuschnappte. Sie schnürte an ihm vorbei. Skart hielt ein totes Huhn in seinen Klauen und stieß laut knackend mit

271

dem Schnabel zu. Er schloss den Schnabel wieder, aber ein paar Federn stachen immer noch heraus.

Dann bist du also ein richtiger Putnar!, dachte Larka. Da merkte sie, dass ihr dieser Vogel weitaus lieber war als die Raben.

„Skart", fiepte sie, als er sie sah. „Ich weiß nicht, was ich von diesem Menschenkind halten soll oder was wir mit ihm machen sollen. Aber wirst du mir nun mehr beibringen, mehr von der Gabe?" Sie legte sich an den Fels.

Skart nickte, aber er fragte sich, wie viel sie schon wusste. Er sagte ihr, sie würde zuerst die Fähigkeit lernen, durch die Augen der Vögel zu sehen. Da schilderte Larka traurig, was ihr passiert war, als sie den Hasen getötet hatte, und dass sie dieses Gefühl immer belastete, wenn sie jagen wollte.

„Komisch!", meinte Skart und schlug angstvoll mit seinen großen Schwingen. „Das habe ich von anderen Tieren noch nie gehört. Und du hast auch schon ins Wasser geblickt. Es ist, als würden die Gesetze der Gabe irgendwie gebrochen."

Sie scharrte nervös auf dem Boden. „Was muss ich tun, Skart?"

„Als du hierher kamst, hast du mich schon gespürt, bevor du dich noch umgesehen hast. Das Gespür ist Teil der Gabe, Larka."

Larka knurrte.

„Doch bevor du Macht darüber hast, musst du mit meinen Augen sehen, und dazu musst du mich anders betrachten, du musst mein wahres Wesen erkennen."

„Was ist das?"

„Vielleicht denkst du, dass ich nur ein Vogel bin, aber in

diesem gefiederten Leib habe ich die gleichen Gedanken, Gefühle und Bedürfnisse wie du. Ich bin Lebenskraft. Genauso wie du, Larka."

Auf einmal beugte er sich hinunter, riss eine Feder aus seiner Schwinge und ließ sie vor Larka zu Boden flattern.

„Damit kannst du mich leichter spüren. Versuche nun, deinen Kopf frei zu machen, und stell dir vor, wie es ist, ein Vogel zu sein. Sieh, wie ich sehe."

Larka versuchte es. Aber ihr Kopf war so voll mit all dem Vergangenen, dass sich auch nach einer Weile noch nichts tat.

„Du versuchst es nicht richtig, Larka", sagte Skart gereizt. „Konzentriere dich! Dein Instinkt soll dir sagen, was ich bin, das ist alles. Nimm dazu auch die lebendige Kraft der Natur um dich herum. Und dann sieh mich an, aber versuche nicht, mit deinen Augen zu sehen, blicke durch die Stirn. Versuche, deinen Kopf zu leeren und die Kraft aufzunehmen, die über die Pfoten und Klauen in uns alle dringt, spüre, wie sie durch deine Ballen in dich sprudelt. Und dann dringe mit deinen Gedanken in meinen Körper ein."

Larka versuchte es noch einmal. Sie schnüffelte an der Feder und leerte ihren Kopf. Da spürte sie ein Kribbeln in den Pfoten, ihr ganzer Körper wurde warm. Dann wurde ihr plötzlich ganz schwarz vor Augen, und japsend sah sie auf ihren Leib hinunter, der im Gras lag. Ihr Kopf war auf die Pfoten gesunken, ihre Augen waren geschlossen. Skart drehte seinen Kopf, und Larka sah plötzlich den Bach und die Lichtung, sie sah Tsarr und Jarla und das Kind. Larka sah durch Skarts Augen.

Sie zitterte am ganzen Leib, und die Anstrengung erschöpfte sie, aber gleichzeitig war dieses Gefühl auch sehr belebend. Es war so anders als ihre Erfahrung auf der Jagd, es war gerichteter und kontrollierter. Sie sah alles sehr deutlich und sie hatte vor allem keine Angst, sie fühlte sich im Gegenteil befreit, als würde sich etwas in ihr öffnen. Sie schlug ihre eigenen Augen auf und war wieder in ihrem Körper.

Skart kreischte begeistert: „Das ist es!"

Aber Larka sah besorgt aus. „Was ist die Gabe, Skart?"

Skart neigte den Kopf und sah sie an. „Es ist eine andere Art des Seins, Larka, eine andere Art der Verständigung."

„Können wir deshalb miteinander sprechen?"

Skart nickte. Er war beeindruckt von seiner jungen Schülerin. „Allerdings sagen manche, früher hätte die ganze Lera die Gabe besessen, und die Tiere könnten immer noch miteinander reden, wenn sie sich erinnern würden, wie es ging."

Larka war erstaunt. „Alle Tiere?" Da schien sie wieder diese Stimme zu rufen, die sie im Wald gehört hatte: „Erinnere dich, Larka, erinnere dich!"

„Ja. Und ein Rest dieser Gabe ist angeblich der Instinkt der Tiere, Vorkommnisse zu spüren, bevor sie sich zutragen, oder zu merken, wann das Wetter umschlägt."

Larka nickte bedächtig.

„Es gibt eine alte Sage über einen Herla, einen Rothirsch, der auch mit den Tieren sprechen konnte. Er hieß Rannoch und lebte auf einer Insel im Nordwesten. Doch die Gabe ist an die Sprache gebunden, es ist eine Art Sprache, wie eine Berührung oder ein Geruch. So können die Lera mit der Gabe die anderen Tiere ganz von selbst verstehen."

Larka hatte das Gefühl, in eine unergründliche Welt einzutreten. Sie sah eine kleine Spinne im Gebüsch, die eifrig an ihrem Netz webte, und sie versuchte, sich vorzustellen, was die Spinne dachte und fühlte, während sie sich auf eine strampelnde Fliege zu bewegte. Doch es gelang ihr nicht.

„Aber warum ist die Gabe mit so viel Bösem verbunden, Skart?"

„Welches Böse?"

„Wolfbane. Der Mensch. Die Suchenden."

Skart schloss einen Moment die Augen und flatterte verlegen. Larka musste an Tsinga denken. Doch da kam lebhaft die Erinnerung an ihr schreckliches Erlebnis mit dem Hasen.

„Was mir widerfahren ist, war böse. Die Gabe macht den Putnar das Leben unerträglich. Für mich ist es ganz fürchterlich zu jagen, Skart."

„Diesen Schmerz kann die Gabe den Putnar bereiten. Aber davor darfst du keine Angst haben, du darfst niemals Angst vor deinem eigenen Wesen haben, sonst beherrscht dich die Angst. Aber das wirst du schon noch lernen."

„Nein, Skart, ich bin dafür nicht geschaffen. Ich bin ein Wolf, und ein Putnar muss jagen und töten, um zu überleben. Er muss seinen Instinkt und seine Zähne einsetzen. Die Gabe ist schrecklich und sie macht mich verletzlich."

„Die Verletzte!", flüsterte Skart ernst.

Larka drehte sich um und leckte die verbrannte Haut an ihrem Schwanz. In ihren Augen lagen großer Schmerz und großes Selbstmitleid. Skarts Augen wurden kalt und hart, aber auch besonders klar, als er Larka so schwächlich da liegen sah.

„Larka!", kreischte er. „Hast du mit dir selbst mehr Mitleid als mit anderen? Mehr als mit deinem Rudel, mit Fel und mit deinen Eltern?"

Beschämt senkte sie den Kopf.

„Du hast eine große Fähigkeit, Larka, und es ist höchste Zeit, dass du sie einsetzt."

Sie hob den Kopf.

„Vielleicht bist du nun bereit, das Wunder der Gabe zu erfahren."

„Ein Wunder?", fiepte Larka betrübt.

„O ja, Larka! Komm in meine Augen!"

9
Lehrer

Wie willst du wissen, ob nicht jeder Vo-
gel, der den Luftweg durchschneidet,
Eine ungeheure Welt des Entzückens ist,
verschlossen in deinen fünf Sinnen?

William Blake, *Die Hochzeit von Him-*
mel und Hölle

Wieder machte Larka ihren Geist frei, die Energie kribbelte durch ihre Pfoten, und die Wölfin sah wieder durch die
Augen des Adlers. Skart breitete seine großen Schwingen
aus und erhob sich über Larkas blinden Leib neben dem
Fels. Sie japste, als der Boden sich entfernte und ihr Blick
in den blauen Himmel stieg. Skart flog immer höher hinauf und brachte Larka in die bauschenden weißen Wolken. Große Ruhe umgab sie. Skart glitt durch die Lüfte,
und das Land lag wie in einem Traum unter ihr ausgebrei-
tet. Sie konnte alles mit scharfen Adleraugen sehen – die
Berge und Wälder, die Flüsse und Bäche, das ganze große
Land jenseits der Wälder. Das kalte Licht der Sonne tanzte
auf dem Wasser und glitzerte in dem Meer aus Schnee.
Larka wurde das Herz leicht, ihre Angst verging.

Ihr war, als hätte man sie auf die höchsten Gipfel und in die Wolken geschleudert. Und mit diesem prachtvollen Blick kam auch das Gefühl. Sie fühlte den Wind und den ansteigenden und abfallenden Luftdruck in Skarts Gefieder. Sie fühlte sich erhaben und stolz, sie fühlte sich eins mit der Welt und lebendiger als je zuvor.

„Sieh hin, Larka!", flüsterte eine Stimme in ihrem Kopf.

„Skart?"

„Ja, ich bin's. Sprich mit deiner Seele zu mir."

„Das ist toll, Skart!", schrie Larka im Fliegen.

„Ja", kreischte er und schwenkte stolz nach rechts und links, er tauchte ab und stieg auf. „Das ist die Pracht der Gabe. Das Wunder und die Freiheit, die die Varg mit den Vögeln teilen. Und bei dir ist diese Gabe groß, Larka. Darum kannst du mich nun hören und kannst spüren, was ich spüre."

Skart fegte durch die Wolken, seine Schwingen fingen die kleinsten Strömungen auf, manchmal legte er die Flügel an und rauschte vom Himmel hinunter. Larka spürte die stolze Spannung in seinen Schwingen und die Luft, die Skarts Federn plusterte. Sie segelten immer weiter, und für Larka war es, als gleite sie durch einen wundervollen Traum.

„Woher kommt denn die Gabe?", schrie sie.

„Woher kommen die Dinge? Die Gabe ist sehr viel älter als der älteste Glaube. Haben eure Götter die Macht der Gabe geschaffen oder war sie schon da? Du könntest genauso gut fragen, woher das Meer, der Wind oder die Sterne kommen."

Unter ihnen lag die verschneite Landschaft wie ein glattes

Meer. Sanft wie ein Seufzer glitt sie vorbei, während Larka auf Skarts erhabenen Schwingen durch die Lüfte segelte. Wenn Skart den Kopf drehte, sah Larka hier und da eine Gestalt durch den Schnee wandern, und in ihrer Unbeschwertheit hatte sie den Eindruck, dass sie nur ihre Krallen spreizen und sich auf die Lera hinunterstürzen müsse. Doch gleichzeitig war sie auch über dieses Gefühl erhaben, sie hatte keinen Hunger. Der Wolf war nun frei wie der Wind.

Und weiter flogen Wolf und Adler und blickten auf die großartige Winterlandschaft.

Larka merkte, dass sie auch den Schmerz in ihrem Schwanz nicht mehr spürte. „Ich fühle mich so leicht und frei, Skart. So ist es also, ein Vogel zu sein?"

„Das ist nur ein kleiner Teil davon. Meine Geschwister könnten dir noch mehr zeigen, aber es ist Winter und sie sind schon lange mit dem großen Zug nach Süden geflogen. Bevor sie aufbrachen und der Himmel sich mit dunklen Wolken von Vögeln füllte, war ich am Delta."

„Das Delta?"

Der Adler erzählte Larka, dass das große Delta am Ende des Landes im Südosten lag, wo der große Strom, den die Menschen Donau nennen, sich in drei Läufe teilt und in das gischtende Schwarze Meer mündet, wo die harte Erde sich über viele, viele Meilen in Sumpf und Marschland verwandelt, gesprenkelt von Schwemmlandinseln mit Eichen und Eschen und gesäumt von Schilf, das im böigen Wind rauscht und schwingt. Er erzählte ihr von den kleinen Sandbänken, die mit Ebbe und Flut kamen und gingen, und von dem sich immerwährend wandelnden Boden aus Schlamm, Sand und Erde.

Larka lauschte dem Vogel und fragte unvermittelt: „Warum die Vögel? Warum sind die Vögel die Gehilfen?"

„Wenn du das Fell an deinen Pfoten betrachtest, kommt es dir aus der Nähe dann nicht so vor, als könnte es ein Wald sein oder eine Grasnarbe? Doch du weißt, dass es deine Pfote und somit Teil deines Körpers ist."

„Ja, und?"

„Wenn du etwas aus großer Nähe betrachtest, kann es dich täuschen. Die Wahrsager glauben, dass Vögel die Gehilfen geworden sind, weil sie die Ersten waren, die richtig sehen konnten. Sie schwingen sich in die Lüfte, blicken auf das Land, die Flüsse und Meere und erkennen die Welt in ihrer Gesamtheit und in ihrer Wahrhaftigkeit."

Auch Larkas Geist war auf dem Höhenflug. Tief in ihrem Inneren spürte sie diese Rebellion, die sie beim Spielen am Ufer hinter Fel hergetrieben und von ihren Eltern und dem Eis weggetrieben hatte. Doch während sie lauschte, verwandelte sich die Erhabenheit dieses Gefühls in eine Art Bescheidenheit. Sie spürte, dass sie von diesem sonderbaren Vogel sehr viel lernen konnte, weil seine Erfahrungen so anders waren als ihre eigenen.

„Erzähl mir mehr vom heiligen Delta, Skart!"

Skart erzählte ihr nun von den Geschöpfen des Landes, die diesen Ort zu ihrer Heimat gemacht hatten, vom roten Fuchs, dem Keiler, dem Iltis und dem Nerz. Doch er wollte eigentlich gar nicht an diese Raubtiere denken, die seine eigene Art fraßen, und er sprach lieber von den Myriaden von Vögeln, die immer zum Delta zogen.

Er sagte Larka, dass die Vögel immer wussten, wann es Zeit für die Wanderung war. Wie der Lachs, der aus den weiten Meeren immer seinen Weg zurück zu seinem Geburtsort fand, so führten die Instinkte auch die Vögel jedes Jahr zehntausende von Meilen durch Stürme und Nebel und durch die Lüfte zu den immer gleichen Stellen, wo sie Beute machten. Den erhabenen Weißschwanzadler, die gackernden Kormorane, die Brandgans, die Rohrdommel und den prächtig gewandeten Eisvogel.

Larka konnte mit den Namen dieser Vögel nicht sehr viel anfangen, sie wusste nicht, wie sie aussahen oder wie sie wirklich waren, aber sie machten ihr Freude. Die Namen klangen fast magisch und rauschten ihr in den Ohren wie der Wind. Bilder kamen ihr in den Sinn. Sie stellte sich vor, die Schreie der Vögel zu hören, den Wind in den Binsen zu sehen oder die Quecke und die Päonie riechen zu können.

„Skart!", rief sie, als der Adler geendet hatte und der Wind ihr um die Ohren pfiff. „Was hast du denn damals gemeint, als du sagtest, dass ich noch nicht so weit war – dass mein Auge noch nicht richtig offen war?"

„Ich meinte dein Stirnauge, das Auge, das wirklich sieht, das Auge der Gabe. Nun geht es auf!", kreischte Skart begeistert.

„Das Stirnauge? Wie bei den Menschen?"

„Ja. Nun kannst du verstehen, was aus dir wird."

Erst in der Dämmerung machte Skart am Himmel kehrt und flog nach Hause. Vor ihnen sank die große Sonne nach Westen ab, und ihr Licht färbte die Wolkenbänder mit einem dunklen, zornigen Rot. Die Wolkenbänke hatten sich zu einer Art Schüssel für die untergehende Sonne aufgetürmt, und als der Ball seine letzten Strahlen über die Berggrate schickte und den Horizont mit einem Feuer aus glimmendem Rosa und flammendem Orange überzog, sah der Himmel aus wie eine Wunde, an der die Erde zugrunde gehen konnte, oder wie ein großer Ofen am Rande der Schöpfung, der die Welt neu schmieden wollte.

Als sie den Felsen und die Lichtung wieder sahen, erspähte Larka auch das Kind. Es wirkte so klein und unbedeutend neben den Wölfen im Schnee, dass Larka fast Mitleid bekam. Ihr Herz war leicht geworden, und der tolle Flug mit Skart hatte ihr noch mehr Wissbegierde verliehen. Was hatte es mit der Vision auf sich? Mit dem großen Geheimnis, das sich in Harja offenbaren sollte? Als Larka wieder in ihren Körper schlüpfte und mit ihren eigenen Augen sah, durchfuhr sie ein schrecklicher Schmerz, der Schmerz des Todes.

„Das ist also die Gabe." Larka blinzelte den Vogel voller Ehrfurcht an.

„Es ist nur der Anfang."

„Warum kann ich es nicht finden?" Morgra fletschte ihre gelben Zähne und biss wütend in die Luft. Sie sah hinunter auf das Wasserloch in ihrer eiskalten Höhle. Doch im Wasser spiegelte sich nur Kraar, der sie dümmlich anschielte.

„Das Menschenkind?", flüsterte der Rabe.

„Was sonst, du Idiot!", bellte Morgra. „Brak sucht schon viel zu lange, und die Gabe enthüllt mir im Wasser nichts Nützliches, nur Fetzen der Vergangenheit und mögliche Bruchstücke der Zukunft, aber nichts wirklich Wichtiges." Sie rührte mit ihrer Pfote im Wasser. „Aber ich fürchte fast, dass Larka bei dem Kind ist. Und vielleicht verhindert ihre Gegenwart das Fließen der Bilder."

„Es gibt Neuigkeiten von den fliegenden Aasfressern, Herrin."

„Und?"

„Sie haben Larka und den jungen Fremden erspäht."

„Larka war aber alleine", gab Morgra ohne großes Interesse zurück.

„Du musst dich irren, Herrin."

Morgras Augen funkelten, sie riss ihr Maul auf.

„Ich meine, nun ist sie alleine", sagte der Rabe schnell.

„Was meinst du damit, Kraar?"

„Sie haben sie im Wald wieder verloren. Davor aber sahen sie, wie der Fremde starb. Die brennende Luft der Menschen hat ihn gefressen."

Morgras grausame Augen flackerten.

„Es war toll, Herrin! Das Feuer loderte so hoch, dass meine Vettern es Meilen im Umkreis sehen und ihre Schwingen wärmen konnten. Ist das nicht wunderbar? Selbst die Elemente scheinen dir bei der Erfüllung deines Fluchs behilflich zu sein."

Morgra fuhr herum. „Was sagst du da, Kraar?"

Der Rabe erschrak und wich vor dem Maul der Wölfin zurück. „Was ist denn, Herrin? Ich dachte, das würde dir gefallen."

„Ich Dummkopf!", kläffte sie. „Warum habe ich nicht schon früher daran gedacht? Die Elemente!" Plötzlich stand in ihren Augen die Angst geschrieben. „Huttser und Palla!", schrie sie. „Wurden die beiden auch gesehen?"

„Nein, Herrin."

Morgra schien sich wieder ein wenig zu entspannen.

„Nein", murmelte sie. „Dann ist das Rudel endlich vernichtet. Larka lebt wahrscheinlich noch, aber wenn sie allein war, dann sind ihre Eltern schon vor einiger Zeit im Schnee umgekommen. Die Familie, so liebend und treu!", kläffte sie verächtlich. „Und was hat diese Liebe ihr eingebracht?"

Kraar schlug heftig mit den Flügeln und sagte beschwichtigend: „Wenn Larka bei dem Kind ist, ist das umso besser. Wenn du beide findest, kannst du Larka zwingen, uns zu helfen."

„Gefiederter Depp! Ich brauche Larkas Hilfe nicht mehr! Meine Macht wächst mit jeder Sonne."

Morgra drehte sich um und rannte aus der Höhle. Als Kraar ihr folgte, wackelte der kleine Kiesel an der Decke. Das Ding in seinem Inneren war bereit – der Kokon platzte auf, und ein geflügeltes Wesen tauchte auf. Es spreizte seine feuchten Flügel, damit sie in der kalten Luft trockneten, und die Fühler an seinem Kopf rollten sich auf wie kleine Zungen. Die offenen Flügel gaben den Blick auf die Zeichnung auf seinem Rücken frei, es sah aus wie der Schädel, den Fel auf dem Friedhof entdeckt hatte. Doch seine fein gemusterten, zarten Flügel waren wunderschön. Es war ein Schmetterling. Die Menschen, die ihr Verständnis des Lebens in Symbolen fassten, nannten ihn Totenkopfschwärmer. Er schwang sich auf und flog ins Freie.

Vorbei an der Stelle, wo das Fleisch für die Geschöpfe des Waldes gelegen hatte, schnürte Morgra über den Hügel in den Wald. Dort ließ sie ihren Blick über den Boden wandern und schauderte vor Vergnügen. Wohin sie auch blickte, überall lagen tote Tiere. Die Lera waren im wahrsten Sinne des Wortes in Stücke gerissen. Wiesel und

Mäuse, Wühlmäuse und Eichhörnchen, Kaninchen und flügge Vögel. Ihre Eingeweide lagen verstreut auf der Erde oder hingen an niedrigen Ästen.

„Wolfbane!", knurrte Morgra erregt.

Der Schnee war voller Blut, in der Nacht sah es schwarz und ölig aus.

„Gut, mein Freund!" Mit kalter, monotoner Stimme fuhr Morgra fort: „Sauge der Lera das Leben aus! Suhle dich im Blut! Und wenn du satt bist, dann saufe noch mal und noch mal, damit du dich über die Putnar erheben kannst! Deine Macht wird wachsen wie die Nacht und meine Macht mit dir, bis wir zusammen die Pfade des Todes öffnen. Bald. Sehr bald!"

Kraar hüpfte schaudernd hinter seiner Herrin her. Sein Schnabel klapperte beim Anblick all des Futters. Aus den Bäumen kam ein Geräusch, der Rabe flatterte unruhig auf einen Ast. Auf den Schnee fiel ein Schatten, und Morgra sah eine Gruppe Nachtjäger den Hügel hinter ihrer Höhle hinaufwandern.

„Ich habe sie gestern gesehen", flüsterte einer. „Bärenspuren."

Die anderen Balkar wurden unruhig und verlangsamten ihren Schritt.

„Doch letzte Nacht war ich ihm so nahe, dass ich ihn hören konnte", knurrte ein Wolf. „Ein Rauschen von Flügeln."

„Er kommt in verschiedenen Masken", sagte der erste Wolf. „Der Gestaltwandler."

„Warum offenbart er sich nicht?"

„Er offenbart sich in meinen Träumen. Aber Morgra beherrscht ihn, und sie beschützt uns. Der Böse kämpft nun für die Nachtjäger, und wenn sie den Sammelplatz der Rebellen findet, führt er auch die Suchenden in die Schlacht."

Morgra stellte die Rute. „Sie haben Todesangst vor ihm, Kraar", sagte sie frostig, als sie die Balkar beobachtete und ihre Gedanken in der Sprache ihrer Körper lesen konnte, „sie sind so schwach wie alle Lera, sie sind beherrscht von der Angst um ihr eigenes erbärmliches Leben."

Doch als die Schatten im Wald näher kamen, drehte sie sich plötzlich um.

„Nein!", zischte sie. „Bleib im Wald! Vertrau mir, mein Lieber. Du bist so hässlich, dass sie vom Grauen gepackt davonrennen würden. Oder noch schlimmer: Sie könnten dich auslachen."

Der Schatten verzog sich. Kraar sah fragend auf.

„Die Angst ist eine heimliche Sache, Kraar", flüsterte sie. „Deshalb müssen wir ihn versteckt halten. Und wir werden ihn in das verwandeln, was sie am meisten fürchten: in den Schatten, der sie schon in ihren Träumen verfolgt, in den Namen, den jeder Varg auf der Zunge tragen muss."

Larka lag an dem bemoosten Felsen neben Tsarr und sah zur Lichtung hinüber. Sie hatte immer noch keine Entscheidung getroffen, was mit dem Kind geschehen sollte, und in seiner Gegenwart fühlte sie sich immer noch unwohl.

Ihr Kopf war voller Fragen, auch wenn sie von dem Wolf und dem Adler nun schon viel gelernt hatte. Oft war sie mit Skart über die Wälder geflogen, sie hatte auch ins

Wasser geblickt, aber außer schmerzvollen Bildern der Vergangenheit hatte sie nichts gesehen. Skart hatte gesagt, dass sie die Bilder deutlicher sehen würde und ihren Blick auf die Gegenwart und in die Zukunft richten könne, wenn die Gabe sich in ihr entwickelte. Aber die Geschehnisse beanspruchten sie so, dass sie sich auf nichts anderes konzentrieren konnte.

Doch sie hatte andere Dinge gelernt: wie sehr Skart die fliegenden Aasfresser wie diesen Kraar hasste und warum Tsarrs Macht geschwächt war. Skart hatte Tsarr nach dem Streit lange Zeit alleine gelassen, und offenbar schwand die Macht der Gabe, wenn sie nicht regelmäßig eingesetzt wurde, so wie der Kiefer eines Wolfes schwächer wird, wenn er nicht die Lera jagt. Tsarr hatte betrübt den Kopf geschüttelt und den Adler fast grimmig angesehen, als er ihr davon erzählt hatte.

„Ich kann nicht mehr sehen, was ich früher gesehen habe", sagte er wehmütig.

Larka hätte am liebsten auf der Stelle ihren Unterricht beendet. Wenn sie nicht mit Skart herumflog, war sie oft niedergeschmettert.

Sie vermisste ihre Eltern und ihr altes Rudel mehr denn je und fragte sich voller Sorge, was wohl aus Huttser und Palla geworden war. Oft ging sie zum Waldrand und heulte in die Nacht.

Sie hörten ein Winseln auf der Lichtung und sahen, wie Jarla den Kopf hob und ihren Bauch an das Kind drückte.

„Warum ist es so wichtig, Tsarr? Warum sollten ein Wolf und ein Mensch zusammen sein? Wieso entsteht so die endgültige Macht?"

Tsarr sah sie nachdenklich an und antwortete bedächtig: „Manche glauben, dass der Mensch-Varg Macht zurückholt, anstatt sie zu schaffen."

Larka war verdutzt. „Was?"

„Ja. Der Mensch-Varg holt die Macht zurück, die der Mensch den Tieren vor langer Zeit geraubt hat."

„Was meinst du damit?"

„Die Menschen beherrschen doch schon die Welt mit ihren komischen Händen und ihren noch komischeren Werkzeugen", knurrte Tsarr.

Larka dachte an die Schmiede und nickte.

„Aber was unterscheidet die Lera vom Mensch, Larka?"

Larka erinnerte sich an Skarts Worte über die Vögel. „Der Instinkt."

„Genau. Und in den wilden Wölfen sind die Instinkte zur Vollkommenheit gereift. Die Natur selbst hat sie im Überlebenskampf geschärft. Das Überleben ist das Gesetz der Putnar und das wahrhaftigste Gesetz der Varg."

Larka schauderte, aus einem unerklärlichen Grund musste sie an Wolfbanes Winter denken.

Tsarr fuhr fort: „Doch wenn der Wolf am Altar in die Seele des Kindes schaut, wird der Mensch-Varg die Klugheit des Menschen bekommen und sie dem Instinkt des wilden Wolfs hinzufügen. Dann kommt die Vision, und der Unbezähmbare zähmt alle."

Larka lauschte Tsarrs grimmiger Stimme, in der eine Herausforderung lag. Sie sah den alten Wolf an und erinnerte sich an das Stück Fleisch, das im Wald, wo Khaz gestorben war, an einem Baum gehangen hatte.

„Was sind diese Vision und dieses große Geheimnis?
Durch die Vision wird doch die Lera versklavt."
Tsarr schüttelte den Kopf, aber seine Augen leuchteten.
„Das weiß niemand, nicht einmal Wahrsager wie Tsinga.
Doch es wurde prophezeit, dass das Geheimnis selbst die
Lera versklavt, es ist die dritte Fähigkeit der Gabe."
Denn im Geiste des Mensch-Varg, dachte Larka und sah
wieder zur Lichtung hinüber, *wird keiner frei sein.*
„Tsarr, in dem Vers heißt es: *Hütet euch vor dem Verräter.*
Wer ist dieser Verräter?"
„Das weiß ich nicht, Larka."
Die Nacht senkte sich auf die Lichtung, Larka trottete zu
ihrem Schlafplatz. Doch kaum war sie eingeschlafen, hatte sie auch schon einen Albtraum: Tsarr stand vor ihr und
flüsterte ihr Worte zu, die sie nicht verstand.
„Deine Macht ist groß", hörte sie ihn mit lockender Stimme sagen. „Die legendäre Vision des Mensch-Varg kann
dir gehören, Larka. Dir!"
Und Skart war auch da. „Nein", kreischte er aus der Dunkelheit, „du bist nur eine Lera, Larka. Und die Lera muss
frei sein, das ist ihre Natur."
Dann träumte sie, wie Tsarr den Adler riss.
„Und wir müssen unserer Natur und dem Instinkt des
wilden Wolfs treu bleiben. Wir müssen jagen – nach der
Wahrheit, nach der Macht, nach dem Wissen. Das Wissen
muss laut in uns ertönen wie ein Geheul."
Larka erwachte schaudernd. Am Himmel hörte sie ein
Kreischen. Skart kam von der Jagd zurück, seine großen
Schwingen erschienen über den Bäumen. Er erspähte einen einzelnen niedrigen Busch auf einem verschneiten
Sims des Berghangs und ließ sich nieder.

Der Boden war voller Äste, Federn und Knochenstückchen. Skart plusterte sich auf und fand es tröstlich heimzukehren. Bei den Wölfen zu sein, machte ihn unruhig. Nur hoch oben im Berg und im Schoß der leichten Winde fühlte er sich sicher und konnte sich wieder auf seine eigenen Gedanken konzentrieren. Skart spähte mit seinen klugen, stolzen Augen über den großen Wald, der sich unter ihm erstreckte – und drehte plötzlich den Kopf nach Norden.

„Wolfbane!" Er blinzelte in die Nacht. „Kann es wirklich wahr sein? Muss es denn so sein?" Er schüttelte sich. „Aber vor dir habe ich wahrhaft Angst!", kreischte er wütend in die Luft. „Die Suchenden. Sie warten und beobachten. Sie warten, bis sie uns alle fressen können. Wirst du auch kommen, wenn sich die Prophezeiung erfüllt? Wirst du die Natur gegen sich selbst aufbringen?"

Er öffnete seine Schwingen und stieg wieder in die Lüfte.

Erst einige Sonnen später kam er wieder zurück, und Larka und Tsarr fürchteten schon, er hätte sie verlassen. Doch wie sie eines kalten, grauen Morgens zusammensaßen, landete der Adler vor ihnen. Larka sah erfreut auf, doch Skarts Augen waren ernst.

„Was ist los?", knurrte Tsarr gleich.

„Ich habe den Sammelplatz der Rebellen gefunden."

„Na und? Du weißt doch, dass sie uns nicht helfen."

Der Adler faltete seine Flügel und ging auf die Wölfe zu.

„Im Tal von Kosov", sagte er gelassen.

Tsarr und Larka blickten erstaunt auf.

„Kosov?", staunte Larka und stand auf. „Aber in den Geschichten von Wolfbane ist Kosov ..."

Skart nickte.

Tsarr stand auch auf. Er knurrte: „Vielleicht haben die Rebellen auch etwas mit der Legende zu tun. Und irgendwie scheint Morgras Macht zu wachsen. Manchmal ist mir, als könnte ich sie spüren. Wenn Wolfbane –"

„Die fliegenden Aasfresser kann man mit allem täuschen", sagte Skart ungerührt. „Aber sie kommen auch, ich habe sie vom Himmel aus gesehen. Ihre dreckigen Mägen zogen sich zusammen beim Gedanken an ein freies Mahl. Sie kennen ja alle die Geschichte." Seine Stimme dröhnte vor Verachtung.

Larka jaulte auf. „Aber wenn Morgra plant, das Versprechen von Wolfbane im Tal von Kosov wahr zu machen, dann wird sie dort auch versuchen, die Pfade des Todes zu öffnen und die Suchenden zu rufen."

Tsarr knurrte unruhig. „Nein", sagte er schließlich. „Morgra kann diese Dinge nicht wahr machen. Denk an den Vers, Larka: *Wenn Menschenblut mischt sich im Tau mit dem Blut der Varg.* Wie soll das passieren? Wir fürchten den Menschen, aber die Menschen fürchten auch den Wolf. Sie jagen uns, aber Mensch und Wolf haben sich noch nie aus nächster Nähe bekämpft." Er sah das Kind an und fügte hinzu: „Und eins wissen wir sicher: Wir dürfen nicht in die Nähe des Tals kommen."

Es wurde wieder kälter. Tsarr und Jarla sorgten sich, denn das Menschenkind war krank. Eines Nachts ging Larka auf die Lichtung, während Jarla auf der Jagd war. Da hörte sie Skart und Tsarr in der Dunkelheit sprechen. Sie ließ sich zwischen die Äste sinken und lauschte.

„Dass sie in jungen Jahren schon so viel Macht hat!", flüsterte Skart. „Was ist ihr damals mit dem Hasen passiert?

Ich verstehe immer noch nicht, was das zu bedeuten hat."

„Aber bist du sicher, dass wir ihr vertrauen können?", fragte Tsarr. „Vielleicht kann Morgra Verbindung mit ihr aufnehmen und sie gänzlich verändern."

Larkas Ohren zuckten, sie war ganz verwirrt. Und sie, konnte sie denn diesen beiden Kreaturen trauen?

„Wir müssen ihr vertrauen", meinte Skart, „wir haben keine Wahl. Denk doch an die Familie, von der die Legende spricht. Die Elemente haben sie schon berührt."

„Und deshalb ist Larkas Bruder jetzt tot! Das Eis hat ihn geholt. Und die armen Eltern wahrscheinlich auch. Welche Familie ist jetzt übrig? Andere Familien werden sich den Rebellen anschließen. Vielleicht liegt darin die wahre Hoffnung."

Larka zitterte.

„Tsarr, wenn die Rebellen in Kosov sind, wenn Morgra sie findet und es schafft, die Pfade des Todes zu öffnen, dann ist Larka die Einzige, deren Macht stark genug ist, diese Wege wieder zu versiegeln und die Suchenden zurückzurufen."

Tsarr wurde wütend. „Und wenn Morgra die Suchenden ruft und sie ausschickt, ihre Befehle zu befolgen, was gibt es denn dann noch für eine Hoffnung für uns?"

„Wenn das passiert", gab Skart ernst zurück, „dann muss Larka auf ihre größte Reise gehen, dann muss sie ins Reich der Toten wandern."

Vom Grauen gepackt fuhr Larka auf. Sie schleppte sich davon und legte sich schlafen. Wieder schmerzte ihr Schwanz ganz schrecklich, wieder hatte sie fürchterliche Träume und sie erwachte völlig erschöpft. Sie fühlte sich so allein und dachte den ganzen Tag an Huttser und Palla. Sie sehnte sich danach, mit ihnen zu sprechen und sie zu fragen, was sie tun sollte. Doch da kam ihr ein Gedanke: Die anderen waren tot – vielleicht hatten auch der Dragga und die Drappa nicht überlebt. Und Larka war doch schuld an dem Fluch – hatte sie also ihre eigenen Eltern getötet?

Larka lag in der Dämmerung am Felsen und sah freudlos, wie Skart auf sie zuflog.

Der Adler merkte gleich, dass sie betrübt war. „Was ist denn, Larka?"

Bei der Erinnerung an das, was er in der Nacht zuvor über ihre Reise ins Reich der Toten gesagt hatte, sah sie ihn grimmig an. „Ach, es ist wegen meiner Familie, Skart. Es hat so viele Tote gegeben."

Der Adler landete und stolzierte zu ihr hinüber. Doch Larka hatte die Schnauze auf den Boden gelegt. „Du gibst dir selbst die Schuld, nicht wahr?" Skart betrachtete sie eingehend.

„Nein", knurrte Larka.

„Lügnerin!"

„Ich ... ich ..."

„Larka", kreischte Skart, „wie soll ich dir denn helfen, wenn du mir nicht sagst, was du wirklich denkst und fühlst?"

„Dass ich meine Familie verloren habe, ist allein meine Schuld", bellte Larka schmerzerfüllt. „Wäre ich nicht geboren worden, dann wäre die Legende in Vergessenheit geraten. Es gäbe kein Kind und es gäbe keinen Fluch."

Die Qual ihres Herzens wurde so groß, dass sie kaum mehr Luft bekam.

„Erzähl weiter, Larka", sagte Skart freundlich und sah Larka kopfschüttelnd an. „Vielleicht war ich unbesonnen, vielleicht habe ich dir nicht genug Zeit gelassen."

„Zeit?"

„Zu trauern."

„O Skart", schluchzte sie, „es ist alles so schrecklich! Weißt du, was es heißt, einsam zu sein? So einsam, dass es dir den Atem raubt und du nichts dagegen tun kannst. Nicht das Geringste. Ich bin an allem Schuld, ich bin so unnütz."

„Nein", kreischte Skart auf, „sag doch so etwas nicht!"

Larkas Schluchzen ließ ein wenig nach.

„Du trägst keine Schuld", sagte Skart im Brustton der Überzeugung. „Du hast doch die Wahrheit über Morgra nicht verhehlt! Du hast doch den Welpen nicht versehentlich umgebracht! Du warst ja noch gar nicht auf der Welt, als das alles anfing."

„Warum geht es mir dann so miserabel? Ich bin doch jetzt schon groß."

„Die Jungen nehmen doch immer Gedanken und Gefühle von den Großen auf und geben sich die Schuld an Dingen, auf die sie gar keinen Einfluss haben."

„Ja", winselte Larka, „das scheint wohl so zu sein."

„Aber nun geht es dir schon ein bisschen besser."

Es stimmte – es ging ihr besser.

„Du darfst nicht alles in dich hineinfressen", sagte Skart. „Auch Gefühle können uns verletzen wie Felsen oder Fallgruben. Manchmal denke ich, sie können uns sogar in den Tod treiben."

Larka war verdutzt. „Wie meinst du das?"

„Ich denke an deine Freundin Brassa. Ich glaube, nicht

Morgras Fluch, sondern das Geheimnis, das sie so lange für sich behalten hatte, war der wahre Grund für das Geschwür in ihrem Bauch."

Larka schreckte auf. „Du meinst, es war eine Art Strafe?"

„Nein, aber vielleicht hatte sie es zu lange in ihrem Herzen verschlossen."

Larka war ganz aufgewühlt. Die Idee, dass der Fluch sie vielleicht doch nicht verfolgte, baute sie auf. Aber die Freude war nur von kurzer Dauer. „Das macht sie auch nicht wieder lebendig."

Skart flatterte mit den Flügeln. „Was passiert, wenn die Sonne strahlt und das Wasser auf der Erde erhitzt?"

Traurig schüttelte Larka die Schnauze. „Ich weiß es nicht."

„Dann steigt das Wasser in den Himmel und bildet Wolken. Als Regen kehrt es zur Erde zurück, es lässt die Seen und Meere und Flüsse anschwellen, damit die Lera saufen und leben kann."

Larka blinzelte den Adler an. Sie verstand nicht, was er damit sagen wollte.

„Viele glauben, dass es mit dem Leben genauso ist. Dass unsere Lebenskraft nicht geschaffen oder vernichtet werden kann, sondern dass sie sich von einem auf den anderen überträgt."

Larka war so verblüfft, dass sie kurz den Eindruck hatte, ein großer Schleier hebe sich von ihrem Geist.

„Und vielleicht sind deine Eltern ja gar nicht tot. Warum setzt du nicht deine Kräfte ein und versuchst herauszufinden, ob die beiden noch leben? Schicke deine Sinne in die Gegenwart."

Larka sah auf, als Skart von „ihren" Kräften sprach. Sie hatte die Fähigkeiten der Gabe noch nie als „ihre" betrachtet. Sie stand auf und ging zum Bach. Dabei empfand sie eine nie gekannte Entschlossenheit. An einem großen Felsen hatte sich ein stiller Tümpel gebildet. Dort hatte Larka schon früher ins Wasser geblickt. Sie legte sich hin und sah in den Fluss. Dann schloss sie die Augen und konzentrierte sich. Als sie die Augen wieder aufschlug und in den Wirbel blicke, jaulte sie erfreut und sprang auf ihre Läufe.

„Kar!"

Da waren Kars stolze Ohren und seine lange, liebe Schnauze. Er sah sie aus dem Wasser heraus an. Als Larkas Atem die Wasseroberfläche kräuselte, verschwamm das Bild jedoch gleich wieder, und sie sah nur noch ihre eigene Schnauze im Wasser zittern.

„Nein!", klagte sie und senkte den Kopf. „Ich habe Kar doch selbst sterben sehen."

„Dann hast du die Vergangenheit wieder gesehen", sagte Skart traurig.

Doch da war etwas in Kars Gesicht, das einen nagenden Zweifel bei Larka hinterließ. Sie hatte Angst, dieses Gesicht wieder zu verlieren. Da stach erneut der Schmerz in ihren Schwanz.

„Schmerz." Sie winselte. „Das ist die wirkliche Lehre der Gabe."

Sie legte sich hin und leckte schnaufend ihre Rute.

Skart war nun schon weniger verständnisvoll. Er fuhr sie an: „Soll das der Geist des unbezähmbaren Wolfes sein? Vielleicht hast du ja Recht, Larka, vielleicht hättest du wirklich mehr tun können."

Larka knurrte, und Skart war zufrieden, denn er hatte sie aufstacheln wollen. Doch er sah auch den körperlichen Schmerz, der ihr zusetzte, und er fand, dass sie nun bereit war für eine neue Lektion. „Im alten Glauben heißt es, dass mit der Gabe auch die Heilkraft kommt", sagte er.

„Ja?" Hoffnungsvoll hob sie ihre mitgenommene Rute.

„Der Körper hat selbst Heilkraft. Du musst Vertrauen haben und ihn seine Arbeit tun lassen. Mit der Gabe können mehr Energien im Körper bewegt werden, die die Heilung unterstützen. Doch diese Kräfte können nur auf einem Weg freigesetzt werden."

„Und wie?"

„Du musst daran glauben."

Larka schielte den Adler voller Zweifel an.

„Und es gibt einen Teil, der genauso wichtig ist wie unser Leib und den wir immer schützen müssen."

„Und was?"

„Die Seele."

Larka sah auf und wedelte mit dem Schwanz. „Erzähl mir mehr von den Vögeln und vom Delta, von der Freiheit und dem Wunder des Fliegens."

Skart schlug begeistert mit den Flügeln. Er erzählte ihr von Herbst und Frühling, den Jahreszeiten, die die Vögel aus ihrer Heimat vertrieben und sie aus jedem Winkel der Welt an die Ufer des blauen Flusses brachten. Während Skart erzählte, wurde sich Larka bewusst, wie erdverbunden sie doch war. Sie wollte mit Skart immer weiter fliegen und die Erde mit ihren Augen verschlingen. Doch als die Flügel ihres Geistes sie zum Delta brachten, wo tausende von Vögeln laut schnatterten, sah Larka ein Bild, das ihre eigene Angst gemalt hatte: Ein grauer Wolf watete durchs Röhricht und stahl sich still und heimlich zu den Vögeln.

Am Abend sahen sie Menschen. Sie waren weit von der Lichtung entfernt, und die Wölfe waren sicher, doch sie waren auch nah genug, dass die Tiere die Hufschläge der Pferde in der kalten Erde spüren konnten. Sie galoppierten nach Süden in den Krieg.

Larka schlief unruhig neben dem Tümpel und wachte vor den anderen auf. Es war immer noch dunkel und kalt, aber es war ganz klar, und die Sterne funkelten am Himmel. Diese Klarheit zeichnete alles scharf, und Larka hatte den Eindruck, sie könnte die Sterne mit ihrer Schnauze berühren. Am Horizont hing die dünne Sichel des silbernen Mondes. Larka dachte, wie schön er doch war – da blinzelte sie überrascht. Die schimmernde Sichel war zwar in den blauschwarzen Himmel gemeißelt, doch Larka sah, dass von den beiden Spitzen ein dünner Lichtstrahl ausging, der den Mond mit einem Kreis umgab. Das hatte sie nie zuvor wahrgenommen, aber sie konnte den Mond förmlich in diesem Kreis sehen. Es war ein voller Mond. Vielleicht war der Mond irgendwo am Himmel immer rund und voll.

Die Dämmerung kam, und die Sterne gingen unter. Larka senkte ihren Blick und schaute in den Tümpel. Erst dachte sie, sie würde Bilder sehen, aber je länger sie ins Wasser blickte, während die flachen Strahlen der Sonne über den Tümpel wanderten, wusste sie, dass das, was sie sah, wirklich war. Da waren kleine, fast unsichtbare Geschöpfe im Wasser, sie schlängelten sich umeinander und bewegten sich mit großer Geschwindigkeit. Sie hatten keine Augen, keine Ohren und auch sonst nichts, was sie mit

298

der Welt um sie herum verband, doch auf irgendeine Weise wurden sie zueinander hingezogen.

Seufzend hob Larka den Kopf. Was sie lernte, war so sonderbar wie ein Albtraum, und sie wusste nicht, ob sie schlief oder wachte. Sie dachte wieder an Huttser und Palla und knurrte besorgt. Bilder kräuselten sich auf dem Wasser – sie sah Kraar, und neben dem Raben stand Morgra.

Larka fletschte die Zähne und starrte die Wölfin an. Mit Grauen sah sie das zerrissene Ohr ihrer Tante und die Narben auf ihrer wütenden Schnauze. Kraar hüpfte neben ihr her und klapperte gierig mit dem Schnabel. Sie gingen an einer Höhle vorbei zum Waldrand. Larka wusste, dass dort im Wald etwas still lauerte.

Und dann sah sie es: Wie ein Schatten flog es über den Schnee. Larka sah eine geisterhafte, stahlgraue Gestalt, und ein ganz komisches Gefühl durchfuhr sie, als hätte man sie verletzt. Überall an den Ästen der Bäume hingen tote Tiere. Larka fing an zu sabbern. Mit der Angst kam ein düsteres Gefühl, eine unstillbare Begierde, die Larka nicht begreifen konnte, denn sie fühlte sich plötzlich ganz stark zu der Gestalt im Wald hingezogen. Sie fuhr mit der Pfote durchs Wasser. Das Bild verschwand, doch als Larka sich umsah, veränderte sich das Weiß des Schnees. Larka blinzelte – ja, es war wirklich so. Der Schnee wurde dunkel. Der Himmel war immer noch blau, und die dünnen Grasbüschel, die hier und da aus dem Schnee stachen, waren immer noch grün. Doch der Schnee war schwarz wie die Nacht.

„Wolfbane!", jaulte sie. „Wolfbanes Winter ist gekommen."

Sie drehte sich wieder zum Tümpel um, doch die Bilder waren weg. Da wurde der Schnee wieder weiß, das Licht fiel durch die Bäume und färbte die Rinde braun. Das Licht erleuchtete auch das Wasser und tauchte die Strudel in Dunkelheit. Larka hörte ein Geräusch am anderen Ufer. Gelächter. Das grausame Lachen einer Wölfin. Mit grimmigem Knurren und wachem Geist ging Larka zu den anderen.

„Was ist, Larka?", kreischte Skart, als er sie kommen hörte, und schwang sich von einem Baum herunter.

„Wolfbane ist nicht nur eine Geschichte", jaulte sie kühl. „Der Böse ist zurückgekommen."

„Bist du sicher?", fragte Tsarr.

Skart neigte den Kopf, als er sich zu den Wölfen setzte.

„Ich habe Morgra gesehen. Wolfbane ist bei ihr, er hilft ihr. Ich weiß, dass es der Gestaltwandler war. Es war alles so dunkel, und überall herrschte die Wut."

Larka brachte es nicht über sich, ihren Freunden zu sagen, dass sie zu dem Ding im Wald so hingezogen gewesen war. Sie fletschte die Zähne. „Wir müssen das Menschenkind töten!"

„Nein!", jaulte Jarla, aber Tsarrs Blick ließ sie gleich wieder verstummen.

Er drehte sich zu Larka um und fragte ruhig: „Müssen wir das? Wird sein Tod Wolfbane ein Ende machen oder den Hass töten, den Morgra unter den Varg sät? Wird es dem Hass der Menschen selbst ein Ende bereiten?"

„Was ist, wenn sie das Kind in die Fänge bekommt?" Verzweifelt drehte sie sich zu Skart und suchte Hilfe in seinen gelbschwarzen Augen.

Der Adler blickte traurig drein, doch er sagte ruhig:

„Tsarr, du hast von dem Gesetz gesprochen. Doch Tsinga hat uns gesagt, das Larka nach dem wahren Gesetz der Gabe selber entscheiden muss. Sie muss sich selbst und ihrer Natur treu bleiben. Wir müssen von ihr lernen. Alle müssen von allen lernen. Larka muss über das Schicksal des Menschenkindes entscheiden."

Tsarr schielte Skart an, doch der Adler sah ihn mit festem Blick an. Tsarr knurrte und senkte die Schnauze. Er wusste, dass der Adler Recht hatte.

„Na gut, Jarla, komm mit mir."

„Wohin gehst du?", bellte Larka.

Jarla folgte Tsarr aus der Lichtung, dabei sah sie sich immer wieder nach ihrem Mündel um. Skart schwang sich in die Lüfte. Plötzlich war Larka mit dem Kind alleine.

In diesem schrecklichen Moment merkte sie, dass die Zukunft dieses Geschöpfs nur von ihr abhing. Das Kind war wieder aus dem Bau gekrabbelt, Larka betrachtete die kleinen erdverkrusteten Glieder, und der Geifer lief ihr aus dem Maul. Doch als sie auf das Kleine zuging, hielt sie etwas davon ab, ihm zu schaden. Sie dachte daran, dass Tsarr den Menschen als den größten Putnar beschrieben hatte, und schüttelte den Kopf.

„Aber du bist doch nichts weiter als ein kleiner Welpe, nicht wahr?", sagte sie ernst und legte sich neben das Kind.

Während sie da lag und versuchte, eine Entscheidung zu treffen, überkam sie eine große Müdigkeit, und der Schmerz stach ihr wieder in den Schwanz. Sie konzentrierte sich auf die wunde Haut und schickte Wärme durch ihren Körper, dabei döste sie ein.

Als sie wieder erwachte, stellte sie erstaunt fest, dass ihr

Schwanz nun schon sehr viel weniger schmerzte. Auch das Kind hatte die Augen aufgeschlagen, doch Skart und die anderen waren nirgends zu sehen.

Larka stand auf und schüttelte sich. Sie spürte einen kalten Hauch in der Luft. Plötzlich zuckten ihre Ohren, sie sah auf – auf dem Felssims über ihr stand wieder der Wolf, und dieses Mal verschwand er nicht, sondern er knurrte böse, als er sah, dass Larka ihn erspäht hatte. Er drehte sich um und ging zurück in den Wald.

Die nackte Angst packte Larka, sie fuhr herum und blickte das Kind an. Es sah dünn und kränklich aus, doch da verzog sich sein Mund zu einem Lächeln, es brabbelte leise und streckte seine kleine rosa Pfote nach Larkas Fell aus. Es hob die Arme und umschlang den Hals der Wölfin. Larka konnte nichts dagegen tun. Ihre Wut verrauchte, und als sie spürte, wie schrecklich verletzlich und vertrauensvoll das Wesen war, musste sie an die Wärme ihrer Mutter im Bau denken.

„Palla!", winselte sie traurig. „Huttser! Vielleicht seid ihr tot, doch ich wünsche mir nichts sehnlicher, als dass ihr hier wärt und mir helfen könntet. Dass ihr mir sagen würdet, was ich tun soll!"

Da kam eine Stimme tief aus ihrem Inneren, und diese Stimme sagte ihr ganz genau, was sie tun sollte. In ihrer Einsamkeit und Hilflosigkeit verspürte sie das verzweifelte Bedürfnis, zu geben, etwas zu lieben und für dieses Etwas zu sorgen. Sie beugte sich über das Menschenkind und empfand plötzlich etwas für dieses Wesen. „Ich bin eine Wölfin, Kleines", sagte sie. „Unsere Leben sind miteinander verwoben. Ich muss dich beschützen, ich muss dir helfen zu überleben."

Morgras Schnauze zuckte, und das Fell um ihre eingesunkenen Augen zitterte. Mit den widerspenstigen Pelzbüscheln an den Narben sah sie ganz wild aus, und ihr zerrissenes Ohr ließ sie gewalttätig und grauenvoll wirken. Doch abgesehen davon, war Morgra nicht gerade eine hässliche Wölfin. In ihrem Blick lag etwas, das verriet, dass sie schon angenehmere Tage erlebt hatte.

Als Morgra an den Welpen dachte, den sie damals so geliebt hatte und den sie schützen wollte, erschien unter dem Schleier der Wut, des Alters und der Erlebnisse, die sich in ihre Züge eingegraben hatten, für kurze Momente die hoffnungsfrohe, neugierige, unschuldige Jungwölfin. Doch Morgra verdrängte die schmerzvollen Erinnerungen und wandte sich wieder ihren Aufgaben zu.

„Ich muss mehr über die gegenwärtigen Vorfälle erfahren, Kraar." Schnaubend beugte sie den Kopf immer tiefer zum Wasser, als wollte sie ausgiebig saufen. „Wolfbane!", winselte sie. „Wolfbane, hilf mir! Hilf mir, das Kind zu finden."

Die Dämmerung brach kalt und fahl herein. Morgra schloss die Augen. In Gedanken ging sie all ihre leidvollen Erfahrungen durch und konzentrierte die Wut und Kraft, die ihr diese hasserfüllten Erinnerungen verliehen, um die zweite Fähigkeit in ihr zu wecken. Dabei verlor ihr Gesicht alle Sanftheit, und sie war wieder die Morgra, die das Rudel über der Schlucht gesehen hatte: kalt, rachedurstig, böse.

Sie schlug die Augen wieder auf und knurrte angewidert: „Was ist denn das?"

Sie blickte ins Wasser, doch sie sah nicht das Wasserloch, sondern das Meer, das an die Felsküste schlug. Und sie sah, wie sich etwas am Wassersaum bewegte. Es sprang aus den Wellen und zuckte unter der brennenden Sonne. Es war ein Fisch, er versuchte, sich zu bewegen, indem er sich mit seinen Flossenstummeln gegen den Fels stemmte. Seine Augen waren ganz ausdruckslos, dennoch schien er von irgendetwas getrieben zu sein.

Morgra schüttelte den Kopf. Sie hatte ganz bestimmt nicht erwartet, so ein Bild zu sehen, und sie verstand nicht, was es zu bedeuten hatte. Sie schloss die Augen, schlug sie wieder auf und knurrte zufrieden. Nun sah sie Wölfe in einem weiten Tal. Die einen patrouillierten, andere kämpften, wieder andere wetzten ihre Zähne an Ästen und Steinen und bereiteten sich auf das vor, was nun kommen sollte.

„Die Rebellen!", kläffte sie vergnügt. „Endlich!"

Doch während sie es noch sagte, fuhr der Wind in das Wasserloch und kräuselte die Oberfläche. Als sie wieder glatt war, blickte Morgra in die Augen einer Wölfin. Es hätte Larka sein können, so groß war die Ähnlichkeit. Doch diese Wölfin war grau, eine Narbe lief über die ganze Länge ihrer Schnauze, und ihre Augen waren kalt und hart.

„Slavka! Wo bist du?" Morgras Augen funkelten, Gedanken an die Legende schwirrten ihr durch den Kopf. Am Rand des Tals hatte sie Bäume gesehen, es waren hauptsächlich Ebereschen. Morgra kannte den Ort. „Kosov!", knurrte sie erstaunt. „Du bist im Tal von Kosov." Sie schob sich näher zum Wasserloch, und das Geheimnis, das sie plötzlich im Wasser erblickte, schreckte sie.

„Natürlich, Kraar! Tsinga war gar nicht so blind, denn sie hatte immer von der Legende gesprochen, als hätte sich alles schon ereignet. Der alte Vers bewahrheitet sich selbst. Es ist wie eine Geschichte, die sich selbst erzählt."

„Was hat das alles zu bedeuten, Herrin?", flüsterte der Vogel, aber Morgra beachtete ihren Gehilfen gar nicht.

„Na gut!", bellte sie, als Slavka und die Rebellen wieder im Wasser erschienen. „Ihr denkt, ihr kämpft für die Freiheit und eure Grenzen, doch ihr steht lediglich im Dienst der Legende. Er ist nämlich auch da, Slavka. Er ist immer da. Führe nun die freien Varg im Tal von Kosov zusammen, bring sie Wolfbane als Beute für sein Festmahl."

Sie drehte sich zu Kraar um. „Wir gehen. Und zwar jetzt."

„Jetzt?"

„Ja. Und wir müssen alle Nachtjäger rufen."

„Und was ist mit dem Kind und der Zitadelle?"

„Alles zu seiner Zeit, Kraar. Zuerst müssen wir dem Vers helfen. Oder er uns."

Wieder fuhr der Wind übers Wasser. Doch als Morgra hineinblickte, gilfte sie und fing an, schrecklich zu zittern. Sie sah zwei Wölfe, einen Dragga und eine Drappa, sie standen nebeneinander. Dann kam wieder der Wind und zerstörte das Bild. Morgra winselte, sie fühlte sich plötzlich ganz schwach.

„Nein!", jaulte sie, als hätte sie große Schmerzen. „Du hast überlebt."

10
Die Rebellen

Das lidlose Auge, das die Sonne liebt

William Butler Yeats, *Upon a House
Shaken by the Land Agitation*

Huttser stand im Schnee im Tal von Kosov, weit entfernt
von Morgras Höhle. Mit seiner grauen Schnauze sah er
älter aus, als er war. Auch in Pallas Augen lag schreckliche
Trübnis, denn die Wölfin trauerte. Fels Tod war ihr so zu
Herzen gegangen, dass sie nachts oft allein herumwander-
te und sich einen Platz suchte, wo sie an ihren Sohn dachte und sich selbst samt Tor und Fenris verfluchte. Sie
dachte an seine erwartungsvolle kleine Schnauze, wenn er
am Treffpunkt gespielt, und an seine strahlenden Augen,
wenn er von der Jagd gesprochen hatte. Und wenn sie
dann an das Eis und den Fluss dachte und fürchtete, seine
Seele würde nie Ruhe finden, fühlte sie immer einen Stich
im Herzen. Der Schmerz fuhr ihr so durch den Leib, dass
ihre Pfoten pochten und die Augen brannten. „Es gibt
nichts Schlimmeres, als sein Kind sterben zu sehen", sagte
sie sich voller Bitterkeit. Nur der Gedanke und die Hoff-

nung, dass Larka und Kar noch am Leben wären, zwangen sie zum Weiterleben. Als Huttser und Palla nebeneinander standen und die Rebellenführerin Slavka beobachteten, die zwischen ihrer Bande Grauwölfe herumstreifte, lag eine Distanz zwischen den beiden, die zuvor nicht existiert hatte.

Huttser drehte den Kopf, als wollte er sich seiner Gefährtin zuwenden, doch dann knurrte er und drehte sich wieder weg. Seit ihrer Gefangennahme hatten sie kaum Gelegenheit gehabt, miteinander zu sprechen, aber Huttser wusste auch so, dass Palla ihm immer noch die Schuld an Fels Tod gab. Diese schreckliche Nacht lag schon drei Monde zurück, und auch Huttser spürte die Kluft zwischen ihm und Palla wie eine klaffende Wunde.

In jener Nacht hatten die Rebellen das Paar auf dem Eis gefangen, doch die beiden waren so voller Trauer und Wut gewesen, dass sie kaum begriffen hatten, wie ihnen geschah. Endlose Tage lang hatten die Fremden sie durch die Wälder ins Tal von Kosov getrieben, wo sich Slavkas Lager mittlerweile befand. Huttser und Palla hatten verschwiegen, wer sie waren, auch von Larka und ihrem Wissen um die Legende hatten sie nichts gesagt, denn sie erinnerten sich nur zu gut an das, was sie über Slavka und deren Hass auf die Gabe gehört hatten.

Huttser hatte anfangs um freie Passage durch die Berge gebeten, doch Slavka hatte ihn nur ausgelacht und gemeint, die freien Varg seien entweder für oder gegen Morgra, einen Mittelweg gebe es nicht. In der Stimme der Rebellin lag eine so unverhohlene Drohung, dass Huttser und Palla nicht weiter fragten. Slavka hatte sie getrennt und ihnen klargemacht, dass der andere dafür bezahlen

müsste, wenn einer der beiden versuchen würde zu fliehen. Die Trennung von Wölfinnen und Wölfen war nicht
ungewöhnlich im Lager der Rebellen, denn das gehörte
zur Ausbildung. Bei Halbmond durften die Paare jedoch
immer Kontakt haben, und nachdem Slavka nun langsam
glaubte, dass die beiden keine Balkar-Spione waren, hatte
sie ihnen ausrichten lassen, dass sie beim nächsten Halbmond auch miteinander sprechen dürften.

Slavka trottete den Hügel hinab und sah größer aus, als
sie Morgra im Wasser erschienen war. Bei einem Rüden
blieb sie stehen und sagte: „Gart, dreh noch eine weitere
Runde. Es wurden noch mehr von diesem Balkar-Gesin-
del gesichtet."

Gart senkte gleich die Schnauze und sagte gehorsam:
„Treue auf immer, Slavka!"

„Treue" war die Parole im Tal, denn die Rebellen bestanden fast alle aus einsamen Wölfen oder Paaren, deren Familien von den Balkar vernichtet worden waren. Da die
natürliche Rangordnung im Rudel fehlte, hatte Slavka
sich selbst in den Mittelpunkt gestellt, um das wachsende
Rudel zu einen.

„Aber, Gart, kümmre dich zuerst um Darrm", knurrte
sie. „Er hat nämlich von der Gabe geredet und so unsinni-
ges Zeug gesagt – dass er Wölfe gesehen hat, die in der
Dunkelheit verschwanden. Auch verbreitet er Gerüchte
über die Familie, die unterhalb des Steinernes Baus Zu-
wachs bekommen hat. Mit diesem Geschwätz muss
Schluss ein. Verstanden? Sie dürfen sich keine falschen
Hoffnungen mehr machen."

Slavka war zornig geworden, doch in Garts Augen stand
die Schuld. Er erinnerte sich an die gemeinsame Wan-

derung mit Darrm durch die Wälder und er mochte den Wolf.

„Nimm ein paar Rebellen mit und vertreibe ihn aus dem Rudel. Wenn ihm so viel an der Gabe liegt, soll er sich doch Morgra und ihresgleichen anschließen!"

Im Rebellenrudel war es verboten, die Gabe zu erwähnen, dennoch schickte Slavka regelmäßig Streifen auf die Suche nach dem Menschenkind. Unter den Rebellen munkelte man, wie sehr die Führerin die Menschen hasste, und es kursierten im Lager viele Geschichten, wie die Menschen ihre ganze Familie ausgerottet hätten, keiner wusste jedoch, wie es sich in Wahrheit zugetragen hatte.

Huttser lauschte neugierig. Von Anfang an hatte er Slavka interessant gefunden und er beobachtete aufmerksam ihre Vorgehensweise. Ihm war aufgefallen, dass sie zwar oft zu ihren Wölfen ging, ihnen gut zusprach oder von dem großen Kampf gegen Morgra erzählte, doch sie konnte auch sehr grausam sein. Da es keinen Dragga gab, der das Rudel führte, war Slavka gefürchtet und geachtet zugleich. Er fragte sich, was Skop wohl von der Führerin gehalten hätte, doch von Pallas Bruder fehlte jede Spur.

Grober Ungehorsam wurde bestraft, indem dem Gefangenen die Sehnen an den Hinterläufen durchgebissen wurden und er lahmen musste. Durch die täglichen Kämpfe waren die Wölfe mittlerweile trainiert. Die wildesten Kämpfe fanden zwischen Männchen und Weibchen statt, denn bei ihren Machtproben rangen die Paare genauso vom Instinkt getrieben wie bei der Jagd und im Überlebenskampf.

Auch mussten sich die Rebellen ständigem Drill unterziehen und täglich ihre Zähne und Krallen an Ästen oder

Steinen schärfen. Manchmal wurden sie auch in die Berge geführt und mussten steile Hänge hinauf- und hinunterrennen, sie wurden durch Schneisen gejagt, mussten von Felsen springen, sich in Höhlen verstecken oder fiktive Verfolger abhängen. Gelang es ihnen, wurden sie bei der gemeinsamen Fütterung mit einer Extraration Fleisch belohnt.

Slavka hob plötzlich die Schnauze. „Kommt!", bellte sie.

Die Wölfe kamen von den Hängen herunter ins Tal. Palla sah Slavka an und zitterte, denn sie erinnerte sie so sehr an Larka und sie hätte so gern gewusst, was aus ihrer Tochter geworden war.

Slavkas Gesicht war so fein geschnitten wie Larkas. Ihre leuchtenden goldenen Augen waren von weißem Fell bekränzt, das sich von den roten Streifen auf beiden Seiten ihrer Schnauze stark abhob. Scharf fixierte sie die Wölfe und sah einem jeden kurz in die erwartungsvollen Augen.

„Brüder und Schwestern!", begann sie und hob den Kopf. Ihre Stimme drang fest und sicher durch die kalte Luft. „Die Ausbildung verläuft gut, doch wir dürfen keinen Augenblick nachlassen. Davon hängt unsere Freiheit ab. Die Jagdtrupps melden, dass das Wild knapp wird. Doch keine Angst! Im Sommer schwärmt die Lera wieder scharenweise ins Tal von Kosov, und dann werden wir alle wieder dicker. Es gibt genug für alle, auch wenn das Großrudel zum Sammelplatz kommt."

Die Rebellen nickten.

„Nach dem Winter kommen die Familien – nicht nur vierzig, sondern hunderte freier Wölfe werden Morgra bekämpfen, und wir werden ein Revier markieren, das die Welt noch nicht gesehen hat. Unsere Grenze wird das Land jenseits der Wälder säumen wie ein mächtiger Fluss, den nichts und niemand bezwingen kann, nein, nicht einmal der Mensch!"

Huttser erinnerte sich an das, was er einmal zu Brassa gesagt hatte: dass er sein Revier markieren wollte, um den Fluch zu bannen. Er schielte Slavka an – sie sah prächtig aus, und mit ihrer Redegewandtheit stachelte sie die Rebellen auf.

„Nun gut, dann gehe ich jetzt auf Streife." Sie wandte sich an Huttser – den Dragga hatte sie von Anfang an gemocht, und er hatte sich in den Kämpfen auch immer gut geschlagen: „Huttser", bellte sie, „du kommst diesmal mit. Wir werden auch jagen."

Huttser knurrte und schielte Palla anklagend an. Es passte ihm nicht, dass ihm eine Wölfin etwas befahl, doch er trat vor. Da spürte er den Blick der Rebellen auf sich. Er wusste, dass ihm viele zutiefst misstrauten, andere grollten ihm sogar, nachdem sich herumgesprochen hatte, dass Slavka ihn so hoch schätzte. Doch Huttser straffte sich, stolz stellte er die Rute und sah durch das Rudel hindurch. Er war an die wütenden Blicke gewöhnt, denn er hatte sich schon in einem seltsamen Ritual beweisen müssen. Nicht Slavka hatte es angeordnet, es war ganz natürlich unter den Wölfen entstanden und nannte sich Spießrutenlaufen. Die Rüden stellten sich einander gegenüber in einer Reihe auf, und Wolf für Wolf musste mit hoch erhobener Schnauze langsam durch das Spalier gehen. Der Kandidat wurde argwöhnisch beäugt und angeknurrt, und wenn die Wölfe auch nur den leisesten Hauch eines

Zweifels oder einen Anflug von Schwäche spürten, gingen sie auf ihn los und setzten ihm kratzend und beißend schwer zu.

Trotz seines Widerwillens musste Huttser mit auf Streife gehen. Er nahm sich vor, die Zeit zu nutzen und mehr über die Führerin zu erfahren. Bald schon spürte er Spannung und Entschlossenheit in sich wachsen, denn seit er denken konnte, war es das erste Mal, dass er nicht rennen musste. Dieses Gefühl war erhaben und befreiend.

Sieben Wölfe waren in seiner Gruppe. Sie sichteten zwar keine Balkar, trafen aber auf eine kleine Wisent-Herde. Huttser erwischte das Bein eines Bullen und konnte ihn von der Herde isolieren.

Slavka war natürlich beeindruckt, aber der Bulle war ungewöhnlich kräftig für die Jahreszeit, die Wölfe hingegen waren geschwächt und hatten keine Lust, von dem Wisent auf die Hörner genommen zu werden. Also spielten sie das gewohnte Spiel der jagenden Wölfe: Sie gingen immer wieder auf die Beute los und gönnten ihr keine Pause, sie bissen zu, dass das Blut in den Schnee sickerte, und saugten ihr das Leben aus dem immer schwächer werdenden Leib.

Die Streife folgte dem Bullen drei Nächte lang wie ein Schatten. Doch bald waren die Wölfe erschöpft, denn sie hatten nicht geschlafen. Huttser zitterte, als er in der dritten Nacht oberhalb eines flachen Tals neben Slavka im Schnee lag, während der Bulle erfolglos in einem gefrorenen Bach saufen wollte und drei Rebellen ihn umkreisten. Das Tier zuckte schnaubend zusammen, als es das Geheul hörte, konnte aber nicht mehr fliehen. Der Winter schien sich unendlich hinzuziehen, und seit Tagen sprachen die Rebellen nur noch von der endlosen eisigen Kälte.

Huttser sah sich um und knurrte: „Du kennst sicherlich die Geschichte über Wolfbanes Winter, Slavka."

„Schweig, Huttser!", fuhr sie ihn an. „Für dieses Gerede wärst du im Lager bestraft worden, jedes Wort über den Wolfbane-Kult ist bei uns verboten. Und außerdem wird auch dieser Winter vorbeigehen."

Die Rebellen schielten Slavka ein wenig zweifelnd an.

„Aber ist es denn nicht toll, in der freien Natur zu jagen? Selbst im Winter", flüsterte sie mit funkelnden Augen und leckte sich die Lefzen, um die sich weiße Atemwölkchen bildeten.

Huttser hörte das klägliche Brüllen des Bullen und fühlte sich plötzlich schrecklich alleine. Voller Zorn dachte er an Palla.

„Ich liebe die freie Natur", knurrte er, „aber sie ist auch hart."

„Ja, Huttser", kläffte Slavka, „so hart, wie auch wir sein müssen. Für Schwäche oder Angst ist kein Platz, denn die Angst schaltet das Denken aus. Wir müssen stark sein, stark wie die Natur selbst, stark wie die Nachtjäger."

Huttser dachte an die Kämpfe und das Spießrutenlaufen und sagte: „Aber wir wollen doch nicht so werden wie sie?"

„Niemals!", schnaubte Slavka verächtlich. „Diese Rüden beanspruchen den Titel Erste unter den Putnar, aber sie sind ja nicht einmal richtige Wölfe, sie sind abergläubisch und beten die Dunkelheit an. Wir aber, wir müssen klar sehen, wir müssen die Wahrheit erkennen." Sie zog die Lefzen zurück und spie aus.

„Slavka", flüsterte Huttser, „warum hasst du denn die Menschen so?"

Slavkas Augen wurden kalt. Sie war eindeutig wütend über Huttsers unverschämte Frage, aber sie schwieg.

„Ist es wegen deiner Jungen?", wagte sich Huttser vor.

Sie nickte schweigend.

„Das tut mir Leid."

Der Wind fegte über den Hang. Huttser fühlte brennende Trauer. Er sah in den Himmel, wo der Wind ein Loch in die Wolkendecke geblasen hatte und ein paar Sterne in der Nacht funkelten. Wieder ertönte schmerzerfülltes Brüllen. Die beiden anderen Rebellen standen auf, um sich ihren Kameraden anzuschließen. Slavka sah ihnen nach und erzählte Huttser dann leise ihre Geschichte.

„Auch ich habe mich früher für die Gabe und für den alten Glauben interessiert", knurrte sie. „Ich wollte an die Märchen über die Kraft glauben, mit der man in die Vergangenheit sehen und die Zukunft deuten kann, vor allem die Heilkraft hatte es mir angetan. Ich war jung und dumm und wollte wissen, was meiner Familie bevorstand. Ich habe sie aufrichtig geliebt." Sie senkte verlegen den Blick. „Eines Tages schließlich brach ich auf in Tsingas Tal. Ich hatte zwar erst kurz zuvor im Bau geworfen, doch mein Rudel war stark, und ich war voller Sehnsucht. Und während ich weg war, kamen sie. Die Menschen!", zischte sie mit jähem Zorn. „Die anderen verließen den Bau und wollten sie ablenken, aber sie kamen nie mehr wieder. Als ich zurückkam – ich fand Tsingas Tal übrigens nicht –, sah ich meinen Gefährten auf dem Hügel sterben. Ich erreichte noch den Bau, aber die Hunde führten die Menschen schon dorthin. Zu meinen Welpen."

Huttser lauschte mit grimmiger Faszination.

„Ich wusste nicht, was tun, Huttser. Die eine Hälfte von mir wollte fliehen, die andere Hälfte wollte meine Jungen retten. So stand ich nur da und zitterte, unfähig zu jedem Gedanken, unfähig, das Geringste zu tun." Eine tiefe Trauer hatte sich in Slavkas Stimme gestohlen.

„Und dann musstest du sie aufgeben?" Huttser dachte an Palla auf dem Hügel. „Du darfst dir nicht die Schuld geben, Slavka, du warst nur deiner Natur treu – kämpfen oder fliehen. Das ist das älteste Gesetz der Varg, das Gesetz des Lebens."

„Dann will ich dir mal was vom Leben und über die wahre Natur erzählen, Huttser", Slavka fletschte die Zähne, ihre Stimme hallte durch die schwarze Nacht. „Als ich die Hunde kommen sah, schwor ich mir, niemals wieder Träumen und Aberglauben aufzusitzen, mich niemals wieder der Angst zu ergeben und stattdessen so unbezwingbar zu sein wie der Hunger und die Grausamkeit der Natur."

„Das hast du dir geschworen, bevor du sie verlassen hast", flüsterte Huttser.

Slavka fuhr herum. „Und nun, Huttser, will ich dir ein Geheimnis verraten, das nicht einmal die Rebellen kennen."

„Was denn, Slavka?"

„Ich habe sie nicht verlassen", bellte sie, „ich habe sie selbst getötet! Ich habe meine eigenen Kinder gerissen, meine eigene Zukunft, damit die Menschen und ihre Hunde nicht den Sieg davontragen."

Das Grunzen des Bullen zog sich durch die Nacht. Huttser konnte nur traurig knurren.

„Aber das hat mich stark gemacht, Huttser." Slavka sah auf. „Und dann kam Morgra und hat vom Bösen geredet, von Wolfbane und von der Legende. Sie hat den Wölfen Aberglauben und Angst eingebläut, und die Nachtjäger haben alle Reviere besetzt, in die sie eindringen konnten. So habe ich beschlossen, sie samt dem Mythos der Gabe zu vernichten, den freien Wölfen zu lehren, das wirkliche Leben im Hier und Jetzt zu meistern, weder in die Vergangenheit noch in die Zukunft blicken zu wollen und ein Revier zu errichten, in dem wir auf immer vor Angst und Aberglauben geschützt sind."

Huttser schauderte, aber irgendetwas regte sich in ihm. Unten fletschten die Rebellen die Zähne, einer schnappte wild nach dem Bein des Wisents. Das große Tier grunzte und wollte nach dem Wolf treten, aber es hatte fast keine Kraft mehr. Huttser schwieg. Könnte er Fel zurückhaben, dann würde er mit seiner Familie weit fortgehen und Morgra und alles damit Zusammenhängende vergessen.

„Du bist ein Kämpfer, Huttser, ein richtiger Dragga", sagte Slavka, als hätte sie seine Gedanken erraten. „Du fliehst nicht, wenn das Böse uns bedroht."

Huttser war geschmeichelt. Er sah Slavka an und folgte der Kontur ihrer kräftigen Schnauze. Seine Bewunderung für die Wölfin war noch größer geworden, und er fragte sich einen Moment lang, wie ihre Jungen sich wohl entwickelt hätten, wenn sie die Chance gehabt hätten zu leben.

„Das habe ich schon gesehen, als du gekommen bist, Huttser, ich kann das Wesen eines Wolfs inzwischen nämlich sehr gut einschätzen. Vielleicht kommt es durch meine Vergangenheit, jedenfalls kann ich deutlicher in Herzen und Köpfe blicken. Und einen Feigling erkenne ich, wenn ich einen sehe. Ich kann auch die Zeichen des Zweifels und der Verwirrung lesen. Wenn ein Rebell kommt und befördert werden will, sehe ich ihn mir erst an und stelle ihm eine einfache Frage: Welches ist dein Geheimnis?"

Huttser schauderte, ihm war unwohl. Doch da erschütterte plötzlich ein lautes Brüllen die schneidend kalte Luft, und der Wisent brach zusammen.

Slavka zog die Lefzen zurück und sprang auf. „Komm, es ist vorbei."

Huttser rannte hinter ihr den Hügel hinab. Die Rebellen rissen dem Wisent schon lebendigen Leibs das Fleisch von den Knochen. Er grunzte hilflos angesichts des Blutdursts der Wölfe. Slavkas schöner Pelz stellte sich, als sie bei den Kameraden ankam und sie stolz betrachtete. Die Kehlen der Wölfe zitterten vor Aufregung, ihre Augen waren weit vor instinktiver Wut, die sie trieb.

„Das habe ich gemeint, Huttser: Das heißt, ein Wolf zu sein!", bellte Slavka. „Der brutalen Wirklichkeit ins Auge zu sehen und nicht vor ihr zurückzuweichen – das ist das harte Gesetz des Überlebens. Und nur darum geht es."

In diesem Moment dachte Huttser an Tsingas rätselhafte Worte: *Wenn die Zeit der Putnar gekommen ist und der Blutdurst dich übermannt, kannst du dann in die Nacht sehen und die Zukunft voraussagen? Kannst du die Lüge von der Wahrheit scheiden und das Dunkel vom Licht?*

Slavka biss in die Beute. Ringsum blitzten die wilden Augen der Wölfe im Mondschein auf wie Laternen. Huttser hielt inne, doch als er das rohe Fleisch sah, überkam ihn eine Kraft, über die er keine Kontrolle hatte und die seine

Einsamkeit und seine Angst vertrieb. Er sah keine Sterne mehr über sich und hörte auch keinen Gedanken an Wolfbanes Winter in den Bäumen flüstern. Die Zeit der Putnar war wieder gekommen. Und mit der Kraft im Kiefer kam auch wieder Stärke und Sicherheit über Huttser. Slavka hatte Recht: Das war das Leben eines Wolfs.

Doch während er fraß, sah er auf. Der Wind pfiff durch den Schnee, und Huttser meinte, eine Gestalt in den Bäumen zu sehen, die ihm in die Augen blickte. Er schauderte. Doch als er noch einmal hinsah, verschwand die Gestalt wieder im Schnee, und ihm war, als hörte er klagendes Geheul: *Wir haben es fast geschafft.*

Palla lag am Rand des Tals von Kosov und sah betrübt in die Schneelandschaft. Neben ihr lagen zwei Wölfinnen. Keeka und Karma hatten zu dem Spähtrupp gehört, der Huttser und Palla auf dem Eis gefunden hatte. Palla hatte sich mit den beiden angefreundet. Sie knurrte und schüttelte den Kopf, denn sie dachte an Huttser und war wütend, weil Slavkas strenge Herrschaft ihr nicht erlaubte, ihren Gefährten zu sehen, wann sie wollte. Sie konnte ihm nicht verzeihen, aber sie hätte trotzdem gerne mit ihm gesprochen und ihr verzehrendes Leid mit ihm geteilt.

„Du wirst dich schon noch daran gewöhnen", sagte Keeka voller Optimismus. „Wir alle haben uns daran gewöhnt. Warte bis zum nächsten Halbmond. Slavka hat dir doch versprochen, dass du ihn dann sehen kannst."

Keeka war schön, ihr dichter grauer Pelz hatte tiefschwarze Streifen.

Palla schüttelte traurig den Kopf. Im Leben der Rebellen gab es nur wenig, woran sie sich gewöhnen könnte.

„Warum sollte ich, Keeka? Es ist alles so unnatürlich!"
„Es gibt viel zu tun, Palla", flüsterte Keeka ihr freundlich zu. „Wir müssen die Stärke unserer Wölfe prüfen und uns vorbereiten. Slavka wird uns vor Morgra retten. Sie ist die Tapferste von uns allen, sie ist unsere Erretterin." Nachts kamen die Rebellen oft zusammen und heulten das so genannte Lied der Erretterin in die Nacht:

> *Lass Fenris heulen ee-uu, ee-uu*
> *Der freie Varg ist immer treu.*
> *Das Lied der Berge, ee-ii, ee-ii,*
> *Der treue Varg ist immer frei.*
> *Wenn nachts die Welt die Lügen füllen,*
> *Wird sie wie Schnee vom Himmel fallen,*
> *Die Erretterin, die Erretterin.*

Es war ein altes Lied, das vom Kommen der Wölfin in einer Zeit großer Not erzählte. Wenn Palla das Lied hörte, überkam sie ein seltsames Gefühl, und dann vergaß sie eine Zeit lang, was sie und Huttser an den Zähnen der Rebellen schon zu leiden gehabt hatten.
„Slavka fürchtet die Legende wie nichts auf der Welt", knurrte Palla. „Aber warum? Sie glaubt ja nicht mal an die Gabe."
Keeka sah sich nervös um. „Sie denkt, Morgra will uns alle mit der Legende täuschen. Doch andere sagen, wenn Morgra das Kind zum Altar bringt und wenn der Mensch-Varg wirklich kommt, dann wird kein Wolf mehr frei sein. Und wenn das stimmt – kann es dann ein größeres Übel geben als die Gabe?"
Mit schlechtem Gewissen scharrte Palla im Schnee.

„Allerdings sind nicht alle Rebellen dieser Meinung", knurrte eine tiefe Stimme.

Die Wölfin neben Keeka war ein prächtiges Tier mit schönen, leuchtenden Augen, ihre Schnauze war jedoch unverhältnismäßig pelzig.

„Sch, Karma!"

„Nein, Keeka, lass sie sprechen." Palla sah interessiert auf. „Was meint du damit, Karma?"

„Nicht alle glauben, dass die Gabe etwas Böses ist", antwortete Karma ruhig. „Es soll da eine Familie geben, und ein Wolf aus dieser Familie hat die Gabe."

Palla wandte verlegen den Blick ab.

„Als ich jung war", sagte Karma wehmütig, „erzählten mir meine Eltern, dass dem Wolf zu Anbeginn der Zeiten die Gabe geschenkt wurde."

„Zu Anbeginn der Zeiten", flüsterte Palla und sah in den tristen Himmel, „du meinst, als Fenris und Tor das Licht aus dem Dunkel gebracht haben?"

Karma sah Palla an und grinste. „Tor und Fenris?" Sie lachte. Ihre Stimme klang amüsiert und war fast so tief wie die eines Rüden. „Wo ich herkomme, gibt es keine Götter wie Tor und Fenris. Nein, Palla, bei meiner Familie erzählte man sich Geschichten von dem Wolfsgott Zostar, der aus den Flammenwäldern geboren war, ein Wolf des Feuers und der Hitze, der uns in unseren Träumen erscheint. Der große Zostar, der verfügt hat, dass alles in der Welt vollkommen sei."

„Sei still, Karma!", knurrte Keeka. Auch sie glaubte manchmal an solche Dinge, doch sie wusste, wie gefährlich es war, im Rebellenlager darüber zu sprechen. Ihre Freundin Karma stammte nicht aus dem Land jenseits der Wälder, sie kam aus dem Süden und war in ihrem Leben schon tausende von Meilen gewandert. In ihrer Heimat schien die Sonne immer warm, und im Winter wurde die Erde nicht weiß. Palla fand sie ausgesprochen geheimnisvoll und exotisch.

„Aber hier", fuhr Karma betrübt fort, und ihre Stimme wurde tiefer und tiefer, „hier dürfen wir nicht über Zostar, über Tor und die Gabe sprechen und uns unsere eigenen Geschichten erzählen. Slavka sagt, wir dürfen nicht an alte oder neue Märchen glauben, sondern nur an den Kampf und ans Überleben, das ist für sie gleichbedeutend mit Freiheit."

Palla dachte an den Vers, an die Lebensschöpfer, die die Familie auf die Probe stellten. Auch Pallas Glaube war schon auf die Zerreißprobe gestellt worden.

„Aber das ist nicht deine Meinung, Karma?", fragte sie ruhig.

„Was soll denn das für eine Freiheit sein, wenn man an nichts glaubt?", schnaubte Karma.

Keeka war verwirrt. „Aber Karma! Palla glaubt an Tor und Fenris, und du glaubst an Zostar. Doch nur ein Glaube kann wahr sein, die Frage ist nur, welcher."

Karma nickte. „Vielleicht sind es ja nur Märchen, mit denen die Welt erklärt und die Dinge benannt werden. Doch in meiner Heimat glaubt man, dass in jeder Geschichte ein wahrer Kern liegt. Man muss allerdings wissen, wie man diese verborgene Wahrheit aufdeckt."

„Wahrheit!", schnaubte Palla.

Karma drehte sich gelassen zu der Drappa. „Du glaubst vielleicht nicht mehr an die Wahrheit, weil dir etwas zugestoßen ist. Aber ist Wahrheit nicht nur ein Wort für das

Gegenteil der Lüge? Für das, was hinter der Lüge steht?"

Palla nickte. Voller Trauer dachte sie an ihre alte Ziehmutter.

„Aber wenn es keinen Gott gibt, wie Slavka behauptet", meldete sich Keeka zu Wort, nachdem sie langsam und qualvoll ihre Gedanken geordnet hatte, „dann wäre es eine Lüge, an einen Gott zu glauben, eine Lüge, die uns versklavt."

„Versklavt!", knurrte Karma. „Versklavt es uns denn nicht, zu viel zu wissen? Das ist die Sklaverei des Offensichtlichen und Normalen."

Keeka sah ihre Freundin fragend an, sie verstand kein Wort.

„Sieh dir diesen Baum an", sagte Karma und richtete ihren Blick auf eine Eberesche, an der immer noch Früchte hingen. „In meiner Heimat ist das nicht nur ein Baum, sondern ein lebender Geist. Die Vogelbeeren sind aus den Augen der Glühwürmchen gemacht, die Blätter aus Zostars Motten, die ewig leben und Zostars Schwanz befächeln, wenn er zu heiß wird. Doch für diejenigen, die allen Geschichten den Zauber rauben und im Leben kein Wunder mehr sehen, für die ist und bleibt es nur ein Baum."

„Aber, Karma!", ereiferte sich Keeka. „Nach dem alten Aberglauben tragen Ebereschen Perlen aus dem Blut böser Welpen. Und man hat unschuldige Wölfe geopfert, um die Dämonen der Nacht zu besänftigen – wie Morgra ihrem Wolfbane opfert."

„Das stimmt", knurrte Karma ernst. „Und ich bin froh, dass viele der alten Bräuche überholt sind, denn das Übel liegt im Aberglauben. Doch verlieren wir nicht etwas, wenn wir den alten Glauben einfach aufgeben? Und gibt es denn nicht viele Wahrheiten, Wahrheiten, die einander zu widersprechen scheinen?"

„Wie meinst du das?", fragte Palla.

„Dass wir den Tod fürchten, kann wahr sein, aber dass wir nicht glücklicher wären, wenn wir ewig lebten, ist vielleicht auch wahr. Und wenn wir allem einen Namen geben und die Welt einseitig sehen, besteht doch die Gefahr, dass wir dieser Welt vielleicht das Wichtigste nehmen."

„Und was?"

„Das Wunder", sagte Karma.

Der Wind fuhr in die Vogelbeeren und schüttelte sie wie kleine Glöckchen.

„Aber du glaubst nicht, dass Tor und Fenris diesen Baum geschaffen haben?", fragte Palla.

„Slavka sagt, die Erde und die Lera seien aus dem Nichts entstanden", kläffte Keeka, „aus purem Zufall."

Die Wölfinnen schwiegen.

Doch als sie zu der Eberesche blickten und den Schnee und die dünnen rosa Streifen am Horizont sahen, kam ihnen diese Vorstellung so absurd vor, dass sie am liebsten aufgelacht hätten.

„Wer kennt schon die Wahrheit?", knurrte Karma. „Mein Vater sagte immer, dass wir im Leben genau das finden, was wir suchen. Es sei denn, wir könnten unsere Wesenszüge ändern und gewissermaßen über uns selbst hinauswachsen."

„Hm", machte Palla. „Ob es nun ein Geist ist oder nur ein Baum – sicher ist, dass er sehr schön ist."

Der Mond am Himmel wurde immer runder. Slavka befahl einem Trupp, Morgra zu suchen und ihr nachzuspionieren. Im leuchtenden Antlitz des Mondes konnten die Wölfe Tor ausmachen, den man ihnen schon als Welpen dort oben gezeigt hatte.

Die Moral war gut, trotz mancher Unzufriedenheit, die sich durch das Rudel der Rebellen zog, und trotz Slavkas strenger Herrschaft. Am Abend heulten die Rebellen trotzig gegen Wolfbane, Morgra und die Balkar. Slavka fand, dass die Patrouillen und die Jagdtrupps gut arbeiteten, und sie bat Huttser immer öfter darum, sie zu begleiten und ihr mit Rat und Tat zur Seite zu stehen. Huttser war natürlich geschmeichelt.

Der Mond am Winterhimmel wandelte sich von einer Sichel zu einem großen, strahlenden Halbmond, der zwischen den Wolken aufging und auf Transsilvanien herunter sah wie die Hoffnung selbst.

Am Rand des Tals lag Palla allein und traurig da. Plötzlich sah sie Keeka und Karma durch den Schnee kommen.

„Palla!", bellte Keeka fröhlich. „Komm! Huttser wartet! Slavka hält immer Wort."

Doch Palla wandte sich an Karma, sie hatte die ganze Zeit über ihr Gespräch nachgegrübelt. „Sag mir erst, Karma – wenn du an eure eigenen Geschichten glaubst, dann muss es hier im Großrudel doch schlimm für dich sein …"

„Ich bin auch oft unzufrieden", knurrte Karma und ließ ihren Blick über das Rebellenlager wandern. „Doch ich bin nicht allein, Palla. Ein Dragga namens Rar agiert heimlich gegen Slavka."

„Sch, Karma!" Keeka fletschte die Zähne. „Du weißt doch, dass Slavka überall ihre Spione hat. Und dann überhaupt – was willst du denn machen? Willst du zu den Balkar gehen?"

Karma zuckte mit den Schultern.

„Warum bleibst du denn hier, Karma?", fragte Palla mit einem Hauch Verachtung in der Stimme.

Karmas Augen blitzten verschlagen und belustigt auf.

„Ich bin mein ganzes Leben lang auf der Wanderschaft gewesen", knurrte sie, „der Hunger, Rivalitäten zwischen den Rudeln oder die Kriege der Menschen haben mich immer von Land zu Land getrieben. Wie viele andere hier war auch ich ein Kerrl, und seit Slavka mich aufgenommen hat, kämpfe ich auf ihrer Seite. Wenn sie ein Großrudel will, dann soll sie es haben."

„Aber glaubst du denn, dass ein Großrudel natürlich ist?"

Wieder zuckte Karma mit den Schultern. „Wir müssen überleben", sagte sie kühl.

Palla brach auf. Sie sah andere Wölfinnen durchs Tal zu ihren Gefährten streifen, einige Paare saßen schon beisammen. Manche heulten heiter und füllten die Bergluft mit ihren Stimmen. Palla spürte einen Stich der Eifersucht, denn an den wedelnden Ruten und an der Zärtlichkeit, mit der sie sich beschnüffelten und ihre Schnauzen aneinander rieben, merkte man, wie sehr sie sich nacheinander gesehnt hatten.

Kaum sah sie Huttser, wurde sie langsamer. Er stand allein, und beim Anblick seiner schönen, stolzen Schnauze und seines hübschen Gesichts fühlte sie Reue. Sie hob leicht die Rute, und die Augen der beiden Wölfe verrieten ihre Gewissensbisse, aber Palla war noch immer schrecklich wütend auf Huttser.

„Palla", knurrte er, als sie näher kam, und streckte seine Schnauze nach ihr aus, „du siehst gut aus."

„Es geht mir auch nicht schlecht", log sie und zuckte missmutig mit den Schultern, auch wenn es ihr schwer fiel, seinem Geruch zu widerstehen. „Wenn man verbissen kämpft, geht es einem wenigstens besser."

Sie hatten beide gelernt, dass man durch einen Sieg beim Kampf nicht nur mehr zu fressen bekam, sondern sich auch Respekt bei künftigen Kämpfen verdiente. Dennoch dachten sie beide schaudernd an ihren eigenen Kampf auf dem Eis.

„Die Kleinen fehlen mir so", sagte Palla unvermittelt.

Und ganz tief in ihrem Inneren vermisste sie auch Huttser unsäglich. Huttser senkte den Blick. Er gab sich selbst die Schuld, weil er Fel aufs Eis geführt hatte, genauso wie er Kar die Schuld gab, weil er in jener Nacht so schreckliche Angst gehabt hatte. Doch das konnte er vor Palla nicht zugeben. Beide wussten jedoch, dass sie mit ihrer sinnlosen Wut beide Jungen vertrieben hatten.

„Ich glaube, dass Larka und Kar in Sicherheit sind, ich spüre es", murmelte Huttser. „Außerdem ist es wirklich besser, dass Larka weg ist. Wenn Slavka herausfinden würde …"

Pallas Haare stellten sich, sie scharrte.

Huttser sah, wie wütend sie war. „Slavka ist kein böser Wolf, Palla."

„Nein?"

„Wir leben in düsteren Zeiten, und vielleicht hat Slavka ja Recht, wenn sie meint, dass auch düstere Maßnahmen vonnöten sind. Die freien Varg müssen überleben."

„Wir müssen sie finden, Huttser!", sagte Palla scharf.

„Tsinga meinte doch, wir müssten aufeinander aufpassen und uns gemeinsam gegen Morgras Hass stellen. Was ist, wenn wir die Familie sind?"

Der Dragga und die Drappa blickten sich kurz in die Augen, und der Schmerz durchfuhr beide wie ein Feuer. „Diese Hoffnung ist dahin", knurrte Huttser betrübt, „sie starb mit Fel. Es ist eben so, wir müssen der Wirklichkeit ins Auge sehen. Und ich habe mich zum Kampf entschlossen, Palla, ich will tun, was ich kann, um Slavka zu unterstützen."

„Aber Huttser, das wird uns oder Larka nicht helfen!"

„Slavka darf die Wahrheit über Larka niemals erfahren. Die Rebellen suchen das Menschenkind, nicht unsere Tochter. Hoffen wir, dass sie genügend gelernt hat und sich von ihnen fern hält. In der Zwischenzeit muss ich ihnen helfen."

Palla war bitter enttäuscht von ihrem Gefährten, doch bei der Erinnerung an Fel winselte sie vor Qual und Hoffnungslosigkeit. „Manchmal möchte ich mich vor diesen Rebellen niederwerfen und sie bitten aufzuhören, einander weh zu tun, nur weil sie Angst haben. Manchmal würde ich alles tun, nur um ihnen Einhalt zu gebieten."

Palla zitterte, nun war Huttser enttäuscht von seiner Gefährtin.

„Palla, du vergisst dich!", knurrte er. „Zeig ein bisschen mehr Selbstachtung, und sie bringen auch dir Achtung entgegen."

„Das ist mir doch egal!", bellte Palla außer sich. „Selbstachtung! Was soll das schon sein? Und was ist mit Liebe? Er ist tot, Huttser. Ist dir das denn nicht mehr wichtig? Er ist tot, er ist tot, weil –" Sie hielt plötzlich inne.

Aber Huttser zog zornig die Lefzen zurück. „So ist das also!", kläffte er. Und seine Seelenqual zog ihm fast den Boden unter den Läufen weg. „Immer noch gibst du mir die Schuld!"

Er machte kehrt und schnürte vor dem Mond davon. Palla sah ihm bebend nach, aber ihr Stolz war wieder zurückgekehrt und sie wäre ihm nie gefolgt. Hin- und hergerissen zwischen Wut und Not blieb sie einfach stehen und zitterte ganz fürchterlich.

In derselben Nacht fiel Schnee und blieb auf dem Rücken der Rebellen liegen. Erst nach vielen Sonnen klarte es wieder auf, und Slavka konnte mit Huttser auf Streife gehen. In der Region waren Balkar gesichtet worden, und die Rebellen waren auf der Hut. Während sie Streife gingen, sah Slavka immer zu den Bergen hoch über dem Tal hinauf. Die Wehmut hatte sie gepackt, und als Huttser sie fragte, was denn los sei, erzählte sie ihm, was geschehen war, nachdem sie ihre Welpen getötet hatte. Sie war in die Berge über dem Tal von Kosov geflohen und hatte dort eine eigenartige Menschensiedlung gefunden.

Huttser sah erstaunt auf. Harja!, dachte er, sagte aber nichts.

Slavka schilderte den seltsamen Ort. Die Erde hatte gezittert, aber sie war dort geblieben und hatte gelernt, ihr Herz noch härter zu machen. Die Berge rings um die Bauten waren unpassierbar. Slavka war eigentlich aus Zufall durch eine enge Schlucht zum Eingang gekommen. Wenn etwas schief gehen sollte, würde sie das Großrudel dort hinauf in Sicherheit führen, und sie beschrieb Huttser den Weg in allen Einzelheiten. Der Eingang lag hinter einer Quelle. Man musste eine große Schlucht durchqueren, die von einem ganz besonderen Felsen bewacht wurde.

Die Streife war den ganzen Morgen unterwegs, Slavka trieb die Wölfe an. Nur Huttser konnte mit der Führerin mithalten, und er staunte über ihre Kraft. Der Himmel war ausnahmsweise klar, die Sonne schien zwar nicht so warm, dass der Schnee schmolz, doch sie strahlte und glitzerte auf dem Schnee und blendete die Wölfe.

„Fenris knurrt heute", kläffte Huttser, während er mit Slavka Schritt hielt.

„Fenris!", schnaubte Slavka. „Du glaubst doch nicht auch an dieses alte Märchen, Huttser?"

Huttser hatte sich bei seiner Bemerkung nichts gedacht. „Ich wollte nur –"

Slavka zog die Lefzen zurück. „Als ich mich hinter die Steine flüchtete, sah ich oft in die Sonne und heulte Fenris um Rat und Hilfe an. Doch ich bekam nie eine Antwort, und mit der Zeit versuchte ich herauszufinden, was wirklich dort oben im Himmel war. Meine Augen schmerzten, aber ich konnte immer länger in die Sonne sehen, und ich glaube kaum, dass Fenris die Sonne ist."

Huttser zuckte mit den Schultern. „Es ist sicherlich nur ein Welpenmärchen." Aber er fragte sich, warum Slavka so ernst geworden war.

„Für meine Welpen nicht." Slavkas Gesicht verzerrte sich bei der Erinnerung an jenen schrecklichen Tag.

„Aber Welpen brauchen Geschichten, um zu lernen, und sie begreifen auch sehr viel besser als die Großen, was wirklich dahinter steckt."

„Kann sein." Slavka blieb abrupt stehen. „Doch wenn wir

erwachsen werden, müssen wir die Lüge bekämpfen. Die Nachtjäger wurden doch wegen ihrer scharfen Augen auserwählt, oder? Wenn Morgra vernichtet und alles vorbei ist, dann darf das Großrudel sich vermehren. Die Stärke wird ihr Geburtsrecht sein, und wir werden ihnen keine Geschichten von Tor, Fenris oder von der Gabe erzählen, sondern sie lehren, in die Sonne zu blicken und zu sehen, was wirklich dort ist. Wir lehren sie, eine lebhafte Schnauze zu haben und tapfer, kühn und treu zu sein. Bei uns wird es keine Sikla geben. Und keine Angst."

Huttser musste an den armen Bran und an seine eigenen toten Jungen denken, die unter der Birke vor dem Bau begraben waren, und er sehnte sich mehr denn je nach Palla.

Wolken zogen wieder auf, und als sie gegen Abend zum Hang unterhalb des südlichen Endes von Kosov kamen, war die Temperatur gefallen. Hinter einem Durchgang zu einer weiten, flachen Ebene blieb die Streife stehen und blickte sich erstaunt um. Auf der Ebene am Ausgang des Tals waren Menschen. Einige hatten schon Zelte aufgeschlagen und eine Koppel für die Pferde abgesteckt.

„Was wollen denn die hier?", knurrte Huttser.

In Slavkas Augen blitzten Angst und Hass auf. Sie versuchte zwar, ihre Wölfe zu beruhigen, denn die Menschen schienen weit genug entfernt und sie waren eindeutig nicht auf der Jagd, doch die Rebellen waren irritiert. Als sie wieder ins Lager zurückgingen, hörten sie ein Knurren oben am Hang.

„Gart!", bellte Slavka. „Was gibt es Neues?"

Gart beäugte Huttser kühl, während er auf die Streife zuging. Er war eifersüchtig auf Huttser, der in der Rangordnung des Rudels aufgestiegen war, und in erster Linie war Gart allein auf weite Wanderschaft gegangen, weil er Slavkas Gunst zurückgewinnen wollte.

„Sehr viel, Slavka. Am Ausgang des Tals sind Menschen."

„Das wissen wir, wir haben sie selbst gesehen."

„Und ich habe eine Gruppe Balkar gesichtet, sie waren auf der Jagd."

Gart sah erschöpft aus, denn er war tagelang gewandert, ohne zu rasten, um seiner Führerin die Neuigkeiten zu überbringen.

„Das Kind?"

Gart nickte. Seine Augen funkelten. „Ich habe es mit eigenen Augen gesehen, das Menschenkind", flüsterte er stolz.

„Du hast es gesehen?", bellte Slavka. „Dann sag mir, was ich hören will! Ist es tot?"

Gart senkte den Kopf. „Nein", sagte er reuig. „Ich konnte vom Bergsims nicht absteigen. Und dann hat mich auch noch eine Wölfin gesehen. Am nächsten Tag bin ich zurückgegangen, aber sie waren weg."

„Wer beschützt das Kind?"

„Da waren ein Vogel und drei Wölfe."

„Drei?"

Garts Augen flackerten. „Zwei Grauwölfe und eine weiße Wölfin."

Huttsers Ohr zuckte unweigerlich. Er musste seine ganze Kraft aufbieten, um nicht aufzuheulen.

„Das muss der Wolf sein, von dem im Vers die Rede ist, Slavka. Die Legende wird wahr", sagte Gart.

„Du wagst es, Gart!", schrie Slavka. „Dieses Gerede von der Legende können wir ganz leicht ersticken! Geh zurück ins Lager, hole Wölfe und jage sie, Gart. Jage und töte sie alle!"

Huttsers Herz wurde unsäglich schwer. Worte aus alter Zeit klingelten ihm plötzlich in den Ohren, Worte von Angst und Schuld und Worte des Verses. Wie Bran damals an jenem schrecklichen Tag hörte auch Huttser eine innere Stimme: *Hütet euch vor dem Verräter.* Zitternd stand er neben Slavka. „Was hast du nun vor, Slavka?", fragte er schließlich, so beiläufig er konnte, und versuchte, die Anspannung in seiner Stimme zu verbergen. „Willst du alle Rebellen ausschicken, um dieses ... dieses Kind zu finden?"

„Nein, das kann ich nicht. Ich muss hier sein, wenn die freien Wölfe kommen, die wir gerufen haben, sonst bleiben sie nicht. Nein, nein, Gart ist stark, er wird mich nicht enttäuschen."

Die Erleichterung in Huttsers Augen sah Slavka nicht. Palla!, dachte er sofort. Ich muss es Palla sagen!

Doch immer noch stand er zitternd neben Slavka. Der Wind frischte auf, und in seinem heulenden Atem spürte Huttser eine große Grausamkeit.

Slavka sah sich listig um. Der Wind wurde immer stärker, und die Wölfe spürten wieder die eisigen Flocken auf ihren Schnauzen schmelzen. Slavka sah in den Himmel, und auch ihr Herz begann schneller zu schlagen, doch warum, das wusste sie nicht. Ein wilder Gedanke schwirrte ihr durch den Kopf. Der Schnee fiel immer dichter, der Wind wurde kälter. Die Flocken schienen anzuschwellen, kaum waren sie aus den Wolken gefallen. Es schneite und schneite, und der Himmel war so verhangen, dass sie einander in dem Schneegestöber kaum noch sehen konnten.

„So, so!", bellte Slavka. „Das Kind lebt also noch. Aber mit ein wenig Glück hilft uns der Winter mit seinem Zorn. Wenn dies hier wirklich Wolfbanes Winter ist, Huttser, wie so viele dumme Wölfe glauben, dann soll ihr gesegneter Wolfbane diese Kreatur für uns vernichten. Die Natur wird die Sache der Rebellen unterstützen." Sie kicherte. Huttser wäre ihr am liebsten für ihre Grausamkeit an die Gurgel gegangen.

Der Himmel verdunkelte sich, die Nacht brach herein, und immer noch fiel Schnee. Am Morgen ließ das fahle, ferne Licht die Luft zwischen den kalten Flocken gespenstisch leuchten. Tagelang hörten die Schneefälle nicht auf, so viel Schnee hatte es in Transsilvanien noch nie gegeben.

„Grabe, Tsarr! Um Tors willen, grabe!", schrie Larka.

In dem dichten Schneesturm konnten sie nichts sehen. Das Kind schrie erbärmlich, seine kleinen Hände waren blau vor Kälte. Nachdem Larka Gart in den Bergen gesehen hatte, hatten sie die Lichtung verlassen, und nun suchten sie verzweifelt eine geschützte Bleibe.

Tsarr hatte das Kind wie früher an seinem Fellumhang im Maul getragen, doch es war gewachsen, und der alte Wolf hatte schwer mit der Last zu kämpfen. Sie suchten eine Höhle, aber sie steckten im Sturm fest. Abwechselnd schützten sie das Kind vor dem Wind, nun hatte sich Jarla um das Kleine gerollt, aber Larka wusste, dass es die

Nacht nicht überleben würde, wenn sie nicht vorher einen Unterschlupf fanden.

Tsarr grub wie wild im Schnee und häufte den weißen Puder hinter seinen glitzernden, frierenden Pfoten auf, doch der Sturm war so heftig, dass er kaum Fortschritte zu machen schien. Der Boden gefror in der Nacht, die Wölfe sprangen gegen den Schnee an, dass die Flocken nur so von ihrem Pelz aufstoben.

„Larka!", schrie eine Stimme von oben. „Ich kann euch nicht helfen, ich muss selbst einen Unterschlupf suchen. Viel Glück!"

Larka konnte Skart nicht mehr sehen, aber sie schauderte, als seine Stimme verklang und im Wind erstarb.

„Tsarr", bellte sie, „viele sagen, dass die Gabe auch Macht über die Elemente verleiht. Meinst du –"

„Nein!", knurrte Tsarr und scharrte weiter. „Wie soll denn das gehen? Die Gabe zieht ihre Kraft aus der Energie in den Dingen, aber über diese Energie hat sie keine Kontrolle. Es gibt viel Aberglauben rund um die Gabe, und das meiste ist dummes Geschwätz."

Larka fühlte sich plötzlich ganz hilflos gegenüber der Macht der Natur. Diese Ohnmacht vor den Elementen an sich hatte sie auch gefühlt, als sie ihre Vergangenheit im Wasser gesehen hatte. Aber sie war ein Wolf, und das machte sie so wütend, dass der Kampf nur noch härter wurde. Tsarr bellte, denn er hatte den Erdboden erreicht. Doch kaum begann er zu scharren, wurde sein altes Herz auch schon schwer, denn in der Kälte war der Boden hart geworden wie Stein.

Larka sah sich verzweifelt um. Sie war ganz benommen vor Kälte, und sie spürte, wie die Haut unter ihrem Pelz spannte. Wenn sie nicht bald eine Lösung fand, wäre nicht nur das Menschenkind tot, das wusste sie. Hoffnungslosigkeit überkam sie, und sie sah wieder Kipcha in den Stromschnellen strampeln und sinnlos gegen ein unentrinnbares Schicksal ankämpfen.

Der Tod umgibt uns immer!, dachte sie traurig.

Die Erinnerung an Kipchas Tod machte Larka ganz schwach. Sie hätte am liebsten aufgegeben, sich in den Schnee gelegt und zugelassen, dass die Kälte alle ihre Glieder lähmte und ihr Frieden schenkte. Doch als die Leere sich in ihr ausbreitete, erinnerte sie sich an das, was Palla Kipcha vom Ufer aus zugebellt hatte: *Nein, nicht kämpfen! Vertraut dem Wasser, es bringt euch in Sicherheit.* Da kam Larka eine Idee, sie blickte auf. „Der Schnee! Wir vertrauen dem Schnee!"

Larka krabbelte nun durch den Schnee – nicht direkt nach unten wie zuvor, sondern seitlich zum Hang. Tsarr und Jarla beobachteten sie verwirrt. Doch als Larka den Schnee wegscharrte, hielt die eisige Oberfläche und darunter erschien ein kleines Loch. Die Wölfe kamen Larka zu Hilfe. Bald hatten sie eine große Schneehöhle gegraben, deren Decke hielt. Sie krochen vorsichtig hinein, Tsarr trug das wimmernde Kind. Es schneite und schneite, der Schnee häufte sich vor ihrer behelfsmäßigen Höhle, und die Wölfe konnten zusehen, wie er den Eingang fast vollständig verschloss. Dabei merkte Larka, wie es innen allmählich wärmer wurde.

Da lagen nun die drei angstvollen Wölfe neben dem Menschenkind, ihr Atem dampfte und schwebte in Wölkchen um das Kleine, während die Schneehöhle in der Dämmerung glitzerte. Wieder hatte sich Jarla um das Kind gerollt, das jämmerlich zitterte. Doch es hatte aufgehört zu weinen und die Augen geschlossen.

„Larka, ich glaube, es stirbt", sagte Jarla und winselte. Ihre Stimme wurde in der eisigen Kammer gedämpft. Da dachte Larka an die Gabe. Sie schob sich zu Jarla und dem Kind und wälzte sich auf die Seite. Nun lag das Kleine weich und warm zwischen den beiden Wölfinnen. Jarla blickte etwas neidisch, doch als Larka sich konzentrierte und die Wärme durch ihren Körper schickte, regte sich das Kind und entspannte sich. Als die Wärme der beiden Wölfinnen in den kleinen Leib floss, schmatzte das Kleine leise. Jarla nickte und lächelte Larka zärtlich an.

11
Das rote Mädchen

Im Anfang war das Wort.

Johannes 1,1

„Palla! Hör zu, Palla, du musst fliehen."
Der Sturm hatte wieder eingesetzt. Das einzig Gute war, dass Huttser in dem nächtlichen Schneegestöber ungesehen zu Palla schleichen konnte. Sie knurrte kühl, als er sich näherte, staunte jedoch, als Huttser ihr sagte, was er erfahren hatte. Sie wollte den Himmel anheulen, doch die Angst um ihre Tochter überkam sie genauso schnell wie die Freude.
„Aber wieso sollte ich denn fliehen, Huttser?"
„Slavka will mich nun fast immer an ihrer Seite haben", sagte Huttser missmutig, „so hast du Gelegenheit, unbemerkt zu verschwinden. Du musst Larka und dieses Menschenkind finden und sie warnen."
„Ich bin deine Gefährtin, Huttser, und wenn ich fliehen soll, musst du schon mitkommen."
Huttsers Nackenhaare stellten sich ganz steif auf. Er erinnerte sich an den ersten Tag seiner Bekanntschaft mit der tapfersten und schönsten Wölfin, die er je gekannt hatte,

und dachte daran, wie er die anderen Freier davongejagt und Palla umworben hatte. „Nein, Palla, du musst dich um die Kleinen kümmern. Ich befehle es dir!"

„Du befiehlst mir? Seit wann denn das?" Palla zeigte ihre Zähne, aber es war weniger ein wütendes Fletschen als eher ein Lachen. „Sind wir denn nicht ebenbürtig? Ich jage genauso gut wie du und ich habe den Wurf ausgetragen. Das verlangt mehr Kraft, als sich ein Dragga je vorstellen oder gar verstehen kann."

Huttser senkte den Blick. „Palla", winselte er, „kannst du mir denn nie verzeihen, was … was passiert ist?"

Palla fiepte leise: „O Huttser! Da gibt es nichts zu verzeihen."

„Du hast mir so gefehlt, Palla!"

Palla trat vor. Ihre Schnauzen berührten sich und ihre Ruten wedelten, während sie winselnd in der Kälte standen und sich übers Gesicht leckten. Monate der Qual und Sorge, der Schuld für Fels Tod, das Schicksal ihres Rudels und ihre eigene Trennung waren vergessen.

„Huttser!", bellte Palla. „Wir werden Larka finden und dann weichen wir nicht mehr von ihrer Seite, bis alles vorbei ist. Die Legende macht mir Angst, aber wenn unsere Tochter bei dem Menschenkind ist, dann haben Tor und Fenris es vielleicht so gewollt."

„Es tut mir nicht Leid, von hier wegzugehen." Huttser sah hinauf zu den hohen Bergen. „Ich habe nämlich auch herausgefunden, dass die Zitadelle da oben liegt."

Da hörten sie plötzlich ein lautes Knurren und fuhren herum. Wütende Schnauzen zitterten im Schneesturm, Slavka trat vor. Gart stand neben ihr, die Rebellen hatten einen Halbkreis um ihre Führerin gebildet. Slavkas Augen sprühten Funken des Zorns, der die schneidend kalte Luft zu erhitzen schien, doch sie blinzelte verwirrt in den Schnee, während die Flocken um ihre Nase wirbelten. Sie konnte kaum glauben, was sie da gehört hatte.

„Verräter!", schäumte sie. „Verräter in meinem eigenen Lager!"

Ihr Blick zu Huttser verriet jedoch, dass ihre Wut vor allem daher kam, dass sie sich in dem Dragga so getäuscht hatte und dass sie sein Geheimnis nicht erraten konnte.

„Nein, Slavka", sagte er. „Wir sind keine Verräter."

„Schweig! Du, Huttser, du hast diese weiße Wölfin unterhalb der Felszacken gezeugt! Und so zeigst du mir Treue? Ich habe dir Vertrauen geschenkt, und dabei habe ich einen Verräter in meinem Bau genährt! Hat Morgra dich geschickt, um mich auszuspionieren?"

„Nein, Slavka!", bellte Palla. Allein die grobe Ungerechtigkeit dieser Unterstellung ließ sie fast verzweifeln. „Wir hassen Morgra so sehr wie du und wir wollen dir helfen, sie zu bekämpfen. Sie hat einen Fluch über unser Rudel gebracht, und als wir herausfanden, dass Larka die Gabe hat –"

Slavka zog die Lefzen zurück. „Die Gabe!", spie sie. „Wenn deine Tochter behauptet, sie hätte die Gabe, muss sie für diese Lüge sterben. Genauso wie auch das Menschenkind sterben muss."

Huttser knurrte und wollte auf Slavka losgehen, doch die Rebellen versperrten ihm den Weg.

„Gart", gilfte Slavka, „Gart, geh und suche sie."

Gart zögerte. Er hatte begriffen. Slavka sah es gleich.

„Gart!", knurrte sie. „Worauf wartest du?"

„Was ist, wenn ich das Kind nicht zu fassen bekomme?

Das Kind und diese Wölfin – die Legende erzählt von beiden. Und wenn die Gabe tatsächlich solche Macht mit sich bringt, dann kann ich vielleicht gar nicht –"

Slavka fuhr ihn an: „Es gibt keine Gabe und keine Macht! Wo ist deine Treue, Gart?" Sie sah ihn mit einem sonderbaren Blick an. „Na gut. Wenn du das Kind nicht töten kannst, dann bringe Larka eine Nachricht von der Rebellenführerin und von allen freien Varg. Sag ihr, dass Huttser und Palla kämpfen werden, wenn sie mir das Menschenkind nicht übergibt, sobald der Sommer ins Land zieht und die freien Rudel ins Tal von Kosov kommen."

Huttser drehte sich unsicher zu Palla um, der Schnee hüllte sie ein.

„Doch die beiden werden nicht das Recht haben, Morgra und die Nachtjäger zu bekämpfen oder für Recht und Freiheit der Varg einzustehen, nein!", jaulte Slavka auf, dass die Schneeflocken dick anzuschwellen schienen, „Nein, sie werden einander bekämpfen bis zum Tod."

Larka sah das Kind im Schneebau an. Seine kleinen Fäuste lagen auf seiner Brust. Diese komischen Pfoten und die winzigen rosa Krallen faszinierten Larka. Wenn dieses Kleine in den vergangenen Tagen an ihrem Fell gezogen, wenn es sie gestreichelt oder getätschelt hatte, hatte Larka gespürt, dass ein geheimnisvolles Wissen von den Pfoten in das Gehirn dieses Geschöpfs drang und dass es immerzu lernte.

„Jarla", sagte sie, „wenn es aufhört zu schneien, müssen wir Fleisch für das Kind suchen."

„Wenn es so lange lebt."

Die Wölfe schmiegten sich aneinander und dösten. Sie wussten, was sie zu tun hatten, aber sie hatten auch Angst. Als Larka aufwachte, sah sie, dass Jarla das Kind betrachtete. Draußen tobte der Sturm, es hörte sich an wie das Heulen von hundert Rudeln.

Jarla schauderte. „Tsarr, kann es denn wahr sein, dass das Wolfbanes Winter ist?"

Tsarr schüttelte knurrend den Kopf. „Nein, Jarla, das dürfen wir nicht glauben, es ist doch nur ein Märchen."

„Warum gibt es so viel Wut in der Welt", fiepte Jarla betrübt. „Selbst die Märchen sind düster."

Auch Larka schauderte, während draußen der Sturm heulte. Sie sah Jarla zärtlich an. „Als ich klein war, haben Bran und Brassa uns immer Geschichten von der Burg erzählt, düstere Geschichten, die mir Angst machten, obwohl ich wusste, dass sie nicht wahr waren, genauso wenig wie die Geschichten von Tsingas Tal, dem Tal der Schatten. Nun aber sind wir groß, Jarla, und wir dürfen keine Angst mehr haben. Angst führt nur zu Hass."

Tsarr sah Larka bewundernd an. „Es ist doch kaum verwunderlich, dass Märchen düster sind, oder?", knurrte er. „Was sollen wir den Kleinen denn erzählen? Märchen von glücklichen Familien, von knuddeligen Welpen und pelzigen Freunden?"

Jarla schüttelte ihre Schnauze.

Eine kleine Hand zog an Larkas Brustpelz. „Tsarr", sagte sie leise, „erzähl uns eine Geschichte, eine andere Geschichte." Damit wollte sie die Wölfe von ihrer Not ablenken.

„Eine andere Geschichte? Wie meinst du das, Larka?"

„Eine Geschichte vom Menschen. Von dem anderen Ge-

setz. Von damals, als Mensch und Wolf zusammenleb-
ten."

Das Kind strampelte. Tsarr dachte eine Weile nach, dann
nickte er bedächtig. „Hm, da gibt es das Märchen von
Fren und dem roten Mädchen."

„Erzähl, Tsarr!"

Das Kind drückte sich an Larka, und als Tsarr zu erzählen
begann, fühlte sie sich wieder selbst wie ein Welpe – ge-
borgen und glücklich in der Wärme ihrer Eltern.

„Nun gut", knurrte Tsarr. „Nachdem Tor und Fenris die
Welt geschaffen und das Licht aus der Nacht geholt hatten, da schufen sie den Menschen. Die Menschen waren
klug, sie verteilten sich überall auf der Welt und sie lernten, diese Welt mit ihren Händen und ihren seltsamen
Werkzeugen zu beherrschen. Damals beteten die Menschen Tor und Fenris noch an und behandelten die Wölfe
mit großem Respekt. Wenn ein Mensch einen Varg tötete,
galt das als großes Unglück. Dann kamen sie zusammen
und begruben den Wolf in der Erde, dabei floss Wasser
aus ihren Augen. Damals hatten die Menschen noch Ehrfurcht vor den Wundern der Natur."

Larka sah das Kind staunend an.

„Die Menschen schätzten die Varg als große Jäger. Sie
brachten ihre Welpen zu den Wölfinnen im Wald zum
Säugen, denn sie wussten, dass die Wolfsmilch den Kleinen Stärke verlieh, die Stärke des Jägers."

Jarla knurrte stolz und leckte das Kind.

„So sorgten also die Wölfe für die Menschenwelpen, und
es herrschte Freundschaft zwischen den Varg und den
Zweibeinern. Va selbst soll ein Kinderpaar gesäugt haben.
Die beiden wurden große Krieger und führten ein Rudel.

Sie schichteten einen riesigen Wald aus steinernen Bauten auf, der in der ganzen Welt bekannt war: Harja, das Tor zum Himmel."

Larka dachte an Tsingas Worte über den Altar und die Statue der Wölfin.

„Doch Tor hatte einen Liebling unter den Menschen, ein Mädchen mit einer Haut, die rot war wie ein Herbstblatt. Tor hatte sie nämlich aus dem roten Ton am Ufer des Großen Flusses geschaffen, der die Welt umgibt. Wenn Tor in die Augen des Mädchens sah, wusste sie, dass sie sie liebte, denn die Liebe geht durch die Augen. Tor kleidete das Mädchen mit dem Pelz der Rothirsche, damit sie es warm hatte."

Das Kind regte sich zwischen den Wölfen in der Schneehöhle.

„Das rote Mädchen lebte mitten in einem mächtigen Wald in einem Bau aus Bäumen, sie lebte allein, doch als ihre Zeit kam, fühlte sie sich einsam und ein Begehren überkam sie. Ihr Körper veränderte sich und sie suchte sich einen Gefährten unter ihresgleichen. Ihr bester Freund war der junge Grauwolf Fren. Zusammen schlenderten sie durch Wälder und Wiesen und freuten sich am Wunder der Schöpfung. Für das Mädchen gab es viele Gefahren im Wald – den wilden Keiler, die züngelnde Schlange, den Schwarzbär –, doch Fren schützte seine Freundin, vor allem auf den langen Wanderungen, die sie immer unternahmen, um eine alte Frau zu besuchen. Dann aber wurde Fenris eifersüchtig, weil Tor das rote Mädchen so liebte. Also schickte er einen von Frens Brüdern in den Wald, es war Barl. Fenris wusste, dass Barl Tor hasste, er war ihr zwar immer treu und ergeben gewesen, aber sie konnte ihn einfach nicht lieben. Barl war so verliebt in die Welt, dass er Tor gefragt hatte, ob sie ihm ewiges Leben schenken könnte, das hatte Tor so verstimmt, dass sie ihm zur Strafe lahme Läufe und schlechte Augen gegeben hatte. Barl konnte nur noch mit Mühe jagen, er wurde hungriger und hungriger und wollte sich an Tor rächen. Da schlich sich Fenris in Barls Träume und flüsterte ihm zu, wie sehr Tor das rote Mädchen liebte, und Barl nahm sich vor, das Mädchen zu rauben und zu fressen. Doch eines Nachts trafen sich Tor und Fenris im Mondschein, und sie stritten so erbittert, dass es Fenris herausrutschte, was er getan hatte. Tor eilte gleich zu Fren und warnte ihn vor dem lahmen Wolf, der durch den Wald streifte und ihr geliebtes Mädchen reißen wollte."

Larka winselte leise.

„Eines Tages wollte Fren das Mädchen durch den Wald begleiten, doch er verspätete sich, und als er an ihrem Bau ankam, musste er entsetzt feststellen, dass seine Freundin schon aufgebrochen war. Er entdeckte Wolfsspuren und erkannte darin mit Grauen die Spur seines Bruders Barl. Er rannte zum Bau der alten Frau und stürzte hinein. Das Maul stand ihm offen, als er das Blut und die Rothirschdecke des Mädchens auf dem Boden sah. Er dachte zuerst, Barl hätte seine Freundin aufgefressen, doch dann schnüffelte er den Bau aus und roch, dass die Alte tot war. Da hörte er eine süße Melodie im Wald. Er drehte sich um und sah durch den Eingang des Baus seine Freundin in der Ferne. Sie war wohlbehalten und hatte ihr rotes Fell nur abgelegt, weil sie im Bach baden wollte. Schön war sie, wie sie nackt in der Sonne stand und fröhlich sang. Dass der lahme Barl sich schon in den Bau geschlichen und ihre alte Freundin gefressen hatte, wusste sie nicht. Fren beobachtete gebannt, wie das Mädchen in das plätschernde Wasser tauchte. Da knurrte er, er hatte gerochen, dass sein Bruder zum Bach zurückkam. Bestürzt sah sich Fren um – er wollte auf keinen Fall, dass Barl das Mädchen entdeckte. Und als der Lahme sich dem Wasser näherte, kam Fren eine Idee: Er holte schnell das Hirschfell, fuhr mit der Schnauze hinein und stülpte es über. Dann rief er leise nach draußen: ,Bist du das, mein Freund? Ich bin hier drin, komm rein!' Barl dachte nun, das rote Mädchen hielt ihn für Fren, denn mit seinen schlechten Augen verwechselte er oft selbst viele Dinge. Barl sprang also hinüber zum Holzbau, rannte hinein – und sah Fren im Pelz des Mädchens auf den Hinterbeinen stehen. Im Bau spendete die brennende Luft der Menschen Wärme und Licht und ließ auch den Wolfspelz rot scheinen. Barl kniff die Augen zusammen, aber er hielt Fren immer noch für das Mädchen, und der Geifer lief ihm aus dem Maul. Fren wappnete sich, er wollte seinem Feind an die Kehle gehen und flüsterte: ,Komm doch näher, mein Freund!' Barl machte einen Satz nach vorn, doch irgendwie befremdete ihn der Anblick. Auch Fren schielte seinen Bruder an, er zögerte ein wenig, ihn zu töten, doch dann dachte er wieder an das schöne nackte Mädchen im Bach, und das gab ihm Mut. ,Aber – deine Augen sind so groß', knurrte Barl, ,und deine Nase ist so lang.' – ,Ja!', bellte Fren und warf das Hirschfell ab. ,Und meine Zähne sind so scharf! Denn ich bin ein Wolf wie du.' Er ging Barl an die Kehle. Es kam zu einem wilden Kampf, aber Fren hatte den Überraschungseffekt auf seiner Seite, und bald lag Barl tot auf dem Boden. Fren sah zitternd und voller Schuldgefühle hinab auf seinen toten Bruder. Doch als das Mädchen zurückkam und sah, was im Bau passiert war, nahm sie ihren Freund in den Arm und streichelte ihn dankbar. Da kam auch Fenris zum Bau, und als er sah, was Fren getan hatte, knurrte er zornentbrannt und brüllte: ‚Fren, du hast deinen Bruder getötet, nun bist du ein Jäger. Du musst von hier verschwinden, ich werde dir die Erinnerung an das rote Mädchen rauben, und du sollst auf ewig die Welt durchwandern, bis du wieder weißt, wer du wirklich bist. Und weil ich ein Rachegott bin, sollen deine Nachkommen bis in die zehnte Generation für deine Sünden büßen. Dir, Fren, werde ich ein Gebot stellen, ein Gebot in blutigen Worten. Es lautet: ‚Du sollst töten.‘‘ Fren war ganz niedergeschmettert. Doch da kam Tor. Sie blickte erst den Wolf, dann das Mädchen an, und als sie hörte, was Fenris geboten hatte, blutete ihr das Herz, und sie wusste nicht, wen sie mehr liebte, das Mädchen oder den Wolf. ‚Fren‘, gilfte sie, ‚Fenris ist auch ein Gott, und ich kann sein Gebot nicht zurücknehmen. Da du aber das alles für das Mädchen getan hast, das ich liebe, schenke ich dir scharfe Krallen und einen scharfen, listigen Instinkt. Für das Fell, das du zur Täuschung getragen hast, schenke ich dir Hirschherden, die du nach Herzenslust jagen kannst. Und weil Fenris geboten hat, dass du das rote Mädchen vergessen sollst, werde ich der ganzen Lera die Erinnerung rauben und dir ein Mal geben, das dir bei deiner finsteren Suche helfen soll.‘ Und Tor berührte mit ihrer Pfote Frens Stirn. Als sie sie wieder wegzog, beugte sich das rote Mädchen vor und wollte das Mal sehen – doch da war nichts. Nur Fenris wusste, was Tor mit ihrer Berührung getan hatte, sie hatte dem Wolf nämlich einen Fluch auferlegt und zugleich ein Geschenk gemacht: die Gabe."

Larka knurrte verwirrt, als Tsarr geendet hatte. Zwar sprach das Märchen von der Gabe und von der Freundschaft mit den Menschen, von einer Welt fernab aller Angst und Einsamkeit, die Larka so lange verfolgt hatten, doch Fenris' Gebot klang auch wie eine Warnung, und sie dachte an die Frage, die Fel damals am Treffpunkt gestellt hatte: *Bin ich der Hüter meiner Schwester?*

„Heißt das, wir sollen wieder wie früher mit allen Menschen Freunde sein?", fragte sie ruhig und sah das Kind in dem zerbrechlichen Bau an.

„Das geht nicht", knurrte Jarla. „Wir können auch nicht mit der ganzen Lera Freunde sein. Was sollen wir denn dann jagen? Wie sollen wir überleben?"

„Vielleicht soll es uns nur zum Nachdenken anregen und unseren Blick schärfen", sagte Tsarr leise.

Larka dachte an das Märchen, das Palla ihr einmal im Bau erzählt hatte. Dass Tor und Fenris den Menschen auf die Welt gebracht hatten, damit die Wölfe eines Tages begreifen könnten, woher sie kamen. „Können die Menschen besser sehen als die Lera, Tsarr?", fragte sie nachdenklich und leckte das Kind. „Besser als die Varg?"

„Nein, sie haben nicht die Augen, die ein Herla auch noch in der Dunkelheit von einem Berggipfel herunter erspähen können, sie können auch keinen wunden Fuchs in einem weiten Tal riechen. Doch es heißt, dass die erste Gabe der Menschen ihre Vorstellungskraft sei. Auch das ist eine Art Gabe. Manche Menschen sollen sogar mit den Vögeln geflogen und mit den riesigen Blauwalen in die größten Tiefen der Ozeane getaucht sein. Doch Gewissheit wirst du erst am Altar haben."

Larka schüttelte den Kopf. „Was ist dann mit Fren passiert?"

„Er hat vieles erlebt, Larka, aber die Geschichten um Fren verstummten, weil ein Märchen von einem anderen Wolf unter den Varg aufkam, das Märchen von Sita."

„Erzähl es uns, Tsarr!", bat Jarla.

„Tor und Fenris hatten wieder mal gestritten. Fenris war so wütend, dass er die Wölfe zu erbitterten Kämpfen untereinander aufstachelte. Es war so schlimm, dass es schien, als könne es nie wieder Frieden geben. Tors Herz wurde schwer, und sie schickte schließlich ihre Tochter Sita auf die Erde, um den Wölfen Einhalt zu gebieten. Sita war lieb und freundlich, und Tor liebte sie über alles."

„Wie hat Sita denn die Kämpfe beendet?", fragte Larka.

Das Kind strampelte und wand sich.

Nach einer Weile fuhr Tsarr fort: „Sie wanderte erst durch die Wälder und heilte die verwundeten Varg. Sie erzählte ihnen Geschichten und schenkte selbst den niedersten Siklas ihre Zeit. Sie sagte ihnen, dass sie keine Angst haben müssten, dass es keinen Tod gebe, sondern nur Freude und dass es die mutigste Tat sei, Liebe zu geben. Sie bat die Wölfe, ihre Welpen zu ihr zu schicken, denn sie wusste, dass die Kleinen die Wahrheit sehen können, und sie liebte Welpen über alles." Tsarr hielt wieder inne. „Aber darum war Sita eigentlich nicht zu den Varg gekommen."

„Warum dann?", knurrte Larka.

„Tor wusste, dass Fenris rachedurstig war und dass er von

den Wölfen Tribut gefordert hatte, um seinen Zorn zu lindern: Er wollte, dass die Varg Sita verlachten, dass sie auf sie spuckten und sie schließlich töteten."

Larka riss entsetzt die Augen auf. Sie dachte an das, was sie zu Tsinga über das Menschenkind und den Altar gesagt hatte. „Du willst doch nicht etwa sagen, dass Tor ihre eigene Tochter geopfert hat?"

„O doch!", fiepte Tsarr. „Tor liebte die Varg und wollte ihnen zeigen, was sie Schreckliches getan hatten, das Schrecklichste überhaupt."

„Aber das durfte sie nicht!", jaulte Larka. „Tor hat die Varg doch erschaffen! Sie hätte nur die Kämpfe beenden sollen."

Tsarr schüttelte den Kopf. „Nein, Larka. In den Geschichten über die Erschaffung des Varg bekamen die Wölfe das größte Geschenk, was es geben kann: die Freiheit. Sie durften tun, was sie wollten. Aber das Märchen von Sita ist noch nicht zu Ende."

„Nein?"

„Nein. Nach drei Monaten erstand sie wieder auf."

„Was?", staunte Larka, aber es gab ihr Hoffnung. „Sie kam zurück von den Toten?"

„Ja … Das heißt, nicht eigentlich – es gab keinen Tod, wie Sita gesagt hatte. Und Sita war ja die Tochter einer Göttin."

Die Wölfe sahen sich an.

„Und außerdem, Larka", knurrte Tsarr, „Tor hat die Welt nicht erschaffen."

„Nein?", jaulte Larka überrascht.

„Nein. Tor und Fenris haben sie zusammen erschaffen."

Es schneite viele Sonnen lang, doch im Schneebau war es warm, und dem Menschenkind ging es in seinem Nest zwischen Larka und Jarla schon besser. Jeden Tag schob Tsarr am Eingang seine Schnauze durch den Schnee, damit frische Luft hereinkam, und es gelang den Wölfen, am Leben zu bleiben.

Eines Nachts jedoch kam es Larka so vor, als hörte sie ein Heulen im Wind. Erst dachte sie, die Fantasie spiele ihr einen Streich, doch als der Wind abflaute, konnten die Wölfin hinter der Wand aus Schnee deutlich die Varg hören.

Angsterfüllt kauerten sie im Bau und lauschten reglos. Larka konnte sogar ihre Umrisse durch die vereiste Wand erkennen. Sie zitterte, doch beim Anblick dieser Schatten fuhr ihr eine grimmige Wut in den Bauch, und Fenris' göttliches Gebot kam ihr wieder in den Sinn. Dann drifteten die Stimmen der Jäger davon, und aus der Ferne hörte Larka ein einsames Heulen in der Nacht.

„Tsarr", sagte sie, als sie sicher war, dass die anderen sich verzogen hatten, „der alte Ruf ... Wie kann Morgra die Suchenden zusammenrufen?"

Tsarr hob voller Angst den Kopf. „Dieses Geheimnis hat Tsinga Morgra anvertraut, doch Morgra wusste nicht, dass Tsinga es auch mir gesagt hatte, nachdem sie Morgras Absichten erraten hatte."

„Und?" Es war mehr ein Befehl als eine Frage.

Während Tsarr Larka erklärte, wie man den alten Ruf einsetzte, drückte sich Jarla schaudernd an das Kind: Wer die Schatten anrief, musste Fenris' Namen nennen. Der alte Ruf sollte nach einer Tötung in einer Art Traumzustand erschallen, in den nur Wölfe mit der Gabe gelangen konnten, so erreichte das Heulen die Grenzen des Jenseits und holte die Suchenden.

Dann schlummerten die Wölfe wieder ein, ihr Atem dampfte im Bau. Irgendwann sah Larka, dass die Schneewände leicht zu schmelzen begannen. Sie fragte sich, was draußen im Sturm wohl vor sich ging. Da trat plötzlich die zweite Fähigkeit der Gabe in ihr hervor. Voller Schreck sah sie die orange flackernde, brennende Luft der Menschen im Schmelzwasser, das an den Wänden des Baus schimmerte. Ein großes Feld erschien, gesäumt von Ebereschen mit hellroten Beeren, die im Schein vieler Lagerfeuer leuchteten. Überall waren Menschen, die einen trugen Rüstungen, die anderen grobes Tuch. In ihren Gürteln steckten Schwerter oder sie trugen Knüppel und wanderten ziellos durchs Lager.

Das Kind strampelte, doch Larka war so gebannt von den lebenden Bildern um sie herum wie damals von den Zigeunern im Lager. Doch plötzlich verschwanden die Menschen wieder, und an der Schneewand spiegelte sich nur noch schwach Larkas Schnauze.

„Was ist denn, Larka?" Tsarr, der neben ihr lag, war aufgewacht. Er spürte die Anspannung in ihren Muskeln.

„Da waren Bilder, nun sind sie wieder weg."

„Das macht nichts. Mit der Zeit bleiben sie immer länger, und dann wird dir auch ihre Bedeutung klarer."

Doch Larka warf den Kopf zurück und zitterte ganz schrecklich.

„Larka! Was ist los?", knurrte Tsarr.

„Kosov!", japste sie. „Fel hat mir einmal die Geschichte von Wolfbanes Versprechen erzählt. Und er sagte, dort wären Ebereschen."

„Natürlich", sagte Tsarr. „Kosov bedeutet ‚Ort mit Ebereschen'."

Larkas Augen weiteten sich vor Angst.

„Was siehst du, Larka?"

Doch mit Larkas Antwort konnte der alte Wolf nicht viel anfangen.

„Denk nach, Tsarr – am Sammelplatz oder in der Nähe sind Menschen. Oder sie werden bald dort sein."

„Na und?"

„Der Vers, Tsarr! *Denn des Gestaltwandlers Pakt mit den Vögeln wird wahr.*"

Tsarr vollendete bebend und knurrend die Strophe: „*Wenn Menschenblut mischt sich im Tau mit dem Blut der Varg.*"

Larka sah als Erste, dass es aufgehört hatte zu schneien. Die Wölfin hatte plötzlich einen schlimmen Krampf im Lauf gehabt und war aufgestanden, um sich zu strecken. Sie hatte die Nase durch die Schneewand geschoben und hinausgeblickt. Der Himmel war strahlend blau, die Sonne funkelte und glitzerte auf der weißen Decke. Larka kroch aus dem Bau. Da stand sie nun wie ein Pelzfleck im Schnee und ihr wurde klar, dass sie überlebt hatten, obwohl die Chancen so schlecht waren. Und es überkam sie so ein erhabenes, befreiendes Gefühl wie damals bei ihrem ersten Flug mit Skart.

Gerade, als sie an ihren Freund dachte, sah sie einen Punkt am Horizont, der immer größer wurde. Der Adler kam auf sie zu. Obwohl er dünner geworden war, weil auch er unter der Kälte gelitten hatte, fand Larka ihn wunderschön, wie er so frei durch die Luft glitt und viel prächtiger aussah, als wenn er auf der Erde hüpfte und flatterte.

„Larka!", schrie er und landete neben der Wölfin. „Dem Himmel sei Dank, dass ich euch wieder gefunden habe! Seit Tagen suche ich euch. Es gibt Neuigkeiten."

„Neuigkeiten?"

„Ja. Varg. Sie wandern durch den Schnee. Sie gehen in einer Reihe, und von oben betrachtet sehen sie aus wie Welpen, die sich verirrt haben. Aber ich flog ein bisschen tiefer und sah, dass sie etwas suchen."

„Ich weiß, Skart. Sie hätten uns im Sturm fast gefunden. Kommen sie zurück?"

„Nein, sie waren auf dem Weg zum Felsen am Fluss, aber der Schnee hat unsere Spuren verwischt, und sie sind nach Westen weitergezogen."

„Tor sei Dank!", fiepte Larka und erzählte dem Vogel, was sie an den Schneewänden des Baus gesehen hatte. Der Adler klapperte panisch mit dem Schnabel.

„Sollten wir sie nicht vor dem warnen, was passieren wird?", fragte Larka.

Skart schüttelte hilflos den Kopf. „Damit würdest du dich und das Kind opfern. Slavka würde dich töten."

Larka schauderte, aber dann dachte sie an Tsarrs Märchen von Sita. „Aber die Legende, Skart!"

„Nein. Vielleicht hast du Bilder aus der Vergangenheit gesehen. Angeblich soll es einmal in Kosov einen großen Kampf gegeben haben, vielleicht war es ein Kampf mit Menschen."

Fast verschämt senkte Larka den Kopf. „Aber alles, was passiert, scheint in eine einzige Richtung zu deuten: Morgras Fluch wurde wahr. Und nun –"

353

„Gib die Hoffnung nicht auf!", krächzte Skart voller Überzeugung. „Wir haben immer noch das Kind, ohne das Kind kann nichts wahr werden. Und nachdem Tsinga tot ist, weiß niemand, wo die Zitadelle liegt."

In jenem Moment hätte Larka alles geglaubt, was man ihr sagte.

„Na gut", knurrte sie, „aber wenn diese Varg in der Nähe sind, egal, wer sie sind, müssen wir Wache stehen. Und wir müssen Fleisch für das Kind finden."

„Dann komm, gehen wir jagen."

Larka schüttelte traurig den Kopf. „Ich glaube, ich würde lieber etwas Aas suchen."

Skart sah sie voller Verachtung an.

„Wie diese Drecksraben!", kreischte er und blinzelte wütend.

Das alte Selbstmitleid stahl sich wieder in Larkas Blick. „Aber als ich –"

„Larka", unterbrach Skart die Wölfin schon freundlicher, „man kann das Auge der Gabe auch schließen, wenn nötig."

Larka sah den Adler verwundert an. „Schließen?"

„Komm, ich zeige dir, wie du jagen kannst."

Larka folgte dem Vogel, der über ihr flog und ihr ermutigend zukreischte. Dabei versuchte sie, nicht mit Skarts Augen zu sehen. Bald sichteten sie ein Schaf, das von der Herde getrennt worden war und sich im Dickicht verfangen hatte. Kaum sah Larka das Tier strampeln und kaum hörte sie es blöken, durchfuhr sie auch schon ein heftiger Schauder.

„Was denkst du, Larka?", krächzte Skart.

„Es gab schon so viel Streit und so viele Tote. Morgra jagt

uns. Aber bin ich denn besser? Jedenfalls will ich nicht die Qual der Beute spüren."

„Larka", sagte Skart streng, „wenn du die Welt betrachtest, könntest du auf die Idee kommen, dass jeder jeden tötet, aber das stimmt nicht. Es gibt auch Frieden, es muss Frieden geben. Der Karpfen schwimmt manchmal hinter der Elritze her, ohne sein Maul zu öffnen, und die Feldmaus ist oft sicher neben der Grasschlange. Nicht alle Tiere sind Jäger oder Beute."

Zitternd sah Larka das Schaf an.

„Und", schrie Skart, dass die Luft bebte und Larka hilflos zu dem Vogel aufsah, der unablässig über ihr kreiste, „es ist durchaus möglich, ohne Hass zu töten. Schnell, sauber und mit Mitgefühl."

„Mitgefühl!" Plötzlich kam es Larka so vor, als sei dies das schönste Wort, das sie je gehört hatte.

„Und um mit anderen zu fühlen, musst du erst lernen, mit dir selbst zu fühlen."

Larkas Herz wurde leicht – als hätte man ihr einen Ausweg gezeigt.

„Du hast nichts falsch gemacht", sagte Skart.

Larka hatte das Gefühl, eine Pfote schlage ihr über die Schnauze, und sie erschrak so, dass ihre Nackenhaare bebten. Plötzlich war ihr klar, wovor sie wirklich die ganze Zeit davongelaufen war: Schuld. Dem Schatten der Schuld, den Morgra, ja die Legende selbst, wie ein Netz über das Rudel geworfen hatte.

„Aber, Skart ... Warum töten die Putnar denn?"

„Fragt ein Welpe, warum er sich im sonnigen Gras wälzt und mit Zähnen und Krallen mit seinen Geschwistern ringt? Oder wundert sich ein Küken, warum es im Nest flattert und nach Futter gackert? Du hast einen schönen, starken und klugen Leib, Larka, du hast scharfe Zähne und gute Krallen. Freu dich daran, denn du hast wie jeder andere auch das Recht, das zu sein, was du bist."

Larka spürte, wie die Sonne auf ihren Pelz schien und ein wunderbarer Friede sie erfüllte. Als Skart von ihrem Körper sprach, schienen die Gedanken, die sie schon so lange belasteten, von ihrer Seele genommen. Sie stemmte die Pfoten in den Schnee und spürte das kribbelnde Gefühl der Berührung mit der Erde. Sie stellte ihre Ohren in den Wind, sog die kalte, flirrende Luft ein und ließ ihren Blick durch den wundervollen Tag schweifen. Ihr war, als würde sie zu sich selbst zurückfinden, als würde sie wieder vollständig werden. Sie machte einen Satz, und die Kraft, mit der sie auf das Schaf zustürzte, war wie ein reiner Gedanke, unbehindert von Gefühlen der Liebe und des Hasses, es war weder richtig noch falsch, es war einfach purer und bloßer Zweck.

Larka fraß, ohne dass ein schreckliches Bild sie gestört hätte, und sie spürte, wie die Gesundheit sie durchflutete. Skart schließlich holte Futter für das Kind. Am Mittag kam er zurück, seine großen Klauen sanken in den Schnee, er öffnete seinen Schnabel und ließ vor Larka ein Eichhörnchen fallen. Jarlas Zunge fuhr um ihre Lefzen, als Larka die Beute neben den Kopf des Menschenkindes legte. Gurgelnd streckte es seine Händchen aus und griff nach dem pelzigen Etwas, als sei es ein Spielzeug. Die Wölfe warteten, dass das Kind etwas tat, dass es hineinbiss, doch nichts geschah, und Larka nahm das Eichhörnchen wieder selbst ins Maul. „Wir müssen es füttern", meinte sie missmutig.

Die Wölfin zerriss und kaute die Stücke, und ihr eigener Hunger regte sich wieder. Schließlich hatte sie ganz kleine Häppchen gebissen, die das Kind aus Larkas Maul nehmen konnte.

Larka jagte auch selbst für das Kind, und je mehr Fleisch es aß, desto kräftiger wurde es. Und dann geschah etwas, das Hoffnung gab trotz Larkas Bildern von den Menschen, die sich im Tal von Kosov versammelten. Es taute.

Die Melodie des Frühlings lag in der Luft. Der Winter war bitterkalt gewesen, aber daran war nicht Wolfbane schuld.

Um das Kind trocken zu halten, trugen es die Wölfe in ein Birkenwäldchen. Sie scharrten den Schnee weg, sammelten trockenes Laub und Zweige und machten daraus eine Art Bettchen. Skart erschrak regelrecht, als er das Gebilde erblickte, denn es sah aus wie ein richtiges Nest.

Der Frühling kam. Die Wölfe und der Vogel fütterten und hegten das Kind. In den Bergen schmolz der Schnee und im Flachland blühten die hohen Gräser. Die Mandelbäume standen in Blüte, ihre Ästen waren weiß und rosa getupft, und die Bergflanken wurden wieder grün und rot. Die Blumen gingen auf, gleichzeitig platzten Myriaden Kokons wie Samenschoten, und Schmetterlinge schwirrten wie geflügelte Regenbögen zwischen der Blütenpracht hindurch.

Das Kind wuchs heran. Seine kleinen Wangen leuchteten rosig und gesund. Auch die Haare auf seinem Kopf waren gewachsen. Es konnte nun schon stehen, ohne umzufallen. Larka stellte verwundert fest, dass sich sein Aussehen fast über Nacht veränderte. Einst war es in den Augen der Wölfe ein unförmiges Bündel aus Haut und Knochen gewesen, nun sahen sie, dass aus seinen Gesichtszügen ein Wesen sprach. In den Augenwinkeln und um den Mund entstanden kleine Fältchen. Neugierig beobachtete Larka die Veränderungen bei dem Kind, und dachte an das, was Skart damals auf dem Flug über das Werden gesagt hatte, denn sie wusste, dass auch sie anders geworden war. Sie war nun erwachsen.

In der Nacht lag sie neben Jarla, sah das Kind an und schüttelte den Kopf. „Wir müssen ihm einen Namen geben."

„Und welchen, Larka?"

Larka schob ihre schöne Schnauze zu dem kleinen, hilflosen Geschöpf. Auf einmal bellte sie: „Ich weiß! Wir nennen es Bran."

In den vertrauensvollen blauen Augen des Kindes konnte man lesen, dass es das Gebell nicht verstand, doch es brabbelte, öffnete die Arme und ging zur Belustigung der Wölfe knurrend auf allen vieren.

In den folgenden Tagen ließ Larka Bran nicht aus den Augen. Dass sie ihm einen Namen gegeben hatte, hatte ihre Bindung an das Kind nur noch verstärkt. Manchmal versuchte sie sich vorzustellen, wie es wäre, in einen Menschen hineinzuschauen, doch sie konnte Brans Blick nie lange standhalten, und wenn sie dann die Augen abwenden musste, dachte sie zitternd an die Macht des Mensch-Varg über die Lera.

Wie in dem Märchen, das Tsarr ihr von Tor und Fren erzählt hatte, berührte sie Bran einmal mit der Nase an der Stirn. Dabei war ihr gar nicht wohl, und sie hatte sogar kurz das Gefühl, Brans Energie würde in ihre Schnauze fließen. Sie fragte sich ernsthaft, ob es dort wirklich ein drittes Auge gab. Aber was für ein Auge sollte das sein, ohne Lid und ohne Iris? Es konnte auf keinen Fall etwas von der Welt sehen, dennoch schien eine große Kraft in dieser Stirn zu stecken.

Am nächsten Tag streifte Larka zur Abwechslung alleine durch die Gegend und ließ Bran bei den anderen. Skart saß hoch oben in einem Baum und sah auf Tsarr und Jarla herunter, die sich unterhielten, während Larka über eine Hügelkuppe kam. Als sie den Wald sah, blieb sie plötzlich stehen und hob die Rute.

Sie sah sie als Erste, nicht als Körper, sondern als Hitze und Licht. Ihr Instinkt sagte ihr, dass die fünf Wölfe, die sich in der Dämmerung durch die Bäume zu ihren Freunden schlichen, nichts Gutes vorhatten. Knurrend schätzte Larka die Entfernung zwischen ihr und Brans Bettchen und wäre am liebsten durch den Himmel geflogen, um die anderen zu schützen, doch sie wusste, dass sie nichts tun konnte.

„Die Gabe!", bellte sie. „Was habe ich denn davon, wenn ich diese Dinge sehen kann, aber machtlos bin." Da dachte sie an Skarts Lektion über die Jagd und an Tsinga, die vor langer Zeit gesagt hatte, sie dürfe ihre Natur nicht fürchten. Und sie erinnerte sich auch an Fenris' hartes Gebot. „Nein!" Sie fletschte die Zähne. „Ich bin auch ein Wolf, ich habe Zähne und einen starken Kiefer, denn ich bin ein Putnar."

Die weiße Wölfin sprang den Hügel hinab, wie ein Blitz schoss sie durchs Gras, ihre Ohren zitterten, ihr Schwanz zog einen Strich durch die Luft. In ihrem Schritt lag Wut, in ihren Pfoten lag Gewalt, doch in ihrer neuen Entschlossenheit spürte sie auch Freiheit.

Jarla hörte die knackenden Zweige. Die fünf Wölfe griffen mit Heftigkeit an. Skart kreischte im Geäst und öffnete die Schwingen, während Tsarr und Jarla vorsprangen und vier Varg abwehrten, doch einer bellte dem fünften Wolf zu:

„Schnell! Das Menschenkind! Töte es!" Es war Gart.

Der fünfte Wolf rannte zu Bran, der vor Schreck wimmerte. Jarla ging in wilder Entschlossenheit auf die beiden Wölfe vor ihr los und verjagte sie, doch als Tsarr kehrtmachen wollte, gingen Gart und ein zweiter Wolf auf ihn los, und der fünfte Rebell war fast bei dem Kind. Da stürzte Skart vom Himmel herunter, seine Klauen trafen den Kopf des Wolfs nicht, doch der Rebell bekam solche Panik, dass er sich umdrehte und auf die Hinterbeine ging. Gart konnte sich losreißen und lief zu dem Kind. Er hatte es fast geschafft, schon riss er das Maul auf – da fuhr ein weißer Blitz durch die Luft. Gart spürte, wie ihm der Atem aus dem Lungen gepresst wurde, als er zu Boden ging. Larka ging auf den Wolf los, der Skart abzuwehren versuchte, und sie versetzte ihm solch einen Hieb auf die Nase, dass er sie anspuckte und floh.

Larka sah unbesiegbar aus. Ihre gelben Augen flammten auf, jeder Muskel war gespannt. Sie sprang Tsarrs Angreifer an, der auch gleich das Weite suchte. Larka und Tsarr drehten sich zu Jarla um, doch die Wölfin lag auf dem Boden, zwei Rebellen standen über ihr und wollten ihr an die Kehle.

„Nein!", kläffte Tsarr.

Er sprang den einen Rebellen an und brachte ihn zu Fall,

Larka übernahm den anderen und ging ihm an die Gurgel. Der Biss hinterließ eine schlimme Wunde, er rannte davon, sein Kumpel tat es ihm gleich. Nun war Gart alleine. Er war wieder auf die Beine gekommen, doch als Larka sah, wie er sich auf Bran zu bewegte, bellte sie laut: „Keine Bewegung! Wenn dir dein Leben lieb ist!"

Gart erstarrte. Larka schnürte zu ihm hinüber. Tsarr hatte sich über Jarla gebeugt und leckte zärtlich ihre Schnauze. Ihr Blut tränkte schon das Gras.

„Warum habt ihr das getan?", kläffte Larka wütend. „Hat Morgra euch geschickt?"

„Morgra!", schnaubte Gart. „Was hat denn ein Rebell mit diesem Abschaum zu tun? Du weißt von Morgra mehr als wir, du behauptest ja auch, dass du die Gabe hast. Also bist du nicht besser als Morgra."

„Was hat dieses kleine Geschöpf dir eigentlich getan?"

„Das fragst du noch! Du, ein Wolf, ein Varg, beschützt einen Menschen! Das ist gegen alle Gesetze der Putnar, gegen alle Gesetze der Natur. Morgra sucht wegen der Legende schon unsere Führerin, und die Nachtjäger sind wieder unterwegs. Und da fragst du, was diese Kreatur getan hat?"

Fast beschämt senkte Larka den Blick. Doch als sie Jarla röcheln hörte, fuhr sie den Wolf an: „Geh! Verschwinde!"

Gart sah das Kind wieder gierig an und sagte mit kalter, harter Stimme: „Ich gehe. Aber willst du zuvor nichts über deine Eltern wissen? Über Huttser und Palla?"

Larka sprang Gart an und schlug ihn nieder. Mit offenem Maul und steifer Rute stand sie über ihm, sie presste ihre kräftigen Vorderpfoten auf seine Brust, als wollte sie ihn in die Erde drücken, und ließ langsam ihre Nase an seiner Kehle hin und her schwingen. „Meine Eltern leben?"

„Noch", knurrte Gart. „Sie wurden gefangen genommen und sind mit uns in Kosov."

Larka wurde fast übel.

„Dein Vater war uns eine Zeit lang sehr nützlich", schnaubte er verächtlich, „er hat Balkar und Menschen gesichtet."

„Menschen?", kläffte Larka.

„Ja, einige siedeln am Ende des Tals."

Larkas Herz raste. Das hatte sie also gesehen – es lag in der Gegenwart.

„Dann haben wir herausgefunden, dass dein Vater und deine Mutter in Wahrheit Spione sind. Sie leben noch, aber nur, bis Slavka ihren Tod befiehlt."

„Sprich!"

Gart hatte keine große Angst. Er war ein Kämpfer, nun hatte er sich in sein Los gefügt. Doch zuerst überbrachte er noch höhnisch und kühl Slavkas Nachricht. Als Larka das hörte, fing sie an, so heftig zu zittern, dass er unter ihren Pfoten ihr Beben spürte. Gart beäugte Larkas Zähne und sagte leise: „Du hast die Wahl, Larka. Entweder du opferst dich selbst und das Kind oder du kannst deinen Eltern auf Nimmerwiedersehen sagen."

Larka spie ihn an und schob ihre Kiefer so nahe an seine Kehle, dass er ihren Atem im Pelz spüren konnte. Er schloss die Augen.

„Tu's, Larka. Bring's hinter dich. Bist du ein Wolf oder nicht? Ich zumindest habe meine Pflicht als ein treuer Varg erfüllt."

Larka hätte den Rebellen für seine Dummheit am liebsten

zerrissen und ihm das Leben aus dem Leib gebissen. Nicht nur das Leben ihrer Eltern stand nun auf der Kippe, sondern das Leben aller Wölfe und der ganzen Lera. Sie wollte hinausschreien, dass die Legende wahr werden würde. Denn sie hatte die Bilder gesehen. Aber sie wusste, dass Gart ihr niemals glauben würde. Sie stand da wie eine alte Wahrsagerin, deren Schicksal es war, dass niemand ihr glaubte. Beim Gedanken an ihre Eltern riss sie das Maul auf, doch irgendetwas hielt sie zurück. Gart war stark und stolz und er hatte Recht: Er hatte sein Leben für das riskiert, was er richtig fand. Warum sollte er dafür sterben? Würde Gerechtigkeit das Laub unter Tors Himmel erzittern lassen, wenn sie ihn tötete?

Sie ließ von ihm ab. „Geh! Geh zurück zu deiner Führerin und sag ihr, dass sie Unrecht hat. Nicht die Gabe ist das Böse, auch nicht der Mensch, sondern Morgra und Wolfbane. Und sag ihr, dass ich nicht bin wie Morgra."

Gart öffnete die Augen. Er hatte schon mit seinem Ende gerechnet, nun wurde ihm so leicht, dass es ihm vorkam, als würde er über seinem Körper schweben. Er stand auf und schielte Larka an. Wie schön sie ist!, dachte er. Er erinnerte sich, was er auf Slavkas Befehl seinem Freund Darrm antun musste, und das schlechte Gewissen überkam ihn. Er wollte noch etwas sagen, aber Larka hatte sich schon kühl abgewandt. „Und sag Slavka auch, dass sie eines Tages dafür bezahlen muss, wenn sie sich an meinen Eltern vergeht." Sie trottete davon.

Gart sah der weißen Wölfin verwundert nach, die sich nun zu Jarla hinunterbeugte.

Tsarr schüttelte traurig den Kopf. „Es ist hoffnungslos, Larka."

„Jarla", winselte Larka, „es tut mir so Leid. Ich bin zu spät gekommen."

Jarla lag schmerzverzerrt da. Der Pelz an ihrer Kehle war aufgerissen und blutig.

„Ich will versuchen, dich zu heilen, Jarla. Mit der Gabe."

„Nein", röchelte Jarla, „es ist zu spät für mich."

Larka spürte, wie das Leben aus Jarla wich.

„Larka", hauchte sie, „wir haben nicht mehr viel Zeit, und ich wollte dich noch um etwas bitten. Versprichst du mir, dass du für das Menschenkind sorgst? Dass du alles tust, was in deiner Macht steht, um es zu schützen? Und dass du es wieder zu seiner Mutter bringst, denn nur sie kann es verstehen."

Larka winselte Jarla zärtlich an.

„Bitte, Larka, versprich es mir! Schwöre bei der Gabe!"

Larka erinnerte sich an den Pakt mit Fel und Kar und dachte: Wozu Versprechen geben, wenn wir sie nicht halten? „Ich schwöre."

Jarla schloss die Augen. Das Todesröcheln drang aus ihrem Leib, und in ihrer sterbenden Stimme lag eine Bedeutung ohne Worte. Es war ein Flüstern, ein Seufzer der Dankbarkeit und Erleichterung.

Larkas Heulen hallte durch den Wald. Bran drehte den Kopf. Im Unterbewusstsein des Kindes regte sich eine uralte Erinnerung.

In jener schrecklichen Nacht wollte Larka allein sein und nachdenken. Tsarr blieb bei Bran und leckte seine Wunden. Skart hüpfte und flatterte herum. Die beiden machten sich Sorgen, sie wussten, dass Larka vor einer unmöglichen Wahl stand.

Mit schwerem Herzen wanderte sie durch den Wald. Sie hatte sich selbst und Jarla versprochen, das eigenartige Menschenkind zu beschützen, doch nun waren ihre Eltern in großer Gefahr – nicht nur wegen Slavka, sondern auch wegen der Legende. Morgra war auf dem Weg, und Larka wusste nun, dass sie in Kosov die Legende wahr machen und den Suchenden die Pfade öffnen würde. Vielleicht könnte sie ihnen zuvorkommen und sie wegzaubern. Aber würden sich ihre Eltern wirklich auf Slavkas Befehl bis zum Tod bekämpfen? Larka schauderte bei diesem Gedanken, doch sie sah wieder die gebleckten Zähne ihrer Eltern auf dem Eis. Sie wollte sie retten und all den Streit beenden.

Doch wenn sie Bran nach Kosov brachte, wie Slavka verlangte, machte sie sich selbst zu Morgras Dienerin und Verbündeten.

Im Morgengrauen stand Larka auf und ging zu der toten Jarla. Ihr wurde ganz unheimlich, als sie sah, dass die stillen Arbeiter des Waldes, die Ameisen, Termiten und Käfer, schon aus dem Unterholz gekrochen waren und den Kadaver fraßen. Dabei bekämpften sich die Tierchen gegenseitig und kletterten aufeinander herum. Larka dachte daran, wie hasserfüllt Skart von Kraar und den fliegenden Aasfressern gesprochen hatte. Aber sie war verwirrt. War denn der Wolf nicht auch ein Aasfresser wie diese kleinen Tiere? Fraß nicht jeder jeden?

„Larka, was willst du jetzt tun?", fragte Skart ruhig.

Larkas Blick flackerte. Einen kurzen Moment lang klingelten ihr die wütenden Stimmen ihrer Eltern in den Ohren, doch mit dieser Erinnerung kam Tsingas Gebell aus dem fahlen Schnee und hallte durch die zarten Gräser: *Liebt euch. Seid treu. Liebt euch oder geht unter.*

„Ich werde meine Eltern retten."

„Aber Larka", widersprach Tsarr. „Sollten wir denn nicht warten? Die Gabe wächst in dir, und wir haben dir noch mehr beizubringen."

Fast verächtlich bleckte Larka die Zähne. „Ich habe genug gelernt, ich habe immer gelernt, ohne es zu merken. Und was für einen Sinn hat die Gabe, wenn meine Eltern sterben müssen? Mein ganzes Leben lang bin ich vor Angst und Verrat davongelaufen. Ich aber bin kein Verräter, ich will Huttser und Palla nicht verraten und ich will auch keine Angst mehr haben."

„Aber die Rebellen wollen das Kind töten", sagte Tsarr, „und sie wollen auch dich töten. Und Kosov? Morgra ist bereits auf dem Weg."

„Sie werden weder mir noch dem Kind ein Härchen krümmen", knurrte Larka. „Morgra nicht und auch die Rebellen nicht. Und wenn Slavka solche Angst vor den Menschen hat, kann mir Bran vielleicht helfen, sie zu besiegen." Und doch zitterte Larka beim Gedanken an die Soldaten, die sich vor dem Tal von Kosov sammelten.

„Aber du beherrschst die Gabe noch nicht. Du –"

„Frieden, Tsarr!", sagte Larka gelassen. „Skart hat mir einmal gesagt, dass die Jungen immer die Schuld der Alten auf sich nehmen müssen, obwohl sie gar nichts getan haben. Das stimmt. Doch wenn ich nichts unternehme, wenn ich die Gabe nur nutze, um zu jagen und in erhabener Freiheit durch den Himmel zu fliegen, werde ich mich immer schuldig fühlen. Wir müssen wissen, wofür wir uns die Schuld geben und wofür nicht. Ich liebe meine Eltern, Tsarr, und wenn ich sie im Stich lasse, wird das etwas in mir abtöten, dann könnte ich vielleicht nie wieder lieben. Und vergiss nicht, Tsarr, dass auch ich ein Wolf mit scharfen Krallen bin."

Tsarrs Nackenhaare stellten sich. Skart nickte bedächtig. Die Schülerin war jetzt zur Lehrerin geworden.

„Denkt auch an die Familie", fuhr Larka fort. „Wenn ich meine Eltern rette, können wir vielleicht wieder Hoffnung schöpfen. Wenn der Vers sich bewahrheitet – sollten wir dann nicht auch die ganze Legende wahr werden lassen?"

Tsarr knurrte. Er dachte an all das, was Larka schon in ihrem Innersten wusste, doch auch ihm gaben ihre kühnen Worte Hoffnung.

„Aber wie sollen wir das Kind tragen?", fragte Skart.

„Ich nehme es auf den Rücken", sagte Tsarr und schob seine Schnauze stolz an Larkas Nase.

„Dann gehen wir. Jetzt gleich!", kläffte Larka.

Tsarr trottete zu Bran und legte sich neben ihn. Das Kind zog an seinem Fell, doch es blieb im Gras sitzen und sah Larka an.

„Lass mich es versuchen", sagte sie, sie leckte das kleine Wesen und legte sich ganz langsam hin. Wieder griff Bran nach dem weichen Fell, es schien ihn zu beruhigen. Tsarr schob ihn sanft mit der Nase vorwärts, und plötzlich kletterte er auf Larkas Rücken. Vorsichtig richtete sie sich auf, und das Kind hielt sich an ihr fest.

„Los!", bellte sie. „Der Sommer kommt, und wir haben nicht sehr viel Zeit."

Tsarr und Skart schielten Larka an, die mit dem Menschenkind auf dem Rücken im Wald stand. Der Adler breitete seine Schwingen aus und flog auf, Larka rannte mit dem Menschenkind in den Kampf. Da wussten Skart und Tsarr, dass sie ihr überallhin folgen würden.

Der Rebell lag auf der Seite im Gras, er winselte jämmerlich und leckte mit seiner trockenen Zunge das Blut von seiner Schnauze. Seit vielen Sonnen hatte er nicht gesoffen, und die Balkar hatten ihn bis zur Erschöpfung gequält. Sein Blut war zwar dick und schmeckte süßlich, aber wenigstens befeuchtete es sein Maul. Müde hob er den Kopf, als Morgra auf ihn zukam. Es war einer der Wölfe, die Larka und das Kind angegriffen hatten. Morgras Späher hatten ihn auf dem Rückweg nach Kosov geschnappt.
„So!", zischte Morgra. „Du lebst ja noch. Dann gehen wir noch mal alles durch. Also, du wurdest ausgeschickt, um das Kind zu töten, aber das ist dir nicht gelungen?"
„Ja", keuchte er. „Die Wölfin hat uns verjagt."
„Welche Wölfin?"
„Larka."
In Morgras Augen blitzte solcher Hass auf, dass es den Balkar eiskalt über den Rücken lief. „Larka. Larka ist also bei dem Kind." Morgras Stimme war tonlos wie der Tod, doch eine schreckliche Gier sprach aus ihr. „Wer ist noch bei ihr? Ein Grauwolf und ein Adler?"
Als der Rebell nickte, fletschte Morgra die Zähne. Sie fragte und fragte ihn, während die Sonne über den Himmel wanderte, und am Abend schob sie ihre vernarbte Schnauze wieder in sein Gesicht.
„Noch mal!", jaulte sie. „Larka hat also das Kind und du konntest es nicht töten. Und Slavka hat nun gedroht, Lar-

kas Eltern umzubringen, wenn sie ihr das Kind nicht bringt."

Der Rebell bleckte die Zähne, doch gleich kam ein Nachtjäger und biss ihn heftig in die Flanke. „Ich habe doch schon alles gesagt", jaulte er in Todesqualen.

„Und der Sammelplatz ist im Tal von Kosov?"

„Ja. Unterhalb der Zitadelle der Menschen."

Morgras Nase kam noch näher. „Zitadelle?"

„Die Ruinen, hoch oben in den Bergen."

Morgra fühlte eine große Energie durch ihren Leib fließen. „Das muss es sein", bellte sie. „Gut. Tötet ihn."

Die Nachtjäger sahen erleichtert auf, denn sie hatten genug von der Folter. Doch kaum traten die Balkar vor, hob Morgra den Kopf und sah zum Wald hinüber.

„Halt! Überlasst ihn Wolfbane."

Die Balkar zitterten bei der Erwähnung seines Namens und sahen auch zu den Bäumen hin. Keiner wagte sich an den Waldrand, und alle sprachen seinen Namen mit Grauen aus. Sie hatten ihn nie zu Gesicht bekommen, doch sie träumten von ihm. Morgra schloss die Augen und rief ihn an.

Im Wald regte sich etwas. Wolfbane zuckte zusammen, als er das leise Flüstern hörte, doch er konnte ihrem Befehl nicht zuwiderhandeln und musste sich im Wald verstecken. Morgra hielt ihn abseits der Wölfe, er war ein Geist bei den Balkar und war zu seiner eigenen Legende geworden.

„Wolfbane, ich habe ein Geschenk für dich. Komm zum Waldrand."

Die Balkar trieben den Rebellen zum Wald, sie fletschten die Zähne und schnappten nach ihm. Er schleppte sich auf den Vorderpfoten über den Boden und schleifte die lahmen Hinterläufe an seinem gebrochenen Kreuz hinter sich her. Er schleppte sich in den Wald, und die Nachtjäger wichen winselnd zurück, als sie das Knurren im Gehölz hörten. Es war ein erbärmlicher Anblick, diese großen, starken Wölfe, die nun den Schwanz einzogen und heulten wie geprügelte Köter. Sie sahen nach allem aus, nur nicht nach den Ersten unter den Putnar. Plötzlich ertönte lautes Geheul im Wald, dann herrschte wieder Stille.

Morgra knurrte ergötzt, Kraar flatterte neben ihr auf.

„Herrin", krächzte er, „ziehen wir weiter?"

„Ja. Kosov ist nahe, nur wenige Sonnen nach Süden. Und die Zitadelle ist auch dort, die verlorene Zitadelle. Wir müssen sie bald erreichen."

„Und was ist mit den Nachtjägern, die das Kind suchen?"

„Idiot! Hörst du denn nicht? Vertraust du der Legende immer noch nicht? Slavka hat Larka außerdem ein Ultimatum gestellt. Und wenn Larka nach Palla schlägt, wird sie versuchen, ihnen zu helfen und das Kind zum Sammelplatz bringen. Doch wenn sie vor uns zu den Rebellen kommt, muss ich um beide fürchten."

Kraar stellte seine Kopffedern. Es sah ziemlich dumm aus.

„Ist es denn nicht ein Witz?", fuhr Morgra kalt fort. „Unterhalb des Steinernen Baus habe ich ihnen Wolfbanes Schutz angeboten, und nun müssen wir wieder zusehen, wie wir die liebe kleine Larka schützen."

„Und ihre Eltern?"

„Die Familie!", schnaubte Morgra voller Verachtung.

„Nun gibt es keine Hindernisse mehr auf meinem Weg zum Altar. Huttser und Palla sind dem Fluch bislang entkommen, aber sie werden sterben, Kraar. Sie werden mit dem Großrudel sterben, wenn wir bereit sind, den Ruf auszusenden."

Der Rabe hob seine glänzenden schwarzen Flügel.

„Wann?"

„Hast du sie denn nicht auch gesehen, Kraar? Sie warten. Sie warten und beobachten. Die Suchenden haben Hunger."

Der Vogel schauderte erregt.

„Geh jetzt, Kraar! Es ist Zeit. Die freien Varg lassen sich wie Schafe ins Tal von Kosov treiben, und die Suchenden werden ihr Untergang sein. Doch auch deine Artgenossen sollen zum Fest dabei sein, und eure Schreie sollen die Toten wecken."

12
Die Suchenden

Die Sonne schien, da sie keine andere
Wahl hatte, auf nichts Neues.

Samuel Beckett, *Murphy*

Zwei schöne graue Varg schnürten durch die Wiesen zum
Sammelplatz im Tal von Kosov. Plötzlich blieben sie ste-
hen und knurrten. Vor ihnen standen überall Zelte der
Menschen. Slavka und Huttser hatten nur wenige Men-
schen gesichtet, und auch Morgra hatte nur ein paar im
Wasserloch gesehen, doch nun waren es hunderte.
„Was wollen sie denn hier?", fragte der eine.
„Keine Ahnung", sagte der andere. „Aber das Tal liegt da-
hinter."
„Das gefällt mir gar nicht", sagte der erste.
„Mir auch nicht. Aber wir müssen wissen, was Slavka zu
sagen hat."
„Einige sagen doch, eine Familie aus einem fernen Land
würde uns zu Hilfe kommen, eine Familie Polarwölfe.
Und dass wir dem Nordstern folgen sollen, um sie zu fin-
den."
Sein Gefährte schüttelte verächtlich den Kopf.

Im Tal hob Slavka die Schnauze und knurrte zufrieden. Aus allen Richtungen strömten Grauwölfe heran und bildeten eine wabernde Masse. Sie kamen mit ihren Rudeln von den Bergen und aus den Wäldern, viele standen abseits, manch eine Familie tuschelte nervös. Doch Slavka würde es ihnen schon zeigen, sie würde Wölfinnen und Wölfe trennen und sie im Kampf drillen. Sie würden stark, stolz und frei sein.

Doch Slavka spürte den Hauch der Angst bei den Varg. Mit jedem Neuankömmling ging ein Raunen durch die Menge. Viele hatten auf ihrer Wanderung Visionen gehabt, Visionen von Wölfen, die sie beobachtet hatten und plötzlich wieder verschwunden waren. Wolfbanes Name war in aller Munde. Viele freie Varg hatten darauf verzichtet, sich dem Großrudel anzuschließen, aber im Land jenseits der Wälder herrschte solch eine Angst, dass sie trotzdem zum Sammelplatz gekommen waren, um zu hören, was Slavka ihnen zu sagen hätte.

Slavka stand langsam auf und trat heulend vor, die Wölfe gingen zu ihr.

„Willkommen!", bellte sie, dass es nur so durchs Tal hallte. „Ich heiße euch alle willkommen. Unsere Zeit ist da. Seit Trattos Tod und Morgras Machtübernahme schleicht das Böse durch das Land jenseits der Wälder."

Ein wütendes Knurren ging durch die Wolfsrudel.

„Aber ich bin hier, um euch von dem Bösen zu erlösen. Um den dunklen Mythos zu zerstören, den Mythos der Gabe – damit die Varg Putnar bleiben und nicht zu Sklaven des Aberglaubens werden!"

Zwischen den Wölfen wurde in einer kleinen Gruppe getuschelt. „Das kannst du nicht tun", sagte die Wölfin.

„Wir haben ewige Treue geschworen, und wenn wir sie nun verraten –"

„Sprich nicht von Verrat!", knurrte der Wolf. „Es gibt keinen Verrat. Es gibt nur den Kampf um die Rangordnung."

Dann trat der Grauwolf vor seine junge Familie. Er hieß Rar und war ein großer Dragga mit klugen Augen und mutigem Blick. „Slavka!", bellte er. „Du nennst dich selbst die Erretterin, aber ist ein Großrudel wirklich nach Wolfsart? Und man munkelt einiges über deine Methoden."

Die Wölfe raunzten wieder, aber Slavka gab mit fester Stimme zurück: „Manche können mich nicht leiden, Rar, und halten mich für grausam. Andere finden die Trennung von Wölfinnen und Wölfen problematisch, und die Kämpfe rufen Missmut hervor. Doch wir sind Putnar, und Stärke kann man nur mit Stärke bekämpfen. Es geht das Gerücht, Morgra und die Balkar seien schon auf dem Weg hierher."

Doch Rar ließ sich nicht beirren. „Wir wissen alle von Morgra", knurrte er. „Und wir kennen auch die Geschichte von Wolfbane. Doch nicht alle glauben, dass die Gabe schlecht ist. Und außerdem ist inzwischen die Rede von einer weißen Wölfin."

Bei diesen Worten rutschten im Kreis der Rebellen ein Dragga und eine Drappa nervös herum und stellten die Ohren. Seit jener Nacht im Schnee standen Huttser und Palla unter ständiger Bewachung.

Slavka fletschte wild die Zähne. „Du weißt, dass es nicht nur Gerede ist, Rar. Sie heißt Larka und sie wandert mit einem Menschen. Doch das machen richtige Wölfe nicht.

Wir müssen beide vernichten und den Lügen, die die Putnar schwächen und vor Angst zersetzen, ein Ende bereiten."

„Slavka", knurrte Rar und wandte sich auch an die anderen Wölfe in seiner Nähe. „Wenn Larka die Gabe besitzt, kann sie uns vielleicht helfen, Morgra auszuschalten. Man sagt, Larka sei die Erretterin und ihre Familie sei von den Elementen auf die Probe gestellt worden."

Einige Wölfe murmelten und nickten, doch bei der Erwähnung Larkas als der Erretterin streckte Slavka zornig den Kopf vor und zitterte voller Eifersucht. „Was redest du da? Sie soll die Vision bekommen? Sie soll dem Mensch-Varg zur Macht verhelfen? Der Mensch ist böse und er ist schon nah."

Ein wütendes Knurren ertönte. Rar verstummte, denn er sah, dass Slavka die Wölfe aufstachelte. Als sie aus den Bergen gekommen waren, hatten sie die Lager der Soldaten am südlichen Rand des Sammelplatzes gesehen, und dieser Anblick hatte sie aufgeschreckt. Wie viele andere hatte auch Rar in den Geschichten über diesen weißen Wolf Hoffnung gesucht, doch selbst er wagte nicht, Slavka in ihrer Ansicht über die Menschen zu widersprechen.

Slavka fuhr fort: „Wenn Larka behauptet, sie hätte die Gabe, dann ist sie nicht besser als Morgra."

Der Dragga neben Slavka sah auf. In seinen Augen lag heimlicher Zweifel. Es war Gart. Er war gerade erst zurückgekommen, und ein Wolf seines Trupps war von den Balkar gefangen genommen worden.

„Aber sie wird mir dieses Menschenkind bringen", kläffte Slavka. „Das verspreche ich euch. Ich selbst werde es töten, und dann wird mein Großrudel diese dunklen Machenschaften mit Zähnen und Krallen bekämpfen, wie es sich für Putnar gehört. Wir haben immer frei in unseren Revieren gelebt, und diese Freiheit wird größer, wenn unsere Reviere größer werden. Wir werden nicht mehr länger einsam und allein leben und in den Wäldern jagen, sondern wir werden alles zusammen machen. Für Zweifel und Wankelmut ist nun nicht die Zeit. Schließt euch zusammen und lasst uns gemeinsam unserem Schicksal gegenübertreten."

Selbst Huttser spürte ein Kribbeln. Obwohl Slavka grausam war, schlug sein Herz ein wenig schneller für sie.

Sie hob die Schnauze und heulte mit kräftiger Stimme. Die Grauwölfe hoben nacheinander die Köpfe und antworteten, bis das Geheul durchs ganze Tal hallte. Als das Großrudel wieder verstummte, ertönte am östlichen Ende des Tals gleichstimmiges, leises Geheul. Das Lied der Erretterin.

Als es zu Ende war, skandierten die Wölfe laut: „Slavka! Slavka!"

Selbst Rar konnte dem Geheul nicht widerstehen, so mächtig und stark wirkten die Varg! Und als die Luft ihre Stimmen in den Süden des Tals zum Menschenlager trug, sprangen die Männer aus den Zelten und packten ihre Schwerter.

Huttser und Palla standen zitternd im Kreis ihrer Bewacher. Seit vielen Tagen dachten sie nur voller Angst an ihre Tochter, und mit der Ankunft der Rudel hatte sich eine neue Angst ins Tal geschlichen. Die Geschichte von Wolfbanes Versprechen und wo es gegeben worden war kursierte nun wieder ganz offen unter den Wölfen. Als das

Geheul verebbte und Huttser Slavka ansah, zog er die Lefzen zurück.

„Wenn wir doch nur entkommen könnten!", sagte Palla so leise, dass die Wachen sie nicht hören konnten.

„Sie lassen in ihrer Aufmerksamkeit nicht nach", knurrte Huttser verdrossen.

„Vielleicht bekommen wir Hilfe. Ich habe gehört, wie sich Keeka und Karma unterhalten haben. Wenn sie wissen würden, dass wir Larkas Eltern sind, dass unsere Familie –"

Beim Anblick eines knopfäugigen Vogels in seinem Nest im Busch knurrte Palla. Er war groß und plump und blickte blasiert um sich. Es war ein Kuckuck, und Palla hatte mit Grauen seine Geburt beobachtet. Das Nest gehörte einer Finkenfamilie.

Mutter und Vater Fink hatten das Nest stolz gebaut und ihre kleinen Eier hineingelegt. Doch eines Nachts, als die Eltern jagen waren, war ein Kuckucksweibchen gekommen und hatte sein Ei dazugelegt. Es war größer als die anderen, doch die Finken hatten das Leben darin gespürt und vergesslich, wie sie waren, das Ei für ihr eigenes gehalten und es ausgebrütet.

Nach einiger Zeit war das Ei aufgebrochen, ein großes Küken war geschlüpft und hatte die anderen Eier aus dem Nest geworfen, sie waren auf die Erde gefallen und zerbrochen. Mit seinem riesigen Schnabel hatte der kleine Kuckuck nach Futter geschrien, und die Finken hatten ihn gefüttert. Er war so gierig gewesen und hatte von den kleinen Vögeln so viel Fressen verlangt, dass er bald dick und fett wurde und die Zieheltern an der Mühe der Futtersuche starben. Palla schauderte beim Gedanken an diese Grausamkeit und fragte sich, was eine Familie eigentlich war.

„Die meisten Rebellen sind Slavka treu", knurrte Huttser, „sie würden uns gegeneinander kämpfen lassen. Doch so weit darf es nie kommen, Palla. Wir müssen immer nach vorn blicken, in die Zukunft, und dürfen die Hoffnung nicht aufgeben."

Doch Pallas Blick war schwermütig geworden. „Die Zukunft ist genauso trostlos wie die Vergangenheit", sagte sie traurig.

Huttser schüttelte betrübt den Kopf.

„Meinst du, Larka kommt?", fragte Palla leise.

„Das darf sie nicht. Egal, was passiert."

Ein Iltis saß auf einem Eichenast und leckte sich die Schnauze. Seine kleinen Fänge schimmerte wie Elfenbein, und er keckerte zufrieden über die Beute, die er gerade verschlungen hatte. Er schlug mit dem Schwanz und wollte sich zu einem Nickerchen hinlegen, da sah er verwundert auf – er traute seinen Augen nicht. In den vergangenen Tagen hatte der Ilitis mit Schrecken viele, viele Wölfe durch die Wälder ziehen sehen, doch so etwas – so etwas hatte er in seinem kurzen Leben noch nie gesehen. Sie schlichen zwischen den Bäumen hindurch und verschwanden hinter den Stämmen. Der Iltis kniff die Augen zusammen. Nein, es war kein Traum. Er hatte es gesehen. Es saß auf dem Rücken eines Wolfs.

Der Iltis hörte einen Finken heranflattern. Er landete auf dem Ende seines Astes, und in diesem Moment vergaß der Iltis, was er gesehen hatte. Vom Hunger getrieben schlich er über den Ast.

Der Iltis war nicht das einzige Tier, das die merkwürdige Familie aus Wolf, Mensch und Vogel auf ihrem Weg nach Norden ins Tal von Kosov sah. Ein Fischadler blickte von seinem Felsen herunter und wäre fast aus dem Horst gefallen. Ein Otter schob seinen nass glänzenden Kopf aus einem plätschernden Bach und ließ auf der Stelle die Forelle fallen, die er in seinen geschickten Pfoten trug. Eine Herde Damhirsche erschrak bei diesem Anblick so sehr, dass die Böcke mit den Geweihen schlugen, obwohl die Zeit dazu noch gar nicht reif war. Die Lera tuschelte und munkelte so über die seltsame Erscheinung, dass die Wälder erzitterten.

Doch auch andere Bilder hatten die Lera mit Angst, Verwunderung und böser Vorahnung erfüllt. Schnauzen und Augen schienen aus dem Nichts aufzutauchen und jagten den Beutetieren Angst ein, bevor sie dann wieder verschwanden, als wären sie nie da gewesen.

Larka und Tsarr sorgten sich ganz schrecklich, denn Skart hatte große Schwierigkeiten, sich an den Weg zu erinnern. Zumindest war die Wanderung nun leichter als im Winter, der sie unerbittlich in seinen Klauen gehalten hatte.

Als der Frühling langsam in den Sommer überging, wuchsen die Herden der Hirsche und Rinder, und das Wild wurde zahlreicher. Larka verlor ihre Angst und wurde des Jagens müde. Tsarr jagte für alle. Larkas blasser gelbgrauer Winterpelz wurde wieder weiß, und sie stolzierte anmutig und stolz durchs hohe Gras wie ein Polarwolf.

Auf der Wanderung fielen Larka immer mehr Tiere auf, die in diesem geheimnisvollen Land lebten, doch nur manchmal regte sich der Wolfshunger in ihrem Bauch. Ansonsten beobachtete sie die Lera nur und freute sich an ihrer Vielfalt. Sie sah rote Eichhörnchen, Wiesel und Iltisse durch die Wälder schleichen, sie sah Füchse und Wildkatzen und auch Otter, die sich durch die glitzernden Bäche wanden. Sie sah Hornvipern und Steppenottern züngelnd durchs Gras kriechen, ihre schlängelnden Körper passten sich dem Erdboden so gut an, dass sie ihre schwachen Augen kaum brauchten. Bei ihrem Anblick dachte Larka wieder ganz demütig an die Verheißung von Macht und Herrschaft über die Lera.

Doch als der Sommer schließlich kam, wurde Larka ganz hektisch. Ihr Freund erinnerte sich immer noch nicht so richtig an den besten Weg ins Tal. Sie hatte keine Ahnung, was sie tun wollte, wenn sie bei Slavka wäre, doch sie hatte keinen anderen Gedanken, als ihre Eltern zu retten. Und eines klaren, ruhigen Morgens traf sie eine Entscheidung.

Sie sah Bran liebevoll an und sagte leise zu Tsarr: „Ich muss euch hier verlassen. Skart und ich müssen wieder die Gabe einsetzen, wir brauchen nun seine Schwingen."

Sie legte sich neben das Kind, und Skart schwang sich in die Lüfte. Sie verspürte wieder diese Erhabenheit und Freiheit, als würden alle Sorgen von ihr abfallen. Im Norden ragten die zerklüfteten Berge in den Himmel, doch im Süden, Westen und Osten lag ein buntes Meer aus Wäldern, das in den Gezeiten aus Laub und Gehölz wogte. Doch Larka erschrak vor diesem sprießenden Ozean, denn sie merkte, dass unter ihr zwar alles grün war, doch wenn sie genauer hinsah und die Wolken vor die Sonne zogen oder der Wind die Äste bewegte, konnte sie eine endlose Vielfalt von Formen und Farben sehen, die diese

Wälder ausmachten. Sie dachte an das, was vor ihr lag, und ihr war, als würde sich hinter diesem prächtigen Anblick eine geheime Weisheit verbergen.

Drei Tage und Nächte waren Skart und Larka zusammen unterwegs. Sie sah die vielen Vögel am Himmel, denn die Tiere der Luft waren aus ihren Winterquartieren zurückgekehrt. Doch Larka gefiel am besten, wenn die Nacht hereinbrach und sie mit Skart durch den sternengesprenkelten Himmel flog.

Sie fragte sich, wie hoch der Adler wohl fliegen konnte, ob er diese funkelnden Augen der Nacht erreichen und über den Wolfspfad gleiten konnte, auf diesem Weg zwischen Himmel und Erde, der sich durch die Märchen zog, seit es die Varg gab.

Sie flogen vor dem Mond, als Skart einen Schrei unter sich hörte. Eine große Wolke aus Flügeln zog von Osten heran. Raben und Krähen und hungrige Bussarde, deren Gezeter wie ein Flüstern von Wolke zu Wolke wanderte.

„Die fliegenden Aasfresser!" Skart schauderte. „Auch sie ziehen nach Kosov."

Da sahen sie an der Spitze der Aasfresser einen einzelnen schwarzen Raben. Es war Kraar, der den Vogelzug anführte.

Skart flog niedriger. Als sie näher bei dem Schwarm waren, hörten sie Kraar triumphierend durch die Nacht krächzen: „Kommt, folgt mir! Bald gebe ich unserer Art Macht über die Putnar, wie Wolfbane mir selbst versprochen hat, und wir werden uns an einem See aus Blut weiden."

Bevor Kraar Skart noch sah, fiel ein Schatten auf ihn, und

die fliegenden Aasfresser flatterten aufgeschreckt davon, als sich die großen Klauen des Adlers wie Schraubzwingen um Kraars Flügel schlossen. Der Rabe kreischte und zeterte panisch, doch Skart hatte ihn fest im Griff und flog weiter. „So, so, Kraar! So sieht man sich wieder", rief er kühl. „Bist du auf dem Weg zu deiner Herrin?"

„Lass mich los", schrie der Rabe wutentbrannt, „oder ich –"

„Oder was?" Skart schlug seine Krallen noch heftiger in den Raben und schraubte sich hoch in den Himmel, weit weg von Kraars Freunden. „Halt den Schnabel, oder ich zermalme dich wie eine Fliege! Und jetzt will ich wissen, was hier vor sich geht. Seid ihr auf dem Weg ins Tal?"

Der Rabe sagte nichts.

„Entweder du sprichst jetzt, oder ich töte dich."

Kraar kreischte in den böigen Wind, aber er wusste, dass er keine Chance hatte. Skart spürte, wie der Vogel in seinen Klauen zitterte, aber ihm wurde klar, dass Kraar unter diesem Druck nicht sprechen konnte. „Sprich und ich lasse dich gehen." Er lockerte seinen Griff ein wenig. „Wo ist Morgra?"

„Schwöre, dass du mich loslässt!", japste Kraar. „Schwöre bei der Gabe!"

Nach kurzem Zögern sagte der Adler: „Ich schwöre."

„Gut." Der Rabe bibberte. „Morgra und die Nachtjäger sind jetzt auf dem Weg ins Tal."

„Und dort will sie den alten Ruf aussenden?"

„Nein, ich …", kreischte Kraar. „Morgra und … und Er."

Skart drückte stärker. „Ja, doch. Morgra wartet auf ihre wahren Diener, die ihre Befehle erfüllen. Sie schickt sie aus unter die Lera."

„Aber das Kind hat sie nicht?"

„Das ist ihr mittlerweile egal. Sie sagt, wir müssen auf die Legende selbst vertrauen. Aber ist denn nicht Larka auch unterwegs ins Tal?"

Die Wölfin schauderte, als sie das hörte. Kraar spürte, dass der Adler bei diesen Worten seinen Griff weiter lockerte, und plauderte mehr aus, als er eigentlich wollte.

„Harja, die Zitadelle, liegt in den Bergen über dem Tal", schrie er laut.

Bei diesem Schock brach fast die Verbindung von Larka und Skart.

„Nein!", kreischte der Adler und schlug seine Krallen fast in Kraars Herz.

„He!", krächzte der Rabe. „Du hast mir versprochen –"

„Du bist nichts als ein dreckiger Schmarotzer, Kraar. Ein lausiger, unnützer Aasfresser. Ein gemeiner, schwarzer, ehrloser –"

„Skart!" Kraars Stimme war verbittert. „Meinst du, ich habe es mir ausgesucht, ein Aasfresser zu sein? Glaubst du, dass es mir gefällt, hinter zähnefletschenden Wölfen herzuhüpfen oder am Morgen Lämmern die Augen auszupicken? Wenn ich große Klauen und einen starken Schnabel hätte, wäre auch ich ein richtiger Putnar, und dann würdest du mich nicht ehrlos schimpfen! Woher nimmst du das Recht, über mich zu urteilen und Macht über meine Art auszuüben?"

Larka fand, dass der Vogel die Wahrheit sprach, und sie dachte an die armen Siklas.

„Du lügst!", schrie Skart. „Du bist doch stolz darauf, ein Aasfresser zu sein und dich in der Nacht zu verstecken.

Oder kannst du dich etwa selbst nicht leiden? Dienst du Morgra deshalb? Weil du genauso bist wie sie? Weil sie das Wolfsleben hasst und die Macht der Menschen anstrebt? Weil sie ein Mensch sein will?"

Er krampfte seine Krallen um den Raben.

Da flüsterte Larka: „Skart, du hast versprochen, dass du Kraar nichts tust. Und egal, was passiert, wir dürfen nicht werden wie sie."

„Na gut", kreischte der Adler verächtlich. Er beugte sich zu Kraar hinunter und bohrte seinen Blick in die Augen des Raben. „Wir sehen uns wieder, Kraar. Auch das verspreche ich dir. Ihr verdunkelt den Himmel und verderbt die Herzen der Vögel. Wenn wir uns wieder treffen, töte ich dich."

Skart öffnete angewidert seine Klauen, und der Rabe fiel wie ein Stein aus seinem Griff. Er öffnete seine wunden Flügel und flatterte wild kreischend davon. Die fliegenden Aasfresser hatten sich schon in alle Winde versprengt, doch Kraar machte sich daran, sie wieder zusammenzurufen. „Kommt zurück", krächzte er mit schwacher Stimme. „Ihr braucht keine Angst zu haben. Wolfbane ist mit uns, und ich, Kraar, ich habe keine Angst vor den fliegenden Putnar, ich werde euch führen …"

„Es stimmt doch, oder, Skart?", fragte Larka, als Kraars Stimme in der Ferne verklang. „Wir stecken in der Legende fest wie Kraar in deinen Klauen."

Der Adler sagte nichts. Larka bekam fast keine Luft mehr. „Wir müssen uns beeilen, Skart", sagte sie. „Wir müssen meine Eltern warnen und sie aus Kosov wegbringen."

Doch Skart flog weiter durch die Nacht, und es war, als würde die Angst selbst durch den Wind gleiten.

Die Sonne war wieder aufgegangen. Sie flogen an den südlichen Ausläufern der Karpaten entlang nach Osten. Skart hatte eine Ebene erreicht und trat den Sinkflug an, Larka schauderte bei dem Blick nach unten. Dort war ein Menschenlager. Eine große Pferdeherde stand auf der Koppel hinter einem Meer aus Zelten und rauchenden grauen Feuerstellen, die in der fahlen Luft zischten.

„Es ist so, wie ich es gesehen habe, Skart. Aber es sind nun viel mehr."

Skart flog weiter, und bald waren sie in einem weiten Tal, das gesäumt war von Bäumen, von Buchen, Ulmen, Platanen und ungewöhnlich vielen Ebereschen, an denen noch hellrote Beeren hingen.

Je niedriger Skart flog, desto besser sah Larka das wabernde Meer aus Grauwölfen.

„Die Rebellen!", flüsterte sie, und ihr Herz klopfte. Als sie die vielen wilden Wölfe dort zusammen stehen sah, überkam sie eine große Sehnsucht, wieder unter ihresgleichen zu sein.

Der Adler sank weiter herunter. Larka sah eine Gruppe in einem Kreis liegen. Ihr blieb fast das Herz stehen – diese Wölfe hätte sie unter allen erkannt.

„Mutter! Vater!"

Doch die Wölfe, die Huttser und Palla bewachten, sahen den Vogel kommen. Da sie Order hatten, alles von dem Paar fern zu halten, sprangen sie vor und bäumten sich zähnefletschend auf. Skart flog wieder in die Höhe, dabei sah er eine einsame Gestalt auf einem Hügel. Der Abend kam, und als Skart zu dem Wächterwolf sah, stellten sich Larkas Nackenhaare. Um den starken Körper des Dragga konnte Larka einen roten, grau gefransten Schein der Wut sehen. Schaudernd dachte sie an Skarts Rede von den nachlassenden Fähigkeiten der Gabe und sie dachte auch an ihre Vision von Wolfbane.

„Balkar!", sagte sie. „Die Nachtjäger sind schon am Sammelplatz angekommen."

Der Späher hatte sich wieder in den Wald verzogen, doch Larkas Herz klopfte immer stärker, je weiter sie über die Bäume glitten. Durch das Geäst sah sie den Schein der Balkar unter dem Blätterdach durch die Nacht schnüren, sie bewegten sich ganz leise in einer geraden Linie zum Sammelplatz. Dann sah sie eine andere Aura, sie war dunkler als die Balkar und schien alles Licht aufzusaugen. Larka verspürte wieder den quälenden Wunsch, diesem Wesen nahe zu sein, das sie auch schon zuvor gesehen hatte: Wolfbane.

„Schnell, Skart, wir müssen umkehren!"

Da hallte ein Laut durch den Wald, den niemand dort zu hören erwartet hätte. Ein Brummen, ein tiefes, sonores, kräftiges Brummen. Ein Bär.

Brak stand im Schatten und sah den Adler hoch über dem Wald kreisen. Dann blickte er wieder auf die Rebellen im sagenhaften Tal von Kosov hinunter. Der Anblick dieses riesigen Rudels verstörte ihn zutiefst, denn die Nachtjäger waren alle kämpfende Rüden und hatten gelernt, wie normale Wölfe in kleinen Gruppen zu wandern und die Beute zu hetzen. Brak war stolz auf seine Stärke, seine Geschicklichkeit und seine scharfen Augen, und er wusste, dass ihn im Einzelkampf nur wenige lebende Wölfe schlagen konnten, doch so ein großes Rudel hatte er noch nie gesehen, und allein die Masse der Wölfe schreckte ihn.

Nur der Mensch kämpfte in der Menge, niemals aber der Varg.

„Nein", winselte er ängstlich, „ich darf keine Schwäche zeigen."

Brak hatte es nicht geschafft, Morgra das Kind zu bringen, nun konnte er sich keinen Patzer mehr leisten. Er rannte durch den Wald, tappte auf seinen großen Pfoten durchs Unterholz, doch er bewegte sich so flink, dass er kaum ein Spur hinterließ. Die Düfte des Sommers ließen seine Nerven kribbeln. Mit der Abenddämmerung verwandelten sich die Kiefern in schwarze Striche, und die Erregung des Nachtjägers wuchs. Seine Ohren schnellten vor, und bei jedem Geräusch – der Bewegung eines Vogels im Geäst oder dem Huschen eines Eichhörnchens – fuhr er leicht zusammen, änderte seinen Schritt oder bog nach rechts oder links, sodass er mit den Luftströmungen im Wald zu verschmelzen schien. Mit seinem Instinkt war er ganz im Einklang mit seiner Umgebung, und er war darauf vorbereitet, im Nu wahre Wolfsart zu zeigen und entweder zu kämpfen oder zu fliehen. Er hörte ein Geräusch und sah auf dem Hang über ihm einen Schatten lautlos durchs Halbdunkel ziehen. Er erkannte den Wolf eines anderen Balkar-Rudels, aber er gab keinen Laut von sich, denn die Nachtjäger waren angehalten, sich völlig still an die Rebellen anzuschleichen.

Sie rannten zusammen, dann kam ein dritter Wolf und auch noch ein vierter. Ihre Bewegungen spielten perfekt zusammen, und sie freuten sich eine Zeit lang daran, frei durch den Wald zu laufen, wie es ihrer Natur entsprach. Doch als sie sich Morgras Lager näherten, veränderte sich ihr Blick. Angst und Not sprachen aus ihren Augen, und sie blickten so gebannt wie bei den Opferhandlungen vor Morgras Höhle.

Brak war ganz still. Vor ihm lag eine Lichtung, dort drängten sich die Balkar-Draggas um Morgra. Kraar hockte auf ihrem Rücken, während sie zu ihnen sprach und ihre frostige Stimme durch die warme Luft drang. Immerzu schlug Kraar mit den Flügeln, als wolle er Morgras Rede begleiten. Einige Balkar sahen den Raben voller Hass an, weil er sich immer über sie lustig machte, aber sie hätten nie gewagt, ihm auch nur ein Federchen zu krümmen.

„Also gut", sagte Morgra, als Brak und die anderen sich zu den Draggas gesellten, „in der fünften Nacht greifen wir an. Brak, was ergab die Zählung?"

Vorsichtig trat er vor. „Zweihundertzehn Wölfe."

Die Balkar knurrten, manche schüttelten sogar zweifelnd den Kopf.

„Morgra", meldete sich einer, „nicht einmal wir Balkar können es mit dieser Menge aufnehmen. Wir sind nur fünfzig."

Belustigt ließ die alte Wölfin ihren Blick über die Rüden wandern. „Sehe ich Siklas hier? Spüre ich einen Hauch der Angst? Ihr seid es doch gewöhnt, in der Nacht zu sehen."

Beschämt senkten die Balkar die Köpfe.

„Keine Sorge!", fuhr sie kühl fort. „Die Angst ist unsere Freundin, sie wird das Großrudel zerstören, denn Wolfbane ist mit uns!"

„Aber wir sind nur fünfzig Wölfe gegen über zweihundert."

„Wir bekommen Unterstützung. Wir spalten sie und hetzen die eine Hälfte in den Wald, wo sie von den Balkar gerissen werden. Und die Nacht sowie der Geist des Waldes kommen uns zu Hilfe."

„Und die andere Hälfte, Herrin?"

Morgra hob die Schnauze, aus ihrem Blick strahlte Kälte. „Slavka hasst und fürchtet den Menschen", sagte sie vergnügt. „Und dazu wird sie nun auch allen Grund haben. Die andere Hälfte treiben wir nämlich ins Menschenlager, wo sie von den Schwertern gespalten werden."

„Aber Herrin", japste ein Dragga, „das geht nicht!"

Morgra bleckte die Zähne. „Schweig, Dummkopf! Denkt an die Suchenden. Slavka hat das Großrudel zusammengerufen, und ich … nun …, Wolfbane ruft diejenigen zusammen, die kein Revier mehr brauchen und die ihre Spur durch alle Reviere ziehen."

Die Balkar sahen Morgra fragend an, sie begriffen das Ganze nicht richtig.

„Geht jetzt und bereitet euch vor!", bellte Morgra. „Wenn das Töten beginnt, achtet besonders auf Huttser und Palla. In fünf Nächten müssen die beiden tot und diese Familie endgültig ausgerottet sein."

Die Wölfe verzogen sich tuschelnd. Kraar war wieder auf Morgras Rücken geflattert und passte auf, dass seine kleinen Klauen nicht das Fell seiner Herrin verletzten. Er hüpfte zu ihrem Hals und flüsterte in ihr zerfetztes Ohr: „Meinst du, es geht?"

„O ja, Kraar! Alles ist so, wie es sein muss. Der Großteil der Legende wird wahr, und unsere Macht ist gewachsen. Wenn die Suchenden kommen und die Verheißung eures Festmahls wittern, wird jedes Wesen, das sie berühren, mir gehören und ich kann die dritte Macht ausüben.

Doch bevor wir zuschlagen, muss ich schlafen und Beute machen."

Der Rabe krächzte heiter und flatterte hinauf in die Nacht. „Dann haben die Rebellen also keine Zukunft, Herrin?"

„Nein. Sie hatten nie eine Zukunft. Die Vergangenheit hat sich an ihre Fersen geheftet und sie hierher getrieben. Und bald werden sie sehen, wie hoffnungslos ihre Lage ist, denn die Pfade des Todes, die wahren Pfade der Vergangenheit, werden sich öffnen und sie verschlingen."

„Wie sehen diese Suchenden denn aus, Herrin?"

„Die Suchenden?" Die Nacht schien um Morgra herum zu säuseln, während Kraar sich in die Lüfte schwang, um wieder seinesgleichen aufzusuchen. „Das wirst du noch früh genug sehen, mein Freund."

Wie mit schlagenden Schwingen senkte sich die Nacht auf die Ebene am Südrand des Tals, wo die Menschen-Draggas ihr Lager bezogen hatten. Der Schein der Feuer flackerte durch die Nacht, und überall tanzten die Schatten, als sich die Soldaten an den kleinen Inseln prasselnder Wärme niederließen. Die einen legten sich auf den Boden, andere hockten in der Dunkelheit. Hier wetzte einer sein Schwert und polierte die funkelnde Klinge, dort reinigte einer seine Rüstung oder brachte neue Federn an einem Pfeil an. Man teilte die kärglichen Rationen und trank sauren Wein.

Ein Raunen ging durch das Lager, denn aus dem Süden waren weitere Türkeneinfälle gemeldet worden, und bald wäre es an der Zeit, wieder in den Kampf zu ziehen. Zwar hing ein jeder seinen Gedanken nach, dachte an seinen

Sold oder an seine Lieben daheim, träumte von Freiheit, Freundschaft und Ruhm, doch der wiederkehrende Odem der Angst und der Urinstinkt, der Wille zum Überleben, hatten sie einander wieder näher gebracht.

Nach Tagen harten Drills schliefen viele Soldaten erschöpft in ihren Zelten, wo dünne Planen sie von der Nacht und dem Feuerschein abschirmten. Schlummernd ließen sie sich von ihren Träumen zu fernen Orten treiben.

Hinter einem Zelt erzählte ein Soldat eine lustige Geschichte, das beruhigte die anderen. Doch je dunkler es wurde, desto tiefer wurde auch seine Stimme, und seine Mär wurde immer düsterer. Größtenteils erfand der Mann die Geschichte beim Erzählen, und selbst er fragte sich, woher diese innere Dichterstimme kam und wohin sie ihn führte.

Manchmal war er eins mit seiner Geschichte und wusste ganz genau, wie es weiterging, doch es kam auch vor, dass eine fremde Stimme aus ihm sprach, die Stimme seines Vaters oder Großvaters oder die Stimme der Märchen, denen er als Kind gelauscht hatte. Dann wollte er die Geschichte ändern, wollte sie neu und frisch und anders machen. Manchmal schien es, die Feldherren würden neugierig zusammenkommen und er würde ihnen lediglich sagen, was sie hören wollten, dann wieder war ihm, als würde er träumen wie seine Kameraden im Zelt. Doch während er sprach, suchte den Märchenerzähler eine schmerzliche Erinnerung heim und ihm blutete das Herz. Dann kam es ihm so vor, als würde er nur das Bild eines Mannes und einer Frau schildern, die vor langer Zeit zusammen in einem Raum gestanden und sich gegenseitig bitter beschuldigt hatten, nicht genügend Liebe zu zeigen.

Plötzlich verstummte er.

Eine Stimme kam durch die Nacht, sie war wahrer, stärker und beharrlicher als all die Märchen, die er erfunden hatte. Die schwarze Luft trug die Stimme der Natur selbst heran. Ein Ruf der Wildnis, der ihm bis ins Mark drang.

Und als die Soldaten das Heulen des Wolfes hörten, sahen sie auf und griffen nach ihren Schwertern, denn sie hatten dieses Heulen schon zuvor gehört und wussten, dass die Wölfe nahe waren. Doch nur der Märchenerzähler hörte aus dem Heulen noch etwas ganz Sonderbares, Unwirkliches heraus.

Auch die Rebellen im Tal hörten es und fuhren vor Schreck auf. Huttser und Palla hörten es. Palla leckte winselnd ihren Gefährten, während sie dem Heulen lauschte. Die Balkar hörten es, als sie sich durch den Wald zum Großrudel anschlichen. Und keine fünf Meilen entfernt hörten es auch Larka, Tsarr und Skart, der vom Grauen gepackt mit den Schwingen schlug.

„Der Ruf!", kreischte er. „Morgra wagt es, den alten Ruf erschallen zu lassen."

Das Heulen zog sich durch die Wälder und die transsilvanische Nacht und strebte danach, mit seiner einsamen Wut etwas zu berühren. Das Großrudel schnürte umher, Slavka bellte Befehle. Doch die Rebellen vertrauten gelassen auf ihre Stärke.

Hätten sie gewusst, wie nah die Balkar waren, hätten sie vielleicht anders gedacht, auch wenn sie viele waren und die Balkar vergleichsweise wenige. Die Augen der Nachtjäger funkelten in den Wäldern am Rand des Tals von Kosov, während sie wartend und gierig in die Nacht spähten. Die Führerin hatte die Wölfe in Zweierpaare eingeteilt. Der Atem der Draggas dampfte leicht, wenn sie ihre Lefzen leckten und ihre Nasen durchs Gehölz schoben. Und in den Baumkronen über den Wölfen hockten lauernd die Aasfresser.

„Meinst du, sie kommen?", flüsterte ein Balkar.

„Abwarten", sagte Brak neben ihm. „Wir müssen abwarten."

Doch da wurde das Geheul lauter und lauter, Brak gilfte, er konnte nicht glauben, was er da sah: Am Rand des Tals tauchte eine Gestalt auf, sie schien aus dem Nichts zu kommen und die Nacht zu teilen. Pfoten schnitten durch die Luft, dahinter kam ein riesiger wolfsähnlicher Leib geflogen, der gespenstisch silbern schimmerte und glühend rote Augen hatte. Kaum war er erschienen, kamen andere Gestalten und sprangen aus der Nacht in die stillen Wiesen.

Zitternd mussten die Nachtjäger mit ansehen, wie immer mehr von diesen Geisterwölfen aus der Dunkelheit kamen. Mittlerweile standen da sechzig, siebzig Erscheinungen mit heftig zitternden Silberleibern und blutroten flackernden Augen. Doch am unheimlichsten waren ihr Aussehen und die Erinnerung, die sie in den Betrachtern weckten. Jeder Balkar schien einen lange toten und schon vergessenen Freund zu erkennen, und Beklemmung und Angst ließen ihre Herzen rasen.

Brak schauderte. „Wolfbane. Der Freund der Toten hat das getan. Egal, was passiert – sie dürfen dich auf keinen Fall berühren."

Das Geheul ließ nicht nach, es schien die Toten selbst zu

wecken. Die Geister hörten es, und gleichzeitig machten alle einen Satz und rannten auf das Großrudel zu.

Das blanke Grauen erledigte die Sache. Kaum sahen die Wölfe des Großrudels die Geisterwölfe wie Nebelschwaden auf sie zukommen, befiel sie so eine Panik, dass die Wölfe sich versprengten wie im Funkenflug. Auch sie hatten in den Suchenden die Gesichter toter Freunde, Feinde oder Familienmitglieder gesehen, doch sie hatten nichts Anziehendes an sich – sie brachten nur Angst und Schrecken.

Manch ein Rebell rannte blind in die Nacht, andere versuchten, ihren geisterhaften Angreifern zu widerstehen, aber sie gilften, als sie mit Pfoten und Zähnen zuschlugen, jedoch nichts trafen als Luft. Die silbernen Schatten schienen einfach durch die angreifenden Rebellen hindurchzudringen. Die Wölfe packte die nackte Angst, sie wurden fast wahnsinnig.

„Nein, das kann nicht sein!", schrie Slavka, als ein Suchender auf sie zukam.

Gart neben ihr gilfte: „Wir müssen hier weg, dagegen können wir nicht ankämpfen!"

„Schweig, Gart! Natürlich können wir das. Es ist nur eine Täuschung."

„Slavka", knurrte Gart wütend, „traust du denn deinen eigenen Augen nicht?"

Immer mehr Rebellen flohen, schließlich drehte sich auch Gart um.

„Treue!", kläffte Slavka, als sie sah, wie die Reihen bröckelten. „Ewige Treue haben sie geschworen."

Doch dann sah Slavka wie gelähmt, dass ein Geist aus der Nacht direkt auf sie zusprang – er sah aus wie ihr toter

Gefährte. Im Sprung riss er sein silbernes Maul auf, aber als Slavka den Kopf hob und ihre Zähne fletschte, verschmolz die schimmernde Erscheinung mit ihr und es sah einen Moment lang so aus, als sei sie mit dem Geist eins geworden. Doch dann raste er weiter und verbreitete noch mehr Angst und Schrecken im Lager der Rebellen.

Als sich der Schatten durch Slavka schnitt, lief es ihr eiskalt den Rücken hinunter und ein schrecklicher Verdacht kam ihr. Es war, als hätte ihr der Wind etwas zugeflüstert.

Immer noch flohen die Rebellen zum Wald. Sie hatte keine Ahnung, dass sie in eine Falle liefen, und als sie am Waldrand ankamen, standen sie so unter Schock, dass sie die Balkar erst gar nicht sahen. Doch dann wurden sie von einem Wald aus Zähnen und offenen roten Mäulern empfangen, und das Blutbad begann.

Dann geschah noch etwas, das die Reihen der Rebellen in größte Not brachte. Ein Dragga, der auch von den Geistern berührt worden war, hörte es als Erster, als er zum Wald rannte und vier seiner Kameraden befahl, durchzuhalten.

Eine innere Stimme sagte: „Stirb! Denn ich bin gekommen, um die Toten zu führen. Wolfbane ist gekommen."

Der Rebell erstarrte. Die Angst überkam ihn wie ein schwarzer Schatten.

„Du wirst deiner eigenen Vernichtung beiwohnen", sagte die Stimme.

Als der Grauwolf zum Wald hinüberblickte, sah er, dass es wirklich Nacht geworden war. Der Wolf konnte nichts mehr sehen, er war blind. Auch andere Rebellen waren

stehen geblieben, zogen die Schwänze ein, senkten die
Köpfe und winselten ängstlich, als sie plötzlich in der
Dunkelheit standen.

„Palla!", bellte Huttser, als er die Erscheinungen vor dem
Kreis der Wachen sah. „Die Suchenden sind hier. Denk an
Tsingas Worte: Sie dürfen uns nicht berühren."
Huttser hatte gesehen, wie ein Rebell von dem Geist ge-
streift wurde und nun blind mit den Läufen ruderte und
in seiner Not Mitleid erregend gilfte.

„Was ist das?" Pallas Stimme zitterte.
Huttser zog wild die Lefzen zurück, doch er wusste im
Grunde nicht, was tun. Die Wachen waren völlig verwirrt. Da sprang ein Geist vor, und der Kreis brach auf.
Der Geist ging auf Huttser los. Er erstarrte, denn er sah
sich plötzlich seiner Mutter gegenüber. Der Geist berührte fast seinen Pelz, doch der Dragga ließ sich gerade noch
rechtzeitig auf die Erde fallen. Zitternd vor Angst sah er
nun vor seinem geistigen Auge Fel, der unter dem Eis eingeschlossen war. „Vater", schien er zu sagen, „Vater, warum hast du mich verlassen?" Doch der Geist zog weiter,
und Huttser schüttelte sich heftig, um diese schrecklichen
Bilder zu vertreiben.

„Schnell, Palla, renn zum Wald!"
„Nein, Huttser. Sieh doch!"
Palla blickte verzweifelt zum Waldrand, wo die Nachtjäger bereits kurzen Prozess mit den benommenen Rebellen machten.

Andere Rebellen hatten kehrtgemacht, sie waren ins Tal
zurück und nach Süden gerannt. Dabei waren auch Slavka, Keeka, Karma, Rar und Gart. Lautlos verfolgten die
Geister die Rebellen durch die Nacht. Die Wölfe jaulten

und gilften, sie waren verrückt vor Angst und hatten keinen Schimmer, dass sie wie Schlachtlämmer zum Menschenlager getrieben wurden.

Morgra lag mit geschlossenen Augen da. Das dichte Gras ringsum war schwer vom Speichel der Kuckucksvögel, die Luft stand wie tot in dem fürchterlichen Wald.

„So, es ist vollbracht. Nun geht hinaus zur Lera, Freunde. Berührt sie und öffnet allen die Augen, wenn sie vom Grauen gepackt sind. Hetzt die Natur gegen sich selbst auf, und dann lasst die Falle zuschnappen. Denn wenn sie ihr eigenes Leben hasst, wird die Lera die einzige Hoffnung in der Vision finden. Und wenn sie dann alle auf mich sehen, dann, dann habe ich sie."

Das unheimliche Heulen ertönte wieder. Die Geister jagten die Rebellen zum Menschenlager und verschwanden in der Nacht. Das sahen die Rebellen nicht, denn sie waren viel zu verängstigt, um sich umzudrehen. Doch als das Heulen verklang, verwandelten sich die Geister in Silberrauch, der über die Wiesen und durch die Bäume waberte und die Luft mit einem Wort füllte, das klang wie ein Seufzer.

Das Wort war „Tod".

Wie ein Nebel berührte es die Seelen der Lera, die Würmer und Käfer, die Füchse und Mäuse, und eine unsägliche Angst breitete sich im Land jenseits der Wälder aus.

Die Menschen hörten die Wölfe kommen, sie hörten ihr Heulen im Wind und sahen fünfzig, sechzig Tiere am Ausgang des Tals auftauchen. Es war das größte Rudel, das sie je gesehen hatten, und die Menschen dachten, ihre Albträume würden wahr. Mit lautem Geschrei stürzten sie zu ihren Schwertern und Speeren, zu Schilden und Armbrüsten.

Wie die Wölfe waren nun auch die Menschen vom Instinkt getrieben, allerdings verfügten sie in ihren Köpfen und Händen über eine andere Macht. Pfeile flogen durch die Luft und brachten viele rennende Wölfe zu Fall, bevor sie noch das Lager erreichten. Doch es kamen immer mehr Wölfe, sie waren froh, nun wenigstens einen Feind zu haben, den sie mit Zähnen und Krallen bekämpfen konnten. Schwerter blitzten auf, und die Schreie der Menschen und Tiere, die in der schrecklichen Dunkelheit miteinander rangen, füllten die Nacht.

„Runter, Skart!", bellte Larka.

Wie ein Donnerkeil sank der Adler herab.

„Was ist da los?", fragte Larka.

„Morgra." Skart zitterte wie eine Feder. „Morgra und Wolfbane. Sie haben den alten Ruf ausgesendet und die Suchenden gerufen. Die Pfade des Todes sind nun offen."

„Schnell, Skart! Wir müssen meine Eltern finden."

Der Adler öffnete seine braunen Schwingen weit und flog mit einem Schrei auf in die Lüfte, während der Tag zu dämmern begann.

Larkas Herz wurde schwer, als Skart das Tal von Kosov erreichte. Erst sahen die Kadaver am Rand des Tals aus wie Flecken ohne Form und ohne Bedeutung. Von oben gesehen hätten es Steine oder umgestürzte Bäume sein können. Doch als der Vogel sich vom Wind näher herantragen ließ und er mit seinen scharfen Augen sah, was die vergangene Nacht beschert hatte, jaulte Larka auf. Die schwarzen Punkte wurden blutrot, ein gedrungener Busch stellte sich als ein Haufen Aas heraus: ein Fetzen Pelz, eine zerschundene Schnauze, die traurigen, leeren Augen eines gefallenen Wolfs.

Skart flog tiefer und tiefer, er glitt so dicht über den Boden, dass die Luft unter seinen Schwingen zitterte und über die Toten strich. Sein wütender Blick nahm alles auf, was unter ihm vorbeiflog. Überall lagen Rebellen. Verzerrte, entstellte Wölfe. Manche zuckten, als das Leben aus ihnen wich, andere lebten nur noch als verwesender Stoff, der in die Erde zurückfloss. Es war ein schrecklicher Anblick. Hier war eine sterbende Wölfin durchs Gras zu ihrem toten Gefährten gekrochen und war verendet, bevor sie ihn noch erreichen konnte. Dort lag ein Rüde, in seinem toten Blick lag immer noch die Hoffnung auf Rettung im Wald. Doch was Skart am meisten entsetzte, waren die Vögel. Überall hüpften diese gefiederten Leichenfledderer herum, sie pickten und hackten an den toten Wölfen, rissen an ihrem Fleisch, stachen ihnen die Augen aus und kauten genüsslich.

„O Skart!", sagte Larka. „Ist das der Nutzen der Gabe? Dass wir das sehen müssen?"

Donner grollte am Himmel, es fing an zu regnen. Larka spürte, wie Skart vor Zorn zitterte.

„Morgra. Sie hat Wolfbanes Versprechen an die fliegenden Aasfresser erfüllt."

„Wir werden wohl von keiner Schrecklichkeit des Lebens verschont", bellte sie traurig. „Kein Grauen kann Frieden bringen."

Sie flogen weiter das Tal hinunter. Als sie über das Lager glitten, sahen einige Männer stirnrunzelnd auf, denn sie fragten sich, ob sich nun die ganze Natur gegen sie gewandt hätte. Auch hier waren überall Wolfskadaver, doch da und dort lagen auch menschliche Leichen, deren Blut in die Erde rann.

„Nein!", gilfte Larka. „Es wird alles wahr!"

Die Verzweiflung übermannte sie, doch während der Adler über all die Toten im Tal von Kosov flog, beschäftigte Larka eine Frage, und ein Fünkchen Hoffnung regte sich wieder in ihr. Bei den Toten, die sie gesehen hatte, waren Huttser und Palla nicht gewesen.

Am Abend flogen sie zurück zum Sammelplatz.

Die Sonne ging hinter den Karpaten unter und ließ die Wolken klagend aufflammen, während die Balkar den letzten Rebellen den Garaus machten. Es fing an zu regnen, und aus dem Wald trat eine Wölfin. Sie ging langsam und mit erhobener Rute, ihre Augen funkelten selbstsicher. Sie blieb stehen und besah sich lächelnd das Massaker.

„Das kommt von Slavkas Großrudel, von ihren schwachen Grenzen. Zweifelt ihr noch an mir, Balkar? Zweifelt ihr an der Macht der Gabe und am Freund der Toten? Unsere Macht wächst wie ein Wald!"

Sie hob ihren vernarbten Kopf und heulte. Ihr Ruf stieg in die Luft, stieg höher und höher, doch er war nicht mehr suchend, er war kalt und triumphierend. Die Balkar-Rudel antworteten gleichstimmig und schwenkten die Köpfe, als hätte Morgra sie völlig unter Kontrolle.

„Wolfbane", heulten sie. „Der Böse."

Als das Geheul verklang, fuhr Morgra sie an: „Los, beeilt euch, ich spüre, dass Larka in der Nähe ist, und bei ihr ist das Kind. Wir müssen sie finden. Bis dahin sollen die fliegenden Aasfresser den Eingang zur Zitadelle finden. Wir sind unserer endgültigen Beute ganz nah!"

Doch da trat ein Nachtjäger vor und flüsterte ihr etwas ins Ohr. Wütend fletschte Morgra die Zähne, und wieder schlichen sich Zweifel und Angst in ihren Blick.

„Findet sie! Findet sie und tötet sie!"

Wieder brach die Dunkelheit mit Donner und Gewitterwolken herein, und der Hauch der toten Seelen löste sich im tosenden Sturm und in der Nacht auf. Als Larka mit Skarts Augen auf die Erde sah, bekam sie großes Mitleid. Nicht nur mit den Rebellen, sondern auch mit den Balkar, die im Kampf gefallen waren, und auch mit den Menschen in dem fernen Lager.

Im Nieselregen sah das Land zum Fürchten aus. Das Wasser tränkte das Gras um die Kadaver, vermischte sich mit Blut und Lebenssäften und verwandelte alles in Schlamm. Kleine Bäche durchzogen das Tal, doch sie führten nicht das frische Wasser neuen Lebens, sondern den Tod und die weinenden Seelen der Wölfe durch die Wiesen.

Als Skart auf Morgra hinunterblickte und sah, was die Vögel den Wölfen antaten, wurde er zornig. Bevor Larka ihm noch Einhalt gebieten konnte, stürzte er auf die Erde. Zornig flatternd landete er neben Morgra, die bei seinem Anblick die Zähne bleckte.

„So, Skart", bellte sie verächtlich. „Will ein Vogel wie du auch an Wolfbanes Fest teilnehmen? Ich dachte, du seist ein fliegender Putnar. Aber du konntest wohl nicht widerstehen."

Sie sah dem Vogel in die Augen und leckte sich die Lefzen. „Larka", gilfte sie. „du bist auch da! Nun werden wir uns endlich persönlich sehen."

Larka hätte am liebsten den Leib des Vogels verlassen und wäre weggelaufen. Wie gerne wäre sie wieder ein Welpe gewesen, hätte sich an die warme Flanke ihrer Mutter geschmiegt oder Huttsers Stärke gespürt, wenn er schützend über ihr stand.

„Gib mir das Kind, Larka, und wir werden gemeinsam die Legende erfüllen. Die Pfade des Todes sind offen, und der Vers hat sich fast bewahrheitet. Der Eingang zu der Zitadelle ist irgendwo da oben in den Bergen. Harja."

Dort, wo sie lag, knurrte Larka. Tsarr und das Kind sahen auf. Nun aber knurrte sie nur innerlich, und ihre Wut sprach aus Skart. „Niemals!"

„Wir sind aber dasselbe, du und ich", sagte Morgra kühl. „Du musst es gespürt haben. Es ist der Fluch der Gabe. Das lernst du am Ende daraus. Richtig betrachtet, gibt es nichts als Schmerz, Dunkelheit und Tod. Und Macht."

„O doch!", bellte Larka. Es gibt Liebe und Hoffnung und Freiheit. Die Freiheit der Vögel."

Morgra lächelte, während das abscheuliche Fressen um sie herum weiterging.

„Komm zu mir, Larka, ich werde dir helfen. Ich werde dir deine wahre Natur zeigen, das Wesen des Wolfs. Das alles habe ich nämlich nur für dich getan, um dich zu schützen."

„Für mich?" Larka zog die Lefzen zurück. „Du lügst, Morgra. Ich werde meine Eltern finden, und dann werden wir zusammen deinen Machenschaften ein Ende setzen. Denn wir sind die Familie!"

Larka log absichtlich, Fel und Kar waren schließlich tot, aber für einen Augenblick huschte ein Schatten der Unsicherheit über Morgras Gesicht.

„Ich werde dich bekämpfen, dich und Wolfbane", knurrte Larka.

Als Larka und Skart in Morgras böses Gesicht sahen, hatten sie den Eindruck, ihre Augen würden ihnen etwas verheimlichen.

„O nein, Larka. Die Legende wird Wolfbane und mir bald ewigen Ruhm bringen."

Larka wurde vom Grauen gepackt, und mit dem Grauen kam ein heftiger Hass.

„Ich werde dir Einhalt gebieten, Morgra. Ich selbst werde in die Seele der Menschen blicken!"

Morgra hörte, wie Larka die Zähne fletschte, als sie durch Skart sprach.

„Das ist gut", lächelte Morgra und sah den Vogel vergnügt an, „hasse mich! Denn der Hass wird dich mir näher bringen. Hass ist so natürlich wie der Hunger. Wie die Nacht. Du musst mich für all das hassen, was ich deinem Rudel und deinen Freunden angetan habe. Erinnere dich. Erinnere dich an den Schmerz. Erinnere dich, wie Fel unter dem schönen Sternenzelt gestorben ist."

„Nein! Nein!"

Larka versuchte, gegen die Erinnerung anzukämpfen, doch Skart öffnete seine großen Schwingen, und beim Gedanken an Fels Tod brannte der Hass in ihrem Inneren, er überschwemmte sie wie das Wasser, das Fel mit sich genommen hatte, und sie hätte sich diesem Hass am liebsten hingegeben, hätte sich von ihm verzehren lassen und ihn wie ein Gebiss gegen ihre Feindin eingesetzt.

„Du bist unfruchtbar, Morgra. Deswegen kannst du nicht lieben."

Nun brannte in Morgra der Schmerz. „Wenn deine Eltern

tot sind, Larka, wirst du nicht mehr länger von einer Familie sprechen, die das Böse bekämpft!"

Mit einem kalten Grinsen ging sie plötzlich auf Skart los, doch der Adler flog kreischend auf, und ihre Pfote fuhr durch die Luft. Skart flog höher und höher, und unten wurde Morgra immer kleiner.

„Wir suchen sie", bellte Morgra wild. „Und dich werden wir jagen. Die fliegenden Aasfresser werden uns helfen. Sei also auf der Hut, meine Liebe. Du redest von Liebe. Nun, wir werden sehen. Denn Er wartet auf dich, Wolfbane, der Böse, wartet. Und dann, dann werde ich dich dazu bringen, die Liebe selbst zu bekämpfen."

„Formiert euch", bellte Slavka im dunklen Wald, der sich den Berg hinaufzog.

Die Nachzügler gaben den Befehl weiter, doch das Herz war ihnen schwer wie Blei. Nur dreißig Wölfe waren lebend aus dem Tal zurückgekommen, und das Erlebnis mit den Suchenden hatte sie fast in den Wahnsinn getrieben.

„Und jetzt?", fragte Palla ihren Gefährten.

Hinter ihnen gingen Keeka, Karma und Rar. Rar war im Kampf verwundet worden, auch Palla hatte die Waffen der Menschen gespürt. Palla konnte Slavka das Leben retten, als sie durch das Menschenlager flohen. Ein Soldat hatte sein Schwert erhoben und wollte Slavka niederschlagen, doch Palla hatte ihn angesprungen und umgeworfen.

Dann waren sie im Sturm in die Wälder und zu den Bergen gerannt. Was sie dort von der Lera gesehen hatten, ließ sie schaudern. Auf einem Baum saß eine Schlange, die ihren eigenen Schwanz auffraß. In einem Bach trieben Fische an der Oberfläche. Sie lebten zwar noch, aber sie lagen einfach da und ließen Libellen und Mücken in ihren Augen brüten. Vögel rupften ihre eigenen Küken. Der Wahnsinn schien die Lera befallen zu haben. Huttser und Palla hatten den Eindruck, sie würden beobachtet. Beim Gedanken an den Vers zitterten sie, doch sie wussten, dass die Suchenden Morgras Befehlen folgten.

Palla hob den Kopf. Die Führerin kam auf sie zu, neben ihr ging Gart.

„Slavka!", knurrte Huttser. „Was sollen wir tun? Sollen wir uns in den Bergen zwischen den alten Steinen verstecken?"

Die Vögel kreisten kreischend und krächzend am Himmel und stürzten plötzlich zum Wald. Es waren so viele, dass die Luft, die sie trug, zu wogen schien wie ein Meer.

Beim Anblick von Huttser und Palla fletschte Slavka die Zähne, Hass und Wut wallten in ihr auf. Sie dachte an die Tochter, die mit dem Menschenkind immer noch irgendwo da draußen war.

„Warum werden sie nicht bewacht, Gart?"

„Aber Slavka, es ist doch jetzt –"

„Schweig! Meinst du wegen allem, was passiert ist, seien die beiden nun auf unserer Seite und kämen frei? Nein! Morgen werden sie für unsere Niederlage bezahlen. Sie sollen sich bekämpfen bis zum Tod."

Keeka schielte Karma unsicher an. Rar schüttelte knurrend den Kopf. Doch Slavkas Augen funkelten, und einige Wölfe der verbliebenen Rebellen hatten Huttser und Palla schon umzingelt.

Doch aus Slavkas Wut war noch etwas anderes herauszuspüren. Immer noch sprach eine innere Stimme zu Slavka und schien ihre Gedanken zu beherrschen. Es hatte begonnen, als der Geist sie berührt hatte. Als die Wölfe gerannt waren, hatte die Stimme ihr zugeflüstert und ihr einen anderen Weg aufgezeigt. Sie hatte ihr Versprechungen gemacht und ihre Einsamkeit gelindert, die schon so lange an ihr nagte. Und an jenem Morgen überkam sie so ein schreckliches Gefühl der Ausweglosigkeit, dass Slavka nun glaubte, die Verräter seien überall. Die Stimme hatte immer wieder dasselbe gesagt, und auch nun sagte sie: „Töte sie! Töte die beiden!"

Huttser knurrte: „Du kannst die Wahrheit immer noch nicht sehen, Slavka. Du bist genauso schlimm geworden wie Morgra. Palla und ich werden nie miteinander kämpfen, wir werden uns nicht gegeneinander wenden wie die Lera."

„Huttser!", gilfte Slavka böse. Es war, als hätte sich alles, was sie im Kampf gesehen hatte, in ihre Seele eingebrannt. „Ihr werdet kämpfen. Ein schneller Tod von den Zähnen des anderen ist ein segensreiches Ende, verglichen mit den Qualen, die der Sieger auszustehen hat. Oder beide, wenn ihr euch weigert zu kämpfen. Wir beißen euch lahm, legen euch in die Sonne und reißen eure Bäuche auf, damit diese Vögel an eurer Leber picken können, bis ihr tot seid, und ich werde dafür sorgen, dass es einen ganzen Mond lang dauert. Deswegen, deswegen werdet ihr kämpfen und einander zügig töten wollen."

Die Rebellen sahen Slavka entsetzt an, aber sie waren zu geschwächt, um sich ihr zu widersetzen. Keeka drehte sich viel sagend zu Karma und Rar, doch Rar schüttelte den Kopf. Sie waren zu wenige, um Huttser und Palla zu helfen.

„Bring sie weg, Gart", knurrte Slavka. „Sie sollen über ihr Los nachdenken. Morgen Früh machst du mir Meldung."

In der Nacht lag Huttser bei Palla. Slavka ließ sie bewachen und fragte sich, was sie wohl miteinander besprachen. Aber egal, dachte sie, es ändert sich nichts, alles endet in Dunkelheit und Tod.

Die Rebellen umgaben ihre Führerin, die wieder diese Stimme hörte: „Du gehörst zu uns."

Huttser hob den Kopf. Er grübelte über eine Möglichkeit nach, ihrem Schicksal einen anderen Lauf zu geben, aber dem Dragga fiel nichts ein – außer einem schrecklichen Gedanken. „Palla", sagte er zärtlich. „Morgen musst du mir deine Kehle darbieten."

„Aber – Huttser!"

„Ich mache es ganz sauber, Palla, es wird schnell vorbei sein."

„Sind wir nun so weit gekommen?", sagte Palla. „Hat Morgra mit ihrem Fluch schließlich gesiegt?"

„Der Fluch!", schnaubte Huttser. „Daran ist nicht nur Morgra schuld. Der Fluch ist in unseren Herzen. Er ist in Slavkas und auch in Morgras Herz. Manchmal denke ich, er ist in uns allen, in uns und in den Balkan."

„Und in den Rebellen!" Palla sah sich zornig um.

„Rebellen!", schnaubte Huttser wieder. „Eine Zeit lang dachte ich, Skop hätte Recht, dass er den Rebellen helfen wollte. Doch nun sehe ich keinen großen Unterschied mehr zwischen Slavka und Morgra."

Palla sah in die Sterne, die durch das Blätterdach schim-

merten. Die Luft war sommerlich warm, eine Nachtigall
sang in einem Baum. Ihr trauriges Lied war schön. In Pallas Herz schäumte die Wut auf das Morgen auf. Die Wut
auf das Blutbad. Die Wut auf die schreckliche Ungerechtigkeit des Lebens.

Palla hob ihre schöne Schnauze in die prächtige Nacht.

„Es ist alles so falsch. So ungerecht.“

„Was meinst du damit, Palla?“

„Meine Schwester. War es denn ihr Fehler, dass sie unfruchtbar ist? Oder dass die anderen die Gabe so fürchteten und sie vertrieben? Das hat sie böse gemacht. Schließlich muss jeder ums Überleben kämpfen.“

Huttser knurrte, doch er konnte nichts auf die Meinung
seiner Gefährtin erwidern.

„Wenn wir Zeit hätten, Huttser, würde ich eine Revolte
anführen, die die Lera niemals wieder vergessen würde.
Eine Revolte gegen die Sonne, den Mond und die Sterne.
Gegen Tor und Fenris selbst!“

Huttser winselte, doch er konnte Palla nicht trösten.

„Wo sie wohl sind?“, fragte Palla und sah wehmütig in
die Nacht. „Was würden sie denken, wenn sie sehen würden, was wir tun müssen? Bekäme Larka so einen
Schreck, dass sie wieder davonlaufen würde?“

„Sie werden es aber nicht sehen, und sie werden es nie erfahren. Dafür zumindest bin ich dankbar. Auch wenn …“
Traurig senkte er die Schnauze.

„Was, Huttser?“

„Es ist wegen Kar. Ich war nie gerecht zu ihm. Und ich
habe ihm die Schuld an Fels Tod gegeben, wo ich doch –“
Er hielt inne und schüttelte den Kopf. „Du sprichst von
der Ungerechtigkeit des Lebens, Palla, aber wir selbst

machen die Ungerechtigkeit. Wenn ich doch nur die Möglichkeit hätte, mich bei ihm zu entschuldigen und ihm zu sagen, dass er nichts falsch gemacht hat. Wenn ich doch Frieden mit ihm schließen und ihn um Verzeihung bitten könnte."

Huttser war resigniert und müde bis aufs Mark. Doch er hatte einen bitteren Trost: Er glaubte, Palla würde akzeptieren, was kam.

Am Nachmittag rief Gart die beiden. Slavka wartete schon ungeduldig. Die Rebellen hatten sich in einem großen Kreis versammelt. Nach allem, was sie durchgemacht und gesehen hatten, waren sie hart geworden. Aus ihren Augen sprach Verwirrung und blanke, nackte Not. Keeka und Karma drehten sich mit schlechtem Gewissen weg, als Huttser und Palla in den Kreis gestoßen wurden.

„Es ist Zeit, den Preis zu zahlen", kläffte Slavka und lauschte den Vögeln. „Wenn das hier vorbei ist, ziehen wir in die Berge und verstecken uns in den Ruinen."

Die Sonne brannte herunter, als die beiden Wölfe sich auf dem staubigen Boden gegenüber standen. Huttser sah seine Gefährtin betrübt an, doch er hob die Rute und ging auf sie zu.

„Deine Kehle, Palla."

Er näherte sich Palla immer mehr, die Rebellen sahen gierig zu. Palla fletschte stolz die Zähne, ihre Nase kräuselte sich, ihre Reißzähne blitzten. Selbst Karma und Keeka sahen nun wieder hin.

„Was machst du, Palla?"

„Meinst du, ich lasse zu, dass du das tust?" Palla meinte, ihr würde das Herz zerspringen. „Glaubst du, ich erlaube, dass der Vater meiner Welpen lahm gebissen und gefoltert wird?"

„Palla, ich bitte dich!"

Den Rebellen stellten sich die Nackenhaare, als Huttser und Palla sich gegenseitig umkreisten, und sie taten es mit so einer Würde, dass die Wölfe sich schämten.

„Ich tu es für dich, Huttser."

Ihre Blicke bohrten sich ineinander und sie zitterten ganz fürchterlich. Doch sie zeigten ihre Zähne und suchten den besten Punkt, einen Satz zu machen. Sie waren durcheinander, denn sie wussten, dass sie in Rage geraten mussten, wenn sie den anderen töten sollten, aber sie hatten nur Liebe füreinander.

Huttser ging auf Palla los und riss das Maul auf. Auch Palla machte einen Satz. Getrieben von der quälenden Macht der Gefühle für den Gefährten, sprangen sie sich noch einmal an. Sie standen auf den Hinterläufen, und ein jeder biss und kratzte verzweifelt, weil er den anderen vor dem Los retten wollte, das Slavka ihm zugedacht hatte. Sie hatten sich damals gewählt, weil sie ebenbürtig waren und weil sie gut zueinander passten.

Huttser konnte sich frei machen, Palla sprang wieder und verfehlte ihn. Im Kampf war sie am Lauf verwundet worden, und sie verlor das Gleichgewicht. Sie fiel, dabei waren Brust und Kehle dargeboten. Huttser riss mit rasendem Herzen sein Maul auf. Er wusste, dass er Palla geschlagen hatte, und das empfand er als einen Segen in der ganzen Not. Er sah die dünne Haut unter dem Pelz an ihrer Kehle, und wie er sich an all seine Beutetiere erinnerte, an den Hirsch unterhalb des Steinernen Baus und an den Wisent, stellte er sich plötzlich Pallas Blut vor, ihre

Sehnen und ihr Fleisch. Nichts liebte er mehr auf dieser Welt – aber er ließ seine Zähne aufblitzten.

Plötzlich rauschte etwas durch die Luft. Huttser sah auf und erblickte verwundert einen Vogel, der auf sie zukam. Er hielt ihn erst für einen Aasfresser, der sich an Palla weiden wollte, doch dann ertönte eine ruhige, herrische Stimme:

„Aufhören! Ist denn nicht schon genug gekämpft worden? Jetzt muss endlich Frieden sein!"

„Da!", bellte Gart.

Zwischen den Bäumen kam die weiße Wölfin hervor, auf ihrem Rücken ritt das Menschenkind. Die Rebellen erstarrten vor Ehrfurcht. Palla und Huttser trauten ihren Augen nicht. Larka war zu einer wunderschönen Drappa herangewachsen, aber sie war immer noch ihre Tochter. Einen Moment lang glaubten die Rebellen, Slavka sei plötzlich aus dem Wald gekommen, so ähnlich sah Larka der Führerin. Neben ihr und dem komischen Vogel stand ein alter grauer Wolf.

„Das Menschenkind!", jaulte Slavka. „Schnell, tötet sie! Tötet sie alle!" Sie zog die Lefzen zurück, und als Larka den Blick der Rebellenführerin erwiderte, zitterte sie auch, denn sie meinte, ihr eigenes Spiegelbild zu sehen.

„Lass meine Eltern frei, Slavka", knurrte sie. „Sie haben dir nichts getan. Und wir sind gekommen, weil wir dir helfen wollen."

Die Wölfe rührten sich nicht. Palla und Huttser sahen sich keuchend im Kreis um und fragten sich, was die Rebellen nun tun würden. Doch selbst Gart war unentschieden.

„Gart!", knurrte Slavka. „Gehorche! Mach diesem Albtraum ein Ende!"

Ein paar Rebellen traten zu Slavka, aber Gart regte sich nicht, und die anderen Wölfe schienen zu warten, was er tun würde. Nur Rar, Keeka und Karma sahen zu Huttser und Palla. Karma traf Pallas Blick, und in ihren Augen lag ein heimliches Versprechen. Die Rebellen jedoch starrten nur das Kind an.

„Keine Angst!" Larka trat zwischen die Wölfe. „Angst und Unwissenheit sind eure wirklichen Feinde. Wir wollen euch helfen, Morgra und Wolfbane zu bekämpfen."

„Du lügst", jaulte Slavka wütend. „Was glaubst du eigentlich? Wir sind Wölfe!"

Doch da meldete sich eine andere Stimme zu Wort: „Diese Wölfe machen auf mich keinen bösen Eindruck." Es war Rar. „Es hat schon genug Grausamkeit und Tod gegeben, Slavka. Larka hat das Risiko auf sich genommen, ihre Eltern trotz der Aasfresser und der Nachtjäger zu retten. Wenn sie solchen Mut hat …"

Der Kreis um Palla und Huttser öffnete sich, als Larka mit Bran kam.

Tsarr knurrte drohend, und Skart kam wieder durch die Luft gerauscht. Als er neben Larka landete, verstummten die Rebellen, doch Slavka brach gleich das Schweigen: „Dann töte ich sie selbst!"

Slavka trat vor, doch Keeka und Karma versperrten ihr den Weg.

„Nein", sagte Karma stolz. Zum ersten Mal in ihrem Leben tat sie etwas, woran sie glaubte.

„Verräter!" Slavka fletschte die Zähne und wich zurück. „Sind denn überall nur Verräter?"

„Den einzigen Verrat, Slavka, begehst du in deinem Herzen", sagte Huttser.

Slavka gilfte, doch beim Gedanken an diese innere Stimme schauderte sie.

„Gart, du hilfst mir doch?", sagte sie verzweifelt und voller Selbstmitleid. „Ewige Treue, Gart! Denk daran, was die Menschen meinen Welpen angetan haben."

Gart war in einem schrecklichen Konflikt, doch er war schnell entschieden. Hätte er der Führerin Rückendeckung gegeben, wäre ihm mehr als die Hälfte der Rebellen gefolgt und es wäre zu einem grausamen Kampf gekommen. Doch Gart senkte den Kopf.

„Ich kann nicht, Slavka. Larka hat mich verschont."

Rar wusste, es war vorbei. Er nickte den Rebellen zu, und gleich traten vier vor und umringten Slavka. Das Blatt hatte sich gewendet. Larka legte sich hin und drehte sich, Bran rutschte von ihrem Rücken, setzte sich auf den Boden und lächelte, als sei überhaupt nichts passiert. Larka entfernte sich von dem Kind, und die Rebellen schoben sich vor.

Bran sah plötzlich in einen Kreis aus Schnauzen. Knurrend und gilfend sahen die wildesten Putnar auf den kleinen Menschen hinunter.

Larka hielt kurz inne, als sie ihre Eltern sah, und dachte beklommen an ihren Streit auf dem Eis. Der Groll ließ sie schaudern, doch dann sprang sie auf Huttser und Palla zu. Mit wedelnden Schwänzen, winselnd und jaulend umarmten sie sich mit großer Freude.

„Nur eine liebende, treue Familie kann wirklich die besagte Familie sein", flüsterte Rar ernst.

In der Nacht lag Larka wach und sah ihre schlafenden Eltern an. Slavka stand unter Arrest, Larka hatte jedoch angeordnet, dass sie mit Respekt behandelt werden sollte. Sie wusste, dass sie ihre Eltern gerettet hatte, doch ihr Herz war schwer wegen des Blutbads und wegen all dem, was der Lera geschah.

„Du bist wieder bei ihnen", knurrte Tsarr, der neben ihr lag. „Das gibt uns Hoffnung."

„Hoffnung? Der alte Vers hat sich fast erfüllt. Wolfbane ist hier, und überall umgibt uns der Tod. Die Suchenden sind ausgezogen, um Morgras Befehlen zu folgen. Wir sind verloren."

„Nein, Larka", sagte Skart eindringlich. „Du musst versuchen, die Pfade wieder zu schließen und dem Einhalt gebieten, was bei der Lera vor sich geht."

„Und wie, Skart?"

„Du musst die Toten anheulen."

„Du meinst, ich soll noch mehr von diesen Suchenden anrufen?", knurrte Larka entsetzt. „Und sie sollen meine Befehle ausführen?"

„Nein." Skart flog auf den Boden und hüpfte herum. „Sie bringen nur Angst in diese Welt. Ich meine, du musst selbst ins Reich der Toten reisen und diejenigen zurückrufen, die nun in unsere Welt gekommen sind."

Larka schauderte. Aber dann dachte sie an Kar und an ihren Wunsch zu wissen, was jenseits des Lebens der Varg lag.

„Aber wie soll ich das schaffen? Morgra hat sich nicht von der Stelle gerührt, als sie die Suchenden angerufen hat, wir haben doch ihr Geheul gehört."

„Dieses Mal muss der Ruf anders sein", sagte Tsarr. „Wenn du Fenris' Namen heulst und deiner Stimme in die Stille folgst, kannst du das Schattenreich erreichen."

„Glaubst du, dass es diesen Ort wirklich gibt? Und dass dort auch Tor, Va und Damman sind?"

„Das wirst du uns hinterher erzählen."

Larka schwieg.

„Aber es erfordert Mut", sagte Tsarr. Mit schlotternden Läufen stellte er die Rute. „Eines musst du wissen, Larka. Es ist ein Wagnis und ein großes Risiko." Er verstummte.

Skart sagte: „Er meint damit das, was Tsinga einmal gesagt hatte: Es kann sein, dass du nicht mehr zurückkommst."

Larka blinzelte ihre Freunde verwirrt an.

„Du brauchst eine starke Verbindung zu dieser Welt", fuhr Tsarr fort. „Etwas oder Jemand, der stark genug ist, dich zurückzuholen. Jemanden, den du über alles liebst, muss mit dir sein und dich zurückrufen, wenn der Tod dich berührt. Ich bin froh, dass wir Huttser und Palla wieder gefunden haben."

Larka war ganz erschöpft. Sie sackte auf den Boden und schlief ein. Ihr erster Traum war schmerzerfüllt. Bran lag in der Wiese, und während sie den kleinen Menschen beobachtete, fiel ein Schatten über ihn. Larka zitterte, sie wusste im Schlaf, dass diese Gestalt sie mehr schreckte als alles andere, und sie wusste, dass sie dieser Gestalt gegenübertreten musste. Es war der Böse.

Dann träumte Larka von Kar. Er sprach ruhig mit ihr, seine Stimme war kräftig und klar. „Du darfst keine Angst haben, Larka", sagte er freundlich, wie es Fel einmal in ihren Träumen getan hatte. „Nur die Angst kann uns besiegen. Erinnere dich an unseren Pakt. Hab Vertrauen. Hab Hoffnung."

415

Larka zuckte. Das Gesicht sah genauso aus wie das Gesicht, das sie im Trog gesehen hatte. Doch sie konnte dem nagenden Zweifel in ihrem Inneren immer noch nicht beikommen. Was befremdete sie so an Kars Aussehen? Doch als Larkas Seele aus den dunklen Tiefen des Schlafs zu klarem Bewusstsein aufstieg, da wusste sie es. „Natürlich!", bellte sie. Als sie die Augen aufschlug keimte wieder Hoffnung in ihr. „Dein Fell, Kar, es ist vom Feuer versengt. Du lebst!"

Larka sah sich um. Es regnete stark, und der graue Morgen verdrängte schon wieder die wachsende Hoffnung. Sie dachte an Kar und an das, was vor ihr lag. Und als sie sich an all das erinnerte, was sie mit Kar durchgemacht hatte, fand sie wieder die zweite Fähigkeit der Gabe.

Bilder zogen vor ihren Augen herauf und tanzten über die Regenschleier vor ihr. Zuerst sah sie ein weites Meer, das Meer, das auch Morgra gesehen hatte. Aus den Wellen sprangen und krochen hunderte, tausende von Fischen an Land. Dann sah sie einen Wald und Schatten, die sich durchs Gehölz bewegten.

Dann war der Wald wieder verschwunden, und Larka sah sich selbst, aber nicht als Spiegelbild – sie war irgendwo hoch oben in den Bergen, an der Kante eines klaffenden Abgrunds voller spitzer Steine. Larka ging zu einer Steinbrücke, die sich über die Schlucht spannte, und vor ihr tat sich ein unheimlicher Blick auf. Sie wusste sofort, dass hier alles von Menschenhand gemacht war. Die Steine waren regelmäßig, im Zickzack zogen sie sich über die Berge. Es waren Überreste von Menschenbauten. Larka dachte an die Burg hoch über dem Tal, wo sie geboren worden war.

„Harja!", knurrte sie. „Das Tor zum Himmel."
Sie begriff kaum, was sie da sah. Überall am Hang, so
weit das Auge reichte, lagen Steinbauten. Auf den ersten
Blick wirkten sie einheitlich und intakt, doch als Larka
näher hinsah, merkte sie, dass sie größtenteils zusammen-
gefallen waren. Die Dächer waren schon lange eingestürzt, Schutt lag auf den Mauern, und die hohen Säulen
ragten heraus wie versteinerte Baumstümpfe. Zwischen
den Säulen standen eigenartige Statuen. Einige waren von
ihren Sockeln gefallen und auf der harten Erde in Stücke
gebrochen. Andere standen noch aufrecht, es waren Men-
schengestalten, die lange vergessene Seelen in dem Versuch geschaffen hatten, sich selbst darzustellen. Manche
waren so verwittert, dass die Gesichter ganz flach und
zerfressen waren, nur noch die Umrisse waren übrig und
vermittelten einen Eindruck von dem, was sie einst gewesen waren. Etwas unendlich Trauriges umgab diese reglo-
sen Gestalten und noch etwas, das die Wölfin nicht fassen
konnte.
Larka sah sich zu, wie sie näher zu der Steinbrücke ging.
Der Blick in den jähen Abgrund machte sie ganz benommen, und sie hatte das Gefühl, ihre Gedanken fielen tru-
delnd und hilflos in dieses felsige Nichts. Sie zog die Lefzen zurück und schloss die Augen, und da war wieder
alles still und dunkel um sie herum.
Als sie die Augen aufschlug, sah sie sich immer noch an
der Schlucht entlanggehen und auf die Brücke treten. Ihre
Ohren schnellten vor – da stand eine eigentümliche Statue, es war die große Wölfin, an ihrem Steinbauch hingen
zwei Menschenkinder und tranken. Larka sah auch ein
blaues Licht um sie herum und dahinter den großen run-

den Mond, der hell und ruhig strahlte. Sie dachte an den Vers: *Wenn das Auge des Mondes rund ist wie die Sonnen.*

Da stellten sich ihr die Nackenhaare, und sie fletschte die Zähne. Sie zitterte am ganzen Leib und riss die Augen vor Schreck weit auf. Wieder lösten sich die Bilder auf, doch ihre Schnauze triefte vor Regen und Schweiß, und sie knurrte wild.

„Was ist denn, Larka?", kläffte Tsarr, der aus dem Schlaf aufgefahren war.

„Hattest du einen Traum?", fragte Skart und flatterte. „Bahnst du dir den Weg zum Pfad?"

„Nein, es war kein Traum", sagte Larka betrübt. „Ich habe ins Wasser gesehen ..."

„Was ist, Larka? Was hast du gesehen?"

Skart drehte sich nervös zu Tsarr um, und Larka sah Bran an.

„Die Zukunft, Skart." Larka erinnerte sich, dass Tsinga gesagt hatte, viele würden es nicht ertragen, mit so einem Wissen zu leben. „Der Vers sagt, dass wir Mut brauchen, Mut so tief wie die Verzweiflung. Tsinga konnte nicht wissen, wie wahr diese Worte sind. Ich war nämlich bei der Zitadelle, Skart, und ich weiß, warum sie das Tor zum Himmel genannt wird."

„Und warum? Wessen Zukunft hast du dort gesehen?"

„Meine eigene." Larka schauderte unweigerlich. „Ich habe meinen eigenen Tod gesehen."

Teil III
Die Zitadelle

13
Kerrl

Ich bin! Jedoch, was ich bin, weiß und
kümmert niemand.
Meine Freunde haben mich verlassen wie
eine vergessene Erinnerung,
Ich verzehre mich selbst an meinem
Gram.

John Clare, *Ich bin*

Auf Schwingen, die so flink sind wie die Erinnerung selbst, müssen wir in der Zeit zurückkreisen zu Kar und seiner schrecklichen Wanderung. Was Larka im Wasser gesehen hatte, war nämlich wahr. Als die Flammen ihren Freund umzingelten, lief er qualvoll knurrend nach rechts und nach links. Überall war das Feuer, es blendete ihn und stach ihm in die Augen. In seiner Verzweiflung hetzte er schließlich in einen Teil des Waldes, wo das Feuer nicht so stark loderte. Er rannte in die Hitze hinein, sein Fell stand in Flammen, Todesangst überkam ihn, und er sprang in großen Sätzen weiter. Doch plötzlich war das Feuer verloschen, und Kar wälzte sich im Schnee. Sein ganzer Körper schmerzte, und sein Pelz war fast zur

Gänze versengt, doch er selbst brannte nicht mehr, und das Wichtigste: Er lebte noch. Vier Sonnen lag der Wolf da und schlief, vom Fieber geschüttelt. Als er erwachte, leckte er durstig im Schnee. Er wanderte umher und suchte nach Larka, aber es hatte wieder geschneit, und ihre Spuren waren verwischt.

Der Wolf überlegte sich, ob er zum Menschendorf zurückgehen und dort nach Aas suchen sollte, aber schließlich ging er ziellos weiter. Sein Körper brannte vor Schmerz. Nach zwei weiteren Sonnen tat sich vor Kar ein ungewöhnlicher Anblick auf. Es war ein hoher Holzbau mit einem geneigten Dach, der einsam auf einer verschneiten Wiese stand. Kar dachte an die Stabkirche, doch die war düster gewesen wie der Wald selbst, während dieser Bau hier bunt und fröhlich war wie eine Frühlingswiese. Auf der Rückseite waren Bilder von Menschen und Tieren gemalt, die in einer seltsamen Verbindung zum Himmel standen. Im Himmel hatten sich die Leute jedoch in Vögel verwandelt, Flügel wuchsen aus ihren Rücken. Unten hingegen wurden sie in Gruben mit brennender Luft und Flammen geworfen, wilde Tiere rissen an ihrem Fleisch und versuchten, sie zur Erde zu ziehen. Kar stand reglos vor den Wandmalereien des Klosters und knurrte, doch er begriff die Gleichnisse von Schuld und Sühne nicht.

Er dachte an Tor und Fenris und fragte sich, ob auch Menschen Götter hatten oder ob sie glaubten, Mensch und Tier stehen in einer Verbindung. Doch wie er diese Bestien betrachtete, die die Menschen zerrissen, schien es ihm unwahrscheinlich, dass die Menschen, die dieses Bauwerk geschaffen hatten, glauben konnten, dass Mensch und Tier etwas anderes als Feindschaft verband.

Kar trottete weiter und kam in ein anderes Menschendorf. Dort waren die Bauten allerdings eingestürzt und lagen verkohlt und verrußt im Schnee. Der Wolf wusste nicht, dass die Türken weit nach Transsilvanien vorgedrungen waren. In einer Winternacht hatten sie angegriffen und das ganze Dorf ausgerottet. Bei der Erinnerung an das Feuer und seine Erlebnisse mit den Menschen ging Kar schnell weiter, doch hinter den verbrannten Hütten blieb er stehen.

Da war ein eigenartiger Bau, der auf allen Seiten von Stangen gesäumt war. Sie waren aus demselben Material wie die Kreuze auf dem Friedhof und steckten tief in einer Reihe aus regelmäßigen Steinen. Auf dem harten Boden in der Mitte stand ein glänzendes rundes Gefäß mit Wasser, daneben lagen Knochenreste. Kar blinzelte und knurrte beim Anblick des Zwingers.

Da hörte er ein Grunzen, und sah eine Gestalt in dem Bau. Es war ein Hund, doch so einen Hund hatte Kar noch nie gesehen. Er war größer als der Wolf, dabei war er so dünn, dass Kar fast die Rippen zählen konnte, die an seinen Flanken herausstachen. Seine Läufe waren dünn wie Zweige, ein seidiger langer Pelz, der hier und da Löckchen hatte, hing ihm am Leib.

Am merkwürdigsten jedoch war seine Schnauze. Sie war so lang und sie lief so spitz zu, dass sie gar kein Ende zu haben schien und den Hund in Kars Augen aussehen ließ wie ein Wiesel. Trotz der fast weiblichen Zartheit seiner Knochen und der Zierlichkeit seines Körpers war er anmutig und geschmeidig und strahlte große Kraft aus, die Stärke und Schnelligkeit verriet.

Der Hund döste und sah Kar nicht, der ihn durch die Gitterstangen betrachtete. Dann gähnte und streckte er sich, riss sein schmales Maul auf, und seine Läufe zitterten freudig, als er sich schüttelte und die Kraft durch seine Muskeln lief. Er gähnte noch einmal, dann schlug er die Augen auf. Kaum sah er den Wolf, knurrte er auch schon ganz wild, und sein Bellen war so laut, dass es den schlanken Hund fast zum Bersten brachte. Gleich sprang eine andere Gestalt hinter ihm vor.

„Was ist, Manov? Sind die Herren zurückgekommen?"

Doch auch der zweite Hund hatte Kar gesehen. Es war eine Hündin. Sie spannte die Muskeln an, bellte aber nicht, sondern sah ihn mit hoffnungsvoll leuchtenden Augen an.

„Sch, Manov! Vielleicht kann er uns helfen."

„Uns helfen?", schnaubte Manov. „Hast du vergessen, wofür wir gezüchtet wurden, Mitya? Wir sind Putnar, wir sollen die wilden Wölfe vertreiben, damit sich Anmut und Gelassenheit des wahren Hundes in künftigen Generationen durchsetzen."

Kar war erstaunt. Erstens, weil er die Hunde verstehen konnte, und zweitens, weil dieses Wesen den Begriff Putnar gebraucht hatte.

„Ach, hör doch auf, du alter Dummkopf", sagte Mitya gereizt. „Wie sollen wir denn jagen, wenn wir hier in diesem Zwinger festsitzen? Und wenn wir nicht bald etwas zu fressen bekommen, gibt es auch keine künftigen Generationen. Du und deine Zucht, Manov!"

Verlegen murmelte Manov: „Nur die Zucht spielt eine Rolle, Mitya. Der Schönste muss mit dem Stärksten gekreuzt werden. Der Beste darf Überleben. Das ist der Lebenszweck, das sagen die Herren immer."

Mitya schüttelte den Kopf und ging zu den Stangen.

„Entschuldige", sagte sie zu Kar, „aber seit die Menschen aus dem Dorf geflohen sind, sind wir hier eingesperrt und das zehrt an unseren Nerven. Von Natur aus sind wir eher zäh."

Der Wolf hätte am liebsten aufgelacht, als er die beiden komischen Gestalten betrachtete, aber irgendwie mochte Kar das Weibchen sofort.

„Was seid ihr?", fragte er.

„Barsoi natürlich!", knurrte Manov von hinten und hob den Kopf so hoch, dass er seine Nase fast in die Wolken stecken konnte. „Siehst du das denn nicht? Wir sind reinrassige Barsoi aus den großen Steppen im Norden. Wegen unserer Schnelligkeit und unseres Muts züchten uns nur die mächtigsten und größten Menschen. Wir sind Königshunde und sollten auch so behandelt werden."

Mitya hob die Augen zum Himmel. „Kümmre dich nicht um Manov", sagte sie so demütig wie möglich, auch wenn Demut nicht in ihrer Natur zu liegen schien. „Wir brauchen deine Hilfe, sonst leben wir nicht mehr lange."

Kar trat näher und streckte seine Nase durch die Stangen. Er beschnüffelte die Hunde, doch Manov fing gleich an zu knurren.

„Hab ich's nicht gesagt?", kläffte er voller Verachtung. „Keine Manieren hat der Kerl!"

Wütend bellend sprang er vor und riss sein Maul auf. Kar sah, wie scharf seine Zähne waren, aber er wollte sich von dieser Witzfigur nicht einschüchtern lassen. Und so fing er tief unten in seinem Bauch an zu knurren, ließ das Knurren die Gurgel hinauf wandern und zu einem wütenden Zähnefletschen aus seiner Kehle dröhnen. Mitya wich zitternd zurück. Es war ein befremdlicher und fast amüsanter Anblick – draußen der wilde Wolf, getrieben von der Wut seines Instinkts, drinnen die beiden hochgezüchteten, inzüchtigen Barsoi, die so aussahen, als könne ein Windhauch sie umpusten. Doch auf einmal machte Kar kehrt, schmatzte verächtlich und rannte davon.

Er hörte Mitya noch mit Manov schimpfen, doch er blickte nicht zurück. Er war selbst schrecklich hungrig, und als er an die Worte der Barsoi dachte, bekam er eine Wut im Bauch und hätte am liebsten ein Tier gerissen.

Als es dunkel wurde, traf Kar auf einen weiteren Menschenbau neben einem Schafspferch. Er hatte ein schlechtes Gewissen wegen der Hunde im Zwinger, doch als er sich näherte, bekam er schrecklichen Hunger. Niemand war in der Nähe, und die Schafe blökten jämmerlich, als sie den Varg witterten. Mit einem einzigen Satz sprang Kar über den Zaun und stand zwischen den Schafen. Er wollte nur ein Schaf reißen, doch kaum biss er zu, überkam ihn wieder diese Wut, die so befreiend wie auch heftig war. In blindem Blutdurst fletschte er die Zähne und schnappte nach rechts und links. Er roch nichts mehr außer den Schafen, die vor ihm zurückwichen.

Er schien wie aus einem Traum zu erwachen. Er sah sich um, und da lagen fünf tote Schafe blutend im Schnee. Kar erschrak über seine eigene Wildheit. Er schauderte, sah auf und knurrte, denn er meinte, einen Wolf in der Ferne zu sehen, der ihn beobachtete, doch kaum hatte Kar ihn richtig im Blick, verschwand der andere auch schon wieder.

Am folgenden Morgen kam Kar mit einer Schafskeule im Maul zum Zwinger. Mitya sah ihn als Erste. Manov wollte seine Dankbarkeit nicht zeigen, als Kar ihnen das

Fleisch zuwarf, sich hinlegte und den Hunden beim Fressen zusah. In der Nacht unterhielten sich Mitya und der Wolf.

Er erzählte ihr von der Legende und von seiner Wanderung und erkundigte sich bei Mitya über das Leben der Barsoi.

Sie schilderte ihm das Land im Nordosten, wo sie geboren und aufgewachsen waren, ein Land, das die Menschen Russland nannten.

Kar knurrte aufgeregt, als er von den welligen Steppen erfuhr und von den bitteren Wintern hörte, die noch schlimmer waren als die Winter im Land jenseits der Wälder. Mitya erzählte ihm von den Menschen, die immer weiter wanderten. Die Barsoi nannten sie Pferdezähmer, bei den Menschen jedoch hießen sie Kosaken.

Manov und Mitya hatten lange Zeit bei den Kosaken gelebt und im Freien neben der brennenden Luft geschlafen, bis sie an ihre gegenwärtigen Sklavenhalter verkauft worden waren. Sie hatten die eigenartige wilde Lebensweise dieser Menschen beobachtet und ihnen gelauscht, wenn sie abends zusammenkamen und merkwürdige Holzgegenstände in die Hand nahmen, wie sie auch Larka bei den Zigeunern gesehen hatte. Die Instrumente gaben schöne, getragene Melodien von sich, und die Menschen tanzten und drehten sich miteinander in der Nacht.

Mitya mied das Thema Jagd und die Frage nach dem Zuchtzweck der Barsoi, dennoch lauschte der Wolf neugierig, als sie ihm erzählte, dass die Menschen Hunde und auch andere Tiere mit jeweils gleichen Wesenszügen aussuchten und sie miteinander kreuzten, damit bei den Jungen dieses Wesen noch ausgeprägter wäre.

„Dann stimmt es also", knurrte der Varg, „dass einzig und allein die Wölfe frei sind."

„Warum sprichst du so, Kar?", sagte Mitya fast verletzt. „Als meine Mutter krank wurde, wurde ich in einem Menschenbau gesäugt. Mehr weiß ich nicht. Manov spricht manchmal vom Leben draußen in der Natur, aber ist Natur das Gleiche wie Freiheit?"

Kar knurrte leise und ein wenig unsicher.

Mitya senkte den Blick, als sie durch die Stangen sah und fortfuhr: „Da draußen ist das Überleben schwierig, und unsere Art wird gejagt."

Kar nickte. „Ja, Mitya, aber außer dem Menschen werden eigentlich alle Arten gejagt, und das macht uns stark. Zumindest kann der Wolf streifen, wohin er will, und seinen eigenen Bau suchen. Er kann zu den Gipfeln hinaufheulen und jagen, wo er will, und niemand kann ihn zähmen."

Mitya und Manov bekamen ein komisches Gefühl im Bauch.

„Das stimmt", sagte Mitya. „Aber auch die Menschen jagen, wo sie wollen, und dabei sind sie erfolgreicher als jedes andere Tier."

„Willst du damit sagen, dass du sein willst wie sie?"

Die Barsoi dachten nach. „Nein, Kar. Aber der Ehrgeiz vieler Hunde liegt darin, ihre Zwinger zu verlassen und in den Menschenbauten zu leben."

„Sie wollen mit den Menschen leben?", japste Kar. „Aber was passiert dann mit ihnen?"

„Sie werden zahm." Manov sah Kar plötzlich wieder distanziert an.

Kars Augen flackerten. Ihm schien, Mitya und Manov waren schon gezähmt, und Kar konnte sich nicht vorstellen, wie es war, in solch großer Nähe zum Menschen zu leben.

„Wie können sie das? Wie können sie in den Menschenbauten leben, mit der brennenden Luft überall und diesen komischen Gerüchen?"

„Es ist auch bequem", sagte Mitya sanft. „Und die Menschen sind verschieden. Ich mag die Menschen, oder besser gesagt, ich fühle mich instinktiv von ihnen angezogen. Manchmal denke ich sogar, ich könnte etwas von ihnen lernen." Sie hielt inne, eine Erinnerung flackerte in ihren Augen auf. „Da war einmal ein Mensch, ein Junge, der sich um mich gekümmert hat. Er war nett, und er schlug mich nicht, wie es viele andere taten. Wenn ich am Feuer lag, legte er mir die Hand auf den Kopf und streichelte mich, es war angenehm, es beruhigte mich. Und er sah mir immer länger in die Augen als andere ..."

Kar neigte überrascht den Kopf bei diesem sonderbaren Gedanken, aber sein Unwohlsein verging wieder, und er knurrte nur: „Nun, ich könnte nie mit den Menschen leben."

„Sei dir da nicht so sicher. Du bist ein Wolf, Kar, und wir sind Hunde, aber du und ich, wir sind gar nicht so verschieden. Wir können uns verständigen, und außerdem habe ich viele Hunde getroffen, in deren Adern noch viel Wolfsblut fließt."

„Schlechte Kinderstube!", maulte Manov.

Kar war verstört, doch vielleicht sagte Mitya ja die Wahrheit. Trotz all dem, was die Barsoi über die Freiheit gesagt hatten, war klar, dass sie sich nichts sehnlicher wünschten, als ihren Käfig zu verlassen. Die ganze Nacht winselten sie todtraurig und scharrten am Türchen. Kar versuchte zwar, ihnen zu helfen, er sprang an den Stangen hinauf und stemmte sich mit seinen langen schlanken Läufen gegen das Gitter, aber es half alles nichts. Am Morgen waren sie immer noch im Zwinger, und Kar schlich wieder zum Schafspferch und brachte ihnen Fleisch. Mitya war sehr froh darüber, doch Manov schielte Kar immer noch verärgert an. Schließlich konnte Kar es nicht mehr ertragen.

„Warum hasst du mich so, Manov?", knurrte er.

„Weil du tust, was du tust!", schnaubte Manov.

„Und was tue ich? Ich jage frei."

Manovs Augen flackerten. „Ich war einmal mit einer Wölfin eingesperrt", sagte er kühl, „im Norden, wo die Menschen kämpften. Aber sie kannte nur die Freiheit des Tötens, und ich habe noch nie eine Lera gesehen, die mit solcher Entschlossenheit zu Werke gegangen ist."

Kars Ohren schnellten vor.

„Erst bekamen wir Hammelfleisch und Abfälle, doch dann", Manov schauderte, „dann brachten sie uns … Damit wollte ich nichts zu tun haben." Im Blick des Barsoi stand das Grauen.

„Was brachten sie euch, Manov?"

„Menschen. Im Kampf hatten sie viele Draggas gefangen, und eines Nachts brachten sie einen Mann hinunter in den Zwinger und warfen ihn in unseren Käfig. Er war völlig schockiert, aber die Wölfin ging ihm gleich an die Kehle. Danach brachten sie uns viele Sonnen lang Gefangene, an denen sich die Wölfin weidete. Der Boden im Zwinger war übersät mit Gliedern und die Wölfin war dick und fett, doch sie beobachtete die Menschen voller Gier, als ob sie sie erforschen wollte. Ich kann mich noch gut an ihr Gesicht erinnern. Sie hatte ein zerfetztes Ohr und so schreckliche Narben auf der Schnauze."

Kar wurde plötzlich ganz schwach. „Sie hat gesagt, sie kennt die Menschen", sagte er.

„Sie war wirklich komisch", knurrte Manov. „Dauernd hat sie etwas über eine Kraft gefaselt, die in allem steckt. Nachts sprach sie vom Tod und lachte. Oder sie brabbelte von der Vergangenheit, von einem großen Unrecht, das ihr widerfahren sei."

„Morgra!" Kar zog die Lefzen zurück. „Es war Morgra."

„Eines Tages fragte ich sie, warum sie so gerne Menschen-Draggas tötet und warum sie die Menschen so hasst."

„Und was hat sie gesagt?"

„Sie hat mir ins Gesicht gelacht. ‚Ich, die Menschen hassen?‘, hatte sie geantwortet. ‚Ich hasse die Menschen nicht, ich fresse sie nur, weil jeder jeden frisst. Abgesehen davon, will ich vom Menschen lernen, und eines Tages werde ich ihn wirklich verstehen, denn in seiner Seele wohnen die wahren Geheimnisse, das Geheimnis der Freiheit und des Lebens selbst. Nur der Mensch kann hinter den Instinkt blicken, der die gedankenlose Lera versklavt. Und dann wird die Lera meine Sklavin sein!"

„Wie entkam Morgra?"

„Irgendwann fütterten sie sie nicht mehr. Dafür kam immer ein Kind, ein Mädchen, in den Zwinger und hat uns beobachtet. Die Wölfin tat so, als sei sie todkrank, sie lag da wie ein armer Hund und winselte herzzerreißend. Das Mädchen war gerührt und öffnete den Käfig. Das hat dem Mädchen die Hand gekostet."

Diese Enthüllung weckte eine schreckliche Erinnerung in

dem Wolf. In jenem Moment wusste er, dass er Larka finden musste. Anderseits hatte er ein schlechtes Gewissen, dass er die Hunde zurücklassen musste, und so ging er wieder zum Schafspferch und häufte so viel Fleisch für die Barsoi auf, wie er nur konnte.

„Mach dir keine Sorgen, Kar", sagte Mitya beim Abschied. „Unsere Menschenherren werden uns schon nicht vergessen, sie kommen bestimmt zurück, wenn es sicher genug ist. Wir danken dir für deine Hilfe."

Manov schielte Kar hochmütig an, doch als er das frische Fleisch sah, wurde sein Blick etwas weicher.

„Reiß einen Hasen für uns, Kar, oder einen Hirsch", knurrte er grimmig, „damit du wieder zu Kräften kommst und es eine faire Jagd ist, wenn wir je hier rauskommen. Doch in der Zwischenzeit wünschen wir dir die Freude des freien Herzens. Viel Glück!"

Sie sahen dem Wolf nach, der durch den Schnee davonschnürte. Dann drehte sich Mitya ernst zu ihrem Gefährten.

„Wie es wohl ist, ein richtiges Wildtier zu sein?"

Kar wanderte viele Sonnen und viele Monde lang. In der ersten Zeit hüpfte sein Herz, denn es war ein wundervolles Gefühl, frei zu sein, die Läufe zu spannen und durchs Gras zu rennen, am Bach zu saufen und die Vögel am Winterhimmel zu betrachten. Doch eines Tages kam er wieder nahe an einen Menschenbau und witterte etwas Furchtbares in einem Schneefeld.

Zitternd und japsend näherte er sich einer Grube voller Kadaver. Varg. Zwanzig, dreißig Wölfe lagen tot und gehäutet da, dazwischen waren allerdings auch Leichen von

Türken, die die ansässige Bevölkerung getötet und in die Wolfsgrube geworfen hatte, um das Verbrechen zu vertuschen. Bei diesem Anblick schnappte Kar winselnd nach Luft. Nächtelang konnte er kaum schlafen, denn er wurde diese Bilder nicht mehr los und war ganz besonders auf der Hut.

Auf seiner Suche nach Larka erwachte auch ein anderes Gefühl in ihm, auf das er keineswegs vorbereitet war: Einsamkeit. Er merkte, wie die Lera auf ihn reagierte. Die meisten Tiere hatten Angst vor ihm, sie flüchteten oder kletterten auf die Bäume, wenn sie den Varg im Wind witterten.

Kar wanderte immer weiter. Er musste Aas fressen und selbst kleinste Tiere jagen. Das lehrte ihn, wie hart das Leben in der Natur war. Er spürte die scharfen Kanten des Lebens und sah, dass selbst an feuchten, dunklen, vom Schnee unberührten Orten im Wald der stete Kampf ums Überleben tobte. Die Einsamkeit fraß am Herzen des Varg, und je länger seine einsame Wanderung dauerte, desto mehr hatte er das Gefühl, dass jedes Tier gleichzeitig sein Feind und der Feind aller anderen Tiere war. Sein Pelz wurde matt und zottig, weil er langsam die Wolfsmanieren vergaß, er leckte sich nicht mehr und verschwendete keine Zeit auf seine Körperpflege. Er dachte an Manov und Mitya, die sicher in ihrem Zwinger saßen, und fragte sich, ob seine Worte über die Freiheit nicht nur eine dumme Lüge waren.

In den Ausläufern der Berge sah er Balkar durch die Wälder streifen. Ihm kam der Gedanke, dass nicht nur jedes Tier für sich lebte, sondern auch die Varg seine erbitterten Feinde waren. An einem kalten Tag traf er auf ein kleines

Rudel aus Dragga, Drappa und zwei Jungen. Das erinnerte ihn an seine eigene Welpenzeit, er hob eifrig die Rute. Doch die Wölfe hatten Angst, sie flohen vor den Nachtjägern und hatten Schreckliches gesehen. Kaum näherte sich Kar, gingen sie auch schon auf ihn los und verjagten ihn, ohne überhaupt zu fragen, wer er war und was er wollte.

Kar zog sich immer weiter in sich zurück. Er sprach mit sich selbst, nachts saß er einsam da und heulte in den Himmel. Oft hörte er Stimmen von anderen einsamen Wölfen, in denen dieselbe Sehnsucht lag, aber diese Stimmen waren nicht als Antwort gemeint, sondern sie sprachen von eigener Qual. Eine Elegie einsamer Not.

Kar stieg höher in die Berge. Er fand eine Höhle neben einem gefrorenen Tümpel, der von Hügeln umrundet war. Er erkundete den merkwürdigen Ort, er war trocken und staubig, an den Spalten der hohen, gewölbten Decke hingen Fledermäuse wie reife Früchte. Kar fand dort Ruhe und Frieden. Hinten in der Höhle lag altes Stroh und Laub, das ein Tier zum Nestbau geholt hatte. Er schnüffelte, aber der Geruch war schon lange verflogen, und so legte er sich zum Schlafen hin.

Tagelang blieb Kar in der Höhle. Er verließ seinen Bau nur, um ein Kaninchen oder eine Maus zu reißen oder Winterbeeren zu schmausen. Es wurde immer kälter, Kar wurde immer dünner, und er hatte niemanden, der seine Moral heben oder seine Verletzlichkeit teilen konnte. Er grummelte und verfluchte die Elemente selbst. In seinen Selbstgesprächen wurde er immer redseliger, und er stellte sich sogar vor, dass er in der Höhle nicht allein war.

An einem kalten Tag fand er einen Knochen vor der Höhle. Gierig schnappte er danach. Es war der Schienbeinknochen eines Pferds, er war wenig nahrhaft, doch Kar schwang ihn stolz im Maul und hob die Rute. Da hörte er plötzlich ein Geräusch in den Bäumen. Er sah listig auf. „Er gehört mir", kläffte er, „mir allein! Ich muss ihn in Sicherheit bringen, damit ihn niemand findet."

Er rannte in den hinteren Teil der Höhle und scharrte im Dreck, er grub ein Loch, holte einen großen Stein heraus und vergrub seine wertlose Beute behutsam an dessen Stelle. Dann schob er vorsichtig mit der Schnauze die Erde zurück und war ganz stolz, als er es schließlich geschafft hatte.

In der Nacht lag Kar an der Grube und spielte mit dem Stein. Er schlug ihn von Pfote zu Pfote, und da passierte etwas sehr Merkwürdiges. Der harte Stein splitterte und an der Innenseite kam eine geprägte Form zum Vorschein. Es sah aus wie das Skelett des kleinen Fischs, den Kar einmal gefangen hatte. Kar fragte sich knurrend, wie der Fisch wohl hierher gekommen war, in diesen Stein und in diese Berge.

Am Morgen ging Kar zum Waldrand. Heftige Schneefälle hatten eingesetzt, und er blickte traurig aufs Land. Die Kälte drang durch seinen Pelz, und er kam stark ins Zittern. Er ging wieder zur Höhle, blickte zurück und sah zwei Spuren im Schnee. Er bekam kurz schreckliche Angst, doch dann merkte er, dass es seine eigenen Spuren waren.

Während der Winter immer härter wurde, lag Kar grübelnd in seiner Höhle. Er dachte an Fel, und seine Gewissensbisse mischten sich mit der Erinnerung an all die Kränkungen, die er sich als Welpe von ihm gefallen lassen

435

musste. Kar dachte auch an seine tote Eltern und daran, wie Huttser ihn behandelt hatte. Dabei kam er sich noch nutzloser vor, und er wurde so schwermütig, dass es ihm egal war, ob er fraß oder schlief. Stattdessen streifte er in der Höhle herum, schnappte nach Kieseln und kaute auf den Steinen herum, dass ihm die Zähne schmerzten.

In seinem Kopf tummelten sich Schatten und dunkle Fragen, auf die er keine Antwort wusste. Die Höhle war Kars Kerker, und das war fast so schlimm wie ein Zwinger. Mitya und Manov waren hinter Eisengittern eingesperrt, doch Kar war in seinen eigenen Gedanken gefangen. Er merkte gar nicht, wie wunderlich er wurde. Stundenlang kaute er Steine und sprach mit den Fledermäusen, die über ihm hingen. Er zog Kreise im Schnee und redete sich ein, dass es nicht seine eigenen Spuren wären. Oder er stand einen ganzen Tag lang da, starrte einen Baumstumpf an und fragte sich, was seine Form wohl zu bedeuten hatte. Dennoch jagte er, und selbst wenn er keinen Hunger hatte, lauerte er der Lera auf und sprang die Tiere an, um sie zu erschrecken. Und wenn sie dann flüchteten oder in ihrem Schritt erstarrten, wirbelte Kar knurrend herum und schnappte vergnügt nach seinem Schwanz.

Es gab niemanden, der Kar hätte sagen können, wie komisch sein Verhalten war, niemand, der ihm in die Augen sehen, seinem Blick standhalten und ihn an ein Leben als ganz normaler Varg erinnern konnte. Kar hatte die lebenswichtige Gesellschaft verloren, in der er sich spiegeln konnte. Er kannte sich nicht mehr, und er wusste auch nicht, was aus ihm werden würde.

Doch eines Tages wachte er von einem Knurren vor der Höhle auf. Es lag noch Schnee, aber die Luft war schon warm. Draußen stand ein Grauwolf und blickte sich nervös um. Kar sah kaum, wie schrecklich mager der Wolf war und dass er an der rechten Flanke eine Wunde hatte, die zwar schon Monate alt, jedoch kaum verheilt war. Als der Fremde Kar sah, zog er unterwürfig den Schwanz ein und legte die Ohren an.

„Darf ich mich bei dir ausruhen?", fragte er. „Ich bin müde und mir ist so kalt."

Kar fletschte die Zähne. „Nein. Verschwinde!"

„Bitte! Ich brauche Hilfe."

„Hilfe? Wer braucht denn keine Hilfe? Aber warum sollte ich einem Varg helfen, wenn alle nur danach trachten, einander zu töten?"

„Ich werde sterben."

„Das müssen wir alle, du Dummkopf. Tor und Fenris haben dafür gesorgt. Und nun geh weg, oder ich hetze meine Freunde, die Fledermäuse, auf dich."

Kar ging wieder in die Höhle zurück, doch als er später am Tag wieder nach draußen trat, war der graue Wolf immer noch da. Hilflos lag er im Schnee.

„Ich werde dich töten, wenn du jetzt nicht verschwindest!", knurrte Kar wutentbrannt.

„Dann töte mich eben. Ich bin so oder so am Ende."

Kar trat vor, doch dann hielt er inne. Dieser Fremde kam ihm irgendwie bekannt vor, und Kar wurde plötzlich ganz verlegen.

„Ach … komm doch herein. Das hier ist meine Höhle."

„Hast du was zu fressen?", fiepte der Fremde.

Kars Augen funkelten, er dachte an den vergrabenen Knochen.

„Ha, so ist das also!", bellte er. „Du willst nur mein Futter stehlen."

„Nein, ich will es nicht stehlen. Aber wenn ich nicht fresse, sterbe ich."

„Dann stirb eben", schnaubte Kar und ging ärgerlich grummelnd zurück in die Höhle. Er wollte schlafen, doch er war zu aufgeregt. Er versuchte, nicht mehr an den Fremden zu denken, aber es gelang ihm nicht, und er sprach so laut und grimmig mit sich selbst, dass die Fledermäuse bei dem Gebrabbel gereizt aufflogen. Aus der hohlen Kammer flatterte eine Wolke aus schwarzer Wut.

Doch als das Licht in die Höhle drang, die Fledermäuse von der Jagd zurückkamen und sich wieder friedlich an die Risse in der Decke hängten, stand Kar auf und nahm ein bisschen übrig gebliebenes Fleisch ins Maul. Das warf er dem Fremden fast grollend hin, doch als er sah, wie der Fremde fraß, kam Friede über ihn, und er war froh, dass er über sich selbst hinausgewachsen war. Später holte er mehr Futter, und als der Wolf ihm dankte, nickte er nur, anstatt nach ihm zu schnappen. In der Nacht wurde es wieder kalt, Schnee fiel. Kar wollte in die Höhle gehen, aber auf halbem Weg blieb er stehen.

„Komm doch rein."

Der Fremde rappelte sich mühevoll auf und hinkte hinter Kar in die Höhle.

„Wie lange lebst du schon hier?", fragte der Wolf und sah sich um.

„Ich weiß nicht. Aber es ist schön hier, oder?", gab Kar stolz zurück. „Und die Höhle gehört mir, dass das klar ist."

„Ich finde es ein wenig einsam, man ist wohl sehr allein als Kerrl."

Bei diesem Begriff schnellten Kars Ohren überrascht vor. Doch der Fremde hatte Recht. Als sich Kar in der Nacht zum Schlafen legte, empfand er es als Trost, dass noch ein anderer Wolf da war, aber er hatte auch einen schrecklichen Traum von Fel und vom Eis, und wütende Gesichter starrten ihn im Schlaf an. Da waren Huttser und Palla und die alte blinde Wahrsagerin. Verstört und von schrecklichen Schuldgefühlen gepeinigt wachte er auf.

„Vermisst du denn die anderen nicht?", fragte der Fremde, als sie am Morgen nebeneinander lagen.

„Manchmal schon", murmelte Kar gereizt, „aber ich habe meine Gedanken zur Gesellschaft."

„Das kann ich mir vorstellen." Schaudernd sah sich der Fremde um.

„In der wirklichen Welt draußen gibt es nichts Schlimmeres als meine Gedanken. Außerdem bin ich verflucht."

Der Fremde sah ihn traurig an. „Wie meine arme Schwester."

Kar sah auf. Wieder kam ihm der Wolf bekannt vor. Er stand auf. „Wer bist du?"

„Ich heiße Skop."

Kar riss überrascht die Augen auf. „Skop!", bellte er. „Skop! Aber ... aber kennst du mich denn nicht mehr?"

Auch Skop stand auf und sah Kar in der Dunkelheit an. Kar wusste nicht, dass sein versengter Pelz ihn völlig verändert hatte, außerdem war er auch gewachsen, seit Skop weggegangen war.

„Ich bin's – Kar!"

Die Schnauzen der Wölfe berührten sich fast, wild wedelten sie mit den Schwänzen und beschnüffelten einander. Und mit dem Geruch in der Nase kamen auch die Erinnerungen.

„Auch ich musste gehen, Kar. Ich konnte mich nicht richtig um dich kümmern und ich wollte den Rebellen im Kampf gegen Morgra helfen. Daher sorgte ich dafür, dass du ein gutes Zuhause hast."

Kar war nun nicht mehr traurig. Zwei ganze Sonnen lang hatten sie miteinander gesprochen, und Skops Gesellschaft hatte auf den Kerrl schon wie ein kleines Wunder gewirkt.

„Du hast gelitten", knurrte Kar.

„Alle Wölfe haben gelitten. Die Balkar haben mir in den Bergen einen Hinterhalt gelegt. Ich konnte sie abwehren, aber diese Wunde will einfach nicht heilen."

Er leckte seine Flanke, und Kar winselte beim Anblick des eiternden Risses.

Mit Skop hatte Kar nun wieder einen Sinn im Leben gefunden. Der Frühling kam, und er ging für seinen Freund jagen. Er riss sogar eine junge Rehgeiß und brachte Skop stolz das Fleisch.

„So ist es recht, Kar. Nun benimmst du dich wieder wie ein richtiger Varg. Tust du mir noch einen Gefallen? Geh bitte raus und sieh dich im Wasser an."

Kar sah in das gekräuselte Wasser und erkannte sich selbst kaum wieder. Seine Schnauze war dünn und hager, seine Augen waren eingesunken und glasig, und der Pelz an seinen Ohren war zerzaust und zottig. Von diesem Moment an begann Kar wieder, sich zu pflegen und richtig zu fressen, und am heilsamsten waren seine Gespräche mit Skop.

Er lauschte Skop und wunderte sich, dass er nicht verbittert war. Skop hasste die Balkar, doch der Hass hatte ihn nicht aufgefressen wie Kar seine Erfahrungen. Kar merkte, dass Skop eine Philosophie hatte, die ihn vor seinen Erlebnissen geschützt hatte. Und während er Skop zuhörte, heilten sein Herz und seine Seele, doch Skops eigene Wunde wurde immer schlimmer. Sie entzündete sich und verursachte ihm schreckliche Schmerzen.

Als der Sommer kam, hatten die Wölfe das Gefühl, die Bindungen, die sie in ihren Rudeln aneinander gehabt hatten, würden allmählich wieder fester. An einem warmen Tag saßen sie zusammen vor der Höhle, und Skop vertraute ihm ein Geheimnis an. Er hatte von einem einsamen Wolf erfahren, dass Kars Brüder im Lager der Balkar getötet worden waren. Kar knurrte daraufhin bitterlich. Schließlich hob er den Kopf und flüsterte: „Skop, weißt du, was aus Huttser und Palla geworden ist?"

„Nein, ich habe nichts mehr von ihnen gehört. Ich würde sie gerne wieder sehen."

„Und Larka?"

Skop schüttelte die Schnauze und sah hinüber zu den Wäldern und den hohen Bergen. Kar folgte seinem Blick, und da spürte er plötzlich einen Stich in seinem Herzen, doch er war sicher, dass Larka noch am Leben war.

Den ganzen Tag lang dachte Kar an Larka, und in der Nacht träumte er sogar von ihr. Doch es war kein Traum von ihrer Welpenzeit, als sie zusammen am Treffpunkt gespielt hatten. Sie gingen ruhig nebeneinander her und blieben im Gras stehen, da drehte sich Larka plötzlich um und rieb ihre Schnauze an seiner Schnauze. Ein großer, tiefer Friede erfüllte ihn, und als er aufwachte, war er glücklich – ein Gefühl, das er zum ersten Mal hatte, seit er sich erinnern konnte. Doch das Glück dauerte nicht an. Als er aufstand, sah er, dass Skop schrecklich zitterte, obwohl es draußen heiß war. Seine Augen waren offen, starrten jedoch in die Ferne.

„Skop?"

„Diese Wunde, Kar … sie hat mein Blut vergiftet. Mein Ende ist nah."

„Aber du kannst mich doch jetzt nicht verlassen!"

„Irgendwann verlassen wir alle einander", sagte Skop betrübt. „Tor und Fenris haben es so eingerichtet. Aber vielleicht treffen wir uns ja wieder, wenn es die Wälder der Götter wirklich gibt."

„Aber, Skop –"

„Sei nicht traurig. Zumindest muss ich nicht allein sterben. Du hast mir gut getan. Du hast mir geholfen und meinen schwindenden Glauben wieder hergestellt, obwohl du erst gar nicht wusstest, dass ich es war. Versprich mir eins: Wenn ich tot bin, verlasse diesen Ort hier. Auf meiner Wanderung habe ich viele einsame Wölfe getroffen, viele waren glücklich, aber für dich ist das Leben eines Kerrl nichts. Pass auf dich auf, Kar, liebe dich selbst."

„Ich verspreche es", sagte Kar und dachte an Larka.

„Dann suche deine Familie, Kar. Und wenn du Palla je wiedersiehst, dann sag ihr … sag ihr … Na, du weißt schon."

„Ich werde dich wieder gesund machen, Skop, ich –"

„Ach, mein Freund, nur ein Wunder kann mich wieder gesund machen."

Kar legte seine Schnauze auf den Boden der Höhle und sah hinaus in die Welt.

„Und Wunder gibt es nicht, oder, Skop?", sagte er.

Skop hob den Kopf und knurrte leise: „Unsinn! Alles ist ein Wunder. Siehst du das denn nicht?"

Nach drei Sonnen hatte das Gift seine Wirkung gezeigt. Als es zu Ende war, sah Kar überrascht, dass ein Ausdruck des Friedens auf Skops Gesicht lag. Kars Herz war schwer vor Schmerz, sein Heulen hallte in der Höhle wider und verjagte die Fledermäuse. Einen ganzen Tag lang stand er nur da – nun war er wieder ganz allein.

Er nahm ein paar Steine ins Maul und schleuderte sie ärgerlich durch die Höhle, und als die Fledermäuse wiederkamen, knurrte er wild und schnappte nach ihnen. Die Einsamkeit war schlimmer als zuvor. Doch als er sich an jenem Abend zum Schlafen legte, rettete ihn der Traum von Larka, und am nächsten Morgen starrte er sein Spiegelbild im Tümpel an.

„Ich brauche andere Wölfe", jaulte er, „ob es gut oder schlecht ist – es ist meine Natur. Und ich brauche Larka."

Doch als Kar an die Wölfe da draußen dachte und an die Nachtjäger, die seine Eltern und seine Brüder getötet hatten, stieg eine fürchterliche Wut in ihm auf.

„Ich werde euch alle rächen!", bellte er.

Er trottete zurück in die Höhle, wo er fast wahnsinnig geworden war, und betrachtete den Wolf, der dort lag. Er wollte ihn nicht in dem Steingrab alleine lassen, aber er hatte seinen Entschluss gefasst. Er dankte Skop inständig, dass er ihm geholfen hatte, und wünschte ihm eine sichere Reise. Bevor er endgültig ging, warf er noch einen Blick auf die Fledermäuse an der Decke.

„Passt gut auf ihn auf, Freunde!"

Er wanderte viele Sonnen lang und stieg höher und höher in die Berge hinauf. Von den weiten Hochflächen des Südens sah Kar weitere Spuren der Menschen und ihrer Schlachten: Felder, die mit Feuer gesprenkelt waren, Steinbauten in Trümmern, Pferde, die davonstäubten. In den Wäldern betrachtete er die Lera und schauderte bei dem Anblick, der ihm die Worte der Legende in Erinnerung rief.

Was ist passiert?, dachte er. Bin ich zu spät gekommen?

Im Tal von Kosov bot sich ihm ein Bild des Grauens. Überall lagen tote Rebellen, ihre zerfetzten Kadaver zerfielen schon. Zitternd ging er weiter und dachte immer inständiger an Larka. Kar konnte nicht wissen, dass das Großrudel bereits besiegt war und dass Morgra mit dem alten Ruf die Pfade des Todes geöffnet hatte. Er wusste auch nicht, dass die dritte Fähigkeit der Gabe nun in der Welt war, dass die Suchenden umherstreiften, die Lera berührten und sie mit Schrecken, Schuld und Verwirrung schlugen.

In der folgenden Nacht wachte Kar im Wald auf. Er hatte wieder von Larka geträumt. Es war eine schöne Nacht, der Mond schien durch das Blätterdach, die Luft war lau und leicht, doch Kars Herz war schwer. Ein ganz neues Gefühl kam über ihn, er kannte es nicht, er wusste nicht, ob es wirklich war oder nicht. Er dachte, er würde sich alles nur vorstellen wegen des Traumes von Larka, aber er wurde das Gefühl einfach nicht mehr los. Es war wie eine

Übelkeit, als sei ihm flau im Magen, als müsste er etwas tun. Er lag da und lauschte und spürte dieses Kribbeln wie damals Huttser, als er sich der Höhle genähert und Khaz Morgras Spuren oberhalb des Baus entdeckt hatte. Etwas rief ihn, es war dieses Gefühl, das alle Tiere kennen und das jenseits des Sichtbaren, Hörbaren und Witterbaren lag. Es war der Instinkt.

„Der Pakt", sagte er. „Ich hatte den Pakt vergessen."

14
Die rote Wiese

Bittend standen sie da, als Erste über-
zusetzen,
Und sie streckten die Hände voll Sehn-
sucht zum anderen Ufer

Vergil, *Aeneis 6*

„Aber er konnte den Flammen entkommen?"
„Ja, Vater." Larka nickte. „Da bin ich mir sicher. Ich habe es im Wasser gesehen."
Larka schauderte. Was hatte sie noch im Nieselregen ge-sehen? Wie sie nun im Schutz der Bäume neben ihren El-tern lag, hatte sich Larka so sehr verändert, dass es fast das Verständnis von Huttser und Palla überstieg. Es war mehr als die normale Distanz zwischen Eltern und Kind. Die ungeheure Verantwortung hatte Larka reif und ernst gemacht.
„Also lebt auch Kar", knurrte Huttser. „Fenris ist gnä-dig."
„Larka", flüsterte Palla und leckte zärtlich die Schnauze ihrer Tochter. „Noch bevor die Geister kamen, spürte ich irgendwie, dass du in der Nähe warst. Wie bist du nach

dem Massaker durchgekommen? Wie hast du uns gefunden?"

„Der Regen, Mutter. Eure Pfotenabdrücke waren im Schlamm zu sehen. Fast wurden wir im Wald entdeckt. Nur Skarts Augen zeigten uns einen Weg an den Nachtjägern vorbei. Sie dürfen uns auf keinen Fall finden." Huttser knurrte und blickte durch das dichte Blätterdach zu den Bergen. Die Balkar suchten immer noch alles ab, und die fliegenden Aasfresser kreisten am Himmel. Doch die Rebellen hatten sich gut verborgen.

„Wenn Morgra Recht hat", sagte Huttser, „und der Ort hinter der Steinwand, den Slavka zufällig gefunden hat, ist wirklich Harja, dann ist das Geschöpf in größerer Gefahr als je zuvor."

Die Rebellen hatten für Bran eine Höhle gefunden. Dort lag er nun und wurde von Rar bewacht. Doch Huttser empfand keine Zuneigung für das Menschenjunge.

„Ja, Vater, wir müssen Bran daher Tag und Nacht bewachen. Der Altar ist nicht weit."

„Aber was der Lera geschieht, ist schrecklich!" Palla schauderte.

„Die Pfade des Todes sind offen, Mutter", knurrte Larka.

„Ich muss versuchen, sie bald wieder zu verschließen und die Suchenden zurückzurufen."

In Pallas Augen stand mit einem Mal große Angst. Angst vor der schrecklichen Reise, die ihre Tochter antreten wollte. Eine Reise in die Gefilde der Toten.

Mittlerweile waren zehn Sonnen vergangen, seit Larka sie vor dem Kampf bewahrt und die Vision ihres eigenen Todes in Harja gehabt hatte. Ihre Ankunft hatte das Rebellenrudel dramatisch verändert. Obwohl die Rebellen sich fürchteten, wenn sie die seltsame Gruppe mit dem Menschenjungen betrachteten, hatten sie doch auch wieder Hoffnung geschöpft und sprachen nun immer wieder von der Familie und einer Erretterin.

Nachdem die Wölfe gesehen hatten, wie hilflos Bran war, ängstigte sie die seltsame Legende vom Mensch-Varg nicht mehr so sehr. Nach dem Auftauchen der Suchenden konnten sie die Macht der Gabe nicht mehr leugnen, einige murmelten sogar, Larka solle den Eingang zur Zitadelle finden und selbst in die Seele des Menschen blicken. Die Rebellen wetteiferten sogar darum, wer auf Bran aufpassen durfte. Auch wollten alle für ihn jagen, und das Kind legte kräftig an Gewicht zu. Es schien keine Angst mehr zu haben. Wenn die Wölfe kamen und Bran bestaunten, streckte er neugierig die Hände aus und zog an ihrem Fell oder er lächelte und grabschte nach ihren Schnauzen.

Larka führte indessen ernste Gespräche mit Slavka und versuchte sie zu überzeugen, dass ihr Hass auf die Gabe nicht berechtigt war. Wenn sie Slavka von ihren Reisen mit Skart und ihren Visionen im Wasser erzählte, machte Slavka große Augen wie damals, als die Suchenden gekommen waren. Slavka hörte Larka zu, doch gleichzeitig sprach eine innere Stimme zu ihr wie in jener Nacht, in der sie Huttser und Palla aufeinander gehetzt hatte. Allerdings sagte die Stimme dieses Mal etwas anderes: „So", flüsterte sie. „Jetzt haben wir also auch das Kind. Warte, Slavka, warte und beobachte."

Larka sprang auf und lächelte ihre Eltern liebevoll an. „Ich muss jetzt gehen. Tsarr und Skart müssen mir mehr über das Ritual sagen – über die Anrufung der Toten."

„Aber wenn du zurückkommst", knurrte Palla, um ihre Tochter aufzumuntern, „dann werden wir uns gemeinsam gegen Morgra stellen. Als eine Familie."

Larkas Herz wurde schwer. Gemeinsam!, dachte sie traurig. Ach, Mutter, wenn du nur wüsstest, was ich vorhergesehen habe! Als Larka sich umwandte und den schönen Tag in sich aufnahm, begann sie plötzlich zu zittern – nicht aus Angst, sondern weil sie ein ungewöhnlich starkes Gefühl überkam, das in der Brise um sie herum lag – eine Liebe für die Bäume und das Gras, für die Luft und die Wolken. Für alles auf der Welt. Für all die Dinge, die sie gemäß ihrer Vision verlieren musste. Larkas Herz schlug schneller. Sie wollte unbedingt wissen, ob die Gabe ihr die Wahrheit über alles vermitteln und eine Verbindung zu allem herstellen konnte, nicht nur zur Lera, sondern auch zu den Insekten und Blumen, den Pflanzen und Bäumen und zur Erde, ja sogar zu den Steinen. Hatten auch sie eine Seele, die sie berühren konnte? Doch als sie ihre Sinne anspannte und in die Bäume blickte, fürchtete sie sich. Aber nicht vor Morgra, vor Wolfbane oder den Suchenden – sie fürchtete sich, weil es ihr tief in der Seele wehtat, die Welt so zu betrachten und sie so sehr zu lieben.

In der Nacht schlief Larka neben Tsarr und Skart und träumte von ihrer Vision auf der Brücke. Aber im Traum geschah etwas Seltsames. Im Liegen glaubte Larka, echte Stimmen in ihrem Kopf zu hören. Nicht eine Stimme, sondern zwanzig, dreißig Stimmen wisperten in den Bäumen. Sie sprachen von der Legende, von den Suchenden und der Zitadelle, von Hoffnung und Sieg. Es war, als ob das Rebellenrudel zu ihr mit einer Stimme sprach.

„Du berührst die dritte Fähigkeit, Larka", knurrte Tsarr, als das Licht durch die Bäume schien. „Du hast die Gedanken der Rebellen gehört. Die dritte Fähigkeit ist mit den Suchenden in die Welt getreten. Es ist Zeit, Larka."

„Ja", sagte Skart, „und du musst Hoffnung in dir tragen, wenn du gehst. Deine Eltern sind hier und helfen dir zurückzukehren."

„Welchen Sinn hat eine Rückkehr?", knurrte Larka bitter. „Selbst wenn ich die Pfade schließen und die Suchenden zurückrufen kann? Ich habe meinen eigenen Tod in der Zitadelle vorhergesehen. Die Gabe hat mir die Zukunft gezeigt."

„Larka", sagte Tsarr sanft. „Es gibt vielleicht eine Möglichkeit, auch die Zukunft zu verändern."

Larka hob fragend die Augen, doch dann schüttelte sie traurig den Kopf. „Dann ist es nicht die Zukunft, Tsarr. Dann lügt die Gabe."

„Die Zukunft ist jetzt", beharrte Tsarr. „Alles, was mit uns geschieht, Larka, alles, was sich auf deiner Reise durch Fenris' Wälder ereignet hat – geschah es nicht auf Grund des Vorherigen? Aber wenn wir in die Vergangenheit zurückkehren und sie in gewisser Weise beeinflussen können, dann kann vielleicht auch die Zukunft anders aussehen. Vielleicht sagen sie dir dort, im Reich der Toten, wie man das Kommende verändert."

Larka hob die Schnauze und erinnerte sich daran, was Karma einst über das Brechen von Mustern gesagt hatte. „In die Vergangenheit zurückkehren?", fragte sie traurig. „Bevor Morgra kam, oder bevor meine Eltern sie vertrieben, Tsarr, oder bevor die Eltern meiner Mutter sie vertrieben? Bevor die Legende überhaupt begann?" Doch einen Augenblick lang schimmerte Hoffnung in ihren Augen.

„Du musst also zu uns zurückkehren", flüsterte Skart, „und auf diejenigen hören, die dich lieben. Wenn Huttser und Palla dich rufen."

Aber Larka dachte mit einem Mal an einen anderen Wolf. „Kar", flüsterte sie. „Ich wünschte, Kar wäre hier."

Tsarr und Skart erklärten Larka nun das uralte Ritual zur Anrufung der Toten. Tsarrs Fell sträubte sich, als er den wichtigsten Teil der Vorbereitungen beschrieb. Sie musste zuerst Beute machen und das frische Fleisch neben sich legen, wenn sie heulte, denn sein Schatten würde ihr ins Jenseits folgen, und dann würden die toten Putnar seine Witterung aufnehmen und auf ihr Geheiß kommen. Tsarr sagte Larka, dass sie nur einem Geist erlauben dürfe zu fressen und zwar erst, nachdem sie ihm befohlen habe, ihre Fragen zu beantworten. Dann werde Larka erfahren, wie sie ihr eigenes Schicksal beeinflussen, wie sie die Suchenden zurückrufen und die Pfade des Todes wieder schließen könne.

Während Tsarr sie in diese merkwürdigen Geheimnisse einweihte, dachte Larka an Fel. Die Begegnung mit ihm fürchtete sie am meisten. Sobald Larka ihren Bruder erwähnte, wurde Skart schrecklich nervös. Es war keineswegs sicher, dass er kommen würde, doch der Adler warnte sie, dass kein Geist in den Gefilden der Toten sie berühren durfte, denn sonst war sie wahrscheinlich für immer verloren. Von all den Warnungen, die sie ihr mitgaben, lautete die dringlichste: Im Reich der Geister müsste sie ständig auf diejenigen hören, die im Diesseits auf sie warteten. Sobald sie Larka riefen, müsste sie sofort zurückkehren. Wenn Larka sie verleugnete, verleugnete sie das Leben selbst.

An jenem Tag zog Larka alleine los, um nachzudenken und sich innerlich auf ihre Reise vorzubereiten. Unterhalb des Lagers erstreckte sich eine Ebene an einem breiten Fluss bis zu den Bäumen in der Ferne. Die Wölfin konnte sehen, wie das Wasser in der Sonne glitzerte. Verstohlen kroch sie aus dem Wald und sah sich dabei ständig um. Der Tag war so klar und frisch, dass sie den Schatten des Waldes einfach verlassen musste. Doch plötzlich hielt Larka inne. Sie sah sich um und stellte fest, dass nirgends Balkar zu sehen waren. Nur ein Falkenpaar kreiste im Himmel, und in der Ferne graste eine Schafherde.

„Morgra", flüsterte Larka, „warum jagt sie uns nicht mehr?"

Die Wölfin holte tief Luft. Sie konnte den Sommer riechen, die vielen Gerüche des Lebens wirbelten durch ihre Nasenlöcher. Larka dachte an Bran in seiner Höhle und fragte sich, was Morgra vorhatte.

Plötzlich spürte sie einen Stich und wusste, dass sie auch das Kind liebte.

Am Fluss soff sie. Sie starrte ins Wasser, und als sie den Kopf wendete, blitzte das Sonnenlicht im Wasser auf. Larka knurrte wild, weil ihre Augen schmerzten. Sobald sie die Lider wieder öffnete, kam die Vision. So wirklich wie das Tageslicht schien sie aus dem Fluss selbst aufzusteigen, doch die Bilder lagen nicht auf der Wasseroberfläche, sondern waren überall um sie: Wo sich gerade noch eine Ebene erstreckt hatte, sah Larka nun große Bauten, die in den Himmel ragten. Da und dort erhoben sich astlose Bäume aus Stein wie riesige Kiefernstämme.

In der Luft darüber stand dichter schwarzer Rauch, der aus den Gipfeln quoll, in den Himmel aufstieg und die Wolken so schwarz färbte wie die Nacht. Zwischen den Bauten waren statt Erde steinerne Pfade, die sich wie starre Flüsse in die Ferne woben. Aus den Spitzen der steinernen Stämme züngelten immer wieder wütende Flammen. Ihre lebhaften roten Zungen schlugen in den Himmel und schienen die Luft selbst zu verzehren und die Ränder der schwarzen Wolken abzulecken. Sie sahen aus wie die Flammen, die Kar an den Wänden des Klosters gesehen hatte, die Flammen des Fegefeuers.

Larka blickte auf den Fluss. Vorher war das Wasser frisch und klar gewesen, nun war es fast so schwarz wie der Himmel, es floss dick und zähflüssig. Wo an den Ufern noch Gras wuchs, war es mit flockigem schwarzem Staub bedeckt, der überall haftete. Larka spürte, dass ihre Zunge ganz trocken war. Sie konnte kaum atmen, die Luft schmeckte heiß und rußig. Da und dort lagen große Haufen glänzender schwarzer Steine, die sich hoch zwischen den Bauten auftürmten. Es war Kohle.

Der Anblick, der sich der Wölfin auf der rechten Seite bot, ließ sie erschauern. Am Rand der Ebene, wo die Bauten kleiner wurden und nicht mehr aus Stein oder Metall, sondern aus Holz waren, stand etwas, das wie ein Mensch aussah.

Es erhob sich so hoch wie ein Baum. Seine gigantischen Metallklauen waren über seinem Kopf zusammengeballt, und in ihrem Griff waren zwei große Metalläste, die sich wie ein Blitzstrahl gabelten. Larka erwartete fast, dass es sich bewegte, doch es stand still und reglos da und bewachte die brennenden Bauten dahinter.

Als Larka den riesigen brennenden Hochofen sah, keuchte sie vor Entsetzen.

In diesem Augenblick war ihr klar, dass sie eine weitere Vision hatte. Larka sah ein Kohlekraftwerk, das der Mensch eines Tages bauen würde, um die Naturgewalt selbst zu nutzen, um die Energie freizusetzen, die allen Dingen innewohnt. Larka schauderte. Die Wölfin hatte das seltsame Gefühl, das Bild eines Gottes zu betrachten. Ein Gott, der so gewalttätig und tyrannisch war wie alle anderen Götter, die je auf der Erde umgegangen waren.

Plötzlich bewegte sich etwas zu ihrer Linken. Larka wandte sich um. Am Eingang des Holzbaus standen drei Menschenjunge. Larka musste an den Holzsammler denken, denn sie trugen zerrissene Häute, und ihre Hände waren blau vor Kälte. Mit glasigen Augen, in denen eine ungläubige Angst stand, blickten sie die Wölfin an. Ihre Haut war vom gleichen Schmutz überzogen, der auch den Boden bedeckte. Sie zitterten.

Larka musterte entsetzt die Menschenjungen. Eines bückte sich und hob ein Stückchen Kohle auf. Mit einem wütenden Schrei schleuderte es die Kohle in Larkas Richtung. Die Wölfin zuckte zusammen und blinzelte. Als sie die Augen wieder öffnete, war alles verschwunden: die brennenden Bauten, die Feuer speienden Baumstümpfe, die verwahrlosten Jungen, der riesige Metallmensch. Noch einmal sah Larka auf die weite Ebene und den glitzernden Fluss, die Fichten, die im Wind rauschten, und die Falken, die friedlich am klaren, sauberen Himmel kreisten.

„Der Mensch", keuchte die Wölfin. „Ich habe auch die Zukunft des Menschen gesehen."

In jener Nacht tuschelten die Rebellen aufgeregt. Auch sie fragten sich, warum Morgra sie nicht mehr jagte, außerdem hatten sie von Larkas Plan gehört. Skart saß in einem Baum, beobachtete Larka mit seinen harten gelbschwarzen Augen und wurde immer nervöser. Larkas Vision hatte ihn und Tsarr sehr erschreckt. Sie glaubten nun, dass die Gesetze der Gabe tatsächlich gebeugt worden waren.

Larka war fast bereit für ihre Reise, doch zuvor stattete sie Slavka noch einen Besuch ab. Die Rebellen blickten hoffnungsvoll auf, als Larka durch das Lager schnürte, knurrten eine Begrüßung oder wedelten mit dem Schwanz, doch sie konnten Larka nicht aufmuntern. Slavka lag unter einer Buche und wurde von zwei Rebellen sowie von Keeka und Karma bewacht.

„Slavka", knurrte Larka und trat näher.

Die alte Wölfin blickte auf, und Larka erkannte zu ihrer Überraschung eine neue Offenheit in Slavkas Blick.

„Slavka, ich muss mehr über die menschlichen Bauten in den Bergen erfahren. Morgra jagt uns nicht mehr, und wenn es sich bei den Bauten um Harja handelt –"

Doch Slavka unterbrach Larka sofort. „Larka", knurrte sie und ihre Augen verengten sich, „zuerst muss ich dir etwas sagen."

Larka war in Gedanken zu sehr mit Morgra und ihrer eigenen gefährlichen Reise beschäftigt, um das listige Glitzern in Slavkas Augen zu bemerken. „Ja?"

„Ich habe nicht an die Gabe geglaubt", knurrte die Anführerin der Rebellen kopfschüttelnd, „das war dumm von mir. Selbst nach deiner Ankunft wollte ich das Kind immer noch töten."

Larka blickte den Hang hinauf zu der Höhle, wo der kleine Bran schlief.

Rar stand davor und wedelte stolz mit dem Schwanz, weil er ihren Schützling bewachen durfte. Das Kind war in Sicherheit.

„Aber jetzt, Larka", fuhr Slavka fort, „jetzt erkenne ich, dass von der sich erfüllenden Legende eine wirkliche Gefahr ausgeht. Du bist die weiße Wölfin, die die Legende prophezeite. Und deine Eltern Huttser und Palla …" Sie senkte den Blick. „Es tut mir furchtbar Leid, dass ich ihnen beinahe etwas so Schreckliches angetan hätte. Ich möchte dir dienen, Larka. Ich biete dir das Kostbarste, was ich habe: Meine Treue."

Larka zögerte, doch Keeka war aufgesprungen und wedelte begeistert.

Larka nickte traurig. „Ich akzeptiere dich und auch dein Rebellenrudel auf meiner Seite. Es wollte dich nie verraten."

„Dann lass mich dir helfen. Es gibt immer noch einige Rebellen, die Zweifel an dir haben. Lass mich mit ihnen reden, Larka. Lass uns Seite an Seite kämpfen."

Larka schauderte, doch sie brauchte dringender Freunde als je zuvor. Slavkas mutiges Gesicht, das so sehr ihrem eigenen ähnelte, gab ihr plötzlich Hoffnung. „Sehr gut", sagte sie, „du kannst frei durchs Lager streifen, Slavka, und mit den Rebellen sprechen."

Slavka nickte ernst. „Danke. Du wirst es nicht bedauern."

Als Slavka ging, sah keiner die Verachtung in ihren Augen.

Nur Karma wandte sich unvermittelt an Larka: „Du

darfst ihr nicht trauen", knurrte sie mit ihrer tiefen, vollen Stimme.

„Du hast Unrecht, Karma", sagte Larka sanft. „Wir alle müssen vertrauen und aneinander glauben."

Dunkelheit senkte sich über Transsilvanien, wob Schatten durch die Bäume und legte die Nacht über die Wiesen, als Larka ihre Beute tötete. In einer geschützten Senke, umringt von Eichen, fand sie einen Platz abseits der Rebellen und legte das Fleisch eines alten Mutterschafs vor sich. Tsarr und ihre Eltern sahen ihr ernst zu, als sie sich in die Senke legte. Skarts harte Augen musterten Larka noch eindringlicher als sonst.

„Das kann Tage dauern", flüsterte Tsarr Palla und Huttser zu. „Wenn es so weit kommt, dass sie versuchen, sie zu behalten, müsst ihr sie rufen. Mit eurer ganzen Liebe müsst ihr sie rufen und dürft auf keinen Fall aufgeben."

„Ich würde alles tun, um meine Tochter zu retten", knurrte Palla und dachte an all das, was Tsinga damals im Tal der Schatten gesagt hatte, „selbst wenn das meinen eigenen Tod bedeuten würde."

„Wir brauchen jetzt nicht deinen Tod, Palla", knurrte Tsarr, „sondern dein Leben."

Die drei gingen zu Larka. Tsarr ließ sich ein Stück entfernt nieder, Huttser und Palla legten sich direkt vor ihre Tochter. Sie bemerkten kaum, wie sich Skart neben ihnen aufplusterte. Sein gebogener Schnabel ruckte, und seine Krallen gruben sich in die Erde.

„Larka", sagte Palla sanft. „Wenn du gehst ... wenn du dorthin gehst und ... ihn siehst ..."

„Ja, Mutter?"

„Sag ihm, dass wir ihn immer noch …" Palla senkte resigniert die Schnauze. Larka empfand mit einem Mal große Zärtlichkeit für ihre Eltern.

„Sehr gut", sagte sie, „es fängt an. Und wie alles beginnt es im Schlaf."

Larka legte den Kopf auf die Pfoten. Das Fleisch lag im Gras. Sie glitt immer tiefer in den Schlaf. Es war Mitternacht vorbei, als Larka sich regte und ihre Nase zuckte. Palla zitterte, als sie Larka knurren hörte. Plötzlich hob die weiße Wölfin den Kopf. Sie schlief immer noch, ihre Augen waren fest geschlossen, obwohl ihre Ohren gestellt waren und ihre Schnauze sich vor- und zurückbewegte, als ob sie in der Dunkelheit etwas suchen würde.

„Es fängt an", knurrte Tsarr.

Larkas Fell sträubte sich, und sie hob den Kopf noch höher. Ihre Eltern konnten sehen, wie sich die feinen weißen Haare an ihrer Kehle kräuselten. Larka warf den Kopf nach hinten. Mit geschlossenen Augen öffnete sie die Schnauze und knurrte: „Fenris! Fenris!"

Bei dem Geheul, das plötzlich erklang, schreckten die Rebellen im Lager auf. Es kam aus der Tiefe von Larkas Bauch und stieg wütend in den Nachthimmel. Es ließ die Bäume zittern und die Luft beben. Noch nie hatten Huttser und Palla ein derartiges Geheul gehört, nicht einmal in der Nacht, in der die Suchenden gekommen waren.

Auch Rar hörte das Heulen. Er fand es so seltsam, dass er Brans Höhle verließ und den Hang hinunterlief, um besser zu hören.

„Larka", flüsterte er dem Wind zu, „sei auf der Hut!"

Plötzlich schien Larkas Heulen zu verstummen. Ihre Kehle bewegte sich immer noch, der Kopf war immer noch erhoben und ihre Schnauze offen, doch kein Geräusch war mehr zu hören.

„Jetzt ruft sie wirklich", knurrte Tsarr erregt. „Jetzt heult sie zu den Toten."

Larkas Kopf fiel auf ihre Pfoten. Skart verhielt sich mit einem Mal ganz seltsam. Er hüpfte zu ihr und begann, mit seinem großen gebogenen Schnabel nach ihrem Schwanz zu picken.

„Was machst du da, Skart?", knurrte Huttser wütend.

Doch der Vogel ließ sich nicht ablenken. Als sei Larka ein Stück Aas, zog er an ihrem Fell, er hackte und pickte an ihrem Schwanz und stieß und zog wie wild.

Tsarr war aufgesprungen und knurrte ebenfalls. „Bist du verrückt geworden, Skart?" schrie er. Plötzlich musste Tsarr an die Legende denken und ihm kam ein schrecklicher Verdacht. „Nein, Skart, das ist nicht möglich, nicht du!" *Hütet euch vor dem Verräter, der nur Hader sucht*, klang es Tsarr in den Ohren.

Skart hackte weiter. Als er sich wieder den Wölfen zuwandte, hingen weiße Fellbüschel aus seinem Schnabel. Außer sich vor Zorn angesichts seiner hilflosen Tochter, stürzte sich Huttser auf den Adler. Doch Skart breitete die Schwingen aus und flog davon. Hoch schraubte er sich in die Luft. Als die Wölfe nur noch kleine Punkte am Boden waren, pulsierte nur noch sein Ärger durch die Luft. Skart hatte nur noch einen Gedanken, und seine durchdringenden Augen suchten das Land unter ihm ab.

Während Larka in der Senke lag, schlief Bran friedlich in der Höhle. Plötzlich fiel der Schatten eines Wolfs auf das

Kind. Der Wolf kam knurrend in die Höhle und leckte sich die Lefzen, seine Augen glitzerten wütend. Mit triefenden Lefzen schlich er langsam um das Menschenjunge herum, sein heißer Atem strich über das Kind.

„So", flüsterte der Wolf verbittert, „der größte aller Mörder." Doch als Slavka ihre mächtigen Kiefer aufriss und dabei an ihre Jungen dachte und spürte, wie der Hass in ihr brannte, kam ihr plötzlich ein neuer Gedanke. Leere. Die Wölfin schien mit sich selbst zu ringen, ihre Läufe und ihr Schwanz zitterten heftig. Schließlich verließ sie ihre Kraft, unterwürfig senkte sie den Kopf. „Nun gut", knurrte sie, „so soll es sein."

Slavka hörte auf eine weit entfernte Stimme. Eine Stimme, die in ihrem Kopf widerhallte. Bran öffnete die Augen, und Slavka fletschte sofort die Zähne und knurrte. Ihre Ohren lagen flach an. Langsam ließ sie sich neben dem Kind auf die Vorderpfoten sinken. „Komm, Kleiner", flüsterte sie. „Komm mit mir!"

Bran spürte Slavkas Hass und fing an zu jammern. Große Tränen rollten über seine kleinen Wangen.

„Still", knurrte Slavka wütend, „sonst hören sie dich. Klettere auf meinen Rücken, oder ich beiße dir die Kehle durch!"

Bran weinte immer noch.

„Na komm schon", flüsterte Slavka und änderte plötzlich den Tonfall. Sie leckte sogar Brans Gesicht. „Vertrau mir, Kleiner. Du musst mir jetzt vertrauen. Wir schleichen uns von hier weg. Ich bringe dich zu jenen, die sich richtig um dich kümmern und dich wirklich lieben."

Brans Schluchzen wurden allmählich leiser. Slavka kroch näher. Für einen Augenblick füllten sich die Augen des

Kindes instinktiv mit Zweifel, doch Slavka und Larka sahen sich so verwirrend ähnlich. Plötzlich drehte sich Bran um und krabbelte auf Slavkas Rücken.

Slavka schauderte, als sie spürte, wie das Kind in ihr Fell griff, doch sie stand auf. Ihr Blick war völlig abwesend. „Jetzt, Larka", zischte sie, und es klang, als gehöre ihre Stimme nicht mehr ihr, „jetzt werden wir sehen."

Larka war an einem dunklen Ort, wie in einem Tunnel oder Gang, der von Schatten umgeben war, oder wie die Treppe, die sie als Welpe zusammen mit ihrem Bruder in der seltsamen Burg gesehen hatte. Sie ging langsam. Neben ihr ragten Kiefern in den Himmel. Im Maul trug sie die Beute. Die Luft war kalt und still. Allmählich gewöhnten sich ihre Augen an die Dunkelheit und der Instinkt sagte Larka, dass neben ihr unter den Bäumen andere Wölfe waren, silbrige Geister, die im Wald umgingen. Larka sah sie und bekam schreckliche Angst. Zunächst hielten sie Abstand, doch zwischen den Bäumen schwebten immer mehr dieser Gestalten.

„Mut", flüsterte Larka. „Ich muss mutig sein."

Es kam ihr so vor, als hielt sie blind an einer Hoffnung fest, an einer Wahrheit, die die ganze Welt zu leugnen suchte.

Es wurde heller, doch Larka begann zu zittern, denn das Licht barg keine Wärme. Der Wald schien nun noch Furcht erregender. Die Luft schimmerte gelblich und fahl, alles andere schien in dem Licht an Farbe zu verlieren, wurde grau und leblos. Larka spürte, wie eine schreckliche Düsternis sie überkam. Ihre Läufe zitterten. Die Bäume neben ihr lichteten sich, und sie sah immer mehr

Geisterwölfe. Dann endete der Pfad abrupt und Larka verschlug es den Atem. Sie stand am Rand einer großen Wiese, die von riesigen Bäumen umgeben war. Die Bäume waren so schattenhaft und grau wie die Geister, aus der Ferne wirkten sie wie Schemen, die man kurz im Schlaf sieht. Der Himmel war blass und fahl, selbst das Gras war farblos und ausgebleicht wie Stroh in der Sonne. Und doch gab es eine Farbe, die so schockierend war wie eine offene Wunde, denn überall auf der Wiese standen Mohnblumen.

Ihre Stiele waren zwar grau wie alles andere, doch ihre zarten Blüten waren leuchtend rot und sahen aus wie Schmetterlingsflügel.

Larka senkte den Kopf, als sie auf dieses wogende Meer aus blutroten Blumen sah, die sich grell von dem Grau abhoben. Sie war verwirrt, denn die Wiese war schön und schrecklich zugleich. Dann ließ sie, wie Tsarr es ihr gesagt hatte, das Fleisch ins Gras fallen und heulte. Der Klang, den sie über die merkwürdige Wiese sandte, ließ die Wölfin beben. Das Heulen war gedämpft und dumpf wie ein Schrei gegen den Wind. Doch es verfehlte seine Wirkung nicht. Plötzlich bewegten sich Gestalten durch die Blumen auf Larka zu. Die Geister kamen aus jeder Richtung und schwebten durch die Mohnblumen, ihre Flanken streiften die samtenen Blüten. Sie waren so schemenhaft wie die Wölfe zwischen den Bäumen und genauso blass und grau.

Larka zitterte, als die Heerschar der Toten auf sie zukam, denn nun sah sie ihre Augen. Sie waren zwar nicht so rot wie im Tal von Kosov, hatten jedoch den gleichen verlorenen, glasigen Ausdruck. Dennoch konnte Larka in den leeren Augen noch etwas erkennen, einen hungrigen Blick, und sie merkte, dass alle Schatten gierig in der kalten Luft schnüffelten. Sie wurden vom Fleisch angezogen.

„Kommt!", schrie Larka im Befehlston.

Ihre Eltern, die sie in der Senke unterhalb des Rebellenlagers betrachteten, sahen, wie sie den Kopf im Schlaf hob.

Die Geisterwölfe strömten herbei, und schon bald drängten sie sich auf der Wiese, doch es kamen immer noch mehr und noch mehr. Als sie näher rückten, begann Larka zu knurren. Der Wolf, der dem Fleisch am nächsten war, streckte den Kopf vor.

Larka heulte erneut und rief: „Halt! Kommt nicht näher! Die Lebende befiehlt euch."

Die Wölfe blieben stehen. Ihre Augen schienen durch Larka hindurchzublicken. Sie begannen zu knurren. Ein Flüstern strich durch die Mohnblumen, und Larka hörte, dass sie alle mit einer Stimme sprachen. „Fleisch", murmelten sie wie der Wind, „Fleisch."

Larka bibberte, doch sie kämpfte die schreckliche Angst nieder. „Ja, ich bringe Fleisch", stammelte sie. „Von der anderen Seite. Aber nur einer darf kommen."

Die Wölfe, die Larka umringten, knurrten wieder, denn großer Hunger plagte sie. Aber sie fürchteten sich auch.

Plötzlich trat einer der Geister vor. Sein Gesicht war ganz vernarbt, und Larka erkannte verwundert, dass sie ihn unter den toten Rebellen im Tal gesehen hatte. Neben ihm erkannte sie weitere Rebellen. Nachtjäger, die ebenfalls gestorben waren, standen ruhig neben ihnen.

„Ich werde dir antworten", knurrte der tote Rebell und nahm gierig Witterung auf. Die leeren Augen des Wolfs starrten auf das Fleisch, so leuchtend rot wie die Mohnblumen.

„Dann sag mir", flüsterte Larka, „was ist das für ein Ort?"

„Dieser Ort? Wir wissen es nicht genau. Einige nennen ihn die rote Wiese, andere sprechen vom Tal der Toten."

In den Hügeln über dem Tal von Kosov rannte Kar. In den vergangenen Tagen hatte er kaum geschlafen, er war immer weiter gezogen. Er war gerannt, so schnell er konnte und so lange es ihm seine Ausdauer erlaubt hatte, und hatte sich weder mit Jagen noch mit Fressen aufgehalten. Der Instinkt befahl Kar, sich zu beeilen, obwohl er nicht einmal wusste, wohin er rannte und warum. In ihm flüsterte eine Stimme ähnlich den Stimmen, die er damals in der Höhle gehört hatte.

In der Nacht ruhte sich Kar auf einer weiten Lichtung aus. Als er in der Dämmerung erwachte, hörte er über sich einen schrillen Schrei. Unter den ziehenden Wolken sah er eine winzige Gestalt, die große Kreise zog. Sie schraubte sich immer weiter nach unten, wurde größer und größer und kam auf Kar zu.

Der Vogel flog direkt auf die Lichtung und landete vor dem Wolf. Kar war erstaunt. Er hatte noch nie gehört, dass sich ein so großer Raubvogel einem Wolf näherte. Seine Augen schienen Kars Gesicht zu mustern, als ob sie nach einem Zeichen suchen würden. Dann nickte er und sprang auf ihn zu. Er hatte etwas im Schnabel, das er vor dem Wolf fallen ließ. Kar wollte auf den Adler losgehen, doch dann erkannte er, dass der Vogel ihm Fell gebracht hatte.

Kar stellte die Ohren. Langsam schob er seine Schnauze zu den Fellhaaren und schnüffelte. Kaum war ihm der Geruch in die Nase gestiegen, sprang er auch schon auf. „Larka", japste er. „Larka!"
Skart nickte wie wild und schwang sich wieder in die Luft. Kar blickte auf und sah, wie der Adler wieder im Sturzflug zu ihm kam. Kar verstand. Der Vogel wollte, dass er ihm folgte. Kar sprang auf und rannte, so schnell ihn seine Pfoten trugen.
„Larka", schrie er, „Larka ist in Gefahr."

„Und ihr seid die Toten?", fragte Larka zitternd.
Der Wolf schwieg und blickte auf. „Nicht so, wie du es dir vielleicht vorstellst, Larka", antwortete er leise. „Wir sind die Suchenden. Geister der Toten, Schatten."
Wie er das sagte, meinte Larka, mit sich selbst zu sprechen, so fern klang seine leblose Stimme.
„Dann ... dann seid ihr nicht wirklich?"
„Vielleicht so wirklich wie deine Erinnerungen, Larka. Oder deine Träume."
Larka riss die Augen auf, als sie den Blick des Geisterwolfs erwiderte. Sie erinnerte sich an das, was Tsinga über die Macht der Erinnerungen gesagt hatte. „Dann ist dies nicht der Ort, wohin die Toten gehen?", flüsterte sie.
„O nein, das ist nicht der Ort", antwortete der Wolf. Er hielt inne und drehte den Kopf wehmütig zum Wald. „Aber darüber darf ich nicht sprechen. Niemand darf darüber sprechen."
„Aber sag mir, woher du kommst. Ist es dort so wie hier? Sind Tor und Fenris –"
„Schweig", knurrte der Wolf und wich ängstlich zurück.

465

„Das darfst du nicht wissen. Das dürfen die Lebenden nie erfahren."

Auch die anderen Geisterwölfe zogen sich langsam zurück.

„Aber was bist du?", fragte Larka.

„Das habe ich dir doch gesagt. Wir sind die Schatten der Toten, der Toten, die du gesehen hast. Wie deine Erinnerungen."

„Wenn ihr nur Erinnerungen seid, könnt ihr mir nicht helfen."

„Nur?", fragte der Wolf und sah sie seltsam an. „Hast du auf deiner Reise nichts gelernt, Larka? Wir können dir helfen, die Welt der Lebenden zu verstehen, aber weiter dürfen deine Fragen nicht gehen."

„Gut", sagte Larka. „Kann ich die Pfade des Todes wieder schließen? Kann ich jene, die in unsere Welt hinübergetreten sind, wieder ins Reich der Schatten zurückrufen?"

Der Geisterwolf blickte sehr ernst. „Die Pfade sind offen, und mit den Suchenden ist auch die wahre Macht der Gabe in eure Welt getreten: die Seelen anderer zu berühren und ihren Willen zu beherrschen. Morgra hat die Gabe bereits benutzt und uns zu sich befohlen. Erst wenn Blut auf dem Altar geflossen ist, können die Schatten wieder beherrscht werden. Dann können die Pfade wieder verschlossen werden."

Larka schauderte. „Ich habe Visionen gehabt – ist das, was ich sehe, wirklich? Die steinernen, qualmenden Baumstämme? Kann ich wirklich in die Zukunft blicken?"

„So wird es kommen, Larka", knurrte der Wolf traurig. „Aber nicht mehr zu deinen Lebzeiten."

466

„Und die Brücke und die Ruinen? Gibt es sie wirklich?"

„O ja, und auch in deiner Welt. Es ist eine alte Pilgerstätte. Harja. Dort steht der Altar. Du wirst ihn schon bald wieder sehen."

„Also ist es tatsächlich Harja", sagte Larka. „Vater sagte, es ist nicht weit weg, oben in den Bergen. Bewacht von einem steinernen Gesicht."

„Das stimmt. Aber es gibt zwei Eingänge. Der zweite ging vor langer Zeit verloren. Östlich des steinernen Gesichts. Ein Tunnel bei einem unterirdischen Fluss, der direkt durch den Berg führt. In Harja wird sich die Vision verwirklichen, wenn das Kind auf den Altar gesetzt wird, aber nur, wenn der Mond in diesem Augenblick seinen Höchststand erreicht hat. Denn die Legende, Larka, ist wie Tor aus dem Mondlicht geschaffen."

Larka zitterte, denn sie erinnerte sich wieder an ihre Vision von der Brücke. Ein riesiger Vollmond hatte ihren eigenen Tod beleuchtet. „Und ist Harja wirklich das Tor zum Himmel?"

„Himmel?", murmelte der Wolf seltsam berührt, er schien sie nicht zu verstehen.

„Werde ich dort sterben?", flüsterte Larka und ließ den Kopf sinken.

„Wenn du es vorhergesehen hast", antwortete der Geist kalt, „dann ist es fast sicher."

„Fast?" Larka hob den Kopf.

Der Geist zögerte. Er starrte auf das Fleisch. „Das sind dunkle Angelegenheiten, Larka. Denn ein Großteil der Zukunft besteht aus dem Vergangenen. Aber bei dir ... du allein hast uns besucht. Du hast uns auf der roten Wiese herbeibefohlen. Du hast uns wieder wirklich gemacht. Vielleicht wird dadurch das Kommende beeinflusst."

„Dann gibt es Hoffnung?"

Der Wolf sah sie so komisch an. „Für die Lebenden gibt es immer Hoffnung, es muss Hoffnung geben, Larka. Aber vergiss nicht: Der Pfad ist schmal, und je weiter du vorankommst, desto schmaler wird er."

Larka nickte, und der Geist kam näher. Seine Schnauze streckte sich dem Fleisch entgegen.

„Ich habe noch mehr Fragen. Ich muss Morgra gegenübertreten. Aber da ist noch jemand bei ihr. Ihn fürchte ich. Ich sehe ihn nur als tiefe Dunkelheit, als Schreckliches, Böses. Wolfbane. Ich weiß, dass Er wartet."

„Wolfbane wartet", bestätigte der Wolf kalt. „Und du solltest Ihn vor allem anderen fürchten. Denn Er wird dir gefährlicher als jeder andere. Aber um die Sache zu Ende zu bringen, musst du dich Ihm stellen, und zwar allein. Niemand kann dir dabei helfen."

Larka knurrte. „Noch eines", sagte sie. „Erzähl mir von den Menschen."

Der Geist zog sich wieder etwas zurück.

„Hat der Mensch wirklich ein drittes Auge, ein Auge, das mehr sehen kann als die Lera?"

Der Wolf nickte.

„Aber seine Macht. Woher hat der Mensch Macht?"

„Die Macht des Menschen ist abgesehen von seinen Händen und Werkzeugen die Macht der Erinnerung, es ist Wissen und Vorstellungskraft."

Larka neigte überrascht den Kopf. „Sich erinnern", murmelte sie. „Sich an die zu erinnern, die wir lieben und verlieren. Sich auch an das Schreckliche zu erinnern?"

468

„Nein, es ist nicht nur die Erinnerung an das eigene Leben, sondern an all die Menschenleben zuvor", knurrte der Wolf. „Und die Erinnerung, die allen Dingen innewohnt. Sie liegt nicht nur in der Erinnerung des Menschen, sondern einfach in der Kraft des Seins – darin liegen die größten Geheimnisse der Vergangenheit und auch der Zukunft. Und nicht nur der Vergangenheit, die im Reich der Toten zu enden scheint, sondern der uralten Vergangenheit!"

Als Larka das Tal der Toten betrachtete, empfand sie mit einem Mal große Pein. „Ihr werdet die Suchenden genannt ...", Larka zögerte. „Aber was sucht ihr?"

Auf der roten Wiese hoben die Wölfe wie ein Wesen den Kopf. „Gerechtigkeit", stöhnten sie, und ihr Klagen ließ die Mohnblumen zittern. „Gerechtigkeit und Wahrheit."

„Gut", flüsterte Larka dem Geist des Rebellen zu. „Du hast dir deine Belohnung verdient. Du darfst fressen."

Die anderen Geister sahen neidisch auf den Wolf. Doch dieser zögerte. „Hör auf mich", knurrte er unvermittelt, und in seiner Stimme lag große Sehnsucht. „Wolfbane. Du hast gesagt, du siehst Ihn als Dunkelheit. Als das Böse. Gut. Er glaubt, Er kennt die dunkle Seite der Gabe."

Larka zog die Lefzen hoch.

„Aber vergiss auf keinen Fall die Natur deiner Welt, Larka. Dort gibt es Farbe und Form, Wärme ebenso wie Kälte. Erinnere dich daran. Bevor du gegen Ihn kämpfst, musst du wissen, dass es ohne die Nacht keinen Tag, ohne Lügen keine Wahrheit und ohne Verzweiflung keine Hoffnung gibt. Hüte dich vor allem vor dem Hass, ruf aber auch sein

Gegenteil an. Denn alles hat einen Gegensatz, und wenn du dich bewusst und mit Bedacht dafür entscheidest, kannst du etwas in sein Spiegelbild verwandeln."

Larka hörte dem Geist zu, verstand jedoch nicht, was er ihr sagte.

„Und nun tritt zurück", sagte der Geist. „Denn wenn ich fresse, darf ich dich nicht berühren."

„Nein?", fragte Larka verwirrt. „Aber auf der anderen Seite ... auf der anderen Seite hat man mir gesagt, ihr würdet versuchen, mich hier zu behalten."

„Hier behalten?", meinte der Geist fast traurig. „Nein. Das wollen wir nicht, es sei denn, wir berühren dich, Larka. Denn dann erinnern wir uns an unser Leben. Wenn wir deine Wärme spüren, wollen wir dich für immer bei uns haben."

Großes Mitleid ergriff Larka.

„Wir können nicht anders, so, wie du nicht anders kannst, wenn du fressen musst. Auch du würdest, wenn du uns berührst, gern mehr sein, als du jetzt bist, du würdest dich danach sehnen, die einfache Dualität von Sonne und Mond aufzugeben und uns nachzukommen. Weiter als bis zum Tal der Toten zu reisen und zu sehen, was auf der anderen Seite liegt – wenn dort überhaupt etwas ist."

Und als er sprach, spürte Larka tatsächlich diese Sehnsucht. Dennoch wich sie vor ihm zurück. Er senkte den Kopf.

Kaum hatte er das Fleisch berührt, begann Larka zu zittern, denn unter den Wölfen in der Wiese erhob sich ein schreckliches Klagen.

Während der Wolf fraß, bebte sein blasses Fell. In seine Adern schien wieder Farbe zu kommen. Seine Augen leuchteten gelb, und sein Schwanz zeigte einen roten Schimmer. Doch Larka sah nicht mehr hin, denn ihr Herz setzte fast aus. Hinter dem Geist hatte sie eine Wölfin gesehen. Sie traute ihren Augen kaum. „Brassa, bist du das?"

Larka brach fast das Herz.

Der fressende Geist hob sofort den Kopf. Sein Maul war blutverschmiert, und seine Stimme klang kräftiger und wirklicher. „Nein", stöhnte er. „Du darfst uns nicht beim Namen nennen, du darfst uns nie beim Namen nennen!"

Zu spät. Larka rief bereits ihre alte Ziehmutter. „Brassa! Brassa, du bist es wirklich?"

Die Wölfin hörte sie, und ihre glasigen Augen leuchteten auf. Sie sprang vor. Larka vergaß alles, was ihr geraten worden war, und rannte ebenfalls auf den Geist zu. Ihre Schnauzen trafen sich zum Gruß. Sie hatten sich berührt.

Larka sah einen Blitz. Die ganze Wiese war plötzlich in Farbe und Licht getaucht. Die schale Luft wurde von einem lauen Wind gewärmt, und das Gras zwischen den Mohnblumen leuchtete in sattem Grün. Die Wölfe waren keine Schatten mehr, die Bäume waren nicht mehr grau und leblos. Es war, als ob Larka nun aufgewacht wäre, allerdings waren die Farben um ein Vielfaches leuchtender und schöner als alles, was sie je in ihrem Leben gesehen hatte.

„Nein!", schrie Tsarr in der Senke.

Larka hatte plötzlich den Kopf gesenkt. Ihr Atem ging schwer und wurde immer schwächer.

471

„Ruft sie", bellte Tsarr panisch und wandte sich an Huttser und Palla. „Schnell, ruft sie! Befehlt sie zurück!"

Huttser sah Palla verzweifelt an. Sie wussten nicht, dass ein anderer Wolf zu ihnen eilte und rannte, so schnell er konnte, während Skart sich durch den Sommerhimmel schwang.

Kars Herz platzte fast, und die Zunge hing ihm weit aus dem Maul.

„Beeil dich, Kar!", kreischte Skart in der Luft. „Beeil dich!"

Die Wölfe sahen auch den Schatten nicht, der sich durch den Wald in die Berge schlich, den Schatten einer Wölfin mit einem Kind auf dem Rücken.

„Willkommen, Larka", sagte Brassa zärtlich auf der roten Wiese, „es tut gut, dich wiederzusehen. Du bist gewachsen. Aber du musst immer noch so viel lernen, so viel sehen. Komm mit uns."

Während sie sprach, keuchte Larka. Zwei Wölfe kamen Flanke an Flanke auf sie zu.

„Khaz", flüsterte sie, „Kipcha."

Die beiden kamen schwanzwedelnd näher und sahen so gesund aus, wie Larka sie in Erinnerung hatte. Ihr Herz hüpfte. Sie war plötzlich wieder ein Welpe. Es war, als käme sie nach Hause. Als die beiden sie begrüßten, sah sie in der Ferne noch einen Wolf. Es war Bran. Auch er wedelte begeistert. Hinter Bran kam Skop.

„Komm, liebe Larka", bellte Bran, „hier gibt es nichts zu fürchten."

„Ist das wahr?", flüsterte Larka verträumt. „Ist das wirklich?"

472

„Wir können dich nicht belügen", antwortete Brassa, „Augen können nicht lügen."

„Und … ist er auch hier?"

„Komm und sieh selbst, Larka."

Wie eine Schlafwandlerin nickte Larka. Brassa und die anderen wandten sich ohne ein weiteres Wort um und führten sie durch die Mohnblumen.

„Larka, Larka!"

Larka blieb plötzlich stehen. Die Stimmen, die im Wind merkwürdig körperlos klangen, riefen sie zurück.

„Meine Eltern", sagte sie matt. „Sie rufen mich."

„Das macht nichts, Liebes", flüsterte Brassa. „Das macht nichts."

„Larka, komm zurück!"

„Hört jemand wie du auf die Eltern?", fragte Brassa über die fernen, schwachen Stimmen hinweg.

„Aber sie brauchen mich."

„Ja, und sie lieben dich. Aber das gehört in ihre Welt. Hier sind wir jenseits von Liebe und Hass. Jenseits von Angst und Verrat. Jetzt steht dir eine größere Reise bevor. Komm, gehen wir."

Larka wandte sich um, sie wollte Brassa folgen, doch wieder hörte sie den Ruf. „Ich kann nicht", sagte Larka, „sie verleugnen heißt, das Leben verleugnen."

„Was hält dich, Larka?", flüsterte Brassa. „Ihre Liebe? Ihre Not? Das ist nicht stark genug, um jemanden wie dich zurückzurufen. Liebe ist nur ein Schatten. Wie der Hass. Das sind nur Energien, Larka, die uns fangen und uns an die Welt binden."

Larka musste an das wütende Knurren ihrer Eltern in jener Nacht denken, als Fel unter dem Eis starb.

„Wir alle müssen unsere Eltern verlassen, Larka, die Natur würde sie sogar eines Tages zwingen, dich zu vertreiben. Jemand wie du, die du die Wahrheit suchst, muss viel weiter gehen. Sie sind deine Eltern, gut. Das ist aber auch alles. Was hättest du getan, wenn sie in jener Nacht gestorben wären, in der wir angriffen? Dann wärst du auch allein gewesen, denn wir sind alle allein. Ein Suchender muss solche Bindungen für immer aufgeben."

„Für immer?" Larka zitterte.

Tsarr war außer sich. Larka lag zusammengesunken auf der Seite.

„Helft ihr!", schrie er verzweifelt.

Huttser und Palla sahen ratlos auf ihre Tochter. „Es hilft nichts. Wir sind verloren. Larka hat uns verlassen."

Plötzlich tauchte in ihren Augenwinkeln eine Gestalt auf. Als Kar den Hang erklomm, sprangen die Wachen der Rebellen knurrend auf, doch Kar rannte einfach an ihnen vorbei. Er schnappte nach Luft, als er Larka zu Füßen von Huttser und Palla liegen sah. Er winselte Mitleid erregend und sprang auf sie zu.

„Kar!", rief Palla verblüfft, aber er hatte keine Zeit für die Drappa und den Dragga. Entsetzt blickte er auf Larka. Sie atmete nicht mehr.

„Nein!", schluchzte Kar verzweifelt. „Larka! Du bist tot."

Ein wunderbares Gefühl des Friedens überkam Larka, während sie zwischen den Mohnblumen schwebte. Wo die Luft zuvor noch kalt und schal gewesen war, war sie nun mit einem süßen, einschläfernden Duft erfüllt, der sie in Trance versetzte. Eine furchtbare Last wurde von ihr genommen, und der Gedanke an Morgra und Wolfbane verschwand im Schatten.

Larka spürte eine frohe Erwartung. Zwischen den schwankenden Mohnblumen wurde sie ruhiger und ruhiger. Sie konnte ihre Eltern immer noch hören, sie baten sie, zurückzukommen, doch sie empfand keine Schuld mehr. Sie liebte die beiden, aber sie wusste auch, dass sie sich weit von Huttser und Palla entfernt hatte und ihre Eltern sie nicht mehr erreichen konnten.

Die Geisterwölfe näherten sich den Bäumen am Rand der Wiese. Larka folgte ihnen und hielt überrascht den Atem an. Zwischen den Baumstämmen sah sie strahlende Lichter wie die Augen eines strahlenden Feuers, das zwischen den Ästen tanzte.

„Komm!", lächelte Brassa sanft. „Es ist Zeit."

„Larka! Bitte!" Die Stimmen ihrer Eltern klangen fern wie in einem Traum. Larka zögerte, vor ihr drehte sich alles. Dort zwischen den Bäumen, zwischen Hell und Dunkel im Spiel der Flammen, die zwischen dem strahlenden Leuchten flackerten, stand ein junger schwarzer Wolf. Er sah genauso aus, wie sie ihn im Leben gekannt hatte.

„Fel!", schrie Larka, und ihr wurde ganz schwindelig. „Mein lieber Fel!"

„Komm!", flüsterte Brassa neben ihr.

Larka blieb stehen und warf noch einen Blick auf die schöne Wiese. Sie hatte all ihren Schrecken verloren. Dann wandte sie sich um und ging auf Fel und die Bäume zu. Doch plötzlich blieb die Wölfin wie angewurzelt stehen.

„Larka."

Larka spitzte die Ohren. Diese Stimme! Das waren nicht ihre Eltern. Nach dieser Stimme hatte sie sich schon so lange gesehnt. Sie traf sie mitten ins Herz.

„Nein!", keuchte Larka. „Er ist es. Ich kann nicht!" Schreckliche Zweifel kamen ihr, sie empfand fast körperlichen Schmerz. Sich von Fel und den Lichtern loszureißen, war fast zu viel für sie, doch diesen Ruf zu überhören, war unmöglich. Die Erinnerungen kehrten zu Larka zurück.

„Noch einmal!", rief Huttser in der Senke. „Rufe sie noch einmal!"

Palla sah Kar ängstlich an. Sein plötzliches Auftauchen hatte sie verblüfft und tief berührt. Kar verstand nicht, was vor sich ging, doch er sah ihre Verzweiflung. Mit heftig klopfendem Herzen senkte er den Kopf und leckte Larkas Schnauze.

„Larka, liebe Larka", flüsterte er. „Verlass mich nicht. Nicht jetzt, nachdem ich dich wiedergefunden habe."

Palla zitterte, Huttser knurrte. Hilflos standen sie neben ihrer Tochter und spürten, dass ihr Verlust sie beide umbringen würde.

Plötzlich trat Tsarr näher. „Seht!", schrie er.

Tsarr hatte Larkas Bein zucken sehen. Palla stellte bebend die Ohren.

„Noch einmal, Kar!", knurrte Huttser. „Rufe sie noch einmal!"

„Larka!", sagte Kar fast hilflos. „Larka."

„Verdammt, Kar, ruf lauter, um Fenris willen!", schrie Huttser wütend. Kar blickte ärgerlich auf, und Huttser schlug schuldbewusst die Augen nieder und schwieg.

„Komm zurück, Larka!", rief Kar. „Komm bitte zurück zu mir!"

Kar hob den Kopf zum sternenübersäten Himmel und ließ ein Heulen ertönen. Sein Ruf schien die Erde, die Wolken und den luftleeren Raum über dem Firmament zu berühren. Immer lauter wurde sein Heulen. Es war kein Jagdgesang und auch kein Heulen zur Begrüßung, kein Heulen der Wut, kein Heulen der Trauer. Das Geheul war so seltsam und zärtlich, so voller Liebe und Schmerz, dass es auch Huttser und Palla im Innersten berührte. Es ließ Tsarrs alte Knochen zittern. Es riss die Rebellen aus ihren Träumen. Als die Wölfe Kar in der Nacht heulen hörten, konnte ihm keiner widerstehen.

Von überallher erklangen die Rufe der Wölfe. Sie umgaben Kar und ließen die Nacht erbeben. Alle Rebellen stimmten ein. Sehnsucht und Verlust, verknüpft mit den Erinnerungen an tote Freunde, an Kämpfe, die ausgefochten wurden oder noch anstanden, wie ein Schmerz, der zu Bewusstsein und Erkenntnis vordringt. Wild, primitiv, instinktiv.

Ein Ruf, so alt wie die Welt.

Auf der blutroten Wiese begann Larka zu zittern und zu knurren. Ihr Körper bebte, die Muskeln zuckten.

„Du musst jetzt kommen!", knurrte Brassa. Ihre Stimme klang mit einem Mal ärgerlich.

Larka blickte zu Fel. Er stand regungslos wie damals auf dem Eis. Aber plötzlich rannte Larka los, sie lief über die seltsamen Blumen zurück zu dem Pfad zwischen den Bäumen. „Kar!", schrie sie verzweifelt, „Kar!"

Kar hatte keine Ahnung, was geschah, doch als er auf Larka blickte, sah er, wie sie heftig zuckte. In ihren Körper schien wieder Leben zu kommen.

Während Larka rannte, senkte sich tiefe Dunkelheit über sie. Die Wiese verlor wieder jegliche Farbe, nur die Blüten behielten ihr leuchtendes Rot. Mit dem blassen Grau kamen auch die Gefühle zurück: Hoffnung und Angst, Ärger und Zärtlichkeit. In der Ferne hörte sie eine Stimme. Es war Fel. „Wir werden uns wiedersehen", flüsterte er.

„Also muss ich wirklich sterben", murmelte Larka bitter.

„Aber noch nicht, Bruder. Jetzt noch nicht."

Larka zuckte wieder und öffnete die Augen. Es dämmerte bereits. Im Morgenlicht sah sie ihre Eltern, die über ihr standen und sie besorgt anblickten. Zwischen ihnen stand ein hübscher junger Wolf. Einen Augenblick lang wusste Larka nicht, ob sie wachte oder träumte. Es war Kar.

Vogelgezwitscher erfüllte die Luft. Kar und Larka lagen nebeneinander in der Senke. Sobald Larka wieder zu sich gekommen war, erkannten Huttser und Palla instinktiv, dass die beiden allein sein wollten. Sie standen in einiger Entfernung zwischen den Bäumen und unterhielten sich leise.

„Du warst es, Kar", sagte Larka zärtlich. „Du hast mich zurückgebracht."

Kar rieb die Nase an der Unterseite von Larkas Schnauze. Sie sah ihm in die Augen, die so offen und klar blickten, und erinnerte sich plötzlich daran, was Tsarr gesagt hatte: dass die Liebe über die Augen zu einem kommt.

„Meine Eltern hätten es allein nicht geschafft", brummte Larka sanft. „Aber du. Lieber Kar, wie sehr habe ich dich vermisst!"

„Und ich dich, Larka. Es war schrecklich!"

Kar konnte kaum glauben, wie groß Larka geworden war. Sie hatte sich sehr verändert und war eine wunderschöne Wölfin geworden.

„Ja, Kar, ich wünschte, ich hätte dir helfen können."

„Du hast mir geholfen. Der Gedanke an dich hat mich zurückgebracht, die Erinnerung an dich hat mich davor bewahrt ... mich selbst zu verlieren."

Mich selbst zu verlieren, dachte Larka traurig, denn sie wusste, dass ihr Besuch der roten Wiese überhaupt nichts geändert hatte. Fel hatte gesagt, er würde sie bald wiedersehen. Doch die anderen, Tsarr und ihre Eltern, ja sogar Skart, schienen nach Larkas Reise in die Gefilde der Toten zu denken, dass es Hoffnung gab, und Larka wollte sie in diesem Glauben lassen.

Kar erzählte Larka, was er erlebt hatte. Von Mitya und Manov und was sie über die Freiheit gesagt hatten. Was er über Morgras schreckliches Geheimnis erfahren hatte. Als Kar von Freiheit und dem unbezähmbaren Wolf sprach, schmerzte Larkas Herz, denn angesichts des Sommers, der Wiesen und der Mohnblumen, die in den fruchtbaren Feldern blühten, spürte Larka, wie sich die Natur in ihr regte. Sie wusste, dass sie Kar liebte.

Nicht so, wie sie ihn geliebt hatte – fast wie einen Bruder. Sie liebte ihn wegen seines feinen grauen Fells und seiner strahlenden Augen, seiner Freundlichkeit und der Freude, die sie empfand, weil sie wieder mit ihm zusammen war. Auch wegen der merkwürdigen Gefühle, die er in ihr weckte, wenn er sich streckte und ihre Schnauze berührte, Gefühle, die Gedanken an die Zukunft und an wunderbare Welpen aufkommen ließen, die sie in einem neuen Leben verbinden würden.

Abrupt blickte Larka auf. Ein Schatten war übers Gras auf sie gefallen. Dort stand Rar hechelnd und mit weit heraushängender Zunge. Er sah ganz schuldbewusst aus, denn während Larka über die rote Wiese gegangen war, hatte er panisch den Wald abgesucht. Vergeblich.

„Larka!" Rar zitterte. „Das Kind. Es ist verschwunden. Und von Slavka fehlt ebenfalls jede Spur."

„Was sollen wir tun, Larka?", flüsterte Palla am Abend. Die Rebellen umringten sie, in ihren Gesichtern lag Angst.

„Morgra", knurrte Larka. „Sie muss Slavka beherrschen. Deswegen jagen die Vögel und die Balkar uns nicht mehr. Um uns von der Fährte abzulenken."

„Dann wird sie schon bald das Kind haben", knurrte Huttser, „und Slavka kennt den Eingang zur Zitadelle, jenseits des steinernen Gesichts."

Alle blickten zu den Bergen hinauf.

„Was haben sie vor, Larka?", flüsterte Palla. „Bringen sie ein Opfer?"

Plötzlich musste Larka an die Geschichte von Tors Tochter Sita denken. Das Opfer, das sie im Wasser gesehen hatte, war nicht das Kind, sondern sie selbst.

Larka wandte sich an Tsarr, und er hob die Schnauze. Als Palla wieder die Verse hörte, die seltsamen Worte, die sie vor langer Zeit im Wald gehört hatte, schauderte sie.

Wenn eine Wölfin mit weißem Fell wird geboren
Und ein Menschenkind geraubt, das auserkoren,
Die Gabe zu nähren; dort wo heimliches Unrecht geschah,
Dann ist der Gezeichnete gekommen, und die Legende ist nah.
Wenn Träume von Wolfbane kommen mit Angst und Schrecken,
Wenn die Unbezähmbaren gezähmt, wird der Tod sie entdecken.
Denn des Gestaltwandlers Pakt mit den Vögeln wird wahr,
Wenn Menschenblut mischt sich im Tau mit dem Blut der Varg,
Wenn die Suchenden, die hungernd die Pfade des Todes begehen,
Herausgefordert werden vom alten Ruf, dann wird der Tod uns sehen.

Dann wird die dritte Fähigkeit sich vollenden,
Die Suchenden verleiten die Natur, sich gegen sich selbst zu wenden.
Blut auf dem Altar – und die Vision wird kommen,
Wenn das Auge des Mondes rund ist wie die Sonnen.
In der Zitadelle, gebaut von den einstigen Herren im Reich,
Warten die Steinzwillinge – Macht und Gesetz zugleich.
Dann wird die Verletzte Vergangenheit und Zukunft schauen,
Das Geheimnis der Lera wird man ihr anvertrauen.

Und alle werden Zeuge der zukünftigen Pein,
Denn im Geiste des Mensch-Varg, wer wird dann frei
sein?

Die Rebellen begannen zu knurren und sahen zum Himmel, weil im Vers von Blut auf dem Altar die Rede war. Sobald Tsarr geendet hatte, sah ihn Larka merkwürdig an.

„Was ist los, Larka?"

„Die letzte Zeile", drängte sie, „wiederhole noch einmal die letzte Zeile, Tsarr."

„Warum?"

„Frag nicht, sag sie mir einfach."

„Denn im Geiste des Mensch-Varg, wer wird dann frei sein?"

Larka wollte kaum ihren Ohren trauen. Die Worte sandten eine merkwürdige Wärme durch ihren Körper. Die Zeile unterschied sich von den Worten, die ihre Mutter vor vielen Monden rezitiert hatte: *Denn im Geiste des Mensch-Varg wird keiner frei sein.*

„Bist du sicher, dass der Vers so lautet?", knurrte Larka und sah ihre Mutter ernst an.

„Ja", antwortete Tsarr. „Jeder Stein auf meiner Reise hat mir die Worte ins Gedächtnis gebrannt."

Larka schüttelte verwundert den Kopf. Natürlich, die Macht der Erinnerung!, dachte sie. Die Macht der Erinnerung bei den gedankenlosen Lera. Als Gart das uralte Gedicht rezitiert hatte, hatte ihm sein Gedächtnis einen Streich gespielt.

„Sehr gut", knurrte Larka und spürte plötzlich neue Zuversicht. „Wir dürfen keine Zeit verlieren."

„Aber wir sind so wenige", bellte Palla. „Denk an die Nachtjäger und an Wolfbane."

„Ich muss mich Wolfbane stellen, Mutter, egal was ich tue. Und auf der roten Wiese sagten sie, ich muss es allein tun."

Die Nacht schien noch dunkler zu werden, als Larka ihnen ihren Plan mitteilte. Wenn Morgra den Eingang zur Zitadelle von den Balkar bewachen ließ, war es unmöglich, auf diesem Weg nach Harja zu kommen. Doch die Geister hatten Larka von einem zweiten Eingang erzählt. Das war ihre Möglichkeit hineinzukommen, es sei denn, Morgra hatte den Eingang auch entdeckt. Ihre Eltern sollten die Rebellen zum steinernen Gesicht führen und die Balkar ablenken. Dadurch mussten sie sich nicht direkt der Zitadelle nähern und waren keiner so großen Gefahr ausgesetzt. Morgras Augen, die alles sahen, wurden vielleicht durch die Rebellen abgelenkt, und Larka hätte eine Chance.

„Dann", log Larka, „kann ich vielleicht Morgra töten. Oder wenn mir das nicht gelingt, kann ich zumindest noch einmal den Aasfresser spielen und das Kind rauben."

„Nein, Larka!", knurrte Palla. „Nicht allein."

Larka hob die Schnauze. „Gut, Mutter", sagte sie, „dann werde ich Tsarr mitnehmen."

Larka war nämlich ein Gedanke gekommen. Wenn das, was sie gesehen hatte, wahr war und sie auf der Brücke sterben musste, dann brauchte sie Tsarr, damit er das Kind wegbrachte. Mit dieser Überlegung verband sich jedoch eine andere schreckliche Erkenntnis. Die Geister hatten ihr gesagt, der Altar müsse Blut schmecken, wenn die

Pfade des Todes geschlossen und die Suchenden zurückgerufen werden sollten. Hatte nicht auch Tsinga sie gewarnt, dass einer von ihnen bezahlen müsse? Aber wer? Und wenn Blut auf den Altar floss, würde dann nicht der Mensch-Varg erscheinen? Mit einem Mal wusste Larka nicht mehr, wie es weitergehen sollte. Wieder einmal schien sich die Legende um sie zu schließen. Sie saß in der Falle.

„Larka", knurrte Kar plötzlich, „ich komme auch mit."

„Nein, Kar!"

Aber Kars Blick ließ sie verstummen. Sie hatte schon einmal versucht, ihn wegzuschicken.

In der Nacht träumten die Rebellenwölfe schlecht. Als sie sich in der Morgensonne versammelten, hielt sie die Angst vor Morgra und Wolfbane fest in den Klauen, denn sie hatten im Gespräch herausgefunden, dass sie alle das Gleiche geträumt hatten. Jeder hatte gesehen, wie ein Wolf ihn anknurrte und zerriss, und bevor er kratzend und beißend aufgewacht war, hatte er sich zu seinem Feind umgewandt und nur sein eigenes Bild gesehen.

Doch als sich die Rebellen versammelten und Larka vor ihnen stand, fassten sie wieder Mut. Sie fürchteten sich zwar immer noch, doch Larkas Augen blickten stolz und herausfordernd. Sie hob ihre weiße Rute wie ein flatterndes Banner der Menschen.

„Meine Freunde", bellte sie. „Es ist Zeit. Ich weiß, dass ihr alle schon lange gegen Morgra kämpfen und furchtbar leiden musstet. Nun, das wird bald vorüber sein. Sie haben das Kind, und Slavka kennt den Eingang von Harja. Jetzt will Morgra die Legende von der Gabe wahr werden lassen und den Mensch-Varg erschaffen. Ich muss sie aufhalten, und das kann nur ich allein. Aber ihr könnt mir helfen. Meine Eltern werden euch führen. Mit eurer Kraft und eurem Mut kann ich vielleicht durchkommen."

Gart trat vor. „Und wenn die Erretterin Morgra vernichtet hat", knurrte er stolz neben Larka, „und in die Seele des Kindes geblickt hat, werden wir die Lera führen. Dann werden die Ersten unter den Putnar unsere Sklaven sein und für das büßen, was sie uns angetan haben."

„Nein, Gart", unterbrach ihn Larka, „die Legende gilt nicht für mich. Wenn ich Morgra töten kann, müssen die Nachtjäger aufgelöst werden. Wir müssen zu unseren Rudeln zurückkehren und als freie Wölfe leben. Ohne Hass."

„Ohne Hass?", fragte Gart kalt. Einige Rebellen murrten. „Wie können wir ohne Hass leben, Larka? Nach allem, was sie uns angetan haben, nach allem, was wir erlebt haben?"

Larka nickte langsam. „Ihr müsst versuchen, zu vergessen und zu vergeben", flüsterte sie. „Nur dann ist man wirklich frei, Gart. Zumindest musst du den Hass vergessen, den deine Erinnerungen bringen. Wir müssen lernen, unsere Erinnerungen zu heilen."

Gart knurrte: „Ich werde nie vergessen oder vergeben. Denn dann wäre ich weniger als ein Varg."

Larka erinnerte sich an Morgras Fluch. *Der Vergangenheit schwarze Verbrechen mögen die künftigen Zeiten rächen.* Sie trat zu Gart und sah ihm ruhig in die Augen. Unter ihrem festen Blick begann er zu zittern und senkte schließlich den Kopf.

„Wir können die Vergangenheit nicht ändern, Gart", sagte sie leise, „aber vielleicht können wir unsere Betrach-

485

tungsweise ändern. Du musst dich von deiner eigenen Geschichte lösen. Morgra konnte ihrer Vergangenheit nicht entkommen. Doch nur so können wir sie bewältigen und Morgra besiegen. Sonst wird es ewig so weitergehen. Wir können die Zukunft anders gestalten, wenn wir den Mut dazu aufbringen."

„Sollen wir etwa unsere Natur ändern?", knurrte Gart.

Larka schauderte, hob jedoch den Kopf noch höher. „Wir brechen zusammen auf. Mögen Tor und Fenris mit euch sein!"

Drei Wölfe stellten sich neben Larka und vor die Rebellen. Rechts standen Huttser und Palla, links stand Kar. Sie sahen sich an und lächelten. Larka führte ihre Familie den Hang hinauf. Es war dieselbe Familie, die vor vielen Monden auf dem Eis getrennt worden war. Innerlich hatten sie sich jedoch alle verändert, als wäre ihr Charakter durch die merkwürdige Reise geformt worden, die sie zusammen angetreten hatten. Als wären sie aus den Schatten herausgetreten. Hätte ein Mensch beobachtet, wie sie durchs Land zogen, hätte er gesehen, dass ein Sonnenstrahl ihre Konturen plötzlich vor der natürlichen Deckung abzeichnete, die sie sonst verbarg.

„Wenn wir doch nur mehr Zeit miteinander hätten", seufzte Palla.

„Ich weiß, Palla", brummte Huttser und sah auf die zwei Jungwölfe vor ihnen.

„Aber wir werden ihnen Zeit verschaffen, Huttser", flüsterte Palla unvermittelt, „nicht wahr, Huttser, wenn wir durchkommen? Alle Zeit der Welt."

Huttser knurrte leise, als Larka zurückblickte.

Die Rebellen folgten ihnen mit Tsarr an der Spitze. Skart

driftete über ihnen. Die kleine Gruppe erreichte die Ausläufer des Gebirges. Palla schnürte nach vorn. „Larka", flüsterte sie verzweifelt, denn sie sorgte sich furchtbar um ihre Tochter. „Warum gehen wir nicht einfach weg? Jeder echte Varg weiß, wann er fliehen muss. Dein Vater und ich lieben dich, Larka, wir brauchen dich. Wir könnten in die Wälder fliehen und ein freies Leben als Putnar führen. Wir müssen nicht zur Zitadelle."

Larka sah ihre Mutter traurig an, doch dann wurde sie ärgerlich. Nach allem, was passiert war, wirkte es so, als ob ihre Mutter sie in Versuchung führen wollte, von ihrem Vorhaben abzulassen. Einen Augenblick lang wollte sie knurren und ihrer Mutter sagen, sie solle sie in Ruhe lassen, doch sie kläffte nur: „Wie können wir freie Varg sein, wenn wir versklavt werden?"

„Aber, Larka, was schuldest du der Lera? Du solltest dich nicht schuldig fühlen. Warum sollst du für die Lera verantwortlich sein oder für dieses Kind?"

„Mutter, wahre Verantwortung gründet nicht auf Schuld oder Pflicht", knurrte Larka sanft, „sondern auf Liebe. Und ich liebe dieses Kind."

„Aber, Larka", kläffte Palla verzweifelt. „Du hast die Wahl."

Larka überlegte. Hatte sie wirklich eine Wahl? Eine bessere Wahl, als zu fressen? Bislang hatte die Legende fast alles vorgezeichnet, was ihr zugestoßen war. Larka sah auf. Am klaren blauen Himmel war bereits der Mond zu sehen.

„Mutter, erinnerst du dich an die Geschichte, die Brassa uns erzählt hat? Von Tor und dem Mond, der freundlich auf die Erde herablächelt?"

„Ja, Larka.“

„Aber offensichtlich hat er uns doch seit Morgras Ankunft gejagt wie Fenris.“

„Dann sollten wir etwas tun, was Wölfe niemals tun“, knurrte Palla, denn sie spürte die schwere Last, die diese letzte Entscheidung ihrer Tochter auferlegte. „Wir heulen ihn an.“

Einen kurzen Moment lang ließ Larkas Angst nach. „Ja, Mutter, und wir müssen uns beeilen, denn der Mond ist ein Vorbote der Vision und des Geheimnisses. Und jetzt jagen wir den Mond.“

15
Harja

Ihn floh ich hinab die Tage, hinab die
Nächte.
Ihn floh ich hinab die Lauben der
Jahre,
Hinab in meines Herzens labyrinthische
Nächte.

Francis Thompson, *Der Jagdhund des*
Himmels

„Wir müssen ganz in der Nähe sein", knurrte Brak und
schnüffelte in der dünnen Luft. Die Nachtjäger hatten die
Berge über dem Tal von Kosov erreicht. In aller Augen
stand der gleiche ängstliche, gehetzte Blick. Sie bewegten
sich wie Schlafwandler in den Schatten. Sie trotteten eine
tiefe Schlucht hoch, und die dunklen Gipfel und Felsspal-
ten, die über ihnen drohend aufragten, weckten in ihnen
das Gefühl, dass sie durch ein Geisterland zogen. An den
Hängen standen Buchen und Fichten, Zwergkiefern und
Wacholder. An ihren verkrüppelten Ästen hingen wir-
belnde Nebelschwaden, die in der untergehenden Sonne
zu wabernden Geistern wurden.

„Bald ist Vollmond", meinte Brak, „es sind nur noch wenige Tage."

„Und dann?"

„Wir werden nichts mitbekommen, egal, was sie vorhaben. Bis der Mensch-Varg kommt und die Vision wahr wird. Sie hat nur ihre bevorzugten Balkar mitgenommen." Sein Gesicht hatte einen eifersüchtigen Ausdruck angenommen.

„Ich wünschte, ich wäre bei ihr", sagte der Wolf neben Brak. „Ich fühle mich viel sicherer, wenn sie über uns wacht und uns vor Ihm beschützt."

„Wie Fenris selbst. Aber wir haben strenge Anweisung, die Schlucht zu verteidigen. Es hat mit dieser anderen Wölfin zu tun."

„Der weißen Varg?"

„Ja. Sie führt jetzt die Rebellen an, Fenris soll sie zu sich nehmen."

Die Wölfe blieben stehen und blickten auf. Sie waren zu einer hohen Felswand gekommen, deren zerklüftete Platten steil und schwarz über ihnen aufragten. Doch das Interesse der Wölfe galt nicht der Steilheit, sondern der merkwürdigen Form der Wand. Oben wölbte sich der Fels nach außen und bildete einen Überhang, den die Elemente im Lauf der Zeit zu einer ungewöhnlichen Form erodiert hatten. Je länger die Wölfe hinsahen, desto deutlicher formte sich in ihren Köpfen ein Bild: Es war ein riesiger Hund. Zwei Granitvorsprünge bildeten die Ohren. Auch Augen waren da, kleine Löcher an der Felsflanke. Sie lagen schräg über einem Vorsprung, der sich verjüngte und eine Schnauze formte.

Der Fels ähnelte den Reliefs, die der Mensch in den Stein

schlägt, um von seinen Wahrheiten und Glaubensvorstellungen zu künden. Doch diese Form war nicht von Menschenhand geschaffen, sondern durch Zufall, von Wind, Sturm und Regen. Es lag nur an den Betrachtern, dass der Fels wie ein Hund aussah.

„Das ist die Stelle", knurrte Brak, „das ist das steinerne Gesicht." Er führte die Wölfe tiefer in den Schatten der merkwürdigen Steinwand.

Sie waren noch nicht weit, als ein anderer rief: „Hier! Hier drüben."

Die Spalte in der Wand war nicht breiter als fünf Rutenlängen und zog sich wie eine Narbe durch den ganzen Fels. Durch eine Laune der Natur wölbte sich die angrenzende Felswand, sodass der Riss stets im Schatten lag. Der Wolf ging hinein und rief erneut: „Ja, das ist es, ganz sicher."

Er trat ein. Die Seiten der Spalte öffneten sich, und vor ihm lag eine Schlucht, die immer breiter wurde. Einer nach dem anderen folgten ihm die Balkar durch die Öffnung. Der Boden der Schlucht stieg leicht an. Alle Nachtjäger hatten eine dunkle Vorahnung, als sie durch den Eingang von Harja kletterten.

Doch noch etwas beunruhigte sie. Sie alle fühlten es: Sie wurden beobachtet.

„Spürst du es?", flüsterte der Wolf, der vorher Morgra herbeigewünscht hatte.

„Ja", bestätigte ein anderer und zog die Schultern unter den hoch aufragenden Felsen zusammen. „Wolfbane. Ich spürte, wie er gestern Nacht meine Seele erforscht hat."

Einige Wölfe knurrten. Die Angst vor dem Bösen verfolgte sie alle im Wachen und im Schlafen, und sie wussten alle nur zu gut, dass sie bestraft wurden, wenn sie auch nur einen abweichenden Gedanken hatten.

„Er beobachtet uns immer", knurrte ein anderer, und seine Stimme wurde von den Bergen zurückgeworfen. „Er kennt unsere geheimsten Gedanken. Wenn Er kommt, kann ich nicht anders, ich muss gehorchen. Ich hasse Ihn –"

„Pst, so darfst du nicht sprechen, nicht hier."

Doch schon begann der Varg, der seine Angst ausgesprochen hatte, zu knurren. Sein Nackenfell sträubte sich. Stocksteif und mit zitternden Läufen stand er da. Die anderen konnten die Angst riechen, die plötzlich von ihm Besitz ergriffen hatte, und spürten sie selbst. Er sah starr geradeaus, seine Augen waren weit aufgerissen und glasig, und das Knurren, das tief aus seinem Bauch kam, wurde immer lauter. Dann kniff er plötzlich die Augen zusammen und ließ ein schreckliches Winseln hören. Als er die Augen wieder öffnete, war seine Iris weiß. Er war blind.

Wolfbanes Rücken schmerzte. Mit einem Seufzer ließ er den geblendeten Nachtjäger los. Sein Körper kribbelte, es war, als ob er die Schmerzen des Wolfes unter seinen Ballen spüren konnte. Mit einem tiefen, zufriedenen Grunzen dachte er daran, wie er die eigenen Kräfte des Nachtjägers durch dessen Körper gejagt und seine Netzhaut verbrannt hatte. Seit die dritte Fähigkeit in die Welt getreten war, erfreute er sich immer wieder daran, seine Bestrafungen jäh über die Balkar zu senden. Dabei fühlte er eine seltsame Verbundenheit mit ihnen, die seine Wut noch vergrößerte, denn die Empfindung hob sich stark von der schrecklichen Einsamkeit ab, die an seinem Herzen fraß.

Vor seinem Bau sah Wolfbane eine Gestalt im Gras liegen. Die Wölfin schlief. Wolfbane dachte kurz daran, sie heimzusuchen. Doch dann ließ er Slavka in Ruhe. Er beherrschte sie nun völlig und wusste, dass die Heimsuchung durch seine mächtigen Gedanken sie schwächte. Er empfand nichts für sie, nur grimmige Zufriedenheit, doch er war noch nicht bereit, sie loszulassen.

Außerdem hatte er von Slavkas Gedanken schon viel gelernt. Er hatte die Tiefe der Erfahrungen kennen gelernt, die ihm versagt war. Er hatte Wut und Verbitterung über Slavkas Verlust und den Rachedurst kennen gelernt, die sie so stark machten. Er hatte auch den Stolz bemerkt, der in ihr war, und die furchtbare Qual der Niederlage.

Wenn er ihre Träume heimsuchte, hatte er gespürt, dass ihr eigenes Verlangen sie betrog und innerlich zerriss. Er hatte das erkannt, als er Slavka andere Wege eingeflüstert hatte, das Mittel, das den Krieg für immer beenden würde: Macht. Mit dieser Lüge war sie ihm schließlich verfallen: dass auch sie die Gabe beherrschen und so ihrer eigenen Qual ein Ende machen könne.

Und so war sie gekommen, die Wölfin, vor der ihn Morgra seit langem gewarnt hatte. Wolfbane hatte in Slavka ein neues und tieferes Gefühl entdeckt, vielleicht ein stärkeres Gefühl als alle anderen: Eifersucht. Die Ankunft der Fremden hatte Slavka zu ihm getrieben, und mit ihr das Geschöpf, nach dem sie so lange gesucht hatten, das Menschenjunge.

War es Fenris' Wille, dass Slavka auch den Weg nach Harja kannte? Arme, dumme Slavka! Ihr Kampf gegen Morgra sollte hier enden, mit der Erfüllung von Morgras großem Ziel.

„Wolfbane", meldete sich die kalte, misstrauische Stimme in seinen Gedanken. „Wolfbane, mein Lieber, was hast du gemacht?"

„Nichts."

„Du kannst mich nicht belügen. Du hast die dritte Fähigkeit eingesetzt, um … um mit meinen Nachtjägern zu spielen. Empfindest du keine Schuld, Wolfbane, wenn du so schreckliche Dinge tust?"

„Einer von ihnen zeigte Angst", knurrte Wolfbane fast eifersüchtig. „Ich konnte sie riechen, kaum dass er die Schlucht betreten hatte."

„Sehr schön. Aber du darfst die Fähigkeit nicht vergeuden. Lass die Nachtjäger eine Weile in Ruhe. Wir brauchen sie. Ich habe sie angewiesen, den Eingang zu verteidigen, falls …"

„Falls sie kommt?"

„Ja, Wolfbane. Und sie wird versuchen mich aufzuhalten. Aber es ist zu spät. Jetzt, da wir das Kind haben, wird es nicht mehr lange dauern. Jede Nacht blicke ich zum Himmel und sehe meine Hoffnungen wachsen. Aber jetzt musst du etwas für mich tun. Geh hinunter zum zweiten Eingang und bewache ihn für den Fall, dass sie ihn auch kennt. Sei bereit, Wolfbane, denn sie ist stark."

„Dann wirst du mir helfen, mich zu rächen?"

„Natürlich, mein Lieber, denn wir sind für die Rache geboren. Aber keine Blendungen mehr – nicht, bevor alles vorbei ist! Danach kannst du die Nachtjäger quälen, so lange du willst, und der Name Wolfbane wird wie ein Fluch durch Transsilvanien schallen."

Ein Schatten fiel über den Eingang von Wolfbanes Höhle, und ein lautes Brummen ließ die Luft beben. Der Bär zuckelte gemächlich über die alten Steine, erhob sich gelegentlich auf die Hinterbeine und ließ sich dann wieder auf den Boden fallen.

Die kleine Gruppe der Rebellen verlor sich fast zwischen den hohen Bäumen und Bergen. Bei jedem Geräusch zuckten sie zusammen und knurrten. Das Gehör der Wölfe war durch die Angst noch geschärft, und selbst die leiseste Bewegung eines Fuchses oder eines Eichhörnchens hallte in ihren Ohren wider.

Kurz vor Sonnenuntergang erreichten sie einen hohen Pass, der in eine riesige bewaldete Schlucht führte. Larka blieb stehen und sah sich um. Der Nebel rollte in Wellen die fernen Abhänge hinunter. Larka war sehr beunruhigt, mehr noch, sie litt schreckliche Qualen. Es hatte schon kurz nach ihrem Aufbruch angefangen. Larka spürte ein heftiges Pochen in ihrem Kopf, ein schreckliches, lautes Wummern. Als sie genauer hinhörte, merkte sie, dass sie nicht nur die Gedanken der Rebellen hörte, sondern aller Lera in der Umgebung. Sie waren überall, sie keckerten, brummten, knurrten und flüsterten, und sie waren voller Angst, denn die Suchenden waren unter ihnen gewesen. Larka wollte, dass das Pochen aufhörte, aber sie konnte nicht anders, als den ängstlichen Seelen zuzuhören. „Schließ das Auge!", flüsterte sie sich zu. „Schließ das Auge der Gabe!" Sie holte tief Luft und versuchte, sich zu entspannen und den Lärm auszuschalten. Zu ihrer Verwunderung merkte sie, dass ihr die Erinnerung Linderung brachte. Der Nebel an den Hängen verzog sich, und in der Ferne bot sich der Wölfin ein seltsamer Anblick. Auf einem Felsvorsprung über der Baumgrenze stand ganz allein ein einzelner Rothirsch. Es war ein prächtiger kapitaler Bock, sein Fell glänzte selbst im schwindenden Licht rostfarben. Er schien Larka zu mustern. Als die Wölfin seinen Blick erwiderte, neigte er leicht den stolzen Kopf und wandte sich um. Zwischen den Bäumen und im Gras beobachteten andere Lera ängstlich die Wölfe.

Die Rebellen zogen weiter, die Schlucht hinunter und dann wieder hinauf in Richtung der hoch aufragenden Gipfel. Es war bereits dunkel, als Huttser stehen blieb. Sie waren bei einer merkwürdigen Mulde angekommen, die mit knorrigen Bäumen und Kletterpflanzen bewachsen war. Zwischen den Felsen zu ihren Füßen gurgelte eine kleine Quelle.

„Larka", flüsterte Huttser. „Slavka hat mir von dieser Stelle erzählt. Der Fels kann nicht mehr weit sein."

„Dann werden wir uns hier trennen", erklärte Larka. „Skart wird euch nun den Weg weisen. Die Geister sagten mir, der zweite Eingang liegt in der Nähe, weiter östlich. Ich habe noch Zeit."

„Gut, Larka", knurrte Huttser und sah seine Tochter ernst an. Palla stand neben ihm.

„Sei vorsichtig, Vater", flüsterte Larka. „Hütet euch vor den Balkar. Macht sie glauben, dass wir auf diesem Weg durchzukommen versuchen. Aber unternehmt nichts, was euch in Gefahr –"

„Wir können auf uns selbst aufpassen, Larka", unterbrach Palla sie sanft.

Larka nickte. Als sie und ihre Eltern sich voneinander verabschiedeten, logen sie sich gegenseitig an. Sie vereinbarten, sich zwei Sonnen später wieder bei der Quelle zu treffen. Huttser und Palla wussten nichts von Larkas Vision und von ihrer Gewissheit, dass sie sterben musste. Ihre Tochter wiederum war zu abgelenkt, um zu erkennen, was die Eltern vor ihr verbargen.

„Pass auf sie auf, Kar!", flüsterte Huttser, als Larka sich zum Gehen wandte.

„Ja."

„Und, Kar, pass auch auf dich auf."

Kar hob den Schwanz, und Huttser dankte Tor und Fenris, dass er zumindest seinen Frieden mit dem jungen Wolf gemacht hatte.

„Das werde ich, Vater", flüsterte er.

Huttser war bewegt, dass Kar ihn Vater nannte, doch sein Herz war schwer. Er fürchtete, dass er die beiden nie wiedersehen würde. Die Rebellen wandten sich um, Skart schwang sich in die Luft, und Huttser und Palla führten die Wölfe aus der Senke. Doch sobald sie hinter den Bäumen und außer Hörweite waren, wandte sich Huttser an Palla. „Wir müssen uns beeilen. Gart kennt den Plan."

„Dann möge Tor uns leiten!", schrie Palla, blickte zu dem Adler hoch in der Luft und begann zu rennen.

Larka sah ihren Eltern nach. Ihre Pfoten waren schwer wie Steine, denn sie wusste, dass jeder Schritt sie ihrem Untergang näher brachte.

Schon bald kehrte Skart zu den Rebellen zurück. An seinem aufgeregten Flügelschlagen sahen sie, dass der Fels nicht mehr weit sein konnte. Außerdem hatten sie bereits die Nachtjäger gewittert. Je höher sie kletterten, desto stärker wurde der Geruch. Als sie das steinerne Gesicht erreichten, waren sie mit ihren Nerven fast am Ende. Ängstlich murmelten sie. Skart hockte still da, doch bevor die Wölfe etwas sagen konnten, flog er wieder auf.

Palla fand schließlich den Eingang zur Schlucht. Sie witterte und schrak zurück. Es war offensichtlich, dass die Balkar ganz in der Nähe waren.

In der Nacht warteten die Rebellen vor dem Eingang der Schlucht. Huttser besprach mit Gart seinen Plan. Er hatte ihn gebeten, die Balkar abzulenken, damit er und Palla an ihnen vorbeischlüpfen konnten. Der Wolf schüttelte ernst den Kopf, doch ihm war klar, dass Huttser fest entschlossen war, Morgra vor Larka zu erreichen. Palla lag währenddessen bei Keeka, Karma und Rar, tuschelte leise mit ihnen und nahm Abschied.

Die Sonne war gerade aufgegangen, als die Rebellen durch den Spalt in die Schlucht krochen. Im weichen Stein der Wände gab es zahlreiche Höhlen, die zwar nicht weit in den Fels hineinführten, aber tief genug waren, um sich darin zu verbergen. Die Hänge stiegen zu den Höhlen leicht an und boten eine perfekte Voraussetzung für einen Angriff. Vor ihnen machte der Pfad durch die Schlucht einen abrupten Knick, doch sie konnten die Nachtjäger direkt vor sich riechen.

Die Rebellen schwärmten aus und untersuchten die Höhlen. Huttser und Palla fanden eine Stelle, wo sie sich verstecken konnten. Gart ging zusammen mit Rar, Keeka und Karma die Schlucht hinauf und verschwand außer Sichtweite. Kurz darauf hörten sie ein Heulen, und die Rebellen kamen zurückgesprungen. Die Balkar waren ihnen dicht auf den Fersen. Von ihrem Schlupfwinkel aus knurrte Huttser, und Pallas Fell sträubte sich, während sie den Hinterhalt beobachteten. Die Rebellen stürmten aus den Höhlen. Huttser und Palla wussten, der Kampf war hoffnungslos, beteiligten sich aber nicht. Sie warteten.

Bald darauf tauchten die übrigen Balkar am Knick in der Schlucht auf, nachdem sie das Heulen der anderen gehört hatten. Doch sie stürzten sich nicht kopfüber in den Kampf, sondern näherten sich langsam und schwärmten fächerförmig aus. Huttser dachte zuerst, sie könnten nie an ihnen vorbeischleichen. Unablässig suchte er mit den Augen die Hänge nach einem Ausweg ab. Da sah er ihn: Von ihrem Versteck führte ein schmaler Pfad am Rand des Abhangs entlang.

„Schnell, Palla", schrie er, „mir nach!"

Die Balkar waren mit dem Kampf beschäftigt und bemerkten nicht, dass Huttser und Palla an ihnen vorbeirannten. Im Laufen sahen sie, dass sich die Nachtjäger neu formiert hatten und die Rebellen mit wildem Heulen und Knurren auf den Pass zurückdrängten. Huttser und Palla waren nun wieder auf ebenem Boden und rannten weiter.

Sie bemerkten weder den winzigen Schatten, der hinter ihnen herflitzte, noch das Flügelpaar, das ihnen in der Luft folgte.

Die beiden Wölfe eilten zwischen hohen Granitwänden durch die Schlucht. Sie wurden erst langsamer, nachdem sie die Balkar und Rebellen weit hinter sich gelassen hatten. Die Biegungen und Windungen der aufsteigenden Schlucht verwehrten schon lange den Blick auf sie. Erst gegen Abend fühlten sie sich etwas sicherer, doch dieses Gefühl hielt nicht lange an. Sie hatten sich gerade am Rand der Schlucht ausgeruht. Da Pallas Aufmerksamkeit nun nicht mehr der Flucht galt, schnüffelte sie beim Weitergehen den Boden ab.

Sie rief Huttser zu sich.

„Riechst du das?", flüsterte er nervös.

„Ein Bär", knurrte Palla überrascht. „das ist die Witterung eines Bären. Glaubst du …"

„Da ist noch ein Geruch", knurrte Huttser und schnüffelte weiter. „Slavka. Ich würde sie überall erkennen."

„Und da …", meinte Palla. „Auch Morgra war hier." Dann hielt sie inne, die Nase dicht am Boden.

„Was ist?"

Palla antwortete nicht. Sie hob abrupt die Schnauze und schüttelte den Kopf. „Das kann nicht sein", flüsterte sie. „Einen Augenblick …"

„Wir müssen weiter", bellte Huttser und führte Palla den Hang hinauf.

Immer höher stiegen sie in der einsetzenden Dunkelheit. Der zunehmende Mond leuchtete ihnen den Weg. Sie sprachen kaum und dachten an die mysteriöse Zitadelle über ihnen. Instinktiv gingen die Wölfe eng beeinander, immer wieder berührten sich ihre Flanken wie zum Trost. Schließlich stieg der Pfad zwischen den Felsen steil an. Die beiden Wölfe kletterten zum Gipfel. Dann nahmen sie die letzte Biegung und standen vor der Zitadelle, die im Mondlicht glänzte.

„Harja", keuchte Huttser. „Das Tor zum Himmel."

Um sie herum standen überall Tempel und Statuen. Dann sahen sie etwas, das sie schaudern ließ. Hinter den Statuen lag eine breite Schlucht. Der gähnende Abgrund wurde von einer gebogenen Steinbrücke überspannt, die bereits alt und zerfallen war. Jenseits der Brücke, auf einer erhöhten Plattform, die sich von den anderen abhob, stand eine weitere Statue: eine riesige Wölfin. Huttser und Palla betrachteten zitternd die Kinder aus Stein, die sie säugte.

Vor der Statue lag ein flacher Steinkreis, ein flaches Podium zu ihren Füßen: der Altar.

Die Wölfe fragten sich, was sie da sahen. Sie konnten nicht wissen, dass hier vor langer Zeit römische Priester und Wahrsager Wolfsfelle auf dem Kopf getragen und in den Gräben unter den Tempeln lebendige Wölfe gehalten hatten. Beim Fest der Luperkalien hatten sie Opfer dargebracht und die Zukunft geweissagt, während Diana, die Göttin der Jagd und des Mondes, auf sie herabgeblickt hatte. Unter den Wölfen, die einst in Alba Mutandis gehalten worden waren, hatte sich eine eigene Legende entwickelt, eine Legende und Erinnerungen an einen Ort namens Harja, die an jede neue Welpengeneration weitergegeben wurde und die noch lange fortlebte, nachdem die Stadt längst zerfallen und bei Mensch und Tier in Vergessenheit geraten war.

Palla blinzelte und zitterte. „Was jetzt?", flüsterte sie.

„Morgra. Wir müssen sie finden, bevor Larka kommt."

Sie gingen weiter. Der Ort schien verlassen. Kein Lüftchen regte sich. Palla knurrte leise vor sich hin. Zwischen den Steinen und Ruinen sahen sie kein Lebenszeichen. Plötzlich blieb Huttser stehen. Vor ihnen am Boden bewegte sich etwas zwischen den Steinen. Huttsers Augen bohrten sich in die Dunkelheit.

„Kraar", flüsterte er, „der Rabe."

Kraar hüpfte auf dem Boden, sein Flügel schien gebrochen.

„Und wenn wir ihn nun fangen?", knurrte Palla. „Ihn gegen Morgra einsetzen? Wenn er ihr Auge ist, könnten wir sie ein bisschen blenden."

Huttser hatte genau den gleichen Gedanken. Er kauerte

bereits am Boden und versuchte, sich an den Raben heranzupirschen. Dieser schien völlig ahnungslos. Als Huttser und Palla näher krochen, sahen sie, dass er am Rand eines breiten Grabens saß.

Huttser sprang, doch der durchtriebene Rabe öffnete die Flügel und flatterte davon. Auch Palla war gesprungen und hatte den Raben verfehlt. Nun stand sie neben Huttser und stellte mit einem Mal fest, dass sie nicht allein waren. Bevor sich die beiden umwenden konnten, hörten sie ein wildes Bellen hinter sich und erhielten einen heftigen Stoß.

Sie landeten keuchend in dem tiefen Graben, durch den Sturz blieb ihnen die Luft weg. Seite an Seite standen Dragga und Drappa auf. Überall lagen steinerne Baumstämme. Dann weckte etwas über ihnen ihre Aufmerksamkeit. Der Geruch des Bären flutete durch ihre Nasen und schien über den Rand des Grabens wie ein Fluss der Angst zu strömen. Palla knurrte. Über ihnen war eine kleine schwarze Gestalt aufgetaucht. Der Rabe schlug mit den Flügeln, seine wachen Augen glänzten, zufrieden klapperte er mit dem Schnabel. Neben ihm erschienen die Nachtjäger.

„Reingelegt", knurrte Huttser.

Bevor er noch mehr sagen konnte, spürte er, dass Palla heftig zitterte. Stocksteif stellte er die Rute. Zwei weitere Augen blickten in den Graben. Groß und wissend glänzten sie gelb in der Dunkelheit.

„Morgra …", flüsterte Palla und ihre Kraft schien sie zu verlassen.

„So treffen wir uns wieder, Schwester." Morgra lächelte. „Doch dieses Mal bist du in meiner Gewalt."

Larka blickte zu den Sternen hinauf, deren Licht bereits schwächer wurde, während der Mond höher und höher über die Berge stieg. Auf der Suche nach dem zweiten Eingang im Osten war das Hämmern in ihrem Kopf so heftig geworden, dass sie beschlossen hatten, sich ein wenig auszuruhen. Die Luft war warm und still. Der zunehmende Mond schien durch die Bäume.

Tsarr war im Gras eingedöst. Kar tappte leise zu Larka.

„Larka", sagte er weich, „warum versuchst du nicht auch, ein bisschen zu schlafen?"

„Nein, Kar. Ich muss wach bleiben und nachdenken. Wenn es so weit ist, brauche ich alle meine Sinne. Willst du ein bisschen mit mir wachen?"

Kar legte sich neben Larka. Ihre Herzen schlugen dicht beieinander. Die mondhelle Luft raschelte in Bäumen und Blumen, und in der Nähe hörten sie das Summen eines Bienenstocks.

Der Ort wirkte wie ein uralter Garten, das Paradies, von dem die Menschheit seit Anbeginn der Zeiten träumte, geschaffen aus Hoffnung, durch Hege und Pflege und Weisheit aus der Wildnis der Seele. Es war so schön, dass es Larka im Herzen wehtat.

„Kar", flüsterte die Wölfin traurig, „ich liebe das Leben. Aber manchmal glaube ich, dass diese Macht, alles zu berühren, zu schrecklich ist, um sie zu ertragen. Ich bin verletzt und weiß nicht warum. Ich versuche, es nicht an mich heranzulassen, indem ich Morgra zu hassen versuche, aber letztendlich gelingt es mir nicht." Sie wandte den Kopf zu ihrem lieben Freund und sah, dass die Lider des Wolfes müde nach unten sanken. „Kar", flüsterte sie, „lieber Kar, bleib wach."

„Ich bin wach", murmelte Kar schläfrig, hob den Kopf und schüttelte sich.

Larka blickte traurig zum Mond, Kar folgte ihrem Blick. Er hatte keine Worte für die Kraft, die Erde und Mond anzog, noch für die Energie, die zwischen allem fließt, doch in seinen Knochen konnte er die Kraft spüren, und in den Geschichten über Tor und Fenris von der Geburt des Mondes hatten die Wölfe versucht, einen Sinn darin zu finden.

Auch Larka konnte diese Energie spüren. Sie wusste, es war die Kraft der Gabe. Für sie hatte die glänzende Scheibe am Himmel noch eine andere, ganz klare Bedeutung, die sie zittern ließ, wenn sie in die endlose Nacht starrte. Der Blick auf den Mond sagte ihr, dass die unebene Scheibe in nur einem Tag so rund wie eine Löwenzahnblüte sein würde, wie schon so oft seit ihrer Geburt. Die Unvermeidlichkeit dieses Kreislaufs brachte die Unvermeidlichkeit der Vernichtung.

„Kar", sagte sie ruhig, „du weißt, dass ich nicht mehr an die Geschichten glaube, die man uns als Welpen erzählt hat. Ich glaube nicht mehr an Tor und Fenris oder an die Götter, die freundlich auf Wölfe herabblicken. Manchmal weiß ich nicht, was ich glauben soll, Kar. Außer …", Larka zögerte, „außer vielleicht an die Wahrheit. Daran glaube ich."

Larka winselte und musste wieder an die Geschichte von Sita denken. Sie erschien ihr mittlerweile merkwürdig schön. Zärtlich wandte sie sich an Kar, doch der schlief tief und fest. Larka weckte ihn nicht. Sie brachte es nicht über sich, Kar zu sagen, was geschehen würde. Obwohl Kar trotz seines Versprechens, wach zu bleiben, in tiefen, seligen Schlummer gefallen war, war Larka froh, ihn neben sich zu haben.

Erst im hellen Mittagslicht führte Larka sie weiter. Schon bald hörten sie ein Plätschern. Wie die Suchenden ihr gesagt hatten, trat ein kleiner Bach aus dem Fels. Daneben sah Larka eine Öffnung.

„Der Tunnel!", rief sie, „die Geister sagten, er führt direkt durch den Berg."

Aber kaum war sie hineingekrochen, winselte sie enttäuscht. Der enge Eingang war fast völlig mit Geröll blockiert. Kar und Tsarr scharrten.

Larka dagegen schritt ärgerlich auf und ab. „Was tut Morgra?", knurrte sie wütend vor sich hin und ging zum Bach. Sie schloss die Augen und ließ die Erinnerungen fließen. Als sie ins Wasser blickte, sah sie den wirbelnden Strudel. Ihr Fell sträubte sich. Morgra blickte sie an, doch dieses Mal umgab ihre Stimme sie ganz und war so klar wie der Tag. „So, du bist also gekommen."

„Morgra!"

„Aber warum bist du gekommen?", knurrte Morgra höhnisch. „Um die Vision zu stehlen? Das kannst du nicht, Kleine. Ich bin bereits zu mächtig. Ich muss nicht einmal ins Wasser blicken, um dich zu sehen. Wolfbane und ich beherrschen die dritte Fähigkeit der Gabe. Heute Nacht ist Vollmond, nichts kann uns mehr aufhalten. Du bist nahe, aber kein Wolf wird ein zweites Mal an meinen Wachen vorbeikommen, egal, wie schlau der Hinterhalt ist oder wie listig ihr euch anschleicht."

Larka keuchte. Ihre Eltern mussten den Eingang bereits erreicht haben, es hatte wohl einen Kampf gegeben.

Morgra sprach weiter. Voller Spott. „Wenn sich die Legende verwirklicht, werde ich die ganze Lera zähmen. Alle werden meine Sklaven sein."

„Nein!", rief Larka. „Wir sind hier. Die Familie, die das Böse bekämpft – dich bekämpft."

„Ihr habt überlebt, das stimmt", flüsterte Morgra kühl. „Aber warum hast du nicht auch versucht, dich an meinen Wachen vorbeizuschleichen? Zusammen mit deinen lieben Eltern." Sie hielt eine Weile inne. „Du hast den Tunnel gefunden, Larka. Du dachtest, ich wüsste nicht, dass es ihn gibt. Er ist versperrt, meine Liebe, nicht wahr? Die Erde hier ist alt und bebt – mit der Zeit ist der Eingang verfallen. Aber selbst wenn du durchkommst, wartet Er auf der anderen Seite. Wolfbane."

„Ich werde einen Weg finden."

„Nein", Morgra lachte, „du kommst zu spät."

„Zu spät?"

„Du kennst doch den alten Vers, Larka. *Blut auf dem Altar – und die Vision wird kommen.* Und es wird ihr Blut sein. Das Blut deiner Eltern. Damit werden wir dieser Familie für immer ein Ende bereiten."

Larka heulte und sprang davon.

„Larka, was ist los?", schrie Kar. „Was ist passiert?"

„Kar, wir müssen uns beeilen! Morgra hat Huttser und Palla in ihrer Gewalt und wird sie heute Nacht töten. Heute Nacht ist Vollmond."

„Und wenn wir sie nicht rechtzeitig aufhalten", knurrte Tsarr, „wird keiner von uns frei sein."

Larka kratzte verzweifelt an den Steinen. „Aber, Tsarr –", flüsterte sie, „der Böse wartet auf uns. Er wartet dort vorn."

506

Die Sonne brannte auf Huttser und Palla herab, während sie wütend im Graben auf und ab schritten. Die Wölfe hechelten, denn die Steine glühten vor Hitze. Sie kniffen die Augen zusammen, wenn sie zum Himmel auf die gleißende Scheibe blickten und die Kraft der Sonne sie blendete, doch das Licht, das sie brachte, war auch ein Trost.

„Wir sind nie entkommen, Huttser", seufzte Palla. „Wir konnten uns weder den Rudelgrenzen noch dem Schatten des steinernen Baus oder dem Fluch entziehen."

Huttser knurrte die Sonne an. Ein Schatten fiel auf sie. Morgra blickte kalt lächelnd zu ihnen herab. „So Schwester, bist du bereit, für die Ungerechtigkeit zu büßen, die mir angetan wurde? Bereit für das Kommende? Der Altar ist hungrig."

Palla senkte traurig den Blick. „Warum hasst du mich so, Morgra? Ich wusste nicht einmal, was geschehen war."

„Du wolltest es auch nie wissen. Wölfe kennen keine Gerechtigkeit."

„Und vor lauter Gerechtigkeit und Güte hast du uns in jener Nacht verflucht?", knurrte Huttser. „Du hast meine Freunde getötet. Meine Welpen getötet."

„Ist es nicht seltsam", meinte Morgra langsam, und ihre Augen lächelten, „dass ihr mehr an Flüche glaubt als ich?"

„Aber du ..."

„Eure eigene Angst und Schwäche, eure eigene Schuld zeigten Wirkung, Huttser", knurrte Morgra. „Euer verzweifeltes Festhalten am Leben. So zeigt Wolfbane auch bei den Balkar Wirkung. Das bedeutet der Fluch. Mehr nicht. Aber die Gabe ist eine wirkliche Macht, und schon bald werde ich sie einsetzen, um alle zu beherrschen."

„Warum hast du uns nichts gesagt, Morgra?", flehte Palla. „Warum hast du uns nicht die Wahrheit über das gesagt, was dir damals wirklich passiert ist? Wir hätten es verstanden. Wir hätten dir Gerechtigkeit zuteil werden lassen."

Morgra begann unbehaglich zu knurren. „Verstanden? Was versteht schon ein Wolf? Er kennt doch nur Angst. Angst um seine Welpen und um sich selbst. Angst um sein wertloses Leben."

„Wir alle können Schmerz verstehen, Morgra", sagte Palla, „aber kannst du dich nicht erinnern, wie man liebt?"

Morgras Augen waren trüb, sie ließ den Schwanz sinken.

„Schwester", flüsterte Palla.

Einen Augenblick lang schien Morgra hin- und hergerissen. Aber plötzlich zeigte sie ihre gelben Zähne. „Liebe", knurrte sie wild. „Glaubst du nicht, dass ich das wollte? Mein ganzes Leben lang wollte ich, dass man mich lieben lässt. Es ist zu spät für Liebe. Und du, Palla, du meinst, wenn du mich Schwester nennst, könntest du entkommen. Weil du jetzt in der Falle sitzt und Angst vor dem Sterben hast."

„Das stimmt nicht. Aber ich kann den Hass in dir spüren, Morgra. Und ich sehe, dass er dich auffrisst."

„Genug. Selbst wenn ich dir glauben würde – es ist schon lange her, dass ich mich nach Verständnis sehnte. Du sprichst von Gerechtigkeit, aber was für eine Gerechtigkeit kann es für jemanden wie mich geben, für eine unfruchtbare Wölfin? Nur die Gerechtigkeit, die ich mir nehme. Ich habe mich weit vom gewöhnlichen Leben eines Varg entfernt. Ich habe die Macht der Gabe gespürt.

Und heute Nacht, wenn der Vollmond über uns leuchtet, werde ich noch weiter gehen. Die Macht des Mensch-Varg wird kommen!" In ihren Augen glühte ein schreckliches Licht.

Huttser musste an die Nacht in der Schlucht denken, als Morgra das Rudel verfluchte. „Du bist böse, Morgra", knurrte er.

„Schweig!", schrie Morgra. „Woher nimmst du das Recht, über mich zu urteilen?"

„Du bist böse", wiederholte Huttser.

„Dummkopf. Du wagst es, mir gegenüber vom Bösen zu sprechen? Du weißt nichts vom Licht oder von der Dunkelheit der Gabe. Du bist nur ein dummer Dragga, der nur sein Rudel anführen und sich bei seiner Familie verstecken will. Du meinst, etwas sei böse, weil man es dir so gesagt hat. Du kannst nur in Angst leben und gehorchen. Nun, heute Nacht wirst du die ewige Dunkelheit kennen lernen, wenn ich dich auf dem Altar opfere."

„Nein, Schwester, hör mich an. Ich bin schuld. Ich werde dein Blutopfer sein. Freiwillig. Wäre das nicht passend, wenn du mich ermorden würdest? Dein eigen Fleisch und Blut würde den Preis bezahlen."

Morgra musterte Palla genau. „Das würdest du tun? Ohne Widerstand zu leisten?"

„Ja, wenn du Huttser frei lässt."

„Nein, Palla!", rief Huttser.

„Morgra, ich bitte dich. Vielleicht macht das irgendwie etwas wieder gut."

Kühle Belustigung glitzerte in Morgras Augen. Sie hatte zwar nicht die Absicht, Huttser zu schonen, doch sie nickte. „Sehr gut, Palla. Warte auf mich. In der Dämmerung." Sie wandte sich um und verschwand. Die Sonne brannte immer noch auf die gefangenen Wölfe herab.

Huttser stand bebend da. Er senkte den Kopf und sah sich zum ersten Mal den Steinboden ihres Gefängnisses genauer an. Zu seiner Überraschung war der Stein rissig und gesprungen. Die Säulen wirkten so stark und bedrohlich, und doch hatten Unkräuter und Gräser ihnen zugesetzt. Angezogen vom Sonnenlicht hatten sich winzige Schösslinge durch die Erde gebohrt und die Steine gesprengt.

Huttser redete auf Palla ein und bat sie, ihn an ihrer Stelle gehen zu lassen. Die Sonne sank tiefer, und über Palla war eine merkwürdige Ruhe gekommen. Huttser erkannte, dass sie fest entschlossen war. Mit der untergehenden Sonne schienen auch die letzten Funken Hoffnung zu schwinden. Wieder einmal schloss sich die Dämmerung um sie. Über ihnen erklang ein Bellen.

Dann ertönte Morgras Stimme, sie kläffte einen Befehl. Hinter ihnen war ein dumpfes Geräusch zu hören. Eine Steinsäule war über den Rand des Grabens gerollt worden. Der Geruch nach Bär erfüllte die Luft. Die Säule lehnte an der Wand des Grabens, eine Brücke zu Pallas Schicksal. Bevor Huttser es verhindern konnte, sprang die Wölfin hinauf. Palla verschwand, und an der Kante des Grabens erschien eine große schwarze Gestalt. Huttser wurde zurückgestoßen, und der Sockel der Säule stürzte neben ihn auf den Boden.

„Palla! Nicht!"

Palla verschloss die Ohren vor Huttsers Bitten.

Umgeben von einem Trupp Nachtjäger wartete Morgra auf sie. Die Balkar wirkten wie Schlafwandler, denn Morgra kontrollierte ihre Seelen. Palla blickte sich um und keuchte entsetzt. Überall waren Vögel. Raben, Krähen und Bussarde – die fliegenden Aasfresser hockten auf den Statuen, ihr Kot bedeckte die Steine.

„So, Schwester."

Morgra wirkte alt. Das Fell in ihrem Gesicht war von einem verwitterten Grau, und die Narben stachen deutlich hervor. Der Vollmond war bereits aufgegangen. Die riesige Scheibe warf ihr Licht auf die Zitadelle und stand wie ein Omen über ihnen. Morgra wandte sich um und führte Palla schweigend den Hang hinauf. Als sie sich der Steinbrücke über dem Abgrund näherten, blieb Morgra stehen.

„Du hasst mich, nicht wahr, Palla?"

„Hassen?", fragte Palla kühl. „Ich … nein, Morgra. Ich hasse dich nicht."

Morgras Augen schienen Funken zu sprühen. „Nach allem, was ich getan habe? Nun, Palla, ich will, dass du mich hasst. Ich will, dass du die Macht des Hasses spürst und fühlst, was ich so lange fühlte."

„Das könnte ich nie, Schwester", meinte Palla traurig. „Ich bin eine Wölfin. Ich habe Leben in mir getragen." Da fiel ihr etwas ein, das ihr neue Hoffnung gab: „Und darum kannst du nie zum Mensch-Varg werden, Morgra. Denn die Vision kommt nur zu der, die für ein anderes Wesen gesorgt hat, die den Schmerz und die Liebe einer Drappa kennt."

Morgra winselte, lächelte aber auch. „Ich weiß, was die Legende verlangt, Palla. Nun, lass mich dir ein Geheimnis erzählen, es wird dir helfen, mich zu hassen."

Morgra trat näher. Selbst dabei ließ sie die Balkar, die auf ihre Befehle warteten, nicht aus den Augen. Sie flüsterte. Leise. Worte, die sich wie Diebe in Pallas Gedanken stahlen. Zuerst reagierte Palla nicht, doch ihre Augen wurden beim Zuhören immer größer. Dann hob sie abrupt den Kopf und ließ ein Heulen ertönen, das so wütend und bitter war, dass die Nachtjäger einen Augenblick lang in die bewusste Wirklichkeit zurückgerissen wurden.

Larka hatte es geschafft, an den Steinen vorbeizukommen, doch tiefer im Tunnel, der steil in den Berg hineinführte, war der Weg erneut blockiert. Wieder scharrten Tsarr und Kar verzweifelt im Geröll, ihre Ballen waren bereits blutig und zerschunden. Larka wollte ihnen helfen, doch der Gang war so schmal, dass nur zwei Wölfe nebeneinander stehen konnten. Gequält musste Larka zusehen, wie Tsarr und Kar sich plagten. Laut hechelnd und mit weit heraushängenden Zungen häuften die Wölfe die Steine hinter sich auf.

Sie waren alle panisch, doch als sie in den Tunnel gekrochen waren, hatte noch ein weiteres Gefühl von ihnen Besitz ergriffen. Eine unerträgliche Angst. Larka und Tsarr wussten, was es war. Sie fühlten es wie etwas Körperliches, eine Mauer aus Dunkelheit. Er wartete hinter den Felsen auf sie.

„Es bringt nichts, Larka", schnaufte Kar erschöpft. „So schaffen wir es nie."

„Wir müssen, Kar, sonst …"

Plötzlich spürten die Wölfe etwas Seltsames. Zuerst dachte Larka, es sei Wolfbane. Sie fühlten eine Reglosigkeit, als sei die Luft aus dem Tunnel gewichen. Dann begann

Tsarr zu knurren. Er zitterte, aber nicht aus Angst. Der Boden bewegte sich. Auch Larka spürte, wie er unter ihren Pfoten bebte.

Tsarr und Kar sprangen zurück, als plötzlich der ganze Berg schwankte. Der Schutthaufen vor ihnen verwandelte sich in einen Schauer aus prasselnden Steinen und wirbelndem Staub. Ein Luftstoß traf sie wie ein Wind. Ein Stein fiel auf Kar. Jaulend schreckte er zurück. Plötzlich prasselten Steine und Geröll vor ihm herunter und trennten ihn von den anderen.

„Nein!", brüllte Kar verzweifelt. „Larka!"

Larka und Tsarr konnten ihn hinter den Steinen hören, aber es gab kein Durchkommen.

„Kar!", rief Larka mit einem Gefühl der Erleichterung, „Wir müssen ohne dich weiter."

„Aber Larka, der Pakt!"

Doch der Tunnel vor ihnen war nun frei. Larka sprang voraus. Kar wandte sich um und rannte zurück, so schnell er konnte.

„Warte, Larka", keuchte Tsarr. „Er ist hier. Ich will mich ihm stellen."

Auch Larka spürte ihn, stärker als je zuvor. Diese furchtbare Wut.

„Nein, Tsarr. Ich bin jung und ich muss mich ihm allein stellen."

Larka ging durch den Tunnel, Tsarr kroch hinter ihr. Der Gang wurde noch steiler. Nach einer Weile sahen sie ein schwaches blaues Licht in der Dunkelheit. Mit zunehmendem Licht wurde jedoch auch das Gefühl der Dunkelheit stärker. Larka erinnerte sich an Morgras merkwürdige Worte.

„Die Liebe bekämpfen", murmelte sie, „die Liebe selbst bekämpfen."

Jeder Schritt war für Larka eine Qual. Es gab nur noch das lauernde Etwas am Ende des Tunnels. Sie vergaß ihre Eltern, Tsarr und Kar. Ihr Körper war glühend heiß. Sie ging weiter und weiter. Der Gang wurde breiter. Vor ihr öffnete er sich zu einer Art Kammer, das Mondlicht drang durch den Eingang. Sie blieb stehen und spürte, wie eine neue Welle der Angst sie überkam. Ein maßloser Schrecken. Eine Gewissheit.

Larka hob den Kopf. Die Rute hielt sie steif von sich gestreckt. Sie setzte die Vorderpfoten nebeneinander und knurrte:

„Wolfbane! Ich bin gekommen, um mich dem Bösen zu stellen."

Nichts rührte sich.

„Wolfbane! Du hast zu lange Angst und Schrecken unter den Wölfen verbreitet. Stell dich!"

Larka schauderte und spürte, dass sich vor ihr etwas bewegte.

„Komm! Es ist Zeit, dass du dich nicht mehr im Schatten versteckst."

Sie betrat die Kammer. Es war ein seltsamer Ort. Eine Höhle mit hoher Decke und mächtigen Säulen wie die steinernen Bäume, die aus dem Fels gehauen waren. Den Boden bedeckte ein Mosaik mit einem komplizierten Muster: Auf jeder Seite kauerte ein Wolf, um dessen Hals sich zwei Schlangen wanden. Zwischen ihnen stand ein Mann mit einem großen Hammer in der Hand, den er hoch über den Kopf geschwungen hatte, um ihn auf glühendes Metall zu schlagen. Hinter ihm flammte die brennende Luft des Menschen und leckte an der Tür eines bunten Ofens.

Larka hatte keine Augen für das Bild am Boden – kaum hatte sie die Kammer betreten, wusste sie, dass er hier war.

„Zeig dich, Wolfbane."

Ein Schatten fiel über das Mosaik, und eine Gestalt trat ins Mondlicht. Larka riss entsetzt die Augen auf.

„Nein", keuchte sie, „das kann nicht sein! Das kann nicht wahr sein!"

16
Die Gabe

*Die Liebe hieß mich willkommen: Doch
meine Seele, schuldig von Staub und
Sünde,
zog sich zurück.*

George Herbert, *Love (III)*

Larka fühlte eine furchtbare Schwäche, als sie in das Gesicht starrte und den grünen Splitter in seinem Auge sah, im rechten Auge ihres Bruders.

Vor dem Mosaik stand Fel.

Er war es. Der schwarze Varg war zu einem kräftigen Wolf herangewachsen. Fel starrte knurrend zurück, seine Augen waren verschleiert, aber wachsam. Er schien sie kaum zu sehen.

„Fel", stammelte Larka japsend. Sie konnte sich kaum auf den Beinen halten. „Das kann nicht sein. Du bist tot. Ich habe dich auf der roten Wiese gesehen."

Die weiße Wölfin hatte das Gefühl, ihre ganze Welt würde zusammenbrechen. Das hier, das konnte sie nicht ertragen.

„Fel", stammelte sie noch einmal, „ich bin's – Larka. Erkennst du mich denn nicht, Fel?"

„Ich bin Wolfbane", knurrte Fel kalt. „Ich habe dich erwartet."

„Fel, sag mir, was passiert ist. Nach dem Eis."

„Wer bist du", knurrte Fel wütend, „warum kennst du meine Träume?"

„Es sind keine Träume, Fel. In jener Nacht auf dem Fluss, als wir versuchten, die Grenzen des Reviers zu überschreiten und das Eis nachgab, da bist du eingebrochen. Es war schrecklich. Kar und Huttser versuchten, dich zu retten, du hast am Eis gekratzt, aber wir konnten nicht zu dir durchkommen."

„Eine Finte!", rief Fel. „Das weißt du nur auf Grund der Gabe!"

„Nein, Fel. Es ist nicht die Gabe. Ich war selbst dabei."

„Schweig!", knurrte Fel. „Du kannst nichts von meiner Geburt wissen. Dennoch sprichst du wie jemand … jemand, der meine Träume kennt. Viele Sonnen und Monde war ich unter dem Eis, bevor ich geboren wurde. Ich sah Bilder von den Dingen dieser Welt. Wölfe, die mich riefen, die mich ins Leben riefen. Ich war damals ein Teil des Schilfrohrs. Ich war Kälte und Schmerz. Ich war der Tod. Ich war das Wasser. Aber diese Welt rief mich zu sich. Die Wölfe forderten mich auf, mich ihnen anzuschließen. Ich brach durch den Schleier. Ich wurde in eisiger Kälte am Flussufer geboren. Ich wurde ein Wolf, aufgezogen von anderen Wölfen, gefüttert und gewärmt und so zum Leben erweckt."

„Die Balkar", flüsterte Larka entsetzt und dachte schaudernd an das Wasser und die Seelen, die dazu verurteilt waren, niemals Ruhe zu finden. „Sie müssen dich gefunden haben, als du flussabwärts durch das Eis gebrochen bist."

„Sie waren meine Diener. Sie gehorchten mir und brachten mich … zu meiner Mutter."

„Deine Mutter?", fragte Larka bebend. „Du glaubst, Morgra sei deine Mutter?"

„Schweig!", kläffte Fel und trat auf das Mosaik. „Du wagst es, ihren Namen zu nennen? Sie, die mich zu sich rief. Sie, die mich lehrte, wer ich bin: das Kind der dunklen Macht – Wolfbane."

„Aber Wolfbane ist doch nur ein Name aus einer Geschichte!", gilfte Larka flehentlich.

„Idiotin!", rief Fel. „Kennst du meine Macht nicht? So, wie dein Fell weiß ist, ist meines schwarz. Aber ich bin die Gabe. Ich bin die Dunkelheit."

Larka zitterte immer noch. „Aber wie?", winselte sie. „Wie kann das sein? Wie kannst auch du die Gabe haben? Warum konnte ich das nicht voraussehen?"

Larka erinnerte sich nicht an jenen Tag vor langer Zeit, bevor Fel die Augen geöffnet und Brassa vermutet hatte, dass er die Gabe hätte. Aber ihr fiel wieder Tsingas merkwürdige Frage an Huttser ein: *Kannst du dann in die Nacht sehen und die Zukunft voraussagen?* Jetzt wusste Larka, warum Tsinga an jenem Tag vor Entsetzen gekeucht hatte. Mit einem Mal musste sie aber auch an Skart denken.

Deswegen hatte er immer so schuldbewusst ausgesehen, wenn sie von Wolfbane gesprochen hatte! Auch er hatte es immer gewusst.

„Du kannst gar nichts voraussehen", knurrte Fel. „Aber

heute Nacht, wenn der Mond seinen Höchststand erreicht und Mutter durch die Augen des Kindes blickt und alles beherrscht, dann, so hat sie mir versprochen, wird sie mir die Fähigkeit verleihen, in die Zukunft und die Vergangenheit zu blicken, alles zu wissen und frei zu sein."

Mit einem Mal hatte Larka großes Mitleid mit Fel. „Was hat sie nur mit dir gemacht? Erinnere dich an die Höhle, Fel. Wie wir als Welpen gespielt haben. Denk an Bran und Khaz und Brassa. Erinnere dich an den Steinernen Bau und daran, dass Wolfbane dort oben lebte. Auch das war nur eine Geschichte. Eine erfundene Geschichte. Wie dein Name."

Fel kniff die Augen zusammen, doch er knurrte wieder. „Lauter Träume. Ich habe die Welt der Träume vor langer Zeit verlassen, als sie … als Morgra mir die Welt zeigte, als sie mich den wahren Ruhm der Putnar lehrte und mir beibrachte, dass alles im Leben Schmerz ist. Schmerz zu überwinden, bedeutet Macht. Ihr Hass machte mich stark. Ich sah viele Dinge. Ich blickte in die Seele der Schlangen, die auf ihren Bäuchen dahingleiten, und ich schmeckte das Fleisch der Käfer in der Nacht. Ich rannte durch Ströme von Blut und hörte das Heulen der Qual, das die Welt aufweckt. Ich war der Jäger und der Gejagte."

„Sie ist nicht deine Mutter, Fel!", rief Larka verzweifelt. „Sie hat Schmerz und Hass kennen gelernt, aber sie ist böse wegen ihrer Lügen und ihres Hasses. Palla hat uns im Bau zur Welt gebracht. Wir schliefen eng an ihren Bauch gekuschelt. Sie schenkte uns Leben, Wärme und Liebe. Erinnere dich, Fel!"

Fel zitterte heftig. Sein Blick war verloren und leer. „Palla?", flüsterte er schwach.

„Ja, Fel. Palla und Huttser. Deine Familie. Komm zu ihnen!"

Fel starrte die weiße Wölfin an, als sehe er in ihr seine eigenen schwachen Erinnerungen. Larka war vorgetreten und hatte sich ihm auf dem seltsamen Mosaik gegenübergestellt. So standen sie – Schwarz gegen Weiß, Bruder und Schwester. Und das unheimliche Mondlicht beleuchtete die Kammer.

Fel senkte den Kopf und fletschte die glänzenden weißen Zähne. Larka konnte sich nicht rühren. Plötzlich hörten sie hinter sich ein Geräusch.

„Tsarr!", schrie Larka und wandte leicht den Kopf, ohne ihren Bruder aus den Augen zu lassen. „Tsarr, geh zum Eingang. Geh zu unseren Eltern!"

Fel knurrte wild, doch auch er nahm die Augen nicht von Larka, als Tsarr vortrat und am Mosaik vorbeiging. Doch dann neigte Fel kurz den Kopf, und die leichte Bewegung mit der Schnauze genügte, um Tsarr zu Boden zu schleudern.

„Siehst du, Larka", flüsterte Fel kalt, „die dritte Fähigkeit ist in die Welt getreten. Sie ist so stark wie der Wind."

„Ja, Fel", rief Larka sofort, „du hast mich beim Namen genannt. Ich bin Larka. Deine Schwester Larka, Huttsers Tochter. Der Pakt, Fel, erinnere dich an den Pakt, den wir mit Kar geschlossen haben."

Fels Blick wurde kurz klar. „Er sagte es mir", murmelte er bitter, „er sagte, es sei sicher. Er ist ein Lügner. Er ist der Verräter."

„O Fel, lieber Fel! Huttser konnte von dort, wo er stand,

den Spalt nicht sehen. Er tat das, was er für richtig hielt."

„Du kennst mich nicht mehr. Ich war so einsam", schrie Fel. „Da ist nichts außer Dunkelheit."

Fel wollte sich abwenden, doch Larka dachte daran, was Skart über die Heilung der Seele gesagt hatte, und hielt ihn mit ihrem Blick fest. „Nein, Fel", rief sie, „denn ich habe dich in meinem Auge."

Zum ersten Mal sahen sich die Wölfe tief in die Augen, ohne zu blinzeln. Etwas hielt sie in Schach. Als wollten sich ihre Gedanken berühren, kamen sie einander näher und näher, dann standen sie Stirn an Stirn. Plötzlich war ein Blitz in ihrem Kopf. Vor Tsarr standen sie regungslos auf dem Mosaik, beherrscht von ihrer eigenen Verwirrung. Doch ihre Seelen waren an einem anderen Ort. Die Mohnblumen schwankten rot, und überall waren Geisterwölfe und starrten sie an. Sie warteten. Sie beobachteten und urteilten schweigend.

„Fel", flüsterte Larka und ihre Stimme hallte über die Wiese. „Die Gabe, sie ist nicht für das Böse. Sie kann heilen."

„Ich bin Wolfbane. Der Jäger. Der Freund der Toten."

„Nein!", rief Larka. „Sieh dich um. Diese Gesichter. Brassa und Bran. Khaz und Kipcha. Das ist die Wahrheit."

Doch plötzlich kamen auch Larka Zweifel. Sie hatte ihren Bruder hier schon gesehen. Doch was hatten die Suchenden gesagt? *Wir sind wie deine Erinnerungen.* Das war es. Larka hatte Fel für tot gehalten. Sie hatte nichts anderes als ihre eigene Erinnerung von ihrem toten Bruder gesehen, so, wie er vor dem Eis gewesen war. Also konnte sogar die Gabe trügen.

Die Gestalten um sie traten vor, angezogen von ihren Namen. Fel sah sich auf der roten Wiese um und erkannte die Gesichter aus seiner Kindheit, die Geister seiner Vergangenheit.

Fels Gedanken rasten. Andere Erinnerungen blitzten in seinem Kopf auf. Die Nachtjäger. Die schreckliche Reise unter dem Eis. Überall sah er Tod, Gewalt und Schmerz. Er sah seinen eigenen Anteil daran. Es würde nie aufhören.

„Erinnere dich", knurrte Larka, „aber erinnere dich richtig, Fel!"

Auch Larkas Gedanken loderten. Eine schreckliche Dunkelheit umgab sie. Eine gähnende Leere füllte ihr Herz. Aber plötzlich musste sie an Kar denken, wie er zwischen ihren Eltern gestanden war, und Larkas Herz pochte wie wild.

Fel starrte auf den Hals seiner Schwester. „Ich bin gestorben!", schrie er. „Ihr habt mich verlassen, habt mich dem Wasser und der Kälte überlassen. Huttser und Palla, ihr alle habt mich verraten. Es gibt nichts als Tod. Tod, Angst und Verrat."

„Nein, wir dachten, du seist verloren."

Doch die Dunkelheit hatte auch von Larka Besitz ergriffen. Tod. Er wartete auf sie, oben auf dem Berg. Er war nah, sie konnte ihn riechen.

Was spielte denn alles für eine Rolle, wenn am Ende nur der Tod wartete? Es war alles sinnlos. Morgra sollte siegen, denn auch sie hatte gelitten. Alle hatten gelitten, und eine Sache, ein Tier war nicht besser als eine andere Sache, ein anderes Tier. Die Putnar, die Lera, der Mensch – alle waren gleich. Larka sehnte sich verzweifelt danach, von allem freizukommen und die Fesseln ihres eigenen Elends abzustreifen.

Aber lag am Ende einer Reise wirklich nur Dunkelheit? Ein Teil von Larka wollte bei Fel sein, ihm folgen, wohin auch immer er ging. Wegen der Einsamkeit. Aus Geschwisterliebe. Doch als sie ihren toten Bruder ansah, schreckte sie zurück.

„Nein!", schrie sie ärgerlich. „Das ist nicht Liebe."

Das Wort klang wie ein Heulen durch ihr Sein.

Plötzlich sah Larka ein anderes Bild, es war so verblüffend an diesem Ort, dass ihre Gedanken von kristallener Klarheit waren. Eine Spinne, die ihr Netz spann. Das Netz wurde immer größer, und Fliegen verfingen sich darin. Mit einem Mal kannte Larka die Antwort auf die Frage, die sie vor langer Zeit gestellt hatte. Die Spinne wusste nicht, was sie tat, sie war sich nicht wie die Varg ihres Tuns bewusst, deshalb konnte man ihr auch keine Schuld geben. Die Fliegen kämpften um ihr Leben, doch ohne sie konnte die Spinne nicht leben. Das Netz um die Fliegen wuchs. Es wurde immer komplexer und schöner und glänzte im Sonnenlicht.

„Es wirkt nur grausam und leer", rief Larka, „aber wir geben unser Leben füreinander, damit einer von uns vielleicht eines Tages mehr weiß. Vielleicht wird eine Lera wirklich einmal eine Antwort finden. Und ich werde mein Leben geben. Freudig. Für dich, Fel, und für das Leben selbst, so, wie Sita ihr Leben gab. Eines Tages wird deine Seele wirklich zur Ruhe kommen. Huttser hat dich nicht verraten. Es gibt Liebe, Leben und Mut. Ich weiß jetzt, dass es meine Bestimmung ist, dir das zu beweisen."

„Ich werde dich blenden", knurrte Fel. „Ich werde dich töten."

Larka spürte plötzlich eine große Stärke, die ihr das Gefühl gab, unverwundbar zu sein. „Das kannst du nicht, Fel", sagte sie leise. „Ich bin bereits tot. Ich kenne meine eigene Zukunft. Aber das spielt keine Rolle. Du wirst mich nicht töten. Du wirst leben. Ich gebe mein Leben für dich."

„Nein", knurrte Fel bitter, „das bin ich nicht wert."

In der Kammer schlich sich Tsarr an Larka und Fel vorbei. Noch während er auf den mondbeschienenen Ausgang zukroch, riss er verwundert die Augen auf. Bruder und Schwester standen immer noch zitternd und regungslos da, doch zwischen Larka und Fel schimmerte eine Gestalt. Tsarr blinzelte und knurrte und dachte zuerst, das Mondlicht spiele seinen Augen einen Streich, denn so etwas hatte er noch nie gesehen. Als er genauer hinsah, konnte er einen grauen Varg erkennen, der zwischen den beiden schwebte.

„Du bist nicht böse, Fel", flüsterte Larka auf der Wiese, „dir wurde nur die Liebe genommen. Und das Licht."

Fel ließ ein schreckliches Heulen ertönen. Larka sprang ihm entgegen. Sie stürzten und rollten über die Mohnblumen.

Pallas Läufe zitterten unkontrolliert, als Morgra sie über die Brücke führte.

„Fel", flüsterte sie immer wieder, „mein kleiner Fel."

Hinter ihnen warteten die Nachtjäger, als hielt sie ein unausgesprochener Befehl fest. Neben ihnen stand der Bär, den Morgra aus dem Wald gelockt hatte, um ihr als Sklave zu dienen. Vor Palla drehte sich alles, als sie in die tiefe Schlucht unter sich blickte. Doch dann hörte sie ein Geräusch in der Nacht. Es riss sie aus ihrer Verwirrung. Seltsam und traurig schallte es über die Brücke von der Statue auf der anderen Seite. Es war das Weinen des Menschenjungen. Bran saß unter der steinernen Wölfin auf dem Altar. Schluchzer schüttelten den kleinen Körper. Er saß im hellen Mondlicht, und Palla konnte die Tränen in seinen blauen Augen glitzern sehen. Slavka stand neben ihm. Ihre Augen blickten düster und leer. Morgra beherrschte auch sie.

Morgra ging zum Altar. Sie blieb stehen und musterte kalt das Kind unter ihrem steinernen Ebenbild. Dann wandte sie sich an Palla: „Stell dich daneben, Schwester."

Palla war hilflos. Angesichts des Mondlichts, der Zitadelle und des weinenden Geschöpfs überkam sie eine jähe Erkenntnis. Sie fühlte sich wie in einem Traum, hypnotisiert von dem riesigen Mond und den Steinen der Menschen.

„So, Palla", knurrte Morgra und kroch näher. „Jetzt weißt du, dass auch ich wie eine Drappa für ein anderes Wesen gesorgt habe. Ich habe die Liebe einer Mutter empfunden. Für deinen eigenen Sohn."

„Du konntest ihn nicht lieben", flüsterte Palla bitter.

„Falsch. Ich liebe seinen Hass", knurrte Morgra. Sie starrte auf das Menschenjunge und dachte daran, mit welcher Freude sie es töten würde, wenn alles vorbei war. „Genug jetzt. Es ist Zeit. Der Mensch-Varg wartet."

Palla hob duldsam den Kopf und bot ihr die Kehle dar. „Bring es zu Ende, Morgra."

„Wie schade, dass du sterben musst, Palla. Gerade wenn

deine liebe, betrogene Schwester sich ihren größten Traum erfüllt."

„Ich habe genug gesehen", flüsterte Palla traurig und fühlte sich schrecklich alt. „Ich habe schon viel zu viel gesehen."

Morgras Augen glitzerten ergötzt. „Möchtest du nicht sehen, wie ich an die Macht komme, Schwester? O doch, das wirst du. Zumindest wirst du von meinem Sieg wissen. Denn ich werde nicht mein eigenes Blut vergießen."

„Was sagst du da?"

„Die Legende", zischte Morgra. „Es heißt, der Altar muss Blut schmecken. Aber nicht, dass du sterben musst. Noch nicht. Sehr schön – er soll Blut schmecken, und auch dein Wunsch soll erfüllt werden. Du sollst niemals sehen, wie ich die Legende erfülle."

Palla verstand nicht, was Morgra da sagte. Das Mondlicht schien sie zu verwirren.

„Ich werde das Blut aus deinen Augen nehmen", flüsterte Morgra, „und dich leben lassen. Ich werde zusehen, wie die Blutstropfen aus deinen Augen fallen wie Tränen, die Tränen, die ich vor so vielen Jahren vergoss."

Palla brachte kein Wort heraus. Mit großen Augen starrte sie in die Ferne.

„Kraar!", rief Morgra unvermittelt, „ich brauche dich wieder. Ich brauche den Schnabel der Aasfresser."

Hinter einer Statue flatterte es und der Rabe hüpfte vor. Kraar legte den Kopf schief. Seine glänzenden Augen blickten boshaft zu Palla.

„Blende sie!", schrie Morgra. „Hack ihr die Augen aus!"

Kraar hob die Flügel und schwang sich in die Luft. Das Menschenjunge heulte.

Und plötzlich kam es. Die Erde bebte erneut. Auch Huttser spürte es in seinem Graben. Der Dragga sprang zurück. Durch die Erschütterung hatte sich eine Säule gelöst und krachte neben ihm zu Boden. Blitzschnell war Huttser auf und davon.

„Huttser! Huttser!"

Huttser wandte sich um. Tsarr rannte über den Hang auf ihn zu.

„Tsarr!", knurrte er. „Wir müssen Palla retten."

Sie rannten los, doch vor der Brücke stellten sich ihnen der Bär und die Nachtjäger in den Weg. Überall schwirrten Vögel umher, aufgescheucht von der bebenden Erde.

„Jetzt, Kraar!", schrie Morgra auf der anderen Seite der Schlucht.

Der Rabe war auf einen Steinsockel geflattert und starrte böse in Pallas Augen.

„Tu es!", knurrte Morgra und drehte sich zu dem Kind um. Es schluchzte immer noch, doch sein Weinen war nur noch ein ersticktes Jammern.

Morgra spürte, wie ihr am ganzen Körper heiß wurde, als sie den kleinen Menschen im Mondlicht vor sich sitzen sah. Sie rief die dritte Fähigkeit der Gabe herbei und wartete auf das Blut. Nur dann konnte sie die Seele des Kindes erreichen. Wieder öffnete Kraar die Schwingen und klapperte wild mit dem Schnabel.

Palla spürte die Flügel über ihre zitternde Schnauze streichen und wappnete sich für den stechenden Schmerz. Aber sie spürte noch etwas anderes: einen Luftzug. Dann war ein wildes Kreischen zu hören. Eine Gestalt schwang sich in die Höhe und nahm den Raben mit. Über die alte Stadt Harja flog ein Adler. Seine großen Klauen hatte er in den Raben gekrallt.

„Skart!", rief Huttser.

Der Adler schwang sich höher, den Raben fest im Griff.

„Kraar!", rief er im Flug. „Jetzt werde ich deine Frage beantworten. Du glaubst, die fliegenden Putnar hätten kein Recht, Macht über die Aasfresser auszuüben und dass ihr so gut wärt wie wir. Aber die wahren Putnar müssen auch einen Preis für ihre Stärke und Freiheit bezahlen, und dieser Preis ist der Mut."

Skarts Krallen bohrten sich tiefer und tiefer in Kraars gefiederten Körper. Kraar kreischte vor Schreck und Schmerz. Skarts große Schwingen schienen den Mond zu verdecken. Hoch schraubte er sich in den Himmel, dann sank er tiefer, öffnete die Klauen und ließ den Raben vor Morgra auf den Boden fallen. Kraar war tot.

Morgra warf sich zornig herum. „Töte sie, Slavka. Ich befehle es dir. Reiß ihr die Gurgel heraus!"

„Nein!", knurrte Huttser auf der anderen Seite der Schlucht, doch an den Nachtjägern und dem Bär kam er nicht vorbei. Palla war aus ihrer Benommenheit erwacht und begann zu knurren. Mit gesträubtem Nackenfell stand sie vor Morgra und Slavka. Huttser verließ der Mut. Er konnte nicht hinsehen und wandte sich ab. Da hörte er ein Heulen unten am Hang. Sein Herz schlug schneller, als er sah, woher es kam. Die Rebellen rannten den Hang herauf. Gart lief an der Spitze, dicht hinter ihm waren Keeka, Karma und Rar. Sie kämpften im Laufen. Bei ihnen war Kar.

„Aber wie …?", rief Huttser.

„Dein Sohn", knurrte Gart. „Seine Wut ermöglichte uns den Durchbruch."

Huttser blieb kaum Zeit, Kar zu begrüßen, er stürzte sich mit den anderen auf die Balkar vor der Brücke. Er schnappte nach rechts und links, Kar war dicht an seiner Seite. Der Bär versetzte Tsarr einen Hieb und streckte ihn zu Boden. Tsarrs Flanke war aufgerissen. Doch selbst bei seinem Sturz merkten sie, dass etwas Seltsames geschah. Einige Balkar zogen sich zurück. Kläglich jaulend wie verlorene Welpen schwankten sie nach rechts und links. Andere Nachtjäger kämpften weiter. Tsarr kam wieder auf die Beine, aus seiner Flanke tropfte Blut.

„Kämpf dich zu Palla durch, Vater!", schrie Kar. „Wir halten sie auf."

Kar und die Rebellen stürzten sich wieder in den Kampf. Huttser sah, dass der Weg über die Brücke frei war, und rannte hinüber. Trotz der klaffenden Wunde konnte Tsarr ihm folgen. Das plötzliche Auftauchen der Rebellen hatte Slavka abgelenkt, von Zweifeln geplagt stand sie neben Palla am Altar.

Morgra knurrte erbittert, als sie Huttser und hinter ihm Tsarr auf sich zukommen sah. „Du!", zischte sie und funkelte Tsarr zornig an.

„Ich bin seinetwegen gekommen, Morgra", sagte Tsarr kalt und lief weiter, „wegen des Menschenjungen."

Über ihnen kreischte Skart. Slavka blickte wie gelähmt zwischen Morgra und den Rebellen hin und her.

Huttser erreichte Palla, doch auch sie starrte ihn mit leerem Blick an. „Huttser", keuchte sie schließlich und taumelte auf ihn zu, „Huttser."

„Es ist vorbei, Palla. Du bist in Sicherheit."

„Nein, Huttser. Fel lebt. Er ist hier. Er ist Wolfbane!"

Huttser blieb kaum Zeit, Pallas Worte zu begreifen, denn Tsarr hatte die Statue erreicht. Die steinerne Wölfin, die auf ewig die Kinder säugte, ragte über dem Menschenjungen auf. Morgra verfolgte alles mit brennendem Hass, doch als Tsarr sich dem Kind näherte, begannen ihre Augen zu glitzern. Blut. Das Blut aus Tsarrs Wunde tropfte auf den Altar.

„Jetzt!", heulte Morgra. „Jetzt fängt es an!"

Huttser und Palla hörten nicht einmal ihren Schrei. Sie sahen sich nur hilflos an.

„Fel. Wo ist er, Palla? Wo ist mein Sohn?"

Tsarr hatte gesehen, was geschah, und warf sich zu Morgra herum. Mit der Macht ihrer Gedanken gab Morgra Slavka einen stummen Befehl. Slavka stürzte vor und grub die Zähne in Tsarrs Hals. Geschwächt vom Kampf und seiner Wunde hatte der alte Wolf so gut wie keine Chance. Er stürzte zu Boden, und Slavka hielt ihn fest, ihre Zähne gruben sich tiefer und tiefer. Der Altar war bereits nass von seinem Blut, seine Schnauze lag dicht bei Bran. Huttser und Palla wollten Tsarr zu Hilfe eilen, doch sie spürten, wie die Luft erbebte.

Morgra starrte das Kind gierig an und spürte eine brodelnde Energie, die ihre Macht anschwellen ließ. Huttser und Palla sprangen vor, doch auf einmal konnten sie sich nicht mehr rühren. Die Gedanken hatten sich in pure Energie verwandelt, und Morgras Hass war zu einem lebendigen Wesen geworden.

„Jetzt!", knurrte sie.

Als wären Huttser und Palla durch Morgras bloße Willenskraft in Statuen verwandelt worden! Auf der anderen Seite der Brücke spürten auch die Rebellen und die Balkar ihre Macht. Die Nachtjäger hatten aufgehört zu kämpfen und rührten sich nicht mehr. Die Krähen und Raben saßen wieder auf den Statuen. Nur Skart zog noch seine Kreise, denn aus irgendeinem Grund konnte Morgra dieses Geschöpf des Windes und der Luft nicht erreichen.

„Gart!", rief Kar bei den Rebellen auf der anderen Seite der Schlucht. „Was ist los? Ich kann mich nicht mehr bewegen!"

Noch während er sprach, begannen die Wölfe zu zittern. Überall erschienen silberne Geister. Scharenweise kehrten die Suchenden zurück. Sie schienen aus dem Nichts zu kommen. Ein Heer aus Schatten materialisierte sich über dem Berg. Dort standen sie und warteten wie schimmernde Wachen der Ewigkeit und beurteilten das, was sie sahen.

Skart kreischte, als er die Suchenden und den Mond sah. Er war so rund wie die Sonne. Huttser und Palla suchten mit den Augen nach Kar, doch sie konnten sich immer noch nicht rühren. Morgra hob den Kopf und heulte. Doch selbst jetzt empfanden Huttser und Palla keine Angst, sondern nur Staunen.

„Sieh doch", keuchte Huttser, „es ist wahr!"

Palla meinte, das Herz müsste ihr zerspringen.

Zwei Gestalten kamen zwischen den Suchenden auf sie zu. Seite an Seite. Die eine weiß, die andere schwarz. Unter Skarts kreisendem Schatten waren sie die Einzigen, die sich zwischen den uralten Steinen bewegten. Ihr Fell glänzte im Mondlicht. Larka und Fel kamen zusammen zur Brücke.

17
Vergangenheit und Zukunft

Ich wurde zum Tod, dem Zerstörer der Welten.

J. Robert Oppenheimer mit einem Zitat aus der *Bhagavadgita*

Sprachlos beobachteten Huttser und Palla ihre Kinder. Doch mit der Freude kamen auch Angst und bohrende Fragen. Sie konnten sich nicht bewegen, doch ihre müden, erstaunten Augen blickten fragend in die Nacht.
„So, Larka", bellte Morgra spöttisch über die Schlucht. „endlich ist Wolfbane zum Vorschein gekommen."
Die Balkar zitterten, doch als sie den schwarzen Wolf und die weiße Wölfin an seiner Seite betrachteten, schienen sie langsam aus ihrer Trance zu erwachen.
„Ich bin nicht Wolfbane", knurrte Fel. „Ich habe meiner Schwester geholfen, die dritte Fähigkeit der Gabe zu beherrschen. Wir sind wieder eine Familie. Die Familie, die das Böse bekämpft."
Als Kar ihn so reden hörte und Larka und ihren toten Bruder sah, fühlte er sich in die Höhle seiner Kindheit zu-

rückversetzt. Er war wieder in einer Welt voller Träume und Albträume.

„Komm zu mir, Fel", flüsterte Morgra, „komm zurück zu mir. Ich liebe dich, mein Kind."

Fel macht einen Schritt nach vorn, doch dann begann der schwarze Wolf wild zu knurren. „Lügnerin! Es gibt nichts Schrecklicheres, nichts Böseres, als etwas zu hassen und es Liebe zu nennen."

„Das spielt keine Rolle", antwortete Morgra spöttisch, „deine Familie ist zu spät gekommen. Spürst du es nicht, Fel? Der Mond hat seinen Höchststand erreicht. Jetzt, Larka, wirst du dich wirklich mit deinem Bruder vereinen, und zwar in meinem Dienst."

Morgra richtete ihre Gedanken auf sie, und Larka und Fel wurden zur Seite geschleudert. Sie rappelten sich wieder auf, aber ihre Glieder fühlten sich schrecklich schwach an, als würden sie durch einen Sumpf voller Schlingpflanzen waten. Larka versuchte sich zu konzentrieren, doch sie hörte nur Morgras Stimme in ihrem Kopf.

„Dunkelheit. Das konntest du nie verstehen. Das ist Macht. Ruhm."

„Hilf mir, Fel!"

Ihr Bruder zitterte heftig neben ihr. „Ich kann nicht, Larka. Sie wird mich zurückholen. Fühlst du nicht ihre Macht? Sie wächst wie eine Sturmwolke."

Larka und Fel waren schon fast bei der Schlucht angelangt, doch Fel blieb stehen. Seine Willenskraft verließ ihn.

„Richte deine Gedanken auf mich, Fel", rief Larka und mühte sich weiter vorwärts. „Nutze die dritte Fähigkeit, um Morgras Gedanken abzuwehren. Lass der Energie deiner Wut freien Lauf. Du hast ein Recht darauf. Meine Liebe wird dich beschützen."

Doch als Larka auf Kar und die Brücke blickte, auf der sie ihr eigenes Schicksal vorhergesehen hatte, war auch sie unfähig, sich zu rühren. Voller Trauer stand sie zwischen den Schatten aus der Vergangenheit. Fel konzentrierte sich auf seine Schwester und versuchte, ihr seine Energie zu geben. Er blickte über den Abgrund zu seinen Eltern, die neben Morgra standen. Mit einem Mal spürte Fel glühenden Hass. Eine furchtbare Wut auf die Wölfin, die ihn so lange angelogen und beherrscht hatte, überkam ihn. Sie hatte ihn so furchtbare Dinge tun lassen! Sie hatte ihm die Welt nur durch ihre Augen gezeigt und sie nach ihrem Bild geschaffen. Larka spürte, wie die Wut ihres Bruders ihre Seele beben ließ.

Dann war sie frei. Sie sprang auf die alte Brücke. Als sie den Abgrund voller spitzer Felsen unter sich sah, überkam sie wieder die Angst. Morgra hielt sie erneut fest. Alle würden Zeuge sein, alle würden ihren Tod sehen. Larkas Läufe schmerzten, sie konnte kaum stehen. Morgras Wille schien die ganze Welt auszufüllen.

Larka blickte zum runden, vollen Mond. „Wir sind verloren", bibberte sie. „Morgra hat gesiegt."

Plötzlich hörte sie über ihrem Kopf ein Flügelschlagen.

„Das Kind!", schrie Skart und kreiste über ihr. „Die Gabe ist der Schlüssel."

„Skart", knurrte Larka wütend und verzweifelt, denn sie fühlte sich bitter verraten. „Du wusstest es, nicht wahr? Du wusstest von Fel."

„Ja, Larka!", rief der Vogel nervös. „Ich besuchte Tsinga,

bevor die Balkar sie töteten, und sie sagte mir, was sie gesehen hatte."

„Aber warum hast du mich nicht gewarnt?"

„Wärst du hierhergekommen, Larka", fragte Skart schuldbewusst, „wenn du die Wahrheit gekannt hättest? Wärst du dazu in der Lage gewesen?"

„Aber Skart ..."

„Larka, blicke in seine Seele!"

„Aber das älteste Gesetz!", kläffte Larka. „Du hast gesagt –"

„Du musst!", rief Skart und flog auf. „Der Mensch-Varg. Besser du als sie."

Larka blickte zu dem kleinen Menschen auf dem Altar. Ihre Augen trafen sich. Aber nichts geschah.

„Nein!", rief Skart. „Schau auf die Mitte seiner Stirn."

Der Mond, der die Sonne auf der anderen Seite der Erde spiegelte, schien auf die Wölfe und die seltsame Statue, die über dem Kind aufragte. Doch etwas hatte sich wie ein dunkler Schleier zwischen Larka und Bran geschoben. Larkas Blick verschwamm. Sie wusste, dass Morgras Wille sich nach der Seele des Kindes ausstreckte und sie beiseite schob. Larka spürte Morgras Energie, ihre Wut, ihren Hass und ihre Dunkelheit, und sie wusste, dass sie nicht stark genug war. Ihr Mut und ihre Liebe genügten nicht, um Morgra zu besiegen.

Doch da hörte die weiße Wölfin eine andere Stimme. In der Dunkelheit drang sie zu Larka, schwach, ängstlich und körperlos. „Larka, ich war auf einer schrecklichen Reise. Aber du hast mich zurückgebracht, Larka."

Es war wahr. Als Fel in der Kammer mit Larka gerungen hatte, war die Gabe über ihn gekommen, aber nicht so, wie Morgra sie ihm gezeigt und dabei seine Seele blind gemacht hatte. Beim Kampf mit Larka waren Visionen in seinem Kopf aufgeblitzt, als ob seine Augen sich noch einmal öffneten. Ihm war klar geworden, dass es nicht das Schlimmste war, den Körper zu töten, sondern die Seele mit Hass und Lügen zu verstümmeln und schließlich auszulöschen, Herz und Seele zu töten, obwohl diese doch frei sein müssen.

Fel hatte gesehen, wie Vargwelpen auf einer Wiese spielten und wie Kar neben ihm schlief. Er hatte wunderbare Bäume gesehen und ein riesiges glitzerndes Flussdelta mit Scharen von Vögeln. Er hatte einen Wolf gesehen, der neben einem Lamm lag. Dann war Fel plötzlich durch die klare Luft geflogen, er war lebendig und frei von Schuld, die Wolken zogen unter ihm dahin und unter einer Decke aus Luft schlief die Erde. Befreit von Sinn oder Urteil, friedlich und ahnungslos.

„Fel", flüsterte Larka zärtlich. „Hilf mir, Fel. Jetzt brauche ich deine Dunkelheit, deine Wut."

Larka spürte die Wucht von Fels Wut und ihre eigene Liebe zu ihm. Der Nebel lichtete sich. Alles, was Fel zugestoßen war, alles, was er hatte durchmachen müssen, half Larka, Morgra zurückzudrängen. Sie sah jetzt wieder deutlich das Kind. Und plötzlich geschah es.

Larka stand nicht mehr auf der Brücke, sondern neben der Statue der Wölfin. Verwundert sah sie an sich hinunter, denn aus ihren Pfoten waren winzige Hände geworden. Sie blinzelte überrascht und blickte zur Brücke. Dort stand ihr Wolfskörper, und auf der anderen Seite des Abgrunds standen Kar und die Balkar. Obwohl Larka Kar kannte, fühlte sie sich seltsam losgelöst von ihm, sie betrachtete alles mit einer merkwürdigen Distanz, auch ihre Eltern und Morgra.

Ihre Sehkraft hatte sich nicht sonderlich verändert, nur die Umrisse in der Ferne waren klarer. Allerdings schien auch die Dunkelheit undurchdringlicher. Doch diese Eindrücke waren nicht für Larkas merkwürdige Gefühle verantwortlich. Es war die pulsierende Energie in ihrem Kopf. Mit ihr verband sich eine neue Klarheit, gleichzeitig musste Larka aber auch feststellen, dass ihre anderen Sinne, ihr Gehör und ihr Geruchssinn sich verändert hatten. Sie waren schwächer, als ob eine Wand zwischen sie und die Welt der Instinkte getreten wäre.

Larka fühlte sich abgeschnitten und isoliert, und dabei pochte ihr Verstand vor Verlangen. Er schien in ihrem Kopf anzuschwellen, als würde der Verlust ihrer anderen Sinne die Energie übers Rückgrat in ihren Kopf treiben. In diesem Augenblick wusste sie, dass die stärkste Verbindung zur Umwelt die Augen waren. Sie wollte alles aufnehmen, immer mehr sehen. Alles verstehen.

Noch eine andere Kraft beherrschte ihr Sein: Der Überlebenswille des freien Wolfes. Erstaunt stellte Larka fest, dass er um das Zehnfache gewachsen war. Tsarr hatte Unrecht. Der Überlebensinstinkt des Kindes war nicht nur so stark wie der des Wolfs, sondern weitaus stärker.

Mit einem Mal fühlte Larka ein starkes Überlegenheitsgefühl gegenüber allem und jedem in ihrer Umgebung. Gegenüber den Wölfen, Geistern und den Steinen, in die Menschen vor langer Zeit die Formen von Körpern gehauen hatten. Sie wollte alles kennen und beherrschen. Ihren Instinkt zum Willen machen und diesen Willen in Macht umformen.

„Dann tu es", flüsterte eine kalte, körperlose Stimme. In ihr lag Neid, aber auch Sehnsucht. Es war Morgra.

„Zeig uns allen die Vision, Larka. Denn sie ist dein. Du bist der Mensch-Varg."

„Nein!" Larka zitterte. Doch ihre Gedanken streckten sich bereits nach der Macht der Gabe, untersuchten die Geschöpfe in ihrer Umgebung. Sie wollte Wissen. Das ganze Wissen.

„Schaut", flüsterte sie. „Schaut."

Larka wusste, dass alle zusahen, denn die Seele des Mensch-Varg war über sie gekommen. Morgra sah die Vision, ihre Familie, Skart und Slavka und die Balkar, die Aasfresser, die auf den Ruinen warteten, die Suchenden, die Wachen, die am Pass unterhalb von Harja ihre Wunden leckten, und auch die Rebellen. Selbst in den Bäumen und Hecken, in den Gewässern und Erdhöhlen sah es die Lera. Im Delta, dem großen Versammlungsort der Vögel, sahen fünftausend Vögel die Vision. Ihre Augen waren eins.

Die Natur selbst war Zeugin. In diesem Moment hörten die Tiere auf, einander und auch sich selbst zu bekämpfen, und blickten auf.

Dann kam die Vision. Zuerst war ein Meer zu sehen, und aus dem Wasser krochen seltsame Fische auf ihren Stummelflossen. Dann wurden aus den Flossen Füße, und die Geschöpfe verteilten sich übers Land. Wälder wuchsen. Unter den riesigen Ästen flogen gigantische Motten und riesige ledrige Vögel. Auch andere enorme Geschöpfe waren zu sehen, sie stampften über die Erde, bekämpften einander und fraßen sich gegenseitig auf. An ihnen war eine so schreckliche Wildheit und eine so grenzenlose Fürsorge für ihre eigenen Jungen, dass die ganze Erde darunter zu zittern schien.

Und dann bebte die Erde tatsächlich. Vulkane spien riesige Feuerfontänen, der Boden bebte und Spalten öffneten sich. Durch die Luft kamen Dinge geflogen, sie schienen direkt aus dem Himmel zu kommen. Sie brausten dahin und wirbelten riesige Staubwolken auf, die die Sonne verdunkelten. Die riesigen Geschöpfe schauderten und starben. Kleinere Tiere unter ihnen überlebten jedoch. Im Wald machten sich kleine Säugetiere an die Arbeit. Sie sprangen aus der Deckung des Waldes in die Ebene. Dort sahen sie Rinder aufgeschreckt umherrennen und große gefleckte Pferde, die ihre Hälse nach den Blättern der Bäume reckten.

Die Sonne brannte auf sie herab, und ihre Wucht war auch die Wucht der Tiere. Und dazwischen regte sich ein einzelnes Geschöpf im Staub.

Zuerst hockte es da, sein Rücken war mit Haaren bedeckt wie das Fell eines Wolfs. Doch in seiner Pfote hielt es eine Keule. Die Tiere sahen zu, wie es sich auf die Hinterbeine erhob. Immer aufrechter stand es da und veränderte sich allmählich. Die Haare am Körper fielen aus, und der Kopf hob sich höher und höher. Als sich das Geschöpf umblickte, rannten die Lera in seiner Umgebung entsetzt vor seinem wütenden Blick davon.

Während sich das einstige Tier verwandelte und nun verändert vor ihnen stand, wusste Larka mit einem Mal, was sie da sahen.

„Das ist das große Geheimnis", keuchte sie, „du bist auch ein Lera."

Vor ihnen stand ein Mensch. Das Geheimnis hatte sich in

der Vision aus der Vorzeit offenbart. Die Herkunft und der Aufstieg des Menschen.

„Also ist der Mensch auch ein Lera", zischte Morgra.

„Ich wusste es, Larka. Aber er ist mehr als ein Lera, denn nur er kann verstehen und herrschen. Der Mensch ist der Gestaltwandler, Larka. Der Mensch ist Wolfbane. Deswegen müssen die Tiere ihm dienen und seine Sklaven sein."

„Nein", flüsterte Larka staunend, „wir sind alle Gestaltwandler."

Die Vision ging weiter, ohne dass Larka oder die anderen Tiere sie beeinflussen konnten. Sie waren hilflose Zeugen bei der Geburt des Menschen. Nun bückte er sich und hob etwas mit der Hand auf. Es war ein Ast, an dessen Spitze die brennende Luft des Menschen flackerte. Mit dem blitzenden Feuer und dem Menschen, der den Ast wie ein Schwert führte, begann sich erneut alles zu verändern.

„*Im Geiste des Mensch-Varg*", zischte Morgra, „*wer wird dann frei sein?*"

Steine erhoben sich zu riesigen Bauten, sie wurden immer zahlreicher und breiteten sich auf der Ebene aus. Es gab darunter schöne und mit großem Geschick errichtete Gebäude, doch die Wälder fielen ihnen zum Opfer. Die Erde selbst bebte unter der Tätigkeit des Menschen, wie auch die ganze Natur vor ihm zurückwich. Der Mensch war überall, er breitete sich aus, er paarte sich und pflanzte sich fort, erfüllt von demselben Überlebenswillen, der jedes Lebewesen beherrschte, doch von Machtgelüsten getrieben, die nicht einmal die Tiere verstehen konnten. Einige Menschen weinten und schluchzten, andere fauchten vor Angst und Wut. Alle blickten zum Himmel und wollten wissen, wer sie waren, woher sie kamen und wohin sie gingen. Larka empfand großes Mitleid mit ihnen.

Doch Zorn und Hunger des Menschen waren so unbarmherzig wie die Sonne. Der Mensch wandte seine Wut gegen seine eigene Art, manchmal mit so abstoßender Grausamkeit, dass er nichts als ein Ungeheuer zu sein schien. Überall kämpften die Menschen mit ihrer brennenden Luft, aber nicht nur, um zu jagen, zu essen und zu überleben, sondern auch, um zu erkennen, um Licht in die Dunkelheit zu bringen, die Nacht, den Himmel und die Zukunft zu erleuchten.

„Nein", keuchte Larka, „nein!"

„Zeig es uns, Larka", knurrte Morgra. „Du hast die Vergangenheit gesehen. Willst du nun nicht wissen, was die Zukunft bringt?"

Larka blickte durch die Augen des Kindes zum Mond und zu den Sternen und wusste plötzlich, dass die Geschichten über den Mond eine Lüge waren.

Die Geschichten von Tor und Fenris und Wolfbane waren erfunden. Mit diesem Wissen kam ein Gefühl der Befreiung.

Larka wollte reisen, in die Nacht hinausfliegen wie ein Vogel, wie Skart, sie wollte immer weiter ziehen, am Mond und an der Sonne vorbei. Wie die klaren, unbeirrbaren Pfotenabdrücke des jagenden Wolfes. Ein Gedankenpfeil, den der Bogen des menschlichen Geistes in die Unendlichkeit geschickt hatte. Jenseits von Licht und Dunkel, von Liebe und Hass in die Ewigkeit.

Larka musste wieder an die Spinne denken, daran, dass

sie mit der Macht dieses Denkens nicht nur in die Sterne blicken konnte, sondern auch nach unten und in die kleinsten Lebewesen hinein. Sie konnte sogar noch weiter sehen. Sie konnte ins Wasser schauen und die winzigsten Fische sehen. Auf deren Rücken wiederum konnte sie die Mikroben und Bakterien erkennen, die sich vom großen Kadaver des Seins nährten. Beim Betrachten dieser winzigen, sich krümmenden Formen konnte sie sogar noch weiter blicken, in die Zellen und Atome, aus denen sie bestanden.

Die winzigen Atome waren wie Sterne, wie sehende Planeten, die sich um die Sonne drehen.

Larka wollte sie erreichen, mit ihren Pfoten danach greifen, diese Miniaturwelten in der Hand halten, die Kraft kontrollieren, die das Leben in eine Form und Bedeutung zwang.

„Das ist die wahre Freiheit!", rief sie.

Dann stand Larkas Denken in Flammen. Es loderte vor Macht, Stärke und List, und sie wusste, dass der Mensch nicht nur zuschauen, sondern eines Tages versuchen würde, die Energie zu beherrschen, die in allem ruhte, und die Macht, die der Gabe selbst Kraft verlieh.

Plötzlich sahen die Tiere eine merkwürdige Metallsäule, die in einer Wüste glänzte. Sie erhob sich hoch wie eine Kiefer, ihre Mitte wahr hohl. An ihrer Spitze hing eine Metallkugel, so rund wie die Sonne. Nur Larka wusste, was das war. Der Mensch hatte es mit seiner Klugheit und seiner Erfindungsgabe als Kriegsinstrument ersonnen. Wie seine Schwerter und Pfeile hatten seine Hände diese schreckliche Waffe hergestellt. Die Tiere sahen, wie die merkwürdige Kugel fiel.

„Die Gabe", zitterte Larka. „Die Gabe ist leibhaftig geworden."

Die Erde blitzte auf, ein Lichtblitz, der heller war als die Sonne. Die Luft selbst schien zu brennen. Eine Welle flüssiger Hitze fegte über alles hinweg. Die Menschen, die Lera, ja sogar die Steine in ihrer Reichweite gingen in Flammen auf und wurden von der Energie verzehrt, die Larka im Kern der Erde eingeschlossen gesehen hatte, die Energie, die sie durch die Kraft der Gabe gespürt hatte. Das Bild der Verwüstung war von einer Aura umgeben, doch es waren nicht die lebhaften Farben von Angst und Hunger, Hass oder Liebe, die Larka bei der Lera wahrgenommen hatte, sondern ein kränkliches Leuchten.

Doch die Vision war noch nicht zu Ende. Die Tiere erkannten, dass sich der Mensch mit seiner Macht noch nicht selbst vernichtet hatte. Die Menschen kämpften ums Überleben, und ihre Klugheit brachte ihnen Erfolg. Ihre Bauten breiteten sich wieder aus, und neue Fabriken entstanden. Die Welt wurde von einem Licht erhellt, das direkt aus dem Blitz zu stammen schien. Friede war offenbar über die Menschen gekommen, doch in diesem Frieden erkannten die schauenden Lera eine schreckliche Wahrheit.

Die Welt selbst litt. Die Erde um sie herum war schwarz und ausgelaugt. Wälder wurden von Maschinen abgeholzt, das Meer war schwarz und verschmutzt. Rauch und Feuer stiegen unaufhörlich in die Luft.

„Die Elemente", flüsterte Larka, „was machen sie? Tsarr hatte Recht. Die Menschen verlieren den Kontakt zu dem, was sie sind. Sie vergessen ihre Instinkte."

Selbst die Luft hatte sich verändert. Über der Vision

schien der Himmel dünner, und die Hitze der Sonne war stärker. Die Sonne schien mit gnadenloser Wucht. Plötzlich sahen die Tiere große Eisberge. Vor ihnen erhoben sich Wände aus blauer Kälte, rein, wunderbar und schön. Doch dann brachen große Eisstücke ab und fielen ins Meer. Der Pegel der Meere begann zu steigen, weil die Eiskappen schmolzen und die Luft dünner und dünner wurde. Schreckliche Stürme tobten. Das Meer überflutete das Land; Blumen, Bäume und Tiere verschwanden. Als alles, was Larka liebte, ja selbst der Mensch verschwunden war, breitete sich eine schreckliche Kälte auf der Erde aus. Wieder kam das Eis, doch dieses Mal war es überall.

„Das fünfte Element", japste Larka. „Der Mensch wird versuchen, die Elemente zu beherrschen, bis die Elemente ihn beherrschen. Das ist wirklich Wolfbanes Winter."

Wieder hörte Larka eine Stimme: Morgra. „Jetzt, nachdem du gesehen hast, bist du wirklich frei, Larka. Du kannst tun, was du willst. Denn wie könntest du nach allem noch treu sein? Wen könntest du lieben? Wem die Treue halten? Doch nur der Vernichtung und der Macht."

Während sie dies hörte, spürte Larka Morgras Gedanken. Sie wusste, dass sie die alte Wölfin beherrschen konnte, sie konnte alle beherrschen. Durch das Kind konnte der Mensch-Varg die ganze Lera mit der Gabe beherrschen und sich untertan machen. Doch das Wissen brachte nur Schrecken. Larka kannte das Geheimnis um die Freiheit des Menschen und damit auch seine Macht – doch sie hatte gesehen, dass es nur den Tod der Natur selbst brachte.

„Wenn das Freiheit ist, dann will ich sie nicht", rief sie kläglich. „Ich bin doch nur ein Wolf."

„Du willst sie nicht?", knurrten Morgras Gedanken. „Es ist zu spät. Du hast die Lera berührt. Die Falle ist zugeschnappt. Du bist die größte Putnar, die die Welt je gesehen hat."

„Der Mensch", flüsterte Larka bitter. „Wenn ich ihn nicht aufhalte, wird er alles vernichten."

„Und weil am Ende der Reise nur der Tod wartet", schrie Morgra triumphierend, „und zwar nicht nur unser aller Tod, sondern der Tod von allem Existierenden, musst du die Macht annehmen, Larka. Räche dich an den Lera. Räche dich für die Qual des Lebens, wie es der Mensch stets getan hat, denn er hasst seine Vergangenheit und seine Zukunft."

„Nein."

Morgra brach in Gelächter aus. Ihr Lachen schien den Berg zu erschüttern. „Aber du hast uns seine Vergangenheit gezeigt, Larka, und auch unsere Vergangenheit und Zukunft. Was bleibt da noch?"

Larka spürte plötzlich eine Welle der Hoffnung, denn sie erinnerte sich, was sie auf der roten Wiese erfahren hatte. Larka schob Morgras Gedanken beiseite. „Nein, vielleicht wird diese Zukunft nie eintreten. Denn ich war bei den Suchenden, und das kann die Zukunft verändern – die Zukunft kann sich ändern. Es muss Hoffnung geben."

„Dann führe uns gegen sie", zischte Morgra unvermittelt, „führe die Lera gegen die Menschen und vernichte sie. Befreie die Erde von ihnen."

Larka war wie gelähmt. Einen Augenblick lang brachte

sie Morgras Idee in Versuchung. Doch dann erinnerte sie sich an ihre Reise mit dem kleinen Bran und auch an das Geheimnis, das sie gemeinsam erfahren hatten. Sie sah wieder eine Eiswand vor sich und darin festgefroren winzige Algen wie damals in dem zugefrorenen Fluss.

„Das stille Element", flüsterte sie, „das alles in sich birgt." Sie hob den Kopf und schrie: „Nein, Morgra, das Leben ist heilig. Der Mensch und die Lera brauchen einander zum Überleben. Der Mensch stammt vielleicht von der Lera ab, aber er hat einen Verstand entwickelt, den die Lera in ihrer jetzigen Form nur erahnen kann. Er kann lernen und sich wirklich erinnern. Vielleicht wird er die Antwort finden, die wir alle suchen."

Die weiße Wölfin schloss die Augen und machte ihren Kopf frei.

Plötzlich war sie wieder auf der Brücke. Morgra auf der anderen Seite wandte sich dem Kind zu.

„Zurück!", bellte Larka wild. „Zurück, Morgra!"

Morgra wusste, dass sie geschlagen war. Über ihnen hatte der große Mond seinen Zenit überschritten. Plötzlich fühlte sie sich alt und schwach, als würde sie zusammenschrumpfen. Die alte Wölfin ließ sich vor der Statue auf die Pfoten fallen. Huttser und Palla konnten sich wieder bewegen.

„Schnell!", schrie Larka. „Mutter, Vater, bringt mir das Kind!"

Huttser wandte sich zur Statue. Slavka stand über dem Kind. Ihre Blicke trafen sich. „Hast du noch nicht genug Unheil angerichtet?", flüsterte Huttser.

Huttsers Wut hielt Slavka fest. Doch er meinte, er sehe noch etwas anderes in ihrem Blick – Scham. Huttser kauerte sich neben das Menschenjunge. Das verängstigte Kind war froh für jeden Trost, außerdem erkannte es Huttsers Geruch. Es kletterte auf Huttsers Rücken.

„Komm", sagte Larka ruhig, und ihre Stimme hallte im Abgrund. „Bring es über die Schlucht. Ich werde dich beschützen."

Schweigend trotteten Huttser und Palla über die Brücke. Das Kind ritt auf Huttsers Rücken, während sie zwischen den Suchenden hindurchschritten, und wurde über den Abgrund in Sicherheit gebracht.

„Slavka!", rief Larka, während ihre Eltern an Slavkas Flanken vorbeistrichen. „Slavka! Schließ dich uns an, Schwester."

Als sich die beiden wieder wie Zwillinge gegenüberstanden, knurrte die Anführerin der Rebellen schuldbewusst und zog sich zurück.

Vor der Statue hob Morgra den Kopf. „So, Larka, was willst du mit deiner Macht tun?"

Larka stellte die Ohren. „Nichts, Morgra."

„Du wirst mich sicher töten."

„Nein, Morgra, ich werde dich nicht töten."

„Aber du hast gesiegt", knurrte Morgra voller Wut und Verwirrung, „so lautet das Gesetz. Du hast Anspruch auf die Beute."

„Hast du denn überhaupt nichts gelernt? Hast du nicht verstanden, dass wir vergeben und Mitleid zeigen müssen? Ich will die Macht des Menschen nicht, Morgra. Ich bin nur ein Wolf."

„Aber denk an die Macht, alle zu versklaven."

„Das Geheimnis des alten Gedichts", knurrte Larka. „Du dachtest, man könnte damit die Lera versklaven. Aber es ist eine Frage, Morgra, keine Antwort. *Im Geiste des Mensch-Varg, wer wird dann frei sein?"*

Morgra knurrte.

„Ich kann dir die Antwort geben, Morgra. Wer sich für die Freiheit entscheidet, wird frei sein, genauso wie diejenigen, die mit der Gabe ihren eigenen Weg finden müssen. So, wie ich ihn jetzt wähle. Das Geheimnis soll uns nicht versklaven, es soll uns helfen, dem Menschen wie auch der Lera. Die Seele des Menschen ist auf dem Weg in die Freiheit, wenn er sich nicht zuvor selbst vernichtet. Und die Vision – wenn wir daraus lernen, kann der Mensch es auch. Die Wölfe und die ganze Lera sind vom Mensch-Varg befreit. Es ist vorbei."

Larka wandte sich an die Suchenden. „Geht!", rief sie mit dröhnender Stimme, „denn die Vergangenheit ist vergangen, und wir müssen jetzt in die Zukunft blicken. Oder auf die Gegenwart als Wölfe. Die Pfade des Todes sind verschlossen."

Die silbernen Geister neigten unterwürfig die Köpfe, sie wurden schwächer und immer durchscheinender, bis sie schließlich in der Nacht verschwanden.

„Du glaubst, du könntest Dunkelheit in Licht verwandeln", rief Morgra plötzlich, denn als Larka sich umgewandt hatte, merkte Morgra, dass sie sich wieder bewegen konnte. „Dass du das Gesetz des Lebens ändern kannst, das Gesetz der Macht und des Überlebens? Aber du hast nicht gesiegt, Larka. Du wirst niemals siegen. Es wird immer jemanden wie mich geben, der gegen dich kämpft und dich hasst. Solange die Menschen ihre Bauten errichten. Für immer!"

Morgra sprang vor und war in wenigen Augenblicken auf

der Brücke. Über dem Abgrund standen sich Larka und Morgra nun Auge in Auge gegenüber.

„Du!", knurrte Morgra verbittert. „Du!"

Larka wusste, dass sie Morgra mit einem einzigen Gedanken in den Abgrund schleudern konnte. Aber sie wollte ihre Kraft nicht einsetzen. Sie konnte es nicht. Nicht nach der Vision, die so schreckliche Macht gebracht hatte. Sie wollte unbeschwert mit Kar umherziehen und Welpen haben. Aber wenn sie kämpfen musste, dann musste sie jetzt als Wolf kämpfen.

„Du glaubst, du bist das Böse und die Dunkelheit, Morgra", flüsterte Larka verächtlich. „Aber nicht einmal du bist böse. Nur deine Taten sind böse, weil du damit die Dunkelheit über das Licht heben, weil du verkrüppeln und verstümmeln willst. Aber die wahre Macht der Gabe, Morgra, ist heilen."

Morgra lehnte sich vor. „Was sie mir angetan haben", knurrte sie. „Das Rudel deiner Mutter."

„Es war falsch, sie hatten Unrecht. Aber willst du deswegen die Welt für immer in Hass, Dunkelheit und Schuld stürzen wie eine schreckliche Geschichte, der sich niemand entziehen kann?"

„Sie haben mich verraten. Der Wolf ist der Verräter."

„Weißt du denn immer noch nicht, wer in Wirklichkeit der Verräter ist?", knurrte Larka. „Hass ist der Betrüger, Morgra, denn er nährt sich selbst. Hass und seine Mutter, die Angst."

Aber Morgras Augen brannten. Larka wusste mit einem Mal, dass es so sein musste, so gewiss wie der Wolf jagen und kämpfen und leben muss, so gewiss wie der Mensch kämpfen muss. Morgra riss die Fänge auf und sprang.

Larka richtete sich auf und warf sich ihr entgegen. Hoch über dem Abgrund kämpften sie auf der Brücke, genau so, wie es Larka im Wasser vorhergesehen hatte. Sie wirbelten wild umher. Larka drängte Morgra zurück zu den Rebellen und ihren Eltern.

Kar stand dicht bei Fel und zitterte. Huttser und Palla standen daneben, das Kind saß zwischen ihnen. Kars Herz raste, denn die Wölfinnen gerieten bei ihrem Kampf immer näher an den Abgrund.

Dann spürten sie es. Es kam tief aus dem Inneren der Erde, als ob die ganze Welt vor Wut beben würde. Das Beben war stärker als zuvor. Der Boden unter ihnen bewegte sich. Die Statuen und Steinbäume begannen zu schwanken und kippten um. Mit enormem Geflatter schwangen sich die erschrockenen Vögel in die Luft. Der ganze Berg war in Bewegung geraten, er bebte und ließ die uralte Stadt, die so alt war wie der Wald, zu Staub zerfallen. Auch die Steine der Brückenpfeiler lösten sich aus ihrer Verankerung – wie Larka es vorhergesehen hatte. Einer nach dem anderen stürzten sie in die Tiefe.

„Larka!", schrie Kar entsetzt.

„Hilf ihr!", keuchte Palla.

Morgra glitt nach hinten und stürzte fast. Larka sah, wie sich die Steine unter ihnen lösten. In ihr stieg eine Wut hoch, die dem Berg zu antworten schien.

Wenn wir wirklich frei sind, schrien ihre Gedanken, wenn wir wirklich die Zukunft beeinflussen können, warum muss ich dann dieses Opfer bringen? Habe ich nicht auch eine Wahl? Habe ich nicht auch das Recht, zu leben und glücklich zu sein? Warum sollte ich mich von einer Legende beherrschen lassen?

Larka sah auf. Hinter Morgra sah sie einen schmalen Sims in der Bergflanke.

Nein, flüsterten ihre Gedanken traurig, denn um einander wirklich zu lieben, müssen die Wölfe zuerst erkennen. Sie müssen das Leiden verstehen. Deswegen heißt es in den Geschichten, dass Tor Sita auf die Welt schickte. Um der Liebe willen.

Dennoch regte sich immer noch etwas in Larka. Freiheit. Die Freiheit Wolfbanes, als er wegen seiner Rebellion aus dem Himmel auf die Erde geschleudert wurde – die Freiheit des Menschen, der lebenden Tiere und die Freiheit des unbezähmbaren Wolfs.

„Eine Geschichte!", schrie sie, „Ist es nur eine Geschichte?"

Die kleine Familie sah wie gelähmt zu. Plötzlich stürzte die ganze Brücke ein. Die Steine fielen, und Larka sprang.

Ihre Pfoten streckten sich nach dem Sims. Die Wölfe sahen ihr mit angehaltenem Atem zu. Die Zeit schien still zu stehen. So, wie sich ein winziger Partikel durch die Splitter einer Scheibe gleichzeitig in zwei Richtungen zu bewegen scheint, hätte Larka stürzen oder den Sims erreichen können.

Ihre Zukunft schien in den Händen der Betrachter zu liegen, es war ihre Entscheidung und damit ihre Verantwortung. Als ob sie die Macht hätten, in die Vergangenheit zurückzugehen und Sita noch einmal zu opfern oder diesen schrecklichen Akt zu beenden, bevor er überhaupt geschah, und so der Legende zu entkommen. Dann müssten die Wölfe Sita nicht in ihren Geschichten auferstehen lassen und so tun, als gäbe es keinen Tod und kein Leiden.

Weil die Liebe die Verantwortung übernimmt und weil es bei jeder Erfahrung einen Pakt zwischen dem Sehenden und dem Gesehenen gibt, dem Zuhörer und dem Erzähler, dem Richter und dem zu Richtenden.

Doch zwischen Larka und den schmalen Sims, zwischen eine Geschichte und die Freiheit, zwischen Vergangenheit und Zukunft trat plötzlich die Realität. Das, was wirklich geschieht. Entsetzt sah die Familie zu. Ihr Entsetzen war fast so schrecklich wie zuvor die Explosion in der Vision. Larka verfehlte den Vorsprung und stürzte. Zusammen fielen Larka und Morgra kreiselnd in den dunklen Abgrund. Ihre Köper zerschmetterten nebeneinander auf den spitzen Steinen. Kar spürte, wie sein Herz mit Larka in die Schlucht stürzte. Ein Teil von ihm starb mit ihr.

„Bitte!", schrie er. „Der Pakt!"

Fels Augen wurden dunkel vor Wut und Schmerz. Huttsers und Pallas Seelen begannen zu heulen. Vor ihnen stürzte die Brücke endgültig in sich zusammen, die Schlucht war nun unpassierbar. Die Luft war leer und still, nur das Schluchzen eines kleinen Menschen war zu hören.

So standen sie und blickten hilflos in den Abgrund. Über ihnen erhoben sich die Vögel wie eine einzige große Seele, befreit von aller Qual stiegen sie zum Firmament auf und verteilten sich über den Himmel. Der Mond schien so voll wie zuvor. Sein Licht, das so rein und klar war wie die Ewigkeit, leuchtete wie eine Reflexion der Sonne in den Wolken auf sie herab und zeigte weder Trauer noch Mitleid mit den Wölfen.

Auf der anderen Seite der Schlucht lag neben dem toten

Tsarr eine Statue im Gras. Eine riesige steinerne Wölfin und ihre Menschenjungen – Romulus und Remus oder auch Fren und Barl. Das Erdbeben hatte sie zerbrochen und die Statuen der Kinder zerschmettert. Doch die Wölfin war unversehrt. Auf der anderen Seite der Schlucht regte sich ein echtes Kind.

18
Larkas Segen

Mein ist die unwandelbare Liebe,
Höher als das Himmelszelt,
Tiefer als die Unterwelt,
Frei und Treu, so stark wie der Tod.

William Cowper, „Lovest Thou Me?",
Olney Hymns

Kar wachte mit einem Ruck auf und zitterte. Noch benommen von seinem Traum sah er Skarts gelbschwarze Augen wie von ferne. Der Adler plusterte sich schuldbewusst auf, als er Fel langsam aus dem Wald kommen sah. Auch Huttser und Palla lagen im Gras, der kleine Mensch lag zwischen ihnen. Über ihnen erhoben sich die Berge, die Harja verbargen. Die Wölfe hoben die Köpfe, als sie ihren Sohn sahen. Der Sohn, der von den Toten zurückgekehrt war. Der schwarze Wolf kam näher und wandte sich müde an Skart.
„Wozu das Ganze, Skart?"
„Um uns zu warnen", antwortete Skart. „Und als Lehre für uns."
„Was soll es uns lehren, Skart? Angst und Leid? Verlust?

Macht uns das besser? Leidet der Varg nicht schon genug auf dieser Welt?"

Der schwarze Wolf wandte sich ab und trottete zu Kar und seinen Eltern, die sich eng an das Kind drängten. Palla knurrte leise, doch auch in ihrem Blick lag eine gewisse Leere. Es war nun vier Sonnen her, dass sie Larkas Tod auf der Brücke gesehen hatten und von Harja heruntergekommen waren.

Sie hatten sofort gewusst, dass Morgras Macht gebrochen war, noch bevor sie und Larka in die Tiefe gestürzt waren. Als die Geister verschwanden, erwachten die Balkar wie aus einem schrecklichen Albtraum. Huttser und die Rebellen waren zwischen ihnen umhergegangen, und die Nachtjäger hatten sich hilflos umgeblickt. Doch wenn sie die Rebellen ansahen, zeigten alle Wölfe die gleiche schuldbewusste Trauer. Larkas schreckliche Vision hatte sie vereint. Brak hatte sie weggeführt. In den Bergen wurde die Nachricht von Morgras Tod bereits vom Heulen der Rebellen weitergetragen. Nein, es waren nicht mehr die Rebellen. Es waren Gart und Rar und all die anderen freien Wölfe.

„Fel", sagte Palla leise. „Was jetzt? Wo sollen wir hin?"

Fel sah den kleinen Bran an. „Wir müssen ihn zu seiner Mutter zurückbringen. Zu seiner eigenen Art."

„Zurück zu den Rudelgrenzen?", flüsterte Huttser. „Nun, zumindest ist dort nichts mehr zu befürchten."

„Nein", antwortete Fel ruhig, „nicht einmal mehr der Steinerne Bau. Aber dort ist auch nichts mehr zu erhoffen, nachdem Larka tot ist. Ich will gar nicht an sie denken. Wie sie dort oben liegt und die Aasfresser an ihr picken …"

„Fel", knurrte Huttser, „es ist nur ihr Körper. Außerdem muss die Lera leben."

Schaudernd dachte Fel an die fliegenden Aasfresser, die sich in großer Zahl in die Lüfte geschwungen hatten, und erinnerte sich, was Huttser damals über Brassa gesagt hatte. Mit einem Mal verstand er.

„Der Pakt", flüsterte Kar verbittert, „wir haben sie im Stich gelassen."

„Wir haben einander, Kar. Wir haben die Zukunft."

In Pallas Augen lagen Ernst und eine große Kraft, die über ihren eigenen Schmerz hinausreichte. „Außerdem hat sie dich mir zurückgegeben, Fel."

„Hat sie das?", fragte Fel wehmütig. „Aber ich wollte nicht, dass sie für mich stirbt."

Unfähig, den Ort zu verlassen, wo Larka den Tod gefunden hatte, blieben sie viele Sonnen lang im Schatten des Bergs. Ihr Schmerz ging viel tiefer als jede Wunde. Der einzige Trost für Huttser und Palla war der Anblick von Fel, wie er im Gras saß oder sich mit Kar unterhielt. Er hatte etwas Merkwürdiges an sich. Er war distanziert, nachdenklich und grüblerisch. Aber er stellte ihnen ständig Fragen über ihre Wanderung, und sie konnten sehen, dass ihm immer mehr Erinnerungen zurückkehrten. Allerdings wussten sie auch instinktiv, dass er an einem Ort gewesen war, den sie nie erreichen konnten.

Von der Gabe sprach Fel kaum, obwohl er sich erinnerte, was ihm zugestoßen war, nachdem er im Eis eingebrochen war. Der Fluss hatte ihn ans Ufer gespült, wo ein umgestürzter Baum die Eisschicht zerbrochen hatte. Die Nachtjäger hatten ihn mehr tot als lebendig gefunden, ihm zu fressen gegeben und zu Morgra gebracht. Sie hatte sofort die Fähigkeit erkannt, die in ihm ruhte. Die Balkar, die ihn gefunden hatten, ließ sie ermorden. Doch mehr erzählte Fel nicht, denn sobald er von Morgra sprach, sträubte sich sein Nackenfell.

Schweren Herzens überließen die Wölfe schließlich Larkas Kadaver den Bergen. Skart flog über ihnen. Bran ritt auf Fels Rücken. So zogen sie nach Süden, überquerten die mächtigen Karpaten und kehrten aus den Wolken zurück. Sie kamen durch sonderbare, bewaldete Täler, in denen sich die Burgen der Menschen wie schlafende Riesen erhoben, und sahen, wie sich die gewaltigen Zinnen gen Himmel reckten.

Wieder wanderten sie im Schatten ummauerter Festungen und hell gestrichener Städte, in denen sich bunte Türme über die Wälder erhoben und dunkle Holzkirchen verstreut zwischen den Bäumen lagen. Sie sahen auch überall die Spuren des Kriegs. Feuer loderten in der Nacht, und in der Ferne ritten Männer durch den Nebel.

Die Lera beäugte die Wölfe misstrauisch, denn sie waren wie Soldaten der Zukunft, die von den Schlachtfeldern eines schrecklichen Krieges zurückkehrten, in dem die Kämpfenden wie Mohnblumen niedergemäht worden waren. Nun erschienen sie denjenigen, die sie ausgesandt hatten, um zu schützen, was sie für gut hielten, sonderbar und schrecklich, denn sie waren verwundet und wurden deshalb für Feinde des Lebens gehalten.

Sie kamen zum Sammelplatz im Tal von Kosov und auch an Kars Höhle vorbei, wo Palla sich stumm von Skops Gebeinen verabschiedete. Sie zogen auch an den Menschenbauten vorbei, wo Kar das Schwein gestohlen hatte.

Auf ihrer Wanderung zehrte der Verlust von Larka schwer an ihnen. Morgra war tot und der Fluch von ihnen genommen. In den Bergen bildeten sich neue Rudel – und doch fühlten sie sich seltsam betrogen. Am schwersten getroffen war Kar.

Eines Abends schnürten sie durch den Wald, als Palla stehen blieb. Sie hatte in der Ferne zwei Wölfe entdeckt, die leise zwischen den Bäumen hindurch Richtung Südosten strichen.

Palla hob den Schwanz und blickte ihnen froh hinterher.

Es waren Keeka und Karma.

Nur wenige Sonnen später begann Fel zu knurren. Auch die anderen hatten Witterung aufgenommen. Vor ihnen lag ein weites Tal, in dem die brennende Luft der Menschen qualmte. Feuer flackerten entlang einer Pappelallee. Doch das war es nicht, was die Wölfe beunruhigte. Zwischen den Bäumen waren Menschenkörper an langen Stecken aufgespießt. Hunderte toter Menschen. Die Holzstäbe waren durch ihre Herzen getrieben worden, das Blut tropfte immer noch zu Boden.

„Wie in der Falle", keuchte Kar angeekelt, „das sind Teufel."

Die Wölfe zogen weiter. Der Geruch von Blut stieg ihnen immer stärker in die Nase. Doch sie hatten keinen Hunger, sie fühlten sich nur müde und krank, als hätte alles, was sie erlebt und gesehen hatten, sie über ihre eigene Natur hinausbefördert.

Die Verbliebenen der legendären Familie ließen den Menschen und seine Kriege hinter sich. Kriege, die sich wie ein Strom aus Blut durch die Geschichte zogen, Transsilvanien und den Balkan streiften und deren Flammen immer wieder aufloderten. Doch diese Flammen können eines Tages auch Licht in die Dunkelheit bringen und allen Menschen die Augen öffnen – wenn sie sich erinnern.

Die Wölfe kamen an den Fluss, wo Fel im Eis eingebrochen war. Seinerzeit hatten die Varg ins rauschende Wasser gestarrt, dieses Mal platschten sie durch den reißenden Strom, hielten Bran über die Wasseroberfläche und erreichten sicher das ferne Ufer. Tropfend kletterten sie die Uferböschung hinauf, und weiter ging es. Sie kamen an Tsingas Tal vorbei und auch zu dem Friedhof, wo Bran und Larka in ein Grab gefallen waren.

„Es war alles vorherbestimmt, nicht wahr?", knurrte Kar wütend, während die Familie traurig auf die Erde starrte. „Du konntest der Legende nicht entkommen, Larka. Wie du auch dem Grab nicht entkommen bist, in das du vor langer Zeit gefallen warst."

Als die Familie wieder auf die Erde blickte und an Larka dachte, wusste sie noch um ein weiteres Geheimnis: Nichts Lebendiges konnte entkommen.

Im Spätherbst kamen sie in Sichtweite des Baus, an dem ihre Reise einst begonnen hatte. Die Äste der Weide hatten sich noch tiefer über den Höhleneingang gesenkt, und der Felsblock auf dem Hügel über dem Bau war herabgefallen und blockierte den Eingang. Palla bemerkte einen Spalt an der Seite. Der Felsblock lag nur auf losen Kieseln.

Palla stieß mit der Schnauze zu, und der Stein rollte weg. Sofort hörten die Wölfe ein tiefes Fauchen. Eine Fuchsfamilie hatte den Bau bezogen, und die Mutter beschützte ihre Welpen. Palla zog sich zurück, und die Wölfe trabten davon. Tief in ihrem Herzen war Palla froh, dass der Ort, an dem Larka geboren worden war, neues Leben beherbergte.

Nach einer Weile blieben die Wölfe stehen und blickten auf. Hoch über dem Wald stand die gewaltige Burg. In der untergehenden Sonne wirkte sie immer noch seltsam und düster. Doch für die Wölfe hatte sie ihren Schrecken und auch ihr Geheimnis verloren. Wenn sie an all das dachten, was sie durchgemacht hatten, was sie gesehen und verloren hatten, wirkten die einst Furcht einflößenden Mauern leer und traurig.

In der Nacht schlichen die Wölfe zum Dorf. Von den Bäumen aus konnten sie die brennende Luft der Menschen sehen. Kar kauerte mit Huttser und Palla im Gebüsch, während Fel mit Bran auf dem Rücken näher zum Dorf kroch. Am Rand der Behausungen ließ er sich zu Boden sinken, und Bran rutschte von seinen Schultern. Das Kind blickte Fel offen und vertrauensvoll an. Fel senkte den Kopf und leckte ihm die Stirn.

„Auf Wiedersehen", flüsterte er.

Bran streckte die Arme aus und versuchte, mit seinen kleinen Händen in das schwarze Fell des Wolfs zu greifen.

„Nein", knurrte Fel und dachte daran, was Skart ihm von Jarla erzählt hatte. „Du gehörst zu deiner Art. Larka hat es versprochen."

Bran begann zu weinen, als Fel davontrottete. Abrupt wandte sich der Wolf um. Selbst als Fel hinsah, blickte das Kind zornig und zeigte die Zähne. Zu Fels Verblüffung knurrte es sogar ein bisschen.

„Sehr gut", rief Fel. „Du hast bei den Wölfen gelebt, deswegen werden du und ich einen Pakt schließen. Den Pakt der Putnar. Ich werde frei und wild sein und dir in der Nacht meine Rufe schicken, wenn du nach Wahrheiten forschst. Und mit meinem Heulen werde ich dich an die Schönheit und den Schmerz im Leben erinnern. Du wirst darin die eisigen Winde hören, die durch mein Fell streichen, und den Schnee, der leise auf die fernen Berge fällt, auf die Tiere an den versteckten Orten des Verlustes und der Unwissenheit, des Leidens und der Angst. Und du wirst dich daran erinnern, den Pfad deiner Sinne offen zu halten für das, was das Leben ist und was es sein kann."

Das Kind blickte Fel an.

„Aber da es dein Erfolg sein wird, der die Welt beherrschen wird, musst du auch an die Lera denken. Denn von ihr stammst du ab. Daher musst du auch als Putnar versprechen, die Natur vor deiner eigenen Macht zu beschützen. Denn du schöpfst Kraft aus der Natur, so, wie die Gabe Energie aus dem zieht, das allem innewohnt. Versprich es. Versprich, das Leben selbst zu schützen."

Fel wandte sich um und verschwand zwischen den Bäumen.

Die Menschen hörten das Heulen des Wolfs und kamen mit Prügeln und brennenden Fackeln bewaffnet aus dem Dorf. Als sie Bran auf der Erde sitzen sahen, blieben sie ängstlich stehen. Plötzlich drängte sich eine Gestalt an ihnen vorbei. Sie war groß, und auf ihren Rücken fielen lange dunkle Locken. Unsicher zögerte sie. Das Kind war gewachsen, doch ihr Instinkt ließ sich nicht täuschen. Sie wollte ihren Augen kaum trauen und konnte kaum glauben, dass ihr das Kind zurückgegeben wurde. Sie stürzte vor und schloss das Kind in die Arme. Schluchzer schüttelten ihren schönen Körper.

Die Blätter fielen, und wieder hielt der Winter Einzug in Transsilvanien, er schlug das Land mit Kälte und türmte Schnee auf die Berge. Weil Tiere nur ein schwaches Gedächtnis haben, begannen sie zu vergessen, was Larka ihnen gezeigt hatte. Der Schnee legte sich auf die Wälder und Hügel, lag an den Ufern des Flusses und häufte sich neben der Burg auf, wodurch zum ersten Mal der düstere Anblick gemildert wurde.

Fel distanzierte sich immer mehr. Er sah zu, wie sich die Fänge des Winters um die Lera und die Wälder schlossen und spürte die Wut des Überlebenden. Seine Gedanken wanderten zurück zu Morgra und zu dem, was er gesehen und getan hatte, als formte das Aussehen des Landes die Konturen seiner Seele. Diese Gedanken konnte er nicht mit seinen Eltern oder mit Kar teilen. Abends stand der Wolf einsam an den Talhängen, sein schwarzes Fell hob sich scharf vom eisigen Weiß ab.

Der Schmerz über Larkas Verlust quälte Kar. Er verlor seinen Lebenswillen. Er heulte leise und lange vor sich hin, ein Trauergeheul, und murmelte von Tor, Fenris und Va. Er bat Palla, ihm Geschichten aus der Kindheit zu erzählen, Märchen von Zauberei und Macht. Er wollte glauben, dass Larka nicht tot war. Eines Tages würde sie zwischen den Bäumen hervortreten wie Tor und seine Wunden heilen. Tief in seinem Herzen jedoch bezweifelte Kar, dass Geschichten das Leben verändern konnten.

In einer kalten Nacht lag Kar etwas entfernt von den anderen. Plötzlich sah er auf. Über das Gras kam eine Wölfin auf ihn zu. Kars Herz begann wild zu pochen. Das konnte nicht sein! Es war ein Welpenmärchen. Larka kam über die Steine. Winselnd sprang Kar auf. Dann sah er die

Narbe an der Schnauze der Wölfin und begann zu knurren. In der Dunkelheit hatte ihr Fell ganz weiß gewirkt.

„Slavka", knurrte Kar, doch etwas in ihren Augen, eine gewisse Wärme, rührte ihn. „Was willst du hier?"

Slavka sah müde und traurig aus. „Trost und vielleicht Vergebung."

Huttser und Palla sprangen auf, als Kar und Slavka zu ihnen kamen. Doch Slavka begann zu reden, und sie erkannten, dass sie sich verändert hatte. Ihr Blick war klar und sicher, als sie ihnen erzählte, wie sie den Weg von Harja ins Tal gefunden hatte.

„Du bist weicher geworden, Slavka", meinte Huttser schließlich. „Bist du über die Härten des Überlebens hinausgewachsen?"

„Wir müssen überleben", knurrte Slavka, „aber ich war zu hart, Huttser. Ich nutze meine Instinkte und jage, wenn ich will, und kämpfe, wenn ich muss. Aber als Wolf. Mehr nicht."

„Kein Großrudel mehr?", flüsterte Huttser. „Keine Reviergrenze, die alles draußen halten kann?"

„Der Wolf muss seine Grenzen kennen, wenn wir einander respektieren sollen", antwortete Slavka nachdenklich. „Aber wir dürfen uns im Überlebenskampf nicht gegenseitig töten. Vielleicht brauchen wir auch Larkas Segen."

„Larkas Segen?", fragte Palla verwundert.

„Die freien Wölfe", brummte Slavka sanft, „sprechen nicht mehr von Trattos Segen. Sie nennen ihn jetzt Larkas Segen."

Trauer, aber auch Dankbarkeit standen in Huttsers und Pallas Augen.

„Und, Huttser", fuhr Slavka langsam fort, „ein Großrudel war ein dummer Traum. Wann die Wölfe dafür bereit sind, müssen sie für sich selbst entscheiden. Mittlerweile weiß ich, dass es Dinge im Leben gibt, die man mit
bloßen Grenzen nicht fern halten kann. Nicht fern halten
soll."

„Was meinst du, Slavka?", fragte Palla.

„Larka. Sie hat Grenzen überschritten, nicht nur die ent-
lang von Flüssen und Wäldern oder die Grenzen von
Macht und Angst, sondern die Grenzen der Seele und des
Geistes. Sie hat sie für uns alle überschritten."

„Und jetzt ist sie tot", knurrte Kar.

„Vielleicht hat sie auch einfach die größte aller Grenzen
überschritten." Slavka betrachtete Kar freundlich.

Huttser hob den Kopf.

„Was suchst du hier, Slavka?", fragte er.

Slavka blickte ihn furchtlos an. „Ich will mich deinem
Rudel anschließen. Welpen haben, sie lieben und beschützen. Ich will leben."

Huttser und Palla mussten an Morgra denken, wie sie vor
dem Bau gestanden hatte.

Morgra, die seit ihrer Geburt zum Sündenbock gemacht
worden war.

Huttser leckte Palla.

„Sehr gut, und wir werden voneinander lernen."

In jener Nacht hatte Kar einen lebhaften Traum. Larka erhob sich aus wirbelndem Nebel und stand vor ihm im
Wald. Ihr Fell glänzte in strahlendem Weiß. Der Wolf
winselte im Schlaf.

„Liebe schirmt uns von Schmerz, Angst und Verlust ab,
Kar", flüsterte sie. „Sie schirmt uns auch von uns selbst

ab, von unserem Hass und unserer Angst. Und Liebe ist die stärkste Kraft, die es gibt."

„Liebe, Larka?", knurrte Kar im Schlaf und dachte verbittert daran, dass sie ihn verlassen hatte. „Die Geschichten sagen, wir sollen lieben, aber begann das Ganze nicht auch damit, dass Morgra Welpen liebte? Gibt es nicht ein Gesetz im Leben, das die Liebe zu nichts mehr als zu einem Wort macht, das wir für uns selbst benutzen?"

„Vielleicht braucht die Liebe Klugheit, Kar", knurrte Larka. „Auch ich war verzweifelt, doch letzten Endes glaubte ich deswegen umso stärker. Glaube an die Varg. An ein Rudel, eine Gefährtin und Welpen. Sei deiner Natur treu, aber lass nicht zu, dass diese Natur sich gegen sich selbst wendet. Glaub an das Leben und die Freiheit. Und Kar: Liebe ist kein Gebot, sondern ein Bedürfnis, so real wie das Bedürfnis zu fressen. Aber wie der Teichrohrsänger in der uralten Geschichte muss die Liebe frei sein, so frei wie die Vögel. Frei zu kommen und zu gehen."

Larka hielt inne.

„Aber versprich mir eines, Kar."

„Was, Larka?"

„Versprich mir: Wenn du jemanden wirklich liebst", flüsterte sie, „dann sag es ihm. Du darfst es nicht geheim halten."

Kar winselte.

„Und sage Fel, dass er lernen muss, das Auge der Gabe zu schließen. Um sich selbst zu heilen. Denn die Gabe kann heilen."

„Aber du bist tot, Larka", knurrte Kar im Schlaf. „Wir müssen alle sterben."

„Ja, Kar. Und vielleicht können wir erst wirklich leben,

wenn wir wissen, dass wir irgendwann sterben müssen. Vielleicht können wir erst dann die Schönheit und das Wunderbare von allem erkennen."

„Die leichte Seite der Gabe?"

„Ja, Kar, obwohl alles in Wirklichkeit eines ist. So, wie der Mensch und die Lera gemeinsame Vorfahren haben. Aber etwas in uns, in unseren Gedanken, trennt uns, und davor müssen wir uns hüten. Wie der Dragga von der Drappa getrennt ist. Hüte dich vor den Drachen, die in unseren Gedanken kämpfen, die falsche Schatten auf die Welt um uns herum werfen. Vertraue auf das Leben, Kar, es bringt dich in Sicherheit."

„Ich würde mich opfern, mein Leben für deines geben, wenn ich dich zurückholen könnte."

In Kars Traum knurrte Larka ihn wild an. „Nein!", schrie sie. „Keine Opfer mehr. Nicht mit Blut."

„Aber du hast dich doch auch geopfert."

„Ich konnte der Legende nicht entkommen, Kar", knurrte Larka. „Das war eine Falle in sich, wie die Freiheit des Menschen eine Falle sein wird, wenn er nicht begreift. Aber das Leben ist keine Legende oder Geschichte. Die Wirklichkeit ist viel kostbarer als eine Geschichte. Um einander zu lieben, müssen wir den anderen richtig sehen. Außerdem, Kar, erfordert es manchmal mehr Mut zu leben, als zu sterben."

Kar zitterte.

„Lass mich dich segnen. Wenn die Dunkelheit droht, dich zu verschlingen, lerne, dich an der Wahrheit festzuhalten."

„Was meinst du damit, Larka?"

„Wenn sich alles um dich herum zu verschwören scheint,

dein Herz und deine Seele zu zerreißen drohen, oder dir gezeigt wird, dass es nichts anderes als Macht und Überleben gibt, dann sieh hinauf zum Mond. Bewahre ihn dir als Wahrheit jenseits dessen, was wir um uns nicht sehen können, weil wir zu blind oder zu unwissend sind. Bewahre ihn wie die Liebe und erinnere dich an mich."

„Erinnern?", schauderte Kar im Schlaf.

„Lerne, deine Seele zu heilen."

„Wie?", knurrte Kar traurig.

„Geh hinaus in die Welt und sieh dich um. Verlasse die Höhle deiner eigenen Gedanken. Öffne die Augen und nimm die Nebelschwaden wahr, die um die Berge wirbeln, die Wasserfälle, die zwischen den Felsen glänzen, oder die großen Seen, die wie ein Seufzer zwischen den Bäumen liegen, und die mächtigen Flüsse, die dem Meer entgegendonnern. Denn das bist du, Kar."

Kar knurrte und zuckte im Traum. „Aber die Menschen, Larka, sie werden alles zerstören."

„Nicht, wenn sie lernen, das zu lieben, was sie wirklich sind."

„Das verstehe ich nicht."

„Kar", flüsterte Larka, „bevor ich gehe, will ich dir noch eines zeigen. Ich möchte dir eine Vision der Hoffnung geben."

„Hoffnung", raunzte Kar im Schlaf. „Glaube und Hoffnung? Wie in den Geschichten."

„Kar", flüsterte Larka fest. „Wir alle brauchen Hoffnung und Glauben, genauso, wie wir Geschichten brauchen. Aber welchen Nutzen haben sie ohne Liebe, und was ist die Liebe ohne wahre Stärke? Ich werde dir etwas zeigen, das vielleicht wahrer ist als eine Geschichte. Und nicht nur wahrer als die Geschichte von Sita, sondern auch als die vom Wolf Fren. Es ist für dich, Kar, und es geht weit über die Geschichten der Varg hinaus. Schau, Kar."

Plötzlich stand vor Kar ein Heer von Menschen. Beschämt, ängstlich und verwirrt senkten sie die Köpfe. Doch zwischen ihnen, Seite an Seite, Mann neben Frau, standen einige aufrecht, ruhig wie Wachen. Obwohl ihre Augen geschlossen waren, wandten sie einander die Köpfe zu, und Kar wusste, dass sie die Gedanken des anderen lesen konnten, dass sie einander liebten und auch die Tiere liebten, dort, woher sie gekommen waren. Denn sie hatten in die Dunkelheit ihrer eigenen Natur, ihrer eigenen Vergangenheit geblickt und es fertig gebracht, Licht in die Dunkelheit zu bringen. Kar sah genauer hin und erkannte, dass sich Bienen und kleine Schmetterlinge auf den Schultern und Rücken der seltsamen Menschen niederließen. Plötzlich öffneten die Menschen die Augen und blickten Kar an. Sie waren so schön, dass er sich nicht mehr rühren konnte. Ihre Augen – die Menschen hatten die Augen der Wölfe.

„Bleib nahe beim Licht", flüsterte Larka.

„Wo bist du, Larka?"

„Ich bin hier. Ich bin im Regen und im Himmel. Ich bin in den Bäumen und in den Blumen. Ich bin im Sonnenschein und im Mondlicht."

Larka und der Traum waren verschwunden. Kar öffnete die Augen und blickte in den Abendhimmel. Der Mond war so voll wie in Harja. Wieder hatte er einen Zyklus durchlaufen, doch während der graue Wolf im Gras lag, hatte er mit einem Mal das Gefühl, etwas Neues sei auf der Welt.

Der Frühling kam, und mit ihm schmolz der Schnee und die Flüsse stiegen an. Die Wölfe empfanden eine Macht, der sich weder Schmerz noch Verlust oder Leid entziehen konnten, die Macht des neuen Lebens und der Wiedergeburt, die durch ihre Pfoten aufstieg. Der Lebenssaft stieg in den Schösslingen. Schon bald ereignete sich ein Wunder, das nicht seltsamer war als der Pilgerzug der Wölfe nach Harja. Kar lag zusammen mit Slavka und Huttser am Flussufer, als ein Kopf aus dem Dachsbau in der Uferböschung auftauchte, in dem sie sich damals vor den Hunden versteckt hatten. Palla wirkte erschöpft, aber ihre Augen strahlten.

„Komm, Huttser."

Huttser verschwand im Bau. Als er zurückkehrte und die übrigen Rudelmitglieder holte, strahlte er vor Stolz. Kar streckte die Schnauze in den Bau und konnte sich vor Freude kaum halten. Die Welpen lagen eng aneinander geschmiegt und schliefen tief und fest. Zwei Draggas und zwei Drappas. Palla hatte sich an sie gekuschelt und leckte sie zärtlich.

„Schaut!", rief Kar und robbte aus dem Bau, „Slavka, Fel! Kommt und schaut!"

Fünf Sonnen später öffneten sich die Augen der Welpen. Fel konnte die Kleinen stundenlang beobachten, nachdem sie sie zum Treffpunkt gebracht hatten. Die Kleinen fanden ihn zwar sonderbar und ein bisschen Furcht einflößßend, gewöhnten sich aber bald an seine ruhige Art und seine traurigen, fragenden Augen. Fel jagte auch für sie, wann immer es ihm möglich war, doch Huttser und Palla fiel auf, dass er beim Fressen selten bei ihnen blieb. Er legte das Fleisch am Rand des Treffpunkts ab, nickte ernst und wandte sich ab, wenn sich die Welpen darauf stürzten.

In jener Zeit verbrachte Fel ohnehin viel Zeit allein. Auch wenn sich der schwarze Wolf über die kleine Familie freute, konnte Kar sehen, dass er immer noch bekümmert war. Eines Abends, als die Sonne gerade wieder hinter der Burg unterging, kam Fel zu Kar, der allein am Fluss saß.

„Kar", knurrte Fel und starrte in das fließende Wasser, „ich gehe weg."

„Aber warum denn, Fel? Du gehörst doch zum Rudel."

„Ein Rudel?", fragte Fel, „Wie die Balkar? Wie die Rebellen? Nein, Kar, ich bin kein Rudelmitglied. Ich kann niemals so sein."

„Dann eine Familie."

Fel schüttelte den Kopf.

„Du quälst dich immer noch, Fel, ich spüre es."

„Ja. Manchmal glaube ich, ihr Fluch liegt über uns allen. Aber ich muss meine eigene Antwort finden. Draußen in der Wildnis. Oder vielleicht", fügte er hinzu und hob plötzlich den Kopf, „vielleicht bei den Menschen, denn ich kann ihre Gedanken lesen, Kar."

„Und trotz allem, was wir gesehen haben", knurrte Kar, „können sie auch lieben. Man erkennt es an ihren Augen."

„Ich glaube, sie haben uns die ganze Zeit beobachtet und ich habe nur geträumt. Ich habe das Gefühl, ich wäre nur eine der Geschichten, die Brassa uns als Welpen erzählt hat."

„Von Wolfbane oder von einem Menschen, der in der Erde lebt und nicht sterben kann? Nein, Fel, das waren Lügen. Aber wir sind Wölfe."

Kar blickte in Fels Augen und begann zu zittern, denn er wusste, dass die Gabe immer noch in ihm brannte und seine Reise erst begonnen hatte.

„Was wirst du tun, Bruder?"

„Ich bin ein Putnar, Kar", knurrte Fel, „also werde ich jagen. Aber ich werde auch Lügen aufspüren. Und nach dem Sinn jagen. Und, Kar, vergiss nicht, ich kann im Dunkeln sehen."

Später am Abend lag Kar bei den Welpen am Treffpunkt. Neben ihm lag Slavka, und Huttser und Palla saßen vor ihnen.

Palla blickte besorgt, aber Huttser stupste seine Gefährtin zärtlich mit der Schnauze.

„Ihm wird es gut gehen, Palla", knurrte er zärtlich, „er ist stark. Wie du. Außerdem müssen wir lernen, unsere Kinder ziehen zu lassen."

Palla legte den Kopf sanft auf Huttsers Pfoten.

„Vater", quiekte eine kindliche Stimme.

Huttser blickte zu dem Welpen, der im Gras vor ihm saß.

„Was ist, Larka?", flüsterte er und leckte seine Tochter am Ohr.

„Erzählst du uns eine Geschichte?"

„O ja!", schrie eine andere Stimme begeistert. Ein zweiter Welpe sprang herbei und versuchte, auf den Rücken seiner Schwester zu klettern.

„Vorsichtig, Skop", knurrte Palla. „Und stör deinen Vater nicht. Er ist zu müde für Geschichten."

„Palla", flüsterte Huttser zärtlich, „sei nicht so streng."

„Ach bitte!", meldeten sich zwei weitere Stimmen.

Nun saßen vier Welpen erwartungsvoll vor ihren Eltern.

„Khaz", sagte Palla sanft, „Kipcha. Hört auf. Euer Vater will nicht ..."

„Darf ich?", fragte Kar plötzlich. „Ich werde ihnen eine Geschichte erzählen."

„O ja, Onkel Kar!", schrie Larka. Ihr Fell war vollkommen grau.

„Was möchtet ihr denn hören?"

„Der Steinerne Bau", rief Kipcha aufgeregt.

Kar blickte zur Burg hinüber. Das Zwielicht warf flackernde Schatten über die Burgmauern. Licht und Dunkelheit zogen sich in Streifen über die Befestigungen.

„Ach nein", meinte Kar, „da oben gibt es nichts für einen Wolf. Nur leere Ruinen."

„Woher weißt du das?", fragte die kleine Kipcha ungläubig.

„Ich weiß es einfach", antworte Kar sanft und beschnüffelte die kleine Sikla sanft, als wolle er sie vor der Welt beschützen. Die Welpen sahen zu Kar auf und dachten, wie erwachsen er doch war.

„Die Gabe, Kar", fiepte Skop. „Erzähl uns die Legende von der Gabe."

„Still, Kleiner!" Kar fragte sich, was Huttser und Palla ihren Kleinen wohl erzählten. Er sah den Welpen an und zitterte plötzlich. Er hatte in dessen glänzenden Augen den Schalk blitzen sehen und musste daran denken, wie er Larka zum ersten Mal am Treffpunkt begegnet war.

„Du bist noch jung, Skop. Du hast noch genug Zeit, solche Dinge zu erfahren."

„Dann erzähl uns eine Jagdgeschichte", flüsterte Khaz.

„Ja!", rief Larka und tat so, als wollte sie ihren Bruder beißen. „Erzähl uns von Wolfbane. Wird er wiederkommen?"

Der Wind trug ein Geräusch zu ihnen, und sie blickten alle auf. Dort stand Fel auf einem Felsen über der Burg und zeichnete sich klar vor dem Sternenhimmel ab. Aus seiner erhobenen Schnauze drang ein Heulen und klang laut und traurig in ihren Ohren.

In den Bäumen regte sich ein Wesen. Langsam wandte es den Blick von Fel und richtete die durchdringenden Augen noch einmal auf die kleine Wolfsfamilie an ihrem Treffpunkt. Die gelbschwarzen Augen musterten Kar und die Welpen und blinzelten langsam. Dann breitete der Adler die weiten Flügel aus und schwang sich in den Himmel.

In den Bergen in der Ferne antworteten andere Stimmen auf Fels Ruf. Der schwarze Wolf wandte sich um und verschwand in der Nacht, ohne sich noch einmal umzublicken.

„Nein, Larka", flüsterte Kar und sah seinem Bruder nach. „Ich erzähle euch keine Geschichte von Wolfbane."

Die Welpen begannen zu quengeln.

„Ich erzähle euch eine bessere Geschichte."

Glücklich sahen die Kleinen zu ihm auf.

„Es war, als Tor, die Göttin der Varg, sich mit dem großen Gott Fenris vereinte und so die Erde hervorbrachte."

Kar hielt inne und blinzelte.

„Bevor sie die Wasser und die Wälder oder die Lera schufen, die darin wohnten. Bevor sie Dammam und Va schufen, die Fren gebar, der wiederum seinen Bruder Barl erschlug und alle Lera vergesslich machte. Bevor sie den

573

Menschen schufen, den sonderbarsten Lera. Bevor sie all dies taten, blickten sie auf das Universum und freuten sich über das, was sie sahen."

„Warum, Onkel Kar?", riefen die Welpen. „Was sahen sie denn?"

„Nun, natürlich die Sterne, meine Kleinen", knurrte Kar und hob stolz die Augen zum endlosen Himmel. „Denn am Anfang war das Licht."

David Clement-Davies

Feuerbote

Roman. Gebunden, 568 Seiten, ISBN 3-89106-414-4

Seit der Machtübernahme durch den furchtbaren Drail
und seine Anhänger herrschen im schottischen Tiefland
Diktatur und Gewalt. Doch die Hirsche setzen ihre ganze
Hoffnung auf eine alte Prophezeiung, die ihnen die Freiheit verspricht. Ist der Hirsch Rannoch, der mit einem
besonderen Zeichen auf der Stirn geboren wird, der Aus-
erwählte, mit dem sich die Prophezeiung erfüllt? Vor ihm
liegen eine gefährliche Flucht vor den neuen Machthabern
und die Suche nach seiner Bestimmung.

»Wer diese packende Geschichte einmal anfängt, ist sofort
gefesselt und bis zum Schluss einer fantastischen Tierwelt
ausgeliefert.« *Neue Ruhrzeitung*

»Clement Davies hat einen Roman über Liebe, Treue und
Freundschaft geschrieben, über den nie endenden Kampf
zwischen Gut und Böse und die Bedeutung des Glaubens.«
Augsburger Allgemeine

Beltz & Gelberg
edition anrich

Kenneth Oppel
Silberflügel
Roman. Gebunden, 344 Seiten, ISBN 3-89106-406-3

Sie nennen ihn »Schatten« und er gilt als der Schwächste unter den jungen Fledermäusen der Silberflügel-Kolonie. Doch er wagt den verbotenen Blick in die Sonne und bricht das uralte Gesetz, wonach das erste Tageslicht den Eulen gehört. Er besteht große Abenteuer, als er auf dem Flug nach Süden weit aufs Meer hinausgetrieben wird. Und er besiegt seine Angst, als er begreift, dass nicht nur sein, sondern das Leben aller Silberflügel bedroht ist.

Sonnenflügel
Roman. Gebunden, 399 Seiten, ISBN 3-89106-412-8

Schatten ist längst nicht mehr der kleine Schwächling, den alle belächeln. Er war es, der seine Kolonie aus höchster Gefahr gerettet hat; jetzt ist er ein Anführer geworden. Doch zwei Geheimnisse lassen ihm keine Ruhe: Warum legen die Menschen den Fledermäusen Ringe an? Und wo ist sein Vater? Denn dass er nicht tot ist, weiß Schatten inzwischen sicher.
Schatten wird beide Geheimnisse lüften ...

Beltz & Gelberg
edition anrich